KB231786

옥루몽 玉樓夢 권 1

남영로 작
한석수 외 역주

박문사

　남영로(南永魯, 1810~1857)의 『玉樓夢』을 번역하여 출간하게 되었다. 『玉樓夢』이 고소설 가운데 최고의 걸작임을 부인하는 사람은 별로 없을 것이다. 충효사상의 큰 테두리 안에서 軍談과 結緣談을 중심으로 음악, 기예, 사냥, 도술, 검술, 연애담 등이 흥미진진하게 전개되어 현대인들이 읽어도 전혀 손색이 없는 완성도 높은 작품이다. 그러하기에 이 작품은 몇 차례에 걸쳐서 번역된 바가 있으며 영인본·교감본도 여러 종류가 나왔다.

　이 소설은 대화체소설이라고 할 정도로 서술부분 보다는 대화부분이 많다. 따라서 번역을 하는 가운데 특히 유의한 것으로는 존비법을 무리 없이 시종일관하게 통일하는 것이었다. 특히 남주인공 양창곡과 그의 2처 3첩 간의 대화를 현대적 감각으로 자연스럽게 옮기는 것에 대하여 많은 고심을 했다. 또 여러 현토본에서는 황제나 황태후에게 존대하는 서술법을 쓰고 있으나 이것도 다른 등장인물과 같은 서술법으로 통일하여 옮겼다.

　『玉樓夢』의 서지사항은 장효현교수 등이 낸 교감본에 충분히 정리

되어 있어서 여기에서는 그 기술을 생략하였다. 다만 대부분의 연구자들이 이 작품의 원본은 한문본이었을 것이라고 추정을 하지만 지금까지 한문본은 발견되지 않고 있으며, 그동안 출간된 책들은 대부분 한문 현토본과 국문본이다. 우리가 읽은 것은 積文書館本 한문 현토본이었다. 이 책의 번역문 뒤에 토를 뺀 원문만 의도적으로 실었으며, 이 원문을 시일을 두고 면밀하게 검토해 보면『玉樓夢』의 원본이 본래 한문본인가 현토본인가를 가름하는 단서를 발견할 수도 있을 것이다.

역주자는 충북대학교 국문과 고전문학 전공 대학원생들과 2년여에 걸쳐서『玉樓夢』읽기 스터디를 하였다. 당초의 목적은 한문고전 작품을 해득하는 능력을 기르기 위한 것이었으나, 작품을 다 읽은 뒤에 번역본을 내는 것도 나름대로 의의가 있다고 판단하여 스터디에 참여하였던 제자들이 원고를 정리하고 역주자가 다시 이를 검토, 수정, 보완하는 방법으로 일을 진행하였다.

그러나 한문 현토로 된 원문이 당초 예상보다 우리말로 옮기기에 까다로운 부분이 많고 분량이 방대하여 상당한 시간이 소요되었고 물리적인 어려움이 많았다. 역주자는 이 작업을 하느라 십 여 차례가 넘게 작품을 읽었고, 부족한 능력으로 좋은 번역문을 만들기 위해 미력을 다하다가 건강까지 걱정하게 되었으나, 다행히 도서출판 박문사 윤사장과 약속한 대로 무자년을 넘기지 않고 이 대작의 번역원고를 완성하게 되어 감개무량하다.

아무쪼록 이 책의 출간을 계기로 한국고전문학에 대한 관심이 증대되고 고전문학 연구자에게 작은 도움이 되기를 바란다. 한문으로 된 작품을 번역하고 나면 항상 두려운 것이 본인의 淺學으로 인한 誤譯이다. 혹 미흡한 부분이 있으면 동학제현의 기탄없는 叱正이 있기를 고대한다.

역주자가 이 번역본을 완성하는데 많은 도움을 받은 것은 고려대학교 장효현 교수가 발간한『校勘本 玉樓夢』이다. 마침 원고를 대강 정리해 놓고 이본 대조 작업을 시작하려는 시점에서 장교수가 이 책을 포함한『校勘本 漢文小說』전질을 보내주어 작업량을 대폭 줄일 수 있게 되었다. 이 지면을 빌어 부족한 동학에게 항상 물심양면의 후원을 아끼지 않는 장교수의 학덕에 깊이 감사드린다.

이 책을 내는 데는 2년여 동안 방학도 없이 시종일관 1주일에 몇 시간씩 꾸준히 스터디에 참석하고 공부한 내용을 정리해 준 제자들의 노고에 힘입은 바가 크다. 스터디에는 李恩卿, 曺永任, 崔炳喆, 金正善, 金善玉, 吳效鎭, 宋智賢 등 7명의 석·박사가 참여하였다. 이들의 노고를 깊이 기리며 앞으로 더 큰 학문적 정진이 있기를 기대한다. 아울러 출판사의 어려운 실정에도 불구하고 큰 이득을 보기 힘든 이런 고전 자료 발간을 기꺼이 맡아서 출간해 준 박문사 윤석원 사장과 출판사 실무 관계자에게도 감사의 말씀을 드린다.

2008. 12. 11

不慍堂 연구실에서

韓碩洙 頓首

속루몽

옥루몽

목차

옥루몽

권1

제1회 | 문창이 옥황상제의 명을 받들어 달을 감상하고,
관음이 불력으로 꽃을 흩어지게 하다

옥황상제가 계신 백옥경에 12루가 있고 12루의 하나는 백옥루(白玉樓)다. 제도가 크고 아름다웠으며 시야가 탁 트였는데 서쪽으로는 도솔궁에 이어 있고 동쪽으로는 광한전에 통해 있다.

아로새긴 툇마루와 그림을 그린 기둥은 푸른 하늘에 솟아 나왔고, 옥으로 된 창과 수놓은 문은 상서로운 빛이 엉겨서 상청[1]의 누관(樓觀)에서 첫 손가락을 꼽는다. 옥제가 이 백옥루를 중수하여 각 선관을 초대하고 낙성연을 베푸니 우의예상[2]을 입은 뭇 선녀들이 모두 와서 좌우에 벌려 앉아 난생봉관[3]을 번갈아 연주하며 서로 화답하여 소리가 하늘에 퍼지고, 벽도(碧桃)와 화조[4]는 좌우에 배열해 있어서 수작

---

1) 上淸 : 상천(上天). 하늘. 하늘나라.
2) 羽衣霓裳 : 천상의 선녀들이 입는 옷.
3) 鸞笙鳳管 : 천제의 악기.
4) 火棗 : 신선이 사는 곳에 있다는 대추나무. 이 대추를 먹으면 수명이 천 년 늘어난

이 질펀하였다. 옥제께서 파리배5)에 유하주6)를 부어서 특별히 문창성 군에게 내리시고 백옥루시를 지으라 명하시니 문창이 취흥을 띠고 손으로 붓을 멈추지 않고 잇따라 3장의 시를 아뢰었다.

제1장에 읊기를

　　　구슬 같은 이슬 내리고 가을바람 부는 상계의 가을,
　　　자황7)의 높은 잔치 오운루(五雲樓)에 열렸네.
　　　예상곡8) 한 곡조에 하늘 바람이 부니,
　　　신선의 향기가 온 세상에 불어 흩어지네.

제2장에 읊기를

　　　밤에 난새를 타고 자미성9)에 들어가니,
　　　달빛은 백옥경을 흔드네.
　　　두우성이 하늘에 가득하고 바람 이슬이 적은데,
　　　푸른 구름타고 내려와 보허성10)을 읊조리네.

제3장에 읊기를

다고 함.
5) 玻璃盃 : 유리로 만든 술잔.
6) 流霞酒 : 신선이 마신다는 미주(美酒)의 이름.
7) 紫皇 : 신선. 태청 구궁(太淸 九宮)의 가운데에 사는 최고의 신선.
8) 霓裳曲 : 월궁의 음악에 모방하여 만든 악곡의 이름.
9) 紫微城 : 천자가 거처하는 곳. 전하여 천자의 대궐.
10) 步虛聲 : 공중을 거닐며 흥얼거리는 신선이 부르는 노래.

구름 속 청룡은 옥띠를 머리에 두르고,
날이 새면 말 타고 단구[11]를 향하리.
한가로이 푸른 문을 따라 인간 세상을 엿보니
한 점 가을 풍경이 구주[12]임을 알겠네.

라고 하였다. 옥제가 보시기를 마치고 크게 기뻐하여 칭찬하며 누각의 인중방에 걸라 하시고는 두세 번 읊더니 갑자기 얼굴빛이 불쾌하여 태을진군(太乙眞君)을 돌아보며,

"문창의 시가 지극히 아름다우나 제3장에 인간 세상의 인연을 띤 듯하니, 이것은 무슨 까닭인가? 문창은 나이가 젊고 기대가 큰 선관이라, 이는 내가 아끼는 바이니 어찌 안타깝지 않겠는가?"

라고 하였다. 태을진군이 아뢰었다.

"요즈음 문창성이 얼굴에 붉고 누런 기운이 가득하여 부귀의 기상을 띠고 있으니 잠시 인간 세상으로 귀양을 보내어 언짢은 기운을 없애는 것이 좋을 듯합니다."

옥황상제는 고개를 끄덕이고 잔치를 마친 뒤에 영소보전(靈霄寶殿)으로 돌아가면서 문창에게,

"오늘밤 달빛이 지극히 아름다울 것이니 곧 백옥루에 머물러서 달을 구경하여 마음을 소창하고 돌아오라."

고 하였다. 문창이 상제의 뜻을 받들어 삼가 상제께서 타신 수레를 보내고 다시 백옥루에 오르니 이때는 가을 칠월의 아름다운 계절이었다. 금풍(金風)은 소슬하고 은하는 반짝이는데 만 리의 푸른 공중에

---

11) 丹邱 : 신선이 사는 곳.
12) 九州 : 중국 전토(全土)를 아홉으로 구분하여 일컬은 것으로 중국 땅을 말함.

점점이 찍힌 구름은 비로 쓴 듯 깨끗하였다. 조금 뒤에 동북방에 한 바탕의 검은 구름이 중천에 가득하더니 북해의 용왕이 뇌거(雷車)를 몰고 누각 아래를 지나갔다. 문창이 크게 노하여,

"내가 지금 달빛을 구경하는데 늙은 용이 어찌 구름을 일으켜 달빛을 가리는가?"

라고 하자 늙은 용이 머리를 조아리고,

"오늘은 좋은 계절인지라. 운손낭랑[13]이 견우에게 내려 갈 때를 위하여 사해의 용왕이 수레를 씻으러 갑니다."

라고 하였다. 문창이 미소 짓고 곧 용왕에게 명하여 구름을 거두라 하였다. 조금 뒤에 옥우[14]가 아득히 높은데, 흰 이슬이 하늘을 가로지르며 반달이 두우성(斗牛星)사이에 배회하였다. 문창이 취하여 난간에 의지하여 달을 보고,

'옥경이 비록 좋으나 청정담박(淸淨淡泊)함을 견디기 어렵도다. 저 월궁의 항아는 홀로 광한전을 지키니 어찌 무료한 근심이 없으리오?'

라고 생각하였다.

갑자기 누각 아래로 수레 소리가 은은히 들리더니 선동이 아뢰었다.

"제방옥녀(帝傍玉女)가 왔습니다."

문창이 이상하여,

"옥녀는 옥제 궁중의 시녀인데 어찌 이곳에 왔을까?"

라고 하였다. 조금 있다가 옥녀가 누에 올라가 문창을 보고 빈주(賓主)의 예로 동서에 자리를 정한 후에 말하였다.

"옥황상제께서 문창이 지나치게 취할 것을 염려하여 저에게 반도

---

13) 雲孫娘娘 : 여기서는 직녀(織女)를 지칭한 것임.
14) 玉宇 : 천제(天帝)나 신선이 산다는 옥으로 지은 궁전.

(蟠桃) 여섯 개와 옥액(玉液) 한 병을 받들어서 오늘밤 옥루에서 달을 구경하며 소창할 것을 돕도록 하셨습니다." 그러자 문창이 한편으로 몸을 일으켜 절하여 받들고 한편으로는 눈길을 흘려 옥녀를 바라보니 성관월패(星冠月珮)로 행동거지가 단정하고 고운데 몹시 정숙하고 매우 아름다워 달과 빛을 다투었다. 문창이 웃으며 말하였다.

"옥녀는 청춘의 나이에 깊은 궁중에 처하여 응당 매우 울적할 것입니다. 이제 옥황상제의 명을 받들고 이곳에 오셨으니 잠시 머물러서 한가로이 노닐면서 회포를 풀고 돌아가시지요."

옥녀가 미소 지으며 말하였다.

"제가 오는 길에 홍란성을 만났는데 직녀의 아름다운 약속을 축하하기 위해 갔다가 돌아오는 길에 이곳에서 만나기로 약속하였습니다. 홍란은 풍류가 있고 재주가 많은 성군이라 문창성군의 오늘밤 시흥을 도울 수 있을 것입니다."

말이 채 끝나지 않았는데 한 선녀가 채색 구름을 타고 서쪽에서 오기에 자세히 바라보니 바로 제천선녀였다. 손에 옥련화 한 송이를 가지고 표연히 누 아래를 지나가므로 문창이 부르며 말하였다.

"제천선녀는 지금 어디로 갑니까?"

선녀가 구름수레를 멈추고 대답하였다.

"제가 영산회에 가서 세존의 설법을 듣고 돌아가는 길에 마하지를 지나는데 옥련화가 많이 피어 몹시 아름다워서 한 가지를 꺾어가지고 도솔궁으로 향하고 있습니다."

문창이 웃으며,

"그 꽃이 매우 기이하니 잠깐 구경하고 싶습니다."

라고 하자 선녀가 미소 지으며 손의 연꽃을 공중에 던지니 문창이

가져 보고 옅게 미소를 띠고 곧 두 구의 시를 지어 꽃잎에 싸서 공중에
던졌다. 그 시는 이러하였다.

> 가련타. 옥련화여!
> 맑고 깨끗한 마하지에서.
> 오히려 봄바람에 뜻을 얻었더니,
> 그대 마음대로 한 가지를 꺾었네.

선녀가 연꽃을 도로 받아 들고 은근히 문창을 향하여 감사의 뜻을
나타내는데 갑자기 동쪽에서 또 한 선녀가 채봉(彩鳳)을 타고 갑자기
오기에 자세히 보자 곧 천요성(天妖星)이었으며 큰 소리로 말하였다.
  "제천선녀는 도에 든 선녀로서 어찌 남포채련[15]과 강진해패[16]의
풍정을 본뜨는가?"
말을 마치고는 선녀가 가지고 있는 옥련화를 빼앗아서 쓰여진 시를
자세히 보고 매우 불쾌한 표정을 짓더니 냉소하며 말하였다.
  "이 꽃과 이 시는 천상에 짝이 없는 보물입니다. 내가 옥황상제께
올려서 감상을 하시도록 하겠습니다."

....

15) 南浦採蓮 : 남포는 중국 강서성의 남창현 서남에 있는 지명으로, 이곳에서 남녀가
    연을 따면서 부른 노래를 '채련곡'이라 하였는데 대체로 남녀의 풍정을 노래하
    였다.
16) 江津解佩 : 강진(江津)은 사천성(四川省)에 속한 지명이며, 해패(解珮)는 한(漢)
    유향(劉向)의 <열선전(列仙傳)>에 "강비 이녀(江妃 二女)는 어떤 사람인지 알
    수 없으나 강한(江漢)의 물가에서 놀다가 정교보를 만났는데 그를 보고 사랑하였
    다. 그가 신인임을 알지 못하고 종에게 '내가 그에게 패옥을 풀어주고 싶다.……
    드디어 손수 패옥을 풀어서 교보에게 주었다'라고 하였으니 강진해패(江津解珮)
    의 풍정은 남녀간의 사랑을 말한다.

선녀가 부끄러워 얼굴을 붉히고 당황해 하는 참에 남쪽에서 또 한 선녀가 칠보관을 쓰고 홍란을 타고 왔는데 영리한 기상과 빼어난 모습은 묻지 않아도 홍란성임을 알 수 있었다. 낭랑한 소리로,

"두 사람의 선랑은 무슨 일로 다툽니까?"

라고 하자 천요성이 웃으며,

"문창성이 시로 은근히 수작하여 상계의 청정(淸淨)한 법도를 무너뜨렸어요."

라고 하였다. 홍란성이 낭랑하게 웃으며 말하였다.

"제가 듣기에 마고선녀17)는 나이가 많고 밝은 덕이 있었으나 왕방평18)을 대하여 쌀을 던지며 서로 희롱하였고, 서왕모19)는 지위가 높고 신망이 두터웠으나 주목왕20)을 만나 백운요21)를 화답하였습니다. 이제 제천선녀가 문창에게 꽃을 던짐에 문창이 시로 수작하는 것을 어찌 못할 수가 있겠어요? 문창은 기대가 큰 선관인데 낭이 어찌 정교보22)와 비교합니까?"

· ·

17) 麻姑仙女 : 중국 전설에 나오는 마고라는 이름의 선녀.
18) 王方平 : 중국 후한(後漢)의 역인(嶧人). 이름은 원(遠). 효렴(孝廉)에 천거되어 관직은 중산대부에 이르렀다. 후에 관직을 버리고 산에 들어가 득도하였다. 환제(桓帝) 때에 자주 불렀으나 나오지 않아 억지로 서울로 오게 하였으나 입을 닫고 말하지 않고 다만 궁문에 400 여 자를 쓰고 떠났다. 신선전에 보인다.
19) 西王母 : 요지(瑤池)에 산다는 여자 신선.
20) 周穆王 : 주 소왕(周昭王)의 아들. 주 목왕이 여덟 마리의 준마를 타고 서왕모를 만났다는 고사가 <목천자전(穆天子傳)>에 있다.
21) 白雲謠 : 서왕모가 주 목왕을 위하여 지었다는 노래.
22) 鄭交甫 : <한시외전(漢詩外傳)>에 보면, 정교보가 한수 주변에서 두 여인을 만났는데 그들이 차고 있던 명주를 탐내어 여인들이 그것을 풀어서 교보에게 선사했다는 이야기가 있으며, <열녀전>에는 두 여자가 양자강 가에 나와 노닐다가 정교보를 만나 패옥을 끌러 선사했는데 정교보가 패옥을 받아 수십 걸음을 갔더니 품속의 패옥이 없어졌고 여자도 보이지 않았다고 한다.

하고는 천요성이 가지고 있는 옥련화를 빼앗아서 자기 머리 위에 꽂고 오른 손으로 제천의 손을 잡고 왼손으로는 천요성의 소매를 끌며 말하였다.

"오늘 밤 달빛이 대단히 아름다우니 백옥루에 올라 달구경을 합시다."

두 여자가 홍란을 따라 백옥루에 오르자 문창과 옥녀가 서로 맞아 자리를 정하는데 문창은 제일 첫 번째 자리에 앉고, 옥녀는 두 번째 자리, 천요성은 세 번째 자리, 홍란성은 네 번째 자리, 제천선녀는 다섯 번째 자리에 앉았다. 차례로 자리를 정한 뒤에 문창이 웃음을 띠며 말하였다.

"옥루의 경치가 어느 밤인들 좋지 않을까마는 여러분의 선녀들이 이와 같이 서로 만나는 것은 기이한 인연이라고 할 만합니다."
라고 말하자 홍란성이 웃으며,

"이는 모두 옥황상제가 내리신 바요, 문창의 청복입니다. 다만 제가 그 사이에 한바탕 풍파를 연출한 것은 실로 미안합니다."
라고 하였다. 옥녀가 놀라서 위로하며,

"그게 무슨 말씀입니까?"
라고 하자 홍란이 다시 미소 지으며 말하였다.

"제가 아까 운손낭랑을 축하하고 돌아오다가 은하를 지나가는데 까막까치가 다리를 이루어 제도가 대단히 기이했어요. 제가 어린 마음으로 그 다리를 건너는데 갑자기 북해용왕이 수레를 씻고 돌아오는 길에 한 떼의 까막까치가 놀라 흩어져서 저는 거의 물 가운데 겁먹은 귀신이 될 뻔했습니다."

문창이 미소 지으며,

"오작교는 직녀와 견우가 결연을 하는 다리인데 홍란이 까닭 없이 지나가니 조물이 잠시 희롱한 것입니다."
라고 하여 모두 크게 웃었다. 홍란이 또 웃으며 말하였다.

"제가 아까 도화성을 만났더니 또한 대단히 무료해하기에 함께 오기를 요청하였는데 그 사람은 아직 나이가 어린 성군이라 광한전의 우의무(羽衣舞)를 구경하고 온다고 합니다. 그가 돌아오는 길에 반드시 이곳을 지날 것이니 함께 즐기는 것이 좋을 듯합니다."

말을 마치기 전에 한 선녀가 자하거(紫霞車)를 타고 운금상(雲錦裳)을 입었는데 용모가 아름다워서 마치 한 가지의 복사꽃이 봄바람에 반쯤 핀 듯하니, 묻지 않아도 도화성임을 알 수가 있었다. 홍란이 미소 지으며 누각 머리에 나가 서서 큰 소리로,

"도화성은 어찌 늦게 오시오? 이곳에 여러 분의 옥녀와 제천선녀며 천요성이 모여 앉아 있으니 함께 달을 구경하는 것이 어떻겠어요?"
라고 하자 도화성이 미소 지으며 옥루에 올라서 여섯 번째 자리에 앉으니 모두 여섯 사람의 선관이었다.

문창이 숙취로 몽롱하여 옥주23)를 휘둘러 미소 지으며 말하였다.

"백옥루는 천상의 제일 누각이요, 가을 칠월은 일 년 중 가장 좋은 계절입니다. 내가 옥황상제의 명을 받들어 좋은 밤 밝은 달을 거의 혼자 즐기다가 여러 선녀들과 이렇게 만나는 것을 기약하지 못하였습니다. 이 또한 쉽게 얻을 수 없는 기이한 만남입니다. 다만 한스러운 것은 술이 없으니 이와 같은 좋은 모임에 어쩌면 좋지요?"

홍란이 웃으며 말하였다.

"지난번 마고선녀를 만났는데 군산에 천일주가 새로 익어서 대단히

---

23) 玉塵 : 손잡이를 옥으로 만든 먼지떨이. 선가(仙家)의 의장(儀仗).

맛이 좋다고 하였습니다. 시녀 하나를 명하여 보내면 그 술을 얻을 수 있을 것입니다.”

옥녀가 미소 지으며 한 시녀를 명하여 천태산(天台山)으로 보내었더니, 마고선녀가 보고서 크게 놀라,

“제방옥녀는 지조가 고상하여 일찍이 술을 구한 일이 없었는데 참으로 이상한 일이다.”

하고는 곧 마노병을 가져다가 겨우 몇 말의 술을 담아서 보내었다. 홍란이 낭랑에게,

“천태산의 할머니는 동해가 뽕나무 밭이 세 번 되는 것을 보았지만 인색한 마음은 예전처럼 변하지 않았군요. 약간의 말술을 어디에 쓰렵니까? 제가 들으니, 지난날에 옥제께서 균천광악[24]을 들으실 때에 창순(蒼鶉)이 난을 일으켰는데 그때 잠깐 취한 것을 뒤늦게 후회하고 주성을 가두고 다시 술을 받지 않으셨으니, 반드시 주성부에 쌓아둔 것이 창해와 같이 많을 것입니다. 문창이 구하면 얻을 수 있을 것입니다.”

라고 하자 문창이 대답하고 곧 선동을 보냈다. 이윽고 천사성은 술을 싣고 북두성은 잔을 씻고 옥액금장[25]과 용포봉적[26]으로 곧 술자리를 이룸에 온 좌석이 크게 취하였다.

홍란성이 이마를 숙이고 눈길을 흘려 손을 들어 달을 가리키며 말하였다.

“저 달은 천상이나 인간이나 모두 다 한 모양이니 비록 상계의 세월이 장구하나 대라용한[27]에 인연의 티끌이 한 번 일어나면 항아의 두

<hr>

24) 均天廣樂 : 아주 미묘한 천상의 음악.
25) 玉液金漿 : 맛있는 고급 술.
26) 龍脯鳳炙 : 용의 포와 봉의 구운 고기.

살쩍에 가을 서리가 다시 새로울 것이니, 어찌 신선술을 담론함으로써 스스로 고상하다고 여겨 이러한 좋은 밤을 무료하게 헛되이 보낼 것입니까? 만일 이 자리에 큰 술잔을 사양하는 분은 복숭아씨[桃核]로 벌하겠습니다.”

문창이 크게 웃으며 취흥이 도도하고 여섯 명의 선관이 난간에 기대어 잠을 자니 옥산(玉山)이 스스로 거꾸러지고 꽃 구름자가 흩어져 어지러웠다.

맑고 깨끗한 별들은 은하를 둘러 있고 맑고 시원한 바람과 이슬은 가득히 옷에 스미는데 어느덧 옥루의 경치가 변하여 병 가운데 천지[28]가 되었다. 다만 시녀와 선동은 난간머리에 모시고 있고 채봉(彩鳳)과 청란(靑鸞)은 누각 아래에 오락가락 하였다.

이때에 석가세존이 영산의 설법을 마치고 연화대에 앉아서 여러 제자와 불법을 강론하시는데 갑자기 마하지를 맡은 화상이,

“마하지의 열 송이 옥련화가 시방[十方]에 응하여 활짝 피었는데 오늘 한 송이가 간 곳을 모르겠습니다.”

라고 아뢰었다. 세존이 오랫동안 말없이 있다가 관음보살에게,

“이 꽃은 천지의 정화와 일월의 정기를 띠어서 기이한 향기와 상서로운 무늬가 시방을 비출 수가 있다. 보살은 그 꽃이 간 곳을 찾아볼지어다.”

라고 하였다.

보살이 합장하여 명을 받고 곧 구름을 타고 공중을 향하여 우러러

---

27) 大羅龍漢 : 十六羅漢의 하나.
28) 壺中天地 : 壺中天. 별천지나 선경. 한대(漢代)에 선인 호공이 항아리 속의 선계에 살았다는 고사에서 유래한 말.

12천을 바라보고 굽어 삼천 계를 살펴보니 옥경 12루에서 한 가닥 이상한 광채를 방출하였다. 보살이 그 빛을 따라 백옥루에 이르니 술잔과 쟁반이 어지럽고 술잔과 산가지가 서로 섞여있었다. 여섯 선관이 일시에 크게 취하여 서로 자리를 깔아 베고 동쪽으로 서쪽으로 쓰러진 가운데 한 송이 옥련화가 자리 위에 놓여 있었다. 보살이 혜안을 들어 바라보고 옅게 미소 지으며 옥련화를 취하여 누각을 내려와 다시 구름을 타고 영산으로 돌아가서 옥련화를 세존에게 바치고 여섯 선관이 취하여 쓰러진 일을 아뢰었다.

세존이 옥련화를 받고 그 잎에 쓴 시를 보시고 미소 지으며 밀다심경[29]을 외우시니 잎에 쓴 시가 한 글자마다 탑 아래로 떨어져서 갑자기 변하여 스무 개의 명주가 되었다. 세존이 다시 윤회의 말씀을 외우시며 옥주를 들어서 탑을 치자, 스무 개의 명주가 쌍쌍이 굴러 다시 변하여 다섯 개의 명주가 되어 광채가 밝게 빛났다. 세존이 구슬과 연꽃을 거두어서 앞에 두시고 대자대비하사 적막하게 입정[30]하신지라, 관음보살이 미소 짓고 곧 게송 한 구절을 이루어 화답하였다. 그 시는 이러하였다.

묘하도다. 연화여!
원래 묘법이 있도다.
나란히 춘풍을 띠고,
우리에게 결습[31]을 보이도다.

29) 密多心經 : <반야바라밀다심경(般若波羅蜜多心經)>으로 곧 반야심경이다.
30) 入定 : 선정(禪定)에 들어감. 마음을 통일시켜 무념무상의 상태가 되는 것을 말함.
31) 結習 : 불가어. 인간 세상의 욕망 등 번뇌를 가리킨다.

이때에 세존이 게송을 들으시고 칭찬하여,

"좋도다. 부처의 말씀이여! 다시 한 말씀으로 대중을 깨우치시라."

하자 보살이 두 번 절하고 연꽃을 가지고 설법하여 이르기를,

"저 옥련화가 본래 바탕이 비록 청정하고 또 천지간의 맑은 기운을 얻었으나 잠시 윤회중의 호탕한 겁을 띠었으니, 중생에게 비유하면 천성이 비록 허령[32]하지만 진근[33]이 거듭 탁하여 오욕칠정을 마음대로 하지 못하고 칠계십율(七戒十律)을 스스로 취한 듯하였다. 우리의 불법이 광대무량하여 정의 뿌리로 말미암아 인연을 말하고 인연으로 말미암아 옛날의 경지를 깨우치게 하나니, 대개 사람의 본성은 연꽃과 같고 정욕은 춘풍과 같다. 춘풍이 아니면 연꽃이 피기가 어려우며 정욕이 없으면 심정을 깨닫기 어려우니, 여러 대중과 선남선녀는 법심을 갖추며 법안을 밝게 하여 연화가 이미 피었으니 춘풍이 와서 이르는 곳을 보라. 천지가 청정하고 강산이 허무하고 적막하니 이것이 이른바 묘법이요, 성각(性覺)이라."

라고 하였다. 이때에 세존이 보살의 설법을 듣고 크게 기뻐하며 말하였다.

"좋도다. 부처의 말씀이여! 누가 장차 이 뜻으로 저 연화와 명주로 하여금 훗날에 열매를 맺어서 거두게 하리오?"

아난이 합장하고 말하였다.

"제자가 비록 법력이 없지만 청컨대 저 연꽃을 가지고 패다라[34]

---

32) 虛靈 : 마음이 잡됨이 없이 영묘(靈妙)한 상태를 말함.
33) 塵根 : 사람을 미혹하게 하는 여섯 가지의 근원 즉, 눈·귀·코·혀·몸·뜻 [眼·耳·鼻·舌·身·意]의 오근(五根)과 의근(意根).
34) 패다라 : 인도의 다라수(多羅樹)의 잎. 그 위에 불경을 베꼈으므로 전하여 불가의 경전이라고 함.

나무 잎으로 변하게 하여, 잎마다 팔만대장경을 베껴 내어 세계 중생의 육근[35]과 육진[36]을 해와 달처럼 비추게 하여 청정광대한 세계로 귀착하게 하오리다."

세존이 또다시 미소 지으며 말씀이 없으시더니 관음보살이 다시 일어나 연화대 앞으로 나아가서 세존에게 말하였다.

"여덟 가지 진미를[37] 먹으면 콩과 조의 담박함을 알고, 무늬를 놓고 수를 놓은 옷을 입으면 베의 검소함을 아나니, 제가 저 연화와 명주를 가지고 한 가지 인연을 만들어서 천추만세에 취하여 잠자는 듯한 부질없는 인생으로 하여금 옛 경계를 깨닫게 하고 불가의 상승(上乘)과 청정광대한 법을 알게 하겠습니다."

세존이 크게 기뻐하여 탑 위에 있는 한 가닥 연꽃과 다섯 개의 명주를 내리시니, 보살이 합장하여 두 번 절하고 보리주를 가지고 금실로 짠 가사를 입고 왼손으로 다섯 개의 명주를 들고 오른 손에 한 가지 꽃을 가지고(다섯 개의 명주와 한 가지 꽃은 후일의 복선이 된다), 남천문에 올라서 대천토를 굽어보니 아득한 고해에 욕망의 물결이 하늘에 닿았고, 쓸쓸한 홍진[38]에 취한 꿈이 어두웠다.

보살이 미소 짓고 오른 손의 연꽃과 왼 손의 구슬을 동시에 공중을 향하여 던지자 명주는 사방으로 흩어져 어디로 간 지를 알지 못하겠고, 다만 한 송이 연꽃이 흰 구름 사이로 날아서 인간 세계로 떨어져

35) 六根 : 불가에서 말하는 사람을 미혹하게 하는 여섯 가지의 근원. 진근(塵根)과 같은 말.
36) 六塵 : 불가에서 색·성·향·미·촉·법(色·聲·香·味·觸·法)에서 일어나는 여섯 가지의 욕정을 말한다.
37) 八珍味 : 8가지 진기한 음식. 즉, 용의 간(龍肝)·봉황의 골수·토끼의 태(兎胎)·잉어 꼬리·징경이 구이·곰의 발바닥(熊掌)·성성이 입술(猩脣)·표범의 발굽(豹蹄).
38) 紅塵 : 죄악으로 가득한 인간세상.

내려와 한 개의 명산이 되었다. 알지 못하겠노라, 보살의 법력이 장차 어떠한 인연을 지어서 어떠한 결과를 지을 것인지!

또한 아래 회를 보라.

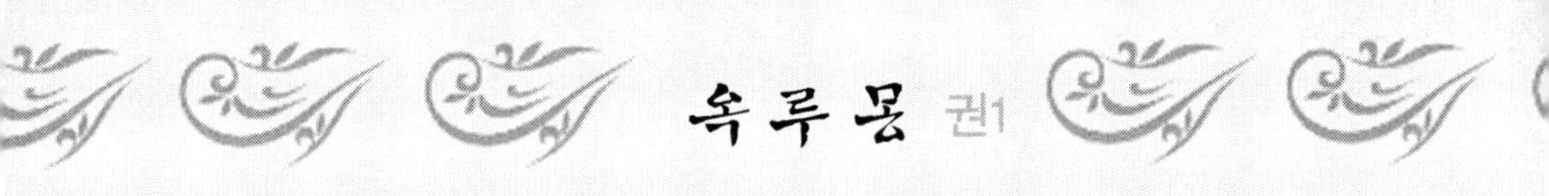

옥루몽 권1

제2회 | 허부인이 옥련봉 꿈에서 깨어나고,
양공자가 삽강정에서 채전을 던지다

한편, 남쪽에 한 유명한 산이 자리하고 있으니 둘레가 오백 여리요 높이가 만 팔천 장쯤 될 만하였다. 돌 빛이 백옥을 묶은 것과 같아 멀리서 바라보면 한 송이 연꽃이 푸른 산에 솟아난 듯하니 일컫는 자가 옥련봉이라 하였다. 중고(中古)에 한 도사가 있어 지나가다가 산봉우리에 올라 산세를 보고 감탄하여 말하였다.

"아름답다. 이 산이여! 우뚝한 형세는 봉황이 날고 용이 서린듯하구나! 맑은 기운을 받았으니 이는 우공(禹貢)이 산과 물을 경계로 구주로 나눈 산이 아니라[1], 불가에서 말하는 비래봉[2]이다. 삼백 년을 지나지 않아서 한 특별한 기남자(奇男子)가 나서 반드시 청명한 대지의 기운에 응할 것이다."

---

1) 우공이~ : 우공은 서경(書經) 하서(夏書)의 편명. 중국을 구주(九州)로 나누고 각 구역의 지리, 산물 등에 대하여 기술하였다.
2) 飛來峰 : 다른 곳에서 날아 옮겨온 외딴 산봉우리.

그 수백 년 후에 점차 수삼 촌락을 이루었고 촌락 가운데 한 처사가 있어 성은 양이요 이름은 현이었다. 그 부인 허씨와 산에 올라 나물을 캐고 물가에 가서 고기를 잡아 세간의 영화로운 욕심을 뜬 구름처럼 여겨 세상 밖에서 소요하는 군자였다. 다만 나이가 40이 다 되도록 한 명의 자녀도 없어 부부가 서로 대하여 매번 우울하고 즐겁지가 않았다.

하루는 3월 봄날이었다. 허씨가 사창을 열고 무료히 앉아 있을 때 쌍쌍의 봄 제비가 대들보 위에서 새집을 짓기 위해 날아갔다 날아오며 벌레를 움켜쥐어 새끼에게 먹이는 것을 보고 길게 한탄하여,

"천지 만물은 생명을 낳는 이치를 타고 나지 않은 것이 없고, 자식과 어미의 정을 모르는 것이 없거늘 나는 홀로 무슨 까닭으로 평생이 쓸쓸하여 도리어 저 미물만 못한가?"

하고 저절로 눈물이 옷깃을 적시었다. 양처사가 밖에서 들어와서,

"부인이 얼굴에 근심스런 기색을 띠었으니 어찌된 일이오? 오늘은 일기가 청명하군요. 우리 부부가 이곳에 산지 이미 오래되었으나 아직 한 번도 옥련봉에 오르지 못했으니 지금 높은 멧부리에 한 번 올라 이 울적한 회포를 풀어 보는 것이 어떻겠소?"

라고 하자 허씨가 크게 기뻐하여 대나무 지팡이를 잡고 산길을 따라 차근차근 위로 올랐다. 이때 살구꽃은 이미 다 지고 철쭉은 만발한데 곳곳마다 나비의 춤과 골짜기마다 벌의 노래는 일 년의 봄빛을 속절없이 재촉하였다. 혹은 장난삼아 흐르는 물에 손을 씻기도 하고 혹은 나무그늘을 찾아 다리를 쉬면서 점차 앞으로 나아가자 돌부리가 가파르고 산길이 험준하였다. 허씨가 바위 위에 앉아 숨이 차서 헐떡거리며 힘들어 하여 땀이 나삼을 흠뻑 적시었다.

처사가 웃으며 말하였다.

"아직도 범인의 체질을 면치 못했으니 상봉을 보기가 어렵겠소."

허씨가 웃으며 답하였다.

"저는 실로 신선과 연분이 없거니와 당신의 기색 또한 편안치 않으시니 시를 읊으며 동정호를 날아서 건너던 여동빈[3]에게 부끄럽습니다. 잠시 바위 위에 쉬다가 다시 나아가는 것이 좋을까 합니다."

처사가 크게 웃고 죽장을 들어 산봉우리를 가리키며 말하였다.

"내가 이미 이곳에 도착하였으니 잠시 쉰 후에 두루 이 산을 밟고 돌아가리라."

한동안 쉰 뒤에 다시 일어나 부인과 함께 산봉우리 중간쯤 오르자 산이 높고 계곡이 깊어 푸른 소나무 늙은 회나무는 앞뒤로 빽빽하고 기이한 바위와 괴이한 암석은 좌우로 늘어서 있었다. 사슴의 발자국과 원숭이와 성성이의 그림자는 자주 사람을 놀라게 하여 동에 번쩍 서에 번쩍 어지러웠다. 허씨가 두려운 기색이 있어 걸음을 멈추고 말하였다.

"이곳은 가장 험준하여 앞으로 나아가기 어렵습니다. 저는 산봉우리에 오르고 싶지 않습니다."

처사가 미소 짓고 돌길을 배회하다가 한 곳을 바라보니 한 면의 석벽이 반공에 우뚝하여 절벽을 이루었고 낙락장송이 벽 위에 드리워져 있었다. 허씨가 손을 들어 가리키며,

"저곳이 그윽하고 한갓지군요. 가서 살펴보는 게 어떨까요?"

라고 하였다. 처사가 고개를 끄덕이고 넌출을 잡기도 하고 돌에 걸터 앉기도 하며 백여 걸음을 가자 과연 푸른 이끼가 낀 바위가 있어 높이

----

3) 呂洞賓 : 당나라 때의 도인. 신선술을 배워 여진인으로 불린다.

가 십 여 장이 될 만하였으며, 전면에 조각의 흔적이 있어 허씨가 손으로 이끼를 걷어 보니 이는 관음보살의 진상이었다. 조각이 지극히 정교하여 이목이 분명하였으나 등나무와 담장이 덩굴이 늘어져 있어 오래되고 기이한 빛이 있었다. 허씨가 처사에게 말하였다.

"이 부처는 명산에 있어 인적이 닿지 않았으니 반드시 영험이 있을 것입니다. 제가 지금 기도하여 아들을 구하기를 발원함이 어떻겠습니까?"

처사가 본래 불사(佛事)를 좋아하지 않았으나 허씨의 정성에 감동하여 죽장을 주워들고 앞으로 나아가 부부 두 사람이 공경하는 마음으로 예로써 절하고, 후사를 구하는 일념으로 마음속으로 말없이 빌었다. 예를 마치고 서로 대하여 한심한 눈물을 금하지 못하였다. 손을 잡고 미로(迷路)를 찾아 아래로 내려갈 때 해는 이미 저물어 빈산은 적막하고 소나무 바람은 쓸쓸한데, 바위 위 죽장 소리에 자는 새가 놀라 날아 적막한 심사와 처량한 회포를 금할 길이 없었다. 허씨가 걸음걸음마다 마음속으로 기도하기를,

'우리 부부가 스스로 반평생을 돌이켜 보건대 별로 악한 일을 쌓은 적이 없는데도 지금 산간에 외떨어져 살며 죽을 곳을 알지 못하고 몸뚱이 외에는 아무 것도 없습니다. 엎드려 바라건대 신령한 보살님께서는 축원하는 정성을 가엾게 여기시어 여생에 자비를 베푸소서.'

라고 하였다. 빌기를 마치고 천천히 걸었더니 벌써 산문(山門)에 도착하였다.

손을 잡고 내당에 올라 부부 두 사람이 조용히 등불을 밝히고 바로 앉아서 서로를 마주하니 때는 바야흐로 밤이 깊었다. 피곤을 이기지 못하여 정신없이 잠이 들었더니 허씨의 눈에 한 보살이 한 송이 꽃을 가지고 옥련봉에서 내려와 공손히 허씨에게 주기에 놀라 깨어보니

곧 한 꿈이었다. 남은 향기가 방 안에 가득하였기에 처사를 대하여 꿈속의 일을 이야기하자 처사가 웃으며 말하였다.

"나 또한 지금 기이한 꿈을 꾸었는데, 한 줄기 금빛이 하늘에서 내려와 한 기이한 남자로 변하여 '나는 하늘나라의 문창성인데 귀문 중에 다하지 못한 인연이 있어 의탁하려고 왔습니다' 하고 품안으로 들어왔는데, 상서로운 기운이 방안에 가득하고 광채가 휘황하여 놀라 깨었으니 이것이 어찌 심상한 꿈이겠습니까?"

부부가 속으로 말없이 기뻐하였다. 과연 이달로부터 문득 태기가 있어 이윽고 열 달 만에 한 귀남자가 태어났다. 이때 옥련봉 위에 신선의 음악이 낭랑하고 상서로운 기운이 가득하여 사흘 밤낮을 흩어지지 않았다.

아이가 태어남에 풍채가 관옥과 같고 이마 위에 산천의 정기를 띠었으며 두 눈에 해와 달의 빛이 엉기어서 맑고 뛰어난 재질과 빼어난 풍도가 선풍도골이요 영웅군자였다. 처사 부부가 만금을 얻은 것 같은 것은 물론이고, 이웃의 보는 자마다 그 누군들 양가의 상서로운 기린과 상서로운 봉황이라고 찬양하지 않았겠는가!

태어난 지 한 살 때 말로 표현을 하고, 두 살 때 옳고 그름을 분별하였다. 세 살 때 이웃 아이를 따라 문 밖에서 놀면서 땅에 그려 글자를 이루며 돌을 몰아 진법을 펴니, 마침 나그네 스님이 지나가다가 한참 동안 자세히 보고 크게 놀라,

"이 아이는 문창·무곡[4]의 정기로서 뜻밖에 이곳에 와 있구나. 나중에 반드시 크게 귀하게 될 것이다."

---

4) 文昌·武曲 : 성좌명(星座名). 문창은 문운(文運)을 주관하며 무곡은 무운(武運)을 주관한다고 한다.

하고는 말을 마치고 갑자기 사라졌다. 처사가 더욱 기이하게 여겨 아이의 이름을 바꾸어 창곡이라 하였다.

창곡이 여러 아이와 집 뒤 동산에 올라 꽃으로 전쟁놀이를 할 때 처사가 오다 보니 여러 아이는 산꽃을 꺾어 머리위에 가득 꽂는데 창곡은 홀로 앉아 꽂지 않기에 그 까닭을 물었더니,

"소자는 이름난 꽃이 아니면 가지고 싶지 않습니다."

라고 대답하였다. 처사가 웃으며,

"어떤 꽃을 이름난 꽃이라 하느냐?"

하였더니 창곡이,

"침향정 해당화의 요조숙녀의 자태와, 서호(西湖) 매화의 담박한 절개와, 낙양 모란의 부귀한 상을 일러 명화라 합니다."

라고 하니 후일 풍류남자가 될 것임을 알만 했다. 나이가 5, 6세에 글자를 모아 시구를 이룰 수 있어 처사가 그 재주가 많음에도 가르치지 못함을 안타까워하였다.

하루는 밤이 깊은 뒤에 달빛이 하늘에 가득하여 별이 빛나는데 창곡을 안고 뜰을 거닐다가 우연히 달을 가리키며,

"네가 달을 가지고 시를 지을 수 있겠느냐?"

라고 하자 창곡이 응구즉대[5]하였다.

> 큰 별은 번쩍번쩍 빛나고,
> 작은 별은 반짝반짝 빛나네.
> 오로지 한 조각달이 있어,

5) 應口卽對 : 應口輒對와 같은 말. 상대방의 말끝에 즉시 응대함. 시문을 빠르게 지음을 이르는 말.

온 세상을 거울 같이 비추네.

양처사가 보고서 크게 기이하게 여겨 허씨에게 자랑하여 말하였다.

"이 아이의 기상이 탁월하여 제 아버지의 소극적인 면을 본받지 아니하였소."

하루는 처사가 산봉우리 아래에서 고기잡이를 할 때 창곡이 그 아버지를 따라가 구경하였다. 처사가 돌아보며 물었다.

"당나라의 두공부[6]는 완화계에서 고기를 낚을 때 어린 아들 종문이 아버지를 본받아 바늘을 두들겨 낚시 갈고리를 만들었기에 그의 시에 '어린 아들은 바늘을 두들겨 낚시 바늘을 만드네' 라고 하여 지금까지 전해오니 이 또한 시인 문사가 산에 사는 멋이다. 너는 종문의 바늘 두드림을 본받아 아비의 흥취를 도와라."

창곡이 대답하여 말하였다.

"종문이 마침내 성취한 것이 어떠했습니까?"

처사가 웃으며 말하였다.

"별로 탁월한 사업은 없었다."

"물고기를 잡고 땔나무 하는 것으로 문답하는 것은 한가로운 사람들의 일입니다. 대장부는 어려서부터 기운을 날카롭게 하고 체력을 강하게 하여 사업이 사방에 있으며 만민을 구제해야 함에도 어찌 한 개의 작은 낚싯대로 산간에서 놀며 적적하게 허송세월을 하겠습니까?"

이때 창곡의 나이 6세로 처사가 마음속에 기쁨을 이기지 못하나 그 뜻을 알고자 하여 일부러 꾸짖어 말하였다.

---

6) 杜工部 : 당나라의 시인 두보(杜甫)의 별호.

"한신[7]은 국사(國士)로되 집안이 가난하여 성 아래에서 고기를 잡았고, 태공[8]은 현인이지만 문왕을 만나지 못하여 위수에서 고기를 잡았으니 부귀궁달은 인력으로 할 수 있는 것이 아니다. 어린아이가 어찌 어부의 적막함을 조롱하는가?"

창곡이 다시 꿇어앉아서 말하였다.

"일이 이루어지는 것은 하늘에 있으나 계책은 사람에게 있습니다. 소자 비록 불초하나 마땅히 고요[9]와 기와 후직과 설[10]과 방숙과 소호[11]를 본받아 공훈과 업적이 천추에 전해질 것이니 어찌 노장[12]의 용맹함과 필부[13]의 걸식을 부러워하겠습니까?"

라고 하였다. 처사가 이 말을 듣고 더욱 그를 사랑하였다.

세월이 빠르게 지나 창곡의 나이 16세에 이르러 늠름하게 성장하니, 문장이 사람을 놀라게 하고 식견이 출중하며, 타고난 효성과 일취월장하는 학문은 현인군자(賢人君子)의 뛰어난 지조가 있고, 뛰어난 풍류와 호방한 기상은 경천위지[14]의 재덕(才德)을 겸비한 자질이 있었다.

이때 새 천자가 즉위하고 천하의 죄인들을 사면한 후 널리 많은 선비를 불러 문·무과의 방을 걸었다. 창곡이 그것을 듣고 부친께 아뢰었다.

---

 7) 韓信 : 초한 때 한의 대장군.
 8) 太公 : 주나라 무왕 때의 현신(賢臣). 여상(呂尚).
 9) 皐陶 : 순의 신하. 법을 세워 형벌을 제정했다.
10) 夔·稷·偰 : 순임금을 섬긴 신하들.
11) 方叔·召虎 : 주나라의 명장.
12) 노장 : 태공망(太公望) 여상(呂尚).
13) 필부 : 회음후 한신(准陰侯 韓信)을 지칭함.
14) 經天緯地 : 천하를 다스릴만한 재주.

　"남자가 세상에 나아감에 뽕나무 활과 쑥대 화살로 천지 사방을 쏘아 그 뜻을 나타내고 고서를 읽으며 고사를 배우는 것은 장차 임금을 섬기고 백성에게 혜택이 있도록 하여 천하가 골고루 잘 살게 하기 위함입니다. 소자가 비록 불초하나 나이가 이미 지학15)을 지났으니 마땅히 천하의 근심을 먼저 해야 합니다. 어찌 구차하게 전원에 잠적하여 부모의 걱정을 보태겠습니까? 황성으로 과거를 보러가서 입신양명하여 부모의 이름을 드러내고자 합니다."

처사가 그 장한 뜻을 사랑하여 아들을 이끌고 내당으로 들어가 허씨와 서로 의논하자 허씨는 한숨을 쉬며 말하였다.

　"우리 부부가 나이 40에 이르러 자식이 없다가 다행히 하늘의 도움을 받아 너를 낳았으니, 장차 옥련봉 아래에서 나물 캐고 고기를 낚으며 길이 슬하에 두고 여생을 마치는 것으로 족하구나. 어찌 다시 이른바 부귀공명을 구하여 가볍게 이별을 하려 하느냐. 너의 나이가 16세를 지나지 않았고 황성이 이로부터 천 여 리라. 내가 어찌 차마 너를 보내겠느냐?"

창곡이 다시 무릎을 꿇어 아뢰었다.

　"소자가 비록 만 리의 제후로 봉해질 식견은 없사오나 깊이 반정원16)이 붓을 던진 일을 사모한 바 있습니다. 세월은 흐르는 물과 같사오니 때는 저와 함께 하지 않습니다. 만약 이 때를 놓치면 조물이 한가로운 날을 빌려주지 않을까 합니다."

　처사가 탄식하며 말하였다.

---

15) 志學 : 15세. 吾十有五而志于學(『論語』)
16) 班定遠 : 정원은 한나라 때 반초(班超)의 봉호. 글공부를 하다가 붓을 던지고 무예를 익혀 큰 공을 세워 서역도호(西域都護) 등의 벼슬을 지냈다.

　"남자가 문무에 뜻을 둠에 구차하게 사사로운 정을 생각지 말아야 한다. 부인은 한시라도 이별에 대해 애처롭게 여기지 말고 행장을 차려 보내는 것이 어떻겠소?"

부인은 한편으로 기쁘고 한편으로 섭섭하여 창곡의 손을 잡고,

　"우리 부부가 아직 그다지 나이를 먹지 않았으니 잠시 나뉘어져 이별함을 어찌 섭섭해 하리오마는 내가 지금 너를 아직도 어린 아이로 보기로, 처음 슬하에서 멀리 떠나 길손이 되면 새벽과 밤이며 아침저녁으로 동구 문에 기대어 바라는 마음을 장차 어찌하리오?"

라고 하고는 흐르는 눈물을 깨닫지 못하였다. 창곡이 위로하여 말하였다.

　"소자가 비록 불효나 위험한 곳에 빠져서 두 분에게 반드시 걱정을 끼치지 않을 것이니 다만 존체를 보중하시기를 빕니다."

　허씨가 곧 상자 안에 있던 옷가지와 허름한 비녀를 팔아 행장을 준비하되 청노새 한 마리와 동자 한 명과 수십 냥의 은자를 준비하여 날을 택해 길을 떠나게 하였다. 처사 부부가 마을 입구 밖까지 배웅하는데 못 잊어 하는 기색과 거듭 당부하는 말이 애틋하였다. 처사가 아들이 길을 재촉하는 것을 보고 부인을 이끌어 되돌아왔다.

　이때 창곡이 의견이 조숙하나 나이가 아직도 어린지라 처음 길을 떠남에 믿는 바는 한 마리 나귀 등뿐이었다. 무단히 떨어지는 눈물이 저절로 푸른 적삼을 적시었지만 다만 안타까운 마음을 억누르고 황성을 향하여 길을 떠났다.

　이때는 늦봄 초여름이라 녹음은 짙어지고 꽃다운 풀은 무성한데 동풍의 자고새는 나그네의 수심을 돕는 듯하였다. 양공자가 천천히

나귀를 몰아 산천을 구경하며 시구를 생각하면서 부모님을 그리워하는 마음을 지우더니 길을 떠난 지 10여 일만에 소주 접경에 이르렀다.

이때 소주에 큰 흉년이 들어 도적이 온 경내에 가득하였다. 공자 노주가 행차를 조심하여 일찍 숙소를 정하여 쉬고 늦은 후에 길을 떠나 마을 마을을 나아가더니 하루는 길에 지나가는 사람이 적고 숙소가 황량하여 투숙할 만한 곳이 없었다. 마음이 아득하여 나귀를 몰아 가노라니 어느 사이엔가 해가 서산에 져서 점점 황혼이 가까워지고 있었다.

공자 노주가 어쩔 줄 몰라 허겁지겁하여 다만 앞으로 수 리 쯤 나가 한 곳에 이르자 수목이 하늘로 빽빽이 늘어서 있고 높은 고개가 앞을 막았다. 공자가 나귀에서 내려 걸어서 넘는데 달빛이 희미하고 산기슭에 나뭇잎이 흩어져 구불구불한 길이 매우 흐릿했다. 동자는 나귀 뒤에서 채찍을 들고 나귀가 가는대로 걷고 공자는 그 뒤를 따라갔다. 겨우 고개 아래에 이르자 동자가 갑자기 크게 놀라 외마디를 지르며 채찍을 땅에 던지고 뒷걸음을 쳐서 섰다. 공자가 그 곡절을 묻자 동자가 숲속을 가리키며 말하였다.

"이곳에 도적들이 매우 많다고 하더니 저기 서 있는 자가 사람이 아닙니까?"

공자가 그것을 유심히 살펴보니 위쪽으로 가지가 듬성한 고목이 바람에 깎이고 비에 씻기어 썩어서 남은 등걸이 달 아래에 서 있는 것이었다. 공자가 웃으며 동자를 가볍게 나무라고 다시 채찍을 잡아 고삐를 잡고 앞으로 나아갔으나 몇 걸음을 못가서 과연 대여섯 명의 도적들이 숲속에서 튀어 나와 각각 달 아래서 서릿발 같은 칼을 휘두르자 갑자기 피비린내가 났다. 동자가 또 큰 소리를 지르고 엎어지자 그 도적놈이 곧 공자를 향하여 찌르려고 하였다. 공자가 얼굴색을 변하지 않고 태연히 말하였다.

"너희들이 평상시 양민으로 이런 흉년을 만나 배고픔과 추위가 절박하여 행인의 재물을 탈취하는 것은 군자가 측은히 여기는 바다. 내가 노자와 의복을 아깝게 여기지 않지만 사람을 해치고자 하는 것이 어찌 옳겠는가!"

도적의 무리가 웃으며,

"세상 사람들이 재물을 목숨보다 중히 여기는데 만약 죽이지 않으면 어찌 빼앗을 수가 있겠느냐?"

라고 하자 공자가 웃으며 말하였다.

"군자는 허튼소리 하지 않는다. 너희들이 잠시 물러나면 의복과 노자를 모두 주겠다."

도적이 칼을 거두고 물러나자 공자가 동자에게 여행 도구를 가지고 오라 하여 하나하나 꺼내어 도적에게 주고 입은 옷을 하나씩 모두 벗을 때 기색이 태연하여 당황하는 모습이 전혀 없었다. 도적이 서로 바라보며 혀를 내두르더니 공자가 의복을 모두 벗고 단지 몸에 입은 홑옷 한 벌만 남기고 말하였다.

"이것은 가격이 귀하지 않고 벗은 몸으로는 나아갈 수가 없으니 그대는 용서하기를 바란다."

도적이 쾌히 허락하고 길게 탄식하여,

"우리들이 이런 일에 종사한 후로 비록 담이 큰 남자를 많이 보았으나 이런 수재는 처음 보는구나."

하고 그 의복과 행자를 거두어 숲속으로 들어갔다.

공자 노주가 정신을 수습하여 나귀를 이끌고 고개를 내려와서 객점을 찾아가니 이미 삼사경이 지났다. 객점의 문을 두드리자 가게 사람이 보고는 크게 놀라서 말하였다.

"어떤 공자이시기에 이와 같은 깊은 밤에 어떻게 도적의 굴을 지나 올 수 있었습니까?"

공자가 도적을 만났던 일을 대략 이야기하자 가게 사람이 또 놀라서 말하였다.

"이곳을 지나는 나그네 중에 죽은 자가 수를 헤아릴 수 없어 해가 저물면 넘어 오기 어렵고 비록 대낮이라도 저처럼 혼자서는 왕래할 수가 없으니 금일 노주는 복력이 많아서 생명을 보전한 것입니다."

공자가,

"내가 진작에 소주는 강남에서 제일가는 큰 도시라고 들었는데 도적질을 금하지 않는 것이 어찌 이와 같습니까?"

라고 하였더니 가게 사람이 비웃으며 대답도 하지 않고 객실 한 방을 정해 일행을 편히 쉬도록 하고는 등불을 붙여 들어가 다시 도적을 만난 일을 묻고는,

"관부가 비록 멀지 않으나 자사가 주색에 빠져 조금도 정치를 하려 하지 않으니 누가 도적을 금할 수 있겠는가?"

라고 하였다. 한편으로 공자의 여행 노자가 궁핍한 것을 보고 마음속에 딱하게 여겨 찬밥으로 대접하였다. 노주가 서로 지켜 밤을 지내고 날이 밝아 길을 갈 방법을 생각해 보니 아득하여 진퇴양난이었다. 문득 두 젊은이가 들어오기에 살펴보니 손에 각각 활을 들었는데 호탕하고 날렵한 기운이 얼굴에 드러났다. 한편으로 주인을 부르고 술을 청하더니 창곡 노주가 쓸쓸히 앉아 있음을 보고 물었다.

"수재는 어느 쪽으로 가시오?"

"황성으로 갑니다."

"수재는 나이가 어떻게 되시오?"

"열여섯 살입니다."

"어린 수재가 먼 길을 가는 행색이 어찌 그리 고단하십니까?"

"집안이 가난하여 재산이 없고 또 도중에 도적을 만나 의복과 행자를 모두 빼앗겨 앞으로 나아갈 대책이 없군요."

소년이 웃으며 말하였다.

"대장부가 한 사람을 대적할 수가 없어서 저와 같이 낭패하였으니 수재의 용기 없음을 알만 하군요. 수재의 지금 행차는 생각건대 과거를 보러 가는 선비임에 틀림없으니 시문을 알 수 있습니까?"

"먼 시골에서 태어나고 자라서 견문이 고루하니 비록 몇 개의 문자를 배웠으나 어(魚)자와 노(魯)자도 분별하지 못합니다."

"수재는 지나치게 겸손하지 마시오. 내가 수재를 위하여 노자를 얻을 계책을 가르쳐 주리다. 내일 소주자사가 압강정에 큰 연회를 베풀고 소주·항주의 문인·재사들을 모아 압강정 시회를 열어 장원하는 자는 큰 상을 준다고 합니다. 수재가 만약 시율을 짓는 재주가 있다면 황성으로 가는 노자를 어찌 걱정하겠습니까?"

그 중의 또 한 명의 소년이 말하였다.

"그 중에 또 기묘한 곡절이 있으니 수재의 나이가 비록 어른은 아니나 결국 남자라, 이와 같은 일을 알아도 무방할 것이오. 강남의 36주 가운데 기악이 항주가 제일이요, 항주 36교방의 기녀 중에 유명한 자는 강남홍이라. 노래와 춤과 문장과 지조와 자색이 강남의 제일이어서 자사 수령이 마음을 기울이지 않는 자가 없습니다. 그러나 강남홍의 성품이 맑고 높고 강직하여 지기(知己)가 아니면 죽어도 몸을 허락지 않습니다. 강남홍의 나이가 방년 14세에 아직 감히 가까이 한 자가 없지요. 지금 소주 자사는 승상 황의병의 아들입니다. 나이가 거의 30에 인물이 훤칠하여 문장으로써 황성에까지 소문이 나고, 풍채는 옛사람[17]을 압도할 만한데 본디 풍류와 주색을 즐기는 까닭에 강남홍을 끌어 가까이에 두려고 작심하고 있지요. 다음날 압강정의 놀이도 그 뜻이 오로지 강남홍에게 있습니다. 그 가운데 반드시 장관이 있을 것이나 우리들은 무인이라 문인의 좌석에 참석하기 어렵거니와, 수재는 문사라 한 번 가보는 것이 어떻겠습니까?”

공자가 웃으며 말하였다.

“나는 본디 재주가 없으니 어찌 그러한 성대한 모임에 참석할 수 있겠습니까?”

두 소년이 크게 웃고 비단주머니를 열어 술값을 치르고 갔다. 공자는 마음속으로 곰곰이 생각하기를,

‘황자사는 조정의 관리로 깊이 주색에 빠져서 정사를 그르치니 내가 상대하고자 아니하나 지금 어려운 일을 당하여 해결할 방법이 없다. 소년의 말대로 한 때 권도(權道)를 써서 한바탕 우스운 일을 한 번 해보리라.’

하다가 다시 생각하였다.

‘강남은 천하에 이름 높은 곳이라 문장과 물색이 반드시 볼만한 곳인데,[18] 강남홍은 어떤 기녀이기에 의지와 안목이 저토록 고상하여 풍류남자의 호탕한 심성을 끌어 움직이는가?’

- -

17) 옛 사람 : 두목지(杜牧之). 만당(晚唐)때의 시인. 두보에 대하여 소두(小杜)라 일컬어진다.
18) 반드시~ : 덕흥서림본의 ‘必爲可觀處’를 따랐다.

그리고는 주인을 불러 물었다.

"여기서부터 압강정까지 몇 리가 됩니까?"

"30리입니다"

"지금 노자가 없어서 갈 수가 없습니다. 이 나귀를 여관에 두고 우리 노주의 며칠 아침 저녁밥을 주는 것이 어떻겠습니까?"

"비록 보통 행인이라도 노자가 없다고 업신여길 수가 없는데 하물며 공자의 비범한 풍채를 흠모하는 터에 며칠 동안의 보잘것없는 음식을 드리는 것이 어찌 어렵겠습니까?"

공자가 크게 기뻐하며 다시 여관에 하루를 머물고 다음날에 주인에게 압강정의 경치를 구경한다고 말하고 동자를 데리고 압강정을 찾아 떠났다. 동쪽으로 간 지 십 여리에 산천이 깨끗하며 아름답고 물색이 화려하여 곳곳마다 경치가 빼어나게 아름다웠다. 공자가 마음속에 가만히 생각하되,

'압강정이 반드시 강변에 있을 것이다.'

하고 흐르는 물을 따라 걸어서 다시 몇 리를 갔더니 강이 멀리 탁 트이고 산세가 수려하였다. 푸른 구름은 멧부리에 엉겨있고 흰 갈매기는 맑은 모래에서 잠을 자니 압강정이 멀지 않다는 것을 알 수 있었다.

다시 수 십 걸음을 나아갔더니 바람 편에 어렴풋이 음악소리가 들리더니 과연 추녀가 치켜 들린 한 정자가 강가에 솟아 있어 규모가 굉장하였다. 정자 아래에 수레와 말이 떠들썩하고 구경꾼이 주위에 세 겹으로 둘러싸여 인산인해였다. 정자 위를 바라보니 푸른 기와와 푸른 난간은 아득히 솟아있고 황금빛 큰 글씨로 현판을 높이 매달았으니 바로 압강정이었다. 첩첩한 비단 휘장은 바람에 나부껴 상서로운 구름이 일어나고, 아른아른한 향의 연기는 강위에 흩어져 푸른 안개에

엉기고, 흐드러진 음악과 청아한 가곡 소리가 누대에 진동하였다.

 양공자가 동자에게,

 "너는 이곳에서 기다려라."

하고 바로 정자 아래로 가서 소주·항주의 여러 선비들을 따라 정자에 올라 살펴보니 넓이가 수 백 간은 됨직하고 금빛과 푸른빛의 단청이 사치를 다하여 진실로 강남의 제일가는 누관이었다.

 동쪽 의자 위에 오사모를 쓰고 홍포를 입고서 반쯤 취하여 앉아 있는 사람은 소주자사 황여옥이고, 서쪽 의자 위에 창안백발19)로 의젓하게 앉아 있는 사람은 항주자사 윤형문이었다. 윤자사는 사람됨이 매우 너그러워서, 비록 황자사와 나이는 차이가 나고 지기가 맞지 않았으나 이웃 고을을 맡고 있는 정의로 간청에 의해 오게 된 것이다.

 이때 소주·항주의 문사가 압강정에 가득 모여 의관을 정제하고 종이와 붓을 골라 동서로 나누어 배열하고, 양 부의 기녀 백 여 명이 붉고 푸른 옷을 입고 예쁘게 단장하고 좌우로 나열하여 예쁜 웃음과 교태로 서로 외모를 자랑하며 각각 풍류로운 마음을 희롱하였다.

 양공자가 침착한 시선으로 일일이 살펴보니 그 가운데에 한 기녀가 말이 없고 웃지도 않고 새침하게 앉아있는데 구름 같은 살쩍은 치렁치렁하나 얼굴빛이 초췌하였으며, 냉담한 기색은 얼음병 같은 가을달이 정기를 머금고, 총명한 재질은 푸른 바다의 명주가 빛을 숨기고 있는 듯하여, 오히려 침향정 위의 해당화가 자고 있는 것보다 나았다.

 공자가 마음속으로 생각하되,

 '나라가 기울고 성을 기울게 하는 자태를 내가 고서에서나 알았더

---

19) 蒼顔白髮 : 나이가 많아 얼굴빛이 푸르고 머리털이 흼.

니 지금 그러한 사람을 보게 되는구나. 이는 필시 평범한 여자가 아니다. 이는 소년이 말한 강남홍이 틀림없다.'
하고 여러 선비들을 따라 끝자리에 참석하였다.

이때 강남홍이 조용히 앉아서 눈길을 흘려 자리에 있는 여러 선비를 살펴보니 방탕한 거동과 떠들썩한 언사는 구차하고 용렬하지 않은 자가 없었다. 그중 한 명의 수재가 말석에 앉아 있는데 허름한 옷과 담담한 모습이 비록 가난한 선비의 출신이나, 높고 뛰어난 기상이 온 자리를 압도하여 단산의 채봉이 닭 무리에 있는 것과 같고 창해의 신룡이 바람과 구름을 탄 듯하였다.

홍랑이 마음속으로 놀라서,

'내가 청루에 있으면서 많은 인물을 보았거니와 어찌 저런 기남자를 보았으리오?'
하며 자주 눈을 들어 그 동정을 살피고, 공자도 또한 정신을 집중하여 은근히 홍랑자의 기색을 살폈다.

황자사가 정자 위에 여러 선비를 모아두고 홍랑을 돌아보며 말하였다.

"압강정은 강남 중에 제일가는 누관이라, 오늘 문인 재사가 자리에 가득하니 낭자는 한 곡조 맑은 노래를 불러 여러 공의 흥을 도우라."

홍이 새침하게 고개를 숙이고 한참을 말이 없다가,

"상공이 지금 성대한 잔치를 여시니 문사와 시인이 많은 자리에 어찌 보잘 것 없는 곡조로 아름다운 자리를 더럽힐 수 있겠습니까? 마땅히 여러분의 빛나는 문장을 빌어 '황하백운'[20]의 청신한 가곡으로 우열을 가린 일을 본받을까 하나이다."

20) 黄河白雲 : 당나라 시인 왕지환(688-742)의 시구.

라고 하자 여러 선비들이 일제히 그 말에 호응하여 맞장구를 쳤다.

황자사가 마음속으로 내키지 않았으나 스스로 생각하였다.

'오늘의 놀이는 내가 풍류수단으로 강남홍을 꾀려고 한 것인데 좌석 가운데 만약 왕지환의 재주를 지닌 자가 있으면 내가 어찌 무색하지 않겠는가? 그러나 홍랑의 생각과 여러 선비들의 호응이 이와 같으니 만약 그 놀이를 막으면 비루하다 여길 것이다. 내가 차라리 먼저 한 수를 지어 좌중을 압도하고 홍랑에게 나의 재주를 알게 하리라.'

이에 흔연히 웃으며,

"홍랑의 말이 나의 뜻과 꼭 합치하니 급히 시령21)을 내리도록 하라."

하고 여러 선비들을 둘러보며 말하였다.

"각자 1장의 채전을 내릴 것이니 압강정 시를 써서 바쳐 우열을 정하라."

소주 항주 여러 선비들이 승부욕을 내어 어지럽게 붓을 빼어 시 짓는 재주를 다툴 때에 황자사가 곧 거기서 나와 방에 들어가 시구를 생각해 보려고 애를 썼지만 시상이 잘 떠오르지 않고 조사(措辭)가 삭막하였다. 마음속이 다급하여 눈썹을 찡그리고 앉았다가 억지로 웃으며 말하였다.

"지난날 조자건22)은 일곱 걸음 만에 시를 지었거늘, 지금 여러 공들은 시제를 듣고도 반일 동안 겨우 한 수의 시를 이루니 어찌 그리 더디오?"

이때에 홍랑은 눈길을 가만히 돌려23) 양공자의 거동을 살피었다.

---

21) 詩令 : 시회에서 시를 짓기 시작할 때 내리는 영.
22) 曹子建 : 후한 말 조조의 아우. 이름은 식(植). 뛰어난 문장가이자 시인.
23) 가만히 돌려 : 덕홍서림본의 '暗轉ㅎ야'를 따랐다.

공자는 시령을 듣고 문득 미소를 지으며 채전을 펼치고 '물이 용솟음치고 산이 솟는 듯'이 손에서 붓을 멈추지 아니하고 삽시간에 시 3수를 지어 자리 위에 던졌다. 홍랑이 일부러 소주·항주의 여러 선비들의 시를 취하여 먼저 수십 장을 보았더니 모두 케케 묵은 말이어서 뛰어난 것이 없었다. 이맛살을 살짝 찡그리며 재미없다는 기색을 보이다가 양공자가 던진 종이를 받아보니 종요·왕희지[24]의 필법과 안진경·유공권[25]의 서체로 용이 날아오르는 듯하고 종이 위에 떨어지는 구름과 연기 같았다. 안목이 찬란한데 다시 그 시를 논하자면 풍류재사의 기이하고 아름다운 수단으로 성당[26]의 여러 대가들의 웅장하고 깊은 생각이 있고, 포참군[27]의 준일함과 유개부[28]의 청신함을 겸비했으니 물속의 달이라 할 수 있고 거울 속의 꽃이었다.

그 시의 제1장은 이러하였다.

우뚝한 정자 큰 강 머리에 있어,
단청 칠한 기둥에 붉은 난간은 푸른 물을 누르고,
백조는 풍경 소리에 익숙하여,
석양에 점점이 평주[29]로 떨어지네.'

제2장은 이러하였다.

. . . .

24) 鍾繇·王羲之 : 종요는 위(魏)나라 때의 명필. 왕희지는 진(晉)나라 때의 명필.
25) 顏眞卿·柳公權 : 당나라 때의 명필.
26) 盛唐 : 당나라의 문운이 성한 시기.
27) 鮑參軍 : 송나라의 시인 포조(鮑照).
28) 庾開府 : 유신(庾信)의 별호. 북주(北周)의 사람.
29) 平洲 : 강 가운데 있는 평평한 섬.

평평한 모래밭에는 달이 머물고, 나무에는 연기가 머무니,
물에 비친 달은 하늘과 한 경치라.
좋구나! 그대 평지에서 바라보라,
그림 속의 누각이요 거울 속의 신선이라.

제3장은 이러하였다.

강남 8월에 향기로운 바람 냄새 맡으니,
만송이 연꽃 속에 한 송이가 붉구나.
원앙을 두드려 꽃 밑에서 일어나게 하지 말지니,
원앙새 날아가면 꽃떨기가 꺾이리라.

홍랑이 한참 보다가 푸른 눈썹을 모두 펴고 붉은 입술을 반쯤 열어 쪽진 머리 위에서 금 봉채를 뽑아내어 술항아리를 치며 맑은 소리로 바꾸어 노래를 부르자, 남전30)의 한 조각 옥이 돌 위에 부서지고 푸른 하늘의 외로운 학이 구름 사이에 우는 것과 같아서, 들보의 티끌이 날아 나옴에 맑은 바람이 쇄하고 불었다. 자리에 있던 모든 사람들이 쭈뼛하여 얼굴색이 변하고 소주·항주의 문사들이 서로 둘러보았으나 누구의 시인지를 알지 못했다.

홍랑이 노래를 마치고 두 손으로 채전을 받들어 두 자사에 바치자 황자사는 아주 불쾌한 표정이었고, 윤자사는 재삼 읊고는 무릎을 치며 찬탄하고 이름을 열어 볼 것을 재촉하였다. 이때 홍랑이 다시 생각하기를,

------

30) 藍田 : 중국 섬서성(陝西省)의 지명. 남옥(藍玉)의 명산지.

'내가 비록 지인지감은 없으나 평생의 지기를 만나 장차 일생을 맡기고자 하니 반악31)의 풍채를 지닌 자는 한부32)의 업적을 기약하기 어려우며, 이백과 두보의 문장을 품은 자는 장경33)의 방탕이 많기 쉬우니 이는 모두 내가 바라던 바가 아니다. 뜻밖에 손님들이 많은 말석의 한미한 한 수재가 어찌 구슬을 품어34) 자리의 보배가 될 줄을 생각하였겠는가? 이는 하늘이 홍랑의 짝이 없음을 아껴서 영웅군자의 화락하고 단아한 풍류로써 홍랑의 숙원을 이루게 함이로다. 비록 그러하나 수재의 행색이 틀림없이 소주·항주의 선비가 아니다. 만약 성명이 드러나면 황자사의 방탕하고 무뢰함과 여러 문사의 불법 무도함으로 반드시 그 재주를 시기하여 저와 같이 외로운 한 수재를 반드시 어려운 지경에 빠지게 할 것이니 어떻게 하면 좋을까?'
하다가 갑자기 한 계책을 생각해내고 두 자사에게 말하였다.

"오늘 제가 여러 공들의 시로 노래를 한 것은 큰 모임의 즐거움을 돕기 위한 것이며 감히 재주의 우열로써 만좌에 무색함을 주려한 것이 아니오니, 원하옵건대 그 이름을 드러내지 말고 종일토록 함께 즐김이 가장 좋을까 하오며, 날이 저문 후 열어 보는 것이 좋을듯합니다."
두 자사가 그것을 허락하였다. 양공자는 총명한 남자라 어찌 홍랑의 뜻을 모르겠는가? 마음속으로 탄복하여 저절로 공경하는 마음이 일어났다.

---

31) 潘岳 : 진(晉)의 중모인(中牟人). 재주 있고 글 잘하는 미남이었음.
32) 韓富 : 한(漢)나라의 대장군 한신(韓信)과 송(宋)나라의 문신 부필(富弼). 나라에 공을 세운 사람들.
33) 長卿 : 사마상여(司馬相如). 전한 때의 문인. 탁왕손(卓王孫)의 과부 딸 탁문군(卓文君)을 유인해 내어 말썽을 일으켰으나 나중에 모든 일이 잘 풀렸다.
34) 구슬을 품어 : 회벽(懷璧). 소중하거나 큰 재능을 지님.

이윽고 술상을 내올 때 봉생·용관35)과 연나라 노래와 조나라 춤에 강과 하늘이 진동하며, 물과 육지의 물건과 팔진미는 자리 위에 어지럽게 널려졌다. 자사가 모든 기생들에게 명하여 각각 술잔을 드리게 할 때 공자는 본디 주량이 다른 사람보다 많았으므로 잇달아 마시어 사양하지 않으니 약간 취하는 기색이 있었다. 홍랑이 혹시 실수가 있을까 걱정하여 여러 기생들과 일어나 함께 잔을 돌릴 것을 청하고 차례로 술을 드릴 때에 순서가 양공자에 이르러 일부러 자리 위에서 기우뚱 하고는 놀란 척하였다. 공자가 이미 그 뜻을 알고 거짓으로 크게 취한 척하여 돌리는 잔을 굳이 사양하였다.

술이 또한 십여 잔이 돌자 좌중이 크게 취하여 행동거지가 흐트러지고 말이 횡설수설하더니, 소주·항주의 여러 선비들 중에 몇몇 사람이 일어나 자사에게 청하였다.

"생등이 성대한 모임에 외람되이 참석하여 보잘것없는 시구로써 홍랑의 지인지감을 속일 수는 없으니 원망하고 허물할 바는 아니나, 지금 홍랑이 노래한 시는 소주·항주의 문사가 지은 바가 아니라 합니다. 저희들이 그 시의 주인을 찾아서 다시 그 우열을 견주어 자웅을 가려서 소주·항주 두 고을의 부끄러움을 씻을까 합니다."
자사가 미처 대답기 전에 홍랑이 마음속으로 크게 놀라서,

'저 무뢰배들이 취중에 저처럼 기분이 나빠하니 수재가 반드시 그 화를 당할 것이다. 내가 구하지 않으면 안 되겠구나.'
하고 즉시 들고 있던 단판36)을 들고 자리에 나아가서,

"소주·항주의 문사들이 천하에서 유명한 것은 온 세상이 아는 바

---

35) 鳳笙·龍管 : 생황(笙簧)과 피리의 미칭.
36) 檀板 : 악기 이름. 박달나무로 만든 박자를 맞추는 판.

입니다. 오늘 여러 선비들이 분하게 여기게 하였으니 저의 시를 보는 눈이 밝지 못한 죄를 면하기 어렵습니다. 날이 이미 저물고 좌중이 모두 취했는데 다시 시문을 논하는 것이 혹 옳지 않을까 생각되오니, 제가 마땅히 몇 곡으로써 여러 공들의 취흥을 도와 시를 잘못 고눈 죄를 대신 하겠습니다."
라고 하자 윤자사가 웃으며 좋다고 하였다. 홍랑이 다시 이마를 펴고 단판을 치며 강남의 노래 몇 곡을 불렀다.

그 노래 첫 장은 이러하였다.

전당강 밝은 달 아래 연꽃 따는 아이야,
십 리 맑은 강에 배를 띄워 물결이 아름답다 말하지 마라.
너의 노래에 잠겼던 용이 일어나면,
풍파를 일으킬까 두렵다.

중장은 이렇게 노래하였다.

급히 청려를 몰고 가는 저 사람아,
해는 지고 길은 머니 주점에서 취하지 말라.
이후에 폭풍과 소나기가 함께 일 것이니,
옷이 젖을까 걱정되노라.

삼장은 이렇게 노래하였다.

돌아서 항주성에 들어갈 때,
큰길에 청루가 몇 곳이던가?

문 앞에 벽도화는 우물위에 어지러이 피었고,
담장머리의 누각은 강남 풍월이 분명하다.
이곳에 아이를 불러서 오거든 연옥인가 하오.

이 노래는 홍랑이 급하게 지은 것이나 그 초장은 자사와 여러 선비들이 공자의 재주를 시기하여 풍파가 일어날 것을 말함이요, 중장은 공자가 피하여 달아나라는 뜻을 말하고자 함이요, 삼장은 홍랑이 그 자신의 집을 가리키는 뜻이었다.

이때 자사 및 소주·항주의 선비들이 모두 취하여 떠들썩하였기 때문에 모두 자세히 듣지 못하였지만 양공자의 뛰어난 총명함으로 어찌 홍랑의 뜻을 알지 못하였으리오? 마음속에 크게 깨달아 곧 뒷간에 가는 것처럼 하고 몸을 일으켜 누에서 내려 왔다.

이윽고 해가 서산에 지거늘 등촉을 밝게 하고 연회를 마치고자 할 때, 황자사가 좌우에 명하여 장원의 시를 가져오라 하여 그것을 봉한 것을 열어보니 여남의 양창곡이라, 급히 창곡을 불렀으나 한 명도 대답하는 자가 없었다. 좌우에서 아뢰었다.

"아까 말석에 참석했던 수재가 어디로 갔는지를 모르겠습니다."

황자사가 크게 노하여,

"어떤 어린아이 따위가 나의 성대한 연회를 깔보고 함부로 옛 시로써 우리 좌중을 속이다가, 그 본색이 탄로 날까 두려워하여 몰래 도주하였으니 어찌 당돌하지 않은가!"

하며 좌우를 불러 즉시 찾아오라고 명하였다.

소주·항주의 여러 선비 가운데 무뢰배들이 무리를 이루어 팔을 들어 뽐내어 큰소리 치고,

"우리 소주·항주 양주가 시와 술과 풍류로써 천하에 이름을 날렸거늘 지금에 이런 거지 아이에게 농락당하여 이 성대한 모임이 무색하게 되었으니 우리들의 수치다. 이 아이를 기어이 붙잡아 부끄러움을 씻도록 하리라."

하고 일제히 일어났다. 알지 못하겠다, 양공자의 목숨이 어찌 될 것인가?

다음 회를 보라.

제3회 노파가 항주의 청루를 이야기하고,
수재가 객관에서 홍랑을 만나다

한편, 이때 홍랑이 공자가 몸을 빼어 누각을 내려가는 것을 보고,
'나이 어린 공자가 초라한 행색으로 몇 잔 술 때문에 곤란을 당하게
되었으니 다만 잘못되는 일이 있을까 염려될 뿐만이 아니다. 이미
우리 집을 가리켜 주었으니 기이한 수재가 반드시 그 뜻을 알고 찾아
갈 것이나 평생 모르는 항주의 번잡한 곳에 어떻게 찾아갈까?'
라고 생각하니 마음이 조급하여 몸을 빼어 뒤를 따르고자 하였으나
도저히 몸을 뺄 계책이 없었다.

이때에 홍랑은 황자사가 크게 취하고 좌석이 요란하여 여러 선비들
이 장차 소란을 일으키고자 하는 것을 보고 크게 놀라서,
'무뢰배들이 이와 같이 분하게 여기니, 공자의 외로운 나그네 처지
에 어찌 중로의 곤욕을 면할 수 있겠는가? 내가 마땅히 먼저 좌석의
안정을 꾀하리라.'

하고 황자사에게 아뢰었다.

"제가 감히 여러 선비의 시를 평가하여 여러 분들의 소란함이 여기에 이르렀으니, 제가 어찌 이 자리에서 모시고 앉아 있겠습니까? 마땅히 물러나 죄를 기다리겠습니다."

황자사가 이 말을 듣고,

'나의 오늘 놀이는 오로지 홍랑을 위한 것이요, 여러 선비들의 문장을 견주기 위함이 아니다. 홍랑이 편협한 성품으로 자리를 피할 것을 고집하니 이 어찌 살풍경이 되지 않겠는가?'

라고 생각하고 화를 참으며 미소를 머금어 여러 선비를 위로하여 말하였다.

"창곡은 하찮은 어린 아이다. 어찌 비교할 생각을 하리오? 다시 자리를 정돈하고 또 시령을 내려 병촉지유[1]를 계속하고자 하노라."

홍랑이 이 말을 듣고 더욱 놀라 속으로,

'다만 양공자가 주인 없는 빈 집에서 홀로 앉아 나를 기다릴 뿐 아니라, 황자사가 방탕하여 내가 여기 머물면서 이 밤을 보낼 수는 없는데 모면할 계책이 없으니 어찌하면 좋으리오?'

라고 생각하고 말없이 한참을 있다가 이에 한 꾀를 생각해 내고 웃음을 띠며 다시 황자사에게 아뢰어 말하였다.

"제공들께서 관대하게 천첩의 당돌한 죄를 용서하시고 다시 술자리를 마련하여 밤을 샌다고 하시니 어찌 아름답지 않겠습니까? 저는 '시를 지음에는 시령이 있고, 술을 마심에는 주령(酒令)이 있다'고 들었으니 원컨대 주령을 내리시어 자리의 흥을 돕게 하소서."

- -

1) 秉燭之遊 : 등불을 밝혀 놓고 밤늦도록 노님.

황자사가 크게 기뻐하여,

"홍랑이 한 번 입을 열면 어찌 거역할 수 있겠는가?"

하고 이에 물었다.

"주령을 어떻게 할까?"

홍랑이 웃으며 말하였다.

"제가 비록 부족하나 잠깐 소주·항주 여러 선비들의 아름다운 시구을 보고, 아직도 스스로 가슴 속에 새겨 두었으니 마땅히 차례로 낭송할 것입니다. 제가 한 편을 외우거든 여러 분들께서는 한 순배[2]를 사양하지 마시어 여러 분들의 주량과 저의 총명을 서로 시험하여 우열을 비교한다면 이것이 어찌 글과 술이 어우러진 잔치 자리에서 절묘한 주령이 아니겠습니까?"

소주·항주의 여러 선비가 말을 듣고 일제히 무릎을 치며 칭찬을 마지않고 자사에게 말하였다.

"저희들의 졸작(拙作)이 홍랑의 노래에 들지 못한 것이 한스럽더니, 이제 한 번 외게 된다면 그 수치를 씻을 수 있겠습니다."

황자사가 그것을 허락하자 홍랑이 웃으며 자리에 나아가 아미를 숙이고 옥을 깨는 듯한 소리를 내어 여러 선비의 시를 외우는데 한 자도 어긋나지 않으니, 좌중이 모두 혀를 차며 잘한다고 칭찬하고 홍랑의 총명이 매우 뛰어남에 놀랐다.

한 번 외운 뒤마다 홍랑이 여러 기생들을 돌아보고 술 잔 들기를 재촉하니, 이때 여러 문사들이 모두 크게 취하였으나 자기 시를 외는 것을 영광이라 생각하여 도는 술잔이 와도 다투어 마시고 도리어 낭송

2) 巡盃 : 술자리에서 술잔을 차례(次例)로 돌림. 또는 그 술잔.

하기를 재촉하여 홍랑이 잇달아 50, 60편을 외움에 술 또한 50, 60잔이 넘었다. 좌중이 바야흐로 다 취하여 혹은 이리저리 쓰러지며 혹은 술을 토하고 잔을 엎어 차례로 정신을 잃고 거꾸러졌다. 황자사도 취한 눈이 몽롱하고 말이 어눌해져서,

"홍랑아, 홍랑아! 총명하다, 총명하다!"

하고 의자에 기대어 잠이 들었다. 이때 윤자사는 이미 술자리를 피하여 다른 방으로 옮겨 들어갔다.

홍랑이 몰래 누정 아래로 내려와 항주의 창두(蒼頭)에게,

"내가 지금 술자리에서 실수를 하여 본주 자사께 죄를 지어 목숨이 경각에 달려 있어 여기에서 도망가고자 하니 너는 잠시 창두의 의복을 빌려 주어라."

하고, 쪽진머리에서 금봉채(金鳳釵)를 뽑아 창두에게 주면서 말하였다.

"이것의 값어치가 천금이다. 너에게 줄 것이니 내가 항주로 향한 것을 누설하지 말라."

창두가 이미 같은 고향이라는 정이 있고, 또 천금을 얻었으니 크게 기뻐하여 곧바로 응락하고 머리에 쓴 청폭건(靑幅巾)과 몸에 입은 청의(靑衣)와 한 켤레 짚신을 모두 벗어 놓았다. 홍랑이 즉시 갈아입은 뒤에 서둘러 문을 나와 항주 길을 바라보며 십 여리를 가는데 밤빛이 이미 삼·사경에 이르러 달빛은 희미하여 겨우 길을 분별하고 옅은 안개는 어지럽게 옷을 적시었다.

주점을 찾아 문을 두드리자 주인이 나와 이상하게 생각하여 한밤중에 무슨 일이냐고 묻기에 홍랑이 대답하기를,

"나는 항주의 창두로 급한 일로 본부에 가고 있어요. 조금 전에 어떤 수재가 이 길을 따라 지나지 않았습니까?"

라고 하자 주인이 말하였다.

"우리 가게의 문을 닫은 것이 오래지 않았고 나는 술을 파는 사람이라 밤늦도록 길가에 앉아 있었으나 수재가 지나가는 것을 보지 못했소."
홍랑이 이 말을 듣고 마음이 더욱 다급하여 바삐 주인과 이별하고 또 십 여리를 가다가 행인이 있어 공자의 행색을 물었으나 모두 보지 못했다고 하므로 심신이 황겁하여 앞으로 나아갈 뜻이 없어 길가에 앉아 곰곰이 생각하기를,

'양공자가 이 길을 따라 갔으면 틀림없이 만난 사람이 있을 것인데, 지금 행인에게 물어보아도 한 사람도 본 사람이 없으니, 이는 틀림없이 잘못된 일이 있어 저 무뢰배를 만나 욕을 당한 것이다. 이는 모두 나의 잘못이다. 어찌 홀로 안심하고 돌아갈 수 있겠는가? 차라리 발을 돌려 죄 없는 공자를 구하리라.'
하고 다시 소주의 길을 향하여 갔다.

한편, 양공자는 측간을 간다고 핑계를 대고 누각을 내려와 동자를 데리고 다시 객점으로 돌아와 주인을 보고 말하였다.

"내가 가야할 기일은 바쁘고 여비가 없으니 이 나귀를 가게에 저당을 잡혔다가 돌아오는 길에 돌려받겠습니다."

주인이 웃으며,

"비록 잠깐이라도 주인과 손님의 정이 있는데 그 말씀은 사람의 도리가 아닙니다. 공자는 행장을 보중하고 조금도 괘념치 마소서."
하고 나귀를 돌려주었다. 공자가 두 번 세 번 사양하였으나 끝내 듣지 않았다. 어쩔 수가 없어 훗날 약속을 남기고 주인과 이별하고 다시 동자에게 나귀를 몰게 하여 가는데 마음속으로 망설이며 생각하였다.

‘홍랑의 노래 제3장이 비록 분명히 그의 집을 가리키기는 하나 내가 처음 길에 어찌 어긋나지 않고 찾아 갈 것이며, 만약 바로 황성으로 향한다면 또한 여비가 없으니 어떻게 길을 떠날 수 있겠는가?’

한참 후에 생각하기를,

‘홍랑은 나라에서 짝이 없는 미인이라 말씨가 지극히 아름다워 남몰래 가약(佳約)을 맺었거니와 나 또한 장부의 마음이라 어찌 그 은근한 정을 저버릴 수 있겠는가? 지금 바로 찾아가는 것이 옳다.’

하고는 나귀를 서둘러 몰아서 항주로 향하는데 밤이 깊어 인적이 드물어 길을 물을 곳이 없었다. 한 술집을 찾아 문을 두드리니 주인이 나와 행색을 자세히 보더니 혼잣말로,

“이제 과연 왔구나!”

라고 하여 공자가 이상하게 여겨 물었다.

“나와 주인이 일찍이 한 번 본 적이 없는데 어떻게 이렇게 온 것을 압니까?”

“아까 한 창두가 급히 항주로 향하면서 수재의 행적을 탐문하기에 그래서 혼자 말한 것입니다.”

“그러면 그 창두가 어떤 일로 간다고 하였소?”

“그것은 묻지 못하였으나 행색이 매우 급하더이다.”

공자가 다시 다른 일은 묻지 않고 나귀를 몰아가는데 마음속에 의혹이 생겼다.

‘홍랑의 노래에 주점에서 쉬지 말라 일렀는데 내가 주점에 들어온 것이 후회스럽구나. 그 하인은 틀림없이 황자사의 하인일 것이다. 나를 따라 온 것이니 만약 서로 만난다면 어찌 불행이 아니겠는가?’

또 몇 리를 가자 먼 마을에서 닭이 ‘꼬끼오’ 울고 새벽빛이 동쪽에서

어렴풋이 보였다. 멀리 바라보니 한 창두가 바삐 왔다. 공자가 속으로,
　'저것은 틀림없이 소주 창두가 나의 종적을 찾지 못하고 돌아오는 것이니 내가 잠시 피하리라.'
하고 동자에게 나귀를 돌리라 하여 길가 숲 속에 몸을 숨기고 그 동정을 살피니 그 창두가 급한 걸음으로 지나갔다. 다시 채찍을 들어 수십 리를 가자 날이 이미 밝았다. 행인에게 항주의 거리를 물으니 불과 30여 리라고 하였다.

　한 곳에 이르자 산이 나지막하고 물이 맑아 산뜻하고 아름답기가 그림과 같고 제방 위의 수양버들과 물가 주변 누각의 경치가 아주 뛰어나서 큰 다리는 허공의 무지개가 되었고, 열 두 구비 돌난간은 백옥을 새겨 영롱하니 이는 소공제(蘇公堤)라. 옛날에 송나라 소동파가 항주 자사가 되었을 때에 서호(西湖)의 물을 끌어와서 긴 제방을 쌓아 완성하고 이 다리를 만들고 다리 위에 누정을 지어 7, 8월에 연꽃이 가득 피면 여러 기생과 수중에서 연을 따고 감상하던 곳이었다.

　공자가 마음이 매우 급하여 풍광을 감상하는 것에는 뜻이 없어 바로 성안으로 들어가 큰 길을 따라 가자 사람들과 물건들이 번화하고 시정이 시끌벅적하여 소주에 비할 것이 아니었다. 청루와 술집이 길가에 즐비하여 누각 앞에 붉은 기가 곳곳에서 휘날렸다. 공자가 나귀를 몰며 문 앞에 벽도화가 핀 곳을 자세히 살피었으나 그 곳을 찾지 못하여 마음속에 의심이 뭉게뭉게 생겨서,
　'수재로서 청루를 방문하는 것은 매우 괴이한 일이다.'
하고 길 옆 술집에서 나귀를 내려 쉬는 척하고 있다가 우연히 노파에게 물었다.
　"저 길가에 기를 꽂은 곳은 어떤 사람의 집입니까?"

노파가 웃으며 말하였다.

"공자는 이곳을 처음 보시는군요. 저 깃발이 매달린 곳은 모두 청루입니다. 우리 항주에는 청루 교방(敎坊)이 72개가 있는데 내교방이 36개이고 외교방이 36개입니다. 외교방은 창녀가 있고 내교방은 기녀가 있어 내외교방이 매우 다릅니다."

"내가 옛날 책에서 보니 창녀와 기녀는 한 부류인데 무슨 구별이 있습니까?"

"모르는 말씀이오. 다른 곳에는 혹 구별하지 않는 바가 있겠으나 우리 항주는 창녀와 기녀의 구분이 매우 엄격합니다. 창녀는 외교방에 있어 아무나 모두 볼 수가 있으나 기녀는 내교방에 있어 그 품계가 4등급이어서 첫 번째는 그 지조를 보고, 두 번째는 그 문장을 보고, 세 번째는 그 가무를 보고, 네 번째는 그 자색을 봅니다. 행인·과객이 비록 돈과 비단이 산과 같아도 문장과 재예(才藝)를 갖추지 못하면 보기가 어렵고, 가난하고 어려운 선비라도 지기가 서로 맞으면 절개를 지키고 변하지 않으니 어찌 구별이 없다고 하겠습니까?"

"그러면 내교방은 어디에 있고 기녀는 몇 명이나 되지요?"

"여기 깃발을 매단 곳은 모두 외교방입니다. 남쪽으로 들어오면 돌아가는 길이 있으니 그 길을 따라서 내려가면 좌우에 누각이 열을 지어 있는데 이것이 곧 내교방 청루입니다. 외교방의 창녀는 많아서 수백 여 명에 이르나 내교방의 기녀는 겨우 삼십 여 명입니다. 그 중 가무(歌舞), 자색(姿色), 지조(持操), 문장(文章)을 다 갖춘 기녀는 제일 방에 있고, 다만 지조와 문장이 있는 기녀는 제이 방에 있어 각각 스스로 지키는 것이 매우 엄격합니다."

공자가 또 물었다.

"지금 제일 방 기녀는 누구지요?"

"기녀 이름은 강남홍이니 항주의 인사들이 논하기로는 그 지조며 문장과 가무와 자색이 강남에서 제일이라 합니다."

공자가 웃으며,

"노파는 항주의 자랑을 지나치게 하지 마시오. 내가 돌아가는 길이 바쁘니 다른 날에 다시 만납시다."

하고 나귀를 타고 다시 남문의 길로 나아가 좌우를 자세히 살피니 과연 돌아가는 길이 있었다. 어렴풋이 깨달으니 홍의 노래에 이르기를,

'항주 성문을 돌아 들어가는 사이에 큰 길 청루가 몇 곳인가?'

라고 하였더니 어찌 분명하지 않겠는가? 그 길을 따라 내려가며 좌우를 돌아보니 큰 길이 가지런하고 누각이 촘촘하여 외교방보다 나았다. 푸른 기와와 붉은 난간은 석양이 비추어 영롱하고 여린 버들과 기묘한 꽃은 봄바람에 흔들리며 펄럭이는데, 곳곳의 거문고와 피리며 집집의 노래 소리는 귓가에 울려 호탕한 마음을 일으켰다.

공자가 나귀를 타고 길을 가 이미 35개 청루를 지나자 제일 마지막 한 곳에 단장한 담장이 높고 깨끗하며 그림 그린 누각이 우뚝 솟아 화려하였다. 맑은 시내에 흰 모래를 넓게 펴서 맑고 깨끗한 물을 끌어 들이고, 작은 다리에 무지개 모양을 만들어 작은 길을 만들었거늘 공자가 돌다리를 건너 10여 걸음을 가자 과연 벽도화 한 그루가 우물 위에서 꽃을 피우고 있었다. 나귀에서 내려 문 앞에 이르자 문 앞에 큰 글씨로 뚜렷이 드러나게 '제일 방'이라 하고 동편에서 한 가닥의 단장한 담이 버들 사이로 은근히 보이고 몇 층의 누각이 훌쩍 담 머리에 우뚝 솟아 있었다. 단장한 벽의 비단 창에는 구슬발이 드리우고 '서호풍월(西湖風月)' 넉자를 뚜렷하게 써서 걸어 놓았다. 동자에

게 문을 두드리게 하였더니 한 아환(丫鬟)이 푸른 옷에 붉은 치마를 입고 나왔다.

공자가,

"너의 이름이 연옥이 아니냐?"

하고 묻자 아환(丫鬟)이 대답하였다.

"공자는 어디에 사시며, 어떻게 저의 이름을 아십니까?"

"너의 주인이 지금 집에 계신가, 안계신가?"

"어제 본주 자사를 모시고 소주 압강정의 놀이에 가셨습니다."

"너의 주인과 일찍이 친분이 있었는데 찾아왔다가 만나지 못하니 안타깝구나. 언제 돌아오시느냐?"

"오늘 돌아오신다 하였습니다."

"그러면 주인 없는 집에 어찌 계속 머무를 수가 있겠는가? 내 마땅히 인근 술집에서 머물며 기다릴 것이니 주인이 돌아오시거든 즉시 알려 주지 않겠느냐?"

"이미 주인을 방문하러 오셨으니 객점에서 방황하는 것은 옳지 않습니다. 저의 방이 비록 누추하나 가장 조용합니다. 잠시 쉬시면서 기다립시오."

공자가 혼자 생각하기를,

'청루는 시끄러운 곳이다. 내가 수재로서 이곳에 머무는 것이 어찌 다른 사람의 이목에 거리낌이 없겠는가?'

하고 나귀를 타며 연옥을 돌아보고,

"주인이 돌아오시거든 다시 오겠다."

하고 근처의 술집을 골라 쉬면서 홍랑이 돌아오기를 기다렸다.

한편, 홍랑이 항주 길을 향하여 오는데 발이 부르트고 다리가 아파 앞으로 나아갈 힘이 없고, 또 날이 점차 밝아오니 복색은 비록 창두나 용모와 자색을 숨길 수가 없었다. 다시 올 때 지났던 객점으로 들어가니 주인이 말하였다.

"그대는 어제 저녁에 여기를 지나간 창두가 아니오?"

홍랑이 말하였다.

"밤중에 한 번 본 사람을 아직도 이렇게 기억을 하니 주인의 다정함에 대단히 감사드립니다."

"아까 그대가 수재의 행색을 묻더니 과연 한밤중에 한 수재가 이 길을 따라서 항주를 향하여 가더이다."

홍랑이 이 말을 듣고 한편으로 놀라고 한편으로 기뻐서 자세하게 물었다.

"그 수재의 행색이 어떠하였습니까?"

"밤중이라 온전히 분별하긴 어려웠으나 동자 하나에 한 필의 나귀로 행장은 초췌하고 의복은 남루하였으며 행색이 매우 바빠 보였으나 그 용모와 풍채는 자못 비범하였는데 무슨 까닭으로 서로 만날 수 없었는지 모르겠군요."

"깊은 밤 먼 길에 공교롭게 서로 길이 어긋나는 것은 혹시 그럴 수도 있으므로 괴이할 것이 없으나 그 수재는 과연 항주로 향하던가요?"

"과연 항주로 향하였으나 길을 잃을까하여 두 번 세 번 길을 물으니 초행이라 생각되었지요."

홍랑이 주인의 말을 듣고 마음속으로,

'공자가 이미 이 길을 따라 갔으면 화를 면한 것을 알겠다. 그러나 나의 집을 방문하러 가서 만약 주인이 없다면 응당 불편한 일이 많을 것이다.'

하고 다시 생각함에 도리어 마음이 조급하였으나 몇 발짝의 걸음을 나아가기 어려워 근심을 하는 사이에 문득 문 밖에서 길을 인도하는 소리가 들리고 한 관원이 지나갔다. 홍랑이 창틈으로 살펴보니 이는 다른 사람이 아닌 바로 항주자사 윤공이었다.

이날에 소주자사가 여러 유생들과 크게 취하여 대단히 요란하였다. 윤공이 이 광경을 보고 심중에 불쾌하고, 또 수재와 홍랑의 간 곳을 알지 못하여 매우 이상하게 생각하였다. 소주자사가 잠에서 깨어 홍랑과 수재가 없는 것을 알고 크게 노하여 본주 관속을 두 길로 나누어 한 무리는 황성 가는 길로 향하게 하여 창곡을 잡아오라 하고 한 무리는 항주가는 길로 향하게 하여 강남홍을 잡아오라 하여 부중이 진동하였으며, 소주·항주의 여러 선비가 취기를 타고 기세를 부려 그 형세가 매우 위태롭고 패악스러웠다.

윤자사가 정색을 하고 말하였다.

"노부가 명공3)과 함께 천은을 입어 태평하여 일이 없는 때에 지방관으로 부임하였소. 백성이 안락하고 공무가 많지 않아 술과 여자, 음악과 기녀로 누관(樓舘)에서 한가롭게 노는 것은 장차 위로는 춘대옥촉4) 태평한 시대의 다스림을 돕고, 아래로는 강구연월5) 격양지가6)에 화답하여 성은의 만분의 일이라도 보답하고자함이오. 오늘의 압강

---

3) 明公 : 듣는 이가 높은 벼슬아치일 때, 그 사람을 높여 이르던 이인칭 대명사.
4) 春臺玉燭 : 춘대는 성세(盛世)의 비유. 봄엔 음양이 교통하고 만물이 감동하므로 대(臺)에 올라 바라보면 기분이 아주 흐뭇하다는 뜻이다. 옥촉은 기후가 조화를 이룸. 임금의 덕이 옥처럼 아름답고 촛불처럼 밝다는 뜻이다.
5) 康衢煙月 : 강구는 사통오달의 큰길로서 사람의 왕래가 많은 거리, 연월은 연기가 나고 달빛이 비친다는 뜻으로, 태평한 세상의 평화로운 풍경.
6) 擊壤之歌 : 고복격양(鼓腹擊壤). 배를 두드리고 발을 구르며 흥겨워한다는 뜻으로, 태평성대를 형용하여 이르는 말.

정 놀이는 소주·항주의 경내에서 알지 못하는 사람이 없는데 명공의
체통과 노부의 많은 나이로 한 창기의 풍정으로 시끄러운 일을 빚어내
고, 삼척동자의 재주를 시기하여 지나친 행동을 하니, 듣는 자가 모두
'두 자사는 정사를 폐하고 주색에 빠져 그 체통을 잃었다'고 하리니
이는 어찌 성은의 뜻에 보답한다고 하리오? 또 강남홍은 우리 부의
기녀요. 그 도주는 반드시 까닭이 있을 것이니 조용히 처리하여도
마땅히 늦지 않을 것이오. 양창곡에 이르러서는 다른 지방의 선비라,
과거를 보러가는 길에 자기를 감추고 능력을 자랑하여 문장을 희롱함
도 또한 문인에게는 항상 있는 일인데, 명공이 지금 관속을 풀어놓아
무리를 이루고 당을 만들어 가는 길을 막으니 어찌 놀랍지 않겠소?
노부가 불행히 이 자리에 참석함이 진실로 너무 부끄럽소이다."

　말을 마침에 기색이 엄숙하였다. 황자사가 매우 부끄러운 얼굴빛
으로,

　"제가 나이 어린 기분으로 생각이 다른 것에 미치지 못했습니다."
하여 사과하고는 좌우를 꾸짖어 물러나게 하니 여러 유생들이 오히려
분함을 이기지 못해하였다. 윤자사가 정색을 하고 말하였다.

　"선비 된 자의 도가 마땅히 학업에 힘쓰고 그 문예를 닦아 자기보다
나은 사람을 원망하지 않는 것이 옳은데, 도리어 다른 사람의 재주를
시기하여 행동이 해괴하고 요망하니 노부가 비록 불민하나 백성을
대하면 법관이 되고 선비를 대하면 사표(師表)가 된다. 만약 훈계를
듣지 않는 자가 있으면 마땅히 회초리로 사제(師弟)의 존엄을 알게
하리라."
하고 행장을 수습하여 돌아가고자 하였다. 황자사가 만류하여 잠시
부중으로 들어가기를 청하여 윤자사가 무시하여 거절하지 못하고 소

주 부중으로 들어갔다. 황자사가 술잔을 올려 은근한 뜻을 보이고 조용히 아뢰어 말하였다.

"제가 허물없는 두터운 정분을 믿고 감히 우러러 청할 말씀이 있으니 선생께서는 당돌한 죄를 용서하시기 바랍니다."

윤자사가 웃으며 말하였다.

"청할 것이 무슨 일이요?"

황자사가 웃으며 말하였다.

"저의 나이가 불과 서른 살이고, 일처일첩은 남자에게 보통 있는 일입니다. 비록 천하의 물색을 다 보지는 못했으나 강남홍같은 경국지색은 옛날에도 없었고 현재에도 짝이 없습니다. 제가 만약 강남홍을 좌우에 두지 못하면 천명을 보존하지 못할 것입니다. 옛말에 '색계(色界)에 영웅열사가 없다'고 하더니 오늘에야 이 말이 절실함을 알겠습니다. 원컨대 선생은 강남홍을 깨달아 알도록 타이르시어 하고자 하는 바를 이루게 하소서."

윤자사가 웃으며 말하였다.

"속담에 이르기를 '백만의 무리에서 장군의 머리를 얻는 것은 오히려 할 수 있으나, 한 사람의 뜻은 뺏기 어렵다'라고 하는데, 강남홍이 비록 천기나 그가 마음을 이같이 지키는 것을 노부인들 어찌하리오? 노부는 다만 방해할 도리는 없습니다."

"저는 이 세상 사람이 되기 어렵겠습니다. 저에게 한 가지 꾀가 있으니 먼저 금은과 비단으로 그 마음을 꾀고 5월 5일 전당호(錢塘湖)에 경도희7)를 베풀어 선생을 청하고 강남홍을 부르면 강남홍이 오지

* * *

7) 競渡戲 : 강에 배를 띄우고 즐기는 놀이.

않을 수 없을 것이니 제가 그 때를 타서 나름의 묘리가 있을까 합니다.”

윤자사가 웃으며 응낙하고 곧 몸을 일으켜 황자사와 작별하고 항주로 돌아오는데 새벽빛을 띠고 한 술집을 지나갔다. 이때 홍랑이 몸을 일으킬 길이 없어 술집 안에 있다가 기뻐서 나와 수레 앞에서 문안을 드렸다. 윤자사가 그 복색을 보고 마음에 긴가민가하여 놀라고 이상해서 물었다.

“너는 누구인고?”

“저는 항주기녀 강남홍입니다.”

자사가 놀라서 물었다.

“네가 연회가 끝나기 전에 까닭없이 변복하고 도주한 것은 어떻게 된 것이냐?”

홍랑이 사죄하며 말하였다.

“저는 주나라 여상[8]은 위수(渭水)에서 80년을 낚시하였고, 은나라의 부열[9]은 바위 아래 담을 쌓고 신세가 곤궁하였으나 평범한 주인을 섬기지 아니하였고, 은나라 고종(高宗)과 주나라 문왕(文王)에게 몸을 맡겼다고 들었습니다. 지기를 만나지 않으면 복종하지 않는 마음은 귀하거나 천하거나 남자나 여자가 한가지입니다. 제가 비록 창기의 천한 이름이 있으나 스스로 지키는 마음은 옛 사람들과 다른 것이 없는데 지금 소주 상공이 까닭없이 천대하고 그 마음을 핍박하시니 제가 도주한 것은 그 기미(幾微)를 본 것입니다. 아뢰지 않은 죄는

----

8) 呂尙 : 주 무왕(周武王)을 도와 은(殷)의 폭군인 주(紂)를 멸망시켜 도탄에 빠진
   백성을 구제하여 인정(仁政)을 베풀게 한 재상이다. 강태공(姜太公)이라고도 한다.
9) 傅說 : 중국 은나라 고종(高宗) 때의 재상. 토목공사의 일꾼이었는데, 당시의 재상
   으로 등용되어 중흥의 대업을 이루었음.

만 번 죽어도 애석하지 않습니다.”

자사가 묵묵부답하더니 한참을 있다가 물었다.

“항주가 이 길로부터 먼데 너는 걸어서 나아갈 수 있겠느냐?”

“제가 밤을 타서 도주하여 다리 힘이 이미 다하고 몸이 좋지 않아 앞으로 나아갈 방법이 없습니다.”

“네가 올 때 타고 온 수레가 이 뒤에 따라오니 다시 이 수레를 타고 돌아가라.”

홍랑이 절하여 사례하고 창두의 옷을 벗고 그 수레에 타서 자사의 뒤를 따라 항주로 향하였다. 부중에 이르러 자사가 수레에서 내리는 것을 보고 막 물러 나오려 하는데 자사가,

“소주자사가 5월 5일에 다시 너를 불러 전당호에서 경도희를 열고자 하니 명심하여라.”

하여 강남홍이 고개를 숙이고 대답하지 않으니 자사가 그 뜻을 알고 물러가라고 하였다.

홍랑이 문 밖으로 나와 수레에 올랐으나 공자의 소식을 알지 못하여 수레 창문으로 길가를 살펴보면서 집으로 향하여 오는데 남문 안의 작은 술집에 한 동자가 나귀를 길가에 매어 놓고 서 있어 자세히 보니 술집 안에 앉아 있는 수재는 곧 양공자였다. 강남홍이 비록 기쁨을 이기지 못하였으나 다시 생각하기를,

‘내가 공자를 여러 사람이 있는 자리에서 바쁘게 대하여 그 용모와 문장을 대략 알았으나 그 언행과 지조를 알지 못하니 장차 평생을 맡길 것인데 갑자기 몸을 허락하기는 어렵다. 내가 마땅히 한 때의 권도10)를 써서 다시 그 마음을 시험하리라.’

하고 수레를 몰아 바로 지나서 집에 돌아갔다. 연옥이 반갑게 나와

맞이하는데 홍랑이,

　"그동안에 나를 방문한 사람이 없었느냐?"

하고 묻자 연옥이 말하였다.

　"조금 전에 한 수재가 낭자를 방문하여 왔다가 낭자가 출타한 까닭으로 앞마을 주점에 머물며 기다리고 있습니다."

　강남홍이 웃으며 말하였다.

　"오신 손님을 주인이 있지 않다고 잘 대접하지 않았으니 심히 무례하였구나. 너는 술과 안주를 가지고 앞 술집에 가서 수재를 접대하되 이러이러 하라."

　연옥이 웃으며,

　"예, 예."

하며 갔다.

　이때 양공자가 객점에 홀로 앉아 매우 심심하게 또 반나절을 보내는데 지는 해가 서산에 걸리고 저녁연기가 사방에서 일어났다. 저절로 사람을 기다리는 것이 어려운 줄을 알았다. 문득 문밖에서 시끄러운 소리가 들리고 한 관원이 지나가기에 옆 사람에게 물었더니 곧 본주 자사였다. 공자가 마음속으로 생각하였다.

　'본주 자사가 이미 연회를 마치고 돌아오니 홍랑의 귀가도 또한 멀지 않았으리라.'

동자에게 나귀를 빗질하게 하고 연옥의 보고를 기다리더니 한 아환이 술과 안주를 가지고 오기에 자세히 보니 곧 연옥이었다.

　공자가 기뻐서 물었다.

---

10) 權道 : 그때 그때의 형편을 따라 일을 처리하는 방도. 목적 달성을 위한 수단, 방편. 상황에 따른 임시방편.

"너의 주인이 돌아 왔느냐?"

"방금 본주 자사가 관아로 돌아온 까닭으로 그 소식을 물으니 주인이 소주 상공의 만류로 5, 6일 후에나 돌아온다고 합니다."

공자는 듣고 나서 실망한 표정으로 말없이 한참 있다가 말하였다.

"이 술과 과일은 누구를 위한 것이냐?"

"공자께서 적막한 객점에서 마음이 심란하실까하여 쇤네가 맛없는 술과 보잘것없는 과일을 주인을 대신하여 가지고 왔습니다."

공자가 그 은근한 뜻을 기특하게 여기며 겨우 한 잔을 마시고 쓸쓸한 마음을 금하지 못하여 다시 마실 마음이 없어 연옥을 돌아보고 말하였다.

"내 갈 길이 매우 급하여 오래 머무를 수가 없으나, 오늘은 날이 이미 저물어서 길을 갈 수가 없고 묵을 집을 정하지 못하였으니 너는 나를 위하여 근처에 객점 하나를 정하여 주겠느냐?"

"저의 집이 주인집과 서로 거리가 멀지 않고 심하게 누추하지는 않으니 공자께서 비록 여러 날을 머무시더라도 무방합니다."

공자가 크게 기뻐하며 연옥을 따라 그 집에 이르자 과연 매우 한갓 졌다. 공자가 나귀와 동자는 연옥에게 맡기고 한 객실을 정하여 쉬고 있었다. 연옥이 돌아와 하나하나 홍랑에게 고하자 강남홍이 웃으며 말하였다.

"내가 마땅히 저녁밥을 올릴 것이니 조금도 누설하지 마라."

연옥이 대답하고 저녁을 준비하여 객실에 이르자 공자가 식사를 마치고 연옥을 향하여 사례하였다.

"한 번 지나는 나그네를 매우 후하게 대접하니 마음이 매우 불안하다."

"주인이 계시지 않아 공자를 누추한 방에 와서 머물게 하고 거친 밥과 나물국으로 대접하오니 도리어 정이 아닙니다."

그리고는 밤에 편안히 자기를 청하고 돌아와 홍랑에게 보고하자 홍랑이 웃으며,

"내가 보기에 공자는 평범한 서생이 아니다. 풍류남자의 기운을 띠었으나 오늘밤에 내 꾀에 빠져 곤란을 당하리라."
하고 몰래 연옥에게 말하였다.

"너는 다시 객실로 가서 공자의 동정을 살피고 오너라."

연옥이 웃고 객실에 이르러 창밖에 몸을 숨기고 동정을 엿보니 숨쉬는 소리도 없이 고요하더니 문득 등불을 돋우는 기척이 있었다. 연옥이 창틈으로 엿보자 공자가 근심스러운 모습으로 등불을 마주하고 앉았는데 쓸쓸한 기색과 외로운 회포가 얼굴에 드러나고 총명한 마음과 어두운 정서가 이마에 가득하였으며 길게 한숨을 쉬기도 하여 이리저리 뒤척이며 잠을 들지 못하였다. 연옥이 자취를 감추고 돌아가고자 하는데 방 안에서 다시 신음 소리가 나면서 공자가 문을 열고 나왔다. 연옥이 담 뒤로 돌아 피하여 몸을 숨기고 살펴보니 공자가 뜰로 내려와 거니는데 밤은 이미 삼경이었다. 새벽 반달은 서산에 걸려있고 찬 이슬은 하늘에 가득한데 공자가 새벽달을 향하여 우두커니 서 있다가 문득 시 한 수를 읊었다. 그 시에 이르기를,

종소리 그치고 시간을 재촉하니 은하수도 자리를 옮기고,
객관 외로운 등불 심지만 여러 번 잘라내는구나.
무슨 인연으로 바람은 뜬 구름을 끌어 일으키는가?
달을 향하여도 항아를 보기 어렵구나.

라고 하였다. 연옥이 본래 총명한 여자로 오랫동안 강남홍을 따라서

시의 뜻을 잘 이해하는 까닭으로 마음속에 자세히 기억하여 돌아와 자초지종을 아뢰었더니 홍랑이 물었다.

"공자의 용모와 기색이 어떠하더냐?"

"어제는 공자의 용모와 기색이 번화하고 수려하여 봄바람에 온갖 꽃이 봄비를 띤 것과 같더니 하룻밤 사이에 안색이 초췌하여 찬 서리에 붉은 잎이 쓸쓸한 빛을 머금은 것 같으니 매우 괴이합니다."

홍랑이 꾸짖었다.

"소비의 말이 너무 지나치구나."

"제가 오히려 말이 어눌하여 모두 표현하기 어렵습니다. 공자께서 잠자리에 들어 신음하는 소리가 끊이지 않고 등불을 마주하여 처량한 기색이 딱하니 만약 몸이 불편한 것이 아니면 반드시 근심스러운 생각이 있는 것입니다."

홍랑이 다 듣고 마음속으로 생각하되,

'예로부터 대장부가 아녀자에게 속임을 당한 것이 없지 않으나 내가 지나치게 조롱을 할 필요가 없다.'

하고 연옥을 돌아보며,

"공자가 이미 저렇게 심란해 하는데 내가 어찌 위로하지 않겠는가?"

하고는 상자에서 한 벌의 남자 옷을 꺼내었다. 이것은 장차 어떻게 하려는 것인가?

또 아래 회를 보라.

한편, 홍랑은 남자의 복장을 입고 거울을 들어 비추어보고 웃으며 말했다.

"예전에 무산신녀는 구름이 되고 비가 되어 초나라 양왕을 속였다더니, 오늘 강남홍은 남자가 되고 여자가 되어 양공자를 희롱하니 어찌 웃지 않을 수 있을까?"

연옥이 웃으면서 말하였다.

"낭자께서 남자의 옷을 입으시니 용모나 풍채가 양공자와 흡사하나 얼굴에 오히려 화장기가 남아 있어 본색이 드러날까 걱정입니다."

"옛날에 반악[1]은 남자였으나 오히려 얼굴에 화장을 하였으니 세상

---

1) 潘岳 : 자 안인(安仁). 허난성(河南省) 형양(滎陽) 출생. 어릴 때부터 신동이라 불렸고, 또 미남이었다고 한다. 문학적 재능이 뛰어나 당시의 권세가 가밀(賈謐)의 문객들 '24우(友)' 가운데의 제1인자였으며, 육기(陸機:261~303)와 함께 서진문학의 대표적 작가로 병칭되었다.

에는 백면서생이 많이 있다. 하물며 밤사이 달 아래에서 어찌 명백하게 분별할 수 있겠느냐?"

두 사람이 깔깔거리며 크게 웃고는 이내 귀에 대고 낮은 목소리로 말을 하더니 훌쩍 문 밖을 나섰다.

양공자는 압강정에서 잠시 홍랑을 보고 사랑하고 그리워하는 정이 오매불망 잊혀지지 않았으나 곧 만나게 될 줄로 생각하였더니, 좋은 일에는 마가 많아 아름다운 약속이 늦어졌다. 여관의 외로운 등불 아래 밤이 깊도록 잠들지 못하고 쓸쓸한 회포로 달빛 아래를 배회하며 한 수의 시를 지어 읊고 쓸쓸히 방황하여 찬 이슬이 옷을 적시는 것을 알지 못하였다. 문득 서풍 한 자락에 낭랑하게 책 읽는 소리가 불려왔다. 귀를 기울여 조용히 들어보니 남자인지 여자인지 구별하기 어려운 음성이나 그 책은 바로 좌태충2)의 초은조(招隱調)였다. 외는 소리가 청아하고 마디마디가 음률에 꼭 맞아 가을하늘에 돌아온 기러기가 짝을 찾는 듯하고, 단산의 외로운 봉새가 짝을 찾는 듯하여 평범한 사람이 시를 읊는 것 같지가 않았다.

공자가 매우 기이하게 여기며, 조자건의 낙신부3)로 화답하니 그 소리가 동서로 서로 응하여 한 번 읊고 한 번 화답함에 서쪽 소리는 맑아 옥쟁반에 맑은 구슬이 구르는 듯 하고, 동쪽 소리는 호방하여 전쟁터의 칼과 창이 서로 우는 듯하였다.

한참 동안 주고받다가 서쪽 소리가 문득 끊어지더니 문 밖에서 문을

----

2) 左太冲 : 진나라 문인. 좌사(左思). 태충은 자.

3) 曹子建의 洛神賦 : 조식의 대표작인 낙신부는 낙수(洛水) 여신과의 만남과 석별을 노래한 것으로, 황초(黃初) 3년(222년)에 지어진 것이다. 낙수 여신의 모델은 견황후이다. 진수(陣壽)의 『삼국지』에 의하면, 수많은 첩을 총애한 조비(曹丕)를 원망하던 견황후에게 조비가 사자를 보내 자살을 권했다고 한다.

두드리는 소리가 있었다. 공자가 급히 나가서 보니 한 수재가 달빛 아래 서 있는데 아름다운 얼굴에 빛나는 눈동자로 모습이 특출하고 풍채가 빼어나서 세상의 인물이 아닌 듯하였으며, 옥경(玉京)의 신선이 인간세상으로 귀양살이 온 것이 아닌가 의심되었다.

공자가 서둘러 그를 맞이하며 말하였다.

"밤이 이미 깊어 여관이 조용한데 어떤 수재가 어렵게 찾아오셨는지요?"

수재가 웃으면서 말했다.

"저는 서천 사람으로 산수를 사랑하는 병이 있어 소주 항주가 천하에 이름난 아름답고 고운 곳이라는 소리를 듣고 유람하고자 왔습니다. 근처 여관에 머무르며 마침 옛글을 외어 마음을 소창하다가 옥을 깨는 듯한 수재의 책 읽는 소리를 듣고 특별히 이 달빛을 띠고 왔습니다. 그대와 함께 이야기를 나누는 것이 십년 동안 책을 읽는 것보다 나을 것 같습니다. 서로 나그네의 회포를 위로하였으면 합니다."

공자가 크게 기뻐하며 자기 객실에 들어오기를 청하자 수재가,

"이 같은 달빛을 버리고 방 안으로 깊이 들어가서 무엇을 하겠습니까? 함께 달 아래 앉아 마음을 의논함이 또한 괜찮을까 합니다."

라고 하여 공자가 미소를 짓고 달을 향해 마주 대하여 앉았다. 공자의 총명으로 반나절 전에 상대했던 홍랑임을 어찌 알 수 없을까마는 달빛이 비록 밝더라도 대낮과 같지 않고 또 남자의 옷을 입었으면서 조금도 머뭇거리는 태도가 없으니, 공자가 마음이 황홀하고 정신이 취한 듯 미친 듯하였다. 마음속으로,

'강남의 인물이 천하에 이름을 떨쳐 산천의 빼어난 기운을 받았으니 비록 남자라도 혹 여자같은 사람이 있으나 어찌 이와 같은 미남자

가 있겠는가?'
라고 생각하였다.

수재가 물었다.

"형은 장차 어디로 가려 하십니까?"

"저는 본래 여남 사람으로 과거를 보려고 황성으로 향하다가 이곳의 친구를 찾아 왔습니다. 그 친구가 어디로 나들이를 갔는지 몰라 여관에 머무르고 있습니다."

"남아가 만날 기약 없이 여기저기 떠다니다가 서로 만나는 것이 본디 이와 같으니 오늘 저녁의 만남은 하루살이 같은 인생에 쉽게 얻지 못하는 기이한 인연입니다. 어찌 재미없이 쓸쓸하게 상대하여 무료하게 달빛을 헛되이 보내겠습니까. 내 주머니 속에 몇 푼의 돈이 있고 문 밖에 따라온 동자가 있으니 형은 한 잔 봄 술을 사양하지 마십시오."

"내가 비록 태백 금성4)의 주량은 없으나 형은 하지장5)이 비싼 옷을 술과 바꿔먹은 풍류가 있으니 술을 어찌 사양하리오?."

수재가 웃으면서 비단 주머니를 열고 작은 소리로 동자를 불러 술을 사오라 하자 한참 뒤에 술상을 내왔다. 두 사람이 대작하여 한 번 받으면 한 번 권하니 이윽고 모두가 약간 취한 기운을 띠게 되었다.

수재가 웃으면서 말하였다.

"우리들이 이와 같이 서로 만나 자취를 남길 수가 없으니 보통 한가로이 하는 이야기가 몇 구의 시만 못합니다. 나는 이태백의 한 말 술에 백편의 시를 짓는 재주는 없으나, 뇌문 포고6)의 부끄러움을 피하지는

<hr>

4) 太白・金星 : 별이름. 태백은 금성의 다른 이름.
5) 賀知章 : 당나라 시인. 금초(金貂)로 술을 바꿔 먹었다는 고사가 있음.

않습니다. 형은 모과를 던져서 옥으로 보답함7)을 아끼지 마십시오.”
말을 마치고 공자의 부채를 청하여 주머니 속의 벼루를 꺼내 한동안
말없이 있다가 달을 향해 한 수의 시를 썼다.

> 구불구불 기생방 서른 곳에서 길을 물으니,
> 안개비 오는 누대 어느 곳인지 알 수 없더라.
> 꽃 속에 든 새여 무심하다 말하지 말라,
> 소리를 바꾸어 다시 마음을 다해 울고자 하노라.

공자가 보고나서 비록 문자의 정묘함과 시의 정서를 두루 다함에
탄복하였으나, 시 밖에 뜻이 있어 그 의탁한 뜻을 이상하게 여겼다.
거듭거듭 자세히 보고 수재의 부채를 청하여 한 수의 시로 화답하였다.

> 꽃다운 풀 우거진 곳에 날은 이미 저무니,
> 푸른 복숭아나무 아래 누구 집을 찾는가?
> 강남으로 돌아가는 손, 신선의 인연이 적으니,
> 다만 전당만 보고 꽃은 보지 못했구려.

수재가 보고 낭랑하게 읊으며 말했다.
“형의 문장은 제가 미치기 어렵습니다. 그러나 두 번째 구에 ‘푸른

---

6) 雷門의 布鼓 : 뇌문은 회계(會稽)의 성문. 이 성문에 큰 북이 있어 월(越)나라에서
   이 북을 치면 그 소리가 멀리 낙양(洛陽)까지 들렸다고 한다. ‘베로 맨 북(布敲)을
   가지고는 뇌문을 지나지 말라’는 말은 너무 보잘것없는 것을 가지고는 대단한
   것과 견줄 수 없다는 뜻이다. 『한서(漢書), 왕존전(王尊傳)』
7) 모과를 던져서 : ‘나에게 모과를 던지니 아름다운 옥으로 갚겠네’(投我以木瓜 報
   之以瓊琚 - 『詩經, 木瓜』). 하찮은 것에 값진 것으로 보답함을 말함.

복숭아나무 아래 누구 집을 찾는가?' 라고 이른 곳은 누구 집을 가리키는 것인지요?"

"우연히 나온 것입니다."

홍랑이 마음속으로 생각하되,

'공자의 문장은 다시 시험할 필요가 없으니 마음을 다시 시험하리라.'

하고 그 남은 술을 기울여 공자에게 권하면서 말했다.

"이와 같은 달 아래 취하지 않고 무엇하리요? 내가 듣건대 항주의 청루 물색이 천하에 이름이 드러났으니 오늘 밤 우리들이 달빛을 띠고 잠시 찾아감이 어떻겠습니까?"

공자가 말없이 한참을 있다가 말하였다.

"양반의 자식으로서 청루에서 노는 것은 옳지 않습니다. 또 형과 나는 같은 수재라, 시끄러운 곳에 갔다가 다른 사람이 알게 되어 체면을 구길까 걱정됩니다."

수재가 웃으면서 말하였다.

"형의 말이 매우 지나칩니다. 옛말에 이르기를 사람은 주색을 제외하고 논하라 하였으니 한나라의 소자경[8]은 눈구덩이 속에 갇혀서 담요를 씹어 먹는 충렬이 있었으나, 오랑캐 여자를 가까이 하여 통국(通國)을 낳았고, 사마장경[9]은 문장이 세상에서 가장 뛰어났으나 탁문군을 사모하여 봉황곡[10]을 연주하였으니 이로 미루어 보건대 여자를 밝힘에 있어 어찌 정인군자가 있겠습니까?"

---

8) 蘇子卿 : 소무(蘇武). 한문제(漢武帝)때 흉노의 사신으로 갔다가 감금되어 토굴에서 눈에다 담요를 씹어 먹으며 항복의 요구에 응하지 않았다고 함.
9) 司馬長卿 : 사마상여(司馬相如).
10) 鳳凰曲 : 사마상여가 탁문군을 유혹하기 위해 연주한 음악.

“그렇지 않습니다. 사마상여는 문군을 꾀어 내여 개코잠방이를 입고 길가에서 술을 팔았으니 그 주색의 방탕함을 범부(凡夫)가 본받게 하면 명교11)의 죄를 얻어 천추에 버린 사람이 될까 합니다. 다만 장경의 문장이 당대에 독보적이었으며, 충성스러운 마음으로 임금에게 빗대어 바른 말을 하여 유풍(遺風)을 교화함이 촉나라의 우레 소리와 같았고,12) 풍채와 기상이 후세에까지 빛나니 풍류와 주색의 조그마한 허물로는 그 이름을 가릴 수가 없습니다. 그러나 이 역시 작은 허물입니다. 지금의 형과 나의 문장과 학문은 옛사람에게 필적할 수 없고 명망이 또한 미치지 못하니, 옛 사람의 덕과 업적은 말하지 않으면서 다만 그 허물을 본받고자 하면 어찌 잘못이 아니겠습니까?”

홍랑이 이 말을 듣고 탄식하며 생각하였다.

‘내가 다만 공자를 풍류남자로 알았더니, 어찌 도학을 겸한 군자의 모범적 행동을 겸하였음을 알았겠는가?’

다시 묻기를,

“그 말은 옳거니와, 옛말에 선비는 나를 알아주는 자를 위하여 죽는다 하였으니 무엇을 지기라고 합니까?”

라고 하였더니 공자가 웃으면서 말하였다.

“형이 알지 못하는 것이 아니라 저의 뜻을 시험하고자 하는군요. 다른 사람과 서로 친함에 그 심정을 아는 자가 있으면 그것을 이른바 지기라고 합니다.”

“나는 비록 그 사람의 마음을 알 수 있으나 그 사람이 나의 마음을

11) 名教 : 도덕적 가르침.
12) 촉나라의 우레 소리 : 又嘗見 一琴中題云 唐大歷三年仲夏 十二日 西蜀雷威於離花亭合(『欽定續文獻通考 110』)

알지 못하면 이 역시 지기라고 이를 수 있습니까?"

　"백아가 거문고를 연주하면 종자기가 있었으니 사람이 지조를 닦아 마음속에 가지고 있다가 밖으로 드러나면, 구름이 용을 좇고 바람이 범을 좇아, 같은 소리는 서로 응하며 같은 기운은 서로 구하니13) 어찌 알지 못하는 이치가 있겠습니까?"

　"세상에 두 사람이 같은 마음인 자는 거의 드물고, 어려울 때 정을 나누고 부귀함에 이르러 잊어버리는 자는 흔히 있습니다. 부귀궁달에 시작이 있고 끝이 있음을 본적이 있습니까?"

　"옛말에 이르기를 가난하고 천할 때의 사귐은 잊지 못하고, 조강지처는 버릴 수가 없다고 하였으니 부귀궁달로써 그 친소(親疏)를 변하고 바꾸면 이는 경박한 일입니다. 어찌 이로 인하여 세상을 의심하겠습니까?"

　"형의 말은 충후(忠厚)함에 가깝습니다. 저는 본디 지조가 없는 사람입니다. 옛말에 이르기를 나는 새도 나무를 가려 깃든다 하였습니다. 신하가 임금을 섬기고 선비가 벗을 사귐에 어떤 사람은 명망을 닦고 예절을 지켜 도리로 서로 부합하는 사람이 있으며, 어떤 사람은 그 재능을 드러내고 그 권세를 양보하지 않으면서 서로 친할 것을 요구하는 사람이 있는데 형은 어떻게 생각하십니까?"

　"사람의 출처행장14)을 어찌 쉽게 논하겠습니까. 성인도 역시 정도

<hr>

13) 구름이 용을 좇고 ~ 같은 기운은 서로 구하니 : 문언 구오에 "나는 용이 하늘에 있으니 대인을 봄이 이롭다고 하는 것은 무엇을 말합니까?" 공자가 "같은 기는 서로 응하고 같은 기는 서로 구하여, 물은 젖은 곳으로 나아가고 불은 마른 곳으로 나아가며, 구름은 용을 따르고 바람은 범을 따른다"고 하였다. (文言九五曰 飛龍在天利見大人何謂也　子曰　同氣相應同氣相求　水流濕火就燥　雲從龍風從虎 「周易, 乾卦」). 유유상종(類類相從)한다는 말.

로 하는 것과 임시방편으로 하는 것이 있으니 군신의 사이와 붕우의 사이에도 다만 한 조각 마음이 비출 뿐입니다. 나 역시 과거보러 가는 선비로 덕을 닦아 이름을 떨치지 못하고 다만 거칠고 보잘것없는 문장으로써 외람되이 임금의 은혜를 구하고자 합니다. 이 어찌 규중의 처녀가 얼굴을 가리고 스스로 매파를 찾는 것과 다르겠습니까. 이로 미루어 보면 출처행장이 정대(正大)하고 깨끗하여 옛사람에게 부끄러움이 없는 사람이 몇이나 되겠습니까?"

수재가 미소 짓고 몸을 일으키며 말하였다.

"밤이 깊고 여행 중에 잠을 자지 못하는 것은 몸을 양생하는 도가 아닙니다. 못다 한 정다운 이야기는 다시 내일을 기약하겠습니다."

공자가 차마 이별하지 못하고 수재의 손을 잡고 다시 달빛을 즐길 때 수재가 문득 한동안 생각하는 기색이 있다가 한 구의 시를 읊었다.

점점이 성근 별 은하수에 반짝이고,
녹창에 깊숙이 벽도화가 갇혔네.
오늘 밤 달구경하는 손님이,
어찌 전생에 달 속의 항아였음을 알리오?

공자는 수재가 읊은 시를 듣고 대단히 이상하여 반드시 마음에 뜻한 바가 있음을 알고 다시 한 번 묻고자 하는데, 수재가 소매를 떨치고 훌쩍 가 버렸다.

이때 강남홍이 공자의 뜻을 보고자 하여 수재의 옷으로 바꿔 입고

----

14) 出處行藏: 출사(出仕)와 은거(隱居). 능력을 인정받아 쓰이면 도를 실천하고, 그렇지 못하면 도를 간직하고 있는다.

여관에서 상대하여 몇 마디 말을 들어보고는 그 식견을 알 수가 있었으며, 그 마음을 허락하여 백년가약을 정함에 결단코 의심할 것이 없음을 알았다. 그런 까닭으로 한 편의 시를 읊어 그 종적을 살짝 드러내고 훌쩍 돌아와 곧 매무새를 바꾸어 산뜻한 의복과 아주 요염한 단장으로 그 본색을 드러내고 등불을 돋우고 앉아 연옥을 여관으로 보내어 공자를 청하였다.

이때 공자가 수재를 보내고 나서 눈앞이 번쩍하여 술에 취한 듯 꿈을 꾸는 듯하였다. 침상에 옮겨 누워 다시 수재의 용모와 시를 생각해 보고는 환하게 모두 깨닫고[15] 이에 웃으면서,

'내가 홍랑에게 속았구나.'

라고 하였다.

창 밖에 문득 인적이 있어 놀라서 보니 바로 연옥이었다. 연옥이 미소 짓고 말하였다.

"주인이 지금 막 돌아와 공자를 청하였습니다."

공자가 역시 빙그레 웃고 연옥을 따라 홍랑의 집에 이르자 홍랑이 이미 문에 기대어 기다리다가 웃으며 그를 맞이하고 말하였다.

"제가 늦게 돌아와 공자를 여관에서 고생스레 지내게 하였으니 오만한 죄를 면하기 어려우나, 좋은 밤 달 아래 새 벗을 만나 시와 술로써 울적한 마음을 푸셨으니 축하해마지 않습니다."

"사람이 세상을 살아감에 모이고 흩어지고 만나고 이별함이 모두가 꿈이지요. 압강정에서 미인과 약속한 것도 꿈이오, 여관에서 수재를 만난 것도 역시 꿈이오, 훨훨 큰 꿈을 꾸어 무정하고 뜻 없이 떠돌아다니니

15) 환하게 모두 깨닫고 : 본문의 '怳然大覺'은 '晃然大覺'의 오각이다.

장주가 나비가 되고 나비가 장주가 됨을 누가 분별할 수 있겠는가?16)"

두 사람이 기뻐 웃으며 바로 당에 올라 자리를 정한 뒤 홍랑이 얼굴빛을 바꾸고 사죄하여 말하였다.

"제가 창기의 천함으로써 길가의 버드나무와 담 아래 꽃의 본색을 벗어날 수 없어 노래로써 공자와 약속하고 한 밤중에 여관에서 옷을 바꾸어 입고 희롱하였으니 군자가 용납할 수 있는 것이 아닙니다. 구구한 마음은 꽃이 측간에 떨어져 향기가 없음을 한스러워 하나 옥은 흙먼지 속에 묻혀도 그 광채를 잃지 않습니다. 바다에 맹세하고 산에 맹세함으로써 한사람에게 의탁하여 종고금슬17)로 백년을 함께 즐기고자 합니다. 지금 공자께서 한마디 무거운 말씀을 아끼지 않으신다면 저는 또한 십년 청루의 한 조각 매운 마음으로 평생의 숙원을 이룰까 합니다."

말을 마침에 기상이 비장하고 얼굴빛이 강개(慷慨)하였다. 공자가 앞에 가서 손을 잡고 말하였다.

"내 비록 호탕한 남자이나 옛글을 읽어 신의가 무엇인지 대충 아오. 어찌 꽃을 탐하는 미친 나비의 무정한 태도를 본받아서 원한을 품어 오월에 서리를 내리게 하리오?"

홍랑이 사례하여 말하였다.

"공자가 이미 천한 몸을 거두어 주시고자 하는데 아녀자가 마땅히 견마지성(犬馬之誠)을 본받고자 하나, 이해할 수 없는 것은 공자의

---

16) 장주의 큰 꿈 : 옛날 장주가 꿈에 나비가 되어 나비처럼 훨훨 날아다녔다. (昔者莊周夢爲胡蝶 栩栩然胡蝶也)
17) 鐘鼓琴瑟 : 종과 거문고는 남성, 북과 비파는 여성, 곧 남녀인 부부가 화락하게 삶을 뜻한다. (窈窕淑女 琴瑟友之 … 窈窕淑女 鐘鼓樂之 - 「시경, 주남, 관저」).

여행하는 차림새가 어찌 그리 초라하며, 부모님이 두 분 다 살아계시어 자식된 도리를 하며 아직도 슬하를 모시고 계시는지요?"

"나는 본디 여남 사람이오. 양친이 다 살아계시고 나이도 썩 늙은 연세에 이르지 않으시며, 가정이 본디 한미(寒微)하여 망령되이 과거에 급제하고자 하여 황성으로 과거를 보러가는 길이었다오. 도중에 도적을 만나 행장을 빼앗기고 앞으로 나아갈 대책이 없는 까닭으로 객점 안에 머물다가 압강정을 구경하러 가서 우연히 홍랑을 만났으니 이 또한 아름다운 인연이오. 그대는 어떠한 사람이며 성명은 무엇이라고 하오?"

"저는 본디 강남 사람으로 성은 사씨입니다. 제가 난지 겨우 세 살에 산동에 도적이 일어나서 난리 중에 부모를 잃고 이리저리 떠돌아다니다가 청루에 팔린 바가 되었으니 이 또한 운명이 기구해서입니다. 성품이 본디 남들과 달라서 범부에게는 몸을 허락하고 싶지 않았으며 청루에 여러 해 있으면서 많은 사람들을 겪었으되 지기를 만나기 어려웠습니다. 지금 공자를 뵈니 비록 사람을 보는 안목은 없으나 당세의 일인자임을 알겠습니다. 이 한 몸을 맡겨 천한 이름을 씻고자 합니다."

그리고는 술상을 올려 은근한 정과 따뜻한 말과 웃음이 푸른 물에 떠다니는 원앙이 봄 물결을 장난질하는 듯하고, 단산의 봉황이 벽오동에서 화답해 우는 듯하였다. 바야흐로 비단 이불을 펴고 원앙 베개를 나란히 하여 운우를 꿈꿀 때, 홍랑이 나삼을 벗으니 옥같은 팔목이 드러나며 한 점 앵혈[18]이 촛불 아래서 분명하였으니, 봄바람에 복사꽃이 봄 눈 위를 날아서 떨어지고, 바다 위 붉은 해는 구름 사이에서

....

18) 鶯血 : 처녀성을 가지고 있을 때 팔에 나타나는 점을 앵혈이라 함.

솟아오르는 듯하였다.

공자가 놀라서 말하였다.

"내가 홍랑의 얼굴만 보고 그 마음은 보지 못하였다가 이미 그 마음은 알았으나 오히려 지조가 이토록 뛰어남을 믿지 못하였더니, 어찌 청루에서 이름난 기생의 방탕한 몸으로써 여염집 부녀자의 정절을 지킬 줄 알았으리오?"

홍랑은 절대가인이오, 공자는 소년재사라, 이부자리에서의 정이 어찌 담담할 수 있었겠는가? 시간을 재촉하는 종소리와 반짝거리는 은하수는 오히려 이삼랑[19]의 육경(六更)이 짧은 것을 한스러워 하는 것 같았다.

홍랑이 베갯머리에서 공자에게 말하였다.

"공자의 나이가 이미 장성하였으니, 마땅히 고문갑제[20]에 장가를 가게 될 것입니다. 이미 혼인을 정한 바가 있습니까?"

"우리 집이 본디 한미하고 또 먼 지방에 있어 아직 정한 곳이 없다오."

"제가 충성스런 말 한마디를 아뢰고자 하니 공자께서 외람됨을 꾸짖지 않으시렵니까?"

"내 이미 마음을 허락하였으니 마땅히 생각하고 있는 것을 말해 보시오."

홍랑이 웃으면서 말했다.

"제가 차라리 세 잔 술을 마실지언정 세 차례의 뺨은 맞지 않겠습니다. 규목의 그늘이 두터운 후에 칡덩굴의 기댐이 번성하는 것입니다.[21] 공자께서 아름답고 좋은 배필을 정하시는 것은 천한 저의 복입

---

19) 李三郎 : 당 현종(唐 玄宗). 예종(睿宗)의 셋째 아들이었기에 삼랑으로 불렸다.
20) 高門甲第 : 높은 벼슬하는 귀족과 돈 많은 부자

니다. 지금 본주 자사 윤공에게 한 딸이 있어 나이가 이미 17세요, 달 같은 태도와 꽃 같은 모습이 조용하고 법도가 있어 군자의 짝이 될 만합니다. 윤공이 좋은 사위를 구하고자 하나 아직 혼처를 정한 곳이 없습니다. 저는 이제 공자께서 과거 시험에 합격하여 안탑[22]에 이름을 기록할 것으로 생각하오며 아름다운 짝을 반드시 다른 곳에서 구할 필요는 없습니다. 저의 말을 받아들여 주십시오.”

공자가 고개를 끄덕였다.

날이 새자 홍랑이 일어나 새벽 화장을 마치고 거울을 대하여 보니 아름다운 얼굴에 화기가 가득하여 모란이 금방 꽃망울을 터뜨린 듯, 하룻밤 사이에 화락하고 기쁜 얼굴이 더욱 어여뻤다. 마음속으로 한편으로는 놀라고 한편으로는 기뻐하였다.

공자가 홍랑에게,

“내가 길을 떠날 기한이 급하니 오래 머무르기 어렵소. 내일은 황성으로 가고자 하오.”

라고 하자 홍랑이 낙심하여 말하였다.

“아녀자의 세세한 사사로운 정으로 군자의 대사를 그르치지 않을 것이며 마땅히 행장을 준비하겠으니 모레 떠나시기 바랍니다.”

공자 또한 이별하기 어려워 이틀을 묵고 길을 떠날 때 홍이 말하였다.

---

21) 규목의 그늘이~ : 규목은 가지가 아래로 굽은 나무. 넝쿨풀이 기대어 자라기 좋으므로 왕비가 후궁들을 덕으로 잘 거느리는 것을 규목에 빗대었다. 『시경, 규목』.

22) 雁塔 : 섬서성(陝西省) 장안현(長安縣)에 있는 두 탑의 이름. 하나는 자은사(慈恩寺)의 대안탑(大雁塔)으로 당나라 고승 현장이 세웠는데, 성교서비(聖敎序碑)가 이 탑 아래 있음. 당대에 진사가 자기 이름을 써 넣던 탑임. 또 하나는 천복사(薦福寺)의 소안탑(小雁塔). 여기서는 과거 합격자의 명단을 써 붙이는 방(榜).

“공자의 행색이 너무 초라합니다. 제가 비록 빈한하나 길 가는 사람에게는 노자가 있어야 합니다. 한 벌의 의복과 다소의 은자를 경박하다 여기지 마시고 받아주십시오. 또 황성이 여기에서 천 여 리 길입니다. 나귀 한 마리와 종 하나로는 편안하지 못할까 걱정입니다. 저희 집에 한 명의 창두가 있어 오히려 행장을 수습할 만하니 거느리고 가시기를 바랍니다.”

공자가 응낙하고 길에 오를 때, 홍랑이 술상을 갖추고 연옥과 하인을 거느리고 작은 수레에 올라 몇 십 리 떨어진 역의 정자에서 전별을 하였다. 정자는 산위에 있고 현판에는 연로정(燕勞亭)이라고 씌어 있었다. ‘동쪽으로 나는 떼 까치 서쪽으로 나는 제비’라는 시의 뜻을 취하였으며 큰 길 가에 임하여 경치가 대단히 뛰어났고 좌우로 버드나무가 푸르게 드리워져 있었다. 앞에는 흐르는 물에 무지개다리를 가로 놓았으니 예부터 재자가인(才子佳人)이 객을 송별하는 곳이었다. 홍랑이 공자와 함께 정자의 아래에 이르러 버드나무 가지에 나귀를 메고 손을 끌어 정자 위로 올랐다. 이때는 사월 초순이라, 버드나무 사이로 지저귀는 꾀꼬리 소리가 들리고 시냇가의 향기로운 풀은 무성하여, 비록 평범한 사람이라도 오히려 스스로 낙심하여 애를 끊을 것인데, 하물며 아름다운 사람이 옥같은 낭군을 보내고 옥같은 낭군이 아름다운 미인을 이별함이리오?

공자와 홍랑이 근심스럽게 서로 대하여 말없이 서로 바라보는데 연옥이 술상을 내왔다. 홍랑이 슬퍼하며 술잔을 들어 공자에게 바치고 한 수의 시를 노래하였다.

　　　동으로는 떼 까치가 날고 서로는 제비가 나니,

하늘거리는 버들 천 가지 만 가지라.
가지마다 끊어지려 하나 풍정(風情)은 적더니,
아쉬움 떨치려고 노래하고 잔치하여 이별을 슬퍼하노라.

공자가 기울여 마시고 다시 한 잔을 부어 홍랑에게 주며 한 수 시를
화답하니, 그 시는 이러하였다.

동으로는 떼 까치가 날고 서로는 제비가 날아,
버드나무 푸릇푸릇 위성(渭城)에 떨치노라.
길이 갈려 남북으로 나뉨을 미워하노니,
객을 보내는 마음이 어찌 떠나는 사람 마음 같을까?

홍랑이 술잔을 받고는 눈물이 옷깃에 가득하여 말하였다.
"저의 구구한 마음은 공자께서 밝게 아시는 바이니 다시 말할 필요
가 없습니다. 오고 가다 만나는 자취가 남북 천 리에 나뉘어 흩어짐이
구름과 같으니, 유유한 훗날의 기약이 없지 않으나 사람일의 번복과
모이고 흩어짐에 정함이 없음을 어찌 예측할 수 있겠습니까? 하물며
제 몸은 관부에 매어 있어 매번 핍박하는 자가 많으니 닥쳐올 일을
모르겠습니다. 다만 공자에게 바라건대 천금 같은 몸을 소중히 보전하
여 행장을 삼가시고 공명을 세우시어 다른 때 금의환향하는 날 천첩을
잊지 마십시오."
공자 또한 슬픔을 이기지 못하여 홍랑의 손을 잡고 그를 위로하여
말하였다.
"세간에 많은 일이 하늘이 정한 바가 아님이 없으니, 인력으로 억지

로 할 바가 아니오. 내가 그대와 함께 이와 같이 서로 만남도 하늘이 정한 것이고 오늘 서로 이별함도 하늘이 정한 것이니, 다시 정과 인연을 이어서 부귀를 즐기는 것 역시 어찌 하늘이 정한 것이 아니리오? 잠시 이별함으로 지나치게 마음을 상하여 길 가는 자의 마음을 어지럽히지 마오."

홍랑이 이에 하인을 돌아보고 말하였다.

"너는 공자를 모시고 조심해서 갔다가 돌아오너라."

공자가 몸을 일으켜 막 정자 아래로 내려가고자 하자 홍랑이 다시 술잔을 들어 올리며 말하였다.

"이제부터 이별을 하면 운산(雲山)이 아득하고 어안(魚雁)이 망망하니 바람 부는 아침과 비오는 저녁 외로운 주점의 쇠잔한 등불에 천첩의 애가 끊어짐을 다시 생각하소서."

공자가 묵묵히 대답하지 않고 나귀를 채찍질 하여 앞으로 나아갈 때 동자와 하인을 거느리고 돌다리를 건너 훌쩍 떠났다. 홍랑이 홀로 난간에 서서 멀리 길가는 사람을 바라보니 첩첩이 쌓인 먼 산은 석양을 띠고 울퉁불퉁하며, 아득한 들 빛은 저녁연기를 머금고 널리 펼쳐 있었다. 한 필의 나귀가 갑자기 간 곳이 없는데 수풀 사이 새소리는 바람 따라 지저귀고 하늘 가로 돌아오는 구름은 비를 머금고 어두웠다. 홍랑이 자주 나삼을 들어 얼굴을 가리는데 저도 모르게 구슬 같은 눈물이 흘렀다. 연옥이 술상을 거두고 돌아가기를 재촉하여 홍랑이 눈물을 뿌리며 수레에 올라 집으로 돌아갔다.

이때 양공자는 홍랑과 이별하고 황성으로 향하여 가는데 잊혀지지 않는 한 생각이 오직 홍랑에게 있어 객점에 들어가 쇠잔한 등을 대하여 잠을 이루지 못하고, 길에 오르면 높은 언덕과 흐르는 물을 임하여 쓸쓸한 마음을 진정시킬 수가 없었다.

십 여 일을 가서 황성에 이르자 장려한 궁궐과 떠들썩한 길거리가 서울의 번화함을 알 수 있었다. 여관을 정하여 행장을 정리하고 며칠을 쉰 뒤에 하인을 돌려보낼 때 채전(彩箋)을 들어 편지 한 장을 써서 하인에게 부치고 열 냥의 은자를 주어 빨리 돌아가도록 하니 창두가 섭섭해 하며 절하고 사례하여,

"쇤네가 이미 묵고 계시는 집을 알았으니 다시 낭자의 편지를 가지고 오겠습니다."

라고 하며 항주를 향해 갔다.

한편, 강남홍은 공자를 보내고 집으로 돌아와 문을 닫고 병을 칭하여 오는 손님을 사절하고 남루한 의복으로 머리도 안 빗고 화장도 하지 않더니 하루는 스스로 생각하기를,

'내가 이미 윤자사의 딸을 천거했으니 공자는 신의가 있는 남자라 아마도 잊지 않을 것이다. 그렇다면 윤소저는 나와 함께 백년을 함께 지낼 사람이다. 내가 어찌 먼저 두터운 사귐을 맺지 않겠는가?'

하고 즉시 담박한 화장과 평상복으로써 부중에 들어가 자사에게 문안을 드렸다.

자사가 웃으면서 말했다.

"요즘 홍랑의 몸에 병이 있다고 하더니 어떻게 노부를 찾아 왔는가?"

"제가 관부에 매인 몸으로 진작에 명을 받지 못하여 뵈러 올 수 없었으나 지금 구구한 마음이 있어 감히 이렇게 찾아뵈옵니다."

"요즘은 공사에 바쁜 일이 없어 매번 한가한 때가 많아 너를 불러서 담소하며 시간을 보내고자 하였으나 너에게 병이 있음을 듣고 그렇게

하지 못했다. 할 말이 무엇이냐?"

"요즘 제가 마음에 병이 있어 청루의 시끄러움이 매우 괴로웠습니다. 부중에 출입하여 내당 아가씨를 모시고 바느질과 여공을 배우고 청소도 하고 시중도 들며 병을 추스르기를 바랍니다."

자사가 본디 홍랑이 단정하여 여염집 부녀자의 풍도가 있음을 사랑하여 크게 기뻐하며 허락하였다. 홍랑을 끌어 내당으로 들어가 딸을 불러 말하였다.

"아버지는 항상 네가 외롭게 지내는 것을 근심하였는데 지금 마침 강남홍이 자기 집이 시끄럽다고 하여 너와 같이 놀고자 하는 까닭에 내 이미 그것을 허락하였다. 너의 뜻은 어떠하냐?"

소저가 마음속으로 생각하니 홍랑은 창기라, 비록 본디 지조가 있다 하나 어찌 본색이 없다 하겠는가? 같은 곳에서 서로 사귐은 옳지 않을 듯하지만 아버지가 이미 허락하였으니 거스를 수 없어 답하였다.

"명하시는 대로 하겠습니다."

자사가 크게 기뻐하며 홍랑을 불러 자리를 주고 한참 동안 한가로이 이야기를 나누다가 외당으로 나가자 홍랑이 소저에게 고하였다.

"제가 나이가 어려서 배우지 못하고 다만 청루 술집의 방탕함만을 보고 규범과 내칙(內則)의 예절을 들어보지 못한 까닭으로 항상 아가씨를 모시고 그 교훈을 듣고자 하였습니다. 지금 좌우에 둠을 허락하시니 실로 두터운 덕에 감사합니다."

소저가 미소 짓고 답하지 않았다. 날이 저문 후에 홍랑이 집에 돌아가 연옥에게 집을 지키라고 하고 다음날 아침에 다시 부중으로 들어가 소저의 침실에 바로 이르니, 소저가 막 열녀전을 읽고 있었다. 홍랑이 책상 앞에 나아가 물었다.

"아가씨께서 보시는 책은 어떤 책입니까?"

"열녀전이야."

"제가 듣기에 열녀전에 이르기를 주나라 태사(太姒)는 문왕의 처인데 여러 첩이 규목시(樛木詩)를 지어 덕을 칭송하였다고 합니다. 저는 모르겠습니다. 태사가 아랫사람을 잘 거느려서 여러 첩으로 하여금 화목하게 한 것입니까? 여러 첩이 태사를 잘 섬겨서 태사가 느끼게 된 것입니까? 옛 시에 이르기를 '여자는 마음이 아름답거나 밉거나 간에 궁에만 들어가면 투기를 당한다'고 하였으니 부녀자의 투기는 예로부터 있던 것으로, 한사람의 덕으로써 여러 첩의 투기하는 마음을 감화하는 것을 저는 믿지 못합니다."

소저가 눈길을 살짝 들어 홍랑을 보고 탐탁찮은 기색이 있더니 한참 있다가 말하였다.

"듣건대 근원이 맑으면 흐르는 물도 맑게 되고 모습이 단정하면 그림자도 따라 바르다고 하니, 그 몸을 닦으면 비록 오랑캐 지방에서도 행할 수 있는데 하물며 한 집안의 사람이리오?"

홍이 웃으면서 말하였다.

"주역에 이르기를 구름은 용을 쫓고 바람은 범을 쫓는다 하였으니, 요순의 덕으로 후직과 설의 신하가 없었더라면 어찌 당우23)의 정치를 할 수 있었을 것이며, 탕무(湯武)의 어짐으로도 이윤24)과 주공25)의 신하가 없었더라면 어찌 은주26)의 정치를 할 수 있었겠습니까. 이로

23) 唐虞 : 도당(陶唐)과 유우(有虞). 제요(帝堯)와 제순(帝舜).
24) 伊尹 : 은(殷)의 탕(湯)을 도운 정치가.
25) 周公 : 주나라 문왕(文王)의 아들이며 무왕(武王)의 아우. 조카 성왕(成王)을 도와 주나라의 기초를 튼튼히 하였음.
26) 殷周 : 은나라와 주나라.

미루어보건대 태사의 덕이 비록 크다고 하나, 여러 첩 중에 포사[27]와 달기[28]의 간사함이 있으면 그 규목의 교화를 드러내기 어려울까 두렵습니다."

소저가 웃으면서 말하였다.

"내가 듣건대 어짊과 어질지 못함은 나에게 있고, 행복과 불행은 하늘에 있다 하였다. 군자는 나에게 있는 도를 말하고 하늘의 명을 말하지 않으니 착하지 못한 여러 첩을 만나는 것 또한 운명이다. 태사는 다만 덕을 닦았을 뿐이니 무엇을 했으리요?"

홍은 탄복해 마지않았다. 이로부터 홍랑은 소저의 현숙함에 마음으로 복종하고 소저는 홍랑의 총명을 사랑하여 정의가 날로 깊었다. 앉으면 같은 걸상에 앉고 누우면 베개를 나란히 하여 고금의 사람의 덕업과 문장을 토론하여 오히려 서로 보는 것이 늦었음을 한스러워하였다.

하루는 홍랑이 집으로 돌아와 연옥에게 묻기를,

"황성에 간 하인은 돌아올 날이 이미 지났는데 오지 않으니 참 이상하다."

하고, 마음이 어지러워 난간에 기대어 멀리 바라보며 얼굴에 근심하는 빛을 띠었다. 문득 한 쌍의 푸른 까치가 버드나무 가지에 앉았다가 난간머리 아래로 내려와 우는데, 홍랑이 그것을 기이하게 여겨 혼자 말하였다.

"우리 집에 특별히 기쁜 일이 없으니 혹 창두가 돌아오려나?"

말을 마치기 전에 창두가 과연 들어와 공자의 편지를 바쳤다. 홍랑이

27) 褒姒 : 주 유왕(周幽王)의 첩.
28) 妲己 : 은(殷)나라 끝 임금 주왕(紂王)의 첩.

바삐 받아 손에 넣고 급히 안부를 묻기를 공자가 무사히 도착했으며 여관에서는 편안한지를 두루 물었다. 홍랑이 한편으로는 슬프고 한편으로는 기뻐서 편지를 열어서 보니 그 편지는 이러하였다.

여남 양수재가 강남풍월(江南風月)의 주인에게 편지를 부치노라. 나는 옥련봉 아래 보잘 것 없는 백면서생이고, 그대는 강남의 번화한 청루의 아름다운 기생이오. 내가 이미 사마장경이 거문고를 켜서 꾀는 수단[29]이 없고 그대 역시 양주에서 귤을 던지던 풍정(風情)[30]이 없었지요. 하늘이 녹림호객(綠林豪客)을 보내어 적승월로[31]의 인연을 이루어 압강정 위의 꽃을 희롱하고, 연로정 아래의 버드나무를 꺾는 것은 실로 풍류와 성색(聲色)에 뜻을 둔 것이 아니요. 높은 산 밑에 흐르는 물에서 지기를 만나니 창진(昌津)[32]의 칼과 성도(成都)의 거울[33]이 한 때 나뉘어 이별함을 어찌 슬퍼하리오? 다만 외로이 여관의 찬 등 아래에 누워 새벽을 알리는 북소리에 그리워 잠을 이루지 못하니, 서호 전당의 아름다운 풍경과 곡방의 청루에서 즐겁게 놀던 자취가 눈앞에

* * *

29) 사마장경이 거문고를 켜서 꾀는 수단 : 사마상여가 탁왕손(卓王孫)의 딸 탁문군(卓文君)을 유혹하기 위하여 탁왕손의 집에 가게 된 기회에 거문고를 솜씨 있게 연주하여 결국 탁문군을 유혹하였다고 한다.
30) 양주에서~ : 두목지(杜牧之)의 고사. 두목지가 수레를 타고 양주 거리를 지나는데 부녀자들이 그를 흠모하여 귤을 던져 희롱하였다고 한다. (杜牧之 醉過楊州橘滿車).
31) 赤繩月老 : 결혼을 주관하는 월하노인(月下老人)이 붉은 밧줄[赤繩]을 가지고 다니면서 부부의 인연이 닿는 사람들의 발목을 꽁꽁 묶어 놓는다고 한다. 『玄怪錄 卷4』
32) 昌津 : 지명 - 영창진(靈昌津)으로 바뀜.
33) 成都의 거울 : 『촉왕본기(蜀王本記)』에 "무도(武都)에 사는 남자가 여자로 변하여 얼굴이 절색이어서 촉왕이 왕비로 맞이하였는데 얼마 안 되어 죽으므로, 군사를 동원하여 흙을 날라다 성도(成都)의 성안에 장사하여 명칭을 무담(武擔)이라 하고 돌로 거울 하나를 만들어 그 무덤을 표했다"는 고사가 있다.

삼삼하여 공연히 남쪽 하늘을 바라보며 서글퍼하고, 넋이 사라지고 창자가 끊어질 뿐이요. 창두가 돌아가겠다고 고하니 산천이 아득히 멀고 어안(魚雁)34)은 의지할 곳이 없구려. 바람 편에 몇 줄의 글을 쓰니 어찌 끝없는 회포를 다하리오? 구구하게 바라는 바는 밥을 더 먹도록 노력하고 스스로를 사랑하여 천 리의 먼 객으로 하여금 그리는 회포가 없게 하오.

홍랑이 보고나서 구슬 같은 눈물이 흘러 옷깃을 적셨다. 재차 다시 읽고 더욱 서글퍼져서 묵묵히 말이 없다가 이내 하인을 불러 상으로 십 금을 주고, 다른 날에 다시 황성으로 가라고 하였다. 곧 몸을 일으켜 부중으로 들어가고자 하였더니 연옥이 갑자기 알렸다.

"문 밖에 소주의 창두가 와 있습니다."

홍랑이 깜짝 놀라 얼굴빛을 잃으니 이는 무슨 까닭인가?

또 다음 회를 보라.

---

34) 魚雁 : 물고기와 기러기가 서신을 대신 전한다는 뜻이다. 물고기는, 『문선(文選), 고악부(古樂府), 음마장성굴행(飮馬長城窟行)』에 나오고, 기러기는 『한서(漢書), 소무전(蘇武傳)』에 나온다.

속루몽 권1

제5회 | 경도회에서 탕자가 풍파를 일으키고,
전당호에서 여러 기생이 떨어진 꽃을 슬퍼하다

이때 황자사가 방탕한 습성과 호색하는 마음으로 압강정 놀이에서 홍랑이 몸을 피하여 몰래 달아나서 그 욕망을 이루지 못한 것을 몹시 한스럽게 여겼으나, 사랑하는 마음이 앞섰기 때문에 자나 깨나 홍랑을 생각하여 눈에 삼삼 잊지를 못하였다. 스스로 '힘으로 위협하여 그를 겁탈하는 것은 어렵고, 부귀로 그를 꾀자'고 생각하여 황금 백 냥, 채단 백 필, 여러 패물 한 상자를 싸고 편지 한 통을 써서 심복 하인을 시켜 홍랑에게 보냈다.

홍랑이 열어서 그것을 보고는 기색이 참담하여 기쁘지 않았고 마음속으로 생각하기를,

'황자사가 비록 방탕하기는 하나 어리석은 부류의 사람은 아니다. 내가 한낱 기생으로 아뢰지 않고 몰래 달아났는데 어찌 괴롭고 놀라지 않았겠는가? 지금 도리어 성내는 마음을 돌려 달게 유혹하니 그 뜻이

매우 깊다. 내가 어떻게 면할 수 있겠는가? 또한 소주와 항주는 이웃에 있는 고을이라 그가 준 것을 거절하면 윗사람을 받드는 도리가 아니요, 만약 그것을 받는다면 그것은 내 뜻이 아니다. 어떻게 하면 좋을까?' 하고 한동안 말이 없다가 한 통의 편지를 써서 답하였다. 그 편지는 이러하였다.

> 항주의 천한 기생 강남홍은 소주 상공 각하에게 편지를 올립니다. 제가 본디 심복의 병1)이 있어서 약석으로 치료할 수 있는 바가 아닙니다. 지난날 큰 잔치 모임에 아뢰지 아니하고 왔으나 이제 그 죄를 다스리지 않고 도리어 상을 주시니 그것을 감히 받지 않는 것이 옳은 것을 분명하게 알았지만 소주와 항주는 형제의 고을입니다. 천기가 윗사람을 섬기는 도리는 부모와 다를 바가 없는데 그 주시는 것을 물리치면 불효가 더 이상 클 수가 없습니다. 감히 봉하여 두고서 황공하오나 죄를 기다리겠습니다.

홍랑이 쓰기를 마치고 소주의 하인에게 부쳐 보내고는 걱정이 되어 즐겁지가 않아서 부중에 들어가 소저의 침실로 갔다. 소저가 막 창 밑에 앉아서 조용히 붉은 비단에 원앙수를 놓고 있는 중이어서 홍랑이 들어오는 것을 깨닫지 못하였다. 홍이 가만히 들어가서 살펴보니 소저가 가늘고 고운 손으로 수를 놓는데, 금실을 당겨 장막 위에 봄누에가 실을 토해내는 것과 같고, 바람 앞에 나비가 꽃송이를 희롱하는 것과 같았다. 홍랑이 억지로 울적한 마음을 밀어내고 웃음을 띠고 말하였다.

---

1) 심복의 병 : 남모르는, 겉으로 드러나지 않는 병

"소저께서는 오직 침선의 솜씨만 중하게 여기시고 사람이 들어오는 것을 돌아보지 아니하십니까?"

소저가 놀라 돌아보고 웃으며,

"내가 심심해서 혼자 시간을 보내고 있더니 서투른 솜씨를 너에게 드러내게 되었구나."

하고는 두 사람이 깔깔거리고 크게 웃었다. 그 수는 바로 한 쌍의 원앙이 꽃 밑에 앉아서 잠을 자는 것이었다. 홍랑이 얼굴빛을 바로 하고 원앙을 가리키며 탄식하였다.

"이 새는 반드시 짝이 있어 스스로 서로 떨어지지 아니하는데, 이제 지극히 신령한 사람으로서 도리어 이 새만도 못하여 그 뜻을 자유롭게 할 수가 없으니 어찌 불쌍하지 않겠습니까?"

소저가 그 까닭을 묻자, 홍이 소주 자사가 핍박하는 일을 낱낱이 말하고 구슬 같은 눈물이 가득하였다. 소저가 분개하여 위로하며,

"홍랑의 씩씩한 지조는 내가 이미 아는 바나 어찌 홀로 청춘을 보낼 수가 있겠는가?"

라고 하자, 홍랑이 쓸쓸하게,

"저는 봉황은 대나무 열매가 아니면 먹지 않고 오동나무가 아니면 깃들지 않는다고 들었습니다. 이제 그 주림을 보고서 썩은 쥐를 던져 주며, 그 둥지 없음을 보고서 등나무와 담장이 넝쿨을 가리키시니 어찌 제 마음을 안다고 할 수 있겠습니까?"

하고 말을 마침에 불만스러운 기색이 가득하였다. 소저가 사과하였다.

"내가 어찌 너의 뜻을 모르리오. 이 말은 특히 희롱하는 것일 뿐이야. 그러나 낭의 기색을 살펴보니 마음속에 난처한 일이 있는 듯하니 규중에 있는 여자가 말할 바는 아니지만 부친에게 아뢰어서 방편을

꾀하여 보겠어.”

홍이 고맙다고 하였다.

　한편 황자사는 홍의 편지를 보고 크게 노하여,

　‘제가 이웃 고을 천한 기생에 지나지 않으면서 나에게 욕을 더하니 벌을 줌에 어찌 합당한 법이 없으리오?’

라고 하며 한참 동안 말없이 있다가 다시 웃으면서,

　‘예로부터 명기의 행실이 지조를 핑계대며 짐짓 자존심이 높고 교만하게 행동하여 뜻을 지키는 것을 보이나, 그 마음은 재물을 탐내고 권세를 따르는데 불과하니 내 어찌 묘책이 없겠는가?’

하고는 마침내 손을 꼽아 날을 헤아려 경도희를 준비하였다. 시간이 빠르게 흘러 드디어 오월 초하루가 되자 황자사가 윤자사에게 편지를 보내어,

　　초사일에 압강정 아래 배를 타고 초닷새 이른 아침 물을 거슬러 전당호에 이르시되, 강남홍과 여러 기생과 악사를 데리고 오십시오.

라고 하였다. 윤자사가 강남홍을 불러 황자사의 편지를 보여주자 홍랑이 가만히 말이 없이 곧 집으로 돌아가서 며칠을 부중으로 들어가지 않고 걱정을 하며 즐거워하지 않고 곰곰이 생각하였다.

　‘황자사는 방탕하고 무도한 성품으로, 일전의 편지 가운데 이미 압강정에서의 여한이 있었기에 그때에 예측할 수 없는 계책이 있었음이 분명하다. 이미 벗어날 계책이 없으니 일의 기미를 살펴서 차라리 만경창파에 몸을 던져서 이 몸을 깨끗하게 할 것이다.’

계획이 이미 정해지자 마음이 절로 편안하였으나 오직 양공자를 다시

보지 못하는 유유한 원한이 스스로 끝이 없었다.

　'살아서 이별하고 죽어서 헤어짐에 어찌 한 마디 말이 없겠는가?'
하고는 마침내 하인에게 분부하였다.

　"내일 다시 황성으로 가거라."

　저녁밥을 먹은 후에 누에 올라서 멀리 서울을 바라보며 한숨을 쉬고 슬피 탄식하였다. 이때는 새로 돋은 반달이 처마 아래에 걸렸고 반짝반짝 빛나는 은하수는 밤빛을 재촉하였다. 홍랑이 난간에 기대어 이적선(李謫仙)의 원별리곡2)을 읊음에 인간세상에서의 이 곡조가 광릉산3)이 되지 않을까? 다시 침실로 들어가서 등불을 돋우어 채전을 펼치고 한 통의 편지를 써서 두세 번을 자세히 보고는 길게 한숨짓고 짧게 탄식하다가 침상에 기대어 뒤척이며 잠들지 못하였다. 동창에 새벽빛이 조금 밝아오자 하인을 불러서 편지와 은자 백 냥을 주고는,

　"속히 돌아오너라."
하고 거듭 당부하며 구슬 같은 눈물이 가득하였다. 창두가 이상히 여겨,

　"쇤네가 속히 돌아와서 공자의 안부를 보고할 것이니 지나치게 상심하지 않았으면 좋겠습니다."
라고 위로하고 편지와 은자를 받고 황성을 향하여 떠났다.

　이때 황자사가 부귀를 자랑하고자 위의를 성대하게 베풀고 오월 초사일에 압강정 아래에서 배를 타고 항주를 향해 갔다. 십여 척의 배를 연결하여 소주의 기생과 악사 십여 대를 선발하여 배안에 가득

──────────────────────

2) 怨別離曲 : 님과의 이별을 원통해 하며 부르는 노래.
3) 廣陵散 : 진나라 혜강이 은자에게 배운 거문고 곡조. 혜강이 죽은 뒤에 그 곡조가 전해지지 않는다.

신고서 북을 울리고 배를 출발하니 강구월음[4]은 잠긴 교룡을 일어나
춤추게 하고, 비단 닻줄과 상아 돛대는 백사장의 갈매기를 놀래 일어
나게 하였으며 언덕 위에 관광하는 사람들이 구름과 같았다. 윤자사는
황자사가 왔다는 말을 듣고 홍랑을 부르게 하자 홍랑이 곧바로 부중으
로 들어가서 소저의 침실에 이르렀다. 소저가 기뻐서 말하였다.

"네가 무슨 까닭으로 며칠 동안 오지 않았느냐?"

"며칠 동안 발걸음을 끊은 것이 어찌 평생 자취를 끊은 것이 아님을
모르십니까?"

소저가 놀라서 그 까닭을 묻자 홍랑이 대답하기를,

"제가 소저의 사랑하고 불쌍하게 여기는 덕을 입어서 장차 종신토
록 작은 정성을 바치고자 하였더니 조물이 시기하여 지금 이별을 하려
고 합니다. 바라건대 소저는 다른 날에 군자를 맞이하셔서 부부 금슬
을 즐기실 때 오늘 저의 심사를 굽어 생각하소서."

하고는 소저의 손을 잡고서 눈물을 펑펑 쏟았다. 소저가 비록 그 까닭
은 알지 못하나 또한 자신도 모르게 눈물을 머금고 말하였다.

"네가 입으로 한 번도 상서롭지 않은 말을 내지 않더니 오늘의 말은
어찌 여느 때와 다른가?"

강남홍이 다시 대답하지 못하고 외당으로 나와서 윤자사를 뵙자 윤자
사가 그 눈물 흘린 흔적을 보고 말하였다.

"황자사의 오늘의 놀이는 노부가 비록 그 뜻을 아나 불행히도 인접
한 고을이어서 황자사의 요구하는 바를 물리치기 어렵다. 너는 편협한
소견을 돌이키고 형편에 따라 일이 잘되도록 하라."

4) 江謳越吟 : 양자강 유역의 민요와 옛 월나라 때부터 전해오는 노래.

　홍랑이 절을 하고 물러나 집으로 돌아가서 행장을 정리할 때 근심스런 얼굴에 낡은 옷을 입고 화장을 하지 않았다. 서글피 수레에 올라서 연옥을 돌아보며 나삼으로 얼굴을 가리고 구슬 같은 눈물이 수레 위에 떨어지는 것을 깨닫지 못하였다. 연옥이 감히 까닭을 묻지 못하고 마음속으로 매우 의아하게 여겼다. 이때에 윤자사가 내당에 들어가서 말하였다.

　"이제 전당호에 갈 것이다."

　"조금 전에 강남홍이 전당호로 향할 것이라고 얘기를 했는데 말의 낌새가 자못 이상합니다. 오늘의 놀이에 무슨 까닭이 있는 줄을 모르겠습니다."

　자사가 한동안 말없이 있다가 말하였다.

　"소주자사가 강남홍을 심히 사모하는데 홍랑이 정절을 지키는 까닭으로 그를 겁탈하고자 계획한 것인가 한다."

　소저가 크게 놀라서 말하였다.

　"강남홍이 죽습니다. 홍랑은 여자 중에서도 의협심이 있는 사람이라, 탕자의 핍박을 받지 아니할 것이니 죄 없는 여자가 물고기 뱃속에 외로운 혼이 되지 않도록 하소서."

말을 마치고 눈물을 줄줄 흘리니 윤자사가 말없이 나갔다.

　윤자사가 좌우에 명하여 본부의 기녀와 악공들은 강 머리에 대령하라 하고 수레에 올라서 전당호에 갔더니 황자사가 이미 강 머리에 배를 대고서 정자에 올라가서 윤자사를 고대하다가 기뻐하며 나와 맞이하여 홍랑이 오는지를 물었다. 윤자사가 웃으며 말하였다.

　"홍랑이 비록 따라오나 요사이 몸에 병이 있어 무료함을 면치 못할 것입니다."

"그 병은 아는 병입니다. 이름난 기생이 남자를 유혹하는 본색입니다. 선생 같은 충직하고 마음이 너그럽고 연세가 많은 사람은 속일 수 있으나 시생은 속이기 어렵습니다. 오늘 잔치에서 제 솜씨를 보시기 바랍니다."

윤자사가 멋쩍게 웃으면서 대답하지 않았다. 담소하는 사이에 멀리 바라보니 조그만 수레가 멀리서부터 왔다. 황자사가 난간머리로 자리를 옮기고 자세히 보았더니 두 명의 창두가 한 대의 작은 수레를 몰고서 누정 아래에 이르자 한 미인이 수레 속에서 나왔다. 흐트러진 머리는 요란한 봄 구름과 같고 때 묻은 얼굴은 구름에 가려진 밝은 달과 같았다. 조촐한 태도와 초췌한 기색은 푸른 물에 연꽃이 서리를 띤 것 같고, 미친 바람에 버들 솜이 진흙에 떨어지는 것과 같아서, 탕자의 눈이 어찔하고 마음이 혼미함을 깨닫지 못하였는데, 이는 곧 홍랑이었다.

황자사가 미소를 띠고 정자에 오르기를 명하여 홍이 정자에 올라 눈길을 들어 황자사를 보니 머리에는 검은 비단으로 만든 절각모(折角帽)를 쓰고, 몸에는 붉은 비단으로 만든 학창의5)를 입고, 허리에는 '야자대(也字帶)'를 띠고 난간에 기대어 느긋하게 붉은 접는 부채를 흔들어대며 취한 눈이 흐릿하여 방탕한 용모와 거칠고 추한 기상이 질펀하였다. 지척에 있는 푸른 물로 눈을 씻고자 하나 할 수 없이 앞으로 나아가 문후를 드리고 항주 기생을 따라 앉자 황자사가 얼굴표정을 엄숙하게 하고 꾸짖었다.

"소주와 항주는 이웃 고을이라, 네가 전일에 압각정에서 잔치가 끝나는 것을 기다리지 않고 몰래 도망갔으니 이것이 어찌 윗사람을 섬기

5) 鶴氅衣 : 품이 넓은 도포

는 도리겠는가?"

홍이 사죄하여 말하였다.

"도주한 죄는 몸에 병이 있어 그러한 것이오나 상공이 용서한 바이거니와, 당일 천첩의 죄는 세 가지가 있습니다. 군자가 글을 하고 술을 마시는 연회에서 감히 천한 몸으로 참석한 것이 그 죄 하나요, 감히 여러 선비의 문장을 따졌으니 그 죄 둘이요, 기생의 본색은 매양 다른 사람을 기쁘게 하는 것이라 그 행실을 따질 것이 없는데 감히 구차스러운 마음을 지켜 고집을 부려 돌이키지 않았으니 그 죄가 세 번째입니다. 제가 지금 큰 죄 세 가지가 있는데도 상공의 어질고 관대함으로써 방백과 수령의 체모를 돌아보셔서 풍속과 교화로 백성을 다스리시고, 예절로 한 고을을 인도하시고, 그 몸의 미천함을 불쌍히 여기시고, 또 그 마음의 지조를 지키는 것을 살피시고, 그 죄를 사면하여 도리어 상을 주시니 제가 더욱 죽을 바를 모르겠습니다."

라고 하였다. 황자사가 무안하여 말했다.

"이미 지난 일은 말하지 말라. 내가 강 머리에 이미 몇 척의 어선을 대어 놓았으니 한 나절 동안의 시간 보내는 것을 사양하지 말라."

윤자사에게 배에 오를 것을 청하여 두 고을의 자사가 양쪽 부중의 기생과 악공을 데리고 정자를 내려와 배에 올랐다.

큰 강에 바람은 고요한데 거울 같은 물결은 천 리였으며, 점점이 나는 흰 갈매기는 춤추는 자리에 와서 깃털을 떨쳐 접어 앉고, 물소리가 노랫소리와 함께 흘렀다. 배를 중류에 놓아 술상이 어지러웠으며, 여러 악기 소리가 섞이어 음악 소리가 질탕하니, 황자사가 방탕한 정회를 이기지 못하여 연거푸 몇 잔의 술을 마시고 뱃머리를 두드리며 노래를 하였다. 그 노래는 이러하였다.

미인을 잡고서 유광6)을 거슬러 올라가니,
중류에서 오락가락함에 미앙궁7)의 즐거움이로다.

황자사가 노래를 마치고 홍랑에게 화답하게 하자 홍랑이 사양하지
않고 노래하였다.

푸른 물결에 배 띄워 경도 놀이를 하니,
강 언덕에는 단풍이 있고, 물가에는 난초가 있도다.
배 안이 초나라보다 크니,
충신8)의 외로운 넋에 의탁하노라.
그대는 경도놀이를 하여 외로운 넋을 불러오지 마오,
외로운 넋이 어디로 돌아가리오.

홍랑이 노래를 마치자 황자사가 웃으며 말하였다.
"낭은 강남사람이라, 경도희의 뜻을 아는가?"
이때 홍랑이 푸른 강에 임하여 눈에 가득한 경치가 다만 강개하고
울적한 마음을 도울 뿐이라, 괴로이 말할 것이 없다가 황자사가 묻기
에 쓸쓸히 대답하였다.
"저는 옛적에 삼려대부가 초나라의 충신으로 충성을 다하여 회왕을
모셨는데 회왕이 헐뜯는 말을 믿고 양자강 위에 내치자, 삼려대부가
절개 있고 깨끗한 뜻으로 혼탁한 세상에 처하여 구차하게 살고자 하지

---

6) 流光 : 햇빛이나 달빛에 반사되어 반짝이며 흐르는 물결.
7) 未央宮 : 한나라 성제가 미앙궁에서 조비연과 즐겁게 놀이하며 지냈던 별궁이다.
8) 충신 : 굴원. 중국 전국시대의 정치가·문인. 초나라 삼려대부를 지낸 왕족. 이름
   은 평(平). 간신의 참소로 억울하게 유배당하자 자신의 뜻을 보이고자 멱라수에
   투신하여 죽었다.

않아 어부사를 짓고 5월 5일에 돌을 안고 강 속으로 빠졌으며, 후세 사람들이 그 원통한 죽음을 가엽게 여겨 그날이 되면 강 복판에 배를 띄워 충성스런 넋을 건지고자 한다고 들었습니다. 그러나 만약 굴삼려에게 영혼이 있다면 푸른 강의 고기 뱃속에 몸을 깨끗하게 맡기고 더러운 세상의 속된 인연의 더러움을 면함으로써 고기 뱃속에서 유쾌하고 편안하게 살 것이니, 어찌 탕자 범부가 거친 물에 돛을 희롱할 수 있겠습니까?"

이때 황자사는 이미 크게 취했으니 어찌 홍랑의 말에 빗대어진 뜻이 있는 것을 알았겠는가? 곧 웃음을 머금으며,

"내가 성주를 섬겨 소년의 공명(功名)이 재상의 반열에 처하여 부귀영화를 누리고 있다. 굴삼려의 초췌하고 때를 만나지 못한 불우함을 말하지 말라. 나는 왼손으로는 강산의 풍월을 잡고 오른손으로는 절대가인을 잡고 한 번 웃음에 봄바람이 호탕해지고 한 번 노함에 서리와 눈이 어지럽게 일어나니, 마음속에 하고자 하는 바와 귀와 눈이 좋아하는 것을 감히 막을 자가 없도다. 어찌 적막한 강 속의 쓸쓸한 충혼을 말하느냐!"

라고 하고는 여러 기생들에게 음악을 연주하라 명하였다.

질탕한 관현악은 푸른 하늘에 멀리 울려 퍼지고 잇닿아 펄펄 나부끼는 춤추는 소매는 강바람에 나부끼어 날렸으며, 여러 가지 구슬로 꾸민 장식과 아름답게 화장한 모습들이 물속에 비치어 빛나니, 십리 전당호가 한 조각의 꽃 세계로 변했다. 황자사가 큰 술잔을 기울여 십여 잔을 마시고 취흥이 도도하여 홍랑의 어깨를 어루만지고 웃으며 말하였다.

"인생살이 백년이 저 흐르는 물과 같은데 어찌 구구한 마음과 견주

리오? 황여옥은 풍류남자요, 강남홍은 절대가인이라. 재자가인이 동일한 경개로서 강위에서 서로 만났으니, 쾌활한 풍정은 어찌 하늘이 주신 인연이라 하지 않겠는가?"

홍랑이 일의 형편이 점차 긴박한 것을 자세히 살피고 낙심하여 말이 없자 황자사가 미친 흥을 이기지 못하여 좌우에 호령하여,

"작은 배 한 척을 끌어서 강 가운데에 띄워라."

하고는 소주의 여러 기생으로 하여금 강남홍의 손을 잡아 배 위에 태우게 하였다. 배 안에는 비단 휘장이 첩첩이 드리워져 있고 별로 다른 물건은 없었다. 황자사가 배 안으로 뛰어 들어가 홍랑의 손을 잡고 말하였다.

"너의 간장이 비록 철석이라고는 하지만 황여옥의 불같은 욕구에 어찌 녹지 않겠느냐? 오늘은 내가 오호 편주로 서시를 싣고 떠났던 범대부9)를 본받아서 평생을 즐겁게 지내려고 한다."

이때에 홍랑이 그 행동거지를 보고 손을 쓸 수가 없어서 그 포악한 욕을 면하지 못할까 두려워하였으나 안색을 고치지 않고 태연히 말하였다.

"상공의 중한 체통으로써 일개 천기를 이와 같이 핍박하시니 주위 사람에게 부끄럽습니다. 제가 청루의 천한 사람으로 어찌 감히 조그마한 지조를 말하겠습니까마는 다만 평생의 지킨 바를 오늘 허물게 되오니, 이 자리에 거문고를 빌려 몇 곡을 연주하여 근심어린 마음을 다 풀고 기쁜 기색으로 상공의 즐거움을 돕고자 합니다."

황자사가 이 말을 듣고 스스로 생각하기에,

....

9) 范大夫 : 월나라 구천을 도운 범려.

'나의 위엄을 두려워해서 마음을 바꾸어 즐거이 따르는구나.'

하고 바로 홍랑의 손을 놓고 웃으며 말하였다.

"너는 진실로 여자 중의 호걸이며 수단이 또한 빼어나다. 내가 일찍이 황성의 청루를 두루 다녀서 이름 떨치는 기녀와 지조를 지키는 여자라도 내 손을 벗어날 수가 없었다. 네가 한결같이 고집하여 만약에 순종하지 않았더라면 거의 서리와 눈 같은 위엄을 면치 못할 것이었다. 지금 이와 같이 마음을 바꾸어 전화위복이 되었으니 이는 너의 복이다. 내가 비록 대단하지는 않지만 당대 승상의 사랑 받는 아들이고 한 고을 방백의 높은 자리를 겸하였으니 마땅히 황금 집을 지어 너로 하여금 평생 부귀를 누리게 하리라."

말을 마치고 손수 거문고를 들어 홍랑에게 주며 말하였다.

"너의 평생의 수단을 다하여 금슬우지10)의 곡조를 발휘하도록 하라."

홍랑이 미소 짓고 거문고를 받아 한 곡조를 타니 그 소리가 화창방탕(和暢放蕩)하여 삼월 봄바람에 온갖 꽃이 피어나는 것 같고 오릉소년11)이 준마를 달리는 것 같아, 언덕 위에 버들은 비를 머금고 물새는 날개 짓을 하며 춤을 추었다.

황자사가 호탕한 정을 이기지 못하여 장막을 걷고서 좌우에 명하여 다시 술상을 내오라고 하였으니 누가 홍랑이 다른 뜻이 있음을 알았겠는가. 다시 곱고 예쁜 손으로 줄을 골라 한 곡을 연주하자 그 소리가 쓸쓸하고 처절하여 소상반죽12)에 성근 비가 떨어지는 것과 같고, 북쪽

---

10) 琴瑟友之 : 남녀가 화락함을 나타내는 곡조.
11) 五陵少年 : 황성 권문세가의 놀기 좋아하는 자제들.
12) 瀟湘斑竹 : 요임금의 두 딸인 아황(娥皇)과 여영(女英)이 소상강에 빠져 죽어 반죽이 되었다.

국경 밖의 푸른 무덤13)에 찬바람이 일어나는 것과 같았다. 강 위 나뭇잎에 바람과 비는 쓸쓸히 내리고 하늘가를 나는 큰 기러기가 슬피 우니, 한 자리에 앉은 모든 사람이 슬픈 기색이 있고 소주 항주의 모든 기녀는 눈물이 흐르는 것을 깨닫지 못하였다. 홍랑이 곧 곡을 바꾸어 작은 줄을 거두고 큰 줄을 울려 우조(羽調)를 연주하자, 그 소리가 슬프고 쓸쓸하여 푸줏간 저문 날 검심14)을 논하는 듯 하고, 연나라 남쪽에서 대낮에 형가15)가 고점리의 축에 맞추어 노래하는 듯하여, 불평한 마음과 흐느끼는 흉금으로 온 자리를 경동시켜 배 안에 여러 사람이 두려워해서 얼굴빛이 변하지 않는 사람이 없었다.

홍랑이 거문고를 밀어 놓고 매운 기색이 이마에 가득하여 마음속으로 빌었다.

'저 유유한 푸른 하늘이여! 나를 낳을 때에 이미 처지를 미천하게 하고서 또 비상한 능력을 주어, 광활한 천지에 보잘 것 없는 몸을 용납할 곳이 없게 한 것은 무슨 까닭입니까? 푸른 물속 물고기배에 누가 굴삼려16)를 찾을 것인가? 엎드려 바라건대 제가 죽은 후에 몸을

---

13) 靑塚 : 억울하게 흉노족 왕에게 시집간 왕소군의 무덤에만 풀이 났다고 한다.

14) 劍心 : 전국시대에 자객 섭정(聶政)은 원수를 피하여 도살장에 숨어살았다. 엄중자(嚴仲子)의 부탁을 받고 한나라의 재상 협루(俠累)를 죽이고 자신도 죽었다 (『史記, 刺客列傳』).

15) 荊軻 : 중국 전국시대의 자객. 위(衛: 河南省)나라 출생. 독서와 칼 쓰기를 좋아하였다. 연(燕)나라의 태자 단(丹)의 식객이 되었고, 형경(荊卿)·경경(慶卿)이라 불렸다. 진(秦)이 침략한 땅을 되찾아 주든가 진왕(秦王) 정(政:후의 始皇帝)을 죽이든가 해 달라는 단의 부탁을 받고, 진에서 도망해온 장수 번오기(樊於期)의 목과 연나라 독항(督亢:河北省固安縣)의 지도를 가지고 출발하여, 역수(易水) 근처에서 단과 헤어지며 "바람 쓸쓸하니 역수 또한 차갑구나, 장사 한 번 가면 다시 돌아오지 못하리!"라는 시구를 남겼다. 진에 들어가 진왕을 알현하고 죽이려 하였으나 실패로 끝나고 오히려 죽임을 당하였다.

16) 屈三閭 : 굴원(屈原).

건지지 말고 외로운 넋으로 하여금 깨끗한 땅에 떠다니게 하소서.'
라는 말을 마치고 물속으로 뛰어 들었으니 아깝다! 마침내 홍랑의
목숨이 어떻게 될 것인가?

다음 회를 보라.

속루몽 권1

제6회 | 강남홍이 몸을 백운동에 맡기고,
양창곡은 자신전에서 대책문을 짓다

한편, 이때 강남홍이 강 속에 몸을 던지니 배 안에 가까이 있던 사람들이 어쩔 줄 모르고 크게 놀라지 않는 사람이 없었다. 급하게 구하고자 하나 몸은 가볍고 파도는 급하여 미처 붙들지 못하였다. 치마가 풍파에 떨려 날리더니 한참 있다가 간 곳을 알지 못하였다. 소주 항주의 여러 기생들이 얼굴을 가리고 울지 않는 사람이 없었다. 두 자사도 놀라서 얼굴빛을 잃고 뱃사공에게 급히 구하라고 명령을 할 때에, 서로 묶었던 배를 풀어서 강위에 가득 떠서 그녀를 찾았지만 있는 곳을 알지 못하여 여러 뱃사공들이 서로 돌아보며 말하였다.

"사람이 만약 물에 빠지면 물위로 뜰 것이 틀림없는데 전혀 간곳이 없으니 이상하다."

두 자사가 어쩔 수가 없어 뱃사공과 어부를 모아서 수구를 지키라 하자 뱃사공과 어부가 같은 소리로 아뢰었다.

"만약에 이 호수에서 찾지 못한다면 하류는 밀물과 썰물이 출입하는 곳이라, 수세가 가장 급하여 모래 속에 매몰되며 더욱 더 찾을 곳이 없습니다."

두 자사가 더욱 더 놀라서 각각 자기의 관부로 돌아갔다.

한편, 윤소저가 강남홍을 보낸 뒤에 마음속으로 방법을 생각하되,

'홍의 마음이 오늘 형편에 구차스럽게 살고자 하지 않을 것이 틀림없다. 내가 이미 그와 지기로서 사귐을 맺었으니 그가 장차 죽을 것을 알고도 구하지 않으면 의가 아닐 것이다.'

하고 구할 수 있는 방법을 생각하는데 유모 설파가 마침 밖에서 왔다. 설파는 서울사람이었다. 사람됨이 비록 영리하지는 않으나 그 마음은 충성스럽고 바른 까닭에 소저를 따라서 부중에 있는 것이 이미 몇 년이 되었고 스스로 항주 사람과 친하게 사귀는 사람이 많았다. 이때 소저가 설파를 보고 기뻐서 말하였다.

"내가 설파에게 한 마디 할 말이 있는데 나를 위해서 주선할 수가 있겠어요?"

"제가 소저의 일을 위해서라면 끓는 물에 들어가고 타는 불에 들어가더라도 또한 거절하지 않을 것이니 무슨 어려움이 있겠습니까?"

"내가 듣기에 강남 사람이 물에 익숙하여 혹 물속에 잠겨있어도 수 십 리를 갈수 있다고 하는데 할멈이 아는 사람 중에 혹 그런 사람이 있어요?"

설파가 말없이 있다가 말하였다.

"널리 구해 보면 혹 있을까 합니다."

"일이 급하여 만약 시간이 지나면 소용이 없으니 속히 한 사람을 추천하게."

설파가 다시 한동안 말이 없다가 말하였다.

"소저는 규중에 있는 여자로 그런 사람들을 구해서 어느 곳에 쓰려고 하십니까? 실로 모르겠습니다."

소저가 눈썹을 찡그리며 말하였다.

"할멈은 다만 그런 사람을 추천한 뒤에 그 이유를 물어요."

설파가 몸을 일으켜 나가자 소저가 따라 나가서 거듭거듭 부탁하였다.

"반드시 늦지 않도록 하시오."

설파가 고개를 끄덕이고 가더니 조금 있다가 한 사람을 데리고 와서 소저를 보고 말하였다.

"남자는 마침 마땅한 사람이 없고 한 여자를 얻었는데 강과 호수에서 연을 따는 사람입니다. 물속에서 50, 60리를 갈 수 있기 때문에 그를 수중야차 손삼랑이라고 부릅니다."

소저가 더욱 기이하게 여겨 곧 들어오라 하여 자세히 보니 신장이 8척이고, 머리카락은 누렇고 얼굴은 까맣고 누린내가 코에 역했다.

소저가 놀라서 물었다.

"삼랑은 물속에서 몇 리를 갈 수가 있는가?"

"제가 강가에서 연을 따다가 교룡을 만났지요. 서로 싸워서 10여리를 쫓아가서 마침내 잡아서 지고 나오다가 썰물에 밀려서 다시 수십 리를 가서 물 밖으로 나왔으니 홀몸으로 간다면 70, 80리를 갈 수 있습니다. 만약에 몸에 지닌 것이 있으면 겨우 수 십 리를 갈 수 있을 것입니다."

소저가 한편으로 놀라고 한편으로 기뻐하여 말하였다.

"내가 삼랑을 쓸 곳이 있으니 낭은 그 수고를 아끼지 않고 허락을 하겠는가?"

“마땅히 힘을 다하겠습니다.”

소저가 백금 20냥을 주면서 말했다.

“이것은 비록 사소하지만 먼저 그 마음을 표시하는 것이니 성공한 뒤에 다시 중한 상을 내리겠네.”

삼랑이 크게 기뻐하여 그 쓸 곳을 물었다. 소저가 좌우를 물리고 말하였다.

“오늘 전당호에서 두 고을의 상공이 경도희를 하는데 한 여자가 물속에 빠질 것이 틀림없네. 낭이 물속에 잠겨 있다가 곧바로 구하여서 물속에서 멀리 도망을 가되, 만약에 소주 사람 눈에 발각이 되면 큰 화가 있을 것이니 매우 조심하여야 하네. 성공한다면 중한 상을 내릴 뿐만 아니라 사람을 살린 은혜는 죽어서도 잊기 어려울 것일세.”

삼랑이 응낙을 하고 나가자 소저가 두 번 세 번 부탁하였다.

“조심해서 대사를 누설하지 말도록 하게.”

삼랑이 20냥의 은자를 받아서 집으로 돌아가 깊이 감추고 전당호 물가로 가서 한가로이 반나절을 앉아서 경도희를 보았지만 끝내 물에 빠지는 사람이 없더니, 석양이 산에 있는데 한 가랑잎 같은 작은 배에 소주의 여러 기생이 한 사람의 미인을 부축하여 올렸다. 삼랑이,

‘이것은 틀림없이 까닭이 있다.’

하고 즉시 물속으로 뛰어 들어가 그 배 밑에 잠복하였더니 조금 있다가 배안에서 거문고 타는 소리가 났다. 삼랑이 귀를 기울여 물속에서 들었더니 갑자기 배안이 요란하며 한 미인이 뱃머리에서 떨어졌다. 삼랑이 몸을 빼어 받아 업고 화살처럼 빠르게 달아나서 순식간에 60리를 갔다. 이곳은 인적이 드물고 업힌 여자가 오랫동안 물속에 있는 것이 딱하여 물위로 솟구쳐 장차 언덕을 찾고자 하였더니, 마침 한

척의 어선에 두 명의 어부가 낚싯대를 드리우고 뱃노래를 부르며 오고 있었다. 삼랑이 큰소리로,

"물에 빠진 이 사람을 급히 구해 주시오."

라고 하였더니 어부가 노래를 멈추고 노를 흔들며 급히 왔다. 삼랑이 그 여자를 업고 배안으로 뛰어 올라 내려서 눕히고 자세히 살펴보니 구름 같은 머리가 모두 흐트러지고 옥 같은 얼굴이 푸른빛을 띠어 조금도 살아 있는 것 같지를 않았다. 마른자리 한 곳을 택하여 누이고 젖은 옷을 햇볕에 쪼이며 다만 회생하기를 기다리는데 어부가 물었다.

"어떠한 낭자인데 이와 같은 참혹한 화를 당했소?"

"나는 본래 연밥을 따는 사람으로 마침 이 여자가 빠져 죽는 것을 보고 급히 가서 구한 것이나 이 배는 장차 어느 곳으로 향하는 것인지 모르겠네요."

"우리들은 어부요. 강과 호수가에서 나고 자라서 물에서 화를 당하는 사람을 많이 보았으나 이와 같이 어려운 처지는 오늘 처음 봅니다. 이곳에 인가가 없는 것 같으니 어떻게 사람의 생명을 구하시겠소?"

"잠시 기다려서 만약에 살아 있는 맥이 있거든 다시 의논을 하는 것이 좋겠군요."

하고 그 수족을 진맥하니 살아 날 희망이 있었다. 조금 후에 홍랑이 두 눈을 작게 떠서 보고 억지로 소리를 내어서 물었다.

"노파는 어떠한 사람으로 죽어가는 사람을 구했나요?"

삼랑이 다만 이목이 번다함을 꺼려서,

"낭자는 정신을 수습하여서 천천히 그 까닭을 물으시오."

하고, 어부를 돌아보며 말하였다.

"날이 저물고 인가가 드무니 부득이 하룻밤을 배안에서 머물러야

하겠어요. 우리들은 바깥도 상관이 없겠으나 이 여자는 규중의 약한 몸으로 죽었다가 목숨을 구했지요. 만약에 바람과 이슬을 무릅쓰면 해로울 것이니 배 안에 혹시 바람을 막을 것이 있나요?”

어부가 몇 조각의 거적으로 한 곳에 쉴 만한 곳을 만들고 나서 배를 중류에 머물고 밤이 깊자 두 사람의 어부는 벌써 거적 밖에서 잠이 들었다. 삼랑이 나지막하게 홍랑에게,

“낭자는 항주 자사의 딸 윤소저를 아시오?”

하고 묻자 홍이 놀라서 일어나 앉아 그 까닭을 물었다. 삼랑이 윤소저가 자기를 보내어 구한 일을 자세히 알리자 홍랑이 한숨을 쉬며,

“내가 다른 사람이 아니라 바로 항주의 강남홍입니다.”

하고는 죽고자 하는 까닭을 자세히 말하자 삼랑이 크게 놀라며 말하였다.

“그러면 낭자가 제일 방 청루의 홍랑입니까?”

“노파께서는 어떻게 내 이름을 아시나요?”

삼랑이 다시 놀라서 물었다.

“낭자의 아환이 연옥이 아닙니까?”

“그렇습니다.”

삼랑이 깜짝 놀라며 홍랑의 손을 잡고,

“제가 바로 연옥의 이모입니다. 연옥이 평소에 낭자의 이름난 정절을 칭찬한 까닭으로 매우 흠모하여 한 번 뵐 것을 바랐지요. 늙은이의 삶이 매우 특별해서 그 추한 모습을 싫어하여 조그만 바람을 이루지 못하였다가 어려운 처지에서 서로 만나니 이것은 하늘이 내려 준 것입니다.”

하고는 더욱 공경하는 기색이 있었다. 홍랑이 또한 놀라고 기뻐하여 특별히 더 친근하여 서로 위로하고 누웠더니, 강의 하늘에는 달이

지고 장차 사 오경에 가까워졌다. 창문 밖에서 어부가 소근거리는 소리가 들려 삼랑이 귀를 가까이 대고 들으니 한 어부가,

"확실히 알지도 못하면서 어찌 가볍게 행동하겠나?"
하자 또 한 어부가 답하였다.

"내가 전에 어선을 팔려고 항주의 청루를 지날 때 누 위에 앉아 있던 여자의 용모가 이 여자와 같아서 마음속으로 매우 의심하였더니, 지금 노파의 말을 들어보니 과연 항주의 제일 방 홍랑이야."

"우리들이 몇 년간 강호에서 도적으로 일을 삼아서 실가지락[1]이 없었더니, 강남홍은 강남의 이름난 기생이다. 좋은 기회를 잃어버릴 수가 없으니 우리 두 사람이 힘을 합하여 저 노파를 죽인다면 한 나약한 아녀자를 어찌 근심하겠는가?"
하였다. 삼랑이 듣고 나서 홍랑의 귀에다 대고 말하였다.

"겨우 위태로운 지경을 면하고 또 죽을 땅에 들어 왔군요. 오늘 밤에 배안에 있는 사람이 모두 적국 사람임을 어떻게 알았겠습니까?"
홍랑이 탄식하여 말하였다.

"나는 하늘이 죽이는 것이라 어찌 할 도리가 없거니와 노파는 목숨을 구할 방법을 생각하시오."

"내가 비록 용기는 없지만 한 사람은 당할 수 있거니와 다만 두 사람을 대적할 수는 없으니 어떻게 하면 좋을까요?"
홍랑이 한동안 말이 없다가,

"구차스럽게 살아가는 것이 도리어 죽는 것만 못하지만 노파를 위하여 한 가지 꾀가 있으니 이러저러하게 하시오."

---

1) 室家之樂 : 남자가 장가를 들어 가정을 꾸미는 즐거움.

하고는 다시 코고는 소리를 하였다. 조금 있다가 두 명의 어부가 거적 문을 헤치고 들어왔다. 삼랑이 크게 놀라 한마디 소리를 지르고 물속으로 뛰어 들어갔다. 어부가 삼랑이 물에 뛰어드는 것을 보고 홍랑에게 말하였다.

"낭자의 목숨은 우리들에게 달려 있으니 순종하면 살 것이오. 거역하면 죽을 것이다."

홍랑이 냉소하며 뱃머리에 나아가 서서 말하였다.

"나는 나이가 젊은 여자로 풍류 마당에서 놀면서 많은 사람들을 겪었는데 어찌 순종하지 않을까마는 두 사람이 한 여자를 두고 다투니 내가 부끄럽군요. 한 사람이 지정하면 내가 마땅히 몸을 허락하리라." 그 중에 나이가 적은 건장한 사람이 손에 작구[2]을 잡고 앞으로 나와서,

"내가 마땅히 여자를 차지하리라."

라고 하였다. 말을 마치기도 전에 등 뒤에 섰던 사람이 가지고 있던 작구로 앞에 있는 사람을 찔러 죽여서 물 가운데로 던졌다. 삼랑이 몰래 물속에 숨어 있다가 한 사람이 물 가운데로 떨어지는 것을 보고 그 작구를 뺏어 들고 배안으로 뛰어 올라 도적놈을 찔러 죽여서 물속에 던지고 그 배의 닻 줄을 끊어서 언덕을 찾아 갈 때에 새벽 조수가 점차 불어나서 조그마한 배가 폭풍에 몰리어 그 빠르기가 화살과 같았다.

홍랑이 정신을 수습하지 못하고 가만히 배안에 엎드렸으나 가는 곳을 알지 못하였다. 삼랑이 비록 풍랑에는 익숙하지만 배 모는 것은 할 수가 없어 배가 가는 데로 맡겨 두었더니 날이 이미 점점 밝아지고 바람이 더욱 급하여 달리는 것을 막을 수가 없고, 하늘이 무너지고

---

2) 斫鉤 : 찍는 갈고리.

땅이 흔들려서 미친 듯한 물결이 산과 같았다. 삼랑도 또한 정신이
아득하여 홍랑을 안고 엎드렸더니 달린 지 한나절 만에 바람이 겨우
잔잔해지고, 물결이 좀 진정되기에, 홍랑과 삼랑이 겨우 정신을 진정
하여 살펴보니 아득한 큰 바다의 그 끝을 보기가 어려웠다. 가는 곳을
알지 못하여 물결을 따라서 배가 가는 데로 맡겨 두었다가 멀리 하늘
가를 보니 산의 모습이 어렴풋하였다.

그곳을 향하여 간 지 반나절 만에 비로소 언덕이 보였다. 갈대 잎과
대나무 숲이 서로 엉키어 빽빽하고 서너 개의 촌락이 그 가운데 숨어
서 보일 듯 말 듯 하기에 배를 그 아래 묶어 놓고 엎어지며 자빠지며
언덕으로 올라가서 인가를 찾아 문을 두드렸다. 한 검은 얼굴에 눈이
움푹 들어간 사람이 있다가 생소한 의관과 어눌한 음성으로 당황하여
나와 그들을 보고서 이상하게 여겨,

"당신들은 어떤 사람이며 누구네 집을 찾습니까?"
라고 하였다. 삼랑이 말하였다.

"우리들은 강남 사람으로 바람과 파도에 몰려 이곳에 표류하였거니
와 이곳의 지명을 무엇이라 합니까?"
그 사람이 크게 놀라 말하였다.

"이곳은 남방의 나타해(哪咤海)며 나라 이름은 탈탈국(脫脫國)이
니, 강남에서 이곳까지는 육로로는 3만 여리이며 수로로는 7만 여
리 입니다."

삼랑이 말하였다.

"우리들은 구사일생으로 갈 곳을 알지 못합니다. 하룻밤 묵어가게
해 주시기 바랍니다."
주인이 딱하여 허락하고 한 자리 쉴 곳을 정하여 묵게 하였다. 갈대

잎으로 지붕을 덮고 돌을 쌓아서 벽을 만들고 대나무 자리와 풀 자리를 깔아 잠시 앉아 있기도 어려웠으나, 날은 이미 저물고 이역 만 리에 몸을 편히 쉴 만한 곳이 달리 없어 어쩔 수 없이 머물렀다. 잠시 후에 나무 열매로 밥을 지어 올렸지만 비린내 나는 물고기와 거친 나물은 젓가락을 대기가 어려웠다. 삼랑은 요기를 마쳤으나 홍랑은 한 젓가락도 입에 댈 수가 없었다. 정신이 아득하여 누웠더니 습한 기운과 더운 바람에 잠을 이룰 수가 없었다. 홍랑이 삼랑에게 말하였다.

"노파는 나로 인하여 이곳까지 떠오게 되었으나 이곳은 잠시도 머물 만한 곳이 못되오. 나는 죽어도 안타까울 바가 없으나 노파는 반드시 살아 돌아갈 방법을 생각하시오."

삼랑이 화를 내며 말하였다.

"평소에 내가 흠모하는 마음으로 지금 낭자를 만났으니 사생고락을 함께 할 것입니다. 이곳은 산이 높고 물이 맑아 반드시 도관과 승당[3]이 있을 것입니다. 내일 다시 찾아보는 것이 좋을 듯합니다."

두 사람이 등불을 켠 채 밤을 지내고 다음날 주인에게 물었다.

"이곳에 혹시 스님이나 도사가 있습니까?"

"이곳은 본디 도사나 스님은 없고, 산중에 어떤 처사가 있으나 운유종적[4]과 같아 그가 있는 곳이 일정하지가 않아요."

두 사람이 주인과 이별을 하고 죽장망혜(竹杖芒鞋)로 산길을 찾아 발 가는대로 가다가 한 곳에 이르러서 계곡이 깊고 길이 끊어져서 바위 위에 앉아 쉬는데, 갑자기 한 줄기 맑은 시내가 높은 곳에서 흘러 내려왔다. 홍랑이 손을 씻고 물을 움켜 마시고 삼랑을 돌아보며

----

3) 道觀僧堂 : 도교의 사원과 절집.
4) 雲遊踪跡 : 구름처럼 정처 없이 떠돌아다님.

말하였다.

"이 물의 향기가 코를 찌르니 가서 물이 시작되는 곳을 찾아보는 것이 어떻겠어요?"

삼랑이 허락하고 물을 따라 올라가자 걸어간 지 백 여보에 한 골짜기가 있어 안으로 들어가니 기화요초(琪花瑤草)와 붉은 낭떠러지와 푸른 고개가 경치가 빼어나서 남쪽 지방의 습하고 답답한 기운이 없었다. 홍랑이 삼랑에게 말하였다.

"내가 고국을 떠난 지 오래 되지 않았으나 남방의 풍토에 정신과 기운이 상하였더니 오늘 이곳은 별천지이며 인간 세상이 아니군요."

말을 하며 몇 십 걸음을 가자 한 구비 맑은 시내가 있고 그 위에 또 하나의 반석이 있었다. 돌 위에 한 동자가 물가에서 차를 끓이고 있어 홍랑이 앞으로 나아가 말하였다.

"우리들은 경치를 아끼어 산에 들어 왔다가 길을 잃어 이곳에 이르렀으니 길을 가르쳐 주시기 바랍니다."

"이곳은 다른 길이 없어서 전부터 행인의 자취가 없는데 당신은 어떤 사람입니까?"

홍랑이 미처 대답하기 전에 한 도사가 아이 같은 얼굴에다 흰머리에 범속하지 않은 풍채로 머리에는 갈건을 쓰고 손에는 백우선을 잡고 대나무 숲에서 웃음을 띠고 나왔다. 홍랑이 앞으로 나아가 예를 마친 뒤에 꿇어 앉아 아뢰었다.

"이역의 사람으로서 바람과 파도에 떠다니는 바가 되어 갈 곳을 모르오니 선생께서는 살길을 가르쳐 주십시오."

도사가 한참 동안 자세히 보다가 동자에게 인도하라 명하고 도로 숲속으로 들어갔다. 홍랑이 삼랑과 함께 동자를 따라 몇 걸음을 가자 몇 간의 초당이 지극히 정묘한데 한 쌍의 백학은 소나무 사이에서 자고 몇 마리의 사슴은 돌길에서 배회하였다. 홍랑이 항상 시끄럽고 번화한 곳에 살다가 처음 깨끗한 선경을 보니 가슴속이 시원하고 정신이 깨끗하여 거의 속세의 생각을 잊었다. 도사가 두 사람에게 당 위로 오르도록 하고는 말하였다.

"나는 산속의 늙은이니 조금도 꺼리지 마오."

홍랑이 삼랑과 당에 올라 방으로 들어가서 좌우에 모시고 서자,

"그대의 용모를 보니 중국 사람임을 알겠다. 이곳은 별로 사는 사람이 없고 풍속이 금수와 다름이 없으니 이역 사람이 살 만한 곳이 아니다. 잠시 이곳에 머물렀다가 나라로 돌아갈 때를 기다리라."

라고 하였다. 홍랑이 백배 절하여 감사를 올리고 도사의 존호를 묻자 도사가 웃으며 말하였다.

"나는 구름과 같이 정처 없이 떠돌아다니는 사람이니 무슨 도호가 있을까마는 사람들이 나를 백운도사라고 한다네."

홍랑이 이로부터 마음과 몸이 지극히 편안하였다.

한편, 윤소저는 삼랑을 보내고 마음이 초조하고 울적해서 앉아 있자니 윤자사가 전당호로부터 돌아와서 홍랑이 물에 몸을 던진 것을 모두 말하였다. 소저가 크게 놀라고 한편으로 슬퍼서 눈물을 머금고,

"다만 그 죽음을 슬퍼하는 것 뿐만 아니라 그 사람됨을 아까워합니다."

하고 또 삼랑의 회보를 기다렸으나 아득히 소식이 없었다. 며칠이 지나서 윤자사가 내실에 들어와서 소저를 대하고 말하였다.

"홍랑의 용모와 사람됨으로 어찌 수중의 원혼이 될 줄 알았겠느냐?"

소저가 놀라서,

“과연 홍랑의 시신을 찾았습니까?”

하였더니 자사가 말하였다.

“절강성 뱃사공들의 말을 들으니 강가의 썰물이 지는 곳에 두 구의 시신이 있는데 모래와 돌에 상하여 남녀노소를 분별하기 어렵고 조수에 밀려서 간 곳을 모르겠다고 하니, 정확히 알 수는 없지만 홍랑의 시신임이 틀림없다.”

소저는 마음속으로 더욱 놀랐다.

한편, 연옥은 홍랑의 죽음을 듣고 가슴을 치며 통곡하고 자사부를 향하여 달려가 문을 두드리고 문지기에게 말하였다.

“소녀는 강남홍의 여종 연옥입니다. 홍랑이 부모와 친척이 없고 저 또한 부모와 친척이 없는 외로운 신세로서 주인과 노비가 서로 의지하여 동기 혈육과 다름이 없습니다. 홍랑이 죄 없이 수중원혼이 되어 뼈를 거두는 사람이 없으니 관가의 힘을 빌려서 백골을 수습하여 땅에 묻어 주시기를 바랍니다.”

자사가 그 뜻을 불쌍하게 여겨 곧 관가에 소속된 배 수십 척을 주었으며, 연옥이 십 여일 사이를 울면서 강 머리에서 찾았으나 자취가 아득하였다. 집으로 돌아와 술과 과일을 갖추고 제사를 드리되 강에서 넋을 불러 홍랑이 평소에 입던 의복과 패물을 강 속에 던지고 부르짖어 울면서 그 슬퍼함이 매우 처절하니 지나가는 사람들과 뱃사람이며 어부들도 눈물을 흘리지 않는 사람이 없었다. 연옥이 제사를 마치고 집에 돌아오니 쓸쓸한 누대에 먼지가 쌓이고, 차가운 문 앞에 풀빛도 제 빛을 잃고 옛날에 풍류를 즐기던 홍랑의 자취를 누구에게 물을 곳이 없었다. 문을 닫고 밤낮으로 통곡하고 황성의 창두가 돌아오기를 기다렸다.

한편, 양공자는 항주의 하인을 돌려보낸 뒤로 여관의 외로운 회포
가 날이 갈수록 더욱 견디기 어려웠다. 오직 과거시험 보는 날을 기다
리더니 이때에 급히 도착한 변방의 보고가 있어 조정에서는 과거시험
을 연기하기로 의논하여 아직도 몇 달이 남아 있었다. 공자는 더욱
울적하고 답답함을 이기지 못하여 멀리 고향을 생각하며 밤에는 잠을
이루지 못하였다. 하루는 책상에 기대어 잠을 자는데 비몽사몽간에
정신이 둥둥 떠다녀서 한 곳에 이르니 십 리 강 위에 붉은 연꽃이
활짝 피어 있었다. 한 가지를 꺾고자 하는데 갑자기 미친 듯이 바람이
한바탕 불어서 파도를 일으키더니 꽃가지가 부러져 강 속에 떨어지기
에 한편으로 안타깝고 한편으로 놀라서 깨어 보니 남가일몽5)이었다.
마음속에 상스럽지 못하다고 생각하였더니 며칠이 지나지 않아서 항
주의 창두가 갑자기 도착하여 홍랑의 편지를 바쳤다. 공자가 기뻐하여
열어보니 편지에 이르기를,

천첩 강남홍은 운명이 기구하여 어려서는 부모의 가르침을 듣지
못하고, 자라서는 청루에 몸을 맡기어 창기의 천한 신분이 되었으니
군자가 버리는 바입니다. 오직 한 조각 애태우는 마음은 한 번 지기를
만나서 형산박옥6)의 품은 진가를 논하고, 영문7)·백설8)의 격조 높은

---

5) 南柯一夢 : 꿈과 같이 헛된 한때의 부귀영화를 이르는 말. 중국 당나라의 순우분
  (淳于棼)이 술에 취하여 홰나무의 남쪽으로 뻗은 가지 밑에서 잠이 들었는데
  괴안국(槐安國)에서 영접을 받아 20년 동안 영화를 누리는 꿈을 꾸었다는 데서
  유래한다.
6) 荊山璞玉 : 형산에서 나오는 옥으로 초(楚) 나라 사람 변화(卞和)가 형산에서 얻은
  박옥(璞玉). 뒤에 천하의 보물이 되었다.
7) 郢門 : 춘추시대 초 나라 영도(郢都)를 말함인데, 이곳 사람의 노래가 비속하였다.
  비속한 노래. 홍랑 자신의 노래를 겸손하게 빗댄 것.
8) 白雪 : 전국 시대 초나라의 백설곡(白雪曲)은 너무도 곡조가 고상해서 따라 부를

노래를 서로 화답하면서 평생의 숙원을 이루고 싶은 것이었습니다. 뜻밖에 공자를 만나서 가슴이 서로 통함에 강비9)가 차고 있던 패물을 준 것을 본받고, 시중드는 것을 특별히 허락하심에 첩으로써 이부자리를 안고 모실 것을 기약했으며, 군자의 말씀이 금석과 같이 굳으시니 천첩의 바람이 하해와 같이 깊었습니다.

조물주가 시기하고 신명이 희롱하여 막아서 소주 자사가 방탕한 마음으로 창기를 천하게 대하여 이로움과 해로움으로써 달래고 위세로서 협박하여, 압강정에서 식지 않은 풍파가 다시 전당호에서 일어나 5월 5일 천중절10)에 경도희로써 미끼를 삼아 천첩을 낚고자 합니다. 실낱같은 보잘 것 없는 목숨이 새 장속에 든 새요, 그물 속에 든 물고기입니다.

지척의 맑은 물결에 바다를 건너는 사람을 따르고자 하였으나 망부산 머리에 돌아가는 사람이 보이지 않으니, 물고기의 뱃속에 외로운 혼이 비록 영욕을 잊었으나 백마11)의 찬 물결에 남은 한을 말씀드리기 어렵습니다. 엎드려 바라건대 공자께서는 천첩을 생각하지 마시고 청운의 뜻을 이루시어 금의환향하는 날에 옛정을 기념하여서 한 장의 종이돈으로 강가의 이 외로운 혼을 위로하여 주시어요. 제가 죽은 뒤 아는 것이 없다면 말씀드릴 바는 아니오나 약간의 정령이 만약 없어지

수 있는 자가 거의 없었다고 한다.

9) 江妃之解珮 : 옛날 정교보(鄭交甫)라는 사람이 강한(江漢) 가에 놀러 나갔다가 신녀(神女)인 강비 두 여인을 만나서 몹시 좋아한 나머지, 그녀들이 신녀인 줄도 모르고 허리에 차고 있는 패옥을 달라고 청하자, 두 여인이 마침내 자기들이 찬 패옥을 풀어서 정교보에게 주었다는 고사에서 온 말이다.

10) 天中節 : 옛 사람들은 1, 3, 5, 7, 9의 기수를 양수라고 했다. 이 양수가 겹치는 날들은 인생의 생기와 활력이 넘친 날로 생각했다. 그 가운데서도 5월 5일은 일 년 중에 가장 양기가 왕성한 때다. 이 날을 천중가절(天中佳節)이라고 하는 것이다.

11) 백마 : 전당강(錢塘江)의 조수(潮水)를 이른다. 전설에는 조수의 신인 오자서(伍子胥)가 백마에 흰 수레를 타고 다닌다고 한다.

지 않는다면 지하에서 발원하여 이승에서 다하지 못한 인연으로 후생을 기약할까 합니다. 일백 냥의 은자는 여행 중에 취미를 도우시어 죽은 자로 하여금 아득한 구원에서 조금이라도 그리워하는 마음을 위로하게 하여 주십시오. 붓을 잡음에 가슴이 막혀서 살아서 이별하고 죽어서 이별하는 마음을 다 쓸 수가 없습니다.

라고 하였다.

이때 양공자가 보기를 마침에 놀라서 표정을 잃고 주먹으로 책상을 치며 눈물을 흘려 옷깃을 적시어,

"홍랑이 죽었단 말인가?"

하며 두세 번 펼쳐서 읽고 술에 취한 듯 미친 듯하여 하인에게 물었다.

"네가 언제 집을 떠났느냐?"

"초나흘에 길을 떠났습니다."

"소주 자사가 어느 날에 항주에 온다고 하더냐?"

"초닷새에 전당호에서 경도희를 연다고 합니다."

공자가 탄식하며,

"어허! 홍랑이 이미 죽었겠구나!"

하고 책상을 기대어 펑펑 눈물이 흐름을 억제할 수가 없었다. 마음속으로 생각하되,

'홍랑은 절대국색(絕代國色)이고 이 세상에 둘도 없는 인물이라 조물주가 시기하는 것이 틀림없을 것이다.'

하고 또,

'홍랑의 천성이 너무 강하여 열협(烈俠)의 풍모가 있으나 그 번화한 기상과 아리따운 태도로 반드시 수중원혼이 되지는 않았을 것이다.

이는 분명히 꿈일 것이다.'

하고 책상머리에서 채전을 취하여 막 답장을 쓰려다가 다시 붓을 멈추고 탄식하기를,

'홍랑이 죽은 것이 틀림없다. 내가 압강정에서 지은 시에 '원앙새가 날아가서 꽃떨기를 꺾는다'는 시구는 상스럽지 못하다고 할 수가 있고, 연로정에서 이별을 말할 때에 인간세상의 일이 번복되는 것을 탄식하는 말은 어찌 불행을 예견한 것이 아니었겠는가?'

하고 한참을 주저하다가 다시 붓을 잡고 몇 줄의 편지를 썼다.

    홍랑아! 네가 어찌 나를 속인 것이 아니겠느냐? 서로의 만남은 어찌 그리도 기이하고, 서로 이별하는 것은 어찌 이리도 쉬우며, 서로 친한 것은 어찌 그리도 다정하였으며, 서로 버린 것은 어찌 이리도 무심하며, 서로 사랑한 것은 어찌 그리도 정중하며, 서로 잊은 것은 어찌 이리도 쉽단 말이냐? 이것은 속인 것이 아니라면 꿈일 것이다. 너의 그 번화한 기상과 빼어난 풍류로 어찌 쓸쓸한 강 속에 적막한 외로운 혼이 되었으며, 총명한 자질과 지혜로운 성정으로 어찌 쓸쓸한 저승의 참혹한 원혼이 되었느냐? 홍랑아! 꿈이냐, 생시냐? 홍랑의 편지를 보고 창두의 말을 들으니 꼭 생시인 것 같구나. 너의 모습을 생각해 보면 반드시 그럴 리는 없을 것이니 꿈인지 생시인지를 누구에게 물어볼 것이며 누구에게 알아보겠느냐? 사람이 지기가 있음을 귀하게 여기는 것은 그 생사와 영욕을 함께 함에 이르는 것이다. 지금 천 리나 떨어진 남북에서 생사를 알지 못하니 이는 내가 너를 저버린 것이고, 한 때의 협기(俠氣)로써 백년가약을 초개와 같이 버린 것이니 이는 네가 나를 저버린 것이라. 오늘 나의 눈물이 어찌 등도자[12)의 색을 좋아하는 마

---

12) 鄧都子 : 여색(女色)을 좋아한 사람. 송옥(宋玉)의 등도자호색부(登徒子好色賦)에

음을 본받은 것이겠느냐. 백아13)의 음을 알아주는 거문고가 없음이
한스럽도다. 창두가 돌아가기를 고하여 몇 줄의 글을 붙여 보내노니,
홍랑아! 네가 죽지 않고 이 답장을 볼 수 있겠느냐?

공자가 쓰기를 마치고 창두에게 부탁하여 말하였다.

"너는 곧 돌아가 이후에 다시 와서 소식을 전하여라."

창두가 이별을 고하고 급히 떠났다. 이때 연옥이 주인 없는 빈집에서 낮에는 눈물로 날을 보내고 밤에는 깜박이는 외로운 등불에 잠을 이룰 수가 없어 창두를 고대하였으나 아득히 소식이 없었다. 하루는 마음이 어지럽고 심심해서 서글프게 문에 기대어 서 있으니 교방의 큰길에 수레와 말이 시끌벅적하고 곳곳의 음악 소리는 옛날과 같이 질탕하였으나 제일 교방의 문 앞은 냉락(冷落)하여 쓸쓸하였다. 우물 가의 벽도화는 꽃이 모두 지고 열매를 맺어서 까막까치가 와서 지저귀었다. 처량함을 이기지 못하여서 석양을 대하여 목을 놓아 통곡하더니 갑자기 창두가 황성에서 돌아오는 것이 보였다. 연옥이 한편으로 느껍고 한편으로 슬퍼서 땅에 엎드려 목이 메니 창두가 비로소 공자의 말을 깨닫고 목을 놓아 크게 울며 연옥을 부축하여 일으키고 그 까닭을 물었다. 연옥이 목이 메는 소리로 지금까지 일을 자세히 설명하자 창두가 품속에서 한 통의 편지를 꺼내서 말하였다.

"이것은 공자의 편지인데 어느 곳에 전하리오?"

연옥이 탄식하여,

<hr>

서 나온 말로 예쁘고 밉고를 따지지 않고 여자라면 다 좋아하는 색골을 말한다.
13) 伯牙 : 중국 춘추 시대의 거문고의 명인. 그의 거문고 소리를 즐겨 듣던 친구 종자기(鍾子期)가 죽자 자기의 거문고 소리를 이해하는 사람을 잃었다고 슬퍼한 나머지 거문고의 줄을 끊고 일생 동안 거문고를 타지 않았다고 한다.

"우리 낭자는 평생에 다른 지기가 없이 오직 양공자 한 분 뿐이었다오. 어찌 그 편지를 가지고 혼령을 위로하지 않으리오?"
하고는 향탁을 설치하여 탁자 위에 편지를 펴고 하인과 연옥이 한바탕 크게 곡한 뒤에 연옥이 그 편지를 깊이 감추었다.

윤소저가 홍랑이 억울하게 죽은 것을 가엽게 여기고 연옥과 창두가 의지할 곳이 없는 것을 걱정하여 거두어 규중에 두었다.

이때 조정에서 병부상서로 윤자사를 부르니 아마도 윤공의 치적이 천하에 드러났기 때문이었을 것이다. 윤공이 행장을 차리고 길을 오를 때 연옥이 따라 가기를 청하자 윤공이 또한 가여워서 허락하여 연옥과 창두가 집에 돌아가 약간의 행장을 수습하고 소저를 모시고 황성으로 향하였다.

이때 양공자가 홍랑의 소식을 알고자 하여 항주에 동자를 보내려고 하는데 하루는 항주의 창두가 한 소복 입은 여자를 데리고 오기에 자세히 보니 연옥이었다. 초췌한 모습과 쓸쓸한 표정으로 섬돌 아래에 서서 공자를 우러러 보고 소매를 들어 얼굴을 가리면서 실성하여 흐느껴 울었다. 공자도 또한 흐르는 눈물을 금하지 못하고 말하였다.

"너의 모습을 보니 뽕나무 밭이 푸른 바다가 되듯이 큰 재난을 당한 것을 묻지 않아도 알만하다. 내가 깊이 알고 싶지 않으나 전후의 형편을 대략 말해보아라."

연옥이 흐느끼는 목소리로 말을 이루지 못하며,

"홍랑이 공자를 이별한 후에 병을 핑계대어 문을 닫고 윤소저와 사귀어 지기로써 마음을 허락하였더니, 황자사의 위세와 핍박을 만나서 전당호에 몸을 던져 백골을 수습하지 못하였습니다."
하고 하나하나 아뢰었다. 공자가 한숨을 쉬고 눈물을 흘리며,

"참혹하다, 참혹하다! 내가 사람을 저버렸구나!"

하고 다시 물었다.

"너는 어떻게 서울에 왔느냐?"

"윤소저께서 쇤네가 의탁할 곳이 없음을 딱하게 여기시어 이곳으로 데리고 왔습니다."

공자가 듣고 나서 생각하였다.

'윤소저가 규중의 여자로써 신의를 이처럼 저버리지 않으니 홍랑의 조감14)을 알만하구나.'

공자가 다시 연옥과 하인에게 말하였다.

"어찌 주인이 없다고 해서 너희들을 저버릴까마는 잠시 수습할 힘이 없으니 윤소저에게 몸을 의탁하여 좋은 때를 기다리도록 하여라."

연옥과 창두가 울면서 하직하고 떠났다. 세월이 빠르게 지나가 이미 몇 달을 지나 천자가 변방의 난리를 평정하고, 다시 사방의 여러 선비들을 모아 과거를 베풀어 인재를 뽑을 때에 친히 연영전15)에 임하여 친책16)으로써 물으시니 과거장에 나아가는 선비들이 구름처럼 모여 들었다. 그 제17)는 이러하였다.

　　황제가 묻노니, 예로부터 나라를 다스리는 도는 한 가지가 아니다. 반드시 선후와 완급이 있으니, 삼대[夏·殷·周] 이전에는 어떠한 도

- -

14) 藻鑑 : 사람을 겉만 보고도 그 인격을 알아보는 식견.
15) 延英殿 : 중국 당나라 때의 학문 연구기관. 고려 인종 대에 중국 당나라의 제도를 받아들여 연영전(延英殿)을 집현전으로 개칭하고, 문학(文學)하는 선비를 선발하여 두었다.
16) 親策 : 임금이 친히 책제(策題)를 내어 선비를 시험하는 것.
17) 題 : 글제. 과거 시험 문제.

로 다스려서 백성들이 태평하게 잘 지냈으며, 한(漢)·당(唐) 이후에는 어째서 그렇게 어지럽고 요란했는가? 짐이 새로 황제의 자리에 임하여 보잘 것 없는 한 몸으로써 모든 백성을 다스리는 자리에 있어 전전긍긍(戰戰兢兢)해서 그 다스려야 할 도를 알지 못하겠다. 오늘 여러 선비들은 옛 책을 읽고 평소 가슴속에 반드시 익히고 닦은 것이 있을 것이다. 각각 숨기고 꺼려하지 말고 직언극간[18]하여 짐의 허물을 보비[19]하라.

양공자가 섬돌 아래 엎드려서 잠깐 동안 수 천 마디를 아뢰니, 그 대략은 이러하였다.

　신은 임금이 천하를 다스리는 도는 마땅히 하늘의 이치를 본받아서 다스릴 뿐이라고 들었습니다. 주역에 이르기를 바람과 비로써 윤택하게 하고 우레와 번개로써 경고한다고 하고, 또 이르기를 사시가 질서 있게 순행되어 만물이 이루어지는 것이라 합니다. 무릇 하늘이 만물을 변화시키고 기르되, 다만 풍우로써 윤택하게 하여 삶을 좋게 하는 덕을 베풀 뿐만 아니라, 또 반드시 우레와 번개로서 호령하여 경동(驚動)하는 위엄을 보임으로써 사시의 운행이 걸리지 아니하고 만물이 생장하고 소통하게 됩니다. 이런 까닭으로 봄과 여름에는 나서 자라게 하고, 가을과 겨울에는 말라서 시들어 버리게 하여, 그 기운을 닫았다 열리게 하여 조화를 베풀고자 하는 것이라 하였습니다.

　옛날의 훌륭한 임금은 이 법을 본받을 수 있었던 까닭으로 혜택과 어진 정치는 봄·여름에 생장하는 것을 본받았고, 법령과 형벌로 다스림은 가을과 겨울에 시들고 마르게 하는 것을 본받았습니다. 한 번은 당기고 한 번은 풀고 한 번은 살리고 한 번은 죽여서, 굳고 단단하고

18) 直言極諫 : 신하가 곧은 말로 임금에게 거리낌 없이 잘잘못을 따져서 말함.
19) 補裨 : 부족한 것을 고치거나 채움.

또 강하게 한 후에야 교화가 이로 말미암아 이루어졌으며, 위엄 있는 명령이 이로 말미암아 행해졌으며, 혜택과 인정이 이로 말미암아 나오게 되었으며, 기강과 풍속이 이로부터 서게 되는 것이니, 만약 살리기를 좋아하는 덕으로써 창생을 어루만지지 못하고, 시들고 마르게 하는 위엄으로써 징계하지 않는다면 이것은 하늘에 사계절이 없는 것과 같습니다. 만물이 어찌 생장할 수 있으며 어찌 조화를 이룰 수 있겠습니까?

이런 까닭으로 옛 사람이 한 나라를 한 몸에 비유하니 임금은 마음이요 신하는 손과 발입니다. 평소 일이 없을 때에 심신이 편안하면 손발의 움직임이 게으르고 태만하였다가 갑자기 어려움이 생겨서 그 마음을 바르고 깨끗이 하면 손과 발의 움직임이 민첩하고 날카로워지니, 이로써 살펴본다면 천하의 모든 일은 편안함에서 생겨나고 청정함에서 떨쳐서 고쳐집니다. 이런 까닭으로 옛날에 훌륭한 임금은 위로는 하늘의 도를 본받고, 아래로는 인간의 일을 살펴서 그 편안함을 걱정하고 그 떨쳐서 새롭게 하는 것을 생각합니다.

이제 폐하께서 그 도리를 듣고자 하여 선후완급(先後緩急)을 물으시니, 크구나! 임금님의 말씀이시여! 무릇 나라를 다스리는 도는 완급을 알지 못하면 충성스러운 말과 좋은 생각이 글로 쓰이는데 불과하고, 앞뒤가 뒤바뀌면 나라를 경륜(經綸)하는 득과 실이 반드시 실효가 없을 것입니다. 그러므로 요순의 정치를 임금이 모두 우러러 보지만 그것에 이르지 못하고, 임금 섬김을 신하가 모두 생각하나 행동으로 옮기지 못하는 것은 다름이 아니라 그 선후완급을 알지 못하기 때문입니다.

신은 오늘날 조정에 급한 일은 먼저 기강을 세우는 것이라고 생각합니다. 신은 옛 일로써 그것을 증명하고자 합니다. 당·우[20] 이전에는 덕으로써 그것을 교화하고, 하·은 이후에는 공으로써 그것을 다스리

20) 唐·虞 : 도당(陶唐)과 유우(有虞). 요(堯)임금과 순(舜)임금.

니, 이것을 일러 왕도(王道)라 합니다. 진나라는 힘에 의지하여 일어나고 그 힘으로서 그것을 지키니 이것을 일러 패도(覇道)라 합니다. 한나라는 지혜로써 나라를 세우고 지혜로써 이룬 것을 지키니 이것을 이른바 왕도와 패도를 모두 사용했다 할 수 있습니다. 진(晉)·당(唐)은 부문[21]을 숭상한 잘못이 있고, 대송(大宋)은 정밀하지 못한 병패가 있으니, 이는 혹은 왕도 혹은 패도라 하여 득실이 서로 반이 됩니다. 당·우 이전은 풍속이 순박한 까닭으로 덕으로써 교화를 했으며, 하·은 이후에는 인문(人文)이 밝게 열렸기 때문에 공으로써 다스리고, 전국시대부터 진나라까지는 백성들의 풍속과 기운이 강성한 까닭으로 힘에 의지해서 일어났습니다. 한·당·송 이후에는 사람의 기운이 가라앉아 순수함과 잡스러움이 서로 반이 되었으니, 경권[22]을 짐작하여 지혜로써 다스렸습니다. 왕도는 그 일어남이 더딘 까닭으로 그 다스림이 길게 오래 갈 수 있고, 패도는 그 일어남이 빠르기 때문에 그 실패함이 급하며, 왕도는 그 마침이 어리석고 혼미하며 패도는 그 끝이 어지럽고 괴이합니다.

이는 천지 운수가 옛날과 지금이 같지 않고 국가를 다스리고 다스리지 못함의 그 규모가 서로 다르기 때문입니다. 대저 왕도는 경법이요 패도는 권술이니, 경법과 권술의 중도를 얻으면 또한 성인의 도입니다. 신은 왕도와 패도를 병용하는 것이 후세에 바뀌지 않을 법이라고 생각합니다. 요즈음 괴상망측한 의논이 입에 오르내리는 것은 그 말을 들어보면 요순의 정치에 가깝지만 그 실효를 논하자면 당·송의 정치에 미치지 못합니다. 그 시대에 맞지 않는 사람은 나라를 지킨다고 큰소리하고, 그 지혜가 있는 사람은 조삼모사[23]를 자랑합니다.

---

21) 浮文 : 내용은 없이 문사(文詞)만 화려한 문장.
22) 經權 : 왕도와 패도의 다른 말.
23) 朝三暮四 : 중국 송나라의 저공(狙公)의 고사로, 먹이를 아침에 세 개, 저녁에 네 개씩 주겠다는 말에는 원숭이들이 적다고 화를 내더니 아침에 네 개, 저녁에

조정으로써 말하자면, 직책이 크고 체모가 중하기 때문에 이미 세세한 일은 묻지 않고 태평한 시대를 누리면서 안일을 숭상하지만, 또한 국가를 위하여 원대한 걱정이 없습니다.

대각(臺閣)으로써 말하자면, 충(忠)과 역(逆)의 옳고 그름을 따지는 것이 시세를 돌아보아 언론의 모습을 자유자재로 하지 못하며, 나아감과 물러남, 잘못한 사람을 내쫓고 잘한 사람을 상주는 것을 전례대로 행하여 한 마디의 말과 한 마디의 침묵에 전혀 주견이 없습니다.

자사와 수령으로써 말하자면, 오직 벼슬이 높고 낮음을 따지고 인재가 어진가 어질지 않은가는 묻지도 않고, 녹봉의 많고 적음으로써 그 득실을 따져서 백성이 태평한가, 근심스러운가는 나머지 일로 생각합니다.

선비로써 말하자면 진실로 궁하게 책 읽는 것을 비웃고 요행히 관직에 나아가는 것을 바라며, 못난 자는 가난하게 사는 것을 슬프게 탄식하여 그 원기를 상하고, 과격한자는 자포자기해서 마음이 울적하고 불만에 차 있습니다.

풍속으로써 말하자면, 윤리가 무너지고 염치가 상하여 사치하는 습관과 곤궁한 탄식이 아침에 저녁을 걱정하지 못하여 멀리 앞을 내다보는 생각이 없습니다.

변방의 일로써 말하자면, 사방팔방의 오랑캐들이 임금의 교화를 알지 못하고, 여러 장수와 군졸들이 태평한 시대를 오래 누려서 이미 지휘관의 교화가 없습니다. 또 나라를 지킬 대책이 소홀합니다.

국가의 재정문제를 말하자면, 민간에는 관리가 백성의 재물을 수탈한다는 원망이 끊이지 않고, 나라의 일용할 재정이 부족하며, 창고가 텅 비고 저축한 것이 없습니다.

폐하께서는 궁중에 깊이 거처하여 비록 신성함과 현명한 지혜가

세 개씩 주겠다는 말에는 좋아하였다는 데서 유래한다.

있으시지만, 가까이에서 도와주고 이끌어 주는 사람이 없다면 어찌 천하의 편안함과 위태로움을 아시겠습니까? 앞뒤에 있는 신하들이 사해의 부와 만승의 존귀함을 칭송하고, 큰집에서 따뜻한 이부자리를 덮고 편안하게 주무시는 것을 도와주면서도 백성에 임하여 극간(極諫) 함으로써 어려움을 극복할 수 있는 말을 하는 자가 없으니, 비록 궁궐에서 새벽종이 칠 때에 잠자리를 뒤척이시며 총명하심이 미치는 곳에 백성을 생각하고 나라를 걱정하시지만, 해만 뜨면 또 예전과 같아서 특별한 경륜이 없으시니, 이는 가까이에서 임금을 도와주는 신하가 없기 때문에 떨쳐서 고칠 수가 없기 때문입니다.

아! 넓은 사해와 만백성의 고통과 기쁘고 슬픈 일이 폐하께 달려 있으니, 어찌 마음을 태평하게 두어 용단 할 바가 없겠습니까? 홍범24) 에 이르기를 오직 임금만이 복을 짓고 위엄을 짓는다 했으니, 위엄과 복은 임금님의 기율25)이고 나라를 다스리는 가장 중요한 근본입니다. 강령26)을 잡고 기율을 세운 뒤에야 법령이 행해지고 교화가 이루어지니 이것을 일러 기강이라고 합니다. 옛사람이 기강을 벼리[綱]에 비유하는 것은 그 벼리를 들면 여러 눈[目]들이 따라서 움직이기 때문입니다. 조정은 천하의 기강이요, 임금은 모든 백성의 기강입니다. 폐하께서 천하를 다스리고자 하시면 먼저 조정의 기강을 세우시고, 모든 백성을 교화하고자 하시면 먼저 임금의 기강을 잃지 마시옵소서.

세상에서 장수가 된 자가 백만의 무리를 이끌고 진영에 임하여 적을 대할 때에 반드시 상과 벌을 주장하며 병권을 쥐고 삼군을 장악한 뒤에야 그 공을 이룹니다. 폐하께서 지금 모든 백성을 거느리고 천하

---

24) 洪範 :『서경』의 편명에 "임금이 그 극(極 : 표준)을 세우고, 5복(福)을 거두어서 널리 그 백성에게 준다." 한 것이 이것을 이른 것이다.
25) 紀律 : 도덕상으로 여러 사람에게 행위의 표준이 될 만한 질서.
26) 綱領 : 국정의 요체. 강(綱)은 벼리, 곧 그물의 중심이 되는 줄이고 영(領)은 옷깃 이다. 사물의 핵심이나 요체를 말한다.

를 다스리고자 하시는데 생살여탈27)의 권리가 분명하지 않으시니, 일의 기미가 마음과 서로 어긋나며 경륜도 마음과 서로 반대가 됩니다. 기강을 어찌 세울 수 있을 것이며, 풍속을 어찌 고칠 수 있을 것이며, 뭇 아랫사람을 어찌 살필 수 있을 것이며, 고치기 어려운 폐단을 어찌 구하실 수 있으시겠습니까?

엎드려 생각하옵건대, 우리 태조 황제께서 개국하신 이후로 전하여 폐하에까지 이르러 태평한 세월이 오래되어 여러 신하들이 모두 옛일을 지키고 전례를 따라서 행하여 자연히 마음이 편안해지고 생각이 게을러지니, 이는 고금의 상리(常理)입니다. 비유하건대, 큰집을 지을 때에 북쪽 산에 있는 돌을 가지고 오며 남쪽 산에 있는 나무를 구하여 와서 그 크기를 설계해서 그 마음을 매우 수고롭게 하여 집을 지음이 매우 견고하나, 자손이 들어가 살게 되면 다만 그 편안한 것만 알고, 그 수고로움을 모르는 까닭에 담장이 무너지고 기둥이 꺾어져도 처음에는 걱정하다가 뒤에는 태만해서 마침내 집이 기울어지고 무너지는 불행을 당할 것입니다.

아! 그 자손 된 사람이 만약에 그 할아버지와 그 아버지의 집을 지을 때의 만에 하나라도 생각하는 마음이 있어 그것을 떨쳐서 고친다면 어찌 이 지경에 이를 수 있겠습니까? 폐하께서 지금 천자의 큰 지위에 계시면서 만약에 세월이 오래되어도 그 기울어지고 무너짐을 걱정하지 않으신다면 신이 감히 말씀드릴 바는 아니오나, 나라를 다스리는데 매우 조심조심하여 얇은 얼음을 밟는 듯해서 여러 많은 선비들을 대하여 한 번 쓸 만한 견해를 물으시니 신이 어찌 감히 정해진 법칙의 문자로써 전례에 따라 답하겠습니까? 비록 그러하나 자세한 조목과 시급한 경륜은 작은 붓과 종이로써 갑자기 다 쓸 수가 없습니다. 잠시 신의 말이 그르지 않다고 허락하여 다시 천장각28)을 열고 특별히 붓과

---

27) 生殺與奪 : 살리고 죽이는 일과 주고 빼앗는 일.

종이를 내리시어 진실로 가슴속에 들어 있는 말을 다 할 수 있도록 해 주신다면 신은 감히 사양하지 않겠습니다.

이때 천자가 친히 여러 선비들의 글을 살펴보니 대동소이해서 특별히 우열을 가릴 수가 없어서 천안(天顔)이 기쁘지 않더니 창곡의 글을 보고 크게 기뻐하여 말하기를,

"이는 한나라의 가의29)와 당나라의 육지30)가 이보다 나을 수 없을 것이다. 짐이 오늘 이후에 비로소 나라의 큰 인재를 얻었도다."

하고 뽑아서 제일 첫째 자리에 두고 이름을 부르라고 명하였다. 창곡이 나아가 탑전(榻前)에 엎드리는데 각로31) 황의병이 아뢰었다.

"창곡은 나이가 적은 어린아이입니다. 어찌 정사를 논하는 글을 지을 수 있겠습니까? 다시 탑전에서 칠보시(七步詩)로 시험하는 것이 좋을 듯합니다."

말을 마치자 또 한 재상이 아뢰었다.

"창곡은 새로 등재한 소년입니다. 시무를 알고 임금님께 글월을 올림에 대단히 망녕되고 경솔하니 과거시험 합격자 명단에서 삭제하는 것이 좋을 듯합니다."

필경 천자가 어떻게 처결할 것인가? 또한 아래 회를 보라.

....

28) 天章閣 : 송 진종(宋 眞宗)의 장서각(藏書閣) 이름으로, 여기서는 궁중의 서실을 비유한 것이다.
29) 賈誼 : 한(漢)나라 초기의 문인. 어려서 제자백가에 통달하여 천자의 부름을 받고 출사함. 태부(太傅)를 지냄.
30) 陸贄 : 당나라 때의 문신. 시호(諡號)는 선공(宣公). 당나라 덕종(德宗) 때 한림학사로 있다가 주자(朱泚)의 난을 피해 심양(瀋陽)으로 몽진한 황제를 따라갔는데, 재상이 대사를 의논할 때마다 안에서 가부를 참결(參決)하였으므로, 내상(內相)이라는 호칭을 얻었다. 『唐書 卷157』
31) 閣老 : 내각의 원로. 중국 명나라 때 재상을 이르던 말.

속루몽 권1

한편, 천자가 창곡의 문장을 칭찬하고 제 일등에 뽑아 두자 한 재상
이 반열에서 나와 아뢰었다.

"옛 성현의 말씀에 '요순의 도가 아니거든 감히 임금에게 말하지
않는다'고 하였는데 지금 양창곡이 패도(覇道)를 말하니 그 불가함이
첫째요, 홍범²⁾에 위복³⁾을 말한 것은 신하된 자를 경계한 것인데 창곡
이 이것을 들어서 군부에게 간하였으니 그 불가함이 둘째입니다. 엎드

---

1) 東床 : 진(晉) 나라 태부(太傅) 치감이 왕씨(王氏) 가문에 사람을 보내 사윗감을
고를 때 모두 의관을 단정히 하고 나와서 극진하게 맞았는데도 오직 왕희지(王羲
之)만은 이를 아랑곳하지 않고서 동상에 누워 배를 내놓은 채 호떡을 먹고 있다
가, 이를 기특하게 여긴 치감에 의해 사위로 선발되었던 고사가 전한다. 『世說新
語 雅量篇』
2) 洪範 : 『서경(書經)』의 편명(篇名). 기자(箕子)가 천지의 대법(大法)을 베풀어서
주나라 무왕에게 준 것이다.
3) 威福 : 『서경』에 "임금만이 위(威) 를 짓고 복(福) 을 짓는다"고 하였는데, 신하가
위복(威福) 을 부리는 것은 군권(君權)을 침범하는 것이다.

려 원하옵건대, 폐하께서는 창곡의 이름을 삭제하여 사방의 선비로 하여금 임금에게 아뢰는 말을 삼가게 하소서."

여러 사람이 보니 바로 참지정사 노균(盧均)이었다. 노균은 당나라 노기(盧杞)의 후손이었다. 천성이 간교하여 총명한 재주는 임금에게 아첨하기에 충분하고 언론과 풍채는 조정을 억누르기에 충분하여, 소인을 가까이 하고 군자를 시기하고 의심하여 조정의 권세를 어지럽힌 지 이미 오래 되었다. 그러나 나이가 많고 옛 일을 두루 겪었기 때문에 천자가 즉위한 초에 선조(先朝)의 늙은 신하의 예로 대우하였더니 이 날 창곡의 문장과 경륜이 남보다 뛰어남과 천자가 칭찬하시는 것을 보고 마음이 편치 아니하여 이와 같이 아뢴 것이다.

천자가 그 말을 듣고 매우 불쾌한 표정을 지었다. 또 한 재상이 반열에서 나와 아뢰었다.

"신이 들으니 당의 왕발[4]은 문장으로 세상에 알려졌고 송의 구준[5]은 19세에 등제하여 묘년(妙年)의 재주와 기국이 조정을 놀라게 하였으니, 예로부터 재예와 문장은 나이의 많고 적음에 달려 있는 것이 아니므로 각로의 말이 매우 온당하지 않습니다. 폐하께서 많은 선비를 대면하셔서 시무(時務)를 하문하시어 그 대답한 것이 각기 자신의 뜻을 말한 것이며, 게다가 나라를 다스리는 방법은 고금이 같지 않으니 어찌 경도와 권도를 참작하지 않을 수 있겠습니까? 지금 노균의 말은 창곡을 몹시 핍박하는 것입니다. 출신(出身)한 처음에 그 예기를 꺾는

----

4) 王勃 : 초당(初唐)의 문장가인 왕발(王勃)은 초당의 사걸[四傑 : 왕발(王勃)·양형(楊炯)·노조린(盧照隣)·낙빈왕(駱賓王)]의 하나로 일컬어졌다.

5) 寇準 : 송 진종 때의 명상(名相). 거연이 침입했을 때 조정의 의론을 반대하고 거란을 칠 것을 주장하여 전주에서 격퇴시키고 불가침동맹을 맺게 하는데 주도적인 역할을 했으며, 이 공로로 내국공(萊國公)에 봉해졌다.

것은 국사(國士)를 선발하는 도리가 아니며, 경술(經術)를 칭탁하여
언로를 막고자 하는 것이니 매우 공평한 논의가 아닙니다. 신이 창곡
의 문장을 보니 동중서6)와 가의가 미칠 수가 없는 바요, 나라를 다스
리는 경륜은 한위공7) 부필8)에게 양보하지 않을 것이고, 직언·극간
은 급장유9) 위징10)이 짝할 만하니 신은 하늘이 어진 신하를 특별히
폐하께 보낸 것이라 생각합니다."

좌우가 그 사람을 보니 부마도위11) 진왕 화진(花珍)이었다. 개국공
신 화운(花雲)의 증손으로 금년에 스무 살로 문무를 겸비하였으며 풍
류가 있고 호방하여 황제의 누이와 결혼하고 토번을 평정하였기 때문
에 진왕에 봉해졌는데, 마침 조정에 들어왔다가 창곡을 한 번 보고
탁월한 재주가 있음을 알고 노균의 간사하게 속이는 말을 통한(痛恨)
해 한 것이다.

....

 6) 董仲舒 : 전한(前漢) 무제(武帝) 때의 학자. 처음엔 강도(江都)의 승(丞)이 되었으
    나 공손홍(公孫弘)에게 미움을 받아 교서왕(膠西王)의 승(丞)으로 좌천되고, 나
    중에 벼슬을 그만두고 저술에 힘쓰다 생을 마쳤다. 『춘추』에 밝아 『춘추번로(春
    秋繁露)』를 지었다. 무제에게 상주하여 유교를 국교로 정하게 한 것으로 유명
    하다.
 7) 韓魏公 : 송나라의 유명한 정치가 한기(韓琦). 송(宋) 나라 안양인(安陽人). 벼슬은
    문하평장사(門下平章事)에 이르렀다. 성품이 순수하고 충성스러웠으며 식량(識
    量)이 영위(英偉)하여 사직(社稷)을 편하게 하였다.
 8) 富弼 : 송 나라 하남인(河南人). 학문에 독실하였고 대도(大度)가 있었으며 추밀
    사(樞密使) 등을 지냈다. 청묘법(靑苗法)을 실시하지 않아 왕안석(王安石)과 알
    력이 있었다.
 9) 汲長孺 : 한(漢)의 급암(汲黯). 장유는 그의 자(字)임. 성품이 우직 호협하고 기절(氣
    節)을 숭상하여 황제도 그를 대하기 꺼려할 정도로 바른 말을 잘했기 때문에 한
    자리에 오래 있지 못하였다. 무제는 그를 일러 사직지신(社稷之臣)이라고 하였다.
10) 魏徵 : 당 태종(唐太宗) 때의 명재상으로서 직간(直諫)으로 유명하였으며 태평정
    치를 이룬 정치가이다.
11) 駙馬都尉 : 공주(公主) 또는 옹주(翁主)에게 장가든 사람.

노균이 화가 나서 진왕과 서로 다투기를 그치지 않는데 창곡이 이에 일어나 엎드려 아뢰었다.

"신이 거칠고 서투른 재주로 외람되이 과거에 급제하였으니 성조(聖朝)의 인재를 구하는 뜻이 아니요, 또 신하된 자가 되어 임금을 섬기는 처음에 임금을 속인다는 이름을 무릅쓰고, 임금에게 올리는 글을 조심하지 않아서 대신들이 논박하기에 미치었으니 어찌 다만 은총(恩寵)을 탐하여 염우12)를 돌아보지 않을 수 있겠습니까? 엎드려 청하옵건데 폐하께서는 속히 신의 과명을 깎으셔서 천하 선비들의 임금을 속이는 습성을 벌주시옵소서."

이때 창곡의 나이가 16세라 언사가 당당하여 마치 대나무를 쪼개는 듯하여 궁중의 위아래 사람들이 크게 놀라 혀를 내두르지 않는 이가 없었다. 천자가 기뻐 안색이 변하여,

"창곡이 비록 나이는 어리나 주대13)하는 모습이 연륜 있는 선비라도 당할 수 없을 것이다."

라고 하고 바로 홍포옥대14)와 쌍개안마15)와 이원법악16)과 채색한 꽃 한 가지를 하사하고 한림학사에 제수하여 자금성 제일 방의 크고 넓게 아주 잘 지은 집을 하사하였다.

양한림이 홍포옥대로 사은숙배하는 예를 마치고 천제께서 하사한

<hr>

12) 廉隅 : 행실이 단정하고 의지가 견고한 것. 『예기(禮記) 유행(儒行)』에 "近文章 砥礪廉隅"라 하고 그 주에 '유자(儒者)가 문장에 습근(習近)하여 스스로 연마해서 자기의 염우(廉隅)를 이룬다'고 하였다. 여기서는 염치와 같은 뜻으로 쓰였다.
13) 奏對 : 천자에게 상주(上奏)하거나 하문(下問)에 대답함.
14) 紅袍玉帶 : 붉은 빛깔의 관복과 옥으로 꾸민 품계를 나타내는 허리띠.
15) 雙蓋鞍馬 : 한쌍의 일산과 안장을 얹은 말.
16) 梨園法樂 : 이원(梨園)은 중국 당나라의 현종(玄宗)이 스스로 배우의 기술을 가르치던 곳. 법악(法樂)은 예로부터 나라에서 의식과 법도에 맞게 연주하는 정악.

말을 타고 쌍개(雙盖)와 법악(法樂)을 앞에 두고 자금성 사제(私第)로 향하여 오는데, 보러 나온 자들이 구름과 같이 모였고 양한림의 옥같은 용모와 빼어난 기풍을 칭찬하는 소리가 우레처럼 시끄러웠다. 막 문 앞에 도착하자 수레와 말이 구름같이 모여 들어 겨우 당상에 오르자 빈객이 이미 자리에 가득하였다. 좌우 사람들이 아뢰었다.

"황각로가 축하하러 오셨습니다."

한림이 당에서 내려와 그를 맞이하여 예를 마치고 좌정하니 각로가 웃으며 말하였다.

"학사의 소년공명이 일세를 진동하니 오래지 않아 반드시 나의 지위에 이를 것이오. 국가가 인재를 얻은 것이 헤아릴 수 없이 기쁘오. 내가 황제의 앞에서 잘못한 것이 많으나 이는 학사의 뛰어난 재능에 탄복하여 그대의 재주를 다듬으려고 한 까닭이니 내 눈이 어둡다고 책망하지 마시오."

그러자 한림이 겸손의 말을 그치지 않았다.

다음날 한림이 선배들을 돌며 인사를 할 때 먼저 황각로의 부중에 이르렀다. 각로가 기뻐서 정성스럽게 대접하고 언사가 장황하더니 문득 한 주안상이 부엌에서 나와서 술을 몇 잔 돌림에 각로가 자리를 옮기고 한림의 손을 잡으며 말하였다.

"내가 할 말이 있으니 학사는 들어보지 않겠소? 내가 늦게 딸 하나를 두었는데 군자의 짝이 될 만하오. 내가 알기로 학사는 결혼을 하지 않았다하니 나와 함께 진진의 연을 맺는 것이[17] 어떠하오?"

한림이 마음속으로 가만히,

----

17) 晉秦之宜 : 춘추시대에 진(秦)과 진(晉) 두 나라가 대대로 혼인을 하여 후인들이 진진지호(晉秦之好)라고 하기도 하였다.

'황각로는 권력을 탐하고 세력을 즐기는 사람이니 내가 마땅찮게 여기는 사람이요, 홍랑이 이미 윤소저를 추천하였으니 그가 사람을 알아보는 총명함이 있을 뿐만이 아니며, 어찌 그 사람이 없다고 그 마음을 저버릴 수 있겠는가?'

라고 생각하고 대답하였다.

"제가 위로 부모님이 계시니 어찌 감히 고하지 않고 장가갈 수 있겠습니까?"

"이는 나도 아는 것이거니와 다만 학사의 뜻을 알고자 한 것이니 한 마디 말을 아끼지 말기를 바라오."

한림이 정색을 하며 대답하였다.

"혼인은 인륜의 큰일입니다. 소자가 어찌 마음대로 독단할 수 있겠습니까?"

각로가 무안하여 대답하지 않자, 한림이 작별을 고하고 돌아가는데 막 큰길을 나오자 갈도성[18]이 나고 한 재상이 오기에 보니 바로 노균이었다. 노균이 수레를 멈추고 사례하며 말하였다.

"내가 학사를 찾아가고자 하였는데 길가에서 서로 만났군요. 우리 집이 멀지 않으니 함께 가는 것이 어떻겠소?"

한림이 어쩔 수 없이 따라 가서 좌정하자 참정이 웃으면서 말하였다.

"일찍이 그대를 탄핵한 바 있으나 이것은 한 때의 소견이 같지 않아서 그러한 것이니 그대는 행여 마음에 담아 두지 마시오."

한림이 말하였다.

"저는 나이 어린 후배입니다. 높은 가르침을 어찌 감히 가슴 속에

---

18) 喝道聲 : 고관이 행차할 때에 잡인을 금하는 외침.

남겨 두겠습니까?"

참정이 웃으면서 말하였다.

"문희연[19]에서 혼인을 구하는 것은 예로부터의 풍습이지요. 내가 들으니 그대는 아직 장가를 가지 않았다하니 과연 그런가요?"

"그렇습니다."

"집에 누이동생이 있는데 모든 범절이 다른 사람보다 못하지 않으니 형과 내가 남매의 의리를 맺는 것이 어떠하오?"

한림이 몹시 괴로워하며 대답하였다.

"이것은 부모님께서 명하시는 것이지, 제가 마음대로 할 수 있는 것이 아니나 일찍이 혼인을 의논한 곳이 있는 것으로 들은 듯합니다."

참정이 한림의 냉랭한 태도를 보고 다시 다른 말을 하지 않았다.

노균이 그날 창곡의 과거를 삭제하려다가 마침내 뜻대로 되지 않아서 그 누이로 미인계를 써서 전화위복으로 삼고자 하였더니 그 일이 이루어지지 않을 것을 알고는 분한 마음이 전날보다 더욱 심하였다.

한림이 돌아가면서 생각하기를,

'지금 노균과 황각로 두 집안이 구혼을 저처럼 급하게 하니 만약 늦추게 되면 반드시 속임수를 만들 것이다. 내 마땅히 윤상서를 보고 그 뜻을 파악한 다음에 집으로 돌아가서 즉시 윤소저와 혼인하리라.'

하고 즉시 윤부로 가서 통자[20]를 하였다.

윤상서가 맞아들여 좌정하고 웃으면서 말하였다.

"학사는 나를 기억하는가?"

....

19) 聞喜宴 : 과거에 급제한 사람이 가까운 친구와 친척을 불러 베푸는 자축연(自祝宴)을 말한다.

20) 通刺 : 남의 집에 방문할 때 명함을 들여보내는 일.

한림이 미소를 짓고 대답하였다.

"시인의 뜬 구름같은 자취로 일찍이 압강정에서 존안을 뵈온 적이 있으니 어찌 잊을 수 있겠습니까?"

상서가 기뻐 웃으면서 말하였다.

"학사가 몇 달 사이에 의젓한 장부가 되어서 괄목상대하니 마땅히 실가지락(室家之樂)이 있을 것이오. 뉘 댁에 혼인을 정하였소?"

"시생의 집안이 한미하여 아직 정혼하지 못하였습니다."

상서가 말없이 한참을 있다가 말하였다.

"학사가 부모님 곁을 떠난 지 이미 오래 되었으니 언제 부모님을 찾아 뵐 것이오?"

"사정을 말씀드리고 휴가를 청하여 고향으로 돌아가 부모님을 뵙고자 합니다."

상서가 다시 말없이 있다가 말하였다.

"학사가 근행(覲行)하는 날에 귀부에 가서 송별하리다."

한림이 혼인을 의논할 뜻이 있음을 알고 몸을 일으켜 돌아가서 근친을 청하는 글을 올리자 상이 탑전으로 불러 보고 하교하였다.

"짐이 경을 얻은 지 얼마 되지 않았는데 갑자가 곁을 떠나는 것은 실로 섭섭한 일이나, 경의 부모님이 문에 기대어 기다리는 심정을 위로하고자 특별히 몇 달의 휴가를 내리니 속히 부모님을 모시고 서울 집에서 단란하게 지내도록 하라."

이어서 하교하였다.

"창곡의 부친 양현을 예부원외랑으로 제수하여 본군으로 하여금 거마를 보내 치송(治送)하게 하라."

이는 특별한 은전에서 나온 것이니 대우가 융성하여 영광스러움이 비할 바가 없음을 알 만하였다.

하루는 이른 새벽에 윤상서가 작별하는 일로 한림을 내방하였더니 황각로가 또 마침 이르렀다. 윤상서가 조용히 이야기할 수 없음을 알고는 말없이 한참을 있다가 몸을 일으키며 말하였다.

"학사는 먼 길에 행리(行李)를 보중하시오. 집으로 돌아오는 날 다시 내방할 것이오."

황각로는 주춤거리며 앉아서 번잡한 말로 한참을 있다가 돌아갔다.

이튿날 양한림이 행장을 준비하고 동자를 데리고 길을 떠나는데 지나는 곳의 점원들이 손가락으로 가리켜 말하였다.

"몇 달 전에 초라하게 종 한 명을 데리고 지나가던 수재가 오늘 이처럼 영화롭고 부귀하게 되었으니 어찌 인생의 궁달이 이처럼 헤아리기 어려움을 알리오?"

한림이 서둘러 십 여 일을 가서 한 곳에 도착하자 동자가 말하였다.

"곧장 길을 가면 소주를 지나갈 것이고 만약 오십 여 리를 돌아서 가게 되면 항주 길을 지나서 갈 것입니다."

한림이 쓸쓸히 말하였다.

"내가 전에 과거 보러 갈 때에 항주를 경유하여 왔으니 어찌 옛 길을 잊었겠느냐? 항주를 지나는 길로 가자."

동자가 한림의 뜻을 알고 다시 하루를 가자 점차 산천이 아름답고 인물이 번화한 것이 보였다. 멀리 바라보니 맑은 물결 빼어난 산봉우리가 서호 전당의 아름다운 물색임을 알만 하였다. 길가에 한 정자가 있으니 바로 지난날 홍랑과 손을 잡고 이별하던 연로정이었다. 둑가에 쇠잔한 버들은 눈비에 펄펄 날려서 마치 옛 빛을 띤 것 같고, 다리 아래 물소리는 저녁 빛을 띠고 흐느끼는 듯하였다. 한림이 비록 장부의 심장을 지녔으나 어찌 넋이 상하고 창자가 끊어지지 않겠는가? 절로 뚝뚝 떨어지는 눈물을 삼키고 항주 성 밖에 잘 곳을 정하였다. 여관의 외로운 등불에 쓸쓸한 심회를 금할 수 없어서,

'내가 전날 과거를 보러 갈 때에 이곳 객점에서 서천의 수재를 만나 아름다운 밤에 명월을 시로 화답하여 보냈는데 오늘의 무료한 마음을 누가 있어 위로하랴? 홍랑이 만약 조금의 영혼이라도 있다면 비록 꿈속이라도 이부인[21]의 진면목을 드러내어 응당 잊지 못하는 벗의 마음을 위로할 텐데.'

하고는 베개에 기대어 잠이 들려고 하였다. 항주 자사가 기녀와 악사와 술을 갖추어 와서 대접하려 하였지만 한림이 굳이 사양하고 한 늙은 기생을 머물게 하여 긴 밤을 보내려 하였다. 늙은 기생이 술잔을 올리고 한 가락 노래를 부르니 그 노래에,

"해질녘 방초 무성한 길에 사랑스런 벽도화(碧桃花)여! 십 리 전당이 이곳이건마는 연꽃을 보기가 어렵구나. 정녕 강남으로 돌아온 객이 인연이 적은 것인가?"

라고 하였다. 한림이 노래를 듣고 오히려 지루하더니 그 시를 들으니 그것은 바로 자신이 홍랑의 부채에 지어서 써 준 시였다. 한편으로는 기쁘고 한편으로는 슬퍼서 말하였다.

"이 노래는 어떤 사람이 지은 것인가?"

늙은 기생이 쓸쓸하게 말하였다.

"이는 죽은 기생 홍랑이 전해 준 것입니다. 홍랑은 지조가 고상하여 평생에 지기가 없었는데 지나가던 수재를 만나 정을 서로 주고받았다

....

21) 李婦人 : 한 무제의 후궁.

고 합니다.”

한림이 슬픈 얼굴빛으로 다시 밖을 보니 늙은 기생이 이상하게 여겼다.

잠시 뒤에 닭소리가 ‘꼬끼오’하고 울고 북두성이 기울어져 새벽을 재촉하였다. 한림이 동자에게 명하여 향을 태우는 불과 지전과 초와 술과 과일을 준비하게 하고 전당호숫가에 이르렀다. 호숫가 마을이 적막하고 별과 달이 쓸쓸하여 새벽안개가 물 위에 가득한데 한림이 향을 한 번 불살라 홍랑의 제사를 지냈다. 그 제문은 이러하였다.

모년 모월 모일에 한림학사 양창곡이 천은을 입어 비단옷을 입고 고향으로 돌아갈 때 전당호에 이르러 한 잔 술을 들고 홍랑의 넋을 불러 고하노라.

아! 홍랑아. 오늘 내가 너의 철석같은 마음을 알았노라. 내가 어찌 차마 다시 항주길로 와서 다시 서호의 풍경을 대할 수 있겠느냐? 저 넘실거리는 물결은 밤낮으로 동으로 흘러 어느 곳을 향하는가? 아득한 나의 마음은 물결을 따라 끝이 없구나. 너의 유해를 물속에서 거두지 못하였으니, 향기로운 혼이 강 위를 떠도는구나. 아롱진 대나무에 일 어난 찬바람이 옷깃에 부니 내 마음을 아는 듯하구나. 아! 홍랑아. 평생 의 지기가 없어졌구나! 서산에 지는 달이 술잔을 비추는구나. 눈물을 흘리며 몇 줄의 글을 지음에, 목이 메어 마음을 다하지 못하는구나.

한림이 다 읽고 나서 눈물이 줄줄 흘러 목을 놓아 곡을 하자 동자와 좌우 사람들이 또 모두 목이 메어 울고 항주의 늙은 기생도 곧 깨닫고 감격의 눈물을 흘리고 탄식하였다.

“홍랑은 죽어서도 여한이 없을 것입니다.”

한림이 지전을 들어 향불에 살라서 강 속으로 던지고 마음에 다시 슬픔이 더하여 아득히 서 있다가 객관으로 돌아와 행장을 수습하고 늙은 기생을 돌아보며 이별하여 말하였다.

"내가 여행 중에 가진 것이 없으니 약간의 은자로 정을 표하겠다."
늙은 기생이 사양하며 말하였다.

"제가 어찌 감히 그것을 바라겠습니까? 다만 상공께서 지은 제문을 얻어 강남 청루의 아름다운 일로 삼고자 합니다."
한림이 웃으면서 허락하였다.

날이 밝은 뒤에 길을 떠나서 소주 땅에 도착하여 옛날 머물렀던 객점을 찾아서 쉬었다. 객점 주인이 허겁지겁 나와 맞이하여 동자를 보고는 한편으로 기뻐하고 한편으로 놀라서 비로소 그 전날 지나가던 수재임을 알고 앞에 나와 문안을 여쭈었다. 한림이 웃으며 말하였다.

"내가 오랫동안 표모22)의 두터운 은혜를 입고도 갚지 못하였소."
그리고는 상으로 백금을 주니 객점 주인이 공손하게 사례하기를 마지 않았다. 한림이 재촉하여 길을 앞서서 다시 몇 리를 가자 앞에 큰 고개가 있었다. 동자가,

"이 고개는 전날 도적을 만나 행자(行資)를 빼앗겼던 곳입니다. 도적 놈은 지금 어느 곳으로 가고 탄탄대로로 변한 것인지요?"
라고 하여 한림이 자세히 살펴보니 과연 옛날 도적을 만난 고개였다. 산기슭이 깨끗하고 주점이 즐비하여 한림이 마음속으로 이상하게 여 겼다.

이때 한림이 가벼운 수레와 쾌활한 말을 타고 장엄한 위의를 갖춘 것이, 전날 종 하나를 거느리고 절름발이 나귀를 채찍질하여 초라하게

------

22) 漂母 : 어려웠을 때 입은 은혜를 말함. 한나라의 한신이 어려서 곤궁하게 살 때 빨래하는 여자에게 밥을 얻어먹으며 지냈다는 이야기에서 유래되었다.

가던 때와는 하늘과 땅의 차이가 있을 뿐만이 아니었다. 고향이 점점 가까워지자 부모님을 생각하는 마음이 더욱 간절하여 일찍 길을 떠나고 날이 저물어서야 객점에서 쉬었다. 하루는 동자가 멀리 가리키며 말하였다.

"반갑다. 옥련봉아!"

한림이 수레의 창을 열고 고향 산 모습을 바라보고 동자에게 먼저 가서 양친께 아뢰라고 했다.

이때 양처사 부부가 이미 아들이 등과한 소식을 듣고 뵈러 올 날을 고대하다가 동자가 먼저 오는 것을 보고 기쁨을 이길 수가 없어서 두 사람이 지팡이를 붙들고 문을 의지하여 바라보았다. 학사가 임금께서 하사한 홍포를 입고 머리에 채색한 꽃을 꽂고 동구 밖에 이르러 수레에서 내렸다. 번화한 기상과 성대한 위의는 헤어질 때의 수재 창곡이 아니었다. 반갑고 기뻐서 웃으며 말하였다.

"내가 오십의 나이에 다행히 양씨 혈육이 끊어지지 않고, 부귀와 영광이 이에 이를 것을 헤아리지 못했구나. 네가 지금 입신양명하여 의젓하게 조정 관리의 모습을 갖추었으니, 이것이 어찌 옛날에 바라기나 했던 것이겠느냐?"

창곡이 절하고 말하였다.

"소자가 불초하여 반년을 부모님 곁을 떠나 있음에 부모님의 얼굴이 더욱 쇠약해지셨습니다. 아침저녁으로 자식을 걱정하는 근심을 많이 끼쳐드렸으니 송구하고 황송함을 이기지 못하겠습니다."

하고는 또 말씀을 드렸다.

"천은이 망극하여 아버님께 원외의 벼슬을 하사하시고 폐하께 하직하는 날에 하교하시기를 빨리 가족을 모아 서울 집으로 오도록 하라고 하셨습니다."

본현의 지부(知府)가 이미 문 앞에 말과 수레를 갖추고 기다리고 있었다. 원외 부부가 행장을 수습하여 며칠 후 길을 떠나서 황성으로 향하였다.

한편, 윤상서는 그날 양한림을 보고 집으로 돌아와 소씨를 보고 말하였다.

"내가 딸아이를 위하여 사윗감을 널리 구하였으나 특별히 합당한 곳이 없었더니, 새로 장원급제한 양창곡이 후진 중에 제일의 인물이었소. 다만 그 집이 본래 깨끗하고 고결한 선비라, 그 집안이 우리 집안과 혼인을 의논하는 것을 아마도 기약하기는 어려울 것이나 양씨 댁 일행이 서울로 올라오는 것을 기다려서 먼저 양씨 댁의 내간(內間)에 믿을 만한 매파를 보내어 그 뜻을 알아보는 것이 좋을까합니다."

소부인이 말하였다.

"근래 매파의 말은 곧이곧대로 믿기가 어려우나 유모 설파의 사람됨이 비록 용렬하고 어리석지만 평소 속이는 일은 없으니 양씨 댁이 황성으로 들어오는 것을 기다렸다가 설파를 보내는 것이 좋을 듯합니다."

상서가 고개를 끄덕였다.

이때 연옥이 우연히 창밖에 서 있다가 상서 부부의 말을 듣고 혼자 생각하였다.

'창곡은 틀림없이 공자의 이름이나 공자가 만약 윤소저와 성혼을 하면 홍랑의 혼이라도 반드시 기뻐할 것이지만 낭자가 평생 속 태운 것을 알아주는 사람이 없으니 내가 어찌 소저에게 말하지 않을 수 있겠는가? 다만 말할 기회가 없는 것이 한스럽구나.'

이에 속으로 한 계획을 생각하여 이날 밤에 거짓으로 등불을 돋우는 척하고 전날 감추어둔 양공자의 편지를 일부러 상 앞에 남겨두고 나왔다. 그랬더니 소저가 주워서 보고 괴이하게 여겨 연옥을 불러서 물었다.

"이 편지는 틀림없이 네가 남겨 놓은 것이니 이것이 무슨 편지인가?"

연옥이 놀란 척하며 말하였다.

"이는 옛 주인 홍랑의 필적입니다."

소저가 정색을 하며 말하였다.

"나와 네가 일찍이 서로 속이지 않았는데 네가 지금 숨기고 꺼리는 것이 있으니 이것이 어찌 서로를 믿는 뜻이겠느냐?"

연옥이 이에 눈물을 머금고 말하였다.

"소저께서 이처럼 물으시니 제가 어찌 감히 속일 수 있겠습니까? 옛 주인 홍랑의 지조가 고상함은 소저께서도 이미 깊이 알고 있는 것입니다. 일찍이 평범한 남자에게 몸을 허락하지 않다가 뜻밖에 강남의 양공자를 압강정에서 한 번 보고 백년의 가약을 맺어서 금석처럼 굳었다가 조물주가 방해하여 모든 일이 일장춘몽이 되었습니다. 홍랑의 억울함은 다시 말할 것이 없고 저의 소망도 끊어졌습니다. 구구한 마음에 한 조각 편지로 신표를 삼아 양공자와 노주(奴主)의 의리를 정하여, 다 갚지 못한 홍랑의 은혜를 양공자에게 갚아서 옛 주인의 영혼으로 하여금 사생(死生) 간에도 두 마음이 없음을 알게 하고자 한 것입니다."

말을 마치고는 눈물을 머금고 흐느끼자 소저가 그 뜻을 불쌍히 여겨 묵묵히 말이 없었다. 연옥이 눈물을 거두고 등불 아래 앉아서 제 홀로 미소를 짓자 소저가 물었다.

"네가 울다가 웃다가 하는 것은 무엇 때문이냐?"

연옥이 머리를 숙이고 말이 없자 소저도 미소를 머금고 말하였다.

"내가 정말 심심해서 그러니 무슨 말이든 괜찮아. 숨기지 말고 말해서 심심치 않게 해 봐."

연옥이 다시 소저의 안색을 살피고 웃으면서 말하였다.

"제가 아까 노부인의 침실에 갔더니 노상공이 부인과 소저의 혼사를 말하는데, 의향이 양한림에게 있었으니 양한림은 바로 양공자입니다."

말을 마치기 전에 소저의 안색이 문득 변하며 연옥을 꾸짖어 말하였다.

"요망한 것이 무슨 말이든 꺼리지 않고 잘도 엿듣는구나."

연옥이 등불 아래로 돌아 앉으며 말하였다.

"제가 웃은 까닭은 품은 생각이 있어서인데, 소저께서 억지로 물으시고 오히려 꾸짖으시니 지금부터 저는 다시 입을 열지 않겠습니다."
라고 하자 소저가 웃으며 말하였다.

"네가 생각하는 것이 무엇이냐?"

연옥이 샐쭉하여 대답하지 않자 소저가 웃으며 말하였다.

"내가 다시 너를 나무라지 않을 것이니 다만 품은 것을 말해 보아."

연옥이 다시 눈물을 머금고 말하였다.

"지금의 양한림은 지난날의 양공자며 양공자는 홍랑의 지기입니다. 홍랑이 지난번에 공자를 마주하고 소저의 현숙함을 천거하였는데, 제가 직접 공자가 흔쾌히 고개를 끄덕이는 것을 보았습니다. 지금 소저의 혼사를 양한림에게 정한다면 저와 주인과의 인연이 거의 어긋나지 않는 것이어서 제가 기뻐하는 것입니다. 그러나 다만 홍랑이 마음으로 애를 쓴 참마음을 알지 못하니 어찌 애석하지 않겠습니까?"

소저가 묵묵히 대답이 없었다.

이때 양처사 일행이 황성에 도착하자 보는 사람들이 양처사 부부의 다복함을 모두 부러워하였다. 양원외가 대궐 아래에서 사은례(謝恩禮)를 행할 때 천자가 불러 보시고 말하기를,

"경이 비록 고상하게 세상 밖에 뜻을 두었으나 정력이 쇠하지 않았으니 벼슬길에 나아가 짐이 미치지 못하는 것을 돕도록 하라."

고 하자 원외가 머리를 조아리며 아뢰었다.

"신이 일찍이 조금의 공도 없는데 지나치게 작록의 영화를 입었으니 마땅히 견마지성[23]을 다하여 작은 보답이라도 도모하여야 하나, 본디 고질병을 안고 있어 따르며 모실 가망이 없사오니 엎드려 바라옵건대 폐하께서는 신의 관작을 거두시어 아무 일도 하지 않고 녹을 받는 부끄러움을 없게 하소서."

천자가 웃으며 말하였다.

"경이 국가를 위하여 이런 동량지신을 낳았으니 어찌 공이 없다고 말하리오? 속히 몸조리하여 짐이 의지하고자 하는 마음을 저버리지 말라."

원외가 황공하여 물러나와 진정(陳情)하여 사직하고 후원의 별당에 거처하여 바둑과 서화(書畵)로 세월을 보냈다.

하루는 한림이 양친을 모시고 앉았는데 허부인이 원외를 돌아보며 말하였다.

"우리 아이 나이가 열여섯 살이며 지금 이미 과거에 급제하여 벼슬을 하였으니 성혼을 하는 것이 마땅합니다. 어떻게 하시렵니까?"

---

23) 犬馬之誠 : 개나 말의 정성이라는 뜻으로 신하가 군주에게 충성을 다하고자 하는 마음.

원외가 대답을 하기 전에 한림이 자리를 고쳐 앉고 말씀을 드렸다.

"소자가 불초하여 미처 고하지 못하였는데, 이미 뜻을 정한 곳이 있습니다."

그리고는,

"과거를 보러오는 길에 도적을 만났으며, 압강정에 가서 강남홍을 만나 서로 마음을 허락하였는데, 홍랑이 윤소저를 추천하였으니 홍랑의 조감이 남보다 뛰어나 그 말이 반드시 맞을 것입니다."

라고 하였다. 또 황각로가 구혼한 전말을 고하자 원외와 부인이 탄식하여 말하였다.

"이는 하늘이 정한 인연이라! 사람이 억지로 할 바가 아니나, 윤상서는 명망이 두터운 재상인데 어찌 우리 집같이 한미한 집안과 서로 통혼하려 하겠느냐?"

"소자가 윤상서를 뵈오니 충후(忠厚)한 어른으로 시속의 재상이 아니오니 꼭 한미한 것에 연연하지 않을 것입니다."

원외가 고개를 끄덕이자 부인이 정색하고 말하였다.

"사람이 만약에 숙원을 이루지 못하면 저승에까지 원한을 맺는다고 한다. 만약 윤부에 혼인을 정하지 못하면 홍랑의 원혼을 위로하기 어려울 것이다."

한편, 소부인이 양가 일행이 입성하였다는 말을 듣고 장차 매파를 보내려고 설파를 불러서 말하였다.

"할미에게 가서 그 뜻을 알아보게 하고자 할 것이니 장차 무슨 좋은 계획이 있는가?"

"인생 칠십에 이미 겪은 것이 많으니 어찌 남의 안색을 살피지 못하겠습니까?"

연옥이 웃으면서 말하였다.

"어떻게 남의 안색을 살핍니까?"

"세상 사람들은 좋은 말은 귀로 듣고 나쁜 말은 코로 대답하므로 내가 흐린 눈을 닦고 남의 귀와 눈을 보면 귀신처럼 안다."

온 좌중이 크게 웃었다. 소부인이 또,

"시속의 매파는 말이 너무 많아서 약점을 쉽게 드러내니 할미는 양부에 가서 윤부의 자취를 드러내지 말고 비밀스럽게 그 형편을 살피라."고 하자 설파가 고개를 끄덕이며 말하였다.,

"만약 사는 곳을 물으면 어떻게 대답할까요?"

연옥이 또 웃으면서,

"만약 말하기 어려운 것이 있거든 귀머거리 흉내를 내요."라고 하여 온 좌중이 또 다시 크게 웃었다. 소부인이 말하였다.

"이러한 일은 마땅히 일의 형편에 따라 응당 바꾸어야 하니 절대로 천진함만 굳게 지키지 말게."

그러자 설파가 고개를 흔들면서 말하였다.

"정직한 말은 죄가 없으니 천성을 어찌 바꿀 수 있겠습니까?"하고는 정신없이 가다가 설파가 몸을 돌려 다시 물었다.

"이 혼인은 누구를 위해 하는 것입니까?"소부인이 미처 대답하지 못하자 연옥이 웃으면서 말하였다.

"양부에 규수가 없고 윤부에 신랑감이 없으니 할머니가 생각해 보세오."할미가 한참 뒤에 비로소 깨닫고 갔다. 소부인이 눈짓으로 연옥을 보내며,

"너는 뒤를 따라갔다가 만일 실수가 있거든 가만히 바로잡아 주어라."

라고 하였다.

연옥이 이미 양부에 가 보고 싶은지가 오래되었다가 명을 받들고 함께 양부에 가자 허부인이 말하였다.

"노파는 어디서 왔는가?"

"저는 윤부에 있지 않고 지나가는 매파입니다."

연옥이 곁에 있다가 눈짓을 하며,

"다시 윤부라고 말하지 말아요."

하자 설파가 고개를 끄덕이며 말하였다.

"내가 이미 윤부에 있지 않다고 말하였다."

연옥이 웃음을 머금고 돌아보자 허부인이 말하였다.

"이 아이는 누구인가?"

연옥이 설파의 신분이 탄로날까봐 염려되어서 말하였다.

"소녀는 노파의 딸입니다."

"노파는 매파라고 하니 누구를 위해 중매하러 왔는가?"

하자 설파가 말없이 한참을 있다가 말하였다.

"시속의 매파는 말이 많으나 저는 사실대로 아뢸 것입니다. 지금 병부상서 윤형문의 댁에 아가씨 한 분이 있는데 귀부와 혼인을 하고자 하여 저를 보내고 윤부에 있다고 말하지 말라 하였습니다. 그러나 제가 생각하건대 혼인은 인륜의 큰일이라 그 이루어지고 안 이루어지는 것은 저에게 달려 있는 것이 아니라 하늘에 달려 있는 것이오니 숨기는 것이 무슨 이익이 되겠습니까? 저는 소저의 유모이옵고, 이 아이는 소저의 시비 연옥입니다. 저의 말이 모두 참되고 바르니 행여 의심하지 마십시오. 윤부의 소저는 여자 중의 군자요, 당세에 둘도 없는 일인자입니다. 문장과 여공이 통하여 알지 못하는 것이 없습니

다. 다만 맹광[24]처럼 절굿공이를 들어 올리는 힘은 부족하나, 제갈부
인의 누런 머리카락과 검은 얼굴[25]이 아니오니 훗날 혼인을 이루게
될 때에 만약 조금이라도 서로 어긋남이 있다면 저를 혀를 뽑는 지옥
으로 보내십시오."

양부의 좌우 사람들이 모두 크게 웃었다. 허부인이 그 충직함을 기특
하게 여겨 말하였다.

"노파는 수단이 좋은 매파로다. 다만 우리 집은 가난하고 윤상서는
벼슬이 높은 재상인데 우리 집안에 무슨 취할 것이 있어서 기꺼이
혼인을 한단 말인가?"

매파가 말하였다.

"혼인은 먼저 그 가풍(家風)과 신랑의 됨됨이를 보는 것이니 어찌
다른 것이 있겠습니까?"

허부인이 술잔으로 설노파를 대접하며 말하였다.

"혼인이 성사된 후에 다시 세 잔 권하리라."

설파가 웃음을 머금고 그러시라고 하며 당에서 내려올 때 양한림이
마침 외당에서 들어오다가 연옥을 언뜻 보고는 말하였다.

"네가 어떻게 이곳에 왔느냐?"

연옥이 머리를 숙이고 말을 하지 않자, 허부인이 그가 온 뜻을 말하여
한림이 미소를 지었다. 설파가 돌아가 소부인에게 아뢰고 큰소리로

---

24) 孟光 : 한(漢) 나라 양홍(梁鴻)의 부인인데, 양홍이 어진 선비로서 벼슬을 구하지
  않고 숨어서 품팔이로 사는데 맹광이 같이 뜻을 맞추어 곤궁함을 견디고 절구에
  곡실을 찧으며 남편을 지성으로 모시기를 남편 앞에 밥상을 올릴 때에 상을
  자기 눈썹 위에 닿도록 높이 들어 공경하였다.
25) 제갈부인 : 촉한의 제갈량의 부인 황씨가 노란 머리칼에 검은 얼굴(黃髮黑面)이었
  다는 속설이 있다.

말하였다.

"평범한 매파는 다리품을 많이 팔아도 보람이 없고, 입술과 혀가 해지도록 말을 하나 일이 순조롭게 이루어지지 않지만 저는 한 번 다녀옴에 큰일이 뜻처럼 되었으니 그 수단을 보소서."

연옥이 웃으며 설파의 말솜씨를 말하자 설파가 그 말을 듣고 말하였다.

"우리 댁 아씨의 백년가약을 어찌 교묘한 말과 꾸미는 언사로 헤아리겠습니까?"

소저가 우연히 모부인의 침실에 이르렀는데 설파가 갑자기 나오며 소저의 손을 잡고 말하였다.

"일이 순조롭게 이루어진 것은 우리 아씨가 복이 많아서입니다."

소저는 그것이 무슨 말인지 알지 못하여 소매를 떨치며 말하였다.

"할미는 어찌 이리 경망스러운가?"

설파가 웃으며 말하였다.

"오늘은 비록 경망스럽다 말하지만 나중에 군자를 만나 백년해로하고 자식을 많이 두고 안락해진 뒤에 비로소 저의 말뜻을 알게 될 것입니다."

소저가 드디어 깨닫고 몹시 부끄러워하였다. 설파가 소저를 보고 웃으며 말하였다.

"잠시 양한림을 보았는데 눈이 가늘고 얼굴이 아름다우니 반드시 색을 좋아할 것입니다. 아가씨는 조심하소서. 허부인을 보니 유순하고 공손하여 틀림없이 까다로운 성격은 없을 것입니다."

연옥이 말하였다.

"할머니는 항상 눈이 흐리다고 말하더니 외관을 보고 얼굴색을 살피는 것이 어찌 그처럼 자세할 수가 있어요?"

하자 설파가 눈을 흘기며 연옥을 보고 말하였다.

"가장 이상한 것은 양한림이 연옥을 주시하는 것이니 아씨는 훗날 행여 데리고 가지 마소서."

소저가 그 말을 듣고 웃음을 머금고 얼른 자기 침실로 돌아갔다.

다음날 윤상서가 양부에 이르러 예를 마치고 좌정하고는,

"선생의 명성을 앙모한지 오래되었으나 저는 속세의 이로움을 쫓는 곳에서 분주하여 오히려 겸가옥수26)의 맺음이 더디어 오늘에야 서로 만나니 늦은 감이 있습니다."

라고 하자 원외가 말하였다.

"시생은 초야에 자취를 둔 사람으로 산짐승들과 같은 성정을 지닌 사람입니다. 천은이 망극하여 우리 집 아이가 외람되게 은택을 입은 것이 저에게까지 미쳤으니 보답을 꾀할 방법이 없으나, 신병으로 사직하고 어린 아들이 조정의 반열에 출입하여 밤낮으로 경계하고 두려워하고 있습니다. 바라건대 대인께서 일마다 가르쳐 이끌어 주십시오."

윤상서가 웃으면서 말하였다.

"한림은 국가의 동량지재입니다. 임금님의 조감이 매우 밝으시니 조정의 영광과 다행함이 지극합니다. 저는 용렬하여 미칠 수가 없으니 어떻게 가르쳐 이끌어 줄 수 있겠습니까?"

원외는 상서의 충직하고 순후(淳厚)한 기풍에 감복하고, 상서는 원

----

26) 蒹葭玉樹 : 겸가는 갈대인데, 갈대같이 변변찮은 자가 옥으로 만든 나무같이 훌륭한 인물에게 의지한다는 뜻이다.

외의 맑고 고아한 지조를 아껴 한 번 얼굴을 대한 것이 마치 구면인 듯하였다. 상서가 조용히 물었다.

"지금 학사의 나이가 장성하였으니 마땅히 가정을 이루는 즐거움이 있어야 합니다. 저에게 딸 하나가 있으니 비록 규범과 내칙의 예절에 어리석고 어두우나 물을 긷고 방아 찧는 것과 건즐27)의 예절은 대강 압니다. 아비가 자식을 사랑하는 사사로운 마음으로 귀문(貴門)과 혼인의 좋은 연을 맺고자 하오니 높으신 뜻이 어떠하신지 모르겠습니다."

원외가 얼굴빛을 단정히 하고 대답하였다.

"한미한 가문의 어리석은 제 아들에게 따님을 허락하시니 이는 시생의 복입니다. 어찌 다른 말이 있겠습니까? 어리석은 자식이 몸에 관작을 띠고 나이가 지금 열여섯입니다. 성례하는 것이 급하므로 서둘러 날을 잡아 보내시기를 바랍니다."

상서가 크게 기뻐하며 허락하고 높은 산 흐르는 물과 같은 맑고 고아한 마음으로 조라와 송백28)같은 정중한 정의를 겸하여 끊이지 않는 담소를 나누며 깊이 정이 들어 서로 헤어지지 않으려 하였더니 갑자기 황각로가 왔다고 알려서 윤상서는 일어나 먼저 돌아갔다. 원외가 당에서 내려와 맞이하여 인사를 마친 후에 각로가 말하였다.

"제가 아드님의 혼사를 의논하고자 하여 대략 그 뜻은 알고 있었으나 아드님이 부모님께 고하지 못하고 자못 주저함이 있더니 지금 선생

---

27) 巾櫛 : 여자가 남편 섬기는 것을 건즐을 잡는다 하는데, 그것은 세수할 때에 수건과 빗을 받들어 준다는 뜻이다.

28) 蔦蘿와 松柏 : 친지와 안정된 생활을 영위할 수 있다는 말이다. 『시경(詩經), 소아(小雅) 규변(頍弁)』에 "새삼덩굴과 더부살이, 소나무 잣나무에 뻗어 있네[蔦與女蘿 施于松柏]"라고 하였는데, 집전(集傳)에서 "이는 형제와 친척들이 이에 의지하여 화목한 생활을 할 수 있음을 비유한 것이다."라고 하였다.

께서 다행히 서울 집에 오셨습니다. 제가 비록 썩 부귀하지는 못하나 또한 매우 빈한하지도 않으며, 딸아이의 사람됨이 학식은 없으나 용모와 범절이 매우 미련스럽지는 않으니 서로의 처지가 엇비슷하다고 할 만합니다. 아마도 다른 뜻이 없을 것이오니 어느 때 성례하는 것이 좋겠습니까?"

원외는 세상을 초탈한 고아한 선비라, 성정이 매우 곧고 깨끗하여 황각로의 속된 모습과 비루한 언사가 매우 온당치 않고, 또 윤상서와 이미 성혼의 굳은 약속을 하였기에 옷깃을 바로하고 얼굴빛을 고치고 대답하였다.

"상공의 따님을 한미한 집안에 결혼시키고자 하시니 진실로 감사하오나 아들의 혼사를 이미 병부상서 윤형문에게 정하였으니 서로 늦게 들은 것이 한스럽습니다."

각로가 불쾌한 표정으로 말하였다.

"제가 이미 아드님과 상의하였는데 어찌 늦었다고 말씀하십니까?"

원외가 위협하는 것을 알고 엄정한 표정으로 말하였다.

"제 아들이 불초하여 저에게 고하지 않고 큰일을 멋대로 처리하였으니 이는 제가 아들을 똑똑치 못하게 가르친 죄입니다."

각로가 냉소하고는,

"선생의 말씀은 틀렸습니다. 아버지와 아들 사이에 어찌 상의하지 않았겠습니까? 선비가 비록 보통일을 하더라도 식언(食言)은 옳지 않은데 하물며 인륜의 큰일에 있어서이겠습니까? 제가 이미 마음속으로 굳게 정하였습니다. 제 딸이 비록 규중에 헛되이 늙을지언정 결단코 다른 가문에는 시집보내지 않을 것입니다. 그렇게 알고 처리하는 것이 어떻겠습니까?"

하고는 소매을 떨치고 가니 원외가 웃음을 머금을 뿐이었다.

윤상서가 집으로 돌아와 부인과 혼인 정한 일을 말하고 예를 거행할 날을 잡았더니, 세월이 흘러 길일이 이미 이르렀다. 한림이 홍포와 옥대를 하고 윤부에서 전안례29)를 하였다. 준수한 풍채와 번화한 용모를 누군들 부러워 탄식하지 않을 것인가? 집안에 많은 손님들이 떠들썩하게 축하를 하자 상서가 웃음을 머금을 뿐 대꾸할 겨를이 없었다.

소부인은 옥 같은 용모와 풍채를 보고 얼굴에 기쁨을 띠고 사랑스럽고 어여뻐서 말로 표현할 수가 없었다. 이날 한림이 소저를 친영30)할 때 아름답고 엄숙한 의식과 찬란한 광경이 큰 길에 휘황찬란하였다. 은 안장과 수놓은 수레는 햇빛에 밝게 빛나고, 금 장막과 구름 깃발은 바람 앞에 나부껴서 윤부로부터 양부에 이르기까지 끊임없이 이어져 있었다.

원외와 부인이 내실에 자리를 마련하고 신부의 예를 받을 때, 윤소저가 머리에 칠보부용관을 쓰고 몸에 원앙을 금실로 수놓은 요군(腰裙)을 입고 여덟 번 절하여 예를 행하였다. 정숙한 태도와 단아한 용모는 밝은 보름달이 구름 사이에서 나온 듯하고, 한 가지 부용꽃이 물속에 붉어서 요조숙녀의 자태로 비범한 기상을 띠어 천고 규수의 모범이라 할 만 하였다. 원외 부부의 기쁨은 말로 표현할 수가 없었고, 첫날밤에 한림의 금슬의 즐거움은 이보다 더할 수가 없었다. 다만 홍랑의 일을 추억하고 한림과 소저가 마음속에 각각 서글픈 심정을 품고 있었다.

한편, 황각로가 집으로 돌아와 생각하기를,

'양창곡은 인기가 출중하여 임금님의 총애가 대단하니 훗날 부귀는

29) 奠雁禮 : 기러기를 가지고 가서 올려놓고 맞절을 함.
30) 親迎 : 육례의 하나. 신랑이 신부의 집에 가서 신부를 직접 맞이하는 의식이다.

나와 비할 바가 아닐 것이다. 내가 이 잘난 사위를 간택할 수 없었으니 진실로 애석하다. 먼저 말을 하였다가 윤상서에게 양보하였으니 어찌 부끄럽지 않겠는가?'

하고 부인 위씨를 보고 분한 마음을 이기지 못하였다. 부인은 이부시랑 위언복(衛彦復)의 딸이요, 위시랑의 처 마씨는 황태후와 내외종간이었다. 태후가 마씨의 현숙함을 아껴 정이 친형제와 같았다. 마씨가 아들이 없고 늦게 딸 하나를 길렀으니 바로 위씨였다. 마씨가 일찍 세상을 떠나자 황태후가 그 자식 없음을 가엾게 여겨 위부인을 혈육으로 돌보아 자주 궁안으로 불러보았으나 다만 그 본래 부덕(婦德)이 부족한 것을 안타까워하였다. 위씨가 각로의 분하고 원통해 하는 것을 보고 냉소하며 말하였다.

"상공은 원로대신으로서 일개 딸의 혼사를 무슨 어려움이 있다고 이처럼 괴로워하십니까?"

각로가 탄식하여 말하였다.

"내가 다만 딸아이의 혼사를 걱정할 뿐만 아니라 이 신세를 생각하니 가련해서 그러오. 전날 장인·장모가 살아계실 때에는 황태후께서 돌봐주신 은혜를 입어서 그 은택이 내게까지 미쳤었더니 장인·장모가 돌아가신 뒤로는 앞길이 볼만한 것이 없어서 남들에게 수모를 당하는 것이 번번이 이와 같군요. 여아의 혼사를 내가 먼저 말하였는데 도리어 윤상서에게 양보하게 되었으니 어찌 원통하지 않겠어요?"

위씨가 말없이 한참 있다가 대답하기를,

"상공은 괴로워하지 마소서."

하고 시비를 보내어 가궁인을 청하였다.

가궁인은 본래 태후궁 사람으로 이전에 위부(衛府)에 왕래하다가 마씨가 죽은 뒤에 비록 전날처럼 자주는 아니지만 여전히 교분을 생각하고 소식을 끊지 않았다가 위씨의 간청을 물리치기 어려워서 온 것이다. 위부인이 인사를 마친 뒤에 말하였다.

"늙은 내가 비록 불민하나 그대는 어찌하여 지난날의 교분을 생각하지 않고 오랫동안 소식을 끊습니까?"

궁인이 웃으면서 말하였다.

"근래 궁중에 일이 많아서 궁 밖을 다닐 수가 없습니다. 오늘도 부인의 청이 아니었더라면 어찌 한가하게 나들이를 할 수 있겠습니까?"

위부인이 술을 대접하고 탄식하며 말하였다.

"늙은 내가 오늘 찾아오게 한 것은 구구하게 품은 생각이 있어서 태후께 전달하고자 해서입니다. 늙은 내가 늦게 딸 하나를 두어서 나이가 지금 십 오세이고 사람됨이 그다지 용렬하거나 어리석지 않아서 좋은 사위를 구하고자 하는 것은 인정에 보통 있는 일이지요. 이미 한림학사 양창곡과 정혼하여 비록 아직 납채(納采)를 하지는 않았으나 날을 택하여 혼례하기만을 손꼽아 날을 세고 있었더니 중간에 형편이 바뀌어 병부상서 윤형문의 딸과 정혼한다고 합니다. 그 뜻은 우리 상공이 늙어 앞길이 볼 만한 것이 없어서입니다. 다른 곳으로 정혼하는 것이 좋을 듯하나 이웃 마을과 친척이 모두 혼인을 물려서 시집에서 쫓겨난 여자가 되었다고 의심합니다. 상공은 근심과 분노가 병이 되어서 완전히 침식을 물리치시고 딸아이는 부끄러워 면목이 없어서 자결하려고 합니다. 늙은 내가 노년에 이러한 곤경을 당하고 오히려 또 밖에서 조소를 받으니 실로 구차하게 살 마음이 없습니다. 그러나 나는 황태후께서 돌봐주신 은혜를 오랫동안 그리워하고 있습니다. 양 원외가 권세를 좇아 약속을 어기는 것과 윤상서가 남의 큰일에 끼어드는 것은 시속을 그르치는 것이요 사군자의 행실이 아닙니다. 윤씨의 딸은 내쳐서 둘째 부인으로 삼고, 다시 제 딸과 성혼하게 하시면 망극한 은혜를 결초보은하겠습니다.”

궁인이 머리를 숙이고 말없이 한참 있다가 말하였다.

“이 일은 대단히 어려운 일이니 부인은 다시 생각하소서.”

위부인이 눈물을 흘리며 말하였다.

“이전에 모친이 살아계실 때에는 이러한 일을 태후께 말씀드리기가 몹시 쉬웠더니 어머니 무덤의 풀이 오래 되지도 않아서 다른 사람의 업신여김을 달게 받아야함이 이와 같으니 어찌 한심하지 않습니까?” 말을 마치고 오열을 이기지 못하자 궁인이 위로하여 말하였다.

“일이 이루어지고 안 이루어지는 것은 제가 알 수 있는 것이 아니오나 다만 부인의 생각을 태후께 말씀드리겠습니다.”
가궁인이 위부인이 한 말을 궁으로 들어가 하나하나 황태후께 고하자 태후가 불편한 표정을 띠고 말하였다.

“내가 마씨를 생각하면 불쌍히 여겨 돌볼 뜻이 있으나 이같은 일을 내가 어찌 간섭하리오? 그가 원로대신의 부인으로서 체모를 알지 못함이 이 지경에 이르렀구나. 만약 마씨가 살아있었던들 이 같은 말이 어찌 나에게 이르렀으리요?”
궁인이 황공하여 바로 돌아가 황부에 보고하자 각로가 듣고 탄식하여 말하였다.

“태후의 뜻이 이와 같으니 도리어 말씀드리지 않았던 것만 못하였도다.”

위씨가 웃으며 말하였다.

“상공은 염려하지 마시고 여차여차 하소서.”

각로가 그 말을 옳게 여겨 이날부터 병을 핑계로 문을 닫고 조회에 참석하지 않았다. 천자가 원로대신을 예로 대우하여서 의약을 보내고 물으니 각로가 마지못해 입궐하여 머리를 조아리고 탑전(榻前)에서 말하였다.

"신의 나이는 옛 사람이 벼슬을 그만두고 물러난 때입니다. 요즘에 몸에 병이 있어 점점 세상에 생각이 없고 단지 아침저녁으로 얼른 죽기를 기다리는 까닭으로 오랫동안 입조하지 못하였사오니 원컨대 사직을 하고 전원에 돌아가 여생을 보내고자 합니다."

상이 놀라 그 까닭을 묻자 각로가 눈물을 흘리며 아뢰었다.

"임금과 신하의 자리가 부자와 다름이 없으니 노신이 세세히 품은 바를 어찌 숨기고 꺼리겠습니까? 신이 칠십의 나이에 아들 하나와 딸 하나가 있사오니 아들은 지금 소주자사 황여옥이요, 딸은 아직 출가하지 않아서 한림 양창곡과 정혼하여 그 굳게 약속한 것은 주위에서 모두 아는 것인데 까닭 없이 약속을 저버리고 병부상서 윤형문과 서둘러 혼인을 하였습니다. 이웃과 친척들이 그것을 듣고 모두 몹시 의아하게 여겨 혹 고질병이 있나 의심하며, 혹 패덕한 행동을 하였나 의심하여 앞길이 막혔습니다. 여자는 편벽된 성품을 가졌기에 신의 딸은 부끄러워 면목이 없어 죽기를 자처하고, 신의 처는 근심과 울분으로 병을 얻어 거의 죽을 지경이옵니다. 칠십의 노인이 오랫동안 인간 세상에 살아 밖으로는 다른 사람의 웃음거리가 되고 안으로는 집안에서 난처함을 당하였으니 다만 빨리 죽어 근심을 잊고자 할 뿐입니다."

말을 끝내자 눈물이 비오듯이 흘렀다. 천자가 이미 이 일을 태후에게 듣고 조용히 오랫동안 있다가 말하였다.

"이 일은 어렵지 않으니 내가 승상을 위하여 중매를 서리라."

곧 명을 내려 양현 부자를 불러 탑전에서 하교하였다.

"황승상은 양 조의 원로요 내가 예로 대우하는 신하입니다. 지금 들으니 경의 집안과 통혼을 하고자 하다가 경이 이미 윤상서 집안과 혼인을 하였다하니 옛날에 한 사람이 두 처를 둔 일은 많았습니다. 경은 조금도 구애받지 말고 양가가 다시 혼인을 맺으시오."

원외가 머리를 조아리며 명을 받드는데 한림이 일어나서 아뢰었다.

"부부는 오륜의 중함이 있고 집안의 도가 시작되는 바입니다. 비록 여대31)같은 하천(下賤)한 자라도 은혜와 의리로 합치는 것이 옳고 위세로써 다그치는 것은 옳지 않습니다. 그런데 지금 승상 황의병이 원로대신으로서 체면을 알지 못하고 규중의 세세한 사정을 어려움 없이 등철32)하여 노혼33)한 생각과 누추하고 도리에 어긋난 말로 임금의 위세를 빌려 강제로 혼인하고자 하오니 딱한 마음을 이기지 못하겠습니다. 엎드려 바라옵건대 폐하께서는 성명34)을 환수하여 말씀에 허물이 없게 하소서."

천자가 진노하여 말하기를,

"새로 등제한 소년이 감히 원로대신을 논박하고 임금의 명을 거역하다니 그 죄가 대단히 크다. 의금부에 하옥하라."

라고 하여 원외와 한림이 황공하여 물러났다. 참지정사 노균이 아뢰었다.

---

31) 輿儓 : 고대 중국에서 열 등급으로 나눈 백성들 중 가장 아래의 두 등급에 속하는 천민(賤民) 계급을 말한다.
32) 登徹 : 국왕이 직접 어람(御覽)할 수 있도록 등재하는 것. 임금에게 신하의 의견을 말하는 것.
33) 老昏 : 나이가 많아 판단력이 흐리다.
34) 成命 : 임금이 신하에게 결정의 명을 내리는 것.

"황승상은 양조의 원로입니다. 양창곡이 탑전에서 논박하여 말한 것이 불경한데 이르렀으니 엎드려 바라건대 폐하께서는 창곡을 멀리 귀양보내어 신하의 불경한 습성을 징계하시고 원로의 불편한 마음을 위로하소서."

상이 아뢴 대로 하라 하여 학사 양창곡을 강주부로 귀양을 보내라 명하고, 황각로를 위로하여 말하였다.

"양창곡이 소년의 예기로 군부 앞에서 말을 조심하지 않은 이유로 즉시 엄한 명을 내려서 그 기개를 눌렀거니와 짐이 이미 중매를 하였으니 승상은 여아의 혼사를 염려하지 마시오."

황각로가 머리를 조아리고 은혜에 감사드렸다. 천자가 내전으로 들어가서 황각로의 일을 태후에게 아뢰니 태후께서 기뻐하지 않으면서 말하였다.

"폐하께서 하신 오늘 일은 늙은 신하를 위하여 사사로운 정이 없지 않은 듯합니다."

상이 웃으면서 말하였다.

"황각로는 나이가 많은데, 비단 그 나이 많음을 긍휼히 여겨서만이 아니라 이 일은 의리에서 크게 어긋나지 않습니다. 어머니께서는 지나치게 염려하지 마소서."

한편, 양한림이 엄한 교지를 받고 집으로 돌아가서 양친께 절하고 이별할 때 허부인이 손을 잡고 탄식하며 말하였다.

"네가 관직에 있은 지 얼마 되지 않아 이러한 풍파를 당하였으니 도리어 옥련봉 아래에서 밭을 갈고 편안히 지내던 때만 못하구나."

한림이 우러러 위로하며 말하였다.

"소자의 죄명이 중대하지 않아서 마침내는 곧 너그러운 용서를 받을 것이니 상심하지 마시고 존체를 보중하소서."

원외가 말하였다.

"강주가 춥고 습하여 풍토가 좋지 않고 너 또한 나이가 어리니 반드시 스스로 조심하여 울적한 생각을 품지 말라."

한림이 두 번 절하고 명을 받아 즉시 길을 떠나는데 행장을 대충 준비하여 한 대의 작은 수레에 몇 명의 노비와 한 명의 동자를 데리고 십여 일을 간 뒤에 유배지에 도착하여 몇 간의 민가에서 거처하였다.

이때 한림이 삼가는 마음으로 유배지에 거처하여 강주에 도착한 지 몇 달이 되어도 문 밖을 나가지 않으니 주인이 조용히 말하였다.

"이곳은 예로부터 쫓겨난 신하와 유배객이 지나가는 곳입니다. 강산 누대(樓臺)에 무수한 고적이 있는데 상공께서는 어찌 국법을 굳게 지켜서 밤낮 쓸쓸히 거처하십니까?"

한림이 웃으면서 말하였다.

"나는 몸에 죄명이 있고, 또한 본디 놀면서 구경하는 것을 좋아하지 않습니다."

세월이 훌쩍 흘러 여름이 다하고 가을이 오니 하늘은 높고 가을바람은 쓸쓸하였다. 돌아가는 기러기는 서리에 울고 낙엽은 땅에 가득하여 비록 보통의 객이라도 심회를 억제하기 어려운데 하물며 나이 어린 유배객이겠는가? 한림이 가슴은 절로 울적하고 수토(水土)가 익숙하지 않아서 몸과 기운이 날로 더욱 불쾌해지자 생각을 돌이켜서,

'내가 남자로서 성정이 어찌 이리 편협한가? 지금 죄명이 무겁지 않고 예로부터 유배객이 산수를 노닌 것은 보통의 일이다. 내가 많은 날 칩거하여 울적한 것이 병이 되었으니 이 어찌 충효를 도리어 저버

리는 것이 아니겠는가?'

하고 주인을 불러서 물었다.

"내가 대단히 심심하니 이 근처에 혹 구경할 만한 곳이 있습니까?"

"앞에 큰 강이 있으니 심양강이요, 강가에 한 정자가 있어 경치가 대단히 아름답습니다."

한림이 동자를 데리고 심양강을 찾아가서 정자에 오르자 비록 장대하고 아름답지는 않으나 역시 절로 기분전환이 되었다. 먼 포구에 돌아가는 배가 수면에 이어져 있고 석양에 어촌은 언덕 머리에 즐비하여 강호의 물색이 세상의 걱정을 잊을 만하였다.

한림이 그 경치를 사랑하여 날마나 소요하였더니 하루는 8월 16일이라, 달빛을 감상하고자 하여 저녁을 먹은 뒤에 또 정자 위에 올랐다. 언덕 머리에 갈대꽃은 가을 소리가 쓸쓸하고, 강가에 어부의 등불은 별빛처럼 점점이 반짝거렸다. 애절한 잔나비와 우는 학이 타향의 객수를 불러일으키니, 부질없이 절로 처량하고 슬퍼져 마음이 즐겁지 않아서 난간에 기대어 홀로 앉았는데 갑자기 어떤 소리가 바람을 타고 들려 왔다. 한림이 귀를 기울여 들으니 이것이 무슨 소리인가?

또한 아래 회를 보라.

제8회 | 오경에 벽성선이 옥피리를 불고, 십년 청루생활의 흠점에 놀라다

한편 양한림이 심양정에 올라 쓸쓸히 앉아 있더니 갑자기 냉랭한 소리가 바람을 따라 들려오자 동자에게 물었다.

"너는 저 소리가 들리느냐?"

"이는 거문고 소리가 아닙니까?"

"아니다. 큰 현은 떠들썩하게 시끄럽고, 작은 현은 절절하니 이는 비파소리다. 옛날 당나라 백락천이 이곳에 귀양살이하여 강 머리에서 객을 보낼 때 우연히 비파를 타는 여인을 만났다더니 그 여풍이 아직도 남아 있구나."

하고 몸을 일으켜 동자를 데리고 그 소리를 따라 한 곳에 이르자 작은 초당이 수풀에 가려져 있는데 대나무 사립문은 이미 닫혀 있었다. 동자가 문을 두드리자 한 아환이 녹의홍상을 입고 나와 문 앞에서 맞이하였다. 한림이,

"나는 달을 감상하던 나그네다. 마침 비파소리를 듣고 왔는데 이 집은 어떤 사람의 집인가?"

라고 하자 아환이 답하지 않고 눈여겨 자세히 보고 들어가더니 한참 후에 들어오기를 청하였다. 한림이 동자를 데리고 아환을 따라 들어갔더니 푸른 소나무와 대나무는 저절로 짧은 울타리를 이루고, 노란 국화와 단풍은 계단 아래 줄을 지었는데 띠풀 처마와 대나무 난간이 쓸쓸하여 그림 같았다. 당상을 바라보니 한 미인이 있어 달 아래에서 가로로 비파를 안고 표연히 난간에 의지하여 앉았는데 한 점의 티끌도 없어, 깨끗한 화장은 달과 빛을 다투고 하늘하늘한 옷은 바람을 따라 살짝 움직이더니 한림을 보고 일어섰다. 한림이 우두커니 서서 망설이자 미인이 웃으면서 촛불을 돋우고 당에 오르기를 청하면서 말하였다.

"어떠한 상공이 이 외로운 사람을 찾아오셨습니까? 저는 본부의 기녀입니다. 당에 오르는 것을 꺼리지 마십시오."

한림이 웃으며 당에 올라 그 모습을 자세히 보니 밝고 빼어난 이마와 아리따운 자태는 깨끗한 병에 가을달이 맑게 비치는 듯 하고 해당화와 모란이 화사하게 핀 듯하여 진실로 경국지색이요 속세의 인물이 아니었다. 미인이 또 눈길을 흘려 한림을 보니 관옥(冠玉)같은 풍채와 빼어난 기상이 진실로 세상을 뒤엎을 기개를 지닌 군자이고 풍류를 아는 호걸이었다. 마음속으로 크게 놀라 보통의 소년이 아님을 알고 말이 없자 한림이 말하였다.

"나는 타향에 귀양살이를 하러온 사람으로 마침 울적한 마음이어서 달빛을 따라 나왔다오. 바람 편에 비파소리가 들리어 비록 안면은 없으나 우연히 여기까지 이르렀으니 다시 한 곡을 들을 수 없겠소?"

미인이 사양하지 않고 비파를 끌어당겨 줄을 골라 한 곡을 연주함에 그 소리가 매우 쓸쓸하여 무한한 심사가 있는 듯하였다. 한림이 웃으면서 말하였다.

"기묘하구나. 꽃이 뒷간에 떨어지고 옥이 진흙 속에 묻혀 있으니 이는 왕소군(王昭君)[1]의 출새곡(出塞曲)이 아니오?"

미인이 다시 줄을 골라 다시 한 곡을 타자 그 소리가 질탕(迭蕩)하고 강개(慷慨)하여 세상물정과는 다른 고아한 뜻이 있어 한림이 말하였다.

"아름답구나. 이 곡이여! 청산은 험준하고 푸른 물은 넘실거리는데 지기가 서로 만나 한 번 부르고 한 번 화답하니 이는 종자기(鍾子期)의 아양곡(峨洋曲)이 아니오?"

미인이 곧 비파를 밀고 옷섶을 여미어 얼굴빛을 고쳐 앉아 말하였다.

"제가 비록 백아(伯牙)의 거문고는 없사오나 종자기를 만나지 못한 것을 한스러워하였더니 상공은 어느 곳에 거처하시며 무슨 까닭으로 어린 나이에 귀양살이하는 사람이 되셨습니까?"

한림이 대략 귀양살이를 하는 까닭과 평생토록 품은 마음을 말하자 미인이 탄식하였다.

"저는 본래 낙양사람입니다. 성은 가씨이며 이름은 벽성선입니다. 태어난 지 겨우 몇 살 만에 오랑캐의 난을 만나 부모님을 잃고 이리저리 떠돌아다니는 종적으로 몸을 청루에 의탁하여 헛되이 명예를 얻었더니, 낙양의 여러 기생이 늘 시기하고 의심함이 많았던 까닭으로 몸을 피하여 이곳에 이르렀습니다. 장차 종적을 숨기고 비구니와 도사로 남은 생을 마칠까 하였더니 숲 속의 사향노루는 쉽게 그 향기를

---

1) 王昭君 : 한나라 원재(元帝) 때의 궁녀였다가 흉노 호한야선우(呼韓邪單于)의 왕후가 되었다.

들키고 풍성의 칼2)이 그 빛을 감추기 어려워서 다시 본부의 기생명단
에 들었으나 노류장화3)는 본래 원하는 바가 아닙니다. 하물며 이곳의
풍속이 고루하여 집집마다 장사치요 마을마다 어부입니다. 다만 이익
을 늘리는 것을 중히 하고 본래 풍정이 부족하니 더욱 불만스러운
바입니다."

한림이 탄식하고 안타깝게 여겼다. 선랑이 등불 아래 앉아 눈길을
흘려 한림을 보고 말없이 한참 있다가 물었다.

"상공은 전에 어느 벼슬에 있으셨습니까?"

"내가 과거에 합격하고 처음에 한림학사의 벼슬에 있었지요."

"매우 당돌하오나 감히 존함을 묻고자 합니다."

한림이 웃으면서 말하였다.

"나의 성은 양이며 이름은 창곡이오. 낭은 어찌하여 자세히 묻지요?"

선랑이 기쁜 빛을 띠며 다시 비파를 어루만지며 말하였다.

"제가 요즈음에 새로 터득한 곡조가 있으니, 상공께서는 한 번 들어
보십시오."

철발4)을 들고 거문고를 날렵하게 한 곡을 타자, 그 소리가 강개처절
(慷慨悽絶)하여 그 슬피 사모하는 것은 동산이 무너지자 종이 떨어져
저절로 우는 듯하고,5) 그 원망하는 듯한 울림은 푸른 하늘이 끝이

- -

2) 酆城의 검 : 명검인 용천검을 말한다. 오나라 때에 북두성과 견우성 사이를 쏘는
   빛이 있어 유명한 점성가인 뇌환(雷煥)에게 물어보았더니 보검의 빛이라고 하였
   다. 풍성의 수령에게 찾아보게 하였더니 땅 속에서 용천검(龍泉劍)과 태아검(太阿
   劍)을 넣은 상자를 발견하였다.
3) 路柳墻花 : 아무나 쉽게 꺾을 수 있는 길가의 버들과 담 밑의 꽃이라는 뜻으로,
   창녀나 기생을 비유적으로 이르는 말.
4) 鐵撥 : 현(絃)을 퉁기는 도구.
5) 동산이~ : 서쪽에 있는 동산이 무너지면 동쪽에 있는 낙양의 종이 울림(銅山西崩

없고 푸른 바다가 아득하여 몹시 그 지기를 사랑하게 하되 조금도
방탕함이 없었다. 한림이 귀를 기울여 고요히 들으니 바로 그것은
자기가 지은 홍랑의 제문이었다. 선랑이 연주를 마치고 얼굴빛을 고치
며 사례하여 말하였다.

"제가 들으니 난초가 불타면 혜초가 탄식하고, 소나무가 무성하면
잣나무가 기뻐한다고 들었습니다. 병이 같으면 서로 가엾게 여기고,
기운이 같으면 서로 구한다고 하였습니다. 제가 강남홍과 안면은 없더
라도 저절로 소리와 기운이 서로 합하고 간담이 서로 비추어, 방초가
서리를 만나고 명주가 바다에 빠진 것을 안타까워하였더니, 요즈음
청루에 그 시가 널리 사람들의 입에 오르내리기에 제가 그것을 구해서
보았습니다. 홍랑은 죽었지만 살아 있는 것과 같습니다. 양학사가 누
구인지는 알지는 못하지만 한 번 보고 속마음을 이야기 하고자 바랐으
나 어찌 그것을 기약할 수 있었겠습니까? 다만 그 시를 노래하여 음악
소리에 실은 것은 그 풍류의 정을 부러워하고 존경하는 것이 아니라
오직 지기를 사모해서입니다. 옛날에 공자께서 사양[6]에게 거문고를
배우실 때에 거문고를 하루를 연주함에 그 마음을 생각하고, 이틀째
연주하고는 그 모습을 얻고, 사흘째는 그 용모를 보고 엄숙하기가
눈앞에 있는 듯하고, 석연(釋然)하기가 지척에 마주하고 있는 것 같다
고 하셨습니다. 제가 오늘 상공을 뵈오니 세상을 덮을 만한 풍채와

洛鐘東應). 한무제 때에 미앙궁 앞 전각의 종이 까닭 없이 사흘 밤낮 저절로
울렸다. 동방삭이 말하기를 '신은 구리는 산의 아들이며 산은 구리의 어머니라고
들었습니다. 음양의 기로 말씀드리면 모자가 서로 감응하는 것입니다. 산이
무너질까 두려워서 종이 먼저 운 것입니다.'
6) 師襄 : 노(魯)의 악관(樂官)이다. 《史記》 孔子世家에 "공자가 주(周) 나라에 가
서 노자에게 예를 물었고, 태사(太師) 양자(襄子)에게 거문고 타는 것을 배웠다."
하였다.

아름다운 용모는 이미 석 자 거문고 안에서 여러 번 뵌 것 같습니다."

한림이 길게 탄식하며 말하였다.

"내가 홍랑을 보통의 창기로서 사귄 것이 아니라 백년지기로 허락하였더니, 지금 선랑을 보니 말과 행동이 홍랑과 매우 비슷하여 한편으로 기쁘고 한편으로는 슬프군요."

선랑이 술상을 내와서 서로 한가하게 이야기를 나누었다. 한림이 귀양살이 한 이후로 술에 취함이 없다가 이날 밤중에 풍류가인을 만나 문장을 논하고 흉금을 털어놓으니 선랑의 빼어난 재주와 총명은 진실로 기녀 중에 가장 뛰어난 것이 분명하였다.

한림이 선랑을 돌아보며 말하였다.

"내가 낭의 비파소리를 들으니 보통 솜씨가 아니오. 또 어떤 음악이 있지요?"

선랑이 웃으며 말하였다.

"보통 속세의 음악은 들을 만한 것이 없으나 제게 한 개의 옥피리가 있습니다. 비록 그것이 어디서 난 것인지는 모르지만, 전하는 말에 이르기를 본래는 한 쌍이었으나 한 개는 간 곳을 알지 못하고 한 개는 여기에 있습니다. 그 출처를 따지면 예사 피리는 아닙니다. 옛날에 황제 헌원7)씨는 해곡8)에서 대나무를 베어 봉황의 소리를 듣고 그 암수의 소리를 합하여 12개의 음률을 만들었으며, 오늘의 음악은 다만 그 음률을 본뜬 것입니다. 이 옥피리는 완전히 웅성(雄聲)을 얻어서 그 소리가 웅장하고 호방하여 애원함이 없습니다. 삼가 한 곡조 연주

7) 黃帝 軒轅 : 중국의 三黃五帝 중 한 사람. 『사기』의 오제본기에 '황제는 소전(少典)의 아들이며 황제의 성(姓)은 공손(公孫)이고, 이름은 헌원(軒轅)이다'라고 했다.
8) 嶰谷 : 덕흥서림본을 따랐다.

하여 상공께 들려 드리겠습니다. 그러나 이곳이 번잡하고 요란스럽기에 밝은 밤에 달빛을 띠고 집 뒤의 벽성산에 올라서 한 곡 불러볼 것이니 상공께서는 다시 찾아주소서.”

한림이 허락하고 돌아갔다. 다음날 주인에게 오늘 벽성산에 오를 것이라 하고 동자와 함께 선랑의 집으로 갔다. 골목길이 그윽하고 경치가 매우 뛰어나서 밤에 본 것보다 훨씬 빼어났다. 선랑이 반쯤 대나무 사립문을 열고 맞이하는데 고운 자태와 표일(飄逸)한 기개가 마치 요대의 선녀가 대낮에 하강하여 기쁘게 웃으며 맞이하는 것 같았다. 한림이 손을 잡고 말하였다.

“선랑은 이름을 헛되이 얻지 않았다고 할 만하오. 이곳의 경개는 과연 선계요, 청루의 물색이 아니군요.”

선랑이 웃으면서 말하였다.

“저는 본디 산수벽(山水癖)을 안고 있어서 이곳에 별당 하나를 지었으니 실로 벽성산의 경치를 훤히 다 볼 수 있는 곳입니다. 강주에 다행히 오릉소년9)이 없어서 티끌이 문 앞에 이르지 않아 이름은 있고 실지가 없음을 저절로 부끄럽게 여겼더니 지금 상공께서 왕림하셔서 누추한 집이 빛이 납니다. 저의 가슴 속의 십년의 먼지와 티끌이 씻겨졌으니 오늘에야 비로소 벽성선이 신선과의 거리가 멀지 않음을 알았습니다.”

두 사람이 크게 웃고 당에 올라 차를 마셨다. 조금 있다가 해가 서산에 지고 달이 동쪽 언덕에 떠올랐다. 선랑이 두 시비를 시켜 술병과 접시를 가져 오라 하고 스스로 옥피리를 가지고 한림과 동자와

------

9) 五陵少年 : 오릉은 한(漢) 나라의 서울 장안(長安)에 있었으며 오릉소년은 그곳에서 놀던 풍류 남녀들을 말한다.

함께 벽성산 중봉에 올라서 돌 위의 이끼를 쓸고, 시비와 동자에게 냉하여 낙엽을 주워서 차를 끓이라고 하고는 한림에게 말하였다.

"벽성산은 강주에서 둘도 없는 명산입니다. 필월의 달빛은 일 년 중에서 가장 아름답지요. 상공은 유배의 한이 있으시고 저는 쓸쓸한 수심이 있사온데 부평초같이 서로 만나서10) 이 산에 올라 이 달을 대하니 이것을 어찌 기약이나 하였겠습니까? 가지고 온 술이 비록 박주(薄酒)나 먼저 가슴 속의 불편한 회포를 풀고 또 옥피리 소리를 들으소서."

그리고 각기 몇 잔을 마시고 취흥을 타서 선랑이 높이 옥피리를 들어서 달을 향해 한 번 불자 산이 울고 골짜기가 응답하며 초목이 진동하여, 소나무 사이에 잠든 학이 꿈에서 놀라 날아가고, 다시 피리를 불자 천지가 어둑하고 중성(中聲)이 활달하여, 온 골짜기의 천 봉우리가 한꺼번에 요동하였다. 선랑이 아미를 찌푸리고 붉은 입술을 모으고 다시 한 소리를 부니 갑자기 광풍이 크게 일어나서 모래와 돌을 날리고 달빛이 컴컴해져서 잠긴 교룡이 춤을 추고 사나운 범의 휘파람이 사방에서 일어나며 산 속의 음귀(陰鬼)가 음침하게 울었다. 한림은 놀라서 머리가 쭈뼛해졌고 동자와 시비는 서로 보고 어쩔 줄을 몰랐다.

선랑이 옥피리를 던지고 기색이 잠잠하였으며 구슬 같은 땀이 얼굴에 가득하여 말하였다.

"일찍이 선인을 만나 이 곡조를 배웠는데 그 이름이 운문광악초장

10) 浮萍草 같이 서로 만나서 : 부평초가 물에서 서로 우연히 만나듯, 사람도 객지에서 우연히 서로 만난 것을 말한다. 왕발(王勃)의 <등왕각서(滕王閣序)>에 "평수처럼 서로 만나니, 모두가 타향의 나그네로다〔萍水相逢 盡是他鄉之客〕"라고 하였다.

(雲門廣樂初章)입니다. 황제 헌원씨가 처음 창과 방패를 사용하여 병사를 가르치고 단련시키실 때 그 흩어지는 것을 합치고 그 게으른 것을 경계한 음악이었는데 폐지된 지 이미 오래되어 다만 그 찌꺼기만 남았습니다."

한림이 칭찬에 마지않는데 선랑이 한림에게 옥피리를 바치고 말하였다.

"이 옥피리는 평범한 사람이 불면 소리를 낼 수 없습니다. 상공께서 한 번 불어 시험해 보소서."

한림이 웃으며 한 번 불자 맑고 은은한 소리가 절로 음률에 맞았다. 선랑이 감탄하며,

"상공은 인간 세상의 예사 사람이 아닙니다. 천상의 성정(星精)인가 합니다. 제가 어릴 때부터 음률에 밝아 스스로 사광·계찰에 사양하지 않는다 하였더니 오늘 상공의 옥피리 한 곡을 들으니 잠시 살벌한 소리가 있어 오래지 않아 틀림없이 전쟁이 있을 것이오나, 이 옥곡(玉曲)을 배우시면 다른 날에 틀림없이 쓸 데가 있을 것입니다."
하고 몇 곡을 가르쳤다. 한림의 총명으로 원래 음률에 생소하지 않아 순식간에 곡을 이루자 선랑이 크게 기뻐하여,

"상공의 천재는 제가 미칠 수가 없습니다."
하고는 밤이 깊어 손을 잡고 달빛을 띠고 돌아왔다. 이로부터 한림이 매일 선랑의 집을 방문하여 흉금을 털어놓고 담론하는데 뜻과 기운이 서로 맞음이 아교 같고 옻칠 같았으나 침실의 운우지정에 이르러서는 선랑이 굳게 거절하고 허락하지 않으니 한림이 의아하여 말하였다.

"내가 비록 부족하나 낭자와 친한 것이 지금 이미 한 달이오. 굳이 거절하고 허락하지 않는 것은 이 무슨 까닭이오?"

선랑이 웃으며 말하였다.

"군자의 사귐은 그 담박함이 물과 같고 소인의 사귐은 그 달콤함이 꿀과 같다고 합니다. 제가 평생의 지기에게 몸을 허락하고 평범한 남자에게 허락하지 않기를 원하였더니 오늘날 상공은 저의 지기입니다. 어찌 감히 함부로 청루 천기의 음란한 풍정으로 사귀겠습니까? 저와 상공이 부부의 인연에 이르러서는 군자께서 혹시 버리지 않으시면 남은 날이 무궁하오니 오늘 만나는 장(場)은 다만 지기를 논하여 붕우로써 알게 하소서."

한림이 그 뜻과 지조를 기특하게 여겨 억지로 다그치지 않고자 하였으나 스스로 풍정의 담박함을 의심하였다.

하루는 한림이 다시 선랑을 방문하였으나 선랑이 본부로 불려갔기에 한림이 무료히 돌아오다가 다시 생각하되 '내가 밤에 벽성산을 보아 그 진면목을 보지 못하였으니 지금 마땅히 다시 오르리라'하고 동자를 데리고 산으로 향하는데 기이한 꽃이며 괴석은 곳곳에 늘어져 있고 맑은 시내, 아름다운 봉우리는 골짜기마다 둘러 있었다. 한림이 그 경개를 따라 그 근원을 찾고자 하다가 다리 힘이 이미 다하고 피곤함을 이기지 못하여 바위 위에서 쉬는데 갑자기 정신이 혼미하더니 한 보살이 비단 가사를 입고 석장을 짚고 꽃 같은 얼굴, 가는 눈썹에 상스러운 기운을 띠고 한림을 보고서 길게 읍하고는,

"문창은 이별한 뒤로 평안하신가?"

라고 하였다. 한림이 당황하여 대답을 못하자 보살이 웃으며,

"홍란성은 어디에 두고 제천선녀와 즐기는가? 나는 남해 수월암의 관음보살이라, 옥제의 성지를 받들고 무곡성관병서(武曲星官兵書)를 그대에게 전하니 그대는 널리 창생을 구제하고 빨리 상계의 극락으로

돌아오라."

라는 말을 마치고 석장을 들어 돌을 치며 큰 소리로 말하였다.

"돌아가는 길이 매우 바쁘니 어서 돌아가라."

한림이 놀라 깨니 곧 한 꿈이었다. 자기는 전처럼 바위 위에 앉아 있고 단서(丹書) 한 권이 앞에 있었다. 한림이 한편으로 놀라고 한편으로 기뻐하여 소매 속에 거두어 간직하고 산을 내려와 다시 별당에 이르렀으나 선랑이 아직도 돌아오지 않았다.

한림이 객관으로 돌아와 단서를 꺼내어 보니 과연 천상무곡성의 천문지리와 용병강신(用兵降神)의 비결이었다. 한림은 본시 총명한 자질이라 어찌 여러 번을 보아서야 깨닫겠는가? 상자에 거두어 두고 밤이 깊은 뒤에 잠자리에 들려고 할 때에 갑자기 신발소리가 나더니 선랑이 두 여자 하인을 데리고 달빛을 띠고 왔다. 고운 태도는 월궁의 항아가 광한전에 내려온 듯하고, 은포의 운손[11]이 견우성을 찾아온 듯했다. 한림이 정신이 어릿하고 마음이 황홀하여 그녀가 속세의 인물임을 깨닫지 못하였다.

선랑이 자리에 앉아 그가 두 번 헛걸음한 것을 사과하고 다시 웃으며 말하였다.

"뜬구름 같은 인생 백년에 한가한 날이 얼마 안 되는데 이처럼 좋은 밤에 무료하게 잠자리에 들려고 하십니까? 강 머리의 달빛이 매우 맑고 상쾌할 것이오니 잠시 심양정에 올라 달구경을 하시고 저의 거처로 가심이 어떻겠습니까?"

한림이 흔쾌하게 허락하고 동자에게 객관을 지키라 하고 선랑과

---

11) 銀浦의 雲孫 : 은하수의 직녀성.

소매를 나란히 하여 강 머리를 향하여 걸어갔다. 명사십리는 흰 눈처럼 펼쳐져 있고 둥근 명월은 멀리 푸른 하늘에 걸려 있는데 모래 가에 잠든 해오라기가 사람 자취를 듣고 놀라서 달 아래를 날았다.

선랑이 달을 보며 모래 위를 배회하다가 한림을 돌아보고는,

"강남의 여자가 비록 답청12)하는 풍속이 있으나 저는 강남의 답청이 달 아래 흰 모래를 밟는 것만 못하다고 여깁니다."

하고는 소매를 떨쳐 백구를 날리고 높은 소리로 한 곡을 부르니 그 노래에 이르기를,

> 백구야 까닭 없이 펄펄 날지 마라.
> 달도 희고 모래도 희고 너 또한 희니,
> 옳으니 그르니 시비하는 것을,
> 나는 모르겠노라.

라고 하였다. 선랑이 노래를 마치자 한림이 화답하기를,

> 강 위의 백구야 나를 보고 날지 마라.
> 명사십리 저 달빛을 네 홀로 누릴 것인가?
> 나 또한 태평성대 유배객으로,
> 구경하러 예 왔노라.

라고 하였다.

이때 한림과 선랑이 노래를 마치고 서로 손을 잡고 심양정에 오르

---

12) 踏靑 : 청명절(淸明節)을 전후하여 교외로 나가 유람하던 풍속.

니 강가 마을이 적막한데 고기 잡는 불은 깜박깜박하고 고깃배의 닻줄 거두어들이는 소리가 자못 나그네의 근심을 도왔다. 한림이 난간에 기대어 탄식하여 말하였다.

"강물은 동쪽으로 흐르고 달빛은 서쪽으로 도는데 예로부터 재자가인이 이 정자에 오른 자가 몇인지 알 수는 없으나, 오늘에 이르러 종적을 다시 누구에게 물을 곳이 없고 단지 빈산의 흰 원숭이와 대나무 숲의 두견이 고금의 흥망을 비웃을 뿐이니, 뜬구름 같은 인생이 어찌 가련하지 않겠는가?"

선랑이 역시 쓸쓸한 기색으로 말하였다.

"제가 말술이 있으니 달을 띠고 초라한 저희 집에 가서 밤늦게까지 담소하고 술을 따라 마음속에 쌓인 불평한 기운을 씻으소서."

한림이 다시 선랑의 집에 이르러 술잔과 상이 어지럽게 마시고 몇 개의 악기로 방중지악[13]을 연주하여 좋은 밤을 보내었다.

한림이 젊은 마음으로 오랫동안 울적한 마음이 있었으나 이후로 매일 선랑의 처소에 이르러 밤새도록 담소와 음악으로 갑갑한 마음을 풀고 선랑도 객관에 와서 돌아가기를 잊어 서로 오고감을 헤아릴 수가 없었다.

하루는 가을비가 쓸쓸하게 내려 하루 종일 개지 않자 한림이 무료하게 홀로 앉아 궤짝 속에서 무곡병서를 꺼내어 보다가 책상에 의지하여 졸았다. 어느덧 밤은 이미 깊고 천기는 청명하여 비온 뒤 달빛이 정원에 가득하였다. 문득 선랑이 생각나서 몸을 일으켜 동자가 자는 것을 깨우지 않고 홀로 선랑을 찾아 가다가 멀리 두 아환이 등불을

---

13) 房中之樂 : 실내악.

들어 앞을 인도하고 그 뒤에 미인이 수놓은 가죽신을 끌며 나오는 것이 보여 자세히 보니 선랑이었다. 한림이 웃으며 말하였다.

"내가 무료하여 지금 막 선랑을 방문하러 가는데 낭은 어디로 가시는가?"

선랑이 말하였다.

"밤은 깊어 하늘은 맑은데 달은 밝고 바람이 시원하니 객관의 찬 등에 상공의 고적한 회포를 위로하러 왔지요."

한림이 반갑게 웃고 함께 별당에 이르러 달을 대하여 몇 잔을 마실 때 선랑이 잔을 들고 갑자기 쓸쓸한 기색이 있어 한림이 이상하여 물었다.

"낭은 무슨 생각을 하시오?"

선랑이 부끄러워 머뭇거리다가 대답하였다.

"제가 십년 청루에 일편단심이 비칠 곳이 없더니 뜻밖에 상공을 모실 수 있게 되어 서로 울적한 회포를 위로하나 평수(萍水)의 인연에 만남과 이별이 덧없으니, 지금 밝은 달을 대함에 스스로 달의 한 번 둥글고 한 번 이지러짐을 한합니다."

"낭은 어찌 내가 조만간에 돌아갈 줄은 아는가?"

"비록 확실히는 알지 못하나 아까 피곤하여 잠시 졸다가 한 꿈을 얻었지요. 상공이 푸른 구름을 타고 북방을 향하실 때 저를 돌아보고 함께 가자고 하시더니 갑자기 우레 소리가 크게 나고 벼락이 머리를 쳐서 놀라 깨어났어요. 이는 비록 저에게 이롭지 못하나 상공이 오래지 않아 용서를 받아 벼슬하여 돌아갈 것이 틀림없습니다."

한림이 머리를 숙이고 생각하다가 말하였다.

"이번 달 이십 일은 황제폐하의 탄신일이요. 황태후께서 황상을 위하여 매번 이날이 되면 방생지(放生池)에서 방생을 하고 천하에 대사14)를 하시니 낭의 꿈이 혹 헛되지 않을 지도 모르겠소."

선랑이 더욱 놀라서 말하였다.

"죄를 용서하는 은명(恩命)이 어찌 상공의 영화가 아니겠습니까마는 이로부터 한 번 이별하면 아득히 훗날의 기약이 없으나 군자의 대범함으로는 모름지기 마음을 두지 않을 것입니다. 제가 듣자하니 남쪽에 한 새가 있으니 그 이름은 난새라고 합니다. 그 짝이 아니면 울지를 않는 까닭으로 그 소리를 듣고자 하는 자가 거울을 들어 비추었더니 난새가 그 모습을 보고 하루 종일 날아다니며 울다가 기운이 다하여 죽었다 합니다. 제가 비록 청루의 천한 자취이나 스스로 짝을 만나기 어려울 것이라 생각하였습니다. 지금 상공을 모시는 것은 꿈속과 같고 황홀하기가 거울 속 그림자와 같으며 제가 한 번 날아 우는 것 같으니 비록 오늘 죽더라도 남은 한이 없겠습니다. 이로부터 마땅히 산 속에서 자취를 숨기고 비구니와 도사를 따라 업신여기는 욕을 면할까 합니다."

한림이 웃으면서 말하였다.

"내가 비록 낭의 뜻을 알았으나 낭은 나의 뜻을 모르는구려. 나는 이미 마음을 정하였소. 길이 근심과 즐거움을 함께 하여 벽성산 머리의 둥근 달이 우리 두 사람의 마음을 비추게 하여 평생토록 이지러짐이 없게 하리라."

선랑이 사례하여,

"군자의 말씀이 천금과 같이 중합니다. 제가 죽더라도 남은 한이 없습니다."

....
14) 大赦 : 나라에 큰 경사가 있을 때 죄수를 놓아주거나 감형하는 은전.

하고 술잔을 들어 권하였다. 한림이 술이 반쯤 취하자 선랑의 손을 잡고 웃으면서 말하였다.

"나는 가섭[15]의 계율이 없고 낭은 보살의 후신이 아니오. 수개월 서로 만났다가 담담히 헤어지는 것은 사람의 일상적인 마음이 아니니 오늘의 아름다운 약속을 헛되이 보내지 않으리라."

선랑이 부끄러워 복숭아꽃 같은 두 뺨에 붉은 기운을 가득 띠며 말하였다.

"제가 일찍이 듣자하니 증자의 효로도 증자의 어머니가 북을 내던지는 것[16]을 면하지 못하였고 악양[17]의 충성으로도 중산[18]의 헐뜯는 편지가 상자에 가득하였는데 하물며 첩처럼 풍류장에서 노닐어 종적이 천한 사람이겠습니까? 만약 훗날 군자의 문하에 중산의 헐뜯음이 갑자기 이르고 증자의 어머니가 북을 쉽게 던지면 저의 신세는 나아가고 물러날 길이 없습니다. 그런 까닭으로 십년 동안 청루에서 굳게 한 점의 홍혈(紅血)을 지킴은 군자의 굳은 믿음을 바람이요, 고당[19]에서의 운우지정(雲雨之情)이 없어서가 아닙니다."

한림이 그 뜻을 가엾게 여겨 얼굴빛을 고치어 탄식하고 이로부터 다시 더욱 사랑하고 공경하였다.

· ·

15) 迦葉 : 석가의 십대 제자 중 한 사람. 석가여래가 죽은 후 왕사성 제일 회 경전 경집의 주인이 되어 이를 대성하였음.
16) 曾子의 효로도 ~ : 증삼의 어머니가 증삼이 사람을 죽였다는 말을 세 번 듣고 비로소 의심하여 자신이 짜던 베틀의 북을 내던지고 일어났다는 고사.
17) 樂羊 : 위나라 초기의 무신. 악양이 중산을 칠 때 중산이 스스로 항복하기를 기다려 장기전을 하였다. 그때 위나라 조정의 여러 신하들이 악양이 적과 내통하고 있다며 중상모략을 했으나 왕이 끝까지 그를 신임하여 결국 승전하게 하였다.
18) 中山 : 전국시대 조나라의 성. 악양이 포위하여 싸우던 곳.
19) 高唐 : 초나라 때 운몽택 가운데 있던 누대의 이름. 선녀가 나가 놀았다는 곳.

한편, 세월이 빠르게 흘러 한림의 귀양살이가 이미 네다섯 달이었다. 천자가 탄신일이 되어 여러 신하의 축하를 받고,

"한림학사 양창곡이 귀양간 지 이미 오래이니 특별히 그 죄를 용서하고 예부시랑에 임명하여 부르라."

명하였다. 이때는 양한림이 선랑과 매일 서로 대하여 거의 나그네의 근심을 잊었으나 아침저녁에는 우두커니 북쪽 하늘을 바라보며 임금과 어버이를 우러러 사모하였다. 하루는 문밖에 떠들썩한 소리가 있더니 동자가 급하게 들어와 아뢰기를,

"예부의 하예[20]와 본부의 창두가 왔습니다."

하고 서찰을 바치며 성지를 전달하였다. 한림이 향을 피워 사은하고 집에서 온 편지를 열어보고는 날이 이미 어두워지자,

"내일 등정하리라."

하고 명을 내렸다. 이날 밤 선랑과 이별하고자 동자를 거느리고 낭의 집에 이르자 낭이 소문을 들어 알고 축하하며 말하였다.

"상공이 지금 천은을 입어 갑자기 영화롭게 돌아가시니 감축함을 이기지 못하겠습니다."

시랑이 손을 잡고 시무룩하여 말하였다.

"내가 지금 낭과 함께 가고자 하나 몸이 유배객이 되어 왔다가 첩을 데리고 갈 수가 없다. 또 일찍이 양친께 고하지 않았으니 내가 마땅히 상경한 후에 특별히 수레를 보내어 데려갈 것이니 낭은 이별하는 마음을 너그럽게 억제하여 몸을 손상시키지 말라."

선랑이 쓸쓸히,

---

20) 下隷 : 하급 관원.

　"상공이 음률로써 저를 만나셨으니 마땅히 음률로써 이별을 고하겠나이다."
하고는 책상머리의 거문고를 끌어 삼장(三章)을 탔다. 그 노래에 이르기를,

　　　오동나무 잎사귀 무성함이여! 대나무 열매 아름답도다.
　　　봉황이 날아와 모임이여! 암수 서로 화락하도다.
　　　강 구름이 막막함이여! 강물이 유유하도다.
　　　행인이 가다가 말에 먹이를 먹임이여! 공자와 함께 돌아가도다.
　　　섭섭함을 가만히 거문고로 연주함이여! 구슬과 현이 우는구나.
　　　무한한 생각이 마음속에 얽힘이여! 밝은 달을 향하도다.

라고 하였다. 선랑이 타기를 마치자 거문고를 밀어두고 슬픈 눈물을 머금고 묵묵히 말이 없었다. 시랑이 거듭 위로하고 몸을 일으키자 선랑이 문밖에 따라 나와 다만 소매를 들어 눈물을 훔쳤다.
　시랑이 선랑과 이별하고 객관에 돌아가 행장을 수습하여 황성으로 향하는데 때는 이미 중동이었다. 산천이 적막하고 바람이 소슬하더니 갑자기 한바탕의 북풍이 백설을 불어와 잠깐 사이에 옥가루가 땅에 가득하고 세상이 눈으로 덮여 하얗게 되었다. 겨우 50, 60리를 갔으나 앞으로 나아갈 수가 없어서 객점으로 들어갔다. 날이 장차 저물어 눈은 그치고 달빛이 몹시 아름다워 동자를 거느려 여관 문을 나서서 배회하며 달을 구경할 때에 빼어난 봉우리는 흰 옥을 깎아 세운 듯하고, 넓은 들은 유리를 평평하게 깔아 놓은 듯하였다. 온 산과 온갖 나무들은 배꽃 세계를 가득 이루었으니 청정한 풍경과 담박한 모양이 미인의 얼굴을 대하는 듯하였다.

시무룩하여 서 있다가 다시 여관 안으로 들어가 잔등을 대하여 침상에 누웠더니 갑자기 문 두드리는 소리가 났다. 한 소년이 두 여자 종을 데리고 들어오는 것이 보였는데 행색은 깨끗하고 용모는 아름다워 남자의 기상이 없었다. 낭랑한 목소리로 양시랑의 객실을 찾기에 시랑이 의심하여 자세히 살펴보니 바로 선랑이었다. 웃음을 띠고 자리에 다가 앉으며 말하였다.

"제가 비록 청루에서 놀았으나 나이가 어린 까닭으로 일찍이 이별이 어떤 것인 줄을 몰랐습니다. 상공을 모시고 다만 길이 서로 떠나지 않기를 바랐더니, 하루아침에 동문의 버들을 꺾어 양관곡21)을 부르게 되니 가슴속에 품은 회포가 막히고 마음이 삭막해졌어요. 마음속에 쌓인 회포를 만의 하나도 다 말씀드리지 못하여 갑자기 길에 오르시니 더욱 간절히 섭섭했습니다. 북쪽에서 불어오는 바람과 차가운 눈에 멀리 갈 수 없다는 것을 알아서 여관의 찬 등불에 적막한 마음을 위로하고자 밤을 무릅쓰고 왔답니다."

시랑이 그 뜻을 기특하게 여겨 함께 침상에 앉으니 새로운 정이 더욱 더하여 운우지정을 희롱하고자 하였다. 선랑이 사양하지 않고 부끄러운 기색으로 말하였다.

"세상의 여자가 색으로써 사람을 섬기는 도리가 세 가지가 있습니다. 그 하나는 심사(心事)라고 하는 것이니 마음으로써 섬김이요, 그

---

21) 陽關曲 : 당 나라 시인 왕유(王維)의 <송원이사안서(送元二使安西)> 시로 양관곡이라고도 한다. 양관은 옛 관명인데, 친구들이 흔히 이곳에서 손을 전송했으므로, 전하여 이별의 자리를 의미한다. "위성의 아침 비가 가벼운 먼지를 적시니, 객사는 푸르고 푸르러 버들 빛이 새롭구나. 한 잔 술 더 기울여 그대에게 권한 까닭은, 서쪽으로 양관 나가면 친구가 없기 때문일세.(渭城朝雨浥輕塵 客舍靑靑 柳色新 勸君更進一盃酒 西出陽關無故人)"

두 번째는 기사(幾事)이니 그 기미를 따라서 섬기는 것이요, 그 셋째는 안사(顔事)라고 하는 것이니 그 얼굴빛을 기쁘게 하여 섬기는 것입니다. 제가 비록 민첩하지는 못하나 마음으로써 군자를 섬기고자 합니다. 세상의 남자는 모두 그 얼굴만을 취하고 그 마음을 알지 못합니다. 지금 상공께서 저와 서로 몇 달 동안 만나면서 깨끗하게 지냈지만 상공께서 찜찜하게 여겨 언짢아하실 뿐만 아니라 제가 여자로서 순종하여 받드는 도리가 아닌 까닭으로 여관의 잔등에서 구차하나마 화촉(花燭)을 이루고 돌아가고자 합니다. 상공께서는 이 가련한 뜻을 아시겠습니까?"

시랑이 팔을 펴서 선랑을 안고자 할 때에 갑자기 곁에서 급히 부르는 소리가 있으니 알지 못하겠다. 이는 무슨 소리인가? 또한 아래 회를 보라.

제9회 천지가 중매하여 황가와 혼인을 정하고, 원수가 남만을 정벌하러 출전하다

한편, 한림이 여관의 찬 등불에서 선랑을 만나 서로 마주하고 담소하여 다하지 못한 정을 풀면서 애틋한 정을 이기지 못하여 팔을 뻗어 선랑을 안으려 하는데 동자가 부르며,

"상공께서는 무엇을 찾으십니까?"

라고 하여 놀라 깨니 꿈이었다. 선랑은 간 곳을 모르고 베개를 어루만지며 한바탕 헛소리를 한 것이었다. 웃고서 시간을 물으니 이미 4, 5경이 지났으며, 깜박깜박 쇠잔한 등불은 벽 위에 걸려있고 '꼬끼오'하는 닭소리는 먼 마을에서 들려왔다.

시랑이 일어나 앉아 생각하였다.

'선랑은 지조가 맑고 높은 여자다. 내가 비록 그 뜻을 기특히 여기고 있으나 오히려 스스로 고집하여 끝내 순종하지 않았기에 섭섭한 마음이 없지 않은 까닭으로 꿈속의 일이 이와 같았구나. 하물며 임금과 신하의 사이겠는가? 내가 신진소년으로 나이가 어리고 기운이 팔팔하여 내 뜻을 고집하고 임금의 명을 거역하였으니 이것이 어찌 임금을 만나 도를 행하는 일이겠는가?'

날이 밝자 길에 올라 연일 역참을 이용하여 황성에 다다랐다. 이때는 시랑이 부모 곁을 떠난 지 이미 반년에 가까웠다. 특별히 천은을 입어 다시 슬하에서 모시게 되어 온 집안의 즐거움을 어찌 다 말로 할 수가 있겠는가?

윤상서는 시랑이 황성에 들어온 것을 듣고 바로 와서 축하하고 기뻐하며 시랑에게 말하였다.

"황제께서 만약 다시 황씨 집안과의 혼사를 명하시면 자네는 장차 어떻게 하고자 하는가?"

원외가 말하였다.

"이 일은 의리에 크게 어긋나지 않으니 신하가 되어서 어찌 재삼 거역을 할 수 있겠습니까?"

윤상서가 또 누차 권하고 돌아갔다.

다음날 시랑이 사은하자 천자가 불러 보고 말하였다.

"경이 유배지에 오래 있어 응당 고초가 많았으리라. 아름다운 옥은 갈수록 더욱 빛이 나고 보검은 단련할수록 더욱 날카로워지는 법이다. 그대는 기죽지 말고 스스로 장래를 위해 노력하라."

시랑이 황공하여 머리를 조아리자 또 하교하였다.

"황각로 집안과의 혼사는 이미 명이 있었고, 예절에 어긋난 것이 없으니 경은 굳지 사양하지 말라."

시랑이 머리를 조아리고 말하였다.

"폐하의 명이 이러하시니 마땅히 명대로 하겠습니다."

천자가 크게 기뻐하여 즉시 일관을 불러 탑전에서 날을 가리라 하고 또 말하였다.

"짐이 이미 중매를 하였으니 예를 올리는 날에 모든 관리는 양 부에 가서 잔치에 참여하고, 호부에 명령하여 여러 가지 비단 백 필을 내리게 하라."

양원외와 황각로가 천자의 뜻을 받들고 좋은 날에 예를 올림에 그 위의의 성대함은 말로 다할 수 없었고, 온 조정의 벼슬아치들이 명을 받들어 와서 축하하여 두 집의 문 앞에 구름같이 모였다. 황소저가 봉관1)에 용잠2)이며 수놓은 비단옷을 입고 시부모를 뵙는데, 비록 광채가 사람을 놀라게 하고 자색이 뛰어났으나, 기상의 표일함과 행동거지의 민첩함은 오히려 요조숙녀의 유순한 모습이 아니었다. 삼일 동안의 화촉의 예를 마친 뒤에 시랑이 윤소저의 침실에 이르러서 맥이 없고 근심스런 표정으로 침상으로 들어가 누워 조용히 물었다.

"부인이 연일 황소저의 사람됨을 보고 어떻게 생각합니까?"
윤소저가 묵묵히 대답을 하지 않자 시랑이 탄식하여 말하였다.

"내가 부인을 비단 부부로 알 뿐만 아니라 지기의 벗으로 믿었기 때문에 이와 같이 물었는데 지금 약간의 혐의를 피하여 속마음을 드러내려 하지 않으니 이것이 어찌 평소 바라던 바리오?"

"아녀자의 안목으로 살피는 것은 머리 장식이며 패물과 용모 자색일 따름입니다. 심지와 품행의 장단우열에 이르러서는 평범한 남자로도 두루 알 수 없는 것인데 지금 상공의 현명함으로 식견이 어두운

----

1) 鳳冠 : 혼례를 올릴 때 신부의 화려하게 꾸민 채관(彩冠).
2) 龍簪 : 용을 아로새긴 비녀.

여자에게 같은 반열의 우열을 물으시니 저는 그 뜻을 모르겠습니다.”

시랑이 탄식하여 말하였다.

“내가 군부(君父)의 명을 거역하기 어려워 이 황부인을 맞이하였으나 이미 훗날 집안을 어지럽게 할 조짐이 보입니다. 부인의 말은 예절에 합당하고 도리에 마땅하나 도리어 속마음은 아니군요.”

한편, 이때 교지[3]의 남만이 자주 배반하여 군사적인 일이 번잡하였다. 천자가 매우 걱정하여 병부상서 윤형문을 우승상에 배수하고, 참지정사 노균으로 평장군국중사(平章軍國重事)를 겸하게 하여 매일 인견하여 변방의 일을 논의하였다. 하루는 익주자사 소유경의 상소가 이르니 그 대략에 이르기를,

교지의 남만이 창궐하여 남쪽의 십 여 군이 함락되고 그 무리가 백 여 만입니다. 혹은 산과 골짜기에 웅거하며, 혹은 백성을 노략질하여 괴이한 묘술(妙術)과 생소한 기계를 막을 방법이 없습니다. 여러 고을의 약한 병사들이 풍문을 듣고 와해되어 오래지 않아 반드시 익주의 경계를 침범할 것입니다. 엎드려 바라옵건대 폐하께서는 서둘러 천병을 일으켜 소멸케 하십시오.

라고 하였다.

천자가 다 보고 크게 놀라 황·윤 양각로와 노평장·양시랑을 불러 그 방책을 묻자 윤각로가 아뢰었다.

“남만이 예로부터 왕의 덕화가 미치지 못하고 풍속이 강하고 사나

- -
3) 交趾 : 지금의 베트남.

워서 금수와 다름이 없으니 이는 덕으로 그들을 어루만질 수 있는 것이요, 힘으로써 그들과 싸우는 것은 어렵습니다. 신은 서둘러 형주와 익주 두 고을 군사를 일으켜 요해처를 지키게 하고 순무사를 뽑아 보내어 은혜와 위엄으로 깨우치고 이로움과 해로움으로 달래어 혹 불복할 것 같으면 비로소 천병을 징발하는 것이 늦지 않다고 생각합니다."

양시랑이 아뢰었다.

"승상의 말은 삼대에 병사를 쓰는 당연한 이치입니다. 다만 오늘의 적의 형세를 생각해보니 먼 지방의 오랑캐가 상국을 엿보아 그 경영함이 이미 오래되어 반드시 쉽게 그치지 않을 것입니다. 지금 중국의 병사는 태평한 날이 오래되어 갑자기 난리에 대처하기 어려울 것이니 여러 고을에 조서를 내리시어 군정(軍丁)을 점검하고 병기를 수선하여 뜻밖의 사태에 대비하소서."

참지정사 노균이 아뢰었다.

"창곡의 말은 시무를 모르고 하는 말입니다. 난을 당했을 때에는 먼저 인심을 진압하는 것이 옳은데, 지금 만약 조서를 내리시어 군정을 훈련시키며 병장기를 준비하면 민심이 소란스러울 것이니 마땅히 어떻게 되겠습니까? 신은 소유경의 상소를 잠시 반포하지 마시고 민심을 진압하는 것이 좋을 것 같습니다."

창곡이 또 아뢰었다.

"요즘 조정의 논의가 다만 고식지계[4]를 주로 하니 신이 개탄하는 바입니다. 지금 민심이 소동할 것을 걱정하여 편안히 앉았다가 하루아침에 남만이 국경을 침범하면 그 갑작스런 소동을 마땅히 어떻게 하겠

----

4) 姑息之計 : 당장의 편한 것만을 택하는 일시적이며 임시변통의 계책을 이르는 말.

습니까?"

노균이 정색을 하고 화난 소리로 말하였다.

"남만은 좀도둑에 지나지 않습니다. 어찌 그렇게까지 될 수가 있겠습니까? 또 군무와 국사의 큰일은 경솔하게 할 수 없는 것입니다. 도적의 소란은 군대로 막을 수 있겠으나 인심의 소동은 시랑이 장차 무엇으로 막을 것인가?"

시랑이 웃으며 말하였다.

"참정의 말은 조불려석5)이라 할 수 있습니다. 다만 작은 소란을 걱정하고 큰 소란을 걱정하지 않으니 이는 이른바 그림자를 피하여 빨리 도망가자는 것입니다."

이 두 사람이 서로 다투다가 노균이 발끈하고 크게 화를 내어 말하였다.

"성상께서 부족한 나에게 군무와 국사의 중요한 일을 맡기시었으니 여러 신하들 중에 만약 좁은 소견을 고집하여 민심을 소란스럽게 하는 자가 있으면 마땅히 군법으로써 일을 처리하리라."

모든 관리가 그 말에 응하여 한 입에서 나온 것 같이 하였다. 상이 한참 동안 말이 없다가 노균의 의견을 좇아 소유경의 상소를 머물러 두고 반포를 하지 않고 순무사를 뽑으라 명하니 윤각로가 아뢰었다.

"상소를 이미 반포하지 않으시고 순무사를 보내라고 명하신다면 소문이 어찌 백성들에게 전파되지 않겠습니까? 익주자사 소유경은 신의 처조카입니다. 문무를 모두 갖추고 장수의 지략이 남보다 뛰어납니다. 소유경으로 순무사를 겸하게 하여 그 고을의 군사를 이끌고

---

5) 朝不慮夕 : 형세가 절박하여 아침에 저녁 일을 헤아리지 못함. 곧, 당장을 걱정할 뿐이고, 앞일을 돌아볼 겨를이 없음.

적의 정세를 탐색하여 보고하게 하는 것이 좋을 것 같습니다."

천자가 아뢴 대로 하라고 하였다.

시랑이 집에 돌아와 부친을 뵙고 남만이 난을 일으킨 것과 노참정의 말을 하나하나 아뢰고 근심스러운 얼굴로 말하였다.

"소자가 요즘에 하늘의 변화를 보니 태백6)이 남두7)를 침범하여 남방에 병화의 조짐이 있으니 이는 국가의 막대한 우환입니다."

원외가 말하였다.

"노부가 비록 일의 기미를 알지는 못하나 요즘 사람들이 기개가 떨어져 쇠하여 문무의 인재가 없다. 만약 불행히도 남쪽 정벌의 지경에 이른다면 누가 장수가 되리오?"

시랑이 머리를 숙이고 한참 동안 말이 없다가 웃으며 대답하였다.

"소자가 강주에 있을 때 한 여자를 만났는데 곧 본주의 기녀였습니다. 음률에 밝아서 그 소리를 듣고 길흉을 알았습니다. 소자가 피리 부는 것을 듣고 저에게 머지않아 틀림없이 전쟁의 일이 있을 것이라고 하더니 지금 그 말이 꼭 맞습니다."

원외가 놀라서 말하였다.

"노부가 또한 마음속으로 걱정하던 것이구나. 그 여자의 이름이 무엇이냐? 총명함이 뛰어나구나."

시랑이 대답하였다.

"이름은 벽성선이옵고 소자가 반년을 유배지에 살면서 울분의 회포를 이기지 못하여 벽성선과 함께 보내고 이미 건즐(巾櫛)을 허락하여 데려오기로 약속을 하였으나 말씀드리지 못하였습니다."

---

6) 太白 : 금성(金星). 살벌(殺伐)을 주관하는 별이며 군대나 전쟁을 주관한다.
7) 南斗 : 별 이름. 남쪽이나 남부 지역을 관장함.

원외가 말하였다.

"군자가 모름지기 여색에 뜻을 두지 말아야 하나 이미 한 약속이 있으니 그 믿음을 잃게 되는 것은 옳지 않은 듯하구나."

시랑이 곧 내당에 들어가 모친에게 아뢰자 허부인이 꾸짖으며 말하였다.

"네가 나이가 어리고 앞길이 만 리인데 여자에게 믿음을 잃으면 어찌 서리 날리는 원한8)이 없겠느냐? 내가 전에 강남홍의 일을 잊지 못하고 있으니 비록 오늘이라도 벽성선을 데려오너라."

시랑이 곧 한 통의 편지를 써서 동자와 하인에게 명하여 강주로 보내었다.

한편, 선랑이 시랑과 이별한 뒤부터 대사립을 굳게 닫고 병을 핑계대고 손님을 사절하고 이미 여러 달이 지났는데 한 자 소식이 없어 마음속으로 낙심하여 즐겁지가 않았다. 낮이면 벽성산을 향하여 우두커니 앉아있고 밤이면 찬 등불을 마주하여 잠을 이루지 못하였다. 하루는 지부(知府)9)가 불렀지만 벽성선이 병을 핑계대고 들어가지 않았더니 지부가 약을 보내고 안부를 물었다. 선랑이 의아해하며,

'지부의 두터움과 양시랑의 야박함은 모두 의외로구나. 만약 그 후덕함에 뜻이 있고 그 야박함에 정이 없으면 내 어찌 진실로 남은 생을 구차하게 살아 그 욕됨을 달게 받으리오?'

라고 하였다. 천 가지 만 가지 생각이 마음속에 오락가락하여 난간에 기대어 먼 산을 바라보고 한숨을 쉬며 길게 탄식하였다. 문득 한 동자

8) 서리~ : "한 여자가 원한을 품으면 5월에 서리가 내린다."(一婦含怨 五月飛霜)
9) 知府 : 부의 장관. 지방의 수령.

가 갑자기 들어와 한 통의 편지를 전하였다. 자세히 보니 곧 전에 왕래하던 동자였다. 동자가 또한 기쁜 표정을 하고 알렸다.

"하인과 거마가 함께 왔습니다."

선랑이 황급히 손으로 편지를 열어 보니 그 대략에 이르기를,

운산에서 한 번 이별함에 옥 같은 얼굴이 꿈과 같은지라, 세속의 명리에 취한 꿈에 파묻혀 황혼의 아름다운 약속을 이와 같이 어기고 물렸으니 매우 부끄럽게 되었소. 전날 본부에 편지를 보내 기안에서 그대의 이름을 삭제하라고 하였는데 혹 알고는 있는가? 지금 어머님의 명을 받들어 거마를 보내니 끝없는 정회는 다만 동방화촉(洞房華燭)에 원앙침을 깔기를 기다리노라.

라고 하였다. 선랑이 읽기를 마치고 거마와 동자를 이틀 밤 머물게 하고 행장을 정리하여 길에 올라 황성에 이르렀다.

한편, 익주자사 소유경이 황명을 받들어 적의 정세를 탐지하여 밤을 달려 보고하였다. 그 장계에 이르기를

신이 황명을 받들고 적진에 이르러 그 우두머리를 보고, 은혜와 의리로써 효유[10]한 즉 다만 항복할 뜻이 없을 뿐만 아니라 오만하고 거만한 기운과 무례한 말이 이르지 않은 것이 없어, 속임수로 신을 꾀어 진중에 포위하고 수하의 부관 한 명을 베어 위급한 형세와 예측치 못할 계책이 장차 신에게 이르렀습니다. 신이 다행히 방비한 것이

. . . .

10) 曉諭 : 깨달아 알도록 타이르다.

있어서 단병(短兵)으로 싸워 겨우 목숨을 보존하였습니다. 신이 황명을 받들고서 오랑캐 땅의 하찮은 두목에게 욕을 당하였으니 감히 군율로 죽음을 받는 벌을 따르지 않겠습니까마는 다만 적의 세력이 강성함은 지난번 편지에 없었던 것입니다. 엎드려 바라옵건대 폐하께서는 급히 대군을 일으켜 익주의 외로운 성으로 하여금 조석의 위급함이 없게 하소서.

라고 하였다. 천자가 다 읽고 크게 놀라서 여러 대신을 불러 방비책을 의논하는데 형주자사의 밀봉 표문이 또 이르렀다. 그 표에 이르기를,

남만이 창궐하여 이미 동주표(東柱表)를 지나서 광서성을 함몰시키고 계림과 형양의 사이에서 목축을 약탈하고 백성을 살해하였습니다. 변방의 여러 고을이 일찍이 준비가 없다가 적병이 갑자기 이른 것을 보고 소문만 듣고도 소동하여 형주·익주 이남에 인적이 드무니 적병이 무인지경에 들어오는 것 같습니다. 비록 군졸을 수습하고자 하였으나 태평한 날이 오래되어 이미 단속할 방법이 없으니 그 흙이 무너지고 기와가 깨지는 형세를 부지하지 어려워 삼가 표로 아룁니다. 지체하지 마시고 속히 천병을 일으키소서.

라고 하였다.

천자가 또 표문을 보시고 용안이 어두워져서 좌우를 돌아보고 그 방법을 묻자 윤각로가 아뢰었다.

"적세의 위급함이 이와 같으니 천토[11]를 늦출 수 없습니다. 급히 문무제신을 모으시어 그들에게 상의하게 하는 것이 좋을 듯싶습니다."

11) 天討 : 천자의 군대로 토벌함.

상이 아뢴대로 하라고 하고, 모든 관리를 부르라고 명령하였더니 원임각로 황의병, 우승상 윤형문, 참지정사 겸 평장군국사 노균, 호부상서 한응덕, 병부시랑 양창곡, 우림장군 뇌천풍 등 모든 문무 관원이 동서반으로 나누어 입시하자 천자가 하교하였다.

"남만이 창궐하여 상국을 침범하니 어찌하면 좋겠소?"

황각로가 아뢰었다.

"하찮은 오랑캐가 천명을 알지 못하니 대군을 일으키면 한 번 토벌에 평정될 것인데 어찌 근심하십니까?"

노균이 아뢰었다.

"변방의 여러 신하가 방비를 잘하지 못하여 적의 형세가 이와 같으니 먼저 형주·익주 두 자사와 광서성 수장의 죄를 논하고, 거용관을 고쳐 수리하였다가 만약 급함이 있으면 수레를 타고 북쪽으로 순수[12] 하여 거용관을 지키어 만전의 계책으로 삼으소서."

윤각로가 웃으며 말하였다.

"당당한 만승의 나라로서 일개 오랑캐 군대의 침입을 당하여 어찌 조정을 버리고 한 조각 외로운 성을 지키리오. 급히 천병을 조발하여 토벌하는 것이 옳습니다."

상이 그 말이 좋다고 여기어 말하였다.

"누가 도원수가 되어 종묘사직의 위급함을 부지하겠는가?"

좌우가 묵묵히 말이 없고 서로 얼굴만 돌아보니 대개 이때에 조야가 어지러워 어떤 사람은,

'오래지 않아 적이 경성에 이른다.'

---

12) 巡狩 : 천자의 지방 순찰. 여기서는 천자의 몽진(蒙塵-천자가 난을 피하여 도망함).

고 하며 또,

  '적장의 속임수와 괴이한 술법이 신묘하여 헤아릴 수 없어 출전하는 자는 반드시 살아 돌아올 수 없다.'

고도 하며 혹은,

  '그 무리가 몇 백만 명인지 알지 못한다.'

고 하여 듣는 자가 모두 낙담하고 기운을 잃어 온 조정의 백관이 모두 출전을 생각하지 않았다. 천자가 탄식하여,

  "짐이 덕이 없어 천하를 감화시키지 못하고 수 백 년 종묘사직이 위급함이 조석에 있으며 억조창생이 도탄에 빠졌는데 한 사람도 충성심을 분발하여 나라의 위급함을 구하지 못하니 이것은 짐의 잘못인지라 누구를 원망하고 누구를 탓하리오?"

하고는 구슬 같은 눈물이 용포를 적시더니 갑자기 한 재상이 개탄하여 반열에서 나와 아뢰었다.

  "신이 비록 능력이 없으나 몸에 망극한 은혜를 입어 보답을 도모할 길이 없었더니, 마땅히 견마지성의 힘을 다하여 남만을 토평하여 폐하의 근심을[13] 없애겠습니다."

  모두가 보았더니 그 사람은 관옥[14]같은 얼굴에 풍채가 뛰어나고 새벽별 같은 눈에 정기가 영롱하여 의표[15]가 당당하고 음성이 낭랑하니 곧

---

13) 宵旰 : 소의간식(宵衣旰食). 임금이 정사에 부지런하여 일찍 일어나고 저녁 늦게 식사한다는 뜻. 『<당서 유분전(唐書, 劉蕡傳)』에 "어진 사람을 임용하고 자신을 수양하며 일찍 일어나고 늦게 식사한다"라고 하였다.
14) 冠玉 : 『한서, 진평전(漢書, 陳平傳)』에 있는 말. 마치 옥으로 꾸민 갓과 같아서 비록 밖에 나타나는 빛은 아름다우나 그 내용은 변변하지 못함을 이른 말이다. 미남자의 호칭으로 쓰인다.
15) 儀表 : 몸에 가지는 태도.

병부시랑 양창곡이었다. 탑전에 부복하였더니 황각로가 마음속으로,

‘지금 적의 형세가 저와 같이 매우 급한데 양시랑은 나의 사위라, 만약 혹 출전하였다가 혹시 불행이 있으면 딸의 평생이 잘못되리라.’ 라고 생각하고 탑전에 아뢰었다.

“양창곡은 백면서생이며 나이가 어려서 감히 외직의 중임을 감당하지 못하오니 엎드려 바라건대 폐하께서는 다시 지모가 있는 장군을 뽑으시어 큰일을 그르치지 마십시오.”

말이 끝나기 전에 동반 중에서 한 노장이 칼을 어루만지며 큰 소리로 말하였다.

“승상의 말이 잘못 되었소이다. 옛날에 항적16)은 24세에 강동(江東)에서 병사를 일으키고, 손책17)은 17세에 천하를 돌아다녔다고 하니 용맹과 장략은 그 재주에 있지 나이의 많고 적음에 있지 않으며, 한나라의 제갈공명과 송나라의 조빈18)은 평생 독서를 하여 서생을 면하지 못하였으나 천고에 장상(將相)의 재목이 되었습니다. 지금 양시랑이 비록 서생이며 어린 나이이나 국가를 위해 그 몸을 돌아보지 않으니 그 충성을 알만 하고, 중론을 물리치고 스스로 위험한 땅에 나가려 하니 그 용맹스러움이 큽니다. 신은 양시랑이 만약 출전하지 않는다면 중원의 온 나라가 머리를 풀어 헤치며 왼쪽으로 옷섶을 여미고19) 대명

---

16) 項籍 : 항우(項羽)의 이름. 우는 자(字)이다.

17) 孫策 : 삼국 시대 오(吳) 나라 손책(孫策)은 20세 때에 강동(江東) 지방을 평정하고 소패왕(小覇王)이라는 칭호를 얻었다.

18) 曹彬 : 송 태조(宋太祖)를 도와 천하를 정하였다. 촉(蜀)을 정벌하고 남당(南唐)을 이겼으나 한 사람도 함부로 죽이지 않았다. 노국공(魯國公)에 봉해졌고 죽은 뒤에 제양군왕(濟陽郡王)에 봉해졌다.

19) 被髮左衽 : 머리를 풀어뜨리고 좌임(左衽: 오른쪽 옷섶을 왼쪽 옷섶 위로 여미는 것)한다는 뜻으로 미개한 오랑캐의 풍속을 가리키는 말. 『논어, 헌문』에 “공자가

의 하늘과 땅이 적의 소굴이 될 것이라 생각합니다."

모두가 그 장군을 보았더니, 서리 같은 구레나룻이 귀에 드리우고 목소리는 우레 같았으며 눈은 번개 같으니 곧 호분장군 뇌천풍이었다. 뇌천풍은 당나라 뇌만춘의 후예이니 만부가 감당하지 못할 용맹이 있으나 평생 불운하여 그 관직이 호분장군에 그치었다.

노참정이 화를 내며 질책하였다.

"하찮은 무부가 어찌 조정 대사를 논하는데 참여할 수 있느냐? 너는 무부로써 본래 장략이 없어 작은 적도 평정할 수 없으면서 이와 같이 떠들썩하니 만약 다시 말을 하면 먼저 네 머리를 베어 삼군에 호령하리라."

천풍이 분개하여 웃으면서 말하였다.

"노신이 조금의 공로도 없으나 임금의 봉록을 먹고 백발이 성성하니 어찌 한 몸을 아끼고 왕사(王事)를 피하고자 하리오? 지금 개 같은 오랑캐가 쥐같이 도둑질하여 남쪽이 요란한데 문무의 장상들이 종일토록 서로 마주하여 한 가지 방법도 없이 기백을 잃고서 도성을 버리고 거용관을 지키고자 합니다. 만약 불행한 일이 있어 백만의 적군이 와서 황성에 들이닥치면 조정 가득한 백관은 각각 처자를 업고 한꺼번에 도주하여 폐하를 돌아보지 않을 것이니 어찌 한심하지 않겠나이까? 노신이 비록 용력은 없으나 양시랑을 따라 도끼를 지고 전부(前部)의 선봉이 되어 남만을 평정하고 만왕(蠻王)의 머리를 베어 궐 아래에 바치고자 합니다."

<hr>

'관중(管仲)이 환공(桓公)을 도와 패왕 노릇하여 천하를 한 번 바로잡으니 백성이 지금까지 그 덕택을 받았다. 관중이 없었다면 우리가 머리를 풀어 늘어뜨리고 옷섶을 왼편으로 여미게 되었을 것이다' 라고 하였다.

말을 마침에 위풍이 늠름하고 기세가 등등하여 서리 같은 머리털이 곧추 섰다. 좌우가 그 씩씩한 용기를 칭찬하고 천자가 크게 기뻐하여 즉시 양창곡을 배수하여 병부상서 겸 정남대원수로 삼고 절월궁시[20]와 붉은 도포와 금빛 갑옷, 싸움말 1필, 황금 천 일을 하사하고 호분장군 뇌천풍에게는 파로장군을 더하여 전부선봉으로 삼고 말하였다.

"행군하는 날에 마땅히 남교에서 친히 보내리라."

양원수가 머리를 조아려 명을 받고 부중으로 돌아오니 여러 장수와 사졸이 이미 문 앞에 가득하였다. 중군사마를 불러 명을 내렸다.

"적의 형세가 참으로 급하니 행군을 지체하기 어렵다. 내일 행군하는데 만약 시간을 어기는 자가 있으며 반드시 군율이 있을 것이다."

중군사마가 명령을 듣고 나갔다.

원수가 양친께 절하여 하직하고 말하였다.

"소자가 이미 나라에 몸을 바쳐 사사로운 일을 돌보지 못하고 지금 슬하를 떠납니다. 남만이 천명을 거역하고 상국을 침략하니 그들은 패하게 됩니다. 존체를 보중하여 문에 기대어 근심하기를 지나치게 하지 마시기 바랍니다. 원외가 말하였다.

"우리 부자가 외람되이 천은을 입었으나 보답을 하지 못하였다가 이제 황명을 받들어 만 리에 출전을 하게 되었으니 너는 집안일은 조금도 염려하지 말고 힘써 큰 공을 세우고 돌아오너라."

허부인이 눈물을 머금고 말하였다.

"우리가 늙지 아니하고 두 어진 며느리가 있으니 너는 절대 염려하

----

20) 節鉞弓矢 : 절월(節鉞)은 옛날 중국에서 임금이 부임하는 절도사나 장도에 이르는 장군에게 주는 부절과 부월(斧鉞: 도끼 같이 만든 것으로 생사권을 상징하는 신표)을 가리키며, 궁시는 활과 화살을 말한다.

지 말고 일찍 큰 공을 세우고 개선하여라."

말을 마치고 슬픔을 이기지 못하여 말을 이루지 못하고 원수가 또한 눈물을 머금자 원외가 정색을 하며 말하였다.

"군자가 충성을 다하여 나라에 보답하여야 대효라 말할 수 있다. 너는 지금 장수가 되어 구차하게 아녀자 같은 모습을 보이니 어찌 평소에 네 아비가 가르친 본뜻이겠느냐?"

원수가 즉시 몸을 일으켜 다시 절하고 명을 받들어 물러나 윤소저의 침실에 이르러 소저를 보고 말하였다.

"내가 지금 임금의 명을 받들어 장군이 되어 출전을 하게 되었소. 처자를 마주하고 이별의 회포를 말할 필요는 없으나 다만 어머니께 맛있는 음식을 올리는 일을 부인에게 부탁합니다. 마땅히 어머님께 효도를 다하고 동렬21)간 화목하여 몸을 보중하시오."

소저가,

"네, 네."

하였다.

원수가 다시 웃으며 말하였다.

"또 부탁할 일이 있소. 내가 풍류스런 정에 뜻을 둔 것이 아니었으나 나이 젊은 유배객의 외로운 회포로 인하여 벽성선과 사귀었는데 이미 데려오고자 사람을 보내었으니 부인이 수습해주시오."

윤소저가 근심스런 모양으로 대답하였다.

"마땅히 명하신 바를 잊지 않겠습니다."

원수가 다시 황소저를 보고 말하였다.

21) 同列 : 같은 반열. 여기서는 황부인과의 사이.

"여자의 행실에 '그른 것도 없고 선한 것도 없이 오직 주식(酒食)을 의논한다'22)고 하였으니 부인은 두 부모님을 받들어 모시고 숙수지공23)에 힘써 걱정이 없게 하시오."

황소저가 대답하였다.

"제가 비록 불민하나 동열에 현숙한 분이 있으니 부모님을 받드는 예절은 염려할 게 없으나, 제가 본시 배운 것이 없어 관저24) 후비의 그윽하고 조용한 덕이 없습니다. 지금 들으니 서방님이 풍정(風情)에 뜻이 있어 소성25)을 데리고 온다고 하오니 제가 이때를 타서 친정으로 돌아가 부모를 뵙고 허물을 면하고자 합니다."

원수가 정색을 하며 대답하지 않고 외당으로 나왔다.

다음날 남쪽 교외에 담을 쌓고 원수가 붉은 도포와 금빛 갑옷에 대우전을 차고 좌우에 백모와 황월을 세우고 단상에 오르니, 이때 나이 열여덟이었다. 호령은 눈서리 같고, 기상은 산악같아서 여러 장수와 삼군이 감히 올려보지 못하였다. 조금 있다가 천자가 진문 밖에 이르러 표신(標信)으로써 명을 전하자 원수가 단을 내려와 법가26)를 맞이하며 말하였다.

---

22) 여자의 행실에~ :『시경, 소아(小雅) 사간편(斯干篇)』에 "그른 것도 없고 선한 것도 없이, 오직 주식만을 의논한다.(無非無儀 唯酒食是議)"고 하였다.
23) 菽水之供 : 콩과 물로 드리는 공이라는 뜻으로 가난 속에서도 부모를 정성껏 잘 섬기는 일.
24) 關雎 :『시경, 주남(周南)』의 편명. 숙녀(淑女)로 배우자 삼기를 바라는 내용으로 주(周) 나라 문왕(文王)의 후비 태사(太姒)의 덕을 칭송한 것.
25) 소성(小星)은『시경, 소남(召南)』의 편명이다. 이 시에서는 남국 제후의 부인이 투기하지 않고 아랫사람에게 은혜롭게 함으로써 중첩(衆妾)이 능히 자신의 분수를 지킨 것을 노래하였다. "이불과 홑이불을 안고 가노니, 진실로 분수가 같지 않은 때문일세(抱衾與裯 寔命不猶)"한 데서 온 말이다.
26) 法駕 : 왕이 의식을 위해 나갈 때 쓴 수레.

"갑옷을 입은 군사는 절을 하지 않습니다. 군례로써 뵈옵기를 청합니다."

천자가 얼굴빛을 고치며 예로써 답하고 어배에 법주27)를 따라 친히 권하며 말하였다.

"오늘부터 성 안은 짐이 다스리고 성 밖은 장군이 통제하시오. 만약 명령을 따르지 않는 자가 있거든 자사 이하를 먼저 베고 난 뒤에 장계를 올리고 편의대로 일을 처리하시오."

천자가 예를 마치고 진문을 걸어 나가 황옥거(黃玉車)에 오르자 원수가 다시 단에 올라 천자가 내리신 황금으로 삼군에 상을 주고 군사들에게 음식을 주어 위로한 뒤에 즉시 행군하였다. 북과 피리는 천지를 시끄럽게 진동하고, 깃발들은 해와 달을 가려 행렬이 가지런하고 군령이 엄숙하여 지나는 곳의 백성이 모두 감탄하여,

"우리 천자가 어진 장수를 얻으시어 관군이 정제됨이 이와 같으니 어찌 작은 적을 근심하리오?"
하고는 인심이 점점 안정되었다.

한편, 벽성선이 강주를 떠나 황성 삼백 여리에 미치지 못하여 날이 저물어 여관에 묵었다. 길가의 백성이 교량을 고쳐 쌓으며 도로를 새로 만들며 분주하여 엎어지고 넘어지기에 그 까닭을 묻자,

"오늘 밤에 남쪽을 정벌하는 대원수가 이곳에 진영을 머무신다고 하네요."
라고 하여 다시 물었다.

----

27) 法酒 : 의식에 쓰는 술.

"대원수는 누가 되시었지요?"

"병부상서 양로야요."

선랑이 듣고 놀라서,

'상공의 출전을 내가 일찍이 알았으나 어찌 이와 같이 급할 줄 생각했으리오? 내가 지금의 어려운 행적으로 번다한 집안에 누구를 향하여 가며, 가져온 옥적(玉笛)이 혹 군대에 쓰임이 있을 것이나 어떻게 상공에게 전하리오? 군중이 엄숙하여 비록 남자라도 출입할 수 없을 텐데 하물며 여자이겠는가?'

라고 생각하다가 마음속에 한 계책이 생각나서 동자를 불러 말하였다.

"너는 문 밖에 서서 대원수의 행차를 기다리다가 들어와 알리어라."

조금 있다가 북소리·피리소리가 천지에 시끄럽더니 동자가 급히 들어와 알리었다.

"원수께서 행군하여 오십니다."

"너는 진영이 머무는 곳을 보고 와서 알리어라."

"원수께서 이곳에 진영을 머물게 하였으나 남쪽으로 백여 보 밖에 배산임수(背山臨水)의 무인지경이어요."

밤이 깊은 뒤에 선랑이 동자에게 일러,

"내가 상공의 진세를 보고자 하니 너는 나를 안내해라."

하고는 옥적을 가지고 동자를 따라 진영의 앞에 이르렀다. 이때 달빛이 밝게 비추는데 깃발과 창검은 가지런하고 당당하여 각각의 방위를 지키고, 군대의 대오와 행렬은 중중첩첩하여 진문을 크게 이루니 위의가 엄숙함과 군율의 정제함을 알 수가 있었다. 선랑이 동자에게 일러 말하였다.

"내가 이 산에 올라 진영을 내려다보고 살피리라."

이에 산길을 찾아 중봉(中峰)에 올라 동자에게 명하여,

  "산 아래에서 기다리다가 올라오는 사람이 있으면 인도하라."
하고 바위 위에 높이 앉아 군중(軍中)의 경점[28] 소리를 들으니 이미
삼경을 알렸다. 선랑이 옥적을 들어 한 곡을 불었다. 이때 양원수가
군막 안에 있으면서 막 무곡병서(武曲兵書)를 보다가 뜻밖에 어떤
소리가 바람을 따라 들려와서 정신없이 병서를 버려두고 귀를 기울여
조용히 들었다. 그 소리는 허공에 맑게 울려 서풍에 돌아오는 기러기
가 무리를 이루는 것 같고, 푸른 하늘에 외로운 학이 짝을 부르는
것 같아서 평범한 나무꾼의 피리소리가 아니었다. 원수의 총명함으로
어찌 벽성선의 옛날 곡조를 알지 못하리오? 마음속으로 놀랍고 이상
하게 생각하였다.

  '이는 틀림없이 선랑이 이곳을 지나다가 나를 보고자 하여 부는
것이다.'
바로 중군사마를 불러,

  "행군의 초반에 이곳에서 밤을 지내게 되었으니 항오와 막차[29]를
어지럽게 할 수 없다. 내가 평복으로 한 번 순행을 하고자 하니 누설하
지 말고 군막을 지켜라."
하고는 심복 부장 한 명을 거느리고 차고 있던 대우전 하나를 뽑아서
군문을 나서는데 문을 지키는 군사가 신표를 요구하였다. 원수가 화살
을 신표로 보이고 진영 밖으로 나와 전후좌우를 순행하는데 산 위의
옥적소리가 가늘게 이어져 끊이지 않았다. 원수가 부장을 돌아보고

28) 更點 : 성곽이 있는 곳에서 북과 징을 쳐서 시간을 알린 야시법(夜時法)의 시간
    단위인 경(更)과 점(點).
29) 幕次 : 의식이나 거둥 때에 임시로 장막을 쳐서 잠깐 머무르는 곳.

말하였다.

"내 뒤를 따라오라."

원수가 앞장서서 산 위를 오르며 길을 찾으니 동자가 산 아래에서 기다리다가 기쁘게 맞이하였다. 원수가 다시 부장에게 말하였다.

"이곳에서 머물러 기다려라."

동자를 따라 산을 오르자 선랑이 옥적을 멈추고 바위를 내려와 맞이하여 말하였다.

"상공의 행차가 어찌 그리 급합니까?"

"적군의 세력이 창궐하여 지체할 수가 없었지요. 만약 일찍 알았다면 어찌 그대를 이와 같이 급하게 오게 하여 몸 둘 바를 어렵게 하였겠는가?"

선랑이 눈물을 머금고 말하였다.

"제가 미천한 몸으로 귀문에 생소하오니 지금 비록 들어가나 몸 둘 곳이 서먹서먹하여 누구에게 의탁하겠습니까?"

원수가 근심스레 손을 잡고 황소저와 혼인한 일을 이야기하며 말하였다.

"내가 그대의 식견이 남보다 뛰어난 것을 아니 비록 난처한 일이 있더라도 매우 조심하여 내가 돌아오기를 기다리라."

선랑이 말하였다.

"상공이 대장의 높은 몸으로 천첩으로 인하여 오랫동안 막차(幕次)를 떠나시니 매우 불안합니다."

그리고는 옥피리를 들어 말하였다.

"이 물건이 혹 군대 안에서 쓸 데가 있을 것이오니 거두어 두시기를 바랍니다."

원수가 거두어 소매 안에 두고 다시 선랑을 돌아보고 애틋한 표정으로 말하였다.

"그대가 부중으로 들어가 혹 난처한 일이 있거든 윤소저와 상의하오. 윤소저는 천성이 인자하고 또 내가 부탁한 일이 있으니 틀림없이 저버리지 않을 것이오."

선랑이 눈물을 뿌리며 이별을 하였다. 원수가 산을 내려와 부장을 데리고 진중으로 돌아와 다음날 남쪽을 향하여 행군하였다.

한편, 선랑이 동자를 데리고 객점으로 돌아와 잠을 이룰 수 없더니 날이 이미 밝았다. 행장을 수습하여 황성에 도달하여 양부(楊府) 문 밖에 수레를 세우고 동자에게 먼저 통보하게 하였으며 원외가 내당에 들어와 불러 보았다. 아리따운 태도와 그윽하고 조용한 용모가 조금도 꾸밈이 없어 맑고 깨끗한 얼굴은 한 조각 얼음이 티끌이 하나도 없는 것 같고, 곱고 예쁜 용모는 가을 반달이 비가 개어 빛을 새로 띤 것 같았다. 부중의 위아래가 혀를 차며 칭찬하고 원외 부부도 또한 아껴서 자리를 내주고 윤소저와 황소저를 부름에 윤소저는 명을 받들고 즉시 왔으나 황소저는 오지 않았다. 원외가 웃으며 말하였다.

"황현부는 어찌 오지 않았느냐?"

좌우가 말하였다.

"황소저는 갑자기 몸이 불편하여 명을 받들지 못하였습니다."
원외가 머리를 숙이어 알아차리고 불쾌한 빛이 있었다. 윤소저를 돌아보고 말하였다.

"군자의 잉첩은 예로부터 있던 것이요, 부녀의 투기는 후세의 악풍이다. 너의 현숙함으로 더 힘쓸 필요는 없으나 십분 화목하게 하여 집안 법도가 어그러져 어지럽게 함이 없도록 하라."

바로 후원의 별당에 처소를 정하였다. 윤소저가 연옥에게 명하여 별당으로 가는 길을 인도하라고 하였다. 연옥이 선랑을 모시고 후원으로 향하는데 그 걸음걸이와 동작을 보니 홍랑의 모습이 분명하였다. 옥이 눈물을 머금고 슬픈 표정을 하기에 선랑이 물었다.

"네가 무슨 까닭으로 나를 보고 슬픈 표정이 있느냐?"

연옥이 목이 메어 말하였다.

"천비가 마음속에 맺힌 한이 있는데 지금 느낀 바가 있어서 저절로 얼굴에 나타나게 되었습니다."

선랑이 웃으며 말하였다.

"네가 부귀한 문중에서 주인이 인자하시니 무슨 한이 있느냐?"

"저는 본래 강남 사람으로 옛 주인을 잃고 이곳에 왔습니다. 지금 낭자의 모습을 뵈오니 옛 주인과 매우 닮아서 스스로 심사를 억누를 수가 없습니다."

"너의 옛 주인이 누구냐?"

"항주 제일 방 청루의 홍랑입니다."

선랑이 놀라 말하였다.

"네가 홍랑의 수하 아환이면 어찌하여 여기에 이르렀느냐? 내가 홍랑과 비록 일면식도 없으나 성기[30]로 서로 친하여 형제와 같이 여겼는데 지금 너의 말을 들으니 어찌 친애하지 않겠는가?"

연옥이 선랑의 손을 잡고 비오듯이 눈물을 흘리며 말하였다.

"우리 낭자가 원통하게 돌아가시더니 다시 태어난 몸이 낭자가 되었습니까? 낭자의 전생이 우리 낭자이십니까? 스스로 '세상의 미인이

---

30) 聲氣 : 친구 사이의 공통된 취미나 기호(嗜好).

우리 낭자와 같은 이가 없다'고 생각하고 꿈속에서라도 한 번 보기를 원하였더니, 지금 낭자의 행동과 용모가 우리 낭자와 흡사하시니 기쁨과 슬픔의 뒤얽힘을 깨닫지 못하겠습니다."

또 말하였다.

"낭자께서 우리 낭자와 지기의 벗이라 하시니 이것은 하늘이 제가 옛 주인을 잃고 외로이 홀로된 것을 가엾게 여겨 또 낭자를 내신 것입니다."

그리고는 윤소저가 거두어 준 까닭을 아뢰자 선랑이 윤소저의 크고 훌륭한 덕에 감탄하였다.

다음날 선랑이 시부모님께 문후를 드리고 윤소저의 침실에 이르러 아뢰었다.

"제가 청루 출신으로 예절을 지키는 것을 알지 못하오나 일찍이 두 분의 소저가 있다고 들었는데 지금 한 분의 소저를 뵐 수 없으니 감히 뵙기를 청합니다."

윤소저가 한참 동안 말이 없다가 연옥에게 명하여 황소저의 침실로 인도하라고 하였다.

이때 황소저가 선랑의 소식을 몰래 탐문하니 다만 칭찬하는 자만 있고 하나도 헐뜯는 자가 없었다. 황소저가 마음속으로 기쁘지 않아 밤새도록 잠들지 못하고 일찍 일어나 빗질하고 세수하여 거울을 마주하고 눈썹을 그리며 탄식하기를,

"하늘이 나를 낳으실 때 어찌 경국지색을 아까워하여 위로는 윤소저에게 머리를 사양하고 아래로는 천한 기녀에게 미치지 못하게 하였는가?"

라고 하며 살이 떨리고 간담이 떨리는 것을 깨닫지 못하고 있는데 좌우가 보고하였다.

"선랑이 뵙기를 청합니다."

황소저가 발끈하고 성을 내어 안색이 갑자기 파래지며 사납고 독한 기운이 이맛살에 나타났다. 마침내 어떻게 될 것인가? 또 다음 회를 보라.

속루몽 권1

간사한 여종이 흉한 꾀를 행하여 별실을 시끄럽게 하고,
요사스러운 꾀로 노파가 단약을 팔다

한편, 황소저가 선랑이 뵙기를 청한다는 말을 듣고 사납고 독한 마음을 이기지 못하더니 문득 생각하되,

'고기를 잡고자 하는 사람은 그 미끼를 맛있게 하고, 토끼를 잡고자 하는 사람은 그물을 숨긴다고 한다. 그가 비록 슬기롭고 꾀가 많다고 하나 내가 한 번 웃고 한 번 달래어 잘 다룬다면 나의 수단에서 벗어나지 못할 것이다.'

하고 곧 화락한 얼굴과 따뜻하고 부드러운 말로써 당에 오르라 재촉하였다.

선랑이 곧 당에 올라 눈길을 흘려 소저의 모습을 자세히 보니 얼굴에는 살짝 푸른 빛을 띠고 눈동자가 매우 똑똑하게 생겼으나, 얇은 입술과 가는 눈썹에는 덕성스러운 모습이 없었다. 황소저가 선랑을 보고 반갑게 웃으며 말하였다.

"낭의 이름을 들은 지는 오래였으나 지금 비로소 얼굴을 보니 군자께서 사랑하시는 것이 당연하구려. 지금부터 한평생 한 사람을 함께 섬길 것을 기약하니 마음으로 사귀고 간담을 비추어 서로 숨기어 꺼리는 것이 없도록 하세."

선랑이 사례하여 말하였다.

"저는 기생의 천한 신분으로써 규범과 내칙의 바른 말을 듣지 못하여, 경망스러운 행실과 추한 태도로 단정하고 엄숙한 모습을 우러러 뵙습니다. 나아가고 물러나는 행동거지에 지나친 것이 있다면 용서하시고 부족한 것이 있다면 가르쳐 주시기를 바랍니다."

황소저가 밝게 웃으며 말하였다.

"그대는 지나치게 겸손하지 말라. 나는 사람을 사귈 때 마음을 숨기지 않고 사람을 미워할 때는 외모를 속이지 않아. 그대는 허물없이 서로 친하게 지내고 의심하거나 걱정하지 말라."

선랑이 하직하고 돌아와 혼자 생각하였다.

'옛날에 이림보[1]는 웃음 속에 칼이 있다고 하였더니 오늘 황소저는 말 속에 그물이 있구나. 칼은 오히려 피할 수 있으나 그물은 어찌 면할까?

다음날 황소저가 선랑을 찾아 별당에 이르러 한바탕 한가로이 이야기를 하는데, 두 명의 아환이 좌우에서 모시고 서 있었다. 소저가 물었다.

"이 아환은 누구인가?"

------

1) 李林甫 : 당(唐) 나라 이사회(李思誨)의 아들로, 자는 가노(哥奴), 호는 월당(月堂). 현종(玄宗) 때 이부 상서로 있으면서 천성이 교활하고 권모술수가 능하여 환관과 궁녀들과 결탁, 현종의 비위만 맞추고 정치를 방자하게 행하다가 마침내 안사(安史)의 반란을 빚어낸 간신.

“제가 거느리고 온 여종입니다.”

소저가 오랫동안 자세히 보더니 말하였다.

“그대에게 있는 시비가 이처럼 뛰어나니 진실로 큰 복이구나. 그 이름이 무엇인가?”

“한 명은 소청으로 나이가 열세 살이며, 사람됨이 크게 어리석지는 않습니다. 한 명은 자연으로 나이가 열한 살입니다. 천성이 똑똑하지 못해 제가 근심하는 바입니다.”

“나 역시 두 명의 시비가 있으니 한 명은 춘월이고 한 명은 도화야. 사람됨이 어리석으나 본심은 충직하니 지금 이후로부터 서로 통하여 쓰도록 하세.”

며칠 뒤에 선랑이 소청을 거느리고 황소저에게 답례로 사례하고자 갔더니 소저가 기쁘게 손을 잡고,

“내가 정말로 심심했는데 낭이 이처럼 찾아오니 다정한 사람일세.”
하고 춘월을 돌아보며 말하였다.

“내가 선랑과 함께 종일 시간을 보낼 것이다. 자연이 혼자 별당에 있어 반드시 심심할 것이니 너도 너희 무리와 함께 놀다 돌아오너라.”

춘월이,

“예.”
대답하고 갔다.

이때 자연이 홀로 별당에 앉아 있는데 문득 한 쌍의 나비가 난간머리에 와서 앉았다. 자연이 나비를 잡고자 하였는데 나비가 후원 꽃수풀 속으로 날아 들어갔다. 자연이 쫓아가며 노닐었다. 춘월이 크게 불러,

“자연아! 꽃만 알고 벗은 모르니?”

라고 하자, 연이 웃으면서 말하였다.

"춘낭은 어느 겨를에 틈을 내어 왔어?"

"우리 소저가 너희 낭자와 함께 한가로이 이야기하기로 내가 틈을 타서 왔단다."

자연이 크게 기뻐 손을 잡고 수풀 사이에 앉았다. 춘월이 물었다.

"네가 강주에 있을 때에 이러한 후원과 꽃수풀을 본 적이 있니?"

자연이 웃으면서 말하였다.

"내가 일찍이 황성이 좋다고 들었는데 지금 보니 도리어 강주만 못하다. 내가 강주에 있을 때는 심심하면 집 뒤 벽성산(碧城山)에 올라 동무와 꽃싸움도 하고 강변에 가서 물빛도 보았는데 황성에 온 이후로는 자주 심심하니 오히려 강주에 있을 때만 못하다."

"벽성산은 어떠한 산이며 강변은 어떤 강이니?"

"벽성산은 집 뒤에 있는 산이고 강변은 심양강이야. 강 위에 있는 정자는 경치가 빼어난데 춘랑이 보지 못하는 것이 한스럽구나."

"너희 낭자는 강주에 있을 때 무슨 일을 하였니?"

"청루에서 손님을 맞기도 하고 별당에서 거문고를 타기도 하여 이처럼 적적하지 않았단다."

"낭자의 별당은 어떻게 생겼니?"

"네 귀퉁이에 기둥이 서 있고 앞뒤에 문을 세우고 흙으로 벽을 쌓아 종이로 도배를 하는 것은 집집마다 똑같다. 왜 묻니?"

춘월이 발끈하여,

"내가 정말 심심해서 물었는데 이처럼 냉대하니 나는 돌아가야겠다."
라고 하며 몸을 일으켜 갔다. 자연이 그 손을 잡고 말하였다.

"내가 그림 그리 듯 상세히 말할 것이니 화내지 마. 우리 낭자의 별당은 띠로 처마를 둘렀고 대나무로 문을 삼았으며 단장한 벽과 사창(紗窓)에는 글과 그림이 가득 붙어 있었단다. 노란 국화와 단풍과 푸른 소나무와 푸른 대나무가 어우러져 섬돌 아래 심어져 있어 모두들 칭찬했지."

"우리 상공께서 몇 차례나 다녀가셨니?"

"날마다 오셔서 밤이 깊은 뒤에 돌아가셨다."

춘월이 웃으면서 말하였다.

"몇 번이나 잠자리를 하셨니?"

"잠자리하는 것은 보지 못하였어."

춘월이 웃음을 머금으며 자연의 손을 잡고 말하였다.

"내가 누설하지 않을 것이니 거리낌 없이 바로 말해."

"누가 속였니?"

춘월이 다시 웃으며 귀에 대고 몇 마디 말을 하였다. 연이,

"그것은 내가 알지 못하는 것이지만, 우리 낭자가 상공의 말을 들어주지 않고 '오늘은 벗으로 아소서'라고 하였으며 그 밖에는 내가 알지 못해."

라고 하였다. 춘월이 막 다시 묻고자 하다가 문득 연옥이 후원 뒤에 와서 서 있는 것을 보고 곧 몸을 일으키며,

"소저 앞에 심부름할 사람이 없으니 내가 돌아가야겠다."

라고 하며 황급히 갔다.

이때 황소저가 선랑을 만류하여 쌍륙(雙陸)놀이를 하며 시간을 보내다가 문득 화제를 돌려 웃으면서 말하였다.

"선랑의 재주가 이와 같으니 응당 서화(書畵)에 생소하지 않을 것이야. 서법이 어떠한가?"

선랑이 웃으면서 말하였다.

"창기의 글이야 정을 준 남자에게 서로 소식을 전하는 것에 지나지 않을 뿐이니, 어찌 글이라 이를 수 있겠습니까?"

소저가 크게 웃으며 도화를 불러 붓과 벼루를 가져오라 하고 말하였다.

"내가 요즘 서화로써 소일거리를 삼으니 그대는 몇 줄 쓰는 것을 아끼지 말아."

선랑이 글씨를 쓰려고 하지 않자 황소저가 웃으면서 붓을 빼서 먼저 몇 줄을 쓰며 말하였다.

"내가 서투른 솜씨로 먼저 쓸 것이니 자네도 써 봐."

선랑이 부득이 한 줄을 썼는데 황소저가 매우 유의하여 두세 번 자세히 보더니 칭찬하여 말하였다.

"자네의 글씨는 내가 못 미치겠어. 다시 다른 글씨체로 써 봐."

"미천한 재주가 이것에 불과합니다. 어찌 다른 글씨체가 있겠어요."

소저가 미소 지으며,

"오늘 재미나게 시간을 보냈으니 내일 다시 찾아 와."

라고 하여 선랑이 그러마하고 갔다.

대개 선랑의 총명한 지혜로 어찌 황소저의 간사한 계략을 알지 못할까마는, 나이가 어리고 성정이 유약하며 본디 강남홍 같은 용단이 없는 까닭으로 스스로 처지를 생각하여 차마 그것을 물리치지 못하고 하루하루 상종하니 윤소저는 실수가 있을까 염려하여 마음을 놓지 못하였다.

하루는 원외가 내당으로 들어와 황소저를 불러 말하였다.

"아까 네 부친의 글을 받았는데 네 모친의 우환이 갑자기 심해져서 너를 곧 보내달라고 요청하였다. 곧 근친하여 약시중을 들도록 해라.”

소저가 명을 듣고 곧 황부로 가서 각로와 모부인을 뵈니 각로가 물었다.

“아까 네 글을 보니 몸의 병이 심하다 하기에 데리고 와서 병조리를 하고자 하였는데 네 어머니가 ‘시집에서 보내지 않을 것이니 부모의 병이라고 하여 부르는 것이 좋겠다’고 하여 내가 네 시아버지에게 요청하였다. 오늘 네 모습을 보니 별로 병색이 없는데 어째서 당황스러운 글로 늙은 아비를 놀라게 하였느냐?”

소저가 슬프게 대답하였다.

“얼굴에 드러나는 증상은 의약으로 다스릴 수 있으나 마음속의 숨은 근심이 위태롭기가 아침저녁에 있으니 부모님께서 밝게 알지 못할까 두렵습니다.”

각로가 크게 놀라 말하였다.

“네 병이 왜 심한가?”

소저가 눈물을 흘리며 말하였다.

“아버지가 딸을 사랑하여 아름다운 사위를 골랐으나 지금 풍류탕자(風流蕩子)를 만나 오작교가 은하수에 끊어지고 항아의 신세가 월궁에 적막합니다. 청춘의 규중에서 헛되이 백두음2)을 지으니 소녀의 신세가 도리어 죽어서 알지 못하는 것이 낫겠습니다.”

각로가 분개하여 말하였다.

“애비가 늙은 나이에 너를 낳아 손안의 보물로 알았는데, 내가 너의 신세를 그르쳤을까 두렵구나. 자세히 말해 보아라.”

소저가 흐느끼며 말하였다.

---

2) 白頭吟 : 반첩여가 조비연에게 은총을 빼앗겨 장양궁에서 자신의 신세를 한탄하여 읊은 시.

"양원수가 강주에서 귀양살이를 할 때 한 천한 기생을 거두어 왔는데 음란한 행동과 요악(妖惡)한 태도로 남자를 미혹시켜 교묘한 웃음과 말로써 상하를 부화뇌동하여 소녀를 멸시합니다. 그 말에 이르기를 '황씨는 후에 들어온 사람이다. 내가 어찌 본처와 첩의 구분을 지켜 아래에 있는 것을 달게 여기리오?' 라고 하니 지금의 형세는 공존할 수가 없습니다. 소녀가 차라리 죽어서 모를까 합니다."

황각로가 듣고 나서 크게 노하여,

"하찮은 천한 기생이 어찌 그와 같이 당돌할 수 있는가? 내 딸이 비록 재주와 덕이 없으나 황제의 명을 받들어 혼인을 이룬 사람이다. 양원수도 박대하지 못하는데 하물며 천한 기생이랴? 마땅히 양부로 가서 천한 기생을 쫓아내리라."

라고 하자 위부인이 만류하여 말하였다.

"상공께서는 노여움을 그치시고 천천히 일의 기미를 보시고 처리하소서."

각로가 그 말을 옳게 여기었으며 위부인의 음흉하고 간사한 마음과 사납고 독한 성질을 각로가 감히 거역하지 못하였다. 이로부터 위부인은 딸아이를 일방적으로 감싸서 선랑을 해치고자 하여 치밀한 계획과 기괴한 책략을 헤아리기가 어려웠다.

십여 일 뒤에 소저가 양부로 돌아가는데 각로가 소저의 손을 잡고 말하였다.

"네가 시댁으로 돌아가서 만약 어려운 것이 있거든 즉시 기별을 보내어라. 늙은 애비가 비록 무능하나 일개 천한 기생은 지푸라기와 같이 보니 어찌 근심을 하겠느냐?"

위부인이 냉소하며 말하였다.

"출가한 여식은 생사고락이 시집에 달렸는데 상공께서 그것을 어떻게 하시겠습니까? 너는 돌아가 만약 욕을 당하거든 차라리 자결하여 다른 사람의 웃음거리는 되지 말아라."

소저가 눈물을 떨치고 수레에 오르자 각로가 눈으로 차마 볼 수가 없어 부인을 꾸짖고 딸자식을 위로하였다.

어느덧 세월이 흘러 양원수가 출전한 것이 이미 서너 달이 지났다. 여름이 다 가고 가을이 이르러 날씨가 화창하고 서늘한 바람이 으스스 하였다. 선랑이 조용한 별당에 거처하여 두 아환을 거느리고 난간에 기대어 서 있는데 서리 기운은 허공에 엉기고 밝은 달빛은 땅에 가득 하여 짝지어 우는 기러기가 무리지어 날아 남쪽으로 돌아갔다. 선랑이 처량한 기색으로 길게 한숨을 쉬며 말하였다.

"아! 이 몸이 두 날개가 없는 것이 한스럽구나. 어쩌면 저 기러기를 따라 갈 수 있을까?"

라고 하였다. 이에 한 구의 시를 외우고,

"'가련한 규방의 달은 복파3)의 군영에도 흘러 비추네' 라고 하였으니 정말로 오늘 밤의 내 마음을 말한 것일세."

하며 구슬 같은 눈물로 옷을 적시는데 갑자기 춘월이 와서 말하였다.

"소저께서 저를 보내시어 소청과 자연을 바꾸어 보내라고 하셨습니다."

선랑이 두 아환을 돌아보고 말하였다.

"소저께서 매번 너희를 칭찬하시니 만약 시키는 일이 있으면 조심하고 받들어 행하라."

두 아환이 명을 받고 갔다. 춘월이 선랑을 향하여 웃음을 머금고 말하

---

3) 伏波 : 후한의 복파장군(伏波將軍) 마원(馬援)을 말한다.

였다.

"낭자의 평생이 자못 쓸쓸하지 않다가 지금 깊은 별당에 거처함은 우리 상공이 출전하신 까닭입니다."

선랑이 미소를 지으며 대답하지 않자 춘월이 웃으며 말하였다.

"제가 재상가에서 나고 자라 규중처녀를 많이 보았습니다만 낭자 같은 자색은 지금 처음 봅니다. 부중 상하의 공론이 모두 우리 소저의 아래에 있는 것이 참으로 한이라고 합니다."

선랑이 웃으면서 말하였다.

"내가 십년 청루에서 비록 배운 바가 없으나 사람들의 말을 듣고 오히려 대략 그 뜻은 알 수 있다. 지금 네가 농락하는 것을 왜 모르겠는가?"

춘월이 머쓱하여 다시 말을 하지 못했다.

이때 소청과 자연이 황소저의 침실에 이르자 소저가 반갑게 웃으며 말하였다.

"마침 본가에서 송강의 농어를 보내 왔다. 내가 익혀 먹고자 하나 춘월과 도화는 삶는 법을 모르기 때문에 특별히 너희들을 불렀으니 한 때의 수고를 아끼지 말아라."

두 아환이 명을 받들고 부엌으로 들어가 국을 끓였다.

한편 선랑이 춘월의 음흉하고 간사한 말에 그 뜻을 엿보는 것을 알고 등불을 돋우고 묵묵히 앉았는데 소청과 자연 두 아환이 밤이 깊어도 돌아오지 않았다. 춘월이,

"소청과 자연이 한 번 간 뒤로 전혀 소식이 없으니 제가 가볼게요." 하고 문을 열고 나가더니 또 소식이 없었다. 선랑이 베개에 기대어 이리저리 뒤척거리며 잠을 이루지 못하고 스스로 쓸쓸하고 처량함을

금하지 못하더니 문 밖에 갑자기 사람의 기척이 있었다. 두 아환이 돌아온 것인가 의심하여 일어나 앉아 기다리는데 갑자기 함성이 있더니 소청과 자연이 방 안으로 달려 들어왔다. 선랑이 또한 크게 놀라 급히 창을 열고 보니 춘월이 계단 아래에 엎어져 있고 한 남자가 신을 벗고 담을 넘고자 하다가 도로 외당의 중문을 찾아 나갔다. 춘월이 급히 일어나 크게,

"별당에 수상한 남자가 있다."

고 소리치며 뒤를 쫓아갔다. 이때 원외가 외당에 있으면서 아직 잠을 이루지 못하다가 크게 놀라 창을 열고 보니 과연 달빛 아래에 옷매무새가 번듯하고 기세가 사나운 한 남자가 도로 외당의 담장을 넘어 돌아가다가 춘월이 그 허리띠를 끌어당기자 떨치고 달아났다. 원외가 급히 하인을 불러 그 종적을 살폈으나 이미 간 곳이 없었다. 원외가 여러 하인에게 단단히 타이르기를,

"이는 도둑놈이 틀림없다. 너희들은 밤새도록 순찰하라."

하고 문을 닫고 막 잠을 자려고 하는데, 춘월이 여러 하인과 함께 창 밖에서 떠들며,

"저 도적놈의 주머니에서 이상한 향기가 나니 재상가 부중의 물건이 틀림없다."

라고 하여 원외가 꾸짖어 물리쳤다. 춘월과 창두가 문 밖으로 나가 사사로이 그 주머니를 뒤지자 한 폭의 채전(彩箋)이 있었다. 춘월이 미소를 머금고,

"그 도적놈은 글을 읽은 자임이 틀림없다. 이것이 어찌 도적놈의 문서가 아니겠는가? 우리 부인에게 보이리라."

라고 하며 내당으로 들어갔다. 허부인이 그 까닭을 묻자 춘월이 말하

였다.

"아까 소청과 자연이 소저의 침실로 들어와 한가로이 이야기를 나누다가 밤이 깊어서 갈 때 제가 함께 가기를 원하였기로 별당 계단 아래에 이르니 갑자기 키가 큰 미남자가 신을 벗고 침실 대청에서 내려오다가 저를 보고는 불문곡직하고 발로 차서 거꾸러뜨리고 담을 넘으려다가, 도로 외당으로 달려가 외당의 담장을 넘기에 천비가 쫓아가 그 주머니를 빼앗으니 바로 한 비단 주머니였습니다. 주머니 속에 이 편지가 있사오니 부인은 이것을 보십시오."

라고 하자 허부인이 웃으며 말하였다.

"도적놈은 이미 쫓았으니 주머니 속의 물건을 보는 것이 무슨 이익이 있겠느냐?"

말을 마치기 전에 황소저가 허둥지둥 와서,

"어머니께서 놀라셨을까 걱정되어 감히 문안하러 왔나이다."

하여 부인이,

"현부가 지금 어찌 잠을 자지 않았는고?"

하였다. 소저가 대답하기를,

"부중이 시끄럽기에 저절로 놀라 깼으며 옆에 있는 사람들이 잘못 전하여 '노부인 침실에 도둑의 변고가 있다'고 하기로 더욱 놀라 문후를 여쭙니다."

라고 하자 허부인이 말하였다.

"도적이 별실로 들어가다가 지금 이미 쫓아 보냈으니 현부는 마음 놓고 돌아가라."

황소저가 다시 놀란 기색으로 춘월을 돌아보고 말하였다.

"별당에 저장한 재물이 없는데 무엇을 가지러 들어왔는가?"

춘월이 웃으며 말하였다.

"꽃이 그 향기를 뿜으면 나비가 스스로 옵니다. 어찌 다만 금은 비단만이 재물이 된다 하겠습니까?"

황소저가 웃으며 말하였다.

"네가 손 안에 가지고 있는 것이 무엇인가?"

춘월이 웃으며 바치자 황소저가 그것을 받아 불 아래에서 펴보려 하였다. 부인이 웃으며 말하였다.

"도적놈의 물건을 규중여자가 열어 볼 필요가 없느니라."

황소저도 그렇다 하여 춘월에게 돌려주고 즉시 윤소저의 침실에 가서 춘월이 장황하게 말을 하여 가면서 주머니 속의 물건을 찾아내려 하였다. 윤소저가 정색하고 말하였다.

"나는 도둑놈의 주머니 속 물건을 보고 싶지 않으니 거두어 멀리하라."

황소저가 윤소저의 기색을 보니 준엄하여 조금도 마음이 움직이지 않자 춘월에게,

"선랑이 외로운 사람으로 생소한 가문에서 의외의 변을 당하였으니 내가 마땅히 한 번 가서 위로하리라."

하고 몸을 일으켜 별당으로 갔다. 선랑노주가 놀라고 황당함을 이기지 못하여 촛불 아래에 둘러 앉아 있었다. 황소저가 선랑의 손을 잡고 눈물을 머금고 말하였다.

"그대가 부중에 들어와 다정한 것을 보지 못하고 이런 괴변을 당하니 혹시 놀라지는 않았는가?"

선랑이 웃으며 말하였다.

"저는 천한 기생입니다. 외간 남자를 두루 많이 겪었고 평지풍파를 지낸 것이 여러 번이라 사소한 괴변을 어찌 놀랐겠습니까마는 단지

소저께서 특별히 천한 몸을 돌보아 염려하여 이러한 심려를 해 주시니 마음이 편치 못 합니다.”

소저가 묵묵히 말이 없자 춘월이 웃으며,

“부중에 도적이 들어오는 일은 혹 흔히 있을 수 있는 것이지만 그 장물을 빼앗은 것은 천비의 솜씨라고 생각합니다.”

라고 하자 선랑이,

“장물이 무슨 물건인가?”

라고 물었다. 춘월이 또 종이쪽지를 꺼내려 하자 황소저가 꾸짖기를,

“근거없는 물건을 전파하여 무슨 소용이 있겠느냐. 빨리 불속에 던져 그 흔적을 없애라.”

고 하였다. 선랑이 소저의 언사가 수상함을 보고 춘월의 손 안에 있는 종이를 빼앗아 그것을 보니 한 조각 채전(彩箋)이 동심결[4]로 봉해져 있고 자세하게 글을 이루었다. 그 대략에 이르기를,

군자를 보지 못하니 하루가 삼 년 같습니다. 깜빡이는 외로운 등에 제 그리움이 그지없습니다. 양원수는 무정하여 이미 국경 밖의 객이 되었습니다. 적막한 후원에 가을 달이 둥글고 꽃이 담장 머리에 떨어지니 사랑하는 사람이 오신 듯합니다. 양원수에게 제가 이미 몸을 허락하였고 친구로서 사귀었으나 이제 경성에 온 것은 특별히 한 때의 유람을 위한 것입니다. 우리 두 사람의 백년 굳은 약속은 심양강[5]이 깊고 벽성산이 높습니다. 별당의 대나무 사립문을 닫고 비파를 타며, 청송녹죽(靑松綠竹)과 누런 국화와 단풍으로써 옛 인연을 이을 것입니

---

4) 同心結 : 비단실로 짜서 만든 끈을 고리형으로 엮는 매듭으로, 굳은 애정을 상징함.
5) 潯陽江 : 강서성(江西省) 구강(九江)의 별칭. 백낙천(白樂天)이 <비파행(琵琶行)>을 지은 곳으로 구강부(九江府)를 심양강이라고 함.

다. 여러 가지 정다운 이야기는 바라지문에 기대어 십오일 밝은 달을 고대하겠습니다.

라고 하였다.

선랑이 보고나서 안색을 태연하게 하여 웃으며 말하였다.

"이것은 도적놈의 장물이 아니고 곧 벽성선의 장물입니다. 서로 그리는 연애편지는 창기에게는 늘 있는 일입니다. 소저는 의심하지 마십시오."

황소저가 기운이 상하여 한마디 답도 하지 않고 돌아갔다.

선랑이 소저와 춘월을 보내고 홀로 외로운 베개에 누워서도 마음이 편치 않아,

'내가 비록 청루에 오래 있었어도 나쁜 말이 귀에 이르지 않았는데 지금 간사한 사람의 음해에 빠져 이 한을 씻을 곳이 없으니 어찌 운명이 기박(奇薄)해서가 아니겠는가? 또 기이한 일은 내 필적은 혹 모방할 수 있으나 벽성산 심양강의 일과 별당의 대나무 사립문을 닫은 일과 상공과 함께 마음을 논한 말은 응당 아는 자가 없는데 이와 같이 훤하게 말하니 간사한 사람의 조화를 과연 예측하기 어렵구나.'
라고 생각하니 마음속이 어지러웠다.

문득 다시 생각하니 '원수(元帥)가 이별할 때에 나에게 혹 어려운 바가 있거든 윤소저와 상의하라고 하였으니, 내가 마땅히 다음 날에 윤소저를 방문하고 마음속에 있는 말을 다하여 한 번 어려움을 처리하는 방법을 물으리라.'
하고는 날이 밝기를 기다려 윤소저의 침실에 이르렀다. 소저가 웃으며 맞이하고 말하였다.

"그대가 밤에 한바탕 시끄러운 일을 겪었으니 어찌 마음이 어지럽지 않겠는가?"

선랑이 근심에 잠겨 말하였다.

"제가 상공을 좇아 천 리 길이 멀다 않고 온 것은 한때 지나가는 바람기가 아니었습니다. 진실로 우러러 사모하는 마음이 있어서입니다. 지금 부중에 들어와 며칠이 지나지 않았는데 추한 소문과 해괴한 일이 가정의 법도를 어지럽히고 조용한 집안을 시끄럽게 하니 다른 날 다시 무슨 면목으로 상공을 대하겠습니까? 고향으로 돌아가고자 하나 오고감을 마음대로 할 수 없고, 부중에 있고자 하나 후환이 끝없이 따를 것입니다. 저는 어려움에 대처하는 방법을 모릅니다. 소저께서 밝게 가르쳐 주시기를 바랍니다."

윤소저가 웃으면서 말하였다.

"나에게 무슨 식견이 있어 그대에게 미칠까마는 일찍이 듣자하니 군자는 변(變)에 처함을 상도(常道)를 대처하는 것과 같이 한다 하였네. 자신의 몸을 닦고 뜻을 지켜 천명을 따를 뿐이야. 낭은 안심하고 다만 자신에게 있는 도리에 힘쓰게."

선랑이 마음속으로 탄복하여,

'소저는 참으로 여자 중의 군자시다. 어찌 우리 상공의 아리땁고 정숙한 좋은 짝이 아니리오.'

라고 생각하였다. 말을 마치지 않아 창 밖에 연옥이 급하게 소리치기를,

"춘월은 무슨 일을 엿듣는가?"

하여 선랑이 몸을 일으켜 돌아갔다.

이 때 황소저는 선랑이 윤소저의 침실로 간 것을 알고 춘월을 보내 두 사람의 말을 엿듣게 하였다가 연옥에게 들켰다. 춘월이 웃으면서

　　연옥의 손을 잡고,

　　"너를 찾아 왔었어."

라고 하며 몸을 돌려 돌아가서 선랑과 윤소저가 상의한 자초지종을 하나하나 고하였다. 황소저가 냉소하며 말하였다.

　　"윤소저의 지혜와 천한 기생의 요사함으로 대충 일이 되어가는 형편을 알겠구나. 이처럼 모의하니 내가 소홀하게 단속할 수가 없구나."

　　한편, 하루는 선랑이 홀로 별당에 앉아 있는데 한 노파가 들어왔다.

　　선랑이,

　　"노파는 누구인가?"

하였더니 노파가,

　　"저는 방물장수입니다."

라고 하였다. 자연이 나오며,

　　"어떤 패물이 있어요?"

하고 물었더니 노파가,

　　"달 같은 명월패(明月佩)와 별 같은 진주부채와 불같은 산호 구슬과 꽃 같은 칠보장(七步粧) 등 없는 것이 없다오. 마음대로 골라보시오."

라고 하고 다른 것을 꺼내어 보였다. 연이,

　　"이것은 무엇이오?"

하며 들어서 보니 둥근 것이 구슬 같고 향기로운 냄새가 코를 찔렀다. 노파가,

　　"이것은 사악함을 물리치는 약으로 몸 가까이 지니고 있으면 밤에 다니더라도 도깨비들이 모습을 드러낼 수 없고, 병이 유행해도 돌림병이 침범하지 못한다오. 규중의 사람에게는 특별히 긴요하지 않으나 하천배인 종들은 모두 지닐 만하니 사시오."

연이 한 개를 골라서 선랑에게 보이며 사려고 하자 선랑이 웃으면서 한 개를 시주고 소청을 돌아보고,

"너도 가지고 싶으냐?"

라고 하였다. 청이 웃으면서,

"행동거지가 떳떳하면 사악한 귀신이 어찌 모습을 드러낼 수 있겠습니까? 그리고 운명이 불행하면 질병을 어떻게 면할 수 있겠습니까? 저는 사고 싶지 않습니다."

라고 하여 선랑이 미소하였다.

자연이 단약을 가지고 손에서 그것을 놓지 않고 사랑해 마지않자 소청이 꾸짖으며,

"무용지물에 지나지 않는 것을 희롱하며 허송세월을 하니 내가 반드시 빼앗아 버리리라."

하자 연이 두려워 깊이 숨겼다.

하루는 자연이 별당 문 밖에 서 있는데 춘월이 놀러 왔다가 웃으며 말하였다.

"네가 기이한 단약을 가지고 있다고 들었는데 잠깐 구경하고 싶구나."

연이 품속에서 그것을 꺼내어 보여주자 춘월이 웃음을 머금고 말하였다.

"이 물건을 왜 몸속에 차고 있니?"

"몸에 지니고 있으면 귀물이 침범하지 않고 질병이 침범하지 않는 까닭으로 옷 속에 넣어 두고 있단다."

"나도 하나 사서 차겠다."

이때는 팔월 중순이었다. 옥 계단에 찬 이슬이 이미 내리고 사방 벽에서는 벌레 소리가 찌르르 찌르르하여 남편을 싸움터로 보낸 부녀

자의 처량한 마음을 도왔다. 선랑이 심심하게 혼자 앉았다가 쓸쓸한 마음을 서로 의논할 곳이 없어 등불을 끄고 침상에 누웠더니 소청과 자연 두 여종은 이미 잠이 깊이 들었다.

춘월이 급히 와서 문을 두드리기에 선랑이 일어나서 문을 열었다. 춘월이 한손에 초롱을 들고 방안으로 들어와서 황소저가,

"내가 갑자기 병을 얻어 자리에 누웠으니 서로 다시 보기가 어려울 것 같아."

라고 한다는 말을 전하였다. 선랑이 말하였다.

"병 증세가 어떠하기에 그리 급하게 되었느냐?"

춘월이 한편으로는 대답하고 한편으로는 초롱을 놓으며 소청과 자연이 누워 잠자는 옆에 앉아 말하였다.

"오늘밤에 날씨가 맑고 서풍이 불어 매우 쌀쌀하니 어떻게 본부에 오고가지요?"

"무슨 일 때문에 가느냐?"

"약을 지으러 가려고요."

"내가 지금 소저가 계신 곳에 가 보리라."

하고 소청을 불러,

"초롱의 불을 옮기어 촛대에 불을 붙여라."

고 하자 춘월이,

"곤한 잠에 빠졌으니 천천히 깨우지요."

하며 춘월이 스스로 촛대를 끌어서 붙이고자 하다가 우연히 쳐서 넘어뜨려 촛대와 초롱의 불이 일시에 다 꺼졌다. 춘월이 불평하는 체 하며 말하였다.

"속담에 이르기를 급히 먹는 밥이 쉽게 체한다고 하더니 헛말이

아니네. 저는 급해서 가겠습니다."

라고 하고 훌쩍 나갔다. 선랑이 소청을 불러 다시 불을 붙이게 하자 소청이 일어나 옷을 찾았으나 옷이 간 곳이 없었다. 어두운 중에 서둘러 찾는데 선랑이 빨리 일어나라고 꾸짖자 소청이 다급해서 자연의 옷을 입고 선랑을 따라서 황소저가 있는 곳에 가자 소저가 막 침상 위에서 누워 끙끙 신음하다가 선랑을 보고 말하였다.

"병든 사람에게 스스로 오니 친근한 사람일세. 낭이 이와 같이 와서 문병을 하니 그 다정함을 알겠어."

선랑이 좌우를 돌아보니 아무것도 없고 다만 풍로에 달이는 약이 끓고 있는 것이 보였다. 소저에게 물었다.

"도화는 어디 가서 돌아오지 않습니까?"

"춘월은 본부에 보내고 도화는 밖에 나가 돌아오지 않으니 이상하네."

선랑이 소청과 탕약을 보니 이미 약이 다 달여졌기에 황소저에게 말하였다.

"약이 이미 다 달여졌습니다."

"비록 불편하나 소청이 와서 걸러오게 하면 어떻겠는가?"

소청이 즉시 약을 걸러서 바쳤다. 황소저가 벽을 향하여 누웠다가 다시 돌아누우며 이마를 찡그리고 도화를 여러 번 나무랐다. 춘월이 들어와 크게 놀라며 말하였다.

"탕약을 누가 걸렀습니까?"

소저가 억지로 말하였다.

"나는 정신이 가물가물하여 어떻게 된 것인지 알지 못하겠으나 선랑이 소청을 시켜 거르게 한 것 같다."

춘월이 입으로 중얼거리며 도화가 윗사람을 잘 받들지 못한 것을 꾸짖고 뜨거운 탕약이 조금 식기를 기다렸다가 황소저에게 바쳤더니 소저가 애써 일어나서 그릇을 들고 마시려다가 이마를 찌푸리며 고개를 돌리고 말하였다.

"이번 약은 역한 냄새가 속에 거스르니 무슨 까닭인가?"

"약이 쓰지 않으면 병이 나을 수 없습니다. 소저는 각로와 노부인의 심려를 생각하여 한 번 마셔 보시지요."

소저가 다시 약그릇을 들어 입술을 가까이 대었다가 땅에 그릇을 던지고 상위에 넘어져 혼절하였다. 선랑노주가 크게 놀라서 살펴보고자 하였는데 춘월이 발을 구르고 가슴을 치며

"이는 소저가 중독된 것이 틀림없다."

하고는 즉시 쪽진 머리 위의 은비녀를 빼서 약그릇에 담그자 순식간에 비녀가 푸른빛으로 변하였다. 춘월이 큰 소리로 도화를 부르자 도화가 놀라서 들어왔다. 춘월이 하늘을 쳐다보고 큰 소리로 울며,

"그 사이 어디를 가서 우리 소저를 독한 사람의 수중에 들어가게 하여 이러한 지경에 이르게 하였느냐?"

하고 소청의 몸을 수색하여 나머지 약을 찾으려고 하였다. 소청이 기가 꺾여 옷을 벗고 울면서,

"하늘이 나의 노주를 죽이고자 하는데 어찌 그 방법이 없어서 이런 지경에 이르게 하는가?"

라고 하고 윗옷을 벗자 한 봉의 환약이 아직 옷 속에 있었다. 춘월이 환약을 가지고 잡아 쪼개며,

"우리 소저가 적국의 간사한 꾀를 알지 못하시고 진심으로 대우하였더니 마침내 이러한 일을 만나서 청춘의 나이에 억울하게 죽게 되셨구나. 아득한 푸른 하늘아! 어찌 차마 이럴 수가 있는가?"

하고 도화를 돌아보고,

"소청의 노주는 우리들의 불구대천의 원수가 되었으니 꼭 잡고 놓치지 마라."

라고 하고 허부인의 침실에 이르러서 울면서 소저가 중독된 사실을 아뢰었다. 부인이 크게 놀라서 그 까닭을 물었다. 춘월이 눈물을 뿌리면서 아뢰었다.

"소저가 저녁밥을 드신 뒤에 신기가 편치 않아서 본부에서 두 첩의 약을 지어 와서 한 첩은 제가 직접 다렸으며, 또 한 첩은 제가 본부로 간 사이에 선랑이 소청과 함께 아무 이유 없이 스스로 와서 약을 달이고 마시도록 권하였습니다. 소저가 정신이 혼미한 가운데 겨우 조금 마셨는데 좌불안석하고 인사불성인 까닭으로 제가 은비녀를 빼서 약탕기에 담그자 푸른 빛이 분명하였고 소청의 몸을 뒤지니 남은 약이 아직 품속에 있었기 때문에 빼앗아 가지고 왔습니다."

허부인이 말없이 가만히 있다가 즉시 윤소저의 침실로 가서 윤소저를 데리고 황소저의 침실로 갔다. 선랑은 침상 밑에 진흙으로 만든 허수아비처럼 앉아 있고, 도화는 소청을 잡고 서 있다가 윤소저가 오는 것을 보고 비 오듯 눈물을 흘렸다. 윤소저가 선랑의 처지를 가엾게 여겨서 차마 똑바로 보지 못하고 눈물을 머금고 머리를 숙이고 있다가 황소저의 신변에 나아가 맥을 짚고 보니 체온이 고르기가 평상시와 다름이 없었지만 숨을 헐떡거림은 급하기가 경각에 있는 것 같았다.

윤소저가 말없이 물러나 서자 허부인이 또 침상 앞에 이르러 말하였다.

"네가 한 밤중에 이 무슨 까닭이냐?"

황소저가 대답을 하지 않고 일부러 구역질 하는 모습을 짓고 울음을 그치지 않자 허부인이 좌우를 돌아보고 말하였다.

"소동을 부리지 말고 소저를 보살펴 마음을 안정시키고 소생케 하라."

춘월이 통곡하고 바로 선랑을 향하여,

"너는 우리 소저께 독을 넣고 무슨 면목으로 자리에 앉아 있느냐?" 하며 쫓아내고자 하였다. 윤소저가 정색을 하고,

"천비는 무례하지 마라! 죄가 있고 없고는 위에 부인께서 계시니 저절로 마땅히 처분할 것이요, 분의(分義)로써 말한다면 가군의 소실이다. 너는 어찌 이같이 당돌하냐?" 라는 말을 마침에 기세가 추상과 같아 춘월과 도화 두 종이 두려워 물러나 서 있었다.

부인과 소저가 한참 동안 황소저의 상태를 살폈으나 특별히 나타나는 증상이 없었다. 부인이 돌아올 때 윤소저가 선랑을 보고 눈짓을 하여 소청을 거느리고 허부인의 침소에 갔다. 원외가 내당에 들어와 그 사유를 간략히 듣고 곧 황소저의 침실에 이르러 진맥하고 춘월과 도화 두 종에게 명하여,

"너희들은 다만 소저만 보살필 뿐이지 만약 방자하게 소란을 일으키면 엄하게 다스릴 것이니라." 라고 하고 부인의 침소에 돌아왔다. 부인이 물었다.

"며느리의 상태가 어떠합니까? 집안의 법도가 어그러지고 어지러움이 이와 같으니 상공은 장차 어떻게 처리하시겠습니까?"

원외가 말없이 있다가 말하였다.

"황부가 비록 중독되었다고 하나 다행히 탈이 없으니 그것을 처리할 대책을 다시 생각하리다."

이때 황소저가 간교한 방법으로 잉첩을 해치고자 하여 시아버지와 시어머니를 놀라게 하고 벽성선을 눈 속의 못으로 여겨 몸과 목숨을 돌아보지 않으니 이 어찌 천추에 부인이 경계할 바가 아니겠는가? 일부러 침상에 누워 부중의 동정을 살펴 들으니 부중의 상하가 하나도 선랑을 의심하는 자가 없어 애간장이 더욱 타고 분한 독기가 더욱 더하여 춘월을 시켜 본부에 보내 다시 늙은 아비를 공동6)하고자 하였다.

춘월이 황부의 문 앞에 달려들며 목 놓아 크게 통곡하고 땅에 엎드려 까무러쳤다. 부인과 각로가 크게 놀라 그 까닭을 묻자 춘월이 다시 땅을 치며 하늘을 향해 부르짖기를,

"가엾어라, 우리 소저여! 무슨 죄로 청춘에 원혼이 되는가?"
라고 하였다. 황각로가 이 말을 듣고 큰 소리를 급히 질렀다.

"이게 무슨 말이냐? 춘월아 자세하게 말해라."

춘월이 울며 고하였다.

"소저가 어제 밤에 몸이 불편하여 약 두 첩을 지어서 하나는 제가 다려 올리고 밖에 나간 사이에 벽성선이 자기 시비 소청을 데리고 와서 남은 한 첩 약을 찾아 달여 올렸습니다. 소저가 정신이 혼미하여 믿어 의심하지 않고 끝내 한 모금을 마시고는 견디지 못하여 인사불성이었습니다. 천비가 비녀를 뽑아 시험해 보니 은색이 갑자기 변하기에 소청의 몸을 뒤졌더니 독약 한 알이 품속에 있었습니다. 엎드려 바라건대 상공께서는 급히 이 원수를 갚아 저희 소저의 외로운 넋이 참혹한 한을 씻을 수 있게 하십시오."

위부인이 냉소하며 말하였다.

<hr>

6) 恐動 : 위험한 말을 하여 두려워하게 함.

“딸의 죽음이 잘되었다. 살아서 욕을 보는 것이 죽는 것만 못함을 모르는 것은 아니지만, 다만 한심한 것은 한 나라 원로의 천금 같은 딸로서 죄 없이 일개 천한 기생이 약을 넣어 비명횡사하는 것이로다.”

각로가 손으로 책상을 치며 말하였다.

“노부가 마땅히 집안의 하인을 거느리고 양부로 가서 그 원수를 잡아 처단하리라.”

위부인이 소매를 잡고 말하였다.

“춘월이 전하는 바를 들으면 양부의 상하에서는 간사한 사람과 한통속이 되어 도리어 딸아이를 의심한다고 하니 상공은 가지 마십시오.”

각로가 소매를 떨치며,

“부인은 약한 여자의 소리를 하지 마시오.”

하고 하인 십여 명을 호령하여 양부로 가려고 하였다. 알지 못하겠다, 필경 어떻게 되리오? 또 아래 회를 보라.

쏙루몽 권1

  한편, 이때 황각로가 십여 명의 하인을 거느려 거리를 메우고 벽제를 하며 양부에 달려 들어가 원외를 보고 분노하여 말하였다.

  "제가 오늘 딸아이의 원수를 갚고자 하여 왔으니 형은 집 안에 간사한 사람을 두지 마시고 빨리 쫓아내십시오. 제가 비록 부족하나 일개 천한 기생을 죽고 살리는 권력은 손 안에 있습니다."
원외가 웃으며 말하였다.

  "승상의 말씀이 너무 지나치십니다. 이는 저의 집안일입니다. 제가 비록 민첩하지 못하나 제 스스로 처치할 것이며 따님이 또한 아무 탈이 없으니 걱정하지 마십시오."

  황각로가 노하여 말하였다.

  "제가 이미 알고 왔는데 형은 어찌 요사스럽고 못된 천한 기생을 보호하여 사람의 목숨에 관계되는 중대한 일을 숨기고자 하십니까?

형이 만약 원수를 쫓아내지 않는다면 저의 처에게 내당을 뒤지게 해서라도 오늘 이 원수를 갚고 돌아갈 것입니다.”

말을 마침에 분한 기운이 가슴을 눌러 숨을 몹시 헐떡거렸다.

원외가 그 늙어서 판단력이 흐린 모양을 보고 다시 웃으며 말하였다.

“승상의 살피지 못함이 어찌하여 여기까지 이르셨습니까? 제가 비록 어질지 못하나 승상의 따님은 곧 저의 며느리입니다. 자애로운 마음은 부모와 시부모가 다름이 없는데 그 죽고 사는 것이 갈리는 때에 어찌 차마 이와 같이 태연하게 있겠습니까? 또 여자가 출가하면 그 중한 바가 시집에 있습니다. 지금 승상이 근거 없는 말을 곧이듣고 이와 같이 잘못된 생각을 하시니 이는 도리어 따님을 사랑하는 도리가 아닙니다.”

황각로가 바야흐로 무안한 기색이 있어,

“과연 형의 말과 같다면 딸아이의 실낱같이 보잘 것 없는 목숨이 아직도 이 세상에 있다니 잠시 서로 만나 보고자 합니다.”

라고 하였다. 원외가 그것을 허락하고 곧 내당에 통지하여 황각로를 이끌고 소저의 침실에 이르렀더니 소저가 거짓으로 침대 위에 누워 있어 눈을 감고 숨소리가 끊어질 듯하였다. 각로가 웅크리고 앉아 어두운 눈을 떠서 당황하여 보자 구름 같은 살쩍은 어지러이 흩어져 옥 같은 얼굴을 덮고 이마를 잔뜩 찡그려 화기(和氣)가 사라졌으며 수족을 움직이지 않고 숨소리가 있는 듯 없는 듯하였다. 각로가 앞으로 나가 그 몸을 어루만지며 불러 말하였다.

“얘야. 이것이 어찌 된 까닭이냐? 네 아비가 여기 왔으니 눈을 떠서 보아라.”

소저가 갑자기 구역질하는 모양을 하고 가는 목소리로 대답하였다.

"제가 불효하여 이렇게 근심을 끼치니 아버지는 조금도 괘념치 마세요."

각로가 위로하여 말하였다.

"춘비가 망령되이 나쁜 소식을 전한 까닭으로 급히 왔더니 오히려 살아있음을 보니 다행이구나. 간사한 사람을 처치하는 것은 시댁에 관계되는 일이니 내가 알 바가 아니다. 출가한 여자는 중한 바가 시댁에 있으니 내가 무엇을 하겠느냐?"

소저가 눈물을 흘리고 오열하며,

"소녀가 이 지경에 이르렀으니 죽고 사는 것은 예사로운 일입니다. 잠시 근친을 가서 악독한 사람의 손에서 벗어나고자 합니다."
라고 하자 각로가 또 측은한 기색이 있어 원외를 보고 근친을 청하자 원외가 허락하였다. 각로가 곧 집으로 돌아와 부인을 대하여 기쁜 빛이 얼굴에 가득하여 말하였다.

"딸아이가 별 탈이 없는데 춘월이 소동하여 노부가 자칫하면 잘못하여 사람의 목숨을 죽일 뻔하였소."

위부인이 냉소하며 말하였다.

"상공은 다만 죽은 뒤에 원수를 갚을 줄만 알고 생전에 수치를 씻을 것은 생각지 않으십니까?"
각로가 또 그 말이 그렇겠다고 여겨 말하였다.

"딸아이가 곧 올 것이니 그 애의 말을 듣고 다시 상의합시다."

이때 양원외가 내실에 들어 허부인과 윤소저를 대하여 황각로의 일을 말하고 처치할 방법을 상의할 때 허부인이 탄식하며 말하였다.

"제가 대략 생각해보니 한 사람의 죄를 밝히고자 하면 한 사람의 잘못이 드러나고, 한 사람의 잘못을 가려 덮고자 하면 한 사람이 원통하게 죄를 입어 억울하니 상공은 깊이 헤아려서 잘 처리하십시오.”
원외가 머리를 끄덕이며 말하였다.

“나 또한 대략 아나 마땅히 아들이 돌아오는 것을 기다려 처리하리라.”
조금 있다가 황부에서 교자를 보내어 소저를 데리고 가자 허부인이
소저의 손을 잡고 탄식하며 말하였다.

“내가 덕이 적어서 집안의 도를 바르게 하지 못한 까닭으로 이러한
일이 생겼으니 누구를 원망하며 누구를 허물하겠느냐?”
소저가 대답하지 못하고 다만 눈물을 흘리며 교자에 올라 황부로 향하
여 갔다.

이때 위부인이 독한 성정과 교활한 마음으로 투기하는 딸을 돕고자
하여 간특한 계책을 행하다가 일이 뜻과 같이 되지 않자 사납고 독한
마음을 이기지 못하여 각로를 부추기고자 하여 딸을 보고 손을 잡고
통곡하며,

“네 아버지가 사위를 잘못 골라 늦은 나이에 얻은 딸이 이와 같은
고초를 겪고 또 원수를 갚을 수 없어 훗날 마침내 간악한 사람의 음해
를 당할 것이니, 네 어미가 차라리 먼저 죽어 모두 모르는 것이 나을
듯하구나.”
하고 서로 안고 우는데 춘월이 또 소저를 붙들고 목을 놓고 통곡하여
한바탕 시끄러운 소동이 일어났다. 각로가 그 모습을 보고 허둥지둥
부인과 딸아이를 위로하여 말하였다.

“부인은 울음을 그치고 원수 갚을 계책을 생각하시오. 양원외는 도
량이 좁은 사람이니 내가 다시 말하고 싶지 않아요. 내일 황상께 아뢰
어 마땅히 큰 거조(擧措)가 있을 것이니 부인은 근심하지 마시오.”
다음날 황각로가 조회를 마친 후에 탑전에 아뢰어 말하였다.

　"전쟁에 나간 원수 양창곡은 신의 사위입니다. 집안의 법도가 어긋나서 창곡이 전쟁을 나간 뒤에 요사스럽고 악한 첩이 본처의 음식에 독약을 넣었으니 그 본처는 곧 신의 딸입니다. 놀랍고 괴이한 소문과 망칙한 행동이 강상(綱常)의 변고라고 할 만 하옵니다. 신이 감히 사사로운 정을 위함이 아니오며 창곡은 폐하의 가장 믿음직스러운 신하입니다. 지금 밖에 있어 돌아오지 않고 그 집안의 법도가 이와 같이 어긋났으니 폐하께서 만약 그 못된 첩의 죄를 다스려 집안의 도를 바로하지 않는다면 그 해가 창곡에게 미칠까 두렵습니다."

　폐하가 듣고 윤각로를 돌아보며 말씀하였다.

　"경도 창곡과 남이 아닌데 어찌 이 말을 듣지 못하였는가?"

　윤각로가 아뢰었다.

　"신도 들었사오나 규중의 일은 조정에서 간여할 수 없는 까닭으로 아뢰지 않았사옵니다. 지금 물으시니 신의 어리석은 견해로는 창곡이 돌아오는 것을 기다려서 처리하는 것이 좋을 듯합니다."

천자가 그 말을 따르자 황각로가 어찌할 수 없어 물러나 대루원에 이르러 윤각로를 책망하였다.

　"형은 훗날 딸아이의 근심을 생각하지 않고 천한 기생을 개의치 않으시니 어째서 멀리 내다보는 걱정이 없으십니까?"

　윤각로가 웃으면서,

　"내가 비록 민첩하지 못하나 대신의 반열에 처해 있으면서 어찌 사사로운 정으로 인하여 조정을 어지럽힐 수 있겠습니까? 지금 양원수가 밖에 있고 나와 혼인을 맺은 친척입니다. 그 가문의 풍파를 점잖게 진정시키는 것이 좋은데 이와 같이 일을 크게 벌리고자 하십니까? 나는 그렇게 하는 것이 옳은 줄을 모르겠습니다."

라고 하자 황각로가 오히려 분한 표정을 하였다.

이때 선랑이 스스로 죄인을 자처하여 별당에 머물지 않고 물러나 행랑채의 곁방에 머물러 띠 자리에 베 이불을 덮고 머리를 빗지 않고 세수도 하지 않고 소청과 자연과 함께 노비와 주인이 서로 의지하여 문 밖을 나서지 않으니, 참담한 기색과 초췌한 모습을 부중 상하가 측은하게 생각하였으며, 비록 그가 원통하게 누명쓴 것을 알았으나 그 처지를 생각하여 그 뜻을 억지로 돌리지 못하였다.

한편, 양원수가 행군하여 구강(九江) 땅에 이르러 군대를 쉬게 하고, 오와 초의 여러 고을에 격문을 보내어 군마를 조발하라고 하여 곧 크게 사냥을 하였다. 전부 선봉장 뇌천풍이 말하였다.

"지금 적의 형세가 매우 급하여 남방의 여러 고을이 천병을 몹시 기다리고 있습니다. 지금 대군이 비록 갑절의 속도로 길을 갈 수는 없으나 오래도록 이 땅에 머무는 뜻을 소장은 모르겠습니다."
원수가 웃으며 말하였다.

"이는 장군이 알 수 있는 바가 아니오. 다만 삼군이 먼 길을 감에 노고를 이길 수 없으니 잠시 쉬며 군사를 잘 먹여 몸소 사냥하여 그 무예를 보고, 오와 초의 병사가 와서 모인 뒤에 군대를 이동하는 것이 완전한 계책이 될 것이오."

이때 남방의 여러 고을이 원수의 격문을 보고 군사와 말을 감독하고 장사를 가리어 넷째 날에 일제히 도달하였다. 다섯째 날에 양원수가 대군을 거느리고 무창산 아래로 옮겨 주둔하고 오와 초의 병사를 합하여 여러 장수의 무예를 시험하고자 하였다. 먼저 활솜씨를 시험하는데 시위 소리가 하늘에 비바람 소리를 일으키고 나는 화살은 푸른 하늘에 떨어지는 별과 같아 각각 그 재주를 다투었다.

갑자기 두 명의 소년이 장막 아래에서 큰 목소리로,

"원수가 지금 장수될 재목을 뽑고자 하시니 어찌 시위가 팽팽하지 못한 활과 가는 화살로 아이의 놀이를 본받고자 하십니까? 긴 창과 큰 칼로 용맹을 한 번 보이고자 합니다."

라고 하여 모두 그 소년을 보았다. 신장이 팔 척이고 위풍이 늠름하여 호협한 기운과 담대한 모습이 외모에 드러났다. 원수가 그 성명을 묻자,

"소장 등은 본래 소주 사람이며 한 명은 성정이 사람 죽이는 것을 좋아하는 까닭으로 사람들이 소연성(小然星) 마달이라 하고, 한 명은 담대하고 용맹을 좋아하여 향하는 곳에 적이 없는 까닭으로 사람들이 백일표(白日豹) 동초라고 합니다."

라고 대답하였다. 원수가 그 성명을 들어보니 전에 친분이 있는 듯하였다. 어렴풋하였다가 자세히 보니 다른 사람이 아니라 전에 소주의 객점에서 압강정의 길을 알려준 소년이었다. 반가워서 물었다.

"그대들이 진작에 소·항의 청루를 방황하더니 어찌하여 여기에 이르렀는가?"

소년이 우러러 원수의 얼굴을 보고 놀라며 말하였다.

"소장 등이 눈은 있으되 눈알이 없습니다. 회음의 푸줏간 마을에서 국사의 겁 많음을 비웃었다 하더니[1] 지금 원수는 청춘의 막부에 공명이 높으시고 소장 등은 창기의 집과 술집에서 몰락한 신세였습니다. 일찍이 사람을 죽인 죄를 범하고 이 땅에 망명하여 사냥으로 일삼다가 원수께서 장수될 재목을 선발하신다는 소문을 듣고 왔습니다."

---

1) 淮陰~ : 한 나라 개국공신인 한신이 회음 푸줏간 마을에서 조무래기 건달들에게 욕을 당한 고사.

원수가 크게 기뻐하여 창과 칼과 활과 말을 주고 무예를 시험할 때 동·마 두 사람이 각각 창과 칼을 들고 장막 앞에서 말을 달려 앉았다 일어나고 나아갔다 물러나며 접전하고 충돌하는 법이 하나도 소홀함이 없어 곰과 같이 뛰어오르고 민첩하기가 범과 같았다. 좌우의 여러 장수가 잘한다고 떠들썩하게 칭찬하였다. 원수가 크게 기뻐 동초로 좌익장군을 삼고 마달로 우익장군을 삼고 대군을 몰아 무창산을 에워싸고 크게 사냥하였다. 북소리와 나발소리와 포소리는 천지를 흔들고 기치와 창과 칼은 해와 달과 빛을 다투니 산천의 초목이 모두 살기를 띠고 들짐승과 날짐승이 모두 자취를 감추었다. 밤이 새도록 숲을 에워싸고 불을 놓아 호랑이와 표범과 승냥이와 이리와 꿩과 토끼와 여우와 삵을 산처럼 잡아서 크게 삼군을 먹이고는 행군하여 남쪽을 향하였다.

이때 남만왕 나타가 크게 군사를 일으켜 쳐들어 왔다가 중원 땅의 경계에 이르러 그 방비가 없음을 보고 크게 기뻐하였다. 운남과 당진 두 읍을 공격하여 함락하고 형·익·연·양 네 주를 엿보아 세 길로 군사를 나누어 곧바로 남경을 범하고자 하더니 원수의 대군이 구강 땅에 이르러 사흘 동안 크게 사냥함을 듣고 크게 놀라,

"천병이 칠천 여리를 행군하였으나 오히려 남은 용맹이 있으니 그 강성함을 알만하다. 변방이 소란스러운데 태연하게 사냥을 하는 것은 믿는 계책이 있음이 틀림없다. 하물며 오·초의 막강한 병사를 더하니 가벼이 대적할 수 없다."

하고 급히 세 길의 병사를 거두어 물러났다. 원수의 대군이 익주에 이르러 자사 소유경이 지경에 나와 맞이하였다. 원수가 적의 정세를 묻자 소자사가 대답하였다.

　“원수의 장략은 비록 옛날의 이름난 장수라도 더불어 대적할 자가 없습니다. 만약 구강에서의 삼일 동안의 큰 사냥이 없었다면 세 길의 만병을 어찌 앉아서 물릴 수 있었겠습니까? 지금 만왕 나타가 병사를 물려 흑풍산에 웅거했으니 그 무리가 얼마나 많은 지 알 수 없습니다. 독화살과 괴이한 기계를 가지고, 싸움에 임하면 바람과 구름을 부를 수 있어, 검은 모래가 흑풍산에서 내려와 지적을 분별하기 어렵고, 군사가 눈을 뜰 수 없어 형·익 두 주의 토병이 세 번 싸움에 잇달아 패하여 어찌할 수가 없어 요해처를 지키며 대군을 기다리고 있었습니다.”

　“흑풍산이 여기로부터 얼마나 되는가?”

　“삼백 여리입니다.”

　“그 땅의 초입로가 어느 곳인가?”

　“구진(九眞)의 접경이고 남만의 초입로입니다.”

　“싸움은 예측하기 어려우니2) 행군을 지체할 수 없다.”

하고 뇌천풍으로 익주 토병 오천 기를 거느리게 하여 전부 선봉을 삼고, 소유경으로 중군 사마를 삼고, 동초·마달로 후군을 삼아 흑풍산을 향해 나아가는데, 셋째 날에 산 아래 십 리 쯤에 진을 치고 원수가 소사마를 불러 말하였다.

　“먼저 흑풍산의 지형을 본 뒤에 나타를 사로잡으리라.”

　이날 밤 삼경에 원수가 소사마와 동초 마달과 함께 길이가 짧은 병기를 가지고 몇 명의 토병으로 향도를 만들어 흑풍산에 가서 보니 하나의 토산에 지나지 않았다. 흙과 돌이 모두 숯과 같이 검고 모든 방면에 한 포기의 풀도 없는데 원수가 지형과 흙빛을 자세히 살피고

---

2) 예측하기~ : 덕홍서림본의 '兵難料度'을 따랐다.

다시 산 위로 올라 만진을 구부려 보니, 흑풍산 동남 백여 걸음 밖에 무수한 만병이 혹은 백여 명, 혹은 수 백 명이, 대오도 없이 모여서 전후좌우에 병기로 몇 겹으로 방비를 하고 있었다. 원수가 바라보고 놀란 기색으로 소사마를 돌아보며 말하였다.

"장군은 저 진의 형세를 아시오?"

"소장이 비록 약간의 병서를 읽었으나 이러한 진법은 들어보지 못하였습니다."

원수가 탄식하며 말하였다.

"나타가 비록 만중(蠻中)의 인물이나 참으로 영웅호걸의 재주가 있구나. 이 진세의 이름은 천창진(天槍陣)이니 하늘에 천창성(天槍星)이 있어서 세계가 태평하면 북방에 빛을 숨기고서 현무방3)을 지키고, 전쟁이 요란하면 중원을 침범하여 적시성4)이 되는데, 지금 나타의 진법은 이것을 응용한 것이다. 만약 모르고서 침범하였다면 크게 졌을 것이 틀림없다. 그러나 천창성은 살벌(殺伐)을 담당하는 별로 크게 생왕방5)을 꺼리는데 지금 나타가 진두(陣頭)를 생왕방에 두었으니 틀림없이 패배할 것이다."

그리고 즉시 돌아가 군대를 물러나게 하여 삼십 리 밖으로 진영을 옮겨서 삼군에게 휴식하라고 명령하였다. 원수가 매일 밤하늘의 상(象)을 쳐다 보다가 넷째 날에 다시 흑풍산 백 여 보 너머에 진영을 옮기고 군중에 명령하였다.

"오늘 오시에 접전하여 미시에 적진을 부술 것이니 동초는 오천

---

3) 玄武方 : 북쪽.
4) 積尸星 : 별이름.
5) 生旺方 : 오행(五行)으로 따져 보아서 길한 방위를 말한다.

기를 거느리고 흑풍산 동남쪽 백 보 너머에서 매복하고, 마달은 오천 기를 거느리고 흑풍산 서남쪽 수백 보 너머에서 매복하여 나타의 돌아가는 길을 끊도록 하라.”

두 장수가 명령에 따라 물러나서 병사를 거느리고 갔다.

조금 있다가 나타가 흑풍산의 남쪽으로 진영을 옮기고 도전하자 원수가 홍포와 금갑으로 나와서 진영 앞에 앉아서 군사에게 크게,

“대명국 원수가 할 말이 있으니 만왕은 잠시 진영 앞으로 나오라.”

고 소리치게 하였다. 나타가 즉시 진영 앞으로 나와서 예를 행하였다. 원수가 바라보니 신장이 구척이요, 허리 크기는 열 아름이요, 움푹 들어간 눈과 높은 코와 둥근 얼굴 붉은 수염에 기상이 빼어나고 용맹스러웠으며, 오른손으로 긴 칼을 잡고 왼손으로 수기를 휘두르고 승냥이와 이리 같은 소리로 크게 소리쳤다.

“대명은 우리나라와 형제의 나라이다. 지금 개주의 예6)로 서로 대하니 어찌 불행하지 않은가?”

원수가 꾸짖었다.

“너희가 남방을 지켜서 중국이 두텁게 예우하는 것이 적지 않았으니 만왕의 부귀가 이미 충분하다. 까닭 없이 변방을 요란하게 하여 스스로 목숨을 잃으려하여 내가 황명을 받들어서 백만 대군을 거느리고 너의 목을 취하러 왔다. 네가 만약 일찍이 항복한다면 큰 죄를 용서하고 황상께 아뢰어서 만왕의 부귀를 전처럼 누리게 하겠거니와 만약 그렇지 않다면 남만왕의 머리를 북궐(北闕)에 매달아서 사이팔만(四夷八蠻)을 호령할 것이다.”

---

6) 介胄之禮 : 전쟁터에서 무장을 하고 나누는 예.

이 말을 듣고 나타가 크게 웃으며 말하였다.

"내가 들으니 천하는 공공(共公)의 물건이라 하였다. 덕을 닦으면 왕 노릇할 수 있고 덕을 잃으면 망하나니 내가 중원을 도모하고자 하여 오십 년 이래로 정병을 잘 길러왔다. 지금 천하의 운이 과인에게 있어 명나라를 멸하고 천하를 통일하는 것은 이 한 번의 거사에 있다. 때를 잃을 수 없으니 원수는 조속히 병사를 물려 천명을 거역하지 말고 어육[7]을 면하라."

양원수가 크게 노하여 좌우를 돌아보고,

"누가 출전하겠는가?"

라고 하자 선봉장군 뇌천풍이 도끼를 춤추며 나갔다. 원래 뇌천풍은 벽력부 하나를 잘 사용하여 만 명의 장정이 당하지 못하는 용맹이 있었다. 나타에게 도전하고자 하자 진영에서 한 만장(蠻將)이 뛰어나와 싸우는데 세 합을 지나지 않아서 천풍이 손을 들어 도끼로 내리쳐 만장을 찍어 말 아래에 떨어뜨렸다. 갑자기 또 만진에서 북소리가 둥둥하더니 두 명의 만장이 한꺼번에 같이 나오자 명나라 진영의 소사마가 또한 진 앞으로 달려 나갔다. 원래 소사마는 한 자루의 방천극(方天戟: 창의 일종)을 잘 사용하여 창을 쓰는 법이 뛰어났다. 이때 네 장군이 십여 합을 서로 싸워 승부를 결정하지 못하였다.

나타가 크게 노하여 왼손으로 수기를 한 번 휘두르자 갑자기 한바탕 사나운 바람이 진중에서 일어나 흑풍산의 모래를 말아 일으켰다. 검은 먼지가 명나라 진중에 날아 들어와 지척을 분간하지 못하여 군사가 눈을 뜰 수가 없었다. 원수가 징을 울리어 군사를 거두고 진영의

---

7) 魚肉 : 아주 짓밟아서 결딴냄의 비유.

앞에 등사기[8]를 꽂아 진세를 바꾸어 다시 무곡성의 팔괘진을 만들고 동남쪽의 문을 닫으니 진중이 안정되어 바람과 흙먼지가 침범하지 못하였다. 원수가 군리(軍吏)를 불러 군중의 시간을 묻자 오시라고 하였다. 원수가 다시 진문을 열고 궁노수를 불러 화살 끝에 각각 화승을 매달아 불을 붙였다가 서북풍이 불거든 흑풍산을 향하여 일제히 발사하라고 하였다. 수백 명의 궁노수가 명을 듣고 활을 당겨 기다리더니 과연 오시 말 미시 초에 서북풍이 크게 불어 나무가 부러지고 집이 뽑히며 모래와 돌이 날리어 흑풍산의 모래가 도리어 만진으로 향하였다.

명나라 진중에서 수백 명의 궁수와 노수가 한꺼번에 불화살을 쏘자 하늘에 날아가는 화살이 바람을 따르는 유성처럼 흑풍산에 어지럽게 떨어지고 검은 흙먼지가 타서 흑풍선 일대가 화산으로 변하고 바람 앞에 나는 흙먼지가 불붙은 낙엽같이 사납게 만진을 엄습하였다. 나타가 급히 풍차를 돌려 동남풍을 일으켰지만 사람이 만든 바람의 힘이 어찌 자연의 조화를 감당할 수 있겠는가?

나타가 부득이 풍차를 깨뜨려 부수고 필마단기로 동남쪽을 바라보고 달아나더니 갑자기 한 부대의 군마가 길을 막고 한 대장이 창을 휘두르며 크게 소리쳤다.

"대명의 좌익장 동초가 여기에 있으니 만왕은 달아나지 말라."

나타가 감히 응전하지 못하고 말을 돌려 서남쪽으로 달아나자 또 한

----

8) 螣蛇旗 : 진중(陣中)의 중앙에 세워 방위를 표시한 대오방기(大五方旗). 중군(中軍)·중영(中營) 또는 중위(中衛)를 지휘하는데 사용하였다. 기폭은 5자 평방이며, 황색 바탕의 천에 나는 뱀과 운기(雲氣)를 그렸고, 가장자리와 화염(火焰)은 적색이다. 깃대 길이 5자이며, 영두(纓頭)·주락(珠絡)·장목(長木) 등이 있다.

부대의 군마가 길을 막고 한 대장이 월도를 휘두르며 큰 소리로 꾸짖었다.

"대명 우익장 마달이 여기에 있으니 쥐새끼같은 도적은 달아나지 말라."

나타가 크게 노하여 말을 돌려 수십 합을 교전하는데 뒤에서 함성이 크게 일어나고 양원수가 대군을 몰아 마구 쳤다. 나타가 말을 돌려 정남쪽을 향해 달아나자 원수가 쫓지 않고 대군을 옮겨 흑풍산의 정남쪽 오십 여리로 나아가 성채 아래서 밤을 보내었다. 소사마가 원수에게 아뢰었다.

"원수의 용병은 제갈무후가 미칠 수 없습니다. 지금 이 흑풍산의 전투에서 소장에게 의문점이 두 가지 있으니 미시[9]의 서북풍을 어떻게 미리 아셨으며 흑풍산의 토양이 불붙은 낙엽같이 변한 것은 무슨 까닭입니까?"

원수가 웃으며 말하였다.

"장군이 된 자가 위로 하늘과 통하지 못하고 아래로 지리에 통달하지 못한다면 어찌 장수가 되리오? 내가 흑풍산을 보니 평원광야에 산맥이 없고 전후좌우에 초목이 드물었지요. 이는 평범한 산이 아니라 남쪽의 불의 기운이 이곳에 모인 것이고, 그 분야[10]를 본다면 천화심성(天火心星)이 비치고 그 방위를 본다면 삼리화덕(三離火德)이 정 가운데 있어 위 아래로 불의 기운을 받았소. 그 돌을 불사르고 그 흙을 재로 만들면 곤명지의 겁화[11]를 일으킬 수 있을 것이요, 만약

---

9) 未時 : 하루를 12시로 나눈 여덟째 시. 오후 한 시부터 세 시까지의 동안.
10) 分野 : 전국시대에 천문가가 중국 전토를 하늘의 이십팔수에 배당하여 나눈 칭호.
11) 昆明池의 劫火: 곤명지는 한 무제가 섬서성(陝西省) 장안현(長安縣) 남서쪽에 파

불에 닿는다면 어찌 널리 퍼지지 않겠소. 내가 또 어제 밤에 잠시 하늘의 상을 살피니 기성[12]이 달과 가깝고 검은 구름이 북두표성[13]에 엉기었는데 기성은 바람을 관장하고 그 위치가 남방의 오위(午位)에 있으니 이는 오후에 바람이 일어날 조짐이요, 검은 구름이 표성을 가리니 이는 서북풍이 일어날 조짐이었지요. 그러나 천문과 지리를 오로지 믿을 수가 없으니 반드시 인사(人事)와 합하여 살펴야 이에 완전무결할 수 있는 것이지요. 내가 나타의 진중을 보니 태세(太歲)가 상문[14]을 범하여 검은 기운이 진영에 가득하니 그 패배를 알 수 있었지요."

좌우 여러 장수가 모두 탄복하였다. 동초와 마달이 물었다.

"오늘 밤 나타가 틀림없이 남쪽으로 달아날 것이고 만약 장수 하나를 보내어 정남쪽에 매복했더라면 반드시 나타를 잡을 수 있었는데 어째서 그렇게 하지 않았습니까?"

원수가 웃으며 말하였다.

"나는 남만의 마음을 복종시키고자 하는 것이오. 막 이제 처음 싸워서 일부러 나타를 놓아 주어 그 재주를 다하게 한 것이니 장군은 제갈무후의 칠종칠금[15]의 뜻을 들어보지 못했는가?"

여러 장수가 더욱 그 말에 탄복하였다. 원수가 군사를 움직여 남쪽

....

서 수전을 익히게 한 곳. 곤명지를 파면서 검은 재가 나왔는데 그것을 겁화의 재라고 하여 곤명회(昆明灰)라고 한다.

12) 箕星 : 이십팔수의 하나. 동북방에 있으며 바람을 좋아한다고 함.

13) 杓星 : 북두칠성의 자루를 이룬 부문. 북두칠성의 제7성인 표성.

14) 喪門 : 몹시 흉악한 방위.

15) 七縱七擒 : 일곱 번 잡았다가 일곱 번 풀어준다는 뜻으로, 상대를 마음대로 다룸을 비유하거나 인내를 가지고 상대가 숙여 들어오기를 기다린다는 말. 제갈량(諸葛亮)이 맹획(孟獲)을 사로잡은 고사에서 비롯된 것.

을 향하여 나타의 종적을 찾으니 이미 오록동에 들어가 다시 만병을 모았다. 원래 나타의 동학이 다섯 곳인데 첫 번째는 철목동이니 나타가 거처하는 곳이고, 두 번째는 태을동이고, 세 번째는 화과동이고, 네 번째는 대록동이고, 다섯 번째는 오록동이니 각각 식량창고와 군장비가 있고 도로와 산천이 천연적으로 매우 험한 곳이었다. 원수가 오록동의 길을 토병에게 묻자 토병이 아뢰었다.

"오록동이 이곳에서 백 여리고 도로가 매우 험하며 지나는 근처에 반사곡이 있습니다."

원수가 우익장군 마달에게 이천 기를 거느려 먼저 가서 길을 열라고 하고 한 곳에 이르자 산세가 험준하고 돌부리가 깎아지른 듯이 솟아 군마가 행군할 수가 없었다. 마달이 나무를 베어 다리를 만들고 돌을 움직여 길을 닦아 가다가 어느덧 날이 저물었다. 마달이 골짜기 입구의 평탄한 곳에 군을 주둔시키고 대군을 기다리는데 원수가 와서 보고,

"이곳은 험하고 좁아 대군을 주둔할 수 없다. 저녁 달빛을 이용하여 또 몇 리를 나가라."

하는 말을 마치기 전에 한바탕 광풍이 갑자기 일어나고 함성소리가 바람을 따라 요란하였다. 원수가 크게 놀라 군대를 주둔하고 산에 올라 멀리 보되 어떠한 움직임도 없어 토병에게 물었다.

"이 곳 지명이 무엇이냐?"

"반사곡입니다."

원수가 대군을 거느리고 십 여리 평지로 내려가 산채 아래에서 밤을 지샐 때 한밤중이 되자 광풍이 또 일어나고 함성이 요란하였다. 원수가 매우 괴이쩍게 여겨 동초 마달 두 장수를 불러 멀리 정찰을 갔다

오라고 하였더니 또 조용하였다. 원수가 군중을 엄하게 경계하고 장막 안에 앉아 책상에 기대어 병서를 보는데 갑자기 군중이 요란하고 이어서 통곡하는 소리가 났다. 원수가 크게 놀라 군중을 순행하고 군의 정세를 시찰하였다. 온 군대가 모두 머리를 감싸 안고 아프다고 하는 소리가 물끓듯하였다. 원수가 말없이 한참 있다가 토병을 불러 물었다.

　"이곳에 혹 옛날의 전쟁터가 있는가?"

　"쇤네가 이곳에 왕래가 드물어 다만 반사곡인 줄만 알고 오래된 전쟁터가 있었는지의 여부는 듣지 못하였습니다."

원수가 말없이 있다가,

　"적막한 빈산에 함성이 갑자기 일어나고 병이 없는 군졸이 일시에 병에 걸리니 이는 곡절이 있는 것이 틀림없다. 옛날의 성인이 비록 괴력난신을 말하지 않았으나 혹 산중에 도깨비의 장난이 있는 것이다."

라는 말을 마치기 전에 함성이 또 일어났다. 뇌천풍이 크게 노하여 벽력부를 들고 나가며 말하였다.

　"소장이 마땅히 함성이 일어나는 곳을 찾아 그 까닭을 찾아서 알아 오겠습니다."

말을 마치고 도끼를 떨쳐 들고 그 소리를 따라 한 곳에 이르자 산은 높고 골짜기를 깊고 나무가 하늘에 빽빽한데 귀신의 곡소리가 처량하였다. 천풍이 걸음을 멈추고 그 소리가 일어나는 곳을 찾으니 나무 사이 바위틈에 여기저기에서 괴이한 바람과 음산한 기운이 솟아나와 사람을 엄습하였다. 천풍이 더욱 놀라 도끼를 휘둘러 나무를 베고 돌을 쪼개어 민둥산을 만들고 돌아왔으나 한참 있다가 광풍이 크게 일어나고 군중에서 아프다는 소리가 더욱 심하였다. 원수가 더욱 근심하여 편복으로 군문을 나서서 달 아래를 배회하며 계책을 생각하는데 갑자기 또 광풍과 함성이 점점 그치고 어디선지 냉랭한 거문고 소리가 멀리서 들려왔다. 원수가 이상하게 여겨 그 거문고 소리를 찾아 백여 걸음을 가자 몇 간의 옛 사당이 산 아래에 있었다. 사당 앞에 이르자 푸른 담쟁이덩굴은 무너진 담장을 둘러 있고 들 두루미는 고목에 깃들었으니 오래된 사당임을 알 만하였다.

문을 열고 보자 한 진흙으로 만든 상이 탑 위에 앉아있는데 셋으로 나누어진 천하의 끝이 없는 근심이 눈썹에 넘쳐나고, 만고의 맑고 높은 기상이 곧은 얼굴에 드러나 묻지 않아도 와룡선생임을 알 수가 있었다. 원수가 크게 기뻐서 앞으로 나아가 공경하여 재배하고 마음속으로 빌었다.

후학 양창곡이 황명을 받들고 이곳에 이르렀사오니 옛날 선생께서 오월에 노(瀘)를 건넜던 곳입니다. 창곡이 본래 선생의 재주와 덕망이 없고 다만 선생의 직책만이 있습니다. 명을 받은 이래로 이른 아침부터 저녁까지 근심하고 두려워 은혜를 갚을 방법을 알지 못합니다. 만약 선생의 도움이 아니면 중국이 적에게 망하여 오랑캐의 땅이 되는 수치가 있을까 두렵습니다.

엎드려 생각건대 선생이 한나라 조정을 위하여 몸과 마음을 다해 나랏일에 힘썼으나 공업을 이루지 못하여 정령이 없어지지 않은 것이 틀림없습니다. 우리 명나라가 한나라와 당나라의 조정을 이어 당당한 정통이 수 백 년을 전하여 왔다가 오늘의 위험이 곧 위기일발과 같습니다. 선생께서 만약 정령이 있으시면 한나라 조정을 위한 충성으로 명나라를 도우시어 중국을 높이고 오랑캐를 물리치시면 의리가 평상시와 다를 바 없을까 합니다.

지금 대군이 멀리서 와서 이유 없이 병에 걸리고 쓸쓸한 빈산에 함성이 크게 일어나니 창곡이 어둡고 아둔하여 그 까닭을 알지 못하겠사오니 엎드려 바라건대 선생께서는 신병을 지휘하여 사악한 바람과 괴이한 병을 물리쳐 큰 공을 이루게 해 주십시오.

원수가 빌기를 마치고 다시 탑 위를 보니 점을 치는 거북이가 있어 한 괘를 얻으니 대길(大吉)이었다. 원수가 크게 기뻐 재배하고 사당 문을 나오자 공중에서 벼락 소리가 갑자기 한 번 일어나더니 미친 바람과 함성이 곧 거두어져 물러갔다. 원수가 군중으로 돌아와 시간을 묻자 이미 오경 삼점이라고 알렸다. 잠시 피곤하여 책상에 기대 앉자 한바탕 맑은 바람이 장막에서 일어나고 장막 밖에 신발 끄는 소리가 있었다. 원수가 놀라서 보았으나 알지 못하겠으니 그가 누구인가? 또 아래 회를 보라.

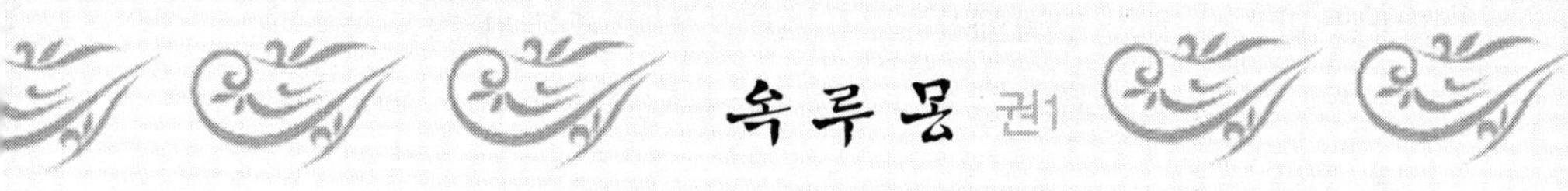
옥루몽 권1

제12회 | 동학(洞壑)을 싫은 나타가 청병을 하고,
도사가 추천한 순룡이 산으로 돌아가다

한편, 양원수가 장막 밖에서 신발 끄는 소리를 듣고 놀라서 보자한 선생이 윤건[1]과 학창의[2]로 손에 백우선을 들었으며 맑고 빼어난 용모와 그윽하고 고상한 풍채는 묻지 않아도 와룡선생임을 알았다. 원수가 서둘러 몸을 일으켜 예를 마치고 자리를 정한 후에 원수가 공손하게 물었다.

"소자는 후배입니다. 선생의 높으신 이름을 평생 우러러 존경하였사오나 이승과 저승이 매우 다르고 옛날과 지금이 같지 않아 감히 우러러 뵙지 못했습니다. 오늘날 정령(精靈)께서 어찌 오랑캐의 땅에 내려오셨습니까?"

선생이 웃으며 말하였다.

---

1) 綸巾 : 윤자(綸子)로 만든 두건의 하나.
2) 鶴氅衣 : 소매가 넓고 뒤 솔기가 갈라진 흰옷의 가를 검은 천으로 넓게 댄 웃옷.

"이곳은 내가 남쪽을 정벌하여 만병(蠻兵)을 격파했던 곳입니다. 남쪽 사람들이 나를 생각하여 한 간 띠집에 향화를 끊지 아니하여 유유(悠悠)한 혼령이 정처 없이 왕래합니다. 마침 원수의 군대가 이곳에서 어려움에 처해 있다는 말을 듣고 진실로 한 번 위로하려고 왔습니다."

원수가 꿇어 앉아 물었다.

"주인 없는 빈산에 고함소리가 크게 일어나고 하룻밤 사이에 삼군(三軍)이 까닭 없이 병을 얻었으니 이게 무슨 까닭입니까?"

공명이 웃으며 말하였다.

"내가 일찍이 등갑군 수 만 명을 이곳에서 죽였으므로 매번 날이 흐리고 비가 올 때면 지나가는 사람에게 괴로움을 주었습니다. 지금 또 함부로 대군을 범하는 까닭으로 내가 이미 못하도록 했지만, 그러나 원수가 몇 마리의 소와 양으로 그 오래도록 굶주린 원혼을 먹인다면 원혼들을 잠재워 쉬게 하는 방법이 될 것입니다."

원수가 또 아뢰었다.

"만왕 나타가 지금 오록동에 의거하고 있는데 격파할 계책이 없습니다. 엎드려 바라건대 선생께서는 밝게 가르쳐주십시오."

공명이 웃으며 말하였다.

"원수의 책략으로 어찌 조그만 도적을 걱정하리오마는 먼저 미후동을 치는 것이 좋을까 합니다."

말을 마치고는 훌쩍 떠나갔다. 원수가 놀라서 깨니 바로 장막 안의 한 꿈이었다. 이윽고 군문에 북과 나팔이 새벽을 알리고 동쪽이 점차 밝아졌다. 원수가 즉시 장막을 헤치고 군사의 형편을 물었더니 병세가 모두 없어지고 미친 바람이 멈추어서 군중들이 편안해졌다고 하였다. 원수가 크게 기뻐하여 이날 밤에 즉시 동초와 마달 두 장수를 보내어

반사곡 입구에 단을 쌓고 전쟁에서 죽은 등갑군에게 제사지낼 때 제문
에 이르기를,

　　모년 모월 모일에 대명국 도원수는 우익장군 마달을 보내어 전쟁에
서 죽은 등갑군의 혼령을 불러서 고하노라. 아! 슬프다! 때의 운세가
불행하고 천하가 요란하여 전쟁이 사방에서 일어나고 백성들이 도탄
에 빠지니 너희들이 비록 만 리 떨어진 지방에 오랑캐 종족이나 또한
한 하늘 아래 하늘의 백성이었다. 고무래와 쟁기를 버리고 창극을 잡
고 처자식을 떠나 군대의 행렬에 참가하여 급한 불에 뼈와 살이 모두
타 재가 되었노라. 정령이 모여 있으나 주인 없는 외로운 넋을 불러
줄 사람이 없으니 찬밥과 보리밥으로 누가 제사를 지내 주리오?
　　그러나 죽고 사는 것이 운명에 달려 있고, 성공하고 실패하는 것은
하늘에 달려 있다. 까닭 없이 나쁜 바람을 일으키고 괴이한 질병을
만들어 지나가는 사람을 곤란하게 하였도다. 내가 비록 부족하나 황명
을 받들어서 백만 대군이 곰과 같고 표범과 같다. 한 번 호령을 내리면
우레와 같은 도끼와 번개 같은 창으로 산천을 전복시켜 유혼(遺魂)과
잔백(殘魄)으로 하여금 의탁할 곳이 없게 할 것이나, 살아서는 왕의
교화를 입지 못하고 죽어서는 원통한 혼령이 되어서 그 굶주려서 의탁
할 곳이 없는 것이 또한 몹시 측은한 까닭으로, 몇 섬의 맑은 술과
몇 십 마리의 소와 양으로서 굶주린 혼을 먹이노라. 다시 만약에 난을
일으키면 스스로 군율이 있어 산 사람과 죽은 혼령에 적용함을 다르게
하지 않으리라.

라고 하였다.
　이때 동초와 마달 두 장수가 제문 읽기를 마치고 술과 희생을 단
아래 묻었더니 참담(慘淡)한 구름은 골짜기에서 사라지고 음습한 바

람은 골짜기 어귀에서 흩어지더니 수풀 아래 언덕 위에 머리를 그슬리고 이마를 데인 무수한 귀신 병졸들이 머리를 두드리며 백 번 절하고 조용히 돌아갔다. 이튿날 새벽에 원수가 행군을 하는데 맑은 바람이 깃발에 불어서 산속의 초목이 병사들의 기세를 돕는 듯하였다. 원수가 남만의 척후병을 사로잡아서 나타의 자취를 물었더니 대답하였다.

"대왕께서는 지금 오록동에 있습니다."

"미후동은 여기로부터 몇 리나 되느냐?"

"남쪽에는 본디 미후동이 없습니다."

라고 하자 익주의 사병이 곁에 있다 크게 꾸짖었다.

"내가 일찍이 복숭아를 파는 만인이 이곳에 와서 '미후동의 복숭아'라고 말하는 것을 보았는데 어찌 미후동이 없단 말이냐?"

원수가 크게 노하여 진영 앞에서 만병의 목을 베고 다시 한 병사에게 물었다.

"내가 이미 알고서 일부러 묻는 것이다. 만약에 사실대로 고하지 않는다면 또한 네 머리를 벨 것이다."

만병이 크게 겁을 먹고 곧 사실대로 말하였다.

"우리 왕께서 군대를 두 부대로 나누어서 한 부대는 우리 왕께서 스스로 거느리고 미후동에 매복을 하였습니다. 한 부대는 거짓으로 우리 왕이라고 칭하여 오록동에 매복을 하였다가 만약에 원수의 대군이 가서 오록동의 가짜인 만왕을 공격하거든 미후동의 진짜 만왕이 복병을 가지고 그 뒤를 습격하되 그 계책이 안팎으로 협공을 하고자 하는 것입니다."

원수가 와룡의 가르침이 헛되지 않음을 알고 소사마를 불러서 귀에 대고 낮은 소리로 '이렇게 이렇게 하라'하자 소사마가 명령을 듣고 곧 대군을 네 개의 부대로 나누어서 각각 지휘하게 하였다.

한편, 미후동은 만왕의 별장이니 오록동의 동쪽에 있었다. 나타가 만장 철목탑에게 옷을 입혀서 한 사람의 만왕을 만들어 오록동에 두고 나타는 스스로 정병을 거느리고 미후동에 매복을 하여 원수의 대군이 오록동으로 와서 공격할 것을 기다렸다. 조금 있다가 북과 피리소리가 하늘을 뒤흔들고 땅을 울리며 양원수가 대군을 몰고 와서 곧바로 오록동을 공격하였다. 철목탑이 나타의 깃발과 복색을 갖추고 동문을 열어 맞아 싸우는데 나타가 양원수와 철목탑이 접전하는 것을 보고 복병을 이끌고 갑자기 미후동을 뛰어 나와서 양원수의 뒤를 공격하고자 하였다. 겨우 동문을 나오자 미후동의 서쪽에서 한 사람의 양원수가 한 무리의 군사를 이끌고 길을 막고 시살[3]하자 나타가 크게 놀라고 당황하였다. 미후동의 동쪽에서 또 한 명의 양원수가 있어서 한 무리 군사를 이끌고 길을 막고 시살하여 좌우에서 협공을 하고 나타를 포위하니 철목탑이 나타의 위급함을 보고 오록동을 버리고 나타를 구하였다.

두 명의 만왕과 세 명의 양원수가 각각 대군을 호령하여서 한참 싸우다가 나타가 꾀와 힘이 다하고 두 사람의 양원수가 전후좌우로 협공을 하자 만왕이 마음이 어찔하고 정신이 어지러웠다. 어찌 명나라 군사가 이기는 형세를 탄 것을 당할 수 있겠는가? 필마단기(匹馬單騎)로 포위를 뚫어 오록동으로 들어가고자 할 때 동쪽을 향하니 동문이 이미 닫히고 문 위에 또 한명의 양원수가 호령하였다.

"나타야! 너는 만왕이 두 사람인 것을 자랑한다마는 어찌 양원수가 네 사람인 것을 알지 못하느냐? 내가 이미 오록동을 취하였으니 빨리

----

3) 厮殺 : 마구 죽이다.

와서 항복하라.”

말을 마치기 전에 양원수가 대우전4)을 뽑아 쏘아 나타의 머리 위의 붉은 정자5)가 땅에 떨어졌다. 나타가 혼비백산하여 말을 돌려서 남쪽으로 향하여 달아나자 한 노장이 또 길을 막고서 크게 꾸짖었다.

“대명 파로장군 뇌천풍이 너를 기다린 지 오래다. 너의 흑풍산에서 남은 목숨이 오늘 나의 도끼 끝에서 끝나리라.”

나타가 대답하지 않고 서로 십여 합을 싸우다가 돌아보니 철목탑이 또한 패해서 달아나고 그 뒤에 흙먼지가 하늘에 가득하고 함성(喊聲)과 포성(砲聲)이 천지를 진동하면서 양원수의 대군이 이어서 이르렀다. 나타가 크게 놀라서 말을 빼어 서남쪽 사이로 달아났다. 원래 미후동의 서쪽에서 나온 양원수는 마달이요, 미후동의 동쪽에서 나온 양원수는 동초요, 오록동을 공격한 양원수는 소유경이요, 오록동 위에 앉아 있던 양원수는 곧 진짜 양원수였다.

이때 나타가 기발한 계책을 실행하였으나 성공하지 못하고 도리어 패하여서 혼자 말을 타고 몸을 빼어 대록동으로 들어갔다. 원수가 끝까지 쫓지 않고 대군을 수습하여 오록동에 들어가자 소와 양의 창고와 전쟁용 말과 활과 화살을 얻은 것이 매우 많았다. 다음날에 원수가 소사마와 오록동 뒤 주산에 올라 멀리 바라보니 서남쪽 십 여 리 밖에 하나의 높은 산이 있었다. 산세가 매우 험하여서 중첩된 봉우리는 겁기6)로 쌓여 있고, 빽빽하게 늘어선 나무들은 검은 연기에 잠기어

....

4) 大羽箭 : 동개 살. 깃을 크게 댄 화살. 전시(戰時)에 말 위에서 동개활에 메어서 쏜다.
5) 頂子 : 모자나 투구의 꼭대기에 붙인 장식물.
6) 劫氣 : 험한 산의 무시무시한 기운.

있었다. 그 산의 앞을 보니 들이 넓고 풀들이 작아서 묻지 않아도 만왕의 골짜기임을 알 수가 있었다. 원수가 소사마를 돌아보고 말하였다.

"남만의 산천이 이와 같이 매우 험하니 어느 날에 평정하고 장안으로 돌아가겠는가?"

소사마가 말하였다.

"원수의 장략으로 멀지 않아 토벌하여 평정할 것입니다."

원수가 탄식하여 말하였다.

"북방은 순음[7]의 지방이라. 한 양(陽)이 생긴 까닭으로 풍속이 우직하고 교묘한 꾀가 적고, 남방은 순양[8]의 지방이라, 한 음(陰)이 생긴 까닭으로 풍속이 강하고 사나우며 간사하고 속임수가 많다. 이런 까닭으로 예로부터 장군이 된 자가 북방에서 성공하기 쉽고 남방에서 성공하기 어려우니 내가 이제 백면서생(白面書生)으로서 이와 같은 막중한 임무를 담당하여 충효로 보답함은 오직 여기에 달려 있으니, 한 번 깃발을 휘두르고 한 번 북을 치는 것을 어찌 경솔하게 할 수 있겠는가? 지금 대록동을 보니 진실로 이른바 천연적으로 험한 땅이라, 힘으로 격파하기 어려우니 오늘밤에 마땅히 '이러이러하게 하라'하고 장중으로 돌아와서 포로가 된 만병을 모두 묶어서 장막 앞에 무릎을 꿇이고 명령을 내렸다.

"너희들은 모두 나라의 백성이다. 나타에게 속은 바 되어서 잘못하여 죽을죄를 범하였으니 만약 진실한 마음으로 항복하면 큰 죄를 용서

7) 純陰 : 주역의 중지곤괘(重地坤卦)에 해당한다. 육효(六爻)가 모두 음효(陰爻)로 이루어져 있다.
8) 純陽 : 주역의 중천건괘(重天乾卦)에 해당한다. 육효(六爻)가 모두 양효(陽爻)로 이루어져 있다.

하여 휘하에 둘 것이다.”

수십 명의 만병이 일시에 머리를 조아리며 목숨을 애걸하였다. 원수가 크게 기뻐하여 그 결박을 풀고 술과 고기를 내려 주고 그들을 깨우쳐 말하였다.

“너희들이 이미 항복하였으니 모두가 우리의 군사들이다. 내가 낯선 지역에 들어와서 길과 산천이 생소하니 너희들이 앞을 인도하여서 길을 가르쳐주도록 하여라.”

만병이 응낙하였다. 원수가 다시 군중에 명령하여,

“나타가 이미 동학을 잃고 멀리 달아났으니 걱정할 것이 못 된다. 대군은 동중에서 편안히 쉬다가 사흘 뒤에 행군하도록 하라.”

하고 여러 장수들과 술을 마시고 바둑을 두며 군중을 단속하지 않았다. 여러 장수와 사졸이 깃발을 쓰러뜨리고 활을 느슨히 하고 말안장을 풀고 말을 놓아주고 모두 대오에서 흩어져서 어떤 사람은 창을 베고 낮잠을 자고 어떤 사람은 산에 올라 큰소리로 노래를 부르며 군중이 해이해져서 방어하는 거동이 없었다. 만병들은 몰래 도망할 계획을 하였더니 명나라 군영의 장졸이 어떤 사람은 취하여서 만병을 향하여 까닭 없이 모욕을 주고, 어떤 사람은 칼을 뽑아 치고자 하여 업신여기고 핍박하자 만병이 서로 의논하였다.

“명 원수가 우리를 너그럽고 후덕하게 대해 주었으나 여러 장수와 사졸이 이처럼 핍박하니 우리들이 어찌 이때를 타서 도망가지 않겠는가?”

어떤 자는 고개를 넘어서 도망가고 어떤 자는 길을 따라 달아나서 반나절도 안 되어 도망한 만병들이 이미 반수가 넘었다. 원수가 다시 북을 쳐서 군사를 모으고 병기를 가지런히 하여 더욱 방어하는 대책을 철저하게 하였다.

　이때 나타가 오록동을 잃고 대록동으로 돌아와서 만장들과 상의하기를,

　"대명원수의 장략이 마복파9)와 제갈무후보다 못하지 않다. 오록동을 어떻게 다시 회복하겠는가?"

하고 떠들썩하게 상의하는데 갑자기 한 만병이 명나라 진영에서 도망하여 돌아와서 명나라 진영의 동정을 하나하나 아뢰자 여러 만장들이 다투어 말하였다.

　"이때를 타서 그들을 습격하는 것이 좋겠습니다."

나타가 반신반의하여 계책을 정하지 못하였다. 조금 있다가 또 도망하여 돌아온 병사가 있어 말하는 것이 한입에서 나온 것 같았다. 그 뒤를 이어서,

5, 6명 혹은 10여명이 끊이지 않고 돌아와 모두 앞의 말과 같았으나 나타가 끝내 이것을 의심하여 물었다.

　"양원수는 무슨 일을 하더냐?"

　"술 마시며 바둑을 두며 군중의 일은 묻지도 아니하고 군중은 흩어져 어지럽습니다."

　"여러 장수들은 무슨 일을 하더냐?"

　"나이든 사람은 낮잠을 자고 젊은 사람은 술주정을 하고 병든 사람은 침상에 누워 있었습니다."

　"군사들은 무엇을 하더냐?"

---

9)　馬援將軍 : 중국 후한 때의 무장 정치가(B.C.14~A.D.49). 자는 문연(文淵). 광무제 때 강족(羌族)을 평정하였으며, 교지(交趾)의 난을 진압하고 흉노족을 쳐서 공을 세웠다. 후에 남방의 무릉만(武陵蠻)을 토벌 중 병사하였다.

“병든 자는 신음하고 병이 없는 자는 칼을 뽑아 서로 치며 조금도 단속함이 없었습니다.”

“동문은 어떤 사람이 지키더냐?“

“남문은 마달이 지키고, 북문은 동초가 지키나 하나하나 모두 크게 취하여 동문에 출입하는 자를 묻지 않기에 저희들이 무리를 지어 어지럽게 도망하되 전혀 따지고 묻는 자가 없었습니다.”

나타가 말없이 오래 있다가 웃으며 말하였다.

“양원수는 보통 장수가 아니다. 틀림없이 군중이 이와 같이 해이하게 하지는 않을 것이다. 그것이 어찌 계책이 아니겠는가?”

철목탑이 말하였다.

“소장이 마땅히 오록동에 가서 몰래 명나라 진영을 살피고 오겠습니다.”

나타가 크게 기뻐하며 철목탑을 보낼 때 필마단기에 달빛을 띠고 오록동을 향하였다. 이때 양원수는 다시 군중을 단속하고 여러 장수중에 영리한 자 몇 사람을 보내어 오록동 입구에 몸을 숨기고 있다가 만장이 내왕하는 것을 살펴서 보고하라고 하였다. 철목탑이 오록동에 이르러 몰래 산위로 올라 군중을 굽어 살펴보니 깃발과 창검이 항오가 가지런히 정돈되어서 어지러운 바가 없었다. 등불이 밝게 비치며 시간을 알리는 북소리가 분명하여 삼군이 잠을 자지 않았다. 마음속으로 크게 놀라 즉시 산을 내려와 진영으로 돌아와 명나라 진영이 방비가 되어 있는 상태를 자세히 보고하자 나타가 크게 노하여 도망하여 돌아온 병사들을 잡아들여 따져서 물었다.

만병들이 그것을 변명하여 말하였다.

“명나라 진영이 만약에 단속함이 있었다면 저희들이 어찌 도망할 수 있었겠습니까?"

만장(蠻將) 아발도가 말하였다.

"소장이 다시 자세히 살펴보고 오겠습니다."

하고, 또 혼자 말을 타고 오록동으로 향하였다. 이때 명나라 진영의 척후를 담당한 여러 장수가 원수에게 고하였다.

"방금 만장 철목탑이 혼자 말을 타고 몰래 군정을 살피고 돌아갔습니다."

원수가 웃으며 소사마·뇌천풍·동초·마달 네 장수를 장막 안으로 불러 몰래 약속하였다.

"뇌장군과 소사마는 각각 오천 기를 거느리고 대록동 남문 밖에 매복하고 있다가 본진 안에서 함성소리가 일어나면 만병이 나타를 구하고자 하여 반드시 대록동을 비우고 나올 것이다. 이때를 타서 쳐 들어가서 대록동을 탈취하라. 동초와 마달 두 장군은 각각 오천 기를 거느리고 대록동으로 부터 오록동에 이르는 중간 길 좌우에 매복하고 있으면 나타가 반드시 오록동으로 향하여 올 것이니, 병사들을 보내서 그를 포위하되 반드시 강제로 잡지 말고 다만 소리만 더해서 포위하여 대군을 기다리도록 하라."

분부를 한 뒤에 네 장수를 보내고 다시 군중에 명을 내려서 깃발을 눕히고 갑옷을 풀고 다만 늙은 병사 수십 명으로 동문을 지키게 하였다. 아발도가 오록동에 이르러서 명진을 살펴보니 과연 방비가 없고 등불이 드물어 병사들이 자는 것 같았다. 또 남문을 보니 두 늙은 병사가 문 앞에 앉아서 자고 있어 아발도가 크게 기뻐하여 급히 돌아와 나타를 보고 말하였다.

"명나라 진영에 과연 방비가 없으니 조금 이상한 일입니다."

나타가 마음속으로 크게 의심하여 두 장수의 말이 각자 같지 않음을 보고 칼을 뽑아 몸을 빼어 말하였다.

"과인이 친히 가서 본 후에 계책을 정해야겠다."

하고 몇 명의 만병들을 거느리고 오록동을 향하여 5, 6리를 가다가 갑자기 마음속으로 크게 놀라서,

"내가 명나라 원수의 술책 중에 빠져들었다. 철목탑과 아발도는 심복의 장수라, 그 말이 어찌 이처럼 서로 어긋났단 말인가? 명원수가 나를 유인한 것이다."

하고 곧 말을 돌리고자 하더니 함성이 갑자기 일어나더니 한 부대의 군마가 갈 길을 막고 한 대장이 크게 소리쳤다.

"대명 좌익장군 동초가 여기 있으니 만왕은 도망가지 마라."

말을 마치기 전에 함성이 또 일어나고 일대의 군마가 튀어 나와 크게 호령하였다.

"대명 우익장군 마달이 여기 있으니 나타는 도망가지 마라."

두 장군이 힘을 합하여 그를 포위하였다. 나타가 칼을 잡고 포위를 헤치고자 하였더니, 원수가 또 대군을 몰아서 오록동에서 나와서 겹겹으로 철통과 같이 에워싸고 십만 대군이 일제히 용맹을 떨쳐 함성이 천지에 진동하였다. 이때 철목탑과 아발도가 대록동에 있으면서 만왕이 돌아오기를 고대하더니 갑자기 오록동에서 함성이 크게 일어나고 또 적군의 형편을 엿보던 만병이,

"대왕이 명나라 군사에게 포위되었습니다."

라고 보고하였다. 아발도와 철목탑이 크게 놀라 만병 수백으로 동중을 지키게 하고 대군을 이끌고 동문을 나가서 오록동을 향하여 만왕을 구하고자 하였더니 길에서 마달을 만나 크게 오십 여 합을 싸움에

철목탑이 힘을 다하여 싸울 마음이 없고 명진을 헤쳐 만왕을 구하고자
하여 스스로 충돌하기에 양원수가 문을 열어 길을 빌려주었다. 나타가
혼자 말을 타고 황망히 나가다가 철목탑과 아발도를 만나 대록동을
바라고 올 때 동 앞에 이르자 한 노장이 손에 벽력부를 잡고 문루에
앉아 웃으며 말하였다.

"남으로 온 이후로 오랫동안 도끼를 시험하지 못하였다. 오늘 너희
동학을 빼앗았으니 너희들이 싸울 수 있다면 도끼 위에 먼지를 씻을
수 있을 것이다."

나타가 크게 노하여 만병을 호령하여 동문을 깨뜨리고자 하였으나
동 뒤로 함성이 또 일어나고 양원수가 또 대군을 몰고 왔다. 나타가
군대를 돌려 몇 합을 맞이하여 싸우자 소사마와 뇌천풍이 동문을 열고
내외로 협공하니 나타가 스스로 대적하기 어려움을 알고 다시 동남쪽
으로 달아났다. 이날 밤에 원수가 또 대록동을 차지하고 동 안으로
들어가 군졸을 크게 먹일 적에 여러 장수들이 원수에게 아뢰었다.

"옛날에 명장도 한 달에 세 번 이기는 것이 매우 어렵다 하였습니다.
지금 원수께서는 며칠 사이에 만왕의 두개 동학을 빼앗고도 대군을
수고롭게 하지 않고 한 명의 장수도 잃지 않았으니 이는 천고의 명장
에도 없던 일입니다."

원수가 웃으며 말하였다.

"여러분들은 다만 그 쉬운 것만 보고 어려운 것은 생각하지 않는
것이오. 지금 나타를 보면 이미 두 개의 동학을 잃고도 죽기로 싸우지
않으니 반드시 믿는 바가 있는 것이오. 마땅히 더욱 조심할 것이니
어찌 쉽다고 하리오?"

나타가 또 대록동을 잃고 세 번째 골짜기로 들어갔다. 이곳은 이른

바 화과동(花果洞)이었다. 사면이 절벽으로 둘러싸여 있고 동 가운데 나무가 무성하여 동문을 한 번 닫으면 비록 십만 대군이라도 깰 수가 없었다. 나타가 여러 장수를 불러 상의하였다.

"명원수의 뛰어난 재능과 지략은 당할 수가 없다. 나에게 한 계책이 있으니 굳게 동문을 닫고 명나라 군대의 양식을 운반하는 길을 끊으면 수십 일이 지나지 않아 도로 대록동을 빼앗을 수 있을 것이다."

여러 장수들이 좋다고 하고 한 번 동문에 들어가서는 굳게 문을 닫고서 나오지 않았다. 이때 양원수는 나타가 나오지 않음을 보고 크게 놀라 말하였다.

"이는 반드시 계책이 있는 것이다. 가장 어려운 곳이니 가서 화과동의 지형을 보고서야 계책을 정할 수 있을 것이다."

이튿날에 원수가 대군을 거느리고 화과동 앞에 이르러 싸움을 돋우었으나 나타가 과연 나오지 않고 굳게 남북의 문을 닫아걸었다. 원수가 거짓으로 군사들을 호령하여 나무와 돌을 쌓아서 남문의 언덕을 오르고자 하자 나타가 아래로 화살과 돌을 던져서 방비하였다. 원수가 다시 북을 쳐서 화과동의 사면을 둘러싸고 공격하는 모양을 짓다가 자세하게 지형을 살펴보고 해가 저물어 돌아와서, 동초와 마달 두 장수에게 수천의 기병을 거느리고 연일 거짓으로 공격하는 모양을 지으라고 하였으나 나타가 더욱 더 굳게 지키고 나오지 않았다. 다섯 번째 날에 원수가 장중(帳中)으로 소사마를 불러 귀에다 대고 말하였다.

"낙타 50필과 노약잔병(老弱殘兵) 500명을 장군에게 붙여 줄 것이니 '이러이러하게' 하라."

또 동초와 마달 두 장군을 불러서 각각 3천 기를 주고 '이러이러하게 하라' 하였다. 세 장군이 명령을 듣고 군사를 거느리고 나갔다.

이때 나타가 양원수가 돌아감을 보고 크게 기뻐하여,

"열흘이 지나지 않아 백만의 명나라 군사가 대록동의 굶어 죽은 귀신을 면치 못할 것이다."

하고 만병 수십 명을 풀어서 명나라 병사들의 동정을 살피게 하고 만약 양식을 운반하는 기미가 있거든 즉시 말을 달려와서 보고하라고 하였다.

하루는 밤이 깊은 뒤에 만병이 급하게 보고하였다.

"명나라 진영에 양식을 운반하는 수레가 밤을 타서 이어져 오고 있습니다."

나타가 산에 올라 바라보니 십 리 밖에 점점이 불빛이 삼삼오오로 무리를 지어 오고 있었다. 급히 만장 두 사람을 불러 분부하였다.

"두 장군은 각각 일천 기씩을 거느리고 명나라 병사가 양식을 운반하는 수레를 겁탈하되 명나라 병사들이 무리가 많고 의심스러운 일이 있거든 함부로 하지 말고 바로 돌아오너라."

두 장군이 명령을 받고 각자 길을 나누어 갔다. 달빛이 밝지 않은데 명나라 병사 수백 명이 수십 량의 수레를 몰아오되 모든 사람들에게 입에 막대기를 물게[銜枚]하여 등불을 깜박이고 한 장수가 뒤에 따라오며 길을 재촉하였다. 만장이 스스로 생각하기를,

'밤을 타서 함매(銜枚)를 하니 반드시 우리가 빼앗을 것을 두려워하는 것이고, 손에 병기가 없으니 적을 대적하기가 어렵지 않다.'

하고 한꺼번에 튀어 나가 길을 막자 명나라 병사들이 크게 놀라 수레를 버리고 달아났다. 명장이 칼을 뽑아 달아나는 자를 호령하고, 만장과 접전하여 겨우 몇 합에 이르러서 만병이 이미 양식을 실은 수레를 몰아 화과동에 이르렀다. 나타가 크게 기뻐하여 동문을 열고 양식을

실은 수레를 풀어 살펴보니 모두 알찬 곡식이었다. 서로 축하하는데 몇 명의 만병이 보고하였다.

"명나라 병사의 양식을 운반하는 수레 수십 대가 또 이르렀습니다."

나타가 크게 기뻐하여 다시 만장 두 사람에게 일천 기를 거느리고 빼앗아 오라 하였다. 만장이 명령을 받고 급히 쫓아가 살펴보니 늙고 약한 쇠잔한 병졸들이 수십 필의 낙타와 수 십대의 수레를 몰아오면서 서로 투덜거렸다.

"앞에 오던 수레는 어디로 갔으며 캄캄한 밤에 등불이 없으니 대록동은 어느 곳에 있단 말인가?"

만장 두 사람이 일시에 뛰어 나와 길을 막자 그 병사들이 크게 놀라서 수레를 버리고 달아났다. 만장이 일 천의 만병으로 수십 대의 수레를 취하게 하여 풍우와 같이 빠르게 오더니, 몇 리를 지나지 않아 함성이 공중에서 일어나고 두 사람의 만장이 말 아래로 떨어졌다. 왼편의 마달과 오른편에 동초가 대군을 함매하여 거느리고 만병을 에워싸고는 두 장군이 큰소리로 호령하였다.

"항복하는 자는 죽이지 않고 달아나는 자는 목을 벨 것이다."
만병이 어찌할 수가 없어서 일시에 항복하였다. 동초와 마달 두 장군이 불문곡직하고 만병을 묶어서 그 옷을 벗기고 명나라 병사에게 입히고는 전처럼 수레를 몰고 화과동에 이르렀다. 이때 나타가 두 장수를 보내고 그 돌아오는 것을 기다리고 있다가 만병이 수레 수 십대를 몰고 오는 것을 보고 기쁨을 스스로 이기지 못하고 동문을 열어 맞이하였다. 수레가 겨우 문에 들어서자마자 뒤쪽에서 갑자기 크게 외치는 소리가 있었다.

"나타야! 대명 원수가 한 수레의 불을 보내니 네 머리를 바쳐서 사례하라."

말을 마치기 전에 불이 수십 대 수레를 뛰어 넘어서 유성과 같이 빠르게 동문에 이르자 연기와 불꽃이 하늘에 가득하였다. 나타가 크게 놀랐으나 갑자기 대비함이 없었고 동초와 마달 두 장군이 이미 동 안으로 들어가서 동서로 충돌하였다. 짧은 시간에 불이 나무에 번져서 화과동 온 골짜기가 모두 화염 속에 들어갔다. 나타가 이 형세를 보고 칼을 빼어 말에 올라서 막 접전하고자 하였으나 동 밖에서 함성이 크게 일어나더니 한 대장이 도끼를 휘두르며 크게 호령하였다.

"원수의 대군이 이미 동문에 이르렀으니 나타는 속히 와서 항복을 하라."

하고 동 안으로 쳐 들어와서 동초와 마달 여러 장수들과 힘을 합하여 동쪽에서 소리치고는 서쪽을 공격하고, 남쪽에서 소리치고는 북쪽을 공격하였다. 포성과 함성이 천지를 뒤흔들고 불빛과 연기와 화염이 동 안에 가득하였다. 나타가 스스로 구할 수 없음을 알고 혼자 말을 타고 몸을 빼어 달아나서 동문으로 빠져나가려고 했으나 양원수와 대군이 가는 길을 막으니 나타의 형세가 매우 급하였다. 말위에서 크게 부르짖었다.

"과인이 들으니 호랑이는 엎드린 고기를 먹지 않는다 하니 원컨대 원수는 한 길을 빌려주어 내일 다시 자웅을 결정하는 것이 어떻겠소?"
소사마가 크게 꾸짖어 말하였다.

"네가 계책이 다하고 힘이 다하였는데 아직도 항복하지 않고 다시 무슨 말을 하는 것이냐?"

나타가 말하였다.

"오늘은 속임수에 빠졌으니 내일 정도로써 다시 한 번 싸우기를 청하는 것이오.”

원수가 미소 짓고 깃발을 휘둘러 문을 열어 주자 나타가 말을 빼어 달아났다. 원수가 또 화과동을 취하고 지형을 살펴보고는,

“이곳은 대군이 오래 머물 수 있는 곳이 아니다.”

하고는 진영을 화과동 수백 보 밖 배산임수[10]의 곳으로 옮기자 소사마가 물었다.

“원수께서는 어떻게 나타가 군량미를 운반하는 수레를 겁탈할 줄 아셨습니까?”

원수가 말하였다.

“나타가 동 안에서 나오지 않는 것은 우리의 군량미가 모자라는 것을 기다린 것이다. 만약에 군량미를 운송하는 것을 보았다면 어찌 겁탈하러 오지 않겠는가? 이것이 이른바 장계취계[11]이다. 그러나 나타가 이미 세 곳의 동학을 잃었으니 이는 이른바 궁한 도적이다. 내가 염려하는 것은 그가 반드시 그 힘을 다하여 싸울 것이니 병장기를 잘 점검하고 군사들을 배불리 먹여서 기다리도록 하라.”

한편, 나타가 또 화과동을 잃고 두 번째 동으로 들어가니 이는 태을동(太乙洞)이라고 하였다. 5대 동 가운데 가장 큰 것이 태을동이나 산천이 아름답고 지형이 광활하여 성을 지킬 곳이 아니었다[12]. 나타가 여러 장수를 대하여 탄식하여 말하였다.

“우리의 남방 5대 동은 대대로 서로 전하여 옛터를 굳게 지키었는데

---

10) 背山臨水 : 지세가 뒤로는 산을 등지고 앞으로는 물에 면하여 있음.
11) 將計就計 : 상대편의 계교를 미리 알아채고 그것을 역이용함.
12) 성을 지킬~ : ‘守成’은 ‘守城’의 오기.

과인에 이르러서 잃게 되었으니 어떻게 속수무책으로 앉아서 죽음을 기다릴 수 있겠는가? 마땅히 대군을 발동하여 죽음으로써 한 번 싸워서 승부를 결정하리라."

말을 마치기 전에 장막 아래에 있던 한 만장이 큰 소리로 말하였다.

"대명원수는 천신이 하강한 것입니다. 인력으로 서로 다툴 수가 없는 것이니 대왕께서는 거짓으로 항복하였다가 천천히 그 틈새를 기다려서 안에서 응하고 밖에서 합하는 것이 묘책인 듯합니다."

나타가 말을 듣고 크게 노하여,

"대장부가 시운이 불행하면 차라리 한 번 죽어서 쾌활한 넋이 될지언정 어찌 아녀자의 간사한 꾀를 본받으리오? 만약에 다시 항복을 말하는 자가 있으면 목을 베리라."

하고, 동중에 만병을 한꺼번에 선발하여 다음날에 태을동 앞으로 나아가 진을 치자 양원수가 또한 와서 도전하였다. 나타가 진 앞에 나와 말하였다.

"과인이 여러 번 간사한 계책에 패했으나 오늘은 친히 명나라 원수와 접전하여 자웅을 결정하고자 하니 원수는 나오시오."

뇌천풍이 크게 꾸짖어 말하였다.

"우리 원수는 황제의 명을 받으셔서 삼군의 운명을 맡은 막중한 체통이 있으시다. 어찌 하찮은 만왕과 겨루어 창끝을 다투겠느냐? 노부가 비록 병이 있으나 이 도끼를 한 번 시험해서 너의 무례한 주둥이를 잘라버리겠다."

말을 마치고 벽력부를 휘둘러 나타를 취하고자 하였다. 나타가 크게 노하여 좌우를 돌아보는데 왼쪽의 철목탑과 오른쪽의 아발도가 한꺼번에 나와 뇌천풍과 대적할 때 명나라 진영에서 동초와 마달 두 장군이 또한 나아가 5명의 장수가 뒤섞여 몇 합을 싸웠다. 나타가 바라보다가 붉은 수염을 거꾸로 하고 푸른 눈을 부릅뜨고서 우레와 같이 크게 소리를 지르고 말을 달려 그 기세가 매우 사나웠다. 원수가 소사마를 돌아보고 말하였다.

"나타가 저와 같이 흉하고 사나우니 쉽게 사로잡기 어려울 것이오."

곧 진세를 변경하여서 기정팔문진(奇正八門陣)을 만들고 징을 울려 대군을 거두자 나타가 크게 웃으며,

"너희들이 만약 간사한 술책이 아니면 어찌 감히 과인을 당하겠느냐? 내가 이미 중국 사람이 겁이 많다는 것을 알고 있으니 여러 장수들은 말할 것 없이 양원수가 친히 나와서 싸우더라도 두렵지 않다." 하고 천천히 그 본진으로 돌아가자 양원수가 소사마와 뇌천풍, 동초·마달 두 장군을 불러서 이러이러하라고 몰래 약속하였다.

네 장수가 명령을 듣고 물러나고 뇌천풍이 다시 벽력부를 들고 진을 나가 크게 호통 치기를,

"보잘 것 없는 오랑캐가 어리석고 악한 것만을 믿고서 노부의 쇠약한 것을 멸시하여 감히 당돌하니 나타는 다시 나와서 한 번 싸우자." 하고 말을 달려서 나아갔다. 나타가 크게 노하여 칼을 춤추며 말을 돌려 다시 뇌천풍을 대적하여 크게 여러 합을 싸움에 뇌천풍이 한편으로는 싸우고 한편으로 물러나자 나타가 크게 웃으며 말하였다.

"필부가 음흉하여 다시 과인을 유인하고자 함이로다."
말을 마치기 전에 명나라 장군 동초가 말을 달려 나와서 나타를 욕하고 꾸짖으며 말하였다.

"붉은 수염의 오랑캐가 겉으로는 비록 대담하나 마음속은 겁이 많구나. 내가 듣건대 남쪽 지방 사람들은 불의 기운을 많이 받아서 심장

이 지극히 크다고 하니 내가 반드시 너의 심장을 취하여서 우심적[13]을
대신하여 먹으리라."

나타가 크게 노하여 다시 쫓아서 여러 합을 싸웠다. 동초가 한편으
로 싸우다가 한편으로 물러나자 나타가 웃으며 말하였다.

"과인이 이미 명나라 원수의 간사한 계책을 안다. 필부는 또 유인하
지 마라."

말을 마치기 전에 마달이 명진으로부터 말을 달려 나와서 꾸짖으며
말하였다.

"내가 듣건대 남방의 오랑캐들은 다만 그 어미만 알고 그 아비를
모른다 하니 이것은 곧 오륜 중에 한 구멍을 닫아 막은 것이다. 내가
마땅히 그 한 구멍을 통하게 하리라."

하고 허리 사이에서 화살을 뽑아서 쏘아 나타의 엄심갑[14]을 적중하였
다. 나타가 크게 노하여 칼을 휘두르고 말을 뛰어 빠르게 쫓았다. 마달
이 맞이하여 여러 합을 싸움에 한편으로 싸우며 한편으로 물러났다.
명진 중의 소유경이 방천극을 휘두르며 나와서 큰소리로 말하였다.

"나타는 빨리 돌아가거라. 대명원수는 위로는 천문과 통하고 아래
로는 지리를 꿰뚫어서 풍운조화(風雲造化)의 오묘함을 통하여 모르
는 것이 없으시다. 네가 만약 한 번 진중에 들어오면 벗어날 수 없을
것이다."

말을 마치기 전에 소유경이 말을 돌려서 달아나자 그 뒤에 양원수가
작은 수레를 타고 천천히 진문에서 나와 웃으며 말하였다.

"나타야 네가 비록 작은 용맹이 있어서 나와 대적하고자 하나 나는

13) 牛心炙 : 불에 구운 소의 염통구이
14) 掩心甲 : 가슴(심장)을 가리는 갑옷.

마땅히 지혜로서 싸울 것이다. 어찌 하찮은 만왕과 힘을 다투겠느냐?”

나타가 원수가 지척에서 태연히 있는 것을 보고서 마음속에 불이 만 길이나 일어나니 어찌 생사를 돌아보리오? 크게 한 소리를 부르짖고 말을 놓아서 맹호와 같이 쫓아갔다. 원수가 미소 짓고 급히 수레를 몰아서 진 안으로 들어갔다. 나타가 급히 진중으로 쫓아 들어오자 원수는 간곳을 알지 못하고 진문은 이미 닫히어 칼과 창이 서리와 같았다. 나타가 분노를 이기지 못하여 칼을 휘두르고 동서로 충돌하되 탈출할 길이 없었다.

이때 철목탑과 아발도가 나타가 명나라 진중에 포위됨을 보고 크게 놀라서 함께 창칼을 나란히 들고서 명진에 충돌하였다. 사면이 철통과 같이 포위되고 다만 한 문이 열려 있기에 두 장수가 쳐 들어가자 창과 칼이 수풀과 같고 화살과 돌이 비와 같아서 들어가는 문을 다시 찾을 수가 없었다. 이때 나타와 철목탑, 아발도 세 사람이 진중에 포위되어 있어서 비록 힘을 다하여 포위를 뚫고자 하나 어찌 벗어날 수 있겠는가? 동문을 치고 나가면 문밖에 문이 있고, 북문을 치고 나가면 또 문밖에 문이 있었다. 종일 64문을 나가고 들어갔으나 진 밖으로 나갈 수가 없었다. 나타가 분한 기운이 하늘을 찔러서 범처럼 펄펄 뛰는데 중앙에 한 문이 갑자기 열리고 양원수가 높이 앉아 호령하였다.

“네가 지금도 항복하지 않겠느냐?”

나타가 크게 노하여 그 문을 쳐 들어가고자 하자 원수가 웃으며 기를 휘둘러 문을 닫게 하고 칼과 창이 서리와 같았다. 나타가 어찌할 수가 없어서 다른 길을 찾고자 하더니 갑자기 한 문이 남쪽에서 열리고 양원수가 또 높은 곳에 앉아서 호령하였다.

“나타야! 네가 지금도 항복하지 않겠느냐?”

나타가 더욱 분노를 이기지 못하여 그 문으로 들어가고자 하였다. 양원수가 웃으며 기를 휘둘러 문을 닫게 하고 칼과 창이 서리와 같았다. 이와 같이 다섯 문을 지나자 나타의 용맹으로도 기운이 꺾이고 고개를 숙여 하늘을 우러러 탄식하며,

"내가 죽음을 두려워하는 것이 아니라 만약 오록동학을 회복하지 못하면 무슨 면목으로 지하에서 선조의 영혼을 뵙겠는가?"

하고 스스로 목을 베고자 하였다. 철목탑과 아발도가 허겁지겁 손을 붙잡고는,

"큰일을 경영하는 자는 작은 수치를 돌아보지 않는 것입니다. 양원수는 의기가 있는 장수입니다. 다시 목숨을 살려 달라고 구걸하는 것이 좋을 것 같습니다."

하고 두 장군이 눈물을 흘리며 머리를 두드리고 원수에게 애걸하여 말하였다.

"원수께서 황제의 명을 받드시어 덕으로써 남방을 다스리고자 하는 것은 소장이 아는 것입니다. 지금 소장들이 한 때의 분함으로 진중에 잘못 들어왔습니다. 그 재주를 다하지 못하고 죽는다면 비록 죽더라도 넋도 원한을 품어서 마음으로 복종할 수 없을까 합니다."

원수가 웃으며 말하였다.

"내가 이미 여러 차례 너희들을 구해주었으나 끝내 복종하지 않으니 오늘은 용서할 수가 없다."

철목탑이 다시 고하였다.

"소장이 만약 후일에 또 패하면 비록 죽더라도 한이 없으니 어찌 항복하지 않겠습니까?"

원수가 웃으며 서문을 열어 주자 나타가 두 장군을 거느리고 본진으로

돌아가서 기가 죽어서 길게 탄식하며 말하였다.

"내가 비록 구차하게 목숨은 구하였으나 꾀와 힘이 다하였다. 여러 장군들은 각자 계책를 내어 과인의 오늘의 수치를 씻도록 하라."

섬돌 아래 한 사람이 그 말에 응하여 대답하였다.

"소장이 대왕을 위하여 한 사람을 천거하여 동천을 곧 회복하게 할 것입니다."

나타가 크게 기뻐하며 그 사람을 살펴보니 우추장 맹열이었다. 한나라 때 맹획의 형 맹절의 후손이었다. 나타가 말하였다.

"맹추장은 어떤 사람을 추천하고자 하는가?"

"오계도(五溪都) 채운동에 한 도사가 있으니 도호는 운룡도인입니다. 도술이 비상하여 바람과 비를 부를 수 있으며 귀신과 맹수를 부립니다. 대왕께서 만약 지극한 정성으로 가서 청하여 군사(軍師)로 삼게 된다면 명나라 군사를 어찌 두려워하겠습니까?"

나타가 크게 기뻐하여 즉시 맹열을 데리고 채운동에 이르러 울면서 운룡도인에게 고하였다.

"오대동천은 남방에 대대로 전하여 오던 땅입니다. 지금 거의 중국에 잃게 되었사오니 선생께서는 비록 세상 밖의 고상한 종적이시나 또한 남방 사람입니다. 도술을 아끼지 마시고 과인으로 하여금 도로 옛 땅을 찾게 해주시기를 바랍니다."

도인이 웃으며 말하였다.

"대왕의 영웅으로서도 동학을 잃었는데 일개 산 사람이 어찌 찾아올 수 있겠습니까?"

나타가 다시 절하고 울면서 말하였다.

"선생께서 만약 구해 주지 않는다면 과인은 차라리 죽어서 돌아가지 않겠습니다."

말을 마치고 칼을 뽑아 스스로 목을 베고자 하자 운룡도인이 어찌할 수가 없어 그것을 허락하여 도관(道冠)과 도복(道服)으로 차려입고 사슴을 타고 만왕을 따라 태을동에 이르렀다. 이때 도인이 나타에게 청하였다.

"그 진세를 보고자 하오니 대왕은 싸움을 걸어 보시지요."

나타가 응낙하고 즉시 원수와 다시 한 번 싸우고자 하였다. 원수가 웃으며 말하였다.

"만추(蠻酋)가 필시 구원병을 청하여 왔구나."

하고 대군을 거느리고 태을동 앞에 진을 치자 운룡도인이 진세를 바라보고 두려움이 있었지만 갑자기 주문을 외고 칼을 빼어 사방을 가리키자 바람과 비가 크게 일어나고 천둥소리가 진동하였다. 헤아릴 수 없는 신장과 귀병이 명나라 진영을 포위하고 공격하였으나 한참이 지나도록 격파하지 못하였다. 운룡이 칼을 던지고 탄식하며 말하였다.

"대명원수는 평범한 사람이 아닙니다. 천지를 다스리는 뛰어난 재주가 있으니 대왕은 절대로 힘을 겨루지 마십시오. 저 진법은 천상 무곡선관의 선천음양진(先天陰陽陣)입니다. 진괘15)와 손괘16) 방위의 문을 닫으니 진괘는 우레가 되고 손괘는 바람이 됩니다. 바람과 천둥이 침범할 수 없습니다. 현무기를 곤방에 꽂고 징과 북을 울리니 곤이 음이 되는 것이라 신병과 귀졸이 침범하기 어렵습니다. 이는 모두 정정당당한 도입니다. 도술로써 이기기 어렵습니다."

나타가 듣고 나서 목을 놓아 크게 울며 말하였다.

---

15) 震卦 : 중뢰진괘(重雷震卦). 주역의 51번 괘.
16) 巽卦 : 중풍손괘(重風巽卦). 주역의 57번 괘.

"그렇다면 과인의 오대동은 어느 날 도로 찾으리오? 선생께서는 가엾이 여기시어 방책을 가르쳐 주시기 바랍니다."

도인이 말없이 한참을 있어도 답하지 않았다. 나타가 다시 두 번 절하고 말하였다.

"선생께서 끝내 가르쳐 주시지 않는다면 과인이 만중의 백성을 다시 대할 수 없으니 선생을 따라 산으로 들어가 일생을 마치기를 원합니다."

운룡이 난처하여 생각하다가 다시 말하였다.

"저에게 한 방책이 있으나 만약 누설되면 일이 이루어지지 않고 도리어 저에게도 해가 있을 것입니다. 대왕께서는 스스로 헤아려서 처리하십시오."

나타가 곧 좌우를 물리고 대책을 묻자 운룡이 말하였다.

"저의 사부가 탈탈국 총황령 백운동에 계시니 도호는 백운도사입니다. 음양조화의 술법과 천지의 현묘한 이치를 통하여 알지 못하는 것이 없습니다. 만약 이 사람이 아니면 명나라 군사를 대적할 수 없습니다. 그러나 그 높은 뜻과 맑은 덕으로 평생 산문(山門)을 나오지 않으니 대왕께서 성의를 다하지 않으면 청하여 오기 어렵습니다."

말을 마치고는 사슴을 타고 훌쩍 채운동으로 돌아갔다. 나타가 운룡의 말을 듣고 곧 폐백을 갖추고 백운동을 향하였다.

가소롭다! 나타가 도움을 청하여 적국을 돕고 적국을 도와서 오대동천을 잃으니 모르는 자는 글 쓰는 사람의 기교라 비웃겠지만, 천하의 모든 일이 엎치락뒤치락함에 정함이 없고 득실과 화복이 대체로 이와 같으니 어찌 인력으로 할 수 있는 것이겠는가?

또한 아래 회를 보라.

제13회 | 만왕을 구하러 홍랑이 산을 내려오고,
진법을 다투어 원수가 퇴군하다

한편, 강남홍이 만 번 죽다 살아남은 목숨으로 이역을 떠돌다가 갈 곳을 모르더니 산중에 몸을 의탁하여 심신이 평안하여 나그네의 회포를 모두 잊었으나 고국을 생각하면 심사가 서글펐다. 하루는 도사가 홍랑을 불러서 말하였다.

"내가 너의 얼굴을 보니 훗날 부귀할 상이다. 내가 비록 아는 것이 없으나 들은 술법을 너에게 전수하고자 하노라."
강남홍이 사양하며 말하였다.

"저는 여자의 행실은 다만 술을 빚고 밥을 하는 것이라고 들었습니다. 높은 도술을 배워서 장차 어디에 쓰겠습니까?"
도사가 웃으면서 말하였다.

"네가 인간 세상을 저버리고 평생토록 산중에 있으려 한다면 배운 것이 쓸 곳이 없지만, 만약 고국을 그리워하는 마음이 있어서 돌아가

고자 한다면 몇 가지의 술법을 배워서 고국으로 돌아가는 계제(階梯)
로 삼도록 하라."

홍랑이 두 번 절하고 이날부터 사제의 교분을 정하여 도동1)의 옷을
입고 가르침을 청하였다. 도사가 크게 기뻐서 먼저 의약·복술·천문·지
리를 가르쳤다. 강남홍이 총명하고 영리하여 하나를 들으면 열을 알아
서 가르치기가 쉽고 배우기가 어렵지 않았다. 도사가 한편으로 기뻐하
고 한편으로 사랑하여,

"내가 남쪽에 온 이후로 제자가 두 사람이 있으니 하나는 채운동
운룡도인이다. 법술이 성취되지 않았고 사람됨이 어둡고 나약하여 내
가 걱정하는 바이며, 한 사람은 상 앞에서 차를 달이는 도동 청운이다.
비록 작은 재주가 있으나 천성이 경거망동하여 잡술에 빠지기 쉬운
까닭으로 내가 배운 것을 전수하지 않았다. 그런데 지금 너의 재주와
천성을 보니 운룡과 청운의 무리가 아니다. 훗날 크게 쓸 곳이 있을
것이니 마음을 붙여 배우도록 하라."
고 하고는 병법을 전수하여 주며 말하였다.

"육도삼략2) 합변(合變)의 솜씨와 팔문구궁3)의 변화의 방법은 모두
세상에 전해져 학문이 오히려 어렵지 않지만 내 병법으로 말하자면
곧 선천의 비서(秘書)이다. 만약 적합한 사람이 아니면 전수하지 않을
것이니 그 법이 삼재(三災) 삼생(三生)과 오행상극(五行相克)에 모두
조금도 권술4)이 없으나 풍운조화의 묘법과 귀신을 부리고 마귀를 항

---

1) 道童 : 도를 닦는 아이.
2) 六韜三略 : 중국의 오래된 병서(兵書). 『육도(六韜)』와 『삼략』을 아울러 이르는
   말이다.
3) 八門九宮 : 휴·생·상·두·경·사·경·개(休生傷杜景死驚開)가 팔문(八門)
   이고 낙서(洛書)의 九一三七二四六八五를 구궁이라고 한다.

복시키는 술법이 지극히 정묘하다. 네가 평생 쓰더라도 요사스럽고 허탄(虛誕)하다는 이름은 듣지 않을 것이다.”

강남홍이 하나하나 전수하여 몇 달 사이에 꿰뚫어 통하지 않은 것이 없었다. 도사가 크게 기뻐하며,

“이는 천재라, 내가 감당할 수가 없다. 이와 같으면 거의 세상에 대적할 자가 없거니와 다시 하나의 무예를 배우도록 하라.”

하고는 마침내 검술을 가르쳐주면서,

“옛날에 서부인(徐夫人)은 다만 격검(擊劍)하는 법만 배우고 용검(用劍)하는 법을 배우지 않았으며, 공손대랑5)은 용검은 알았으되 격검하는 방법을 알지 못하였으니 내가 전수해주는 것은 천상의 참창성관6)의 비결이다. 그 변통하는 것은 비바람 같으며 그 변화는 구름과 비를 일으키니 비단 만인을 대적할 뿐만이 아니다.”

하고 상자 안에서 몇 자루의 칼을 꺼내었으며 이름을 ‘부용검’이라 하였다. 일월의 정기와 북두성의 무늬를 띠어 돌을 찍고 철을 끊을 수 있으니 용천7)·태아8)·간장·막야9) 따위와 비교할 수 있는 것이 아니었다. 도사가,

---

4) 權術 : 권도(權道)로 하는 술법. 정도가 아니라 임시방편으로 하는 술법.
5) 公孫大娘 : 당 나라 때 교방(敎坊)의 기녀로서 검무(劍舞)를 매우 잘 추었다.
6) 欃槍星 : 혜성(彗星)의 일종으로 병란(兵亂)의 발발을 상징한다고 여겨져 왔다.
7) 龍泉 : 초(楚) 나라 보검의 이름. 진(晉) 나라 무제(武帝) 때 두우(斗牛) 사이에 자기(紫氣)가 감돌자 장화(張華)가 뇌환(雷煥)에게 부탁하여 예장(豫章)의 풍성현(豊城縣)에서 용천과 태아(太阿) 두 칼을 파내었다고 한다. 《晉書 卷36》
8) 太阿 : 옛날의 유명한 칼 이름. 간장(干將)이 자산(茨山)을 파고, 철영(鐵英)을 가져다가, 용연(龍淵)·태아·공포(工布)라는 철검 3자루를 만들었다고 한다 (『越絕書, 外傳記 寶劍』).
9) 干將·莫邪 : 춘추 시대 오(吳) 나라의 장인(匠人)인 간장(干將)·막야(莫邪) 부부가 명검(名劍) 두 자루를 만들어 웅검(雄劍)을 간장, 자검(雌劍)을 막야라 하였다.

"내가 범인에게 쉽게 전수하고자 하지 않았더니 오늘 너같이 타고 난 재능 있는 자를 만나 전수하니 잘 쓰도록 하라."
고 하여 홍랑이 절을 하고 부용검을 받았다.

이로부터 밤이면 도사를 모시고 병법과 검술을 강론하고, 낮이면 삼랑을 데리고 산에 올라서 진지를 설치하여 진법과 검술로 시간을 보내며 외롭고 쓸쓸한 마음을 모두 잊었다. 하루는 홍랑이 부용검을 가지고 연무장에 이르러 혼자 검술을 익히는데 도동 청운이 책 한 권을 가지고 와서 웃으며 말하였다.

"사형이 이미 검술을 배웠으니 또한 이 책을 보십시오. 이 책은 바로 선천둔갑방서[10]인데 선생께서 마침 감추어 두셨기에 몰래 가지고 왔습니다."

홍랑이 크게 놀라 말하였다.

"사부께서 나를 아끼시어 가르친 바가 없는데 이것은 틀림없이 함부로 보아서는 안 되는 것이다. 얼른 있던 곳에 돌려놓아라."
청운이 웃으며 말하였다.

"내가 밤이면 선생께서 잠자리에 든 틈을 타서 이 방서를 가져다 보았는데 가장 묘한 술법이었습니다. 내가 시험해 보겠습니다."
주문을 외운 뒤에 풀잎을 꺾어 공중에 던지자 한 청의동자가 되었다. 청운이 다시 웃으며 재차 주문을 외우고 풀잎을 어지럽게 던지니, 채색 구름이 사방에서 일어나고 풀잎이 신장귀졸이며 선관과 선녀가 되어 어지럽게 내려왔다.

갑자기 신발 끄는 소리가 있어서 돌아보니 도사가 청운을 불러 말

하였다.

　"너는 어찌 감히 스스로 요망스럽게 속이는 재주를 뽐내는 것이냐? 얼른 그것을 거두어라."

　홍랑을 돌아보며 말하였다.

　"둔갑은 허황한 술법이다. 너에게 전수하려 하지 않았지만, 이제 이미 누설되었으니 대략 그것을 알아두는 것도 무방할 것이다. 훗날에 이 도를 얻어서 신명을 더럽히고 크게 낭패할 자는 틀림없이 청운일 것이다."

　이날 밤에 도사가 홍랑을 불러,

　"세간에 행하는 도가 셋이 있으니 유도·불도·선도이다. 유도는 그 정대함을 주로 하고, 선도와 불도는 신이(神異)에 가까우나 그 마음을 닦아 외부의 자극에 변함이 없는 것은 한가지이다. 후세에 중과 도사들이 선도와 불도의 근본을 알지 못하고 허황한 술법으로 세상 사람의 이목을 미혹시키니 이것을 이른바 둔갑술이라고 한다. 둔갑의 방법이 세상에 흘러 전하나 다만 정도로써 제압할 수 있을 것11)이다. 네가 이제 대략 이해할 것이니 곤란한 액을 당했을 때 쓰도록 하라." 하고는 그 지극히 정묘한 방법을 가려서 가르쳤다. 홍랑의 총명함으로써 해득함에 무슨 어려움이 있겠는가? 도사가 크게 기뻐하여 말하였다.

　"네 마음이 본래 단정하고 잡되지 않으니 모름지기 다시 부탁할 필요는 없거니와 충분히 조심하여 이로써 일삼지 말아라. 예로부터 길한 사람과 귀한 사람이 이 술법을 배우지 않은 것은 다름이 아니라 신기(神機)를 누설하면 복록에 해가 있을 것을 두려워했기 때문이다."

---

11) 정도로써~ : 덕흥서림본의 '所能制'를 따랐다.

홍랑이 하나하나 가르침을 받고 침소로 돌아가려 할 때 막 문밖을 나서는데 한 여자가 초당 창 아래에 서서 도사와 홍랑이 묻고 답하는 것을 듣고 있다가 홍랑이 나오는 것을 보고 크게 놀라더니 갑자기 보이지 않았다. 홍랑이 크게 놀라서 도사에게 아뢰었더니 도사가 웃으며 말하였다.

"이곳은 산속이라 귀신과 도깨비의 정령이 있어서 가끔씩 이와 같으니 놀랄 필요는 없다. 다만 걱정이 되는 것은 저 귀신 도깨비와 여우 정령이 이미 우리의 둔갑방서[12]의 문답을 들었으니 나중에 잠시 인간 세상에 소란을 일으킬까 두렵다."

하루는 홍랑이 손삼랑과 함께 다시 부용검을 들고 연무장을 나가서 혼자 검술을 익히다가 정신이 피곤하여 칼을 거두고 언덕에 올라 멀리 바라보니 푸른 산은 중첩하고 흰 구름은 한가로이 떠 있으며 태양을 향해 핀 꽃나무와 동구(洞口)의 버드나무는 타향의 봄경치를 느끼게 했다. 홍랑이 아득히 바라보고 까닭 없이 구슬 같은 눈물이 절로 옷소매를 적셨다. 손삼랑을 보고 말하였다.

"내가 산 속에 들어온 지 이미 일 년이 되어서 고국산천은 아득히 꿈속과 같고 이역(異域)의 봄빛이 마음을 흔드는데, 언제 다시 중원의 문물을 보며 또한 십 리 전당의 풍경을 마주하게 될지를 모르겠군요."라고 하자 삼랑이 웃으면서 말했다.

"늙은 이 몸은 강남에 있을 때에 하루 종일 일에 힘을 쏟아 물속을 다니다가 몇 개의 구슬과 몇 마리의 물고기를 얻으면 천금을 얻은 것 같아 먹고사는 방편을 삼았습니다. 그런데 이곳에 도착한 이후로

----

12) 遁甲方書 : 둔갑하는 방술(方術)에 관한 서적.

열 손을 움직이지 않고 온 몸이 편안하여 배불리 먹고 따뜻하게 입어서 신체가 청정하고 검은 얼굴이 도로 하얗게 되어서 별로 고향 생각이 없습니다."

홍랑이 미소를 지으며 말하였다.

"사람이 세상에 태어남에 반드시 칠정13)이 있고 칠정이 있으면 또한 정근(情根)이 생기니 정근이 집착하는 곳에 그 견고함이 혹은 변하여 돌이 되며 그 강함이 또한 쇠를 자를 수 있지요. 나와 노파는 같은 강남 사람이라, 서호 전당의 맑고 빼어난 봉우리와 청루(靑樓) 곡방(曲房)의 아름답고 고운 물색에 하나하나 정이 있고 하나하나 생각이 나는 것은 사람의 보통 있는 정이니 이것이 이른바 정근이지요. 이로 보건대 산천물색도 오히려 정근이 남아서 생각나는데 하물며 친척과 붕우, 지기와 멀리 떨어져 있는 마음이리오?"

삼랑은 홍랑이 양공자를 생각하는 것을 알고 쓸쓸히 얼굴빛을 고쳤다. 홍랑이 초당으로 돌아가서 잠을 못 이루는 기색이 있자 도사가 홍랑을 불러서,

"네가 산에 있을 시간은 많지 않고 세상에 나갈 날이 멀지 않았다. 이것은 모두 한 때의 연분이니 슬퍼하지 말라."

하고는, 상자에서 한 개의 옥피리를 꺼내서 친히 몇 곡을 불고 홍랑에게 가르쳐 주며 말하였다.

"한나라의 장자방14)이 계명산15) 가을 달밤에 피리를 불어 초나라

---

13) 七情 : 기쁨·노여움·근심·생각·슬픔·놀램·두려움의 7가지의 감정을 칠정이라고 한다.
14) 張子房 : 장량(張良)으로, 자방은 그의 자이다.
15) 鷄鳴山 : 강소성(江蘇省)에 있는 산 이름. 일명 계룡산(鷄龍山)이라고도 한다. 초한(楚漢) 때에 한패공(漢沛公)의 백만 대병이 초패왕 항우를 잡으려고 구리산

병사를 흩어지게 하였으니 네가 이 옥피리를 배우면 절로 쓸 곳이 있을 것이다.”

홍랑이 평소 음률에 생소하지 않아서 짧은 시간에 정변(正變)의 음조를 배웠다. 도사가 크게 기뻐하며 말하였다.

“이 옥피리는 본래 한 쌍이었는데 한 개는 문창성군에게 있다. 네가 훗날 고국으로 돌아갈 기회가 여기에 달려 있을 듯하니 보관해 두고 잃어버리지 말라.”

세월이 훌쩍 흘러 홍랑이 산에 들어간 지 2년이 가까워졌다. 하루는 도사가 홍랑과 초당에서 서성이며 달빛을 감상하다가 대지팡이를 들어서 천상(天象)을 가리켜 말하였다.

“너는 저 별을 아느냐?”

홍랑이 바라보니 한 개의 큰 별이 자미원(紫薇垣)을 두르고 있었다. 대답하기를,

“저 별은 문창성이 아닙니까?”

라고 하자, 도사가 미소를 짓고 다시 남쪽 하늘을 가리키며 말하였다.

“요사이 태백성(太白星)이 남두성16)을 범하니 틀림없이 남방에 전쟁이 있을 것이다. 문창성이 광채가 찬란하여 제원(帝垣)을 호위하니 틀림없이 나라에 인재가 나서 칠십 년 태평한 정치를 이루게 될 것이다.”

홍랑이 웃으면서 말하였다.

“이미 전쟁이 있다면 어떻게 태평한 정치를 이룹니까?”

(九里山) 깊숙이 몰아넣었을 때 한패공의 모사 장자방이 이 계명산에서 초나라 군사들의 마음을 산란케 하기 위하여 옥퉁소로 사향가(思鄕歌)를 불렀다는 산.

16) 南斗星 : 남방에 있는 별 이름이다. 이는 여섯으로서 『성경(星經)』에는 “천자의 수명을 주관한다.”고 하고, 또한 양형(楊炯)의 『혼천부(渾天賦)』에는 “재상의 작록(爵祿)을 주관한다.”고 되어 있다.

도사가 미소를 지으며 말하였다.

"일란일치(一亂一治)는 순환의 이치이다. 한 때의 전쟁을 어찌 말할 수 있겠느냐?"

밤이 깊어짐에 홍랑이 돌아가 잠시 잠이 들었더니 정신이 표탕(飄蕩)한 가운데 한 곳에 도착하였다. 살기가 하늘을 찌르고 비바람이 크게 부는데 맹수 한 마리가 크게 울면서 한 남자를 물려고 하기에 자세히 그 남자를 보니 바로 양공자였다. 홍랑이 크게 놀라서 부용검을 들어서 그 맹수를 치고 크게 소리치자 삼랑이 그 곁에 누워 있다가 홍랑을 불렀다.

"지금 무슨 꿈을 꾸었습니까?"

홍랑이 깨어나 뒤척이며 잠을 자지 못하고 마음속으로 가만히 생각하되,

'공자님이 틀림없이 무슨 액운을 만난 것이야. 내가 지금 만 리 밖에 있어 소식이 딱 끊어져서 구해 드리고자 하여도 할 수가 없구나.'

하면서 은근한 염려와 끝없는 심회로 밤새도록 번민하였다.

하루는 도사를 모시고 병법을 강론하는데 산문 밖에서 문득 말울음 소리가 났다. 동자가 급히 알렸다.

"남만왕이 밖에 도착하여 배알을 청합니다."

도사가 홍랑을 돌아보며 미소를 지었다. 곧 일어나 당을 내려가서 나타를 맞이하여 예를 마치고 좌정한 뒤에 나타가 자리를 피해 두 번 절하며 말하였다.

"과인이 선생의 고명한 명성을 들은 것이 우레를 귀에 쏟아 붓는 듯하였으나 성의가 부족하여 이제야 겨우 배알하였으니 몹시 불민합니다."

도사가 웃으면서 말하였다.

"대왕이 산속에 있는 한가로운 사람을 어찌 방문하였습니까?"

만왕이 또 두 번 절하며 말하였다.

"남방의 오대동은 과인의 대대로 전하던 옛 터입니다. 지금 까닭 없이 거의 중국에 잃게 되었으니 선생께서는 가엾이 여겨 주소서."

도사가 미소를 짓고 말하였다.

"산야(山野)의 노부가 오직 산을 대하고 물을 볼 뿐인지라 무슨 계책이 있어서 대왕을 돕겠습니까?"

만왕이 눈물을 흘리며 간청하였다.

"과인은 들으니 호마는 북풍을 보고 울고, 월조는 남쪽 가지에 둥지를 튼다17) 하였으니 선생 또한 남방의 사람이라 이곳에 거처하면서 환란을 구하지 않으면 이 어찌 의리라 하겠습니까? 엎드려 바라건대, 선생께서는 과인이 처소를 잃은 것을 불쌍히 여겨서 회복하는 계책을 가르쳐 주십시오."

도사가 미소를 짓고 말하였다.

"내 다시 생각해 볼 것이니 잠시 문 밖에서 쉬고 계시오."
나타가 크게 기뻐서 외당을 나가자 도사가 홍랑을 불러서 손을 잡고 슬퍼하며 말하였다.

"오늘은 네가 귀국하는 날이다. 내가 너와 수년 간 사제의 정의를 맺어서 적막한 회포를 위로하였더니 지금 멀리 이별하게 되었으니 어찌 슬프지 않겠는가?"
홍랑이 한편으로 놀라고 한편으로 기뻐서 그 까닭을 물었더니 도사가

---

17) 胡馬嘶北風 越鳥巢南枝 : 호마는 북쪽 오랑캐의 말이고, 월조는 남쪽 월(越) 나라의 새이다. 『고문진보(古文眞寶), 전집(前集) 고시(古詩) 행행중행행(行行重行行)』에 "북쪽 오랑캐의 말은 북풍에 의지하고, 월(越) 나라의 새는 남쪽 가지에 둥지를 트네." 하였다. 사람이 자신의 태생지를 잊을 수 없다는 것을 비유한 말이다.

웃으면서 말하였다.

"나는 별 다른 사람이 아니라 서천문수보살이었는데 관세음의 명령을 받아서 너에게 병법을 전수하고자 한 것이다. 지금 너는 비색함이 다하고 태평의 운이 와서 고국으로 돌아가 부귀를 누릴 것이거니와 이마에 여전히 반년의 살기가 있어 틀림없이 전쟁을 겪을 것이니 매우 조심하여라."

홍랑이 눈물을 머금고 말하였다.

"제가 일개 여자로 비록 약간의 병법을 배웠으나 아직도 고국으로 돌아가는 길을 모르오니 자세히 가르쳐 주소서."

도사가 미소를 지으며 말하였다.

"너는 본디 세상 사람이 아니라 하늘의 정령으로 문창과 마침 묵은 인연이 있어서 인간 세상에 적강(謫降)한 것이다. 이 길에서 서로 만나서 훗날 부귀를 누릴 것이니 이 모두 관세음이 인도하는 것이다. 네가 만약 구해주지 않으면 의리가 아니다."

홍랑이 두 번 절하여 명을 받고 구슬같은 눈물이 그렁그렁 하며 말하였다.

"오늘 사부님과 헤어지면 언제 다시 만날 수 있습니까?"

도사가 말하였다.

"마름풀이 물에서 만나고 헤어지는 것과 같아서 미리 정할 수 없거니와 함께 천상의 즐거움을 누리는 것은 칠십 년 후에 있을 것이다."

말을 마치고 다시 만왕을 청하여 말하였다.

"내가 병들고 또한 늙어서 제자 한 사람을 대신 보내니 이름은 홍혼탈이오. 대왕의 옛 터를 영원히 잃지 않게 할 것입니다."

나타가 절하고 감사드리며 문을 나갔다. 홍랑이 도사에게 작별을 아뢸

때 눈물이 떨어지는 것을 금할 수가 없었다. 도사도 또한 슬퍼하며 말하였다.

"불가의 계율은 정연(情緣)을 맺지 않나니, 내가 부질없이 너를 만나서 이미 그 재주를 아끼고 자연스럽게 마음을 허락하여 정연이 또한 깊다. 지금 비록 청산 백운에서 만나고 헤어짐이 덧없으나 옥경청도(玉京淸道)의 뒷 약속이 있을 것이리니, 모름지기 속히 인간의 속된 인연을 마치고 상계의 극락으로 돌아가라."

홍랑이 눈물을 뿌리며 말하였다.

"제자가 만왕을 구하고 고국으로 돌아가는 날 다시 산문으로 들어와서 인사를 드리고 사부님과 헤어지려 합니다."

도사가 웃으면서 말하였다.

"나 또한 서천으로 돌아가는 길이 몹시 급하여 네가 비록 다시 오더라도 다시 볼 수 없을 것이다."

홍랑이 눈물을 흘리며 차마 가지 못하였다. 도사가 위로하고 한편으로 길을 떠나도록 재촉하였다. 홍랑이 어쩔 수가 없어서 두 번 절하여 이별을 고하고 청운과 손을 잡고 헤어진 뒤에 손삼랑을 데리고 만왕을 따라 갔다.

나타가 홍랑과 함께 돌아가면서 속으로 생각하기를,

'내가 정성을 다해 구원을 청하였다가 잔약한 한 소년을 데리고 돌아가니 어찌 일세의 조롱을 면할 것인가? 또한 그 용모와 자색이 여자와 비슷하구나. 만약 남자가 아니라면 오대동천을 헌신짝 버리듯이 하고 오호에 조각배를 타고 범려[18]를 본받으리라.'

18) 范蠡 : 춘추 시대 월나라 임금 구천(句踐)을 20여 년 간 섬기면서 오나라를 멸망시키고 회계(會稽)의 치욕을 씻고 나서는 월나라를 떠나 조각배를 타고 강호(江湖)

라고 하였다.

　한편, 홍랑이 손삼랑을 데리고 진영에 이르러서 몰래 자취를 감추자 참으로 일개 소년 명장과 일개 건장한 노졸이었다. 홍랑이 만왕과 자세히 동중의 지형을 살피니 동쪽에 하나의 작은 산이 있어 이름하여 연화봉이라 하였다. 홍랑이 봉우리 위에 올라가서 사방을 돌아보고 만왕에게 고하였다.
　"내가 먼저 명나라 진영을 살펴보려 합니다."
　이날 밤 삼경에 화과동의 지형을 보고 탄식하여 말하였다.
　'명원수가 만약 동중에 진을 쳤던들 한 사람도 살아서 돌아가기는 어려울 것이나 지금 생왕방(生旺方)을 얻었으니 갑자기 쳐부술 수가 없을 것이다. 내일 진지를 보고 그 용병을 볼 것이다.'
하고는 곧 명진에 격문을 보내었다.

　　남만왕은 대명원수 휘하에 격문을 보내노라. 과인이 들으니 성왕은 덕으로써 유약한 자를 품되 힘으로써 싸우지 않는다한다. 지금 대국이 십만의 사나운 군사로 치우친 나라의 누추한 땅에 왔으니 그 위태롭기가 아침에 저녁을 생각할 수가 없다. 마땅히 군령을 어기지 않고 잔병을 수습하여 내일 태을동 앞에서 서로 볼 것이니 귀병(貴兵)을 거느리고 이른 아침밥을 먹고 와서 만나기를 바라노라.

양원수가 격문을 보고 크게 놀라서,

··

　　를 떠돌아다녔는데, 제(齊) 나라에서는 치이자피(鴟夷子皮)라는 이름으로 수천만 금을 모았고, 다시 도(陶)에 가서는 주공(朱公)으로 행세하며 거부가 된 뒤 그곳에서 죽었다. 『史記 貨殖傳』『國語 越語下』

"이 글은 말이 간략하나 뜻을 다하였으며, 남만의 강인한 기풍이
없고 중화 문명의 기상이 있으니 어찌 이상하지 않은가?"
하고 즉시 격문에 답을 하였다.

> 대명도원수는 남만왕에게 답하노라. 우리 황제폐하께서 만방을 자
> 식같이 돌아보셔서 비록 문덕으로 교화를 베푸셨으나 유묘[19]족이 항
> 복하여 오는 것이 오히려 더디었기 때문에 대병을 출동하여 봉토를
> 바쳐 조공하지 않은 죄를 문책하시니, 대병이 이르는 곳마다 우레가
> 사납고 바람이 날듯이 어리석은 너희 남쪽 오랑캐가 틀림없이 토붕와
> 해되는 것을 볼 것이지만, 특별히 살리기를 좋아하는 덕을 베풀어서
> 인의로 감화하고 위무와 숙살[20]로써 하지 않았다. 내일은 마땅히 대군
> 을 거느리고 기약한 대로 갈 것이니, 어허! 너 만왕은 네 사졸들을
> 경계시키고 네 창과 방패를 닦아서 일곱 번 사로잡히는[21] 후회에 이르
> 지 않게 하라.

홍랑이 격문의 답을 보고 강개하여 정색을 하고 말하였다.

"내가 만맥의 나라에서 여러 해를 칩거하여 고국의 문물을 보지
못하였더니 이 격서를 보니 중화의 문장임을 알겠다. 어찌 기쁘고
다행하지 않겠는가?"

- -

19) 有苗 : 우(禹)가 순(舜)의 명을 받아 유묘(有苗)를 정벌하였으나 한 달이 되도록
　　그곳 백성들이 명을 거역하고 있었으므로 익(益)이 우에게 권하여 싸움을 중지
　　하고 덕을 펴도록 하였다. 그리하여 우는 그의 말대로 포위를 풀고 반사(班師)한
　　다음 두 쪽 뜰에서 춤을 추면서 문덕(文德)을 폈었다.
20) 肅殺 : 매섭고 살벌한 모양. 혹독하게 손상을 입힘.
21) 七擒 : 제갈량(諸葛亮)이 남만(南蠻)을 토벌할 때에 그 괴수 맹획(孟獲)을 심복시키
　　기 위하여 잡았다가 놓아 주어 다시 싸우게 하여 또 사로잡기를 일곱 번이나
　　하였다.

이튿날 홍랑이 한 대의 작은 수레를 타고 만병을 거느리고 군용을 정비하여 태을동 앞에 진을 치자 양원수도 역시 대군을 거느리고 수백 보 밖에 진세를 이루었다. 홍랑이 수레를 몰아 진 앞으로 나가 명나라 진영을 바라보니 군기가 해를 덮고 북과 나발이 하늘에 떠들썩한데 한 소년 장군이 홍포와 금갑을 입고 대우전을 차고 수기를 집고 전후좌우의 여러 장수가 호위한 가운데 장막 위에 높이 앉아 있었다. 홍랑이 그가 명나라 원수임을 알고 손삼랑에게 진 앞에서 큰 소리로 말하게 하였다.

"소국이 남방의 편벽된 곳에 있어서 비록 문무를 겸비한 재주가 없으나 오늘 진법으로써 한 번 싸워서 대국의 용병과 겨루어 보고자 하노니, 명나라 원수는 한 가지 진을 펼치시기 바라오."

양원수는, 그 말하는 것이 온화하여 삼대(三代)나 전국시대의 기풍이 있음을 보고 마음속으로 놀랍고 의아하게 여겼다. 만진을 바라보니 한 소년 장군이 금실로 수놓은 좁은 소매의 전포를 입고 푸른 무늬로 원앙을 수놓은 두 끝의 요대를 띠고 머리에 성관을 쓰고 허리에 부용검을 차고 군중에 단정히 앉아 있었다. 고운 태도는 가을밤 밝은 달이 푸른 바다에서 솟아 나온 듯하고, 우뚝한 기상은 가을바람에 큰 매가 푸른 하늘에서 내려오는 듯하였다. 원수가 크게 놀라 여러 장수를 돌아보며 말하였다.

"이 사람은 틀림없이 남방 사람이 아닐 것이다. 나타가 어느 곳에 구원을 청하여 저와 같은 인물을 얻었는가?"

곧 북을 치고 기를 휘둘러 육육삼십육 방으로 나누어 육화진(六花陣)을 결성하였다. 홍랑이 웃으며 또 북을 치고 만병을 지휘하여 쌍쌍의 이십사기를 열두 대로 나누어 호접진(胡蝶陣)을 만들어 육화진과 충돌하고 손삼랑에게 크게 호통치게 하였다.

"육화진은 태평한 시절에 연약한 장수가 한가하게 펼치는 진법이오. 소국에 호접진이 있어 대적할 만하니 다시 다른 진법을 펼치시오."

원수가 북을 치고 기를 휘둘러서 육화진을 변하여 팔팔육십사로 나누어 팔방위를 삼아 팔괘진을 만들자 홍랑이 다시 북을 치고 만병을 지휘하여 대연오십오(大衍五十五)의 오방방원진(五方方圓陣)을 펼쳐 팔괘진에 충돌하여 생문(生門)으로 들어가 기문(奇門)으로 나오며 음방(陰方)을 갑자기 공격하였다. 그리고 다시 손삼랑에게 크게 소리쳐 말하게 하였다.

"한의 제갈무후가 육화진과 양의진(兩儀陣)을 합하니 이것이 이른바 팔괘진이오. 생사문(生死門)과 기정문(奇正門)이 있고 또 동정방(動靜方)과 음양방(陰陽方)이 있으니 소국에 대연진이 있어 대적할 만하오. 다시 다른 진법을 펼치시오."

원수가 크게 놀라 급히 팔괘진을 거두고 좌우익(左右翼)을 이루어 조익진(鳥翼陣)을 결성하자, 홍랑이 또 방원진을 변하여 장사진(長蛇陣)을 만들어 조익진을 뚫고 크게 소리쳤다.

"조익진은 적국을 대하여 전투에서 마구 쳐서 죽이는 진법이오. 우리 소국은 마땅히 장사진으로 싸울 것이니 청컨대 다른 진법을 펼치시오."

원수가 급히 수기를 휘둘러 좌우익을 합하여 학익진(鶴翼陣)을 이루어 장사진의 머리를 치고 뇌천풍을 시켜 크게 소리쳐 말하게 하였다.

"남방의 아이가 다만 장사진으로 조익진을 치는 것만 알고, 어찌 조익진이 변하여 학익진이 되어 장사진의 머리를 치는 것을 생각하지 못하느냐?"

홍랑이 미소를 지으며 북을 치고 장사진을 나누어 몇 곳에 어린진(魚

鱗陣)을 치니 이것은 적국을 속이기 위한 진법이었다. 원수가 크게 노하여 대군를 십 대로 나누어 어린진을 포위하고 열 개 방면을 에워쌌다. 홍랑이 웃으며 큰소리로 말하였다.

"이것은 회음후22)의 십면매복세라 진실로 진법이 아니오. 소국에 오히려 하나의 진법이 있어서 방비하기에 충분하니 보시기 바라오."
이에 어린진으로 변하여 오대로 나누어 방진을 이루었다. 그 동방을 치면 곧 남북방이 좌우익이 되어 방비하고, 그 북방을 치면 곧 동서방이 좌우익이 되어 방비하였다. 양원수가 바라다보고 탄식하였다.

"이 사람은 천하의 기재(奇才)로다. 이 진법은 고금에 없는 것이다. 오행상극(五行相克)의 이치에 응하여 스스로 창안한 진법이라 비록 손빈이나 오기23)라도 깨뜨릴 수 없을 것이다."
스스로 진법으로 이길 수 없음을 알고 즉시 징를 쳐서 군사를 거두고 뇌천풍에게 진지 앞에서 외치게 하였다.

"오늘 양진이 이미 진법을 보았으니 다시 무예로 서로 싸울 자 있거든 나오너라."

철목탑이 이 소리를 듣고 창을 들고 나와 크게 몇 합을 싸움에 철목탑이 자주 몸을 피하자 손야차가 창을 들고 나가서 크게 꾸짖었다.

"네가 이미 진법에 졌으니 또한 마땅히 무예로도 다시 질 것이다."
뇌천풍이 크게 노하여 말하였다.

"수염 없는 늙은 오랑캐는 감히 당돌하게 굴지 말라."
또 수십 합을 싸울 때 명나라 장수 동초와 마달이 한꺼번에 나가서 뇌천풍을 도왔다. 손야차가 적을 감당하지 못하여 말을 빼어 달아나

22) 淮陰侯 : 한 고조(漢高祖) 때의 명장 한신(韓信).
23) 孫臏과 吳起 : 중국 최고의 병법가. 손자병법과 오자병법의 저자.

자, 홍랑이 손야차가 피신하는 것을 보고 크게 노하여 수레에서 내려 말을 타고 진 앞에 나아가 징을 쳐서 철목탑을 돌아오라고 부르고 크게 소리치며 말하였다.

"명나라 장수는 거칠고 혼잡한 창법을 자랑하지 말고 먼저 내 화살을 받으라."

말을 마치자 공중에서 날아간 화살이 유성같이 뇌천풍의 투구 한복판을 맞추어 땅에 떨어뜨렸다. 동초와 마달 두 사람이 크게 노하여 일시에 힘을 합해 칼을 휘두르며 홍랑을 잡으려 하였다. 홍랑이 옥 같은 손을 들어 화살을 쏘자 활시위 나는 곳에 화살이 뒤를 따라 들어가 동초와 마달 두 장수의 가슴을 보호하는 철갑의 복판을 맞추어 쨍그랑하고 깨졌다. 두 장수가 애써 싸울 마음이 없어 말을 돌려 진으로 돌아왔다. 뇌천풍은 투구를 주워서 다시 쓰고 벽력부를 휘두르며 크게 꾸짖었다.

"보잘 것 없는 만장이 그 작은 재주를 믿고 감히 무례하게 굴지 마라."

그리고는 홍랑에게 달려가려다가 갑자기 몸을 뒤집으며 말에서 떨어지는데 무슨 까닭인지 모르겠다. 또한 아래 회를 보라.

숙피리는 자웅의 음률을 주고받고,
아름다운 비파는 산수현을 끊었다가 이었다

한편, 뇌천풍이 분기가 하늘까지 올라 도끼를 휘두르며 홍랑에게
달려들자 홍랑이 천연스럽게 웃으며 부용검을 잡고 꼼짝 않고 서서
움직이지 않았다. 뇌천풍이 더욱 화가 나 크게 한 소리를 지르면서
힘을 다해 도끼를 휘두르며 홍랑을 공격하자, 홍랑이 문득 쌍검을
휘두르고 반공에 몸을 솟구쳤다. 천풍이 공중을 쳐다보고 치고서 급히
도끼를 거두려고 하자 쨍그랑하는 소리가 갑자기 머리 위에서 나더니
나는 칼이 공중에서 떨어져 머리 위의 투구를 깨뜨렸다. 뇌천풍이
허겁지겁 어찌할 바를 몰라 몸을 뒤집어 말에서 떨어졌는데 홍랑이
다시 돌아보지 않고 칼을 거두었다.

원래 홍랑의 칼을 쓰는 법이 평소 얕고 깊음이 있어서 다만 투구만
을 부수고 사람을 다치게 하지 않았으나 노장은 이미 정신을 수습할
수 없어서 스스로 '내 머리가 어디에 있는가?' 의심하고는 다시 싸울

마음이 없어서 말을 돌려 급히 본진으로 달아났다. 양원수가 진영 위에서 멀리 바라보다가 크게 노하여,

"입에서 아직 젖 냄새 나는 일개 만장을 세 명의 장수가 당해내지 못하니 내 마땅히 친히 싸워서 반드시 그 장수를 사로잡으리라."

하고는 말에 올라 진영을 나서자 소사마가,

"원수의 중한 체통으로 일개 만장과 경솔하게 싸울 필요가 있겠습니까? 소장이 비록 용기는 없으나 나가서 만장과 싸워 그 머리를 휘하에 바치겠나이다."

하고 말을 놓아 출전하였다. 원래 소유경이 젊은 기개로 창법을 자부하여 한 번 겨루고자 하였다. 이에 방천극을 들고 즉시 홍랑을 취하자 홍랑이 말을 돌려서 몇 합을 싸우고는 소사마의 창법의 정묘함을 보고 말을 빼어 수십 보로 물러나서 공중을 향해 오른 손의 부용검을 던지자 그 칼이 반공으로 날아 떨어져서 소사마의 머리를 침범하려 하였다. 소사마가 말 위에서 몸을 피하여 방천극을 들어 막으려 하자 홍랑이 물러났다가 다시 앞으로 나갔다. 소사마가 연신 허둥대며 말 위에 엎드려서 창을 휘둘러 방어하려고 하자 왼손에 칼을 들고 말을 달려 손안의 쌍검을 함께 던졌다. 소사마가 허둥대며 피하되 대응하여 싸울 겨를이 없어서 접전하지 못하였다. 홍랑이 다시 공중을 향하여 쌍검을 받고 바람처럼 몸을 돌려서 말 위에서 춤추어 사방으로 말을 달리자 어지러운 흰 눈이 공중에 나부끼는 듯하고, 조각조각 낙화가 바람 앞에 번뜩이다가 문득 한 가닥의 푸른 기운이 노을처럼 일어나 점점 사람과 말이 보이지 않았다. 소사마가 몹시 놀라서 방천극을 들어 동쪽을 찌르면 무수한 부용검이 공중에서 떨어지고 서쪽을 찌르면 또 부용검이 공중에서 떨어졌다. 소사마가 허둥지둥하여 쳐다 보면

수많은 부용검이 하늘에 흩어져 어지럽고, 굽어보면 수많은 부용검이 땅에 가득하여 칼의 바다요 칼의 산이어서 벗어날 길이 없었다. 정신이 어지럽고 나아가고 물러날 길이 없어서 구름과 안개 속에 있는 듯하였다. 소사마가 하늘을 우러러 탄식하여,

"내가 이곳에서 죽을 줄을 어찌 알았으리오?"

하고는 방천극을 들고 푸른 기운을 헤치고 나가려고 하자 갑자기 공중에서 낭랑한 목소리로 크게 부르며 말하였다.

"천조의 명장을 내 손으로 죽이는 것은 의리가 아니다. 한 가닥 살 길을 빌려주니 장군은 돌아가 원수에게 빨리 대군을 거두어 돌아가라고 고하라."

말이 끝나자 푸른 기운이 점점 걷히고 그 장수가 다시 부용검을 집고 표연히 웃으며 본진으로 돌아갔다. 소사마가 감히 쫓지 못하고 돌아와 원수를 보고 헐떡거리는 숨을 고르지 못한채 망연자실하여 말하였다.

"소장이 비록 모자라나 몇 줄 병서를 읽고 약간의 무예를 배워 진영에 임하여 겁을 내지 않고 적을 대하여 용기가 생기더니 오늘의 만장(蠻將)은 인간 세상의 사람이 아닙니다. 천상의 신이 틀림없습니다. 그 빠르기가 바람과 같고 그 급하기가 번개 같으며 현혹되어 헤아리기 어려움이 귀신과 같아서, 쫓아가 사로잡을 수가 없고 달아나고자 하여도 피할 수가 없었습니다. 비록 사마양저[1]의 병법과 맹분·오획[2]의 용력이 있더라도 이 장수 앞에서는 소용이 없습니다."

....

1) 司馬穰苴 : 제나라 병법가. 당시 유명한 재상인 안영의 추천으로 장군에 임명. 사마양저병법이라는 병법서를 지어 보급하였다.
2) 孟賁·烏獲 : 중국 전국시대의 역사(力士)들.

원수가 이 말을 듣고 마음속으로 매우 걱정하여 말하였다.

"오늘은 이미 저물었으니 내일 다시 싸워 만약 이 장수를 사로잡지 못하면 나는 맹세코 회군하지 않을 것이다."

나타가 홍의 병법과 검술을 보고 크게 기뻐하여,

"하늘이 과인을 불쌍히 여기시어 장군을 주시니 다음에 마땅히 남쪽의 땅을 반으로 나누어 장군의 공에 보답하리라."

하고는 홍에게,

"장군과 군중에서 함께 거처하고 싶소."

라고 하자 홍이 웃으며 말하였다.

"산사람(山人)은 한갓진 것을 좋아하여 군중의 요란함을 싫어하오니 한적한 곳의 한 간 객실을 얻어 수하 노졸과 함께 거처하는 것이 좋겠습니다."

나타가 그 뜻을 거역하기 어려워 특별히 객실을 정하여 주자, 홍이 손삼랑과 함께 밤을 보내는데 마음속으로 생각하기를,

'내 비록 아녀자이나 어찌 대의를 알지 못하고 만왕을 도와 고국을 저버리리오? 내가 만약 한 명이라도 명나라 진영의 장졸을 죽이면 의리가 편안하지 않거니와 다만 사부의 명으로 나타를 구하고자 왔다가 성공하지 못하고 헛되이 돌아감이 또한 도리가 아니니 어떻게 하면 양쪽을 다 좋게 하리오?'

하더니 문득 한 꾀를 생각하고 손삼랑을 돌아보고 말하였다.

"오늘밤 달빛이 매우 아름다우니 내가 동중에서 나가 연화봉에 올라 명나라 진영의 동정을 살피리라."

손야차와 함께 달빛을 띠고 백운도사가 준 옥적을 가지고 연화봉에 올라 명나라 진영을 바라보니 북과 피리가 조용하고 등촉이 깜박깜박

하는데 시간을 알리는 북소리가 삼경을 알렸다.

홍이 옥적을 꺼내어 한 곡을 불었다. 이때 서풍은 소슬하여 별과 달이 희고 깨끗한데 산봉우리 위의 돌아가는 기러기와 골짜기 안의 슬픈 원숭이는 진정 타향객의 회포를 도왔다. 또 하물며 만 리 떨어진 땅에 부모를 이별하고 머나먼 곳의 집에 있는 처자를 꿈꾸는 자들이겠는가! 찬 이슬은 옷깃에 가득하고 밝은 달은 군영 안을 환히 비추는데 혹 창을 베고 잠을 자고 혹은 칼을 두드려 길게 한탄하더니 갑자기 바람 편에 한 가닥 옥피리 소리가 허공에 흩날리는데 곡조의 처량함은 쇠와 돌을 녹이고, 소리의 흐느낌은 산천의 빛이 변할 지경이었다.

이 밤에 명진 십만 대병이 일시에 놀라 꿈에서 깨어 늙은 자는 처자를 그리워하고 젊은 자는 부모를 생각하여 어떤 자는 눈물을 뿌리며 탄식하고 고향을 노래하며 방황하니 군중이 자연히 요란하여 부대의 행렬이 어지러웠다. 마군대장은 채찍을 잃고 망연히 서 있으며 군문도위는 방패를 어루만지며 비분강개하여 앉아 있어, 소사마가 크게 놀라 동초·마달 두 장군을 불러 군중을 단속하려고 하였는데, 두 장군도 또한 기색이 처량하고 행동거지가 수상하였다.

소사마가 급히 양원수에게 고하였다. 양원수가 마침 병서를 베고 잠을 자려 하다가 정신이 어지러이 날려 하늘에 올라 남천문에 들어가려 하는데 한 보살이 백옥의 여의주를 들고 길을 막았다. 양원수가 크게 노하여 칼을 뽑아 여의주를 치자 그 소리가 쨍그랑하고 땅에 떨어져 한 송이 꽃이 되어 붉은 빛과 기이한 향기가 천지를 진동하였다. 양원수가 크게 놀라 깨니 이에 한바탕 꿈이었다. 마음이 매우 괴이하더니 소사마가 황급히 장막 안으로 들어와 군중의 동정을 보고하였다. 원수가 놀라 장 밖으로 나와 밤 시각을 물으니 사, 오경에 가까웠다.

삼군이 불안하여 서성이는데 진중이 물 끓는 듯하고 한바탕 서풍이 불어 수기를 흔드는데 한 가닥 옥피리 소리가 바람 편에 들려와 슬프고 원망하며 처절하여 영웅의 회포로도 비창함을 이길 수가 없었다. 원수가 소리에 귀를 기울여 한 번 듣고는 어찌 그 곡조를 알 지 못하리오? 여러 장군들을 돌아보며 말하였다.

"옛날 장자방이 계명산에 올라 통소를 불어 초나라 병사를 흩었다. 이곳에서 어떤 사람이 이 곡을 아는가? 내가 어렸을 적에 옥피리를 배워 대강 몇 곡은 기억하니 지금 마땅히 한 곡을 시험하여 삼군의 처량한 심사를 눌러 보리라."

하고는 궤 속의 옥피리를 꺼내어 장막을 높이 걷어 올리고 책상을 의지하여 한 곡조를 불었다. 그 소리가 화평하고 호방하여 천 리의 봄물이 장강에 흐르는 듯하고, 삼월의 화풍은 꽃다운 나무에 이르는 듯하였다. 겨우 한 곡을 불자 처량한 심회가 기쁜 마음으로 스스로 풀리었고, 다시 한 곡을 불자 호탕한 마음이 넉넉히 생겨 군중이 저절로 평온해졌다. 원수가 또 음률을 바꾸어 한 곡조를 불자 그 소리가 웅장하고 활달하여 도문의 자객3)이 화답하여 노래 부르는 것과 같고 변방의 장군이 철기병을 울리는 것과 같아 장막 아래 삼군이 기세가 당당해져서 북을 어루만지며 칼을 춤추어 다시 일전을 치르고자 하였다. 원수가 웃고 곡을 멈추고 장막 안으로 도로 들어갔으나 잠이 오지 않아 뒤척이며 생각하기를,

'내가 비록 두루 천하를 돌아다니며 큰 인재를 다 보지는 않았으나 어찌 만맥의 나라에 이런 뛰어난 인재가 있겠는가? 만장의 무예와

3) 屠門의 刺客 : 진시황을 암살하려한 형가(荊軻)를 말함.

병법을 보니 진실로 쌍이 없는 국사요, 천하의 기이한 인재다. 이 밤에 옥피리는 또한 보통 사람이 볼 수 있는 것이 아니다. 이는 하늘이 대명을 돕지 않고 조물이 나의 큰 공을 시기하여 인재를 내어 만왕을 돕는 것이다.'

하고 잠을 이루지 못하다가 다시 장중에 소사마를 불러 물었다.

"장군이 어제 진상에서 만장의 용모를 자세히 보았소?"

소사마가 대답하여 말하였다.

"가시덩굴 무리 중에 방초가 분명하고 기왓돌 속에 보옥이 완연합니다. 비록 잠깐 보았으나 어찌 잊을 수 있겠습니까? 당돌한 기상은 당세의 영웅이요, 선명한 태도는 천고의 가인이었습니다. 가는 허리와 가는 눈썹은 이미 남자의 풍모가 적고, 뛰어난 용모와 날쌘 기상은 또한 여자의 자태는 아니니 대개 남자로써 논하면 고금에 없는 인재요, 여자로써 논하면 경국경성(傾國傾城)의 자색이었습니다."

원수가 그 말을 듣고 묵묵히 말이 없었다.

이때 홍랑이 사부의 명으로 만왕을 구하려고 왔으나 역시 부모의 나라를 저버릴 수 없어 조용히 옥피리를 불어 장자방이 강동의 자제들을 흩트리던 방법을 본받고자 하더니 뜻밖에 명진 중에서 또한 옥피리로 화답하여 곡조는 비록 다르나 음률이 차이가 없고 기상이 비록 다르나 의사는 다름이 없어 아침 햇빛에 채봉이 수컷을 부르자 암컷이 화답하는 것 같았다. 홍랑이 옥피리를 멈추고 망연자실하여 머리를 숙이고,

'백운도사께서 말씀하기를 이 옥피리는 본시 한 쌍으로 한 개는 문창에게 있어 귀국의 기회가 여기에 있다고 하시더니 지금 대명 원수가 어찌 문창성의 정령임을 알리오? 그러나 하늘이 옥적을 냄에 어찌

한 쌍을 내셨으며 지금 이미 쌍이 있으니 어찌 남북에서 짝을 잃어 서로 모임이 이와 같이 늦는가?'

하고 오래 생각하였다. 또 생각하기를,

'이 옥적이 이미 그 짝이 있고 그것을 부는 자가 반드시 그 짝이 되리니 황천이 굽어 살피시고 밝은 달이 비추어 임하시니 강남홍의 짝되는 자는 양공자 한 사람이다. 혹 조물이 도우시고 보살이 자비하사 나의 공자가 지금 명진 도원수가 되어 오셨는가? 내가 어제 진전에 이미 병법을 보았고 오늘밤에 달 아래서 다시 피리 소리를 들어보니 지금 세상에 쌍이 없는 인재다. 내가 마땅히 내일 도전하여 원수의 용모를 자세히 보리라.'

하고는 즉시 객실로 돌아와 아침을 기다려 만왕을 보고 말하였다.

"지금 마땅히 도전하여 자웅을 결정할 것이니 대왕은 먼저 만병을 거느리고 동문 앞에 진을 치소서."

나타가 응낙하고 군을 거느리고 나갔다. 홍랑은 수레에서 내려 말을 타고 손야차와 함께 진 앞으로 나아가자 양원수가 또한 진세를 펴 이루었다. 홍랑이 털이 말린 설화마(雪花馬)를 타고 부용검을 차고 활과 화살을 차고 진문에 서서 손야차에게 크게 소리쳐 말하게 하였다.

"어제의 싸움은 처음으로 무예를 시험한 까닭으로 용서하는 바가 있었으나 오늘 나를 감당할 수 있는 자가 있거든 곧 나오고 만약 감당하지 못하거든 모름지기 싸움에 나와서 백골(白骨)을 보태지 말라."

좌익장군 동초가 크게 노하여 창을 뽑으며 나오자 홍랑이 고삐를 당기고 조금도 흔들림이 없이 말하였다.

"필부는 돌격장이다. 나의 적수가 아니니 급히 다른 장수를 보내라."

동초가 크게 노하여 창을 춤추어 부딪치고자 하자 홍랑이 웃으면서 꾸짖었다.

"필부가 만약 물러나지 않으면 내가 마땅히 너의 창머리에 있는 상모(象毛)를 쏘아 떨어뜨릴 것이다. 네가 피할 수 있겠는가?"

말을 마치기도 전에 동초가 휘두른 창끝에 쨍그랑거리는 옥소리가 나더니 상모가 말 앞에 떨어졌다. 홍랑이 다시 소리쳐 말하였다.

"내가 다시 너의 왼쪽 눈을 맞출 것이니 피할 수 있겠는가?"

말을 마치기 전에 시위 소리가 나자 동초가 말 위에 엎드려 허둥지둥 본진으로 돌아갔다. 뇌천풍이 바라보고 분노를 이기지 못하여 도끼를 휘두르며 나오자 홍랑이 웃으면서 말하였다.

"늙은 장수는 망령되이 노쇠한 정력을 낭비하지 말라. 내가 마땅히 네 생명을 빌려줄 터이니 노장은 갑옷 위의 칼 흔적을 살펴보고 내 수단을 살피라."

말을 마치기 전에 부용검을 춤추어 몇 합을 접하여 싸우다가 뇌천풍이 굽어보니 칼 흔적이 낭자하였다. 다시 힘써 싸울 수가 없어 말을 빼어 돌아오자 명나라 진영의 여러 장수가 서로 돌아보고 출천하고자 하는 자가 없었다. 양원수가 크게 노하여 떨쳐 일어나서 푸른 갈퀴의 사자마에 걸터앉고 팔장탱천이화창(八丈撑天李花槍)을 들고 홍포와 금갑을 입고 활과 화살을 차고 진 앞으로 나가서 서자 소사마가 간하였다.

"원수가 황명을 받드시어 삼군을 감독하시니 국가의 안위가 한 몸에 달려 있습니다. 종묘사직의 중대함이 나아가고 물러남에 있는데 지금 필마단기로 친히 화살과 돌을 무릅쓰고 일시의 분함으로 승부를 겨루고자 하시니 이 어찌 그 몸을 보존하여 나라를 위하는 뜻이겠습니까?"

이때 양원수는 소년의 용맹한 기운으로 홍랑의 무예가 뛰어난 것을 알고 한 번 겨루기로 마음을 먹고 간하는 말을 듣지 않고 말을 달려 나갔다. 홍랑이 원수가 나오는 것을 보고 또 말을 놓아 칼을 춤추어 맞이하여 싸워 일합에 이르지 않아 홍랑의 총명함으로 어찌 양공자의 용모를 알지 못하겠는가? 기쁨이 지극하여 눈물이 앞서고 정신이 황홀하여 어찌할 바를 알지 못하겠으나 원수의 지기지심(知己知心)으로도 어찌 저승으로 영원히 이별하였던 홍랑이 지금 만 리 떨어진 곳에서 접전하는 만장이 되었을 줄 생각하였겠는가? 이때 양원수가 창을 들고 홍랑을 찌르고자 하니 홍랑이 머리를 숙여 피하며 쌍검을 던져 땅에 떨어뜨리고 낭랑한 소리로 말하였다.

“소장이 실수로 칼을 놓쳤으니 원수는 잠시 창을 멈추어 칼을 주울 수 있게 하십시오.”

원수가 그 목소리를 듣고는 창을 거두고 그 용모를 살펴보았다. 홍랑이 칼을 거두어 말에 올라 원수를 돌아보며 말하였다.

“천첩 강남홍을 어찌 잊으셨습니까? 제가 마땅히 바로 상공을 따라야 하지만 수하의 노졸이 만진에 있으니 오늘밤 삼경에 진중에서 만날 것을 약속합니다.”

말을 마치자 말을 채찍질하여 본진을 향하여 훌쩍 돌아갔다. 원수가 창을 잡고 흙으로 빚은 형상처럼 서서 오랫동안 그것을 바라보다가 본진으로 되돌아오자 소사마가 물었다.

“오늘 만장이 그 능력을 다하지 않은 것은 어떻게 된 일입니까?”

원수가 웃으며 대답하지 않고 진을 화과동으로 물리었다.

한편, 홍랑이 만왕을 보고 말하였다.

“오늘 명나라 원수를 거의 산 채로 잡을 수 있었으나 신기가 불편하여 진으로 물러났습니다. 오늘밤 병을 조섭하여 내일 다시 싸울 것입니다."

나타가 크게 놀라 말하였다.

"장군이 신기가 불편하다면 과인이 마땅히 곁에서 친히 의약을 살피겠소."

"대왕은 염려하지 마시고 조용히 치료할 수 있도록 허락해 주십시오."

나타가 즉시 가장 한가하고 후미진 곳에 객실을 옮겼다. 밤에 홍랑이 손야차에게 말하였다.

"아까 양공자를 진 위에서 만나 오늘 밤 삼경에 명진에서 서로 만나기로 약속하였어요."

삼랑이 크게 기뻐하여 행장을 수습하고 삼경이 되기를 기다렸다.

이때 원수가 본진에 돌아와 장중에 누워 생각하였다.

'오늘 밤 진 위에서 만난 사람이 진짜 홍랑이라면 끊어진 인연을 다시 잇는 것뿐만 아니라 국가를 위하여 남만을 평정하는 것이 또한 쉽게 될 것이니 어찌 기쁘고 다행스럽지 않겠는가마는 홍랑이 세상에 살아있어 이곳에서 만나는 것은 꿈에서도 기약하지 못한 일이다. 아마도 홍랑의 억울한 영혼이 흩어지지 못하고, 남방에는 예부터 충신열사가 물에 빠져 죽은 자가 많으니 초강백마⁴⁾와 소상반죽⁵⁾에 외로운 영혼이 늘 있으면서 오락가락 소요하다가 내가 이곳에 온 것을 알고 그의 평생 억울한 회포를 하소연하려함이 어찌 아니겠는가? 이미 오

---

4) 楚江白馬 : 굴원이 버림을 받고 멱라수(汨羅水)에서 빠져 죽은 고사.

5) 蕭湘班竹 : 요임금의 두 딸인 아황과 여영이 남편인 순임금이 순행하던 도중 죽었다는 소식을 듣고 피눈물을 흘리며 빠져 죽었으며 그 피눈물에 강변의 대나무에 뿌려져서 반죽이 되었다고 한다.

늘밤 군중에서 기약하였으니 다만 그때를 기다려 보리라.'
하고 촛불을 밝히고 책상에 의지하여 시간을 알리는 소리를 세며 앉아
있었다. 이윽고 삼경 일점을 알리자 좌우를 물리치고 장막을 걷어두고
기다렸다. 갑자기 찬바람이 촛불에 불고 한 가닥 맑은 기운이 장막
안에서 일었다. 원수가 정신을 집중하고 자세히 보니 한 소년 장군이
쌍검을 잡고 갑자기 들어와 촛불 아래 섰다. 원수가 놀라서 보았더니
분명히 아득한 저승에서 생리사별(生離死別)하여 그리운 한 마음으로
자나깨나 잊지 못하던 홍랑이었다.

원수가 말을 못하고 한참 있다가,

"홍랑아, 네가 죽어 영혼이 온 것이냐? 살아서 참 모습이 온 것이냐?
나는 단지 죽었다는 것을 알 뿐이요 살아 있음은 믿지 못하겠다."
라고 하자 홍랑이 역시 울음을 삼키고 오열하여 말을 다 이루지 못하며,

"제가 상공의 사랑을 입어 물속의 원혼을 면하고, 만리절역(萬里絕
域)에서 오래 그리워하던 모습을 다시 뵈오니, 가슴속에 끝없는 말을
갑자기 다할 수가 없습니다. 가까이에 보고 듣는 사람이 많으니 다만
저의 행색이 드러날까 두렵습니다."

원수가 즉시 몸을 일으켜 장막을 내리고 홍랑의 손을 잡고 앉으니,
슬픔과 기쁨이 교차하여 두 눈에서 눈물이 쏟아졌다. 홍랑이 원수의
손을 잡고 구슬 같은 눈물이 눈에 가득 차서 말하였다.

"상공께서 저의 생존을 꿈에도 알지 못하셨으나 저는 상공이 오늘
이곳에 오심을 또한 꿈이라고 생각합니다."

원수가 탄식하여 말하였다.

"장부의 행장[6]은 본래 정한 곳이 없거니와 낭은 의지할 곳 없는
외로운 여자라, 나약한 몸으로 바람과 물결의 재난을 만나서 이곳에

이른 것도 또한 기이한 것인데, 하물며 소년 명장이 되어 만왕을 구하고자 온 것은 실로 뜻밖이오.”

홍랑이 지내 온 일들을 갖추어 말하였다. 당초에 자사를 만나 핍박받은 일과 윤소저가 삼랑을 보내어 구해 준 일과 이리저리 떠다니다가 도사를 만나 몸을 의탁하고 검술과 병법을 배운 일과 지금 만왕을 위하여 사부의 명으로 하산한 일을 하나하나 자세히 고하였다.

원수가 또한 이별 후 윤소저를 아내로 맞이하고 벽성선을 데리고 왔으며, 황제의 명으로 황씨를 아내로 맞은 것을 들어서 하나하나 자세히 하여 길게 이어지는 이야기를 다 할 수가 없었다. 원수가 촛불 아래에서 홍랑의 얼굴을 보니 맑은 눈썹과 수척한 뺨에 한 점 속세의 기운이 없고, 선연하고 아리따운 모습이 전보다 배나 더 하였다. 애정이 새로워 전포(戰袍)를 풀고 이어서 휘장 안의 베개를 나란히 하고, 옛 정의 곡진함과 새로운 정의 은근함이 군문의 고각이 새벽을 재촉하는 것을 한탄하였다. 날이 밝으려 하자 홍랑이 다시 전포를 입고 웃으며 말하였다.

“제가 항주에서 상공을 만났을 때에 변복하여 서생이 되었더니, 오늘 이곳에서는 변복하여 장수가 되었으니 문무를 모두 갖춘 재목이라고 할 만합니다. 정남도원수의 소실이 된 것은 부끄럽지 않으나 다만 규중 여자의 복색이 아닌 것이 부끄럽습니다. 마땅히 다시 산속으로 들어가 자취를 감추었다가 남방을 평정한 뒤에 후군을 따라가고자 합니다.”

원수가 듣고 난 뒤에 깜짝 놀라 말하였다.

6) 行藏 : 용사행장(用捨行藏). 사람이 재능을 인정받아 쓰이면 도를 행하고 쓰이지 못하면 도를 간직하고 있음.

"내가 다른 나라에 들어와 심복이 없고 군중의 일에 소홀함이 많소. 지금 만약 돌보지 않는다면 이 어찌 백년지기가 환난을 함께 하는 뜻이라 하리오?"

홍랑이 웃으며 말하였다.

"상공이 저를 장수로 삼고자 하시면 세 가지 조건의 약속이 있습니다. 하나는 회군하는 날에 이르기까지 저를 가까이 하지 마시고, 둘은 저의 자취를 감추어 여러 장수들에게 누설하지 마시고, 셋은 남방을 평정한 후에 나타를 죽이지 마시고 왕호(王號)를 보존하도록 하여 소저의 사부님이 부탁하신 바를 저버리게 하지 마소서."

원수가 쾌히 허락하고 웃으며 말하였다.

"두 가지 조건은 어렵지 않으나 다만 첫 번째 조건의 일은 혹 약속을 지키지 못하더라도 허물하지 말라."

홍랑이 웃으면서 말하였다.

"이미 원수의 명을 받들고 장수가 되었으니 상공이 비록 전날의 홍랑으로 대우하고자 하나 군령이 서지 않을 것입니다. 다시 더욱 깊이 생각하소서."

그리고 몸을 일으켜 아뢰었다.

"제가 오늘밤 상공을 모시는 것은 사사로운 정으로 하는 것이고 군중이 매우 엄격하여 출입을 광명정대하게 하지 않을 수가 없습니다. 제가 지금 돌아가서 여차여차 할 것이니 상공도 여차여차 하소서."

말이 끝나자 쌍검을 들고 훌쩍 나갔다. 홍랑이 이렇게 가서 필경 어떻게 될 것인가?

또한 아래 회를 보라.

홍혼탈이 연화봉에서 달을 감상하고, 손야차가 밤에 태을동에 들어가다

한편, 양원수가 홍랑을 보내고 곧 소사마를 장막 안으로 불러 말하였다.

"홍혼탈은 본래 중국 사람이라 나타의 휘하가 된 것을 부끄럽게 여겨 귀순할 뜻이 있음을 알았소. 장군이 지금 필마단기로 연화봉 아래로 가면 혼탈이 틀림없이 연화봉 아래에서 달을 감상하며 거닐고 있을 것이오. 장군은 반드시 기미를 살펴 의리로써 달래어 그와 함께 오시오."

사마가 주저하며 말하였다.

"홍혼탈은 어떠한 장군입니까?"

원수가 웃으며 말하였다.

"전일 쌍검을 휘두르며 싸우던 자요."

사마가 한편으로 놀라고 한편으로는 기뻐하며 말하였다.

"원수께서 만약 이 장군을 얻으시면 남방을 평정함은 말할 것도 없습니다. 그러나 소장이 그 사람됨을 보아하니 구설(口舌)로써 항복을 권유하기가 어려울듯 합니다."

"혼탈은 의리가 있는 장군이오. 내가 이미 귀순할 뜻이 있음을 알았으니 장군은 의심하지 마시오."

사마가 대답하고 나가며 마음속으로 생각하기를,

'내가 전일 진영 위에서 보니 원수가 만장(蠻將)과 접전할 때 그 만장이 그 재주를 다하지 않기에 마음속으로 매우 이상하게 여겼더니 마음과 뜻이 서로 통하여 이미 약속이 있었던 것을 어찌 알았으리오? 비록 그러하나 그 장군의 검술은 아직도 내 간담을 서늘하게 하니 가벼이 갈 수 없구나.'

하고 몸에 짧은 병기를 감추고 필마단기로 연화봉을 향해서 갔다.

이때 홍랑은 객실로 돌아와 손야차를 마주하여 명나라 진영에 가서 양원수를 만난 일을 자세히 설명하고, 행장과 옥피리를 챙겨 손삼랑을 데리고 연화봉 아래에 이르러 달을 감상하며 서성거렸다.

소사마는 원수의 명령을 받들고 간편하게 혼자서 말을 타고 연화봉을 향해서 갔다. 반달은 서산에 걸렸고 동쪽 하늘에 새벽빛은 먼 마을에 어슴푸레하였다. 한 장군이 늙은 병사와 배회하며 달을 감상하는 것을 보고 한편으로 놀라고 한편으로 기뻐하며,

'이는 홍혼탈이 틀림없다.'

고 생각하고 앞으로 나아가 길게 읍하고 말하였다.

"지금 두 진영이 서로 마주하여 장수된 자가 실로 한가할 틈이 없는데 장군께서는 어찌 음풍농월하는 서생의 한가한 기색이 있습니까?"

혼탈이 쌍검을 어루만지며 답례하고 말하였다.

“그대는 어떤 사람이오?”

“저는 명나라 진영의 척후 장수인데 장군의 청한(淸閑)한 풍채를 흠모하여 편한 복장으로 격식을 버리고 자유롭게 왔습니다. 옛날에 양숙자[1]·두원개[2]는 대장이 되어 경구완대[3]로 적국을 의심하지 않았다고 하더니 지금 장군이 또한 옛날 장군의 유풍이 있습니까?”

혼탈이 웃으며 말하였다.

“대장부가 세상에서 만약 마음을 알아주는 자가 있으면 어찌 죽는 것을 두려워 하겠습니까? 그대가 이미 마음을 허락하여 좋은 뜻으로 방문하였으니 나 또한 마음 놓고 숨기지 않고 말하리다. 내가 비록 사람 보는 눈은 없으나 그대의 거동을 보고 그대의 말을 들으니 양숙자의 호의로 온 것이 아니고, 괴철[4]의 세 치 혀를 자랑하고자 함이구려?”

소사마가 웃으며 말하였다.

“괴철은 한마디 망언하는 변사에 지나지 않습니다. 까닭없이 회음후[5]를 꾀어 그의 생애가 잘못되었으니 제가 취하지 않는 것입니다. 지금 제가 이곳에 온 것은 산동 이소경[6]을 구하고자 함입니다. 장군은

---

1) 羊叔子 : 진(晋)나라의 양호(羊祜). 숙자는 그의 자. 양호가 강릉(江陵)에서 오의 육항(陸抗)과 대치하고 있으면서도 싸움보다는 덕화로 상대를 심복시키기에 노력하였으므로 육항이 양호에 대해, 비록 악의(樂毅)나 제갈공명이라도 그보다 더할 수는 없을 것이라고 했다. 언젠가 육항이 병이 들어 양호가 약을 보냈는데, 그곳 사람들이 그 약을 먹지 말라고 하자, 육항이 “양호가 무슨 사람을 독살할 위인이라던가.”하였다.『진서(晉書) 권34』
2) 杜元凱 : 자 원개(元凱). 경조두릉(京兆杜陵:陝西省長安縣) 남동 출생. 명가(名家) 출신으로 하남윤(河南尹)·진주자사(秦州刺史) 등을 역임하고 진남대장군(鎭南大將軍)이 되었다.
3) 輕裘緩帶 : 가벼운 옷과 느슨하게 맨 띠라는 뜻으로, 경쾌한 차림새를 이르는 말.
4) 蒯徹 : 한신에게 유방을 배신하라고 권유한 인물.
5) 淮陰侯 : 한 고조 때 대장군 한신의 봉호.
6) 李陵 : 중국 전한(前漢) 때 무장. 소경(少卿)은 그의 字. 장군 이광(李廣)의 손자로,

어찌 이소경의 뛰어난 재주로 주먹상투를 틀고 옷깃을 왼쪽으로 여미는 것[7]을 달게 받으시어 전화위복을 생각지 않으십니까?”

혼탈이 냉소하며 말하였다.

“내가 어제 진영에서 양원수를 보니 나이가 어리고 기백이 날카로운 장수였지요. 어찌 그 사람을 알고 난 뒤에 그 재주를 시기하지 않을 수 있으리오? 내가 차라리 산 속에 자취를 감추고 평생을 보낼지언정 마음을 알아주지 않는 자의 휘하가 되는 것을 바라지 않습니다.”

소사마가 탄식하여 말하였다.

“양원수는 장군을 아는데 장군은 원수를 알지 못하는 것이 옳은 것입니까? 제가 사실은 원수의 명을 받아 왔습니다. 원수가 저를 보내어 말씀하기를,

‘홍장군은 의기가 있는 장군이라 만약 나를 따른다면 마땅히 지기로 마음을 허락하여 평생의 친구로 삼으리라.’

고 하였으니 이 말이 어찌 장군을 시기하는 것이겠습니까? 양원수께서 비록 나이가 어리나 뛰어난 재주와 큰 책략은 이미 논할 수 없거니와 여러 장수를 예로써 대우하고 인재를 좋아하니, 먹던 것을 토하고 머리카락을 잡는 큰 덕[8]이 어찌 다만 맹상군[9]과 평원군[10]의 어진

....

젊어서부터 무예에 능했다. BC 99년 보병 5,000명을 이끌고 흉노족의 대군과 싸워 격파했으나 무기와 식량이 떨어진 데다 흉노의 원군에게 포위되어 마침내 항복했다. 이릉은 흉노에게 항복한 뒤 선우의 딸을 아내로 맞이하고 좌교왕(左校王)이 되어 선우의 정치·군사 고문으로 활동하다가 몽골고원에서 병사했다.

7) 椎髻左袵 : 오랑캐의 풍습을 말함.
8) 吐哺握發 : 손님이 찾아오면 먹던 음식을 뱉고 감던 머리를 틀어잡고 즉시 만나본다는 말. 이 고사는 본래 주공(周公)에게서 비롯되었다.
9) 孟嘗君 : 제(齊)나라 사람으로 갖가지 재주 있는 식객이 많았다고 한다.
10) 平原君 : 중국 고대 전국시대의 조(趙)나라 사람으로 왕족이었던 공자 승(公子勝). 평원군은 어진 성품에 빈객을 좋아해 당시 조나라의 재상까지 맡으면서

선비를 겸손하게 대하는 기풍에만 있겠습니까?."

홍혼탈이 이 말을 듣고 머리를 숙이고 한참 동안 말이 없다가 갑자기 칼을 들어 바위를 치니 바위가 문득 나뉘어 두 조각이 되었다. 그리고 칼을 잡고 일어나서,

"대장부가 일을 결정하는 것을 마땅히 이 바위와 같아야 한다."

라고 하고 소사마를 돌아보며 말하였다.

"장군은 나를 위해 소개하시오."

사마가 크게 기뻐하여 홍혼탈과 늙은 병사를 데리고 본진으로 돌아와 진영의 문 밖에 세워두고 들어가 원수에게 아뢰자 원수가 크게 기뻐하여 말하였다.

"내가 혼탈을 보니 사람됨이 교만하고 당돌하더라. 보통의 항복한 장수로 그를 대할 수 없다."

곧 융복을 벗고 학창의(鶴氅衣)와 윤건(輪巾)을 갖추고 원문 밖으로 나가 홍혼탈의 손을 잡고 웃으며 말하였다.

"사해가 비록 넓으나 한 하늘 아래 있고 구주가 비록 크다고는 하나 육합의 안에 있거늘, 제가 안목이 고루하여 같은 세상에서 20년을 생장한 영웅호걸을 이곳에서 늦게야 만났으니 어찌 한스럽지 않으리오?"

홍혼탈이 당당하게 대답하였다.

"만장으로 항복한 병졸이 어찌 지기(知己)를 말씀드리겠습니까마는, 지금 원수의 선비를 겸손하게 대하시는 모습을 뵈오니 소장의 칼을 짚고 따르는 자취가[11] 조금도 후회가 없습니다."

그리고는 서로 손을 잡고 진영 안으로 들어오다가 늙은 병사를 가

수하에 수천 명의 식객들을 거느리고 있었다.
11) 칼을 짚고 따르는 자취 : 항복한 사람이란 뜻.

리켜 말하였다.

"이 노장은 소장의 심복입니다. 이름은 손야차이고 창 쓰는 법을 대략 아오니 바라건대 휘하에 뽑아 쓰십시오."

원수가 허락하였다.

날이 밝자 원수가 여러 장수를 모아 홍혼탈을 가리켜 말하였다.

"홍장군은 본래 중국 사람으로 남쪽 지방에 떠돌다가 이제 우리 조정의 장군이 되었으니 모든 전쟁의 어려움을 함께 할 사람이오. 각자 인사를 나누시오."

선봉장 뇌천풍이 웃으며 나아가 사례하고 말하였다.

"소장이 다만 거친 도끼만을 믿고 두 번 범의 수염을 범하였다가 비록 목숨을 살려 주신 은혜를 입었으나 갑옷 위가 칼자국에 성한 곳이 한 곳도 없고 백발이 성성한 머리가 지금도 없는 것 같습니다."

좌중이 모두 크게 웃자 소사마가 웃으면서 혼탈이 찬 칼을 어루만지며 말하였다.

"장군께서 찬 것이 합해서 몇 자루 입니까?"

"다만 두 자루를 찼습니다."

소사마가 웃으며,

"그러면 전날 진영 위에서는 어떻게 공중에 가득히 수천 수백의 칼이 되었습니까? 내가 지금도 모골이 송연하고 정신이 아찔한데 이제 이 칼을 보니 나도 모르게 눈이 어지럽습니다."

라고 하자 좌중이 모두 크게 웃었다.

원수가 소유경을 좌사마 청룡장군으로 삼고 홍혼탈로 우사마 백호 장군으로 삼고 손야차로 전부돌격장으로 삼았다.

이때 원수가 장막 안에 홍랑을 두고 다시 이미 끊어진 인연을 이었으니 다만 마음속으로 기쁘고 즐거워할 뿐만 아니라, 낮이면 군무를 논하고 밤이면 객회를 위로하며 잠시도 좌우에서 떨어지지 않았다. 그러나 홍랑의 재치 있고 민첩함으로 위를 받들고 아래를 대접하여 신분을 드러내지 않아 여러 장수와 삼군이 여자임을 알지 못하였다.

한편, 나타가 다음날 새벽 객실에 이르러 홍랑의 안부를 물어도 조용하여 동정이 없어 문을 지키는 병사에게 물었더니,

"홍장군이 새벽에 수하의 늙은 병사를 데리고 동구에 나갔으나 감히 그 가는 곳을 묻지 못하였습니다."

라고 대답하였다. 나타가 사방을 찾아 물었으나 끝내 그 거처를 알지 못하였다. 늦게야 도주한 것을 알고 나타가 비로소 놀라고 낙담하더니 조금 있다가 노하여,

"내가 저를 마음을 다하여 대우했는데 이제 알리지도 않고 갔으니 이것은 과인을 멸시한 것이다. 내가 마땅히 백운동에 가서 그 도사를 죽이고 다른 곳에서 도움을 구하여 이 치욕을 씻고 싶으나 어찌하면 좋으리오?"

하고 근심하여 마지않았다. 수하 중 한 사람이 이 말에 응하여 말하였다.

"소장이 한 사람을 추천하겠습니다. 운남국 축융동에 한 대왕이 있는데 천하에 짝이 없는 영웅입니다. 그 대왕이 또 한 어린 딸이 있는데 쌍창을 잘 사용하여 만부(萬夫)도 감당할 수 없는 용맹이 있습니다. 그러나 다만 축융대왕이 욕심이 많아 만약 그 대가가 적다면 틀림없이 오지 않을 것입니다."

라고 하였다.

나타가 크게 기뻐하여 즉시 만포(蠻布) 이백 필・명주 이백 필・

금·은·채단을 준비하여 축융동을 찾아가면서 만장 철목탑과 아발도를 불러 약속을 정하여 말하였다.

"과인이 돌아오기 전에까지 동문을 굳게 닫고 명나라 원수가 비록 도전할지라도 경솔하게 출전하지 마라."

두 장군이 응낙하였다.

며칠이 지나 홍사마가 원수에게 아뢰어 말하였다.

"만왕 나타가 오래도록 움직임이 없으니 이는 군사를 청하러 간 것이 틀림없습니다. 이때를 타서 태을동을 취하는 것이 묘책이 될 것입니다."

"만중(蠻中)의 동학(洞壑)이 중국의 성지(城池)와 달라서 만약 견고히 지킨다면 한 사람이 닫힌 성채를 지키더라도 만 명이라도 열지 못할 것인데 장군은 어떤 묘한 계책이 있는가?"

"제가 만진의 여러 장수를 보니 지모가 있는 자가 적어 그들을 속이기 어렵지 않습니다. 여차 여차하는 것이 좋을 듯합니다."

원수가 칭찬하고 말하였다.

"내가 오랫동안 군무에 괴로웠으니 그대는 나를 대신하여 경륜과 재주를 아끼지 마시오. 지금부터 나는 장막 안에 높이 누워 한가롭게 있고자 하오."

홍사마가 미소 짓고 이날 밤에 손야차를 장막 안으로 불러 몰래 약속을 정하였다.

다음날 날이 밝아 양원수가 여러 장군을 모아 군사를 논하는데 홍사마가 원수에게 아뢰었다.

"남만은 천성이 간교하여 이랬다저랬다 일정하지를 않아 하나도 믿을 것이 없습니다. 사로잡은 만병을 오랫동안 진영 안에 남겨두신다면 도리어 신묘한 계책이 누설될 것이니 진영 앞에서 한꺼번에 참하여 화근을 없애겠습니다."

손야차가 간하여 말하였다.

"병서에 이르기를 '항복한 자를 죽이지 않는다'고 합니다. 지금 만약 모두 죽인다면 이것은 투항하는 길을 막아 적병의 마음을 외골수로 변치 않게 하는 것을 돕는 것이니 옳지 않습니다."

홍사마가 화를 내며 말하였다.

"내가 생각한 바가 있거늘 노장이 어찌 감히 쓸데없는 말을 하는가?"

"비록 사마께서 생각하신 바를 알지 못하나 만중의 백성이 또한 우리 성천자의 백성입니다. 어찌 까닭 없이 살육하여 천자가 천하를 화합하심을 손상하게 할 수 있습니까?"

홍사마가 크게 화를 내며 말하였다.

"네가 이와 같이 만병을 돌보며 보호하니 나타를 위하여 모반하는 마음이 있는 것이 틀림없다. 내가 마땅히 만병과 함께 참하리라."

손야차가 또한 화를 내며 말하였다.

"나는 본래 산속의 사람입니다. 장군과 함께 만왕을 구하고자 왔으니 어찌 장막 체통에 지엄함이 있겠습니까? 내가 지금 백발이 성성한 나이 60에 장군이 이와 같이 멸시하니 어찌 구차하게 장군을 쫓아 이 욕을 받을 수 있겠습니까?"

홍사마가 더욱 화를 내며 별 같은 눈을 부릅뜨고 푸른 눈썹을 거꾸로 하고 크게 꾸짖어 호령하여 말하였다.

"늙은 병사가 어찌 감히 무례함이 여기에 이르는가? 너는 백운동 초당 앞에서 뜰을 쓸고 땔나무 하던 놈에 불과하다. 사부의 명을 받아 창을 잡아 나를 따랐으니 어찌 군대에서 상하의 구분이 없으리오?"

손야차가 또 더욱 크게 화를 내며 말하였다.

"장군이 만약 사부의 명을 생각하신다면 어찌 만왕을 버리고 배반하여 투항하셨습니까? 곧 이 한 가지 일에서도 장군이 신의가 없음을 알 수 있습니다. 저는 본래 만중 사람입니다. 만왕을 위하여 왔다가 도리어 만왕을 해치면 의가 아닙니다. 이제 마땅히 산속으로 돌아가서 의리와 신의가 없는 자의 휘하에 있지 않겠습니다."

홍사마가 이 말을 듣고 발끈하여 몸을 일으켜 칼을 빼서 손야차를 베고자 하자 원수와 좌우의 여러 장수가 그치라고 권하고 손야차를 붙들어 문 밖으로 내 보내자 홍사마가 더욱 분개하였다. 손야차가 문 밖으로 나와 분하고 울적한 마음을 이기지 못하여 말하였다.

"내가 나이가 늙고 저한테 애를 쓴 바가 많은데 제가 지금 자신의 작은 재주를 믿고 이와 같이 교만하니 내가 어찌 오래 이런 수모를 받으리오?"

여러 장수와 군졸이 모두 위로하여 말하였다.

"홍장군의 천성이 이와 같이 조급하니 장군은 다시 들어가 사죄하고 그 뜻을 거스르지 마시오."

손야차가 하늘을 우러러 탄식하며 말하였다.

"내 머리가 서리와 같은데 어찌 죄 없이 가시나무를 지고 입에 젖냄새가 나는 어린아이에게 사죄를 해야 하는가?"

울적하여 불쾌한 안색으로 밤이 되자 창을 들고 달 아래를 배회하다가 길고 짧은 탄식을 하고 사로잡힌 만병이 머무는 곳을 지나갔다. 만병들이 머리를 땅에 부딪치며 사례하여 말하였다.

"쇤네들이 오늘 살아 있는 것은 손장군의 덕입니다. 장군은 다시 살길을 가르쳐 주십시오."

손야차가 탄식하며,

"너희는 모두 나와 같은 고향 사람이다. 어찌 속마음을 숨기겠느냐? 어제 홍장군의 거동을 보고 내가 지금 고향으로 돌아가고자 하니 너희들도 또한 일시에 달아나라."

하고 즉시 칼을 빼어 포승을 풀고 말하였다.

"너희는 성을 넘어 도주하여라. 나도 필마단기로 몸을 빼어 도망하리라."

만병들이 감격해 마지않아 눈물을 뿌리며 말하였다.

"장군은 어느 곳으로 가고자 하십니까?"

손야차가 탄식하며 말하였다.

"이곳은 번거로우니 오래 말할 곳이 아니다. 동구에 나가 후미진 곳을 찾아 나를 기다려라."

이날 밤 삼경에 손야차가 말을 끌고 칼을 들고 몰래 동문을 나서자 문을 지키는 군사가 그 가는 곳을 물었다. 손야차가,

"내가 지금 염탐하러 간다."

라고 하고 동문을 나서 말에 올라 달빛을 띠고 몇 리를 가자 만병 대여섯 명이 나와 맞이하여 말하였다.

"장군은 어찌 이리 늦게 오셨습니까?"

손야차가 말을 멈추고 물었다.

"많은 만병들이 모두 어디로 가고 오직 너희들만 여기에 있느냐?"

만병들이 대답하였다.

"장군은 잠시 말에서 내려 쇤네들의 말을 들으십시오. 쇤네들이 장군께서 살려주신 덕에 보답하고자하나 그 길이 없음을 안타까워한 까닭으로 일대는 먼저 태을동으로 가서 철목탑 장군에게 장군의 큰

덕을 말하고 쇤네만 남아 장군을 모시고 동으로 들어가 만중의 부귀를
길이 누리고자 합니다.”

손야차가 웃으며 말하였다.

“내가 어찌 구차스럽게 부귀를 구하리오?. 같은 고향 사람이 된 까
닭이니 너희들은 속히 돌아가 화를 면하라. 나는 이제 산 속으로 돌아
가 사슴을 쫓고 토끼를 잡으며 평생에 구속받지 아니하고 여생을 보내
고자 한다.”

그리고는 말을 채찍질하고 갔다. 만병이 눈물을 훔치며 고삐를 잡
아 만류했으나 고집을 돌이키지 않았다.

이때 철목탑·아발도가 태을동에 문을 닫고 나오지 않고 있었는데
갑자기 10여 명 만병이 명나라 진영에서 밤을 타고 도망와서 울면서
말하였다.

“쇤네들은 거의 죽게 되었습니다. 만약 손장군께서 구하여 보호한
덕이 없었다면 어찌 오늘 살아 돌아왔겠습니까?”
철목탑이 그 까닭을 묻자 10여 명 만병이 한꺼번에 꿇어 앉아 아뢰었다.

“홍장군은 사납고 독한 사람이었습니다. 까닭 없이 쇤네들을 진영
앞에서 죽이고자 하여 손장군이 힘써 간하였는데 홍장군이 크게 화를
내어 칼을 들어 손장군을 베고자 하였습니다. 다행히 여러 장군과
원수가 만류하여 문밖으로 내 보내졌습니다. 손장군이 밤새도록 울분
하여 고향 산으로 돌아갈 뜻이 있어, 쇤네들의 묶인 것을 풀어주고
도망갈 것을 지시했습니다. 이는 오로지 같은 고향 사람의 정이었습니
다. 이와 같이 의기 있는 사람을 유인하여 진영 안에 둔다면 첫째는
이미 홍장군을 싫어하는 틈이 있으니 마땅히 힘을 다할 것이요, 둘째
다른 날 부귀를 함께 누려 목숨을 살려 준 은혜를 갚으려고 합니다.”

철목탑이 한참 동안 말이 없다가 말하였다.

"이것이 어찌 계략이 아닌 줄을 알리오?"

10여 명 만병이 한꺼번에 일어나서 아뢰었다.

"이것은 곧 쇤네들이 눈으로 본 것입니다. 결코 속임수가 아닙니다. 쇤네들이 손야차의 기색을 보니 몰래 탄식하고 슬픈 눈물로 분노하고 울적해 하며 불평하여 홍장군을 원망하는 소리가 골수에 사무쳐 마음 속에 맺혔으니 이것이 어찌 꾸며서 그런 것이겠습니까?"

아발도가 말하였다.

"손장군이 지금 어디에 있느냐?"

말을 마치기 전에 몇 명 만병이 또 바쁘게 와서 아뢰었다.

"손장군이 지금 필마단기로 골짜기 앞을 지나기에 쇤네들이 함께 들어오자고 간청하였는데 고집하고 듣지 않습니다."

아발도가 철목탑을 돌아보고 말하였다.

"군중에 이미 장군 재목이 적고 또 손장군이 일찍이 도사를 따라 배운 것이 틀림없이 많을 것이오. 지금 만약 진정으로 명나라 진영을 등지고 가는 것이면 어찌 아깝지 않겠소? 손장군은 또한 남방 사람이 라 내가 지금 쫓아가서 그 기색을 보고 만약 의심이 없으면 마땅히 꾀어 오리라."

철목탑이 끝내 머뭇거리고 결정하지 못하므로 아발도가 창을 들고 몸을 일으키며,

"내가 단기로 먼저 가서 그 동정을 살피고 결정하리라."

하고 곧 만병 5, 6명을 거느리고 말을 몰아갔더니 과연 손야차가 필마단 창으로 달빛을 띠고 남쪽을 향해 가는데 처량하고 슬픈 기색을 띠었다.

아발도가 큰 소리로 말하였다.

"손장군은 작별한 이래 별고 없는가? 잠시 말할 것이 있으니 말을 멈추고 기다리시오."

손야차가 말을 돌려 길가에 세우자 아발도가 또한 말을 멈추고 말하였다.

"장군이 이미 공업(功業)에 뜻이 있어서 화살과 돌이 나는 전쟁터에서 고초를 두루 겪다가 어찌 다시 산수를 향하여 그렇게 외롭고 쓸쓸하게 돌아가시오?"

손야차가 웃으며 말하였다.

"인생 백년이 풀잎에 맺힌 이슬과 같고 공명과 훈업(勳業)은 뜬구름 같거늘 대장부가 머리털이 서리 같이 희도록 늙어서까지 생사고락을 어찌 다른 사람의 손바닥 안에 맡기겠소? 남방 산천이 곳곳이 내 집이라 흐르는 물을 마시며 달리는 짐승을 사냥하여 굶주림과 목마름을 면하는 것 또한 유쾌하고 즐거운 일입니다."

아발도가 웃으며 말하였다.

"장군이 풍진(風塵)을 사양하고 산수를 찾아 가려 한다면 이는 이른바 천지간에 마음이 깨끗하고 한가한 사람이라 적국을 꺼릴 것이 없으니 잠시 누추한 골짜기에 머물러서 하룻밤 묵어가는 인연을 펴고 가더라도 아직 늦지 않을까 합니다."

손야차가 한참 동안 생각하다가 말하였다.

"장군의 말씀이 비록 지극히 감사하지만 돌아갈 마음이 화살 같으니 잠시도 머무를 수가 없습니다."

아발도가 말 위에서 소매를 잡고 두세 번 간청하니 손야차가 부득이 말머리를 나란히 하여 태을동으로 들어오자 철목탑은 마음속으로는 기쁘지 않았으나 그가 단기로 오는 것을 보고 또한 겁나는 것이 없어 영접하여 좌정하였다. 아발도가 철목탑을 보고 웃으며 말하였다.

"오늘 손장군은 어제의 손장군이 아니오. 어제는 적군의 손명장이었지만 오늘은 같은 고향 친구라오. 마땅히 속마음을 숨기지 않고 서로 이야기합시다."

철목탑이 말하였다.

"내가 비록 오래 사귀지 않아 깊이 꺼리는 것은 없으나 손장군을 위하여 취하지 않는 것이 두 가지 있소. 장군이 홍장군과 함께 하산하니 군중(軍中)은 위험한 곳입니다. 홍장군의 날래고 용감함은 비할 데가 없고 또한 이제 나이도 젊은데 한때의 말싸움으로 인해 버리고 떠나니 그것이 취하지 않는 첫 번째이고, 명원수의 웅재대략(雄材大略)과 홍장군의 무예와 병법으로 공을 이루어 중국에 돌아가 곧 부귀를 누릴 것인데, 지금 장군이 작은 분함을 참지 못하여 대사를 그르치니 그것이 취하지 않는 두 번째요. 만약 우리를 속이는 것이라면 가능하지만 과연 명진을 버리고 간다하니 이는 아녀자의 편협한 성질이라, 어찌 대장부의 넓고 큰 도량이라 하겠소?"

손야차가 길게 탄식하며 대답이 없다가 아발도를 향하여 말하였다.

"내가 장군의 후의에 사례하고자 하여 잠시 동중에 들어왔던 것입니다. 나는 이제 돌아갈 것이니 두 장군은 마음을 하나로 합쳐 큰 공을 세우십시오."

말을 마치고 몸을 일으키고자 하자 아발도가 다시 소매를 잡고 말하였다.

"장군은 잠깐 앉아서 다시 술이나 몇 잔 마시고 떠나시오."

철목탑이 웃으면 말하였다.

"내가 동향의 친함을 믿고 속마음을 다하고자 하였더니, 거칠고 경솔한 말이 혹시 장군의 귀에 거슬림이 있었습니까? 만약 그렇지 않으면 청산백운에 돌아가는 신세라지만 어찌 반드시 이다지 급하단 말이오?"

손야차가 웃으며 다시 앉아서 술이 몇 순배 돌아감에 손야차가 크게 취하여 길게 탄식하고 몇 줄기 눈물을 어지럽게 흘리자 아발도가 말하였다.

"장군은 무슨 괴로운 일이 있소? 오늘은 화살과 돌이 나는 전쟁터가 아니라 바로 술 마시는 자리이니 어찌 가슴 속의 불평스런 일을 시원스럽게 말하여 서로 격의 없는 뜻을 보이지 않으시오?"

손야차가 이에 이를 갈고 팔을 걷어 부치고 크게 욕을 하며 말하였다.

"이랬다 저랬다하는 신의 없는 아이가 하찮은 무예만을 믿고 저처럼 교만하게 구니 내가 생각하건대 저는 틀림없이 지게 될 것이다."

아발도가 물었다.

"그 말은 누구를 책망하는 것이오?"

손야차가 탄식하며 말하였다.

"장군이 속마음을 물으시니 나 또한 숨기지 않으리다. 백운도사가 홍혼탈을 보낼 때에 그의 나이가 어리고 외로움을 염려하여 내게 보좌하게 하셨는데 칠십 늙은 몸이 저를 위해 이 몸을 아끼지 않고 위험을 무릅쓰고 고초를 두루 맛보았거늘, 지금 조진모초[12]처럼 이랬다 저랬다하는 소인이 되어 끝내 이같이 구박합니다. 만약 옆 사람이 구제하지 않았던들 내가 누구의 손에 죽을 줄 알지 못하였을 것이니 어찌 한심하지 않겠소? 나 역시 도사를 따라 제가 배운 것을 나도 배우지

----

12) **朝秦暮楚** : 아침에는 북방의 진나라에서, 저녁에는 남방의 초나라에서 거처한다는 뜻으로 이편에 붙었다 저편에 붙었다함을 이르는 말.

않은 것이 없는데 이같이 멸시하니 내가 어찌 머리를 숙여 달게 받으리오? 아까 철목장군이 비록 두 가지 취하지 않는 것으로 나를 책망하였으나 제가 나를 죽이고자 하는데 내가 어찌 저를 돌아볼 것이며, 성질이 조급하고 지혜가 얕아서 충언을 듣지 않는데 어찌 함께 일을 같이 할 수 있겠는가? 그 때문에 내가 이때를 틈타 고향으로 돌아가서 훗날의 후회를 면하고자 하였소. 그러나 내가 십 년을 산 속에 있으면서 병법과 창법을 배운 것은 내가 이 세상에 태어나서 명성이 초목과 함께 썩기를 면하고자 하였던 것이었지요. 운명이 기구하고 시운이 불행하여 때를 만나지 못하여 지금 몇 잔의 술기운을 빌어서 가슴 속의 불만스런 일을 감추지 못하니 두 분 장군은 노장의 버림받은 탄식을 비웃지 마시오."

이때 철목탑이 손야차의 말을 듣고보니 홍혼탈을 깊이 원망하여 그 마음을 확고히 정한 듯하여 다시 웃으면서 잔을 들어 그를 위로하였다.

"장군의 용맹으로 어디를 간들 성공을 얻지 못함이 없을 것인데 도리어 적막한 산중에서 평생을 마치고자 하는 것은 장부의 지기(志氣)가 아닐 것이오."

손야차가 웃으면서 말하였다.

"제가 장군의 말을 들으니 저의 외롭게 돌아가는 신세를 가엾이 여겨서 휘하에 거두어 두고자 하는 것 같으나 노부가 흰 머리로 전쟁터에서 어찌 다시 후회스런 일을 할 수 있겠소?"

철목탑이 말하였다.

"어찌 다시 후회할 일을 한다고 말하시오?"

손야차가 말하였다.

"내가 처음 사부의 명으로 만왕을 구하고자 왔다가 신의 없는 사람의 간계에 속아서 명나라 진영에 투항하여 지금 이러한 지경을 당하였으니 그 후회가 첫째요. 만약 다시 휘하에 의탁하고자 한다면 얼굴이 두꺼울 뿐만 아니라 장군은 저의 속마음을 알지만 만왕이 어찌 용납할 수 있겠소? 이것이 두 번째 후회라오. 일찍 산 속으로 돌아가 호랑이를 쫓아 창법을 시험하고 돌을 모아 진법을 연구하여 남은 생을 보내는 것이 옳을 것이오."

철목탑이 이 말을 듣고는 손야차의 손을 잡고 말하였다.

"장군은 의심하지 마시오. 우리 대왕은 인재를 중하게 여기고 도량이 너그럽고 크시어 홍장군의 편협한 성질과 명원수의 나이 어린 예기(銳氣)에 비교하면 더 나을 뿐만이 아니오. 장군은 본시 남만의 사람이니 훗날 함께 만중의 부귀를 누림이 어찌 좋지 않겠는가?."

손야차가 철목탑을 자세히 들여다보다가 노한 소리로 말하였다.

"내가 홍장군의 명을 받아 거짓 항복하여 꾀를 실행하고자 왔으니 장군은 다시 생각하시오."

철목탑이 크게 웃으며 말하였다.

"손장군의 조감은 맑은 거울 같다고 할 만하오. 내가 아까 장군의 행색을 보고 잠시 의심하는 바가 있었으나 이것은 적국 사이에 항상 있는 일이니 장군은 괘념치 마시오."

손야차 역시 크게 웃으며

"두 분 장군이 이와 같이 너그럽게 대하시니 내가 어찌 감동하지 않겠소? 다만 만왕께서 돌아오시기를 기다리어 거취를 정하리라."
라고 하고 다시 술을 마시고 한담을 나누는데 밤이 이미 4, 5경이라, 군중의 물시계는 조용하고 새벽별이 동쪽 하늘에 높았다.

철목탑·아발도가 자연히 잔술에 피곤해져서 각각 갑옷을 벗고 눈썹에 취한 기운이 드리워 몽롱하였는데 갑자기 함성이 북문 밖에서 크게 일어났다. 철목탑·아발도가 크게 놀라 급히 갑옷을 입고 군사를 호령하여 북문으로 나아가고자 하자 손야차가 웃으며 말하였다.

"장군은 가벼이 행동하지 마시오. 이는 홍장군의 병법이오. 남문을 치고자 하면 먼저 북문을 습격하니 남문에 가서 준비하소서."

철목탑이 아직도 또 믿지 못하고 스스로 정병을 거느리고 북문을 방비하자 과연 적막하여 소리가 없고, 함성이 또 서문에서 일어나기에 철목탑이 다시 정병을 나누어 서문을 지켰다. 손야차가 또 웃으며 말하였다.

"이 또한 홍장군의 병법이오. 장차 동문을 치고자 할 것이오."

철목탑이 반신반의하여 오직 서북문을 굳게 지키었다. 조금 있다가 서북문에 함성이 없어지고 명나라 병사가 과연 동남문을 공격하여 포성이 천지를 진동하고 바위 같은 나는 포탄이 동문에 비 오듯이 떨어져 형세가 매우 위급하였다. 철목탑·아발도가 그제야 손장군의 말이 과연 적중한 것을 알고 급히 서북문의 정병을 거두어 두 부대로 나누어 철목탑은 남문을 지키고 아발도는 서문을 지키며 남은 군사로 하여금 동북 양문을 방비하게 하였더니 갑자기 손야차가 창을 빼어 말을 타고 큰 호통 한 소리에 나는 듯이 북문에 이르러 문을 지키는 군졸을 한 창에 베고 북문을 열자 한 부대의 명나라 병사가 한꺼번에 고함을 지르고 한 명의 대장이 화살같이 돌입하여 벽력부를 들고 우레 같은 큰 소리로,

"명나라 선봉장군 뇌천풍이 여기에 있으니 철목탑은 빈 문을 지키지 마라."

하고 소사마는 수천 기를 거느리고 그 뒤를 이어 마구 쳐들어 왔다. 손야차가 또 서문을 열자 동초·마달이 한 부대의 군마를 몰아 서문에 돌입하였다. 이때 포소리가 아직도 동, 남 양문에 끊이지 않았다.

철목탑·아발도가 손발이 떨리어 방비를 할 수 없었다가 한꺼번에 창을 빼어 명나라 장수를 대적하는데 소·뇌·동·마 네 장군이 힘을 합쳐 마구 베니 만장이 어찌 감당할 수 있겠는가? 손야차가 웃으며 창을 휘두르고 말을 놓아 남문을 향해 가며 큰 소리로 말하였다.

"철목장군은 나를 따르라. 남문을 열어 목숨을 도망할 길을 빌리라."

철목탑이 황망한 중에 손야차를 보자 가슴 속에 불같은 분노가 삼만 장을 솟아나와 크게 꾸짖기를,

"왕파(王婆)같이 수염도 없는 도둑놈아! 내가 간사한 꾀를 알지 못하고 너에게 속았으나 마땅히 너의 간을 취하여 이 분함을 깨끗이 씻고자 하노라."

하고 창을 휘두르며 바로 찌르고자 하자 손야차가 대답하지 않고 말을 달리며 깔깔 크게 웃으며,

"장군은 성내지 마시오. 산 속으로 돌아가는 객을 까닭 없이 억지로 머물게 하여 분주하게 각 문을 열게 하니 어찌 수고롭지 않겠는가?"

하고 말을 채찍질하고 질주하여 또 남문을 열었다. 양원수가 홍사마와 대군을 이끌고 동중으로 돌입하였다. 이때 일곱 장군과 십만 대군이 흡사 물이 끓고 조수가 위로 오르는 듯하여 사방으로 둘러싸며 곳곳에서 시살하였다. 함성은 동학에 번득이고 기세는 천지를 뒤흔드는 듯하였다. 철목탑·아발도가 비록 만부도 감당할 수 없는 용력이 있으나 어찌 방비할 수 있겠는가? 또 아래 회를 보라.

제16회 | 축융왕이 환술로 신장을 내려오게 하고,
총시미가 진을 바꾸어 만병을 깨뜨리다

한편, 철목탑 아발도가 도망하고자 하나 벗어날 길이 없고 싸우고자 하나 대적하기 어려워서 다만 창을 잡고 동쪽을 공격하다가 남쪽으로 달아나고 서쪽을 치다가 북으로 달아나며 힘을 다하여 싸웠으나 어찌 천라지망[1]을 벗어날 수 있겠는가?

동문이 열려 있는 것을 보고 말을 놓아 동으로 향해 달려가자 손야차가 또 창을 휘두르며 크게 소리쳤다.

"철목장군은 급히 가시오. 노부가 바빠서 동문을 열지 못하였으니 장군이 친히 열고 나가시오. 훗날 노부가 마땅히 산중에 돌아갈 것이니 철목동에 들어 다시 남은 술을 마시고자 하오."

이때 철목탑이 손야차를 만나니 분한 마음이 다시 하늘을 찔러 큰 소리를 한 번 질러 나아가 야차를 찌르고자 하자 손야차가 웃으면서

---

1) 天羅地網 : 하늘과 땅에 친 그물.

말을 채찍질하여 달아나고 명원수의 대군이 이미 이르렀다.

철목탑과 아발도가 어찌할 수 없어 동문을 열고 겨우 목숨을 보전하여 철목동으로 들어가 패잔병을 점검해보니 죽은 자가 반을 넘었다. 아발도가 철목탑을 향해 개탄하고 길게 탄식하기를,

"오늘의 패배는 나의 잘못이오. 장군의 밝은 식견을 듣지 않고 손가 늙은 도적을 받아들였다가 스스로 이런 화를 취하였으니 누구를 원망하고 탓하리오? 무슨 면목으로 장군을 대하며 대왕을 뵈리오?"

라고 하며 칼을 뽑아 스스로 목을 찌르려고 하였다. 철목이 급히 붙들고는,

"우리들이 함께 대왕의 명을 받아 동학을 지키니 성공하더라도 함께 부귀를 누리고, 죄를 얻더라도 함께 군율을 받는 것이오. 장군이 야차를 청함도 역시 왕을 위한 일이었으니 그 마음을 논하면 터럭 하나만큼도 다름이 없소. 이와 같이 스스로 편협하여 아녀자의 마음을 품고 자신의 몸을 가벼이 함은 결코 평소 믿는 바가 아니오."

라는 말을 마치고는 칼을 빼앗아 땅에 던졌다. 아발도가 몸을 일으켜 사례하여 말하였다.

"나를 아는 자도 포숙이고 나를 아끼는 자도 포숙입니다."

이때 양원수가 또 태을동을 취하고자 하여 동중의 대군을 편히 쉬게 하고 여러 군사를 배부르게 먹일 때 소사마가 홍사마를 돌아보고 말하였다.

"오늘의 싸움은 장군이 처음으로 용병한 것입니다. 내가 다만 장군의 무예가 뛰어남만 알았더니 어찌 화락한 기상에 지략이 잘 갖추어진 유장(儒將)의 풍모가 있음을 헤아렸겠습니까?"

손야차가 답하였다.

"태을동의 싸움은 모두 이 소장의 수단입니다. 필마단창으로 달밤에 홀로 가서 슬프지도 않은 눈물을 억지로 흘리고 마음에 없는 탄식을 하여 망명하는 늙은 장군의 기색을 짓고자 하였습니다. 철목탑은 지혜롭고 꾀가 많은 장군입니다. 의심하는 마음이 이마에 가득하였으나 못난 팔을 떨치고 빠진 이를 갈아 홍장군을 원망하며 꾸짖었으니 재주 없는 자는 할 수가 없습니다."

자리에 있던 모든 사람이 웃었다.

한편, 나타가 백운동에 이르러 도사를 방문하였으나 행적은 이미 간 곳이 없고 다만 청산이 첩첩하고 흰 구름만 떠 있었다. 나타가 분한 마음을 이기지 못하여 방황하다가 몸을 돌려 축융동을 향하여 갔다. 며칠이 지나 겨우 목적지에 이르자 골짜기가 험하고 산천이 장대하여 사자와 표범의 울음소리와 이리와 승냥이의 자취가 대낮에도 횡행하였다. 동중에 이르러 축융대왕을 보니 타고난 푸른 눈과 붉은 얼굴에 호랑이 수염과 곰의 허리이고 신장이 구척(九尺)이었다. 손님과 주인의 예로써 나타를 맞이하여 자리를 정해 앉았다. 나타가 채단과 명주와 진귀한 보물을 바치며 명나라 군대와 대치하여 많은 어려움을 겪은 실상을 갖추어 말하고 간절히 구원해 줄 것을 요청해 마지않았다. 축융이 대답하기를,

"과인이 이웃 나라에 있으면서 어찌 어려움을 함께 하지 않겠습니까?"
하고 곧 수하 만장 세 사람을 거느리고 떠났다. 그 하나는 천화장군 주돌통이니 강철삼척모(鋼鐵三脊矛)를 잘 썼고, 그 두 번째는 촉산장군 첩목홀이니 개산대부(開山大斧)를 잘 썼다. 그 세 번째는 둔갑장군 가달이니 언월도(偃月刀)를 잘 써서 각기 뛰어난 용맹이 있었다.

나타가 다시 축융에게 청하였다.

"과인은 대왕의 따님께서 뛰어난 용기가 쌍을 이루는 자가 없다고 들었습니다. 비록 감히 청하지는 못하나 부왕을 모시고 종군하며 더욱 고맙겠습니다."

축융이 한참 생각하다가 말하였다.

"딸아이의 나이가 어리고 성정이 옹졸하여 종군을 즐기지 않으면 어찌 합니까?"

나타가 다시 명주(明珠) 백 개와 만포(蠻布) 이백 필을 바치며 간청하자 축융이 비로소 그것을 허락하고 종군을 명하였다.

원래 축융에게 딸이 하나 있으니 이름은 일지련(一枝蓮)이고 나이가 열세 살이었다. 자색이 뛰어나며 기묘한 무예와 총명한 성정이 남만의 풍모가 없었다. 항상 불우함을 한탄하는 마음이 있어 중원의 문물을 비록 한 번 보고자 하였으나 만 리 떨어진 남쪽 하늘에서 다만 북두(北斗)를 바랄 뿐이었으나, 여자로서 지켜야 할 행실이 남자와 다르기에 자나 깨나 매번 때를 만나지 못한 탄식이 많았다가, 이때에 부왕이 나타의 말을 전하자 일지련이 씩씩하게 명을 받고 쌍창을 잡고 따라나섰다.

이때 나타가 원조를 얻어 기쁜 마음을 가득 띠고 본국에 돌아와 보니 그 사이에 이미 태을동을 잃고 철목동에 웅거하였다. 나타가 크게 놀라 철목탑과 아발도를 찾았더니 좌우에서 대답하였다.

"두 장군이 진문 밖에서 죄를 기다리고 있습니다."

만왕이 부르자 두 장군이 투구를 벗고 도끼를 메고 장막 앞에 엎드려 죽기를 청하며 말하였다.

"저희들이 삼가 대왕의 명을 지키지 못해 동학을 잃었으니 군율을 피하기 어렵습니다. 대왕께서는 저희들의 목을 베셔서 군중에 경계로 삼으시기를 바랍니다."

만왕이 한숨을 쉬며 탄식하고 섬돌에 오르라 명하여 위로하여 이르기를,

"이는 과인의 운명이다. 어찌 장군이 일부러 그리한 것이겠는가?"
라고 하며 명진의 동정을 물었다. 두 장군이 대략 그 형편을 고하고 이어서 홍장군의 지략이 양원수보다 낫다고 말하였다. 축융대왕이 분연(忿然)히 말하였다.

"과인이 비록 민첩하지 않으나 대강 군사를 운용하는 법을 압니다. 대왕께서 이미 잃은 땅을 꼭 곧 다시 회복할 것이니 내일 다시 도전하소서."

이때 홍랑이 여자의 연약한 체질로 전쟁 중에 건강을 잃고 매번 기력이 평안하지 않았다. 하루는 원수가 조용히 장막 안으로 불러 군무를 상의하는데2) 안색이 초췌함을 보고 크게 놀라서 말하였다.

"낭이 나 때문에 이와 같이 고초를 겪으니 어리고 약한 몸으로 억지로 쫓겨서 할 필요는 없소. 며칠 쉴 도리를 생각해 보시오."

낭이 웃으면서 사례하였다.

"장수된 자가 며칠 어려움을 어찌 수고롭다 하겠습니까?"

원수가 미소 짓고 손을 들어 복숭아꽃 같은 두 뺨을 어루만지면서,

"부용장(芙蓉帳) 경대 앞에서 새벽 기운에 핀 매화 같은 아름다운 얼굴을 단장해야 할 사람에게 깃발과 창검의 악한 바람을 쐬게 하니 그대의 양공자는 박정한 남자라고 할 만하오."
라고 하니 홍랑이 눈썹을 찡그리고 물러앉아서 말하였다.

---

2) 군무를~ : 덕흥서림본의 '商議軍務'를 따랐다.

"장수는 명을 바꾸지 않습니다. 삼장의 약속을 벌써 잊으셨습니까? 창밖에 소사마가 오는 기척이 있습니다."

이윽고 모든 장수가 이르렀다. 홍사마가 물러나 막차로 돌아와 휴식하였다. 이날 밤에 손야차가 급히 원수에게 고하였다.

"홍사마가 지금 오한이 나 고통을 겪고 있습니다."

원수가 크게 놀라 몸소 막차에 이르러 홍사마를 보았더니 홍사마가 촛불 아래 베개에 기대어 있는데 푸른 구름 같은 살쩍에 성관(星冠)은 기울었고 버들처럼 가는 허리에 전포는 무거운 듯하여 농염한 자태에 병든 얼굴로 정신이 가물가물하여 신음하는 소리가 은은히 목구멍에 있었다. 원수가 곁에 앉아 몸을 어루만지니 홍랑이 놀라 일어나 앉으며 말하였다.

"어찌 이처럼 자주 출입하시는지요?"

원수가 대답을 하지 않고 진맥을 하고는 웃으며,

"이는 찬바람을 쏘인 탓이오. 몹시 걱정되니 매우 조심하오."
라고 하며 몸소 전포와 허리띠를 풀어 침상에 눕히려고 하자 홍랑이 사양하여 말하였다.

"군중은 규중과 다릅니다. 원수의 하나하나의 동정에 여러 장수와 군졸이 눈을 닦고 귀를 기울이니, 상공이 막차로 돌아가셔야 제가 눕겠습니다."

원수가 웃으면서 몸을 일으키며 말하였다.

"내가 공연히 홍랑을 장수로 삼아 훗날 집에 돌아간 후에 이러한 습관을 고치기 어려워져서 전복을 입었다고 몸을 굽히지 않는 것이 습관이 되어 부부의 침실에서 부드러운 태도가 없으면 어떻게 하겠는가?"

홍랑이 또한 미소하였다.

원수가,

"며칠 조리를 잘하고 군무에는 참여하지 말기를 바라오."

하고는 곧 돌아갔다.

다음 날 나타가 만장을 보내 도전하였다. 원수가 소사마를 불러 일렀다.

"홍혼탈의 병세가 가볍지 않은 까닭으로 이미 며칠 조리하는 것을 허락하였으니 오늘의 일은 나와 장군이 주선하리라."

소사마가 말하였다.

"나타가 이미 구원병을 청하여 왔습니다. 가볍게 대적할 수 없습니다."

원수가 고개를 끄덕이고 행군하여 철목동 앞에 진을 침에 선천(先天) 열 개 방향에 응하여 음양진을 이루었다. 일천 기는 검은 기를 가지고 북쪽에 진을 치고, 이천 기는 붉은 기를 가지고 두 무리로 나뉘어 남쪽에 진을 치고, 삼천 기는 푸른 기를 가지고 세 무리로 나뉘어 정동 쪽 세 번째 자리에 진을 치고, 육천 기는 검은 기를 가지고 여섯 무리로 나뉘어 정북 쪽 두 번째 자리에 진을 치고, 칠천 기는 붉은 기를 가지고 일곱 무리로 나뉘어 정남 쪽 두 번째 자리에 진을 쳤으며, 팔천 기는 푸른 기를 가지고 여덟 무리로 나뉘어 정동 쪽 두 번째 자리에 진을 치고, 구천 기는 흰 기를 가지고 아홉 무리로 나뉘어 정서 쪽 두 번째 자리에 진을 쳤으며, 오천 기는 누런 기를 가지고 다섯 무리로 나뉘어 중군이 되어 중앙에 진을 치니, 이는 이른바 선천 음양진이다.

이와 같이 포진한 뒤에 전부 선봉장 뇌천풍이 진을 나서서 도전하자, 축융이 머리에 붉은 수건을 쓰고 몸에는 구리 갑옷을 입고 손에는 붉은 기를 잡고 큰 코끼리를 걸터타고 만병을 거느리고 나올 때에 북을 치고 쟁을 울림에 항오에 질서가 없었다.

원수가 소사마를 돌아보고 말하였다.

"내가 고금 병서를 대략 보았지만 저와 같은 병법은 지금 처음 보았소"

말을 마치기 전에 한 만장이 삼척모(三脊矛)를 휘두르고 말을 놓아 나오며,

"나는 천화장군 주돌통이다. 나를 당할 자가 있거든 나의 삼척모를 받아라."

라고 하자 뇌천풍이 벽력부를 들고 나와 크게 외치기를,

"나는 대명 선봉장 뇌천풍이고 내 도끼는 벽력부다. 네 스스로 천화장군이라 하니 천화는 벽력의 불을 따르리라. 빨리 나와서 내 도끼를 받아라."

라고 하며 맞이하여 십여 합을 싸움에 승부를 가리지 못하더니 한 만장이 또 개산대부를 들고 나와서,

"나는 촉산장군 첩목홀이다. 나 또한 큰 도끼가 있어서 산을 찍으면 산이 무너진다. 노장의 머리가 산처럼 견고할 수가 있는가?"

라고 하였다. 명진 중에서 동초가 창을 휘두르며 나가 크게 꾸짖어 말하였다.

"나는 대명 좌익장군 백일표 동초다. 내 수중에 한 자루 긴 창이 있어 오래도록 창신에게 제사를 지내지 못하였더니 이제 첩목홀의 피로 창신을 위로하리라."

네 장군이 범이 뛰는 것 같고 곰이 달리는 듯하여 크게 십 합을 싸우다가 뇌천풍이 갑자기 말을 빼어 달아나자 주돌통이 삼척모를 들고 쫓아갔다. 뇌천풍이 크게 한소리로 부르짖고는 몸을 날려 도끼를 휘둘러 뒤를 보고 치자 주돌통이 미처 몸을 피하지 못하여 말이 땅에

거꾸러져서 몸을 뒤집어 말에서 떨어졌다. 만진 중에 둔갑장군 가달이 크게 노하여 월도(月刀)를 휘두르며 크게 부르짖기를,

 "나는 축융대왕 휘하의 명장 둔갑장군 가달이다. 명진의 두 장수는 빨리 목을 늘여서 내 월도를 받아라."

라고 하며 곧 뇌천풍을 취하고자 칼을 휘두르며 오자 명진 중의 손야차가 창을 뽑아 말에 뛰어올라 크게 웃으며 말하였다.

 "네가 둔갑에 능하다면 내가 너의 머리를 벨 것이니 다시 개비[3]할 수가 있겠느냐?"

 가달이 크게 노하여 손야차와 크게 몇 합을 싸움에 가달이 갑자기 월도를 끼고 그 몸을 공중제비를하여 한 백두대호(白頭大虎)가 되어 손야차에게 달려들었다. 뇌천풍이 크게 놀라 급히 도끼를 휘둘러 구하려고 하자 백두대호가 다시 곤두박질쳐서 두 마리의 큰 호랑이가 되어 으르렁거리며 대들었다. 양원수가 진위에서 바라보고 크게 놀라서,

 "만장의 환술이 저와 같으니 혹시 실수가 있을까 걱정된다."

하고 곧 징을 쳐서 군대를 거두었다.

 이때 축융대왕이 진 앞에서 승부를 비교하여 보다가 양원수가 군대를 거두는 것을 보고 급히 수기를 휘둘러 입으로 주문을 외우자 붉은 구름이 사방에 일어나고 무수한 귀졸이 산과 들에 가득하여 입으로는 불을 토하고 코로 연기를 불어서 명진과 충돌하였다.

 양원수가 여러 장수와 약속하여 급히 진문을 닫고 그 방위를 따라서 깃발을 정돈하고 대오를 어지럽게 하지 말라 하였다. 축융이 귀병(鬼兵)으로 사면을 포위하되 명진을 쳐서 격파할 수가 없었다. 축융이

----

 3) 改備 : 있던 것을 갈아 내고 다시 장만함.

다시 주문을 외고 현무방⁴)을 가리키고 술법을 짓자 순식간에 천지가 어두컴컴하고 비바람이 크게 일어서 모래와 돌을 날렸으나 명나라 진영의 깃발은 전과 다름없이 정돈되어 있고 북과 나발을 둥둥 울리며 조금도 요동하지 않았다. 원래 양원수의 음양진은 바로 무곡성군(武曲星君)이 제원(帝垣)을 호위하는 진법이었다. 오로지 음양오행 상생의 이치에 대응하여 모두가 한 덩어리 화기(和氣)이니 사기(邪氣)가 어찌 감히 침범하리오?. 축융이 다만 요술만을 알고 진법을 모르기 때문에 다시 침범하여도 격파되지 않는 것을 보고 마음속으로 의아하게 여겨 즉시 군대를 거두고 진으로 돌아와서 나타에게,

“명나라 원수가 비록 진법은 알지만 달리 신기한 도술이 없습니다. 과인이 내일 다시 도전하고 육병육무(六丙六戊) 신장을 불러 청하고 육정육갑(六丁六甲) 귀졸을 부르면 명 원수를 생포하는 것은 어렵지 않을 것입니다.”

라고 하자 나타가 크게 기뻐하였다.

한편, 원수가 소사마를 막중으로 불러서,

“축융의 휘하에 맹장이 많고 괴이한 술법이 예측하기 어려워 빨리 격파할 수가 없으니 어찌하면 좋은가?”

라고 하자 소사마가 말하였다.

“홍혼탈이 일찍이 도사를 쫓아서 신술을 배웠으니 스스로 요괴를 다스리는 술법이 있을 것입니다.”

원수가 말없이 한참을 있다가 속으로 혼자 생각하기를,

‘홍랑의 병은 완전히 이역 전쟁터에서 마음과 힘을 괴로이 한 때문

---

4) 玄武方 : 북쪽을 말한다.

이다. 저 만적의 요란한 거동과 속이는 기운을 지금 만약 다시 접촉한
다면 병중의 약질이 어찌 상하지 않겠는가?'
하고 소사마를 돌아보며,

"홍장군은 병이 있어서 내가 이미 조섭을 허락하였으니 장군은 지
금 가서 보고 조용히 계책을 물어보고 오라."
라고 하자 소사마가 명령에 응하여 갔다.

이때 홍랑이 정신이 아득하여 전복을 벗고 침상에 누었다가 소사마
가 온 것을 보고 몸을 일으켜 책상에 기대어 앉자 오한하는 기운이
귀밑머리에 가득하고 피곤한 기색이 이마에 엉기어서 숨이 잠잠하여
목소리가 약하였다. 소사마가 마음속으로 놀라고 의심하여,

'나는 홍혼탈의 용맹스러움은 대적할 적이 없고 국사(國士)에 둘이 없
다고 알았더니 어찌 서시의 찡그림5)과 귀비의 부끄러움6)을 띠었을까?'
하고 앞으로 나가서 물었다.

"장군의 병세가 지금 어떠하십니까?"

"나의 병은 한때의 미미한 병입니다. 염려할 것이 없으나 오늘 진영
의 동정은 어떠합니까?"

소사마가 대략 말하고 원수가 계책을 물은 뜻을 자세히 전하자 홍
사마가 크게 놀라,

"소장이 무슨 계책이 있을까마는 병법은 미리 헤아리기 어려우니
직접 가서 보는 것만 못합니다."

---

5) 西施의 찡그림 : 옛날에 월나라의 미녀 서시가 가슴이 아파 얼굴을 찡그리는
   것을 보고 그 동네에 사는 추녀(醜女)가 이를 흉내 내어 찡그리자 동네 사람들이
   놀라 도망쳤다는 고사이다. 『장자(莊子), 천운(天運)』
6) 귀비의 부끄러움 : 양귀비의 미모에 꽃도 부끄러워서[羞花] 고개를 숙였다고 한다.

하고 전포를 입고 쌍검을 들고 소사마를 따라 진중에 이르렀다.

원수가 크게 놀라서 말하였다.

"장군의 병세가 바람을 쐬면 안 되는데 어찌 굳이 이와 같이 하는가?"

"소장의 병은 중하지가 않으니 너무 염려할 것이 아니거니와 다만 지금 적세가 어떠합니까?"

"나타가 새로 구원병을 얻으니 이름을 축융대왕이라고 하오. 도술이 비상하고 사나운 장수가 무수하여 내가 남쪽을 정벌한 이후로부터 처음 겪는 강적이오. 이에 가벼이 할 적이 아님을 알고 문을 닫고 지키고 있으나 내일 다시 도전을 하면 승부를 결정할 대책이 없으니 장군은 무슨 묘책이 있는가?"

"소장이 아까 잠시 진세를 보니 원수의 진은 천상의 무곡성관이 제원을 호위하는 선천음양진입니다. 스스로를 지키기에는 충분하나 승리를 취하기에는 부족하니 소장이 마땅히 후천진을 엮어 적을 사로잡을 것입니다. 잠시 원수의 수기를 빌려 주십시오."

원수가 크게 기뻐하여 그것을 허락하였다.

홍사마가 곧 원수의 수기를 들고 북을 쳐서 진을 펼치었다. 정동과 정남은 아까처럼 두고 정서와 정북은 그 방향을 바꾸며, 북쪽의 두 번째 자리는 동북 간방(間方)의 방향으로 옮겨 두고, 서쪽의 두 번째 자리는 서북 간방의 방향으로 옮겨두고, 동쪽의 두 번째 자리는 동남 간방의 방향으로 옮겨 두고, 남쪽의 두 번째 자리는 서남 간방의 방향으로 옮겨 두되, 정방위의 군사는 모두 붉은 기를 지니고 각각 그 방향을 바라보며 서고, 간방의 군사는 모두 검은 기를 지니고 각각 그 방향을 등지며 서게 하여 다시 약속하기를,

"북을 치며 붉은 기를 들거든 정방위의 군사들이 응하고 검은 기를

들거든 간방의 군사가 응하라."

라고 하여 진세를 변경한 후에 약속을 정하였다.

원수가 진에 나와 바라보고 마음속으로 기이하게 여겨,

'내가 다만 홍랑이 한 사람의 경국지색으로만 알았더니 어찌 이와 같은 경천위지[7]의 재주가 있음을 알았으리오?'

라고 생각하였다.

홍사마가 다시 제장을 불러 각각 몰래 약속을 정한 후에 장막 안으로 들어와 원수에게 말하였다.

"병법에서는 속임수를 꺼리지 않습니다. 축융의 요술을 어찌 다만 정도로써 대적하겠습니까? 제가 일찍이 백운도사를 좇아 선천둔갑병서와 항마제살[8]의 법을 배워 터득했으니 그 법이 외부 사람을 꺼립니다. 원수께서는 잠시 여러 장수를 단단히 단속하십시오."

이날 밤 삼경에 진중의 가운데에 장막을 드리우고 홍랑이 손톱을 깎고 목욕하고 오방(五方)에 응하여 다섯 개의 불을 밝히고 부용검을 들고 암암리에 술법을 만들었으나 행동거지가 비밀스러워 다른 사람은 알지 못하였다.

다음날 축융이 만병을 거느리고 진을 폈는데 12방위로 나누어 오색 깃발을 꽂고 군사가 각각 창칼을 가지고 나왔다. 홍사마가 바라보고 미소 짓고 뇌천풍에게 싸움을 걸게 하자 만진 중에서 첩목홀이 나와 몇 합을 싸우자 명나라 장군 동초와 마달이 한꺼번에 창을 휘두르며 크게 호령하였다.

"오늘은 마땅히 축융의 머리를 벨 것이니 첩목홀은 속히 돌아가

7) 經天緯地 : 천하를 경륜하여 다스린다.
8) 降魔除煞 : 마귀를 항복 받고 살기를 없애다.

축융을 내어 보내라."

만진 중에서 천하장군 주돌통과 둔갑장군 가달이 크게 노하여 나와 여섯 장수가 크게 십여 합을 싸움에 명나라 장수 세 사람이 한 번 싸움에 한 번 물러나자 나타가 축융을 돌아보고 말하였다.

"명나라 장수가 싸우지 않고 점점 물러나니 이는 반드시 유인하는 계책이 있는 것입니다. 명나라 원수의 괴이한 술법은 예측하기 어려우니 세 장수를 거두어 낭패에 이르지 않도록 하소서."

축융은 본래 성질이 급한 사람이라 이 말을 듣고 화를 내어,

"오늘 내가 명나라 원수를 사로잡지 않으면 돌아가지 않으리라." 하고 급히 기를 휘두르며 축문을 외자 갑자기 광풍이 크게 일어나고 음습한 기운이 높이 떠오르는 곳에 무수한 귀병이 기괴하고 거친 모습으로 산과 들에 가득하여 세 장수의 위세를 도와 명진과 맞섰다.

홍사마가 즉시 북을 치고 기를 휘두르자 간방의 군사가 진문을 열고 나누어 섰다. 이때 만장 세 사람이 귀병을 몰아 명진을 에워 사면을 공격했지만 깨뜨릴 수가 없더니 갑자기 진문이 열리는 곳을 보고 귀병을 몰아 세찬 기세로 뛰어들었다. 홍사마가 북을 울리고 검은 기를 휘둘러 간방의 진문을 닫고 부용검을 들고 오방을 향해 몰래 진법을 행하자 갑자기 한바탕 맑은 바람이 칼머리로부터 일어나고 먹구름 같은 귀병이 봄눈 같이 사라져 풀뿌리와 나뭇잎으로 변하여 공중에서 떨어졌다. 만장 세 사람이 크게 놀라 필마단창으로 군중을 이리저리 헤매며 사방에 충돌하였다. 홍사마가 진 위에 높이 앉아 부용검을 들어 남쪽을 가리키자 삼리화9)가 일어나 불빛이 하늘 높이 오르고

9) 三離火 : 주역 팔괘의 세 번째. 불.

북쪽을 가리키자 육감수10)가 솟아 큰 바다처럼 넓고 아득하며, 동서를 가리키자 번개와 비가 크게 일어나서 큰 못이 앞에 이르러 세 장수가 정신이 혼미하고 어지러워 갈 곳을 알지 못하였다. 둔갑장군 가달이 공중제비를 하여 변신하고자 하였다. 홍사마가 부용검을 들어 그를 가리키자 한 가닥 붉은 기운이 머리에 가득하여 세 차례 공중제비를 하여도 모습을 바꿀 수 없고 크게 한 소리를 지르며 말에서 떨어졌다. 주돌통과 첩목홀이 하늘을 우러러 탄식하고 칼을 빼서 자진하고자 하더니 홍사마가 손야차에게 진 위에서 호령하게 하여,

"만장은 듣거라. 너의 목숨을 빌려주어 죽이지 않을 것이니 빨리 돌아가 축융에게 전하여 속히 항복하게 하라. 만약 더디게 하면 후회를 면하지 못할 것이다."

하고 진언을 외워 문을 열자 세 장수가 머리를 감싸고 쥐처럼 숨어서 돌아와 축융을 보고 탄식하여 말하였다.

"홍장군의 도술은 정정당당한 도입니다. 감히 당할 수 없을 것이니 대왕은 승부를 다투지 마시고 속히 항복하심이 좋을 것입니다."

축융이 크게 노하여 세 장수를 꾸짖어 물리치고 칼을 들어 다시 12방위를 가리키고 오래도록 축문을 외더니 갑자기 공중에서 한 포소리가 하늘을 흔들고 살기가 가득하였다. 사면팔방에서 무수한 신장이 구름과 같이 와서 모여 음습한 기운과 흉악하고 사나운 모습으로 각각 병기를 잡고, 하늘이 기울고 땅이 무너지는 기세로 일시에 명진을 엄살하자 홍사마가 수기를 높이 들고 명을 내리기를,

"제장 삼군은 다만 이 수기를 바라보되 만약 다른 곳을 돌아보는

---

10) 六坎水 : 주역 팔괘의 여섯 번째. 물.

자가 있으면 참하리라."

라고 하였다. 제군이 명을 듣고 일제히 수기를 우러러 보고 군중이 숙연하여 감히 요동하지 않았다. 홍사마가 곧 북을 쳐서 중앙 오천 기로써 방진을 이루어 지키게 하고 다시 북을 울려 붉은 기를 휘두르자 동서남북 정방의 군사가 일시에 문을 열고 나누어 섰다.

이때 축융이 신장을 호령하여 명진을 뚫고자 하다가 갑자기 진문이 열리는 것을 보고 크게 기뻐하여 급히 신장을 몰아 세차게 뛰어들었다. 홍사마가 바라보고 즉시 북을 두드리고 깃발을 흔들어 진문을 닫고 부용검을 들어 오방을 가리키자 오색의 고운 구름이 오방에서 일어나 진중에 가득하여 신장의 신체는 삼군의 눈에 보이지 않고 다만 말발굽소리만 들리고 깃발들과 창검이 하늘에 번쩍이며 훨훨 날리었다. 홍사마가 북을 울려 군대를 합칠 때 정서방 구백 기는 금극목(金克木)으로 갑을방(甲乙方)을 치고, 정동방 삼천 기는 목극토(木克土)로 무기방(戊己方)을 치고, 정남방 일천 기는 화극금(火克金)으로 경신방(庚申方)을 치고, 정북방 칠천 기는 수극화(水克火)로 병정방(丙丁方)을 치고, 중앙 오천 기는 토극수(土克水)[11]로 임계방(壬癸方)을 치니 그 기세가 산이 무너지고 바다가 끊어지는 듯하며 하늘과 땅이 진동하는 듯하였다. 한바탕 교전하더니 홍사마가 다시 북을 울려 검은 기를 휘두르자 동서남북 간방의 군사가 일시에 진문을 열었다.

이때 십이 신장이 오행의 상극을 이기지 못하여 퇴군하고자 하다가 간방의 진문이 열린 것을 보고 일제히 물러나와 사방으로 흩어져 간 곳을 알지 못하였다. 축융이 진세를 바라보고 분한 기운이 하늘을

---

11) 正西方~ : 오행(五行)의 상극(相剋)을 이용한 전법.

찔러 다시 축문을 외고 손 안의 긴 칼을 공중에 던지니 이는 어떤
요술인가? 또 다음 회를 보라.

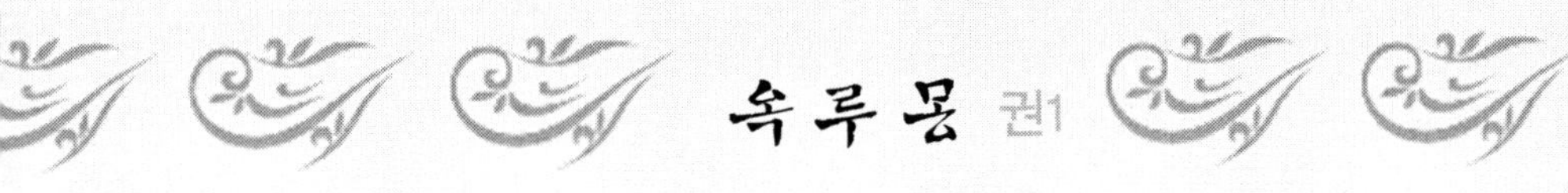

옥루몽 권1

　한편, 축융대왕이 크게 화가 나서 손에 있는 긴 칼을 공중으로 던지
자 삼 척의 긴 칼이 백 여 척의 긴 칼로 변하였는데 다시 공중제비를
하여 변신하여 키가 백 여 척이 되어 긴 칼을 휘두르며 명진으로 향하
였다. 홍사마가 바라보고는 미소 짓고 몸을 일으켜 장막으로 들어가서
사면에 휘장을 드리우고 조용히 움직이지 않더니 갑자기 한 가닥 흰
기운이 장막에서 일어나서 홍사마로 변하였는데 키가 백 여 척이요,
손 안의 부용검 역시 백 여 척이었다.

　마주하여 서로 대적하다가 축융이 콩처럼 작은 사람으로 변하여
바늘같이 작은 칼을 휘두르며 오자 홍사마도 또한 먼지같이 작은 사람
으로 변하고 터럭 같은 부용검을 휘둘러서 축융의 칼날에 엉기어 움직
이지 않았다.

　축융이 다시 변신하니 사람과 칼은 갑자기 간 곳이 없고 한 가닥

검은 기운으로 변하여 하늘가에 닿았다. 홍사마가 다시 한 가닥 푸른 기운이 되어서 푸른 기운, 검은 기운 두 기운이 반공에 서로 만나서 다만 들리는 것은 쨍그랑하는 칼 소리만 하늘 끝에서 서로 부딪치더니 갑자기 검은 기운이 흰 원숭이로 변하여 달아나자 푸른 기운이 탄환으로 변하여 흰 원숭이를 뒤쫓으니 원숭이가 뱀으로 변하여 바위틈으로 들어갔다. 탄환이 우레로 변하여 그 바위를 깨부수는데 뱀이 검은 기운을 토해 내어 지척을 분별하지 못하였다. 우레가 큰 바람으로 변하여 운무를 불어 흩어지게 하자 천지가 밝아지고 사악한 기운이 조금도 보이지 않았다. 이윽고 홍사마가 웃으면서 장막에서 나왔다. 이때 여러 장수와 삼군이 진 앞에서 바라보고 정신이 황홀하여 어찌할 바를 모르다가 홍사마가 장막에서 나오는 것을 보고 앞으로 가서 물었다.

"축융은 어디로 갔으며 장군의 오늘 도술은 어떤 묘법입니까?"
홍사마가 웃으면서 말하였다.

"세상의 요술이 오행을 벗어나지 않습니다. 그 상생상극의 이치를 알아서 제어하면 매우 쉬운 것이지요. 대저 사람의 눈은 목(木)에 속하고, 사람의 마음은 화(火)에 속하니 눈이 요란하면 목 기운이 허하고 목 기운이 허하면 목생화(木生火)라 화기가 또한 허하니, 화기가 또한 허하면 마음이 약하고, 심기가 약하면 화가 공연히 일어납니다. 화기가 일어나서 금 기운을 이기니 금(金)은 살벌한 기운입니다. 사람이 살벌한 기운이 없으면 잡념이 생기나니 요술이 어찌 여러 마음을 어지럽히지 않을 것이며, 한 번 어지러워지면 어떠한 술법으로 제어할 수 있으리오? 그러므로 내가 후천진을 맺어서 오행상극의 이치를 베풀고 높이 수기를 들어서 삼군의 이목과 마음을 마침내 오로지 하나가 되게 하였으니, 삼군의 마음이 오로지 하나가 되고 오행상극의 원리를 잃지 않으면 요술이 어찌 감히 침범하리요? 그 뒤에 서로 싸운 것은 검술입니다. 그 변화가 크게 하기는 쉬우나 작게 하는 것은 어렵습니다. 검은 기운은 요술이요, 푸른 기운은 도술이지요. 흰 원숭이는 당나라 원공(袁公)의 검법이요, 탄환은 한나라 위씨(魏氏)의 검술이며, 뱀으로 된 것은 도장군(陶將軍)의 비법이요, 우레는 창해군(滄海君)의 병법이며, 안개로 되었다가 바람이 되었다 하는 것은 검술자가 대개 아는 술법입니다. 대개 검술가가 꺼리는 것이 셋이 있으니 하나는 재물을 탐하려고 칼을 쓰는 것이요, 둘째는 어진 사람을 죽이는데 칼을 쓰는 것이요, 셋째는 작은 원망을 위하여 까닭 없이 사람을 죽이는 것이 그것이지요. 축융의 검술은 잡념이 많아서 정도가 아니되 내가 죽이지 않은 것은 가볍게 인명을 죽이고 싶지 않아서입니다. 생각건대 그러나 축융이[1] 다시 실패하였고 검술이 궁하여졌으니 반드시 다시 다른 술법을 시험할 수는 없을 것입니다.”

제장이 탄복하기를 마지않았다.

이때 축융이 패하여 본진으로 돌아가서 분하고 부끄러움을 이기지 못하여 칼을 빼어 스스로 목을 찌르고자 하였더니 일지련이 간하였다.

“소녀가 이미 아버지를 모시고 종군하여 이곳에 이르렀습니다. 마땅히 한 번 출전하여 사생을 결정하겠으니 아버지께서는 잠시 노여움을 삭히시고 소녀가 돌아오는 것을 기다리소서.”

축융이 탄식하며 말하였다.

“네 아비의 용맹으로도 감당할 수 없었는데 너는 일개 여자로 어찌 대적할 수 있겠는가? 명장의 병법과 검술은 천신이 하강하더라도 이

---

1) 그러나 축융이 : 덕흥서림본의 ‘然而祝融이’를 따랐다.

에 더할 수 없으니 네가 감당할 수 있는 것이 아니다."

  일지련이 분발하여 말에 올라서 진지를 나와 도전하였다. 홍사마가 막 대군을 몰아서 만진을 엄살하려는데 문득 한 여자 장수가 도전한다는 말을 듣고 진지에서 나와 바라보니 과연 한 나이 어린 여장수가 머리에 붉은 모자를 쓰고 몸에는 초록 비단 옷을 입고 대완마를 타고 쌍창을 휘두르며 나오는데 백설 같은 얼굴에 붉은 기운을 약간 띠어서 마치 복숭아꽃이 반쯤 핀듯하여 나이가 어림을 알 만하였고, 긴 눈썹에 눈길이 침착하였고 정기가 서리어 농염하니 그 총명과 지혜를 알 만 하였다. 흰 이와 붉은 입술의 뛰어난 미모였으며 푸른 귀밑머리와 구름 같은 머리에 화려한 기상이 결코 남방풍토에서 성장한 사람이 아닌 듯하였다.

  홍사마가 마음속으로 놀라고 의아하여 손야차에게 대적하라 명하자 손야차가 창을 들고 웃으면서,

  "이는 틀림없이 축융이 술수를 써서 귀신을 청한 것입니다. 남방의 오랑캐로 어찌 이와 같은 여자가 있겠습니까?"

하고 서로 수 십 여 합을 싸움에 일지련이 쌍창을 끼고 손야차를 사로잡아서 본진으로 돌아가자 홍사마가 크게 놀라서 좌우를 돌아보고 말하였다.

  "누가 저 장수를 생포하겠느냐?"

  뇌천풍이 몸을 빼어 벽력부를 들고 분연히 출전하여 불과 4, 5합에 천풍이 도끼를 쓰는 솜씨가 어지러워 미처 창을 막아 낼 겨를이 없게 되었다. 동초와 마달이 급히 구하려고 한꺼번에 창을 들고 천풍을 도와서 싸워 십 여 합에 이르렀으나 일지련의 정신은 가을 달 같고 기상이 우뚝하여 창법이 조금도 어지럽지 않고 또 조금도 속이는 술법

이 없었다. 홍사마가 바라보고 그 재주와 용모를 아끼나 같은 나이 어린 여자로서 어찌 마음이 근질거려 이기기를 좋아하는 마음이 없으리오? 즉시 징을 울려 세 장수를 거두고 친히 말에 올라서,

"세 장수의 힘으로 일개 여자를 취하지 못하니 어찌 그리 무능하오? 오늘 내가 비록 병이 있으나 한 번 나가서 저 장수를 사로잡으리라."

하고 쌍검을 휘두르고 나갔다.

일지련이 막 수합을 교전하는데, 원수가 홍랑이 출전한 것을 알고 크게 놀라서 친히 진 앞으로 가서 징을 울려 군대를 거두었다. 홍사마가 본진으로 돌아와서 까닭을 묻자 원수가 정색을 하며 말하였다.

"내가 장군만을 편애하는 것이 아니라 국가를 위하여 간성지장을 아끼는 것이오. 모름지기 조심하여 병을 조리하라고 이미 두세 번 부탁하였는데 경솔하게 출전한 것은 어찌 된 일이오?"

홍사마가 대답하였다.

"손야차는 소장의 친구입니다. 지금 만진에 사로잡히게 된 까닭으로 그 사람을 구하고자 한 것입니다."

원수가 웃으며 말하였다.

"내가 장군의 뜻을 아오. 소년의 예기로 젊은 여자가 도전하는 것을 보고 무예를 시험해 보고자 한 것이나 지금 장군의 용모기색이 전과 달라서 함부로 혼자 출전해서는 안 되오. 어찌 다른 장수가 없겠소?"

뇌천풍이 큰 소리로,

"소장이 다시 출전하여 아까 다 쓰지 못한 도끼를 시험해 보고자 합니다."

라고 하자 원수가 크게 기뻐하며 허락하자 홍사마가 웃으며 말하였다.

"제가 만장을 보니 둘도 없는 자색이요 뛰어난 인재라, 마음속으로

몰래 아끼고 안타까워하니 장군은 삼가 조심하여 죽이지 말고 산채로 잡아오시오."

뇌천풍이 크게 웃으며 말하였다.

"제 나이가 칠십이요, 장부의 마음입니다. 입에서 아직 젖내가 나는 연약한 여자를 어찌 도끼로 취할 수가 있겠습니까? 마땅히 홍장군을 위하여 다치지 않게 사로잡아 오겠습니다."

라고 하고 말을 놓아 나갔다.

이때 일지련이 쌍창을 거두고 진 앞에서 서성이며 마음속으로 스스로 생각하였다.

'내가 일찍이 중국 문물을 보지 못하였더니 오늘 명원수의 용병장략과 여러 장수의 인기물색(人氣物色)을 보았다. 아! 내가 오랑캐의 땅에서 성장한 것은 진실로 우물 안 개구리였구나! 지금 중국은 만왕을 저버리지 않았는데 만왕이 까닭 없이 군사를 일으켜서 천자의 위엄에 맞서 대항하니 이것이 어찌 사마귀가 수레바퀴를 막음이 아니겠는가? 내가 또 들으니 명 원수는 차마 살육을 하지 못하고 오로지 의리를 주로 하여 어진 덕으로써 남방을 감화하고자 한다고 한다. 내가 마땅히 이때를 타서 천자의 조정에 귀순함으로써 부왕의 하늘에 가득 메운 죄를 풀어야겠다.'

다시 스스로 의심하여,

'아까 두 자루의 칼을 쓰던 장수는 용모와 풍채가 비범할 뿐만 아니라 그 기색과 칼을 쓰는 기술을 보니 비록 사람의 목숨을 아끼는 뜻이 있으나, 미목이 아름답고 목소리가 그윽하여 절대로 남자의 기상이 아니었으니 어찌 이상하지 않은가?'

하고 뇌천풍이 다시 와서 도전하는 것을 보고 즉시 응전함에 왼손의 창으로 도끼를 막고 오른 손의 창으로 천풍을 농락하여 서릿발 같은 창날이 번쩍거리며 어지럽게 노장의 구렛나루와 뺨을 지나는 것이 바람처럼 빠르되 전혀 상처가 없었다. 뇌천풍이 마음속으로 의심하였으나 감당하기 어려움을 알고 힘껏 도끼를 휘둘러 공격하자 일지련이 갑자기 몸을 솟구쳐서 오른손의 창으로 천풍의 투구를 번개처럼 쳐서 깨뜨렸다. 천풍이 몸을 뒤집어 말에서 떨어지자 일지련이 깔깔 큰소리로 웃으며 말하기를,

"장군은 늙었소이다. 빨리 본진으로 돌아가 아까 쌍검을 쓰던 장수를 내 보내시오."

하였다.

천풍이 스스로 감당할 수 없음을 알고 본진으로 돌아와서 홍사마를 보고 그가 말한 것을 상세히 아뢰고 또 창 쓰는 법이 빼어나다고 크게 칭찬하자 홍사마가 원수에게,

"소장이 남방 풍토의 강인함에 습관이 되어 만약 분한 마음이 있으면 사생을 돌아보지 않습니다. 지금 만약 출전을 허락하지 않으면 도리어 병이 더할 것이니 엎드려 바라건대 잠깐 약속을 정하여 만약 만장을 사로잡지 못하거든 다시 징을 울려 군대를 거두소서."

원수가 여전히 즐겨 허락하지 않자 홍랑이 재삼 간청하여 원수가 그 자취가 탄로날까 두려워서 애써 허락하였다. 홍사마가 몸을 날려 말에 올라서 쌍검을 휘두르며 진을 나가니 일지련이 또한 쌍창을 휘두르며 와서 수합을 접전함에 승부가 나지 않았다.

홍랑이 스스로 생각하기를,

'일지련의 창법이 하나도 속이는 술법이 없으니 내가 또한 정도로 싸워서 자웅을 겨루리라.'

하고 손 안의 쌍검을 어지러이 휘둘러서 한 번 나가고 한 번 물러나니 이는 늙은 용이 구슬을 희롱하는 법이었다. 일지련이 홍랑의 검술이 법도가 있음을 보고 가볍게 대적할 수 없음을 알고 쌍창을 휘두르며 곧바로 홍랑에게 달려가니 이는 가을 매가 산 아래로 내려오는 법이었다. 홍랑이 왼손의 칼을 공중에 던지고 오른손의 칼을 일지련을 겨누어 말을 돌려 달려드니 이는 난새가 꽃을 차서 꽃잎을 흩날리는 법이었다. 일지련이 오른손의 창으로 칼을 막고 왼손의 창으로 홍랑을 취하니 이는 원숭이가 과일을 훔치는 법이었다. 홍랑이 몸을 굽혀 창을 피하고 두 손의 칼을 공중에 던지고 말을 달려 나아가니 이는 맹호가 꼬리를 접는 법이었다. 일지련이 말 위에서 몸을 솟구쳐 쌍창으로 쌍검을 막고 말을 달려 홍랑에게 달려드니 이는 흰 이리가 사슴을 좇는 법이었다.

홍사마가 이에 말 머리를 돌려 오른손의 칼로 공중을 겨누고 왼손의 칼로 일지련을 치려 하니 이는 사자가 토끼를 치는 법이었다. 일지련이 쌍창을 겨누어 한 번 나가고 한 번 물러나니 이는 거미가 나비를 얽어매는 법이었다. 갑자기 쌍검과 쌍창이 한꺼번에 부딪치며 서리 같은 칼날과 번개 같은 창이 번쩍이며 어지러우니 이는 회오리바람이 눈을 흩날리는 법이었다. 이윽고 사람과 창검은 간 곳을 알지 못하고 두 가닥 푸른 기운이 반공에 엉기어[2]서로 싸우니 이는 두 마리 교룡이 하늘을 나는 법이었다.

얼마 후에 일지련이 쌍창을 거두고 말을 빼어 달아나고자 하니 이는 놀란 기러기가 구름을 바라보는 법이었다. 홍랑이 말을 달려 나아

<hr>

2) 엉기어 : 본문의 ‘擬’는 ‘凝’의 오자로 본다.

가서 부용검을 끼고 팔을 펴서 말 위에서 일지련을 사로잡으니 이는 매가 꿩을 움켜쥐는 법이었다.

홍랑이 싸운 지 육합에 이르러 일지련을 사로잡고 본진으로 돌아왔다. 이번 싸움은 적수가 서로 만나서 속이는 술법을 버리고 정도로써 겨루었으니 일지련이 마음에 기뻐 진실로 탄복함은 오히려 말할 것이 없고, 홍랑이 일지련을 아낌이 더욱 깊고 간절하게 되었다. 바로 진중에 이르러 홍랑이 연랑의 손을 잡고 말하였다.

"내가 오늘 그대를 사로잡은 것은 검술로써 이긴 것이 아니라 아마도 하늘이 지기를 만나도록 도와주신 것이오."

일지련이 사례하여 말하였다.

"저는 싸움에 진 장수입니다. 어찌 지기란 말을 할 수 있겠습니까? 장군이 만약 이 천한 몸을 불쌍히 여기신다면 마땅히 휘하의 천한 졸병이 되어 견마지성을 다하겠습니다."

홍사마가 웃으며 말하였다.

"내가 비록 부족하나 그대가 만약 나를 멀리하여 버리지 않는다면 붕우의 인연을 맺기를 바라오."

일지련이 눈물을 흘리며 말하였다.

"저의 부친이 진작에 명나라에 죄가 없었으나 다만 이웃나라의 정의로 만왕을 구하고자 왔다가 용서할 수 없는 큰 죄를 범하였으니 어찌 감히 살기를 바라겠습니까마는, 장군의 인자한 덕과 원수의 너그럽고 큰 마음으로 만약 측은하고 불쌍하게 여기시어 죄를 용서하시고 목숨을 보전하게 하시면 장군의 은혜를 마땅히 결초보은 하겠나이다."

"이는 원수에게 아뢴다면 도리가 있을 듯하오."

하고 이에 일지련을 데리고 원수에게 보이고는 홍사마가 조용히 아뢰었다.

　"축융이 비록 만왕을 도와 명나라에 죄를 지었으나 그 본심을 추측해보면 이웃나라의 청을 거절하기 어려워 행한 것이요, 감히 불측한 마음을 품은 것이 아니오니 그 죄를 용서하시고 항복을 받아들이신다면 반드시 배반하지 않을 것입니다."

원수가 일지련을 보고 한참동안 말이 없다가 말하였다.

　"내가 성지를 받들어 남방을 본래 덕으로써 교화하려고 하고 힘으로써 복속시키려고 하지 않았으니 축융이 만약 진실한 마음으로 투항한다면 어찌 용서할 뿐이겠소?"

　일지련이 장막 아래에서 머리를 조아려 사례하고 감사의 눈물이 가득하였다. 원수가 또한 그 뜻을 딱하게 여겨 위로하여,

　"만약 진실한 마음으로 투항한다면 너그러이 도울 것이니 안심하고 돌아가라."

라고 하자 연랑이 절하여 사례하고 만진 중으로 돌아갔다.

　이때 축융은 딸이 명나라 진중에 사로잡히는 것을 보고 막 투항하여 일지련을 구하고자 하였더니 뜻밖에 일지련이 진으로 돌아와 양원수의 은혜와 홍사마의 덕을 칭송하였다. 축융이 듣고 나서 계획을 정하여 곧 주돌통 등 세 장수를 거느리고 손야차를 데리고 딸을 따라 명나라 진영에 투항하였다. 원수가 기뻐하여 너그럽게 대하고 조금도 의심하지 않았다. 축융은 본시 우직하고 죄가 없는 자라 원수와 홍사마의 간곡함을 보고 감동하여 눈물이 비 오듯 하며 손가락을 깨물어 피를 뚝뚝 흘리며 말하였다.

　"과인이 비록 만맥의 종자이나 오히려 칠정을 부여받아 목석과는 다릅니다. 어찌 원수의 덕을 뼈에 새겨 잊지 아니하여 자자손손이

감사하고 칭송하지 않겠습니까?"

원수가 크게 기뻐하여 군중에 거처를 정하게 하여 휘하 세 장수와 일지련을 거느리고 그들이 함께 진중에 머물게 하였다. 일지련이 부왕을 모시고 거처에 돌아가 속으로 생각하되,

'내가 비록 사람 보는 눈이 없으나 홍장군은 틀림없이 남자가 아니다. 만약 여자라면 누구를 위하여 만 리 밖에서 종군을 하였으리오? 내가 양원수의 용모와 풍채를 보면 비범한 장수요, 또 홍장군의 기색과 언사를 보니 비록 매우 조심하여 태만한 뜻을 드러내지 않으나 미간에 은근한 정을 띤 듯하니 이는 지기로 상종하여 변복하고 종군한 것이 틀림없다.'

하고 또 마음속으로 의심하기를,

'여자의 투기는 세상 여자들의 상정(常情)이다. 만약 남자가 아니라면 홍장군이 이처럼 나를 아끼는 것은 무엇 때문인가?'

하였으나 끝내 깨닫지 못하였다. 총명하고 지혜로운 마음에 급한 성정을 견디지 못하여 홍사마의 본색을 알고자 조용히 막사로 갔더니 마침 홍사마가 조용히 혼자 앉아 있었다. 일지련이 앞으로 나아가 말하였다.

"저는 장군께서 살려주신 은덕을 입어서 휘하에 모시고 견마의 정성을 다하고자 하였으나 다시 생각하니 종적이 남자와 다르고 군중의 여자는 예로부터 꺼렸습니다. 제 아비가 이미 군중에 있으니 저는 마땅히 본국으로 돌아가서 행동거지의 불편함을 면할까 합니다."

홍사마가 웃으면서 말하였다.

"그대의 말이 잘못되었어요. 옛날에 목란은 그 아버지를 대신하여 만 리를 종군하였으되 일찍이 비난하는 자가 없었는데 그대가 어찌 홀로 이에 구애를 받지요?"

연랑이 추파를 흘려 홍랑을 보고 말하였다.

"제가 오랑캐 지방에서 성장하여 비록 예법을 강론하는 것을 듣지 못하였으나 남녀가 같은 자리에 앉지 않음은 성인의 밝은 가르침입니다. 만약 군중에 처하면 어찌 남자와 어깨를 나란히 하고 자리를 같이 하는 일이 없겠습니까? 그런 까닭으로 저는 목란이 충효는 비록 지극하였으나 규범내칙의 단정한 행실에는 부족하였던 것이라고 여깁니다."

홍사마가 이 말을 듣고 눈을 들어 일지련을 봄에 어찌 일지련의 마음을 이해하지 못하리오? 그가 자기의 종적을 알고자 하는 것을 깨닫고 길게 탄식하며 말하였다.

"세상에는 행실이 단정하여 규범과 예절을 어기지 않는 여자가 몇 사람이나 있을까요? 혹 우환을 당하여 부득이 한 일에 쫓겨 나온 사람도 있으며 혹 때와 형편을 따라서 예절을 돌아보지 않고 행하는 자가 있으니 어찌 한 가지로써 논할 수 있을까요?"

일지련이 사례하고 돌아가면서 마음속으로 스스로 웃고,

'나의 사람을 알아보는 안목이 과연 틀리지 않았구나. 홍사마가 어떤 여자로 종군을 했는지 알 수 없으나 그 언어와 의기를 살펴보니 틀림없이 나의 평생을 저버리지 않을 것이다. 나는 맹세코 중국의 번화함을 볼 것이다.'

라고 생각하였다.

이튿날 축융이 조용히 원수에게 말하였다.

"제가 들으니 죄가 있는 자는 공으로 갚는다 하였습니다. 원수께서 이때를 타서 철목동을 공격하면 과인이 비록 재주가 없으나 한 팔의 힘을 도와서 속죄하고자 하나이다."

일지련이 이 말을 듣고 간하기를,

"이는 옳지 않습니다. 아버지가 이웃 나라의 정의로 만왕의 간청에 응해 구원하러 왔다가 지금 또 공격하는 것은 의리가 아닙니다. 아버지께서는 조용히 만왕을 만나보고 원수의 성덕으로 권하여 스스로 와서 항복하게 하는 것이 좋습니다."

라고 하자 축융이 그 말을 옳게 여겨서 즉시 명진을 떠나서 철목동으로 향하여 갔다.

한편, 나타는 축융이 세 장수를 거느리고 명진에 투항한 것을 보고 탄식하여,

"내가 재차 구원을 청하였다가 모두 적국을 도우게 하였으니 장차 어떻게 이 원한을 씻을까?"

하자 여러 만장이 대답하였다.

"양원수의 장략과 홍장군의 용맹으로 지금 다시 축융과 일지련의 우익을 더하였으니 가볍게 대적해서는 안됩니다. 빨리 항복하여 전화위복으로 삼느니만 못합니다."

나타가 묵묵히 한참을 있다가 칼을 빼어 책상을 치며 말하였다.

"우리 동중에 미곡이 십 년을 지탱할 수 있고 방비가 철통과 같으니 동문을 굳게 닫고 견고하게 지킨다면 비록 새라도 들어올 수 없을 것이다. 명원수가 나에게 어찌 할 수 있겠는가? 만약 다시 항복한다는 말을 하는 자가 있다면 이 책상과 같이 될 것이다."

이 날부터 동문을 닫고 지켰다. 철목동은 지세가 험할 뿐만이 아니라 만왕의 처자권속과 보물이며 재물을 이곳에 감추어 두었기 때문에 그 방비하는 것이 매우 견고하였다. 나타가 동중으로 돌아와서 거듭 방비할 것을 말하는데 갑자기 축융이 동문을 두드리고 보기를 청하였다. 나타가 크게 노하여 문루에 올라가서 크게 꾸짖었다.

　"파랑 눈에 까만 얼굴의 오랑캐야! 네가 배반하여 구차하게 살려고 하니 의리도 없고 신의도 없구나. 내가 마땅히 네 머리를 베어서 천하에 신의를 저버리는 자를 징계하리라."

말을 마치자 활을 당겨 쏘아서 축융의 가슴을 맞추었다. 축융이 노기가 등등하여 일변 화살을 뽑아 버리고 칼을 들어 나타를 가리키며,

　"등불에 달려드는 나방과 솥 안에 든 물고기같이 목숨이 아침저녁에 달려 있음을 알지 못하고 이처럼 무도하구나!"

하고는 말을 채찍질하여 명진으로 돌아가서 원수에게 청하였다.

　"원컨대 정병 오천 기를 빌려 주시면 즉일로 철목동을 깨뜨려서 원수의 번뇌를 풀어드리겠나이다."

원수가 허락하였으나 일지련이 간하기를,

　"만왕이 계책이 궁하고 힘이 다하였으되 항복하지 않고 동학을 지키고자 하니 틀림없이 믿는 바가 있을 것입니다. 아버지께서는 가볍게 대적하지 마소서."

　축융이 듣지 않고 오천 기를 거느려서 주돌통·가달·첩목홀과 함께 철목동을 에워싸고 삼일 낮밤을 공격하였으나 깨뜨리지 못하였다. 철목동은 둘레가 백 여리요, 사면의 돌벽 높이가 수십 길이었다. 석벽을 따라 성을 쌓았으며 성위는 구리를 녹여 부어 철통처럼 견고하였고 외성의 안에 또 아홉 겹의 성이 있어서 겹겹으로 방비하였으니 인력으로 깨뜨릴 수 있는 것이 아니었다.

　축융은 원래 성질이 급하고 분기가 불과 같았으니 어찌 참을 수 있겠는가? 주술로 신장·귀병을 불러서 우레와 도끼와 창으로 둘러싸고 공격하였으나 반석처럼 견고하였다. 다시 오방천화(五方天火)의 불을 일으켜서 앞뒤 좌우에서 불을 질렀으나 나타가 일찍이 성위 곳곳

에 풍차를 두었기에 불이 침범하지 못하였다. 또 임계방(壬癸方)의 물을 끌어들여서 동안에 물을 대었으나 나타가 이미 동안에 숨은 도랑을 만들어 두었기 때문에 한 점의 물도 괴지 않았다.

축융이 돌아와 원수에게 고하였다.

"철목동은 험한 곳입니다. 인력으로 깨뜨리기가 어렵나이다."
원수가 말없이 있다가,

"대왕은 돌아가 쉬시오. 내가 다시 생각해 보리다."
라고 하고 이날 밤에 원수가 홍랑을 장막으로 불러서 말하였다.

"나타가 지금 철목동을 지키고 있으니 어떻게 하면 격파할 수 있는 계책을 낼 수 있을까?"

"저도 생각한 지 오래되었으나 실로 묘책이 없습니다. 다만 한 가지 계책이 있으니 나타가 동중에 쌓아둔 곡식이 비록 산 같으나 십년의 계획에 불과합니다. 원수께서 이곳에 대군을 머물러서 십년을 지키면 항복을 받는 것은 어렵지 않습니다."

원수가 크게 놀라서 말하였다.

"이것은 할 수 없는 이유가 두 가지가 있소. 공적인 일로 말하더라도 대군을 거느리고 오랑캐 땅에 오랫동안 머물러 있을 수가 없고, 사사로운 일로 말하더라도 늙으신 부모님이 집에 계셔서 돌아가고 싶은 마음이 하루가 삼 년 같은데 어찌 부모 슬하를 떠나서 십 년을 머물 수 있겠는가? 그대는 다시 묘책을 생각해 보시오."

홍랑이 웃으면서 말하였다.

"상공은 스스로 생각해 보시건대 용맹을 좋아하고 사납게 싸우는 것이 축융과 비교하여 어떻습니까?"

"내가 그만 못하오."

"남방풍토와 만중의 지형을 알아서 힘써 동학을 취하는 것은 축융과 비교하여 어떻습니까?"

"미치지 못하오."

"그렇다면 축융의 수단으로도 삼일 밤낮을 공격해서 깨뜨리지 못하였으니 상공은 장차 어떻게 하려 하십니까?"

원수가 묵묵히 한참을 있다가 말하기를,

"만약 그대의 말과 같다면 만 리 밖에서 출전하여 반년이나 고초를 겪다가 마침내 공을 이루지 못하고 헛되이 돌아가야 한단 말이오?"

홍랑이 웃으면서 말하였다.

"지금 한 가지 계책이 있으나 과연 상공의 뜻과 부합하겠는지요?"

어떤 계책이 나올지 모르겠구나!

또한 아래 회를 보라.

제18회 | 홍사마가 칼로 정자[1]를 취하고,
양원수가 남방의 적을 평정했다는 승전보를
아뢰다

한편, 원수가 계책을 묻자 홍랑이 웃으며 말하였다.

"옛날에 위나라의 오기[2]는 아내를 죽여 장수되는 것을 구하였고 당나라의 장순[3]은 애첩을 죽여 군사를 먹였으니, 상공께서는 천첩으로 만왕의 머리와 바꾸는 것이 어떠하겠습니까?"

원수가 깜짝 놀라 웃지 않고 홍랑을 자세히 보자 홍랑이 다시 웃으며 말하였다.

---

1) 頂子 : 전립 따위의 위에 꼭지처럼 만들어 달던 꾸밈새. 품계(品階)에 따라 금, 은, 옥, 석 따위의 구별이 있었다

2) 吳起 : 중국 전국 시대의 병법가. 증자(曾子)에게 배우고 노(魯)나라, 위(魏)나라에서 벼슬한 뒤에 초(楚)나라에 가서 도왕(悼王)의 재상이 되어 법치적 개혁을 추진하였다. 저서에 병법서 『오자(吳子)』가 있다.

3) 張巡 : 당나라의 관리. 안록산의 난 때 난을 막던 장군으로 성에서 포위되어 혈전을 하다가 전사하였음.

"제가 며칠을 생각하였는데 다시 철목동을 깰 계책이 없습니다. 오늘밤 삼경에 변신을 하여 칼을 품고 철목동에 들어가서 이러이러하게 하여 나타 앞의 금합(金盒)을 훔침으로써 당나라의 홍선[4]이 될 것입니다. 일이 뜻과 같지 않다면 나타의 머리를 취하여 형경[5]처럼 살아 돌아올 것이 어려울까 합니다. 이는 천첩으로써 만왕의 머리와 바꾸는 것입니다."

원수가 듣고 나서 노하여,

"아내를 죽여서 장수되기를 구하는 것은 오기의 잔인하고 야박한 행동이요, 첩을 죽여서 군사를 먹인 것은 장순이 외로운 성에서 계책이 다했기 때문이다. 내가 지금 백만 대군을 거느리고 일개 만왕을 항복시키지 못하고서 어찌 구차스럽게 오기와 장순의 일을 본받으리오? 이는 그대가 나를 격동시키는 것이 아니라면 나를 조롱하는 것이 틀림없다."

라고 하자 홍랑이 사죄하며 말하였다.

"제가 어찌 상공의 뜻을 모르겠습니까? 그 총애함을 믿고 놀리려 한 것입니다. 제가 쌍검을 가지고 철목동 안에 나타의 머리를 취하는 것은 주머니 속의 물건을 취하는 것쯤으로 알고 있습니다. 어찌 연나라의 협객[6]의 빗나간 검술[7]로써 역수[8] 찬바람에 돌아오지 못하는

---

4) 紅線 : 홍선(紅線). 당나라 원교(袁郊)가 지은 <홍선전(紅綫傳)>의 주인공. 홍선은 이인으로서 그 주인 설숭을 위하여 위박 절도사의 침실에 가서 감쪽같이 자고 있는 위박의 머리맡에 있던 황금상자를 가져와 전승사가 설숭을 해치려는 계획을 중지하게 하였다.
5) 荊卿 : 자객 형가(荊軻). 연(燕)나라 태자 단(旦)의 부탁으로 진왕 정(秦王 政)을 죽이려 했으나 실패하여 참살되었다.
6) 燕南俠客 : 형가를 말함.
7) 빗나간 검술 : 형가가 진나라 궁 안에서 진왕 정을 찔렀으나 칼이 빗나가서

어려움을 만들겠습니까?"

원수가 한참 생각하다가 말하였다.

"낭의 검술이 비록 범상하지 않으나 병을 앓은 나머지 약한 몸이니 실수할 바가 있을까 걱정이 되오. 내일 대군을 거느리고 다시 철목동을 쳐서 깨뜨리지 못한다면 다시 상의 하는 것이 늦지 않을 것이오."

다음날 원수가 여러 장수와 삼군을 거느리고 철목동을 칠 때에 구름사다리를 만들어서 동중을 내려다보며 나무와 돌을 쌓아 위로 오르고자 했다. 나타가 만병으로써 성의 머리를 지키고 독을 묻힌 강한 화살로 어지럽게 쏘아댔다. 다시 성 밖으로 나와서 둘러싸고 공격하여 불 대포를 놓으니 탄환이 땅에 비처럼 떨어지며 석벽을 때려서 돌이 부셔졌다. 우레 같은 포 소리와 번개 같은 탄환에 산천이 서로 응하고 천지가 진동하여 사방 십 리에 나는 새와 달리는 짐승이 모두 사라졌으며 공격한 지 반일이 되었지만 끝내 격파하지 못했다. 이에 다시 땅을 파서 길을 통하여 동중으로 들어가고자 하여 산을 수 십 여장을 팠지만 동중 전후좌우에 철망을 묻어 두어 여러 겹으로 겹쳐 있어서 뚫을 대책이 없었다. 홍사마가 말하였다.

"예로부터 군사를 쓰는 방법에 적국이 힘으로 하면 나는 꾀로서 하고 적국이 속이는 전술을 쓰면 나는 정도를 쓴다고 했습니다. 나타가 그 험한 기운을 믿고 힘으로 지키니 우리는 지략을 써서 취하는 것이 좋겠습니다."

하고 진 앞에 나가 크게 부르짖었다.

실패한 사실을 두고 한 말.

8) 易水 : 연나라에 있는 강. 형가가 진왕을 죽이러 떠날 때 태자 단은 역수에서 제사를 지내고 형가를 떠나보냈다.

“대명 원수가 만왕과 면담하고자 하니 잠깐 성위로 나오라.”

나타가 성에 올라 길게 읍하니 홍사마가 큰소리로 말하였다.

“네가 오대 동천을 잃고 한 조각 외로운 성을 지키고자 하니 솥 안에 있는 고기가 솥 안에서 놀고 제비가 장막 위에 둥지를 튼 것과 무엇이 다르겠는가? 원수께서는 황제의 명을 받들어 살리기를 좋아하는 덕을 베풀고 살벌한 마음이 없는 까닭으로 네 머리를 아직도 오늘까지 보전하고 있는 것이다. 망극한 은혜를 알지 못하고 흉악한 마음을 고치지 못하여 대군을 이토록 수고롭게 하니 내가 힘으로 격파하고자 하지 않고 마땅히 지략으로써 네 머리를 취할 것이다. 충분히 방비하여 후회에 이르지 않도록 하라.”

하고 징을 쳐서 군사를 거두어 본진으로 돌아갔다. 이날 밤 삼경에 홍사마가 축융을 장 앞으로 청하여,

“대왕께서 나타와 이제 이미 이웃나라의 정을 끊었으니 나타가 무사한 것은 대왕의 복이 아닙니다. 이때를 타서 나타를 취하여 위로는 임금의 은혜에 보답하여 큰 공을 세우고 아래로는 사사로운 원한을 씻어서 후환이 없도록 하지 않겠습니까?”

라고 하자 축융이 두려워하여 말하였다.

“과인은 진실로 계책이 없어서 만왕의 동학을 깨뜨릴 수가 없으니 장군이 분명하게 가르쳐 주신다면 비록 끓는 물에 들어가고 타는 불을 밟는 것이라도 감히 사양하지 않겠습니다.”

“내가 대왕의 검술을 아는데 어찌 만왕의 머리를 취하는 것이 어렵겠습니까?”

축융이 오래 생각하다가 웃으며 말하였다.

“과인의 얕은 지식으로는 다만 철목동을 깨뜨릴 계책을 생각했을

뿐이었으나 계책이 이에 미치지 못하였더니 이와 같은 방법을 가르쳐 주시니 과인이 지금 가겠습니다."

홍사마가 웃으며 말하였다.

"대왕께서 노고를 아끼지 않고 계책을 행하시는데 다시 부탁할 것이 있습니다. 원수께서 백만 대군을 거느리고 일개 만왕을 은덕으로써 그 마음을 복종시키지 못하고 몰래 자객을 보내어 그 머리를 취하는 것은 본의가 아닙니다. 대왕께서는 오늘밤에 나타의 장중에 들어가서 그 머리를 취하지 마시고 다만 그 머리 위에 산호정자(珊瑚頂子)를 취하되 나타의 머리 위에 칼의 흔적을 남겨서 대왕의 자취를 표시하시기를 바랍니다."

축융이 응낙하고 즉시 몸을 일으켜 갔다. 원수가 홍사마를 돌아보고 말하였다.

"낭자는 축융의 이번 행차가 어떻다고 생각하시오?"

"축융의 검술이 거칠어서 다만 나타를 놀라게 하고 올 것입니다."

"그렇다면 이것이 이른바 잠자는 호랑이의 코를 찌르는 것이라, 어찌 해로움만 있고 이익이 없는 것이 아니겠소?"

홍랑이 웃으며 말하였다.

"이 중에 또한 한 계책이 있으니 아무튼 그 끝을 보도록 하십시오."

조금 있다가 축융이 칼을 들고 장막 안으로 들어와서 헐떡거리는 숨을 진정하지 못하고 탄식하면서 홍사마에게 고하기를,

"과인이 검술을 배운지 이미 십여 년이 되었습니다. 비록 백만 군중에 칼과 창이 서리 같더라도 어려움 없이 출입하였는데 철목동은 천라지망9)이라 할 만 합니다. 과인은 거의 함양 전각 위에 다리 없는 귀신10)이 될 뻔했다가 간신히 살아서 돌아왔습니다."

라고 하였다. 홍사마가 그 까닭을 물으니 축융이 칼을 던지고 말하였다.

"과인이 동 앞에 이르러 칼을 잡고 성을 넘으려 하니 성위에 무수한 만병이 혹은 앉아 있고 혹은 서 있었습니다. 과인이 변신을 하여 바람이 되어 잇달아 아홉 성을 넘을 때 여덟째 성에 이르자 성위에 철망을 벌려 놓고 활과 쇠뇌를 여러 곳에 묻어 놓았습니다. 또 그 성을 넘으니 궁궐 담장이 하늘에 닿은 듯 했습니다. 이곳은 나타가 거처하는 곳이고 둘레가 육 칠 리요 높이가 수십 장을 넘었습니다. 즉시 몸을 솟구쳐 담을 넘으려 하자 앞길이 막히고 쨍그랑하는 소리가 있었습니다. 칼을 멈추고 자세히 살펴보니 육 칠 리 궁궐의 담장을 구리로 덮어 놓았으니 누가 들어갈 수 있겠습니까? 다시 궁문을 찾아 들어가고자 하였더니 갑자기 한 쌍의 큰 짐승이 있다가 흉악하고 사납게 부르짖고 안에서 나오는데 모양이 비록 개와 같으나 몸의 높이가 십 여 장이요 그 빠르기가 별과 같아서 서로 한밤중까지 싸웠습니다. 과인이 일찍이 사냥하는 것을 좋아하여 맹수를 잡을 수 있었으나 이 짐승에 이르러서는 감당하기가 어려웠습니다. 나타가 궁중에 매복한 병사를 일으켜 격퇴하였기 때문에 도망하여 돌아왔습니다. 철목동은 과연 천하에 둘도 없는 험한 땅이며 나타의 방비는 고금에 들어보지 못하였던 것입니다."

원래 만왕에게[11] 한 쌍의 큰 삽살개가 있으니 이름을 '사자방(獅子猀)'이라고 하였다. 남방에 사자가 있고 또 갈교(猲狡)라고 하는 개가 있어 서로 교배하여 새끼를 낳으면 이름을 '사자방'이라고 하였다. 그

---

9) 天羅地網 : 하늘에 새 그물, 땅에 고기 그물이라는 뜻으로, 아무리 하여도 벗어나기 어려운 경계망이나 피할 수 없는 재액을 이르는 말.

10) 함양 전각~ : 형가가 진왕 정을 찌르는데 실패하자 진왕이 칼을 뽑아 형가의 왼쪽 다리를 베어 쓰러뜨려 죽였다.

11) 원래 만왕에게 : 원문의 '原來蠻王中에'는 '原來蠻王에'의 오기로 본다.

사납기가 범과 코끼리를 잡아먹을 수 있기 때문에 나타가 궁문에서 길러 지키게 하고 있는 것이다.

홍사마가 웃으며 말하였다.

"일의 기미가 이와 같으니 대왕께서는 잠시 돌아가 편안히 쉬십시오. 내일 다시 상의하시지요."

이때 홍랑이 축융을 보내고 원수에게 아뢰었다.

"제가 먼저 축융을 보낸 것은 나타를 놀라게 하여 더욱 방비하게 하고 제가 그 뒤를 따라서 그 머리 위의 정자를 취하고자 한 것입니다. 제가 장차 갈 것이니 상공께서는 앉아서 잠시 기다리십시오."

원수가 놀라서 홍랑의 손을 잡고 탄식하며 말하였다.

"그대의 당돌함이 어찌 이와 같은가? 내가 차라리 공을 이루지 않고 헛되이 돌아갈지언정 그대를 위험한 땅에 보내고 싶지는 않소."

낭이 웃으며 말하였다.

"제가 어찌 상공을 속이고 스스로 위험한 땅으로 들어가서 위로는 총애하시는 은혜를 저 버리고 아래로는 그 몸을 가볍게 여겨 함부로 행동하겠습니까? 스스로 헤아리는 바가 있어서이니 상공께서는 마음을 놓으십시오."

원수가 반신반의하여 말하였다.

"축융이 일찍이 철목동을 출입하여 이미 그 지형을 알았는데도 오히려 들어갈 수 없었는데 지금 그대는 그 자취가 생소한데 어찌 마음대로 위험한 땅에 들어갈 수 있겠소?"

"이른바 검술은 신통함으로써 오가는 것입니다. 축융의 검술은 신통이 부족하여 출입하는 사이에 흔적이 많이 노출되었습니다. 제가 비록 약하지만 검술을 쓰는데 신통력을 얻는다면 그 빠르기가 바람과 같고 그 돌아가는 것이 물과 같습니다. 잡으려 해도 잡을 수 없고 막으려 해도 막을 수 없는 것은 바로 검술 때문이니 어찌 그 생소함을 걱정하겠습니까?"

"그대가 먼저 축융을 시켜 나타를 놀라게 하여 더욱 방비하게 한 것은 무슨 까닭이며 동중에 또 사나운 짐승이 있으니 조심하지 않을 수 있겠는가?"

홍랑이 미소 지으며 말하였다.

"검객이 왕래하는 것은 귀신도 헤아리기 어려운데 어찌 한 마리의 개를 걱정하겠습니까? 이는 축융의 검술이 거칠어서 입니다. 축융에게 나타를 놀라게 하여 더욱 방비하게 한 것은 제 검술의 신이함을 보고 그가 빨리 항복하게 하고자 해서 입니다."

원수가 마음을 놓고 친히 스스로 술을 데워 술잔을 들어 권하며 말하였다.

"밤기운이 차가우니 이 술을 사양치 말라."

홍랑이 웃으며 술을 받아 책상머리에 놓고 말하였다.

"제가 반드시 이 술이 식기 전에 돌아올 것입니다."

말을 마치고 쌍검을 들고 훌쩍 장막을 나갔다.

홍랑이 곧 철목동에 이르러서 성을 넘어 들어가려 하였다. 이때는 밤중이라 달빛은 밝고 등불은 휘황찬란하여 무수한 만병이 창과 칼을 들고 나열하여 서 있었다. 이는 어젯밤 축융이 풍파를 만난 이후에 다시 더욱 방비를 했기 때문이다. 홍랑이 아홉 겹의 성을 지나서 곧바로 내성에 이르자 성문이 이미 닫혔고 좌우에 푸른 삽살개가 웅크리고 앉아 호랑이와 같이 지키는데 광채가 별과 달 같은 두 눈동자를 굴리는데 몹시 흉악하였다.

홍랑이 붉은 기운으로 변하여 곧바로 문틈으로 들어가서 바로 나타의 궁궐 안에 도착하였다. 나타가 자객의 변을 새로 겪고는 휘하에 만장들을 모아서 좌우에 시립하게 하였는데 칼과 창이 서리와 같고 등촉이 낮과 같았다. 나타가 창과 칼을 앞에 벌려 놓고 등불 아래 앉았는데 갑자기 등불이 가볍게 움직이고 쨍그랑 하는 칼 소리가 머리 위에서 났다. 나타가 크게 놀라서 급히 긴 칼을 들고서 공중을 치려고 하자 조용하여 다시 움직임이 없다가 갑자기 궁궐 문밖에 우레소리가 났다. 궁 안이 소란스러워서 만장과 만병들이 한꺼번에 뛰쳐나가 성 안을 수색하였지만 그 종적을 볼 수 없었다. 다만 사자방이 칼의 흔적이 낭자하여 죽어 있었다. 나타가 정신이 아득하여 여러 장수들과,

"자객의 변이 예로부터 있었으나 이와 같이 신비하고 괴이한 것은 일찍이 들어 보지 못하였다. 사람이 한 짓이 아니오. 귀물의 조화가 틀림없다."

하고 의논이 분분하였다. 이때 양원수가 홍랑을 보내고 어찌 마음을 놓을 수 있겠는가? 철목동의 멀고 가까움을 헤아리고

'홍랑이 거의 동구에 가까이 갔을 것이다.'

하고 생각하는 때에 갑자기 장막을 걷고 홍랑이 들어왔다. 원수가 한편으로 놀라고 한편으로 기뻐서 말하였다.

"그대가 병을 앓은 끝에 약한 몸이라, 나는 꼭 도중에 돌아올 것이라 생각했었다."

홍랑이 쌍검을 던지고 숨 쉬는 것이 여전하여 말하였다.

"제가 병 끝이라 겨우 동중에 들어갔다가 두 마리의 개에게 쫓겨서 목숨을 도망하여 왔습니다."

라고 하자 원수가 크게 놀라서 말하였다.

"다친 곳은 없는가?"

홍랑이 눈썹을 찡그리며 신음하는 표정을 지으며,

"비록 다친 곳은 없으나 정말 크게 놀라서 가슴이 울렁거립니다. 따뜻한 술을 마시고 나타 머리 위의 정자(頂子)를 얻어야 놀람을 진정시킬 수 있을 것입니다."

원수가 무사히 돌아옴을 알고서 크게 기뻐하여 치사하여 마지않았다. 홍랑이 웃으며 품속에서 나타 머리 위의 산호 정자를 찾아내고 책상머리 위의 술잔을 가리키며,

"제가 이미 군령을 받들었으니 어찌 감히 헛되이 돌아올 수 있겠습니까."

원수가 깜짝 놀라 보니 술이 아직도 따뜻하였다. 홍랑이 웃으며 정자의 일을 자세히 고하였다.

"나타의 방비는 과연 축융이 손을 쓸 수 있는 것이 아니었습니다. 제가 처음 정자를 취하고 종적을 드러내고자 하지 않았더니 다시 생각해 보니 그들로 하여금 검술이 그렇게 한 것이라는 것을 알게 한 뒤에라야 두려운 마음을 일으킬 수 있는 까닭으로 일부러 칼 소리를 내고 문밖에 나오다가 또 두 마리 삽살개를 죽였으니 오늘 밤에 나타가 눈을 뜨고 앉아서 저승으로 통하는 문의 꿈을 꾸는 것 같을 것입니다. 날이 밝기를 기다렸다가 한 통의 편지를 써서 정자를 보내면 나타의 항복이 반드시 오래 걸리지 않을 것입니다."

원수가 크게 기뻐하여 홍랑에게 편지 한 통을 써서 철목동에 쏘아 보내게 하였다.

한편, 나타는 놀란 혼을 진정하지 못하여 여러 장수를 돌아보고 말하였다.

  "먼저 궁중에 들어온 사람은 어두운 밤 모르는 사이에 뜻밖에 온 것이니 의심할 것이 없지만 뒤에 궁중에 들어온 자는 평범한 자객이 아니다. 궁중이 자지 않고 과인이 방비함이 매우 치밀하여 밝은 대낮과 같았는데 형체 없이 들어왔다가 자취 없이 나갔으니 이 어찌 형경과 섭정12)의 부류와 같다고 하겠는가? 또 의심할 만한 것은 이미 궁 안에 들어와서 사람의 목숨은 죽이지 않고 호랑이와 표범보다 사나운 문 밖의 사자방을 순식간에 죽여서 칼자국이 이처럼 낭자하니 어찌 괴이한 변고가 아니겠는가?"

하고 처자와 궁중 식솔을 한 곳에 모아 두고 밤새 잠을 자지 않았다.

  다음날 이른 아침에 수문을 지키는 만장이 아뢰었다.

  "명원수가 한 폭의 서간을 동중에 쏘아 던졌기에 가지고 왔습니다."

나타가 받아서 그것을 보니 황룡이 수놓아진 한 조각 비단에 글 몇 줄이었다. 그 편지에 이르기를,

  대명원수는 지금 대군을 수고롭게 하지 않고 철목동을 깨뜨리고 장중에 누워서 한 개의 정자를 취하여 왔더니 별로 쓸 곳이 없어서 이에 도로 보내노라. 슬프다! 만왕은 더욱더 굳게 동학을 지켜라. 내가 정자를 취한 수단으로서 다시 취하여 올 물건이 있노라.

라고 하였다.

  나타가 편지를 다 읽고 나자 산호정자가 보였으니 어찌 자기의 정자를 알지 못하겠는가? 이에 크게 놀라 얼굴빛을 잃고 머리 위를 어루

---

12) 攝政 : 제나라의 자객. 한(韓) 나라의 엄중자(嚴仲子)로부터 한 나라 왕족인 협루 (俠累)를 암살해 달라는 부탁을 받아 이를 실행하고 자살하였다.

만지니 과연 정자가 없었다. 손발이 어찌할 바를 모르고 정신이 달아나서 붉은 투구를 벗어서 보니 정자를 단 곳에 칼자국이 분명하였다. 갑자기 청천벽력이 머리 위에 떨어진 것 같고 동짓달 찬 눈이 가슴속에 들어 온 것 같아서 모골이 송연하며 간담이 서늘하여 손을 들어 머리를 어루만지고 좌우를 돌아보며 물었다.

"과인의 머리가 어떠하냐?"

좌우가 대답하여 말하였다.

"대왕의 영웅으로 어찌 이처럼 경거망동하십니까?"

나타가 탄식하며 말하였다.

"눈뜨고 책상에 앉아서 머리 위에 물건을 잃고도 깨닫지를 못하였으니 어찌 그 머리를 보전할 수 있겠는가?"

여러 장수가 한꺼번에 소리를 함께 하여 위로하였다.

"위험을 경계 삼는 것은 편안함의 근본이요 두려움이 있는 것은 기쁨의 근본이니, 보잘것없는 자객을 어찌 이처럼 깊이 걱정하십니까?"

나타가 말없이 한참 동안 있다가 말하였다.

"과인은 하늘을 거스르는 자는 망하고 하늘을 따르는 자는 창성한다고 들었다. 과인이 이미 오대동천을 잃고 철목동을 비록 힘을 다하여 지켰으나 앞뒤로 수십 여 번 싸움에 조금도 이익이 없으니 이 어찌 하늘이 하는 바가 아니겠는가? 내가 견고히 지키고자 하면 이는 하늘을 거스르는 것이다. 또한 과인이 위험한 경우를 여러 번 겪었는데 양원수가 끝내 죽이지 않고 곡진히 살려주었으니 내가 지금 항복하지 않으면 이는 은혜를 배반하는 것이다. 하물며 양원수가 자객을 보내 정자를 취한 수단을 생각해 보면 이는 과인이 살아도 하늘을 거역한 사람을 면하지 못하고 죽어도 머리 없는 귀신을 면하기가 어려울 것이니 어찌 한심하지 않겠는가? 과인이 지금 마땅히 항복하리라.”
하고 즉시 성위에 항복의 깃발을 세우고 만왕이 흰 수레와 백기로
목에 도장 끈을 매고 나갔다.

양원수가 대군을 거느려서 진을 치고 군법으로써 항복을 받을 때
원수가 홍포금갑(紅袍金甲)에 대우전(大羽箭)을 차고 장대(將臺)에
오르자 왼편은 좌사마 청룡장군 소유경이오, 오른편은 우사마 백호장
군 홍혼탈이었다. 전부선봉 뇌천풍과 좌익장군 동초와 우익장군 마달
과 돌격장군 손야차 등 한 무리의 여러 장군들이 동서로 나누어 서
있었다. 질서정연한 깃발과 둥둥하는 북소리가 하늘을 가리고 땅을
흔들었다. 만왕이 얼굴에 수레 끈을 묶고 무릎으로 엉금엉금 기어가
머리를 두드리며 장막 아래에서 죄를 청하였다. 철목탑·아발도 등 여
러 만장들도 투구를 벗고 가지런히 장막 앞에 엎드렸다.

원수가 말하였다.

“너희들이 천명을 알지 못하고 변방을 시끄럽게 하였으나13) 나는
성지(聖旨)를 받들어 덕으로써 어루만지고 의로서 길을 인도하였다.
네가 만약 용기가 남았거든 또한 다시 싸워 볼 수 있겠느냐?”

만왕이 머리를 두드리며 말하였다.

“나타가 지금까지 생존한 것은 황제의 성덕이 하늘과 땅처럼 크고
원수의 넓은 은혜가 바다처럼 깊었기 때문입니다. 나타가 비록 오랑캐
의 사람이지만 또한 오장과 칠정을 타고 나서 하늘을 머리에 이고
땅에 서서 인류에 참여하고 있는 자입니다. 어찌 감화하여 마음속으로
복종하지 않겠습니까? 나타가 절역(絶域)에서 성장하여 인의를 알지

---

13) 변방을~ : 덕흥서림본의 ‘騷擾邊方’을 따랐다.

못하고 식견이 고루하여 스스로 부월의 죽임14)을 취하였습니다. 지금 나타의 머리카락을 던져서 나타의 죄를 따지더라도 오히려 헤아릴 수가 없습니다."

원수가 듣기를 마치고 얼굴빛을 바로 하여 말하였다.

"지금 천자가 위에 계셔서 성신문무(聖神文武)하시고 자인애휼(慈仁愛恤)하셔서 사해를 통치하시니 비록 풀과 나무, 짐승이라도 혜택을 입지 않는 것이 없다. 너희가 천명을 항거한다면 목숨을 보전하기 어렵고 왕의 교화에 감복하여 과연 마음으로써 복종한다면 천자가 틀림없이 용서를 해 주실 것이다. 마땅히 아뢰어 보고하여 처리하리라."

만왕이 머리를 두드리고 백배사례하여 말하였다.

"나타는 죽은 사람입니다. 비록 하늘이 크고 바다가 넓으나 어찌 감히 용서를 바라겠습니까?"

원수가 곧 진중에 만왕을 머물게 하고 대군 제장들을 거느리고 철목동에 들어가 파진악(罷陣樂)을 연주하여 군사를 크게 먹인 후에 첩서 한통을 지어 보내어 아뢰도록 하였다. 이어 집에 부치는 편지를 한 통 썼다. 홍랑이 근심하는 빛으로 말하였다.

"제가 오늘 생존함은 윤소저의 덕입니다. 죽거나 살아 있거나 간에 마음을 속일 수가 없으니 제가 생존해 있다는 소식을 전하고자 합니다."

원수가 웃으면서 그것을 허락하고 좌익장군 동초를 불러 말하였다.

"장군이 첩서를 받들고 속히 갔다가 돌아와서 대군이 변방에서 오래도록 머물지 않게 하라."

14) 斧鉞의 죽임 : 제후가 천자에게 죄를 입어 벌을 받음.

동초가 명령을 듣고 그날로 길에 올라 황성을 향해 갔다.

한편 이때 천자가 잠자고 먹는 것이 편안하지 않아 원수의 첩서를 고대하더니 동초가 표를 받들고 아뢰었다. 천자가 자신전(紫宸殿)에 임하여 동초를 탑 앞에 불러들여 보고 한림학사에게 명하여 원수의 표를 읽으라 하였다. 그 표는 이러하였다.

정남도원수 신 양창곡은 머리를 조아리고 황제 폐하께 백배 절하며 글을 올립니다. 엎드려 신이 황명을 받들어 남쪽을 정벌함이 이미 반 년이 지났습니다. 지혜가 얕고 재주가 짧아 천병이 먼 지방에 머물러 있사오니 진실로 황송하여 머리를 숙여 조아립니다. 신이 이달 아무 날에 황령(皇靈)이 미치는 바 만왕 나타에게 철목동 앞에서 항복을 받고 첩서를 급히 달려 아뢰옵니다. 마땅히 조서를 기다려 회군하겠습니다만, 신은 남방이 왕의 교화에서 멀고 풍속이 드세고 사나워 덕화로써 그것을 어루만지는 것이 옳으며 위력으로써 제압하는 것은 옳지 않다고 생각합니다. 만왕 나타가 비록 죄를 범하였으나 지금 이미 마음으로 복종하였고, 또 나타가 아니면 남방을 진압하여 평정할 자가 없습니다. 폐하께서는 나타의 죄를 용서하시고 왕호를 보존함으로써 성덕에 감복하게 하여 다시 배반하고자 하는 마음을 없도록 해 주시기를 엎드려 바라옵니다.

천자가 표문를 듣고 크게 기뻐하여 황각로와 윤각로를 돌아보고 하교하였다.

"양창곡의 장략은 제갈무후에 뒤지지 않습니다. 어찌 국가의 들보와 주춧돌이 아니겠습니까?"

동초를 전 위로 불러 말하였다.

"너는 어느 지방 사람이더냐?"

"신은 소주 사람입니다. 원수께서 장수가 될 인재를 선발한다는 것을 듣고 스스로 출전하기를 원하였습니다."

천자가 좌우를 돌아보고 그를 칭찬하였다. 또 군중(軍中)이 겪어온 여러 일과 양원수의 용병하는 술법을 물었다. 동초가 하나하나 아뢰자 천자가 크게 놀라 말하였다.

"양원수의 장략은 이미 내가 알고 있거니와 홍혼탈은 어떤 장수인가? 무예와 병법이 이와 같이 뛰어나니 이는 원수의 복이로다."

동초가 대답하였다.

"홍혼탈은 본래 중국 사람으로 남방으로 떠돌아다니다가 산중에서 술법을 닦았습니다. 나이가 지금 16세이고 사람됨이 의리와 기개를 숭상하고 용모와 풍채는 장자방[15]을 방불케 합니다."

천자가 두 번 세 번 거듭 칭찬하였다.

마침 교지왕(交趾王)의 상소가 도착하였다. 그 상소에 이르기를,

교지 남방 천 리 밖은 곧 홍도국(紅桃國)입니다. 예로부터 중국에 조공이 통하지 않았고 먼 지방의 오랑캐 나라라고 배척했으나 변방을 침범하는 일이 없었습니다. 이제 오랑캐 백여 부락과 체결하여 교지 지방을 침범하는 까닭으로 신이 토병(土兵)을 뽑아 쳐서 멸하려고 했으나 세 번 싸워 세 번 패하니 적의 형세가 가장 왕성하여 맞서 싸울 수가 없습니다. 폐하께서는 일찍 천병을 징발하여 평정하시기를 엎드려 바라옵니다.

15) 張子房 : 한 고조의 모사 장량(張良).

라고 하였다. 천자가 보고나서 크게 놀라 두 각로를 불러서 계책을 물었다. 황각로가 아뢰었다.

"적의 형세가 그토록 헤아리기 어려우니 용렬한 장수로서는 대적할 수가 없습니다. 양창곡에게 조서를 내리시어 군의 한 부대를 나누어 홍혼탈에게 주셔서 홍도국을 치게 하십시오. 창곡은 이미 공을 이룬 사람입니다. 대군을 오래 변방에 머물게 하는 것이 불가한 듯하오니 속히 회군하도록 하소서."

윤각로가 아뢰었다.

"홍혼탈은 천성을 알지 못하니 막중한 책임을 가볍게 허락할 수는 없습니다."

황각로가 아뢰었다.

"홍혼탈의 사람됨을 들으니 변방에서 불우하게 지내다가 이 난을 당한 때에 그 재능을 드러내서 입신양명을 하고자 하는 듯합니다. 폐하께서 만약 조서를 내리시어 그 사람을 뽑아 쓰시면 그 은혜를 보답하는 마음에 응당 태만하지 않을 것으로 생각합니다."

천자가 그 말을 듣고 곧 양창곡에게 조서를 내릴 때 동초를 호분장군으로 제수하여 밤에 길을 돌아가게 하였다. 이때 양원외가 아들의 개선을 고대하였더니 동초가 편지를 드리고 황급히 돌아갔다. 원외가 편지를 열어보니 안에 또 작은 편지가 있었는데 '윤소저' 라는 세 글자가 쓰여 있었다. 원외가 즉시 소저 침실로 보냈다. 소저가 어찌 홍랑의 필적을 모르리오? 두 번 세 번 놀라고 기뻐하여 급히 열어 보니 그 글에 이르기를,

천첩 강남홍은 윤소저의 장대(粧臺) 앞에 글을 올립니다. 제가 운명

이 기구해서 소저의 편애하는 덕을 입어 강 속에 놀란 혼이 산중에 의탁하여 운명이 매우 괴로웠더니, 하늘이 몰래 도와주셔서 옷을 바꾸어 입고 동자가 되고, 모습을 바꾸어 장수가 되어, 이미 끊어졌던 백년지기의 인연을 다시 삼군 진전의 장막 앞에서 이었습니다. 청루의 천한 사람이라 꾸짖지는 않을 것이오나 대낮에 모습을 바꾸는 것이 귀물과 다르지 않아 몹시 부끄럽습니다. 다만 은근히 그리워하고 자나 깨나 사모하였더니 세상에서 사별하였다가 세상에서 벗어난 곳에서 살아남게 되었습니다. 다시 존안을 모시고 가르침을 청하여 남은 삶을 보내고자 하오니 이것이 스스로 기뻐하는 바입니다.

라고 하였다. 윤소저가 일에 닥쳐서 당황하는 일이 없더니 뜻밖에 홍랑의 편지를 보고, 급히 연옥을 불러서 앞뒤를 바꾸어 말하였다.

"홍랑아! 연옥이 살아 있단다."

연옥이 어떻게 말할 바를 모르고 멍하니 대답이 없었다. 소저가 다시 웃으며 말하였다.

"내 말이 거꾸로 되었구나. 연옥아! 너의 옛 주인 홍랑이 살아 있어 편지를 부쳤으니 어찌 신기하지 않느냐?"

연옥이 말을 듣고서 당황하여 말하였다.

"그게 무슨 말씀이신지요?"

하고 소저의 앞에 달려가 흐느껴 울었다. 소저가 그 마음을 딱하게 여겨 등을 어루만지며 위로하였다.

"죽고 사는 것이 운명에 달려 있고, 행복과 불행이 하늘에 달려 있느니라. 홍의 안색이 온화하고 길한 까닭으로 마음속으로 반드시 물속의 외로운 혼이 되지 않았으려니 생각했더니 과연 이렇게 살아 있었구나."

편지를 읽어 연옥이 그것을 듣게 하자 옥이 기쁨이 지극하여 미친 듯하여 눈물을 뿌리며 웃음을 띠고 말하였다.

"천비가 옛 주인을 보지 못한지가 어언 삼 년입니다. 어떻게 하면 빨리 볼 수 있겠습니까?"

"상공이 곧 회군하실 것이니 자연히 함께 돌아올 것이다."

연옥이 웃으며 말하였다.

"상공이 돌아오시는 날에 천비가 남쪽 교외에 나가서 옛 주인을 마중하여 인사드리고 싶으나 다만 깨끗한 옷이 없으니 백만의 군사 앞에 어찌 부끄럽지 않겠습니까?"

윤소저가 웃으며 말하였다.

"그 편지를 보니 모습을 바꾸어 장수가 되었다고 하니 그 종적을 틀림없이 숨길 것이다. 잠시 누설하지 말라. 아무튼 앞으로의 형편을 보자꾸나."

다음날에 천자가 다시 하교하기를,

"짐이 다시 생각해 보니 도둑의 기세가 가볍지 않도다. 일개 편장[16]을 시켜 토벌하게 할 수는 없느니라. 다시 양창곡에게 조서를 내려서 힘을 합쳐서 평정하도록 하라."

하고 즉시 양원수에게 조서를 내렸다. 조서에 이르기를,

경은 주나라의 방소[17]요 송나라의 한부[18]라, 덕망이 조정에 들리고

---

16) 偏將 : 대장을 돕는 한 방면의 장수.
17) 方召 : 주선왕(周宣王)의 현신인 방숙(方叔)과 소호(召虎)를 합칭한 말이다.
　　方叔 : 주선왕 때의 경사(卿士)로서 왕명을 받아 북쪽으로 험윤(玁狁)을 정벌하고 남쪽으로 형초(荊楚)를 정복하여 공로를 세웠다.
　　召虎 : 소호는 주 선왕의 명을 받고 회이(淮夷)를 평정한 소목공(召穆公)으로,

위엄이 변방에 떨쳐서 버러지 같은 만(蠻)과 형(荊)이 높은 소문을 듣고 차례로 무너졌도다. 지금 이후로 짐이 높은 베개를 베고 걱정이 없을까 하였더니, 이어서 홍도국의 급한 보고가 들리니 도둑의 형세가 가볍지 않도다. 경은 회군하지 말고 즉시 교지를 향하여 도적을 토벌하여 평정하고 돌아오라. 짐이 덕화가 부족하여 경으로 하여금 우설양류19)의 수고를 하게하고 먼 변방에서 전쟁을 하게하여 오랫동안 가족을 그립게 하니, 고개를 남쪽으로 돌림에 부끄럽기가 그지없도다. 이제 경으로써 특별히 우승상 겸 정남대도독을 삼노니, 부원수 홍혼탈을 거느리고 형편에 따라 일을 처리하여 짐의 뜻을 저버리지 말라. 만왕 나타는 그 죄가 비록 무거우나 잠시 용서하노니 이에 왕의 호칭을 가지고 남쪽 지방을 다스리되 도리에 벗어난 마음을 품지 않도록 하라.

라고 하였다. 또 홍혼탈에게 조서를 내리니 조서는 어떠한가? 또한 아래 회를 보라.

그를 기린 내용이 『시경, 대아(大雅), 강한(江漢)』에 나온다.
18) 韓富 : 송(宋) 나라의 명재상인 부필(富弼)과 한기(韓琦)를 가리킨다.
　　韓琦 : 송조(宋朝)의 명신. 뒤에 위국공(魏國公)에 봉해졌음. 『宋史 卷三百十二』
　　富弼 : 송나라 때의 명신. 부공헌납(富公獻納)-부필이 거란(契丹)에 사신으로 가서 헌(獻) 자와 납(納) 자를 쓰는 일을 가지고 거란의 임금과 다툰 일을 말한다.
19) 雨雪楊柳 : 시간이 많이 지남을 말한다. 『악부시집(樂府詩集), 횡취곡사(橫吹曲辭), 우설(雨雪)』조에 "옛날 내가 갈 때에는 버드나무가 휘늘어졌더니, 지금 내가 돌아올 때는 비와 눈이 펄펄 내리네(昔我往矣 楊柳依依 今我來思 雨雪霏霏)"라고 하였다.

제19회 | 자객이 의리에 감동하여 황부에 욕을 보이고, 선랑이 수레 하나로 강주를 향하다

한편 천자가 친필로 홍혼탈에게 조서를 내렸다. 조서에 이르기를,

짐이 덕이 적어서 보위에 오른 지 지금 4년이 됨에 훌륭한 인재를 뽑아 쓰지 못한 후회가 있어, 온 초야에 포옥(抱玉)의 눈물[1]이 많도다. 경 같은 절세의 재주로 먼 지방을 떠돌아다녀 조정에 이르지 못하고 자취가 오랑캐 땅에 묻혔으니 이는 짐의 허물이다. 상천이 말없이 도우시고 종묘사직에 복이 많아서 위수 가에서 낚시하는 것을 거두고 주(周)를 돕고[2], 보검을 숨기고 한계를 건너 한(漢)으로 돌아갔으니[3]

---

1) 抱玉의 눈물 : 옛날 변화(卞和)가 형산에서 옥돌을 얻어 임금에게 바쳤으나, 돌이라 하여 발꿈치를 베는 형벌을 당했다. 이러기를 두 번이나 한 후에야 비로소 옥돌임이 밝혀졌다. 이것이 이른바 화씨벽(和氏璧)이다. 훌륭한 인재를 알아주지 않는 한.
2) 위수~ : 강태공(姜太公)이 위수(渭水) 가에서 낚시질하는 것을 주 문왕(周文王)이 맞아 온 일이 있다.

이는 장군의 의기가 탁월한 것이요, 상천이 짐을 돌아보아서 특별히 어진 인재를 내려 주셨기 때문이다. 이미 큰 공을 세웠으니 마땅히 단서철권4)에 그 훈업을 논하고 다시 청사죽백5)에 그 성명을 드러내려니와 홍도국이 다시 변경을 침범하여 형세가 창궐하니 경이 아니면 평정할 수 없을 것이다. 경을 특별히 병부시랑겸정남부원수로 임명하노니 대도독 양창곡과 대군을 거느리고 교지로 가서 다시 대첩의 공을 이루도록 하라. 전포 한 벌과 활과 화살, 절월6)과 부원수의 인끈을 내려 보내니 경은 공경히 받을지어다.

라고 하였다. 천자가 즉시 천사 한 사람에게 명령하여 조서를 싸서 길에 오를 것을 재촉하여 밤을 새워 급히 달려가라 하였다. 천사가 조정에 하직하고 즉시 남방을 향하였다.

한편, 선랑이 봄바람과 가을 달 같은 자태로 뜻하지 않은 변을 당하여 더러운 이름과 죄악을 씻지 못하고 하소연할 곳이 없어서 죄인으로

----

3) 보검을 숨기고~ : 장량(張良)에게 보검(寶劍)을 얻고 설득을 당한 한신(韓信)은 항우를 배반하고 한중(漢中)으로 유방을 찾아 갔다. 탈출할 때 진평(陣平)이 준 관문 통과 표신을 가지고 숨겨간 보검으로 관문을 지키는 군사들을 죽이고 나무꾼이 가르쳐 준 한계(寒溪)를 지나는 은밀한 길로 항우의 추격을 벗어나 한고조 유방에게 가서 그를 도와 대업을 이룩하는데 큰 공을 세웠다.
4) 丹書鐵券: 쇳조각에 지워지지 않게 붉은 글씨를 써서 공신에게 주어 그 자손이 죄를 지어도 죄를 면하도록 하던 일종의 증서이다. 『漢書 高帝紀』
5) 靑史竹帛 : 역사를 말함. 옛날 대쪽에 문자를 기록할 때에 대의 푸른빛을 빼내고 나서 썼기 때문에 살청(殺靑) · 한청(汗靑)에서 어원이 생겼음.
竹帛 : 옛날에는 종이가 없어 대쪽과 비단에 글을 썼는데, 죽백은 역사를 기록한 책을 말한다.
6) 節鉞 : 지방의 관찰사 · 유수 · 병사 · 수사 · 대장 · 통제사 등이 부임할 때 임금이 내어주던 절(節)과 부월(斧鉞). 절은 수기(手旗)와 같고 부월은 도끼와 같이 만든 것으로 생살권(生殺權)을 상징함.

자처하고 자취가 문밖을 나가지 않은 지가 이미 반년이었다. 밤에는 외로운 등불을 향하니 심사가 쓸쓸하여 잠을 이루지 못하고, 낮에는 문을 닫고 슬픈 눈물이 줄줄 흘러서 저도 모르게 옷깃을 적셨다. 그러나 남은 액이 다하지 않고 조물이 시기하여 또 한바탕 풍파를 일으키니 슬프다, 그 신세가 참으로 참혹하구나!

이때 위씨 모녀가 간특한 마음과 간교한 음모로 다시 선랑을 해칠 것을 모의하였으나 일이 뜻대로 되지 않아 심사가 괴롭다가 황소저가 짐짓 병을 핑계로 본부에 거처하여 밤낮으로 한 생각이 초조하고 급하였는데 문득 양원수가 회군한다는 소식을 듣고 위씨가 소저에게 말하였다.

"원수가 회군한다는 것은 좋은 소식이 아니니 너는 장차 어떻게 처신할 것이냐? 악물이 독을 품은 지가 이미 오래되었으니 원수가 집으로 돌아오면 복수할 일이 장차 어느 지경에 이를 것이겠느냐?"

소저가 머리를 숙이고 대답하지 않자 춘월이 웃으면서 말하였다.

"겨울이 가면 봄이 오고, 그릇이 가득차면 엎어지는 것은 옛날부터 흔히 있는 일입니다. 부인이 전날에 행하신 일이 어긋나서 부질없이 쓸데없는 심려를 하십니다."

위씨가 탄식하며 말하였다.

"너는 소저의 심복인데 죽고 사는 환란에 어찌 같이 길가는 사람 보듯 할 수가 있느냐? 소저는 천성이 어질고 약하여 도무지 멀리 생각을 하지 않는다. 너는 어째서 묘책을 생각하여 내놓지 않느냐?"

춘월이 말하였다.

"속담에 이르기를 '풀을 베려거든 뿌리까지 없애버리라'라고 하였는데 부인께서 화근을 묻어 두시고 방책을 물으시니 천비인들 장차 어찌 하겠습니까?"

위씨가 춘월의 손을 잡고 말하였다.

"이것이 정녕 내가 근심하는 바이다. 어떻게 하면 뿌리를 뽑을 수 있겠느냐?"

춘월이 대답하였다.

"오늘의 풍파가 아직도 결말나지 않은 것은 선랑을 죽이지 않았기 때문입니다. 초패왕을 죽여야 팔년의 풍진이 잠잠해질 것이니,[7] 부인이 엄중자의 백금[8]을 아까워하지 않으시면 제가 마땅히 장안을 두루 돌아다녀 섭정의 예리한 칼[9]을 도모할 수 있습니다."

소저가 이 말을 듣고 한동안 말이 없다가 말하였다.

"이 일은 매우 큰일이라 불가한 것이 두 가지 있다. 깊고 엄중한 재상의 집에 자객을 들여보내는 것이 매우 경솔하니 불가한 것의 하나요, 내가 선랑을 모해하고자 하는 바는 그 미모를 시기하고 그 은총을 시기하는 것에 지나지 않은 것이라, 지금 자객을 보내어 그 머리를 취하면 흔적이 낭자하여 비록 나의 원한을 씻을 수 있으나 여러 사람의 이목을 어찌 피할 수 있겠는가? 이것이 불가한 것의 두 번째다. 춘월은 다시 다른 계책을 생각하라."

<hr>

7) 八年風塵 : 오랜 세월 동안 고생함을 이르는 말. 유방이 8년을 고생한 끝에 항우를 물리치고 천하를 제패한 것에서 유래함.

8) 嚴仲子의 百金 : 엄중자는 한(韓)나라 때 대신으로 재상 협루(俠累)와 원수지간이 되어 자기 대신 협루를 죽여줄 사람을 찾던 중 섭정을 발견하고, 찾아가서 백금을 주며 의뢰를 하였으나 섭정이 늙은 어머니를 모셔야 한다고 거절하였다가 후에 섭정이 어머니가 죽은 뒤 협루를 죽였다.

9) 섭정의 예리한 칼 : 전국 때 한나라의 협객(俠客). 자신의 지기 엄중자를 위해 한 나라의 정승 협루를 죽이고는 스스로 자신의 얼굴 가죽을 벗기고 눈알을 뽑아낸 다음 배를 갈라 자살하였다. 『사기, 자객열전』

춘월이 웃으며 말하였다.

"만약 이와 같이 겁을 내신다면 소저께서는 어찌 별당에 남자를 보내고 독약을 구하여 죄없는 사람을 해치셨습니까? 제가 들으니 선랑이 죄인을 자처하여 짚을 짠 자리에 베옷을 입고 초췌한 안색과 불쌍한 모습으로 원수가 집에 돌아오심을 손꼽아 고대한다고 합니다. 비록 장부가 철석간장이나 자나 깨나 잊지 못하는, 새로 사귄 정이 미흡한 사랑하는 여자의 이 같은 모습을 본다면 어찌 마음이 상하고 창자가 끊어지지 않겠습니까? 측은한 처지에서 인정이 배로 생겨나고 처량한 중에 아끼는 마음이 더욱 더해지니, 슬프다! 소저의 신세는 이제 쟁반에 구르는 구슬이 될 것입니다."

황소저가 갑자기 안색이 흙빛이 되어 한동안 춘월을 바라보고 있자 춘월이 또 탄식하여 말하였다.

"벽성선은 진실로 당돌한 여자입니다. 근래에 그 말을 들으니 '황소저가 비록 지혜와 꾀가 있으나 틀림없이 근원 없는 물이라. 그 물이 마르는 것이 반드시 머지않아 있을 것이니 비록 동해가 변하고 태산이 무너지더라도 양원수와 벽성선의 정의 뿌리는 금석과 같이 견고하다'라고 했답니다."

소저가 발끈하고 크게 노하여,

"나와 천기가 마땅히 이 세상에 함께 살지 않을 것이다."

하고 백금을 즉시 춘월에게 주며,

"너는 속히 계책을 행하라."

라고 하였다.

이에 춘월이 변복을 하고 장안을 두루 돌아다니면서 자객을 널리 구하다가, 하루는 한 늙은 여자를 데리고 와서 부인에게 보였다. 위씨가 그 노파를 보니 신장이 오척이요, 흰머리와 번쩍이는 눈에 의협의 기운이 분명하여 좌우를 물리치고 물었다.

"노파의 나이가 얼마나 되며 성명은 무엇인가?"

노파가 대답하였다.

"저의 나이는 칠십입니다. 성명은 반드시 기억할 필요는 없으나 평생에 의기를 좋아하여 불쾌한 일을 들으면 항상 급히 달려가 구해 주는 성격입니다. 우연히 춘월을 만나 부인과 소저의 일을 상세히 듣고 몹시 측은하였습니다. 힘을 다하여 불편한 마음을 씻을 것이나 살인으로 원수를 보복하는 것은 중대한 일입니다. 만약 한 터럭이라도 속이는 일이 있으면 도리어 그 화를 받게 되니 부인은 심사숙고하십시오."

위부인이 탄식하여 말하였다.

"노파는 의기가 있는 사람이로다. 내가 어찌 잡스런 마음이 있어 인명을 살해하리오?"

술과 안주로 대접하며 그 생각을 말하였다.

"아녀자의 투기는 인간사에 항상 있는 일이고, 어미가 되어 항상 웃으며 그만두게 하고 꾸짖어 경계하여 어찌 원수를 보복할 뜻이 있으리오마는 오늘의 일은 천고에 없는 일이라. 내 딸아이가 본래 어리석고 어두워 세상의 투기가 무슨 일인지도 모르더니 간특한 사람의 수중에 들어 일차 중독된 후에 병이 골수에 들었을 뿐 아니라, 시댁으로 돌아가기를 두려워하여 종신토록 늙은 어미의 슬하에 있고자 하니 내가 어찌 그 꼴을 차마 볼 수 있겠는가? 밤낮으로 생각해 보니 양씨 집안의 흥망이 여아의 평생에 있다네. 요사한 기녀를 양씨 집으로 들인 후로부터 집안에 괴변이 층층이 생겨 나오고 요란한 말이 형언할 수가 없으니 딸아이의 신세는 물론이고 양가의 한 가문이 패망할 우환을 면치 못할 것일세. 노파가 이미 의기를 좋아하니 한 번 삼척의 서릿발 같은 칼을 던져 양씨 일문의 위기를 구하고 딸아이의 평생의 일을 위하여 그 화근을 제거해 주면 마땅히 천금으로 그 은덕에 보답하겠네."

노파가 위씨의 기색을 한참 보고나서 웃으며 말하였다.

"일이 이와 같다면 문제될 것이 없습니다. 이미 춘월에게 들었사오니 수일 후 다시 칼을 가지고 오겠습니다."

위씨가 크게 기뻐하여 백금으로써 먼저 정을 표현하자 노파가 받지 않으며 말하였다.

"이는 급한 일이 아니니 성공한 후에 주십시오."

수일 후 노파가 작은 칼을 품고 먼저 황부로 가서 위부인과 소저를 만나보고 밤을 타 양부로 갈 때, 춘월이 양부의 담장 밖에 이르러 후원의 문과 별당의 길을 지시하고 곧 황부로 돌아갔다.

이때는 삼월 중순이었다. 날씨가 아주 좋아 달빛은 환하게 비치는데 노파가 칼을 끼고 담을 넘어 좌우를 둘러보니 후원이 그윽하여 과일나무가 숲을 이루었는데 살구꽃은 이미 지고 복숭아꽃은 만발하였다. 쌍쌍의 백학은 소나무 아래에서 자고 층층의 석대는 푸른 이끼에 잠겼으며 실과 같은 길 하나가 달 아래에 희미하였다. 자취를 감추어 몰래 들어가 석대에 서자 동서 별당이 좌우에 늘어서 있고 한 둥근 문[月門]이 닫히어 적적하였다.

동쪽 별당을 지나 서쪽 별당에 이르러 칼을 집고 몸을 날려 담을 넘어 들어가자 행각이 좌우로 첩첩하였다. 춘월이 가르쳐 준대로 행각 제1방에 이르러 보니 침실문은 닫혀있어 적적하고 곁에 작은 창이 있어 불빛이 은은히 비치었다. 몰래 창문 틈을 엿보니 두 명의 여자 하인은 불 아래에서 잠이 들고 한 미인이 자리에 누워 있었다. 자세히 보니 풀로 엮은 자리 위에 남루한 의상과 수척하고 때 묻은 얼굴이 매우 초췌하고 아름다워서 몽롱한 봄잠에 살짝 두 눈을 감았으나 무궁한 근심스런 얼굴빛은 이마에 깊게 잠겨 양대에서의 운우지정의 초나라 양왕의 꿈[10]이 아니요, 방초우거진 강담[11]에 굴삼려[12]의 근심을 띠었다. 노파가 의아해하며 마음속으로 가만히 생각하되,

'내가 70세 늙은 눈으로 많은 세상일을 겪어 한 번 인정과 물태를 보면 대개 그 뜻을 아는데 이와 같은 미인이 어찌 그런 행동을 하리오?' 하고 다시 더 자세히 보았더니 문득 길게 탄식하고 돌아누워 옥 같은 팔을 이마 위에 얹고 잠을 잤다.[13] 노파가 한참을 보면서 자세히 살피니 헤진 옷을 잠깐 걷음에 옥 같은 팔이 반쯤 드러나는데 하나의 붉은 점이 불빛에 완연하여 하늘의 구름사이에 있는 선학이 정수리의 붉은 점을 드러낸 것과 같고, 망제의 원혼[14]이 붉은 피를 토하고 우는 것과 같아 보통의 붉은 점이 아니라 분명 이것은 앵혈 한 점이었다. 노장이 심장이 차고 쓸개가 떨어지는 듯하여 칼을 들고 스스로 생각하되,

'여자의 투기는 예부터 있었으나 증자의 살인[15]과 효기의 불효[16]는

<hr />

10) 陽臺에서의 운우지정~ : 전국 시대 초 회왕(楚懷王)이 고당(高唐)에서 놀다가 낮잠이 들어 꿈속에서 무산(巫山)의 여신과 동침하였는데, 그 여신이 떠나면서 하는 말이 "첩은 무산의 남쪽 높은 산골짜기에 있는데 새벽에는 아침구름이 되고 저물녘에는 지나가는 비가 되어 아침저녁으로 양대의 아래에서 지냅니다" 라고 하였다고 한다. 『문선(文選), 권 제19 고당부(高唐賦)』
11) 江潭 : 호수가 많은 양자강 일대. 여기서는 굴원이 투신한 멱라수(汨羅水).
12) 屈三閭 : 춘추시대 초나라의 굴원(屈原).
13) 이마 위에~잠을 잤다 : 덕흥서림본의 '加於額上而因寢'을 따랐다.
14) 望帝의 冤魂 : 귀촉도. 불여귀. 망제의 넋이 이 새가 되었다고 전한다.
15) 曾子의 살인 : 증자의 어머니가 베를 짜고 있을 때 누가 와서 증자가 살인을 했다고 했다. 증자의 어머니는 '내 아들이 살인을 할 리가 없다'고 했으나 다른

노신이 불쾌하게 여기는 바이다. 내가 항상 의기를 좋아하니 이와 같은 사람을 구하지 않으면 용렬한 여자가 됨을 면치 못하리라.'

하고 칼을 들고 문을 열어 곧바로 들어가자 미인이 크게 놀라 일어나 앉아 여자 하인을 불렀다. 노장이 웃으며 칼을 던지고 말하였다.

"낭자는 놀라지 마시오. 어찌 양원의 자객17)이 원중랑18)을 구하지 않으리오?"

"노장은 누구요?"

"노신은 황부에서 보낸 자객입니다."

"낭이 황부에서 왔으면 왜 내 머리를 베어 가지 않습니까?"

"노신의 생각은 장차 당연히 들으시게 될 것이니 먼저 낭자의 처지를 말씀해 보시오."

미인이 웃으며 말하였다.

"노장이 이 사람을 죽이고자 왔으니 어찌 그 까닭을 알지 못합니까? 저는 천지간에 죄인입니다. 무슨 다른 말이 있겠습니까?"

노장이 한숨을 쉬며 탄식하여 말하였다.

"낭자의 소회는 마땅히 알 수 있겠지만 나는 본래 낙양사람입니다.

··

두 사람이 차례로 와서 증자가 살인을 했다고 하자 그 어머니가 베틀에서 내려와 담을 넘어 도망을 했다고 한다. 여러 사람이 같은 말을 하면 사실로 믿게 된다는 이야기이다.

16) 孝起의 불효 : 孝既는 孝己의 오기이다. 孝己는 殷 나라 고종(高宗, 戊乙)의 아들로 현명하고 효성스러웠으나 계모의 참소로 쫓겨나서 죽었다고 한다.

17) 梁園刺客 : 양원자객(梁園刺客)의 오기. 양왕이 보낸 자객.

18) 袁中郎 : 한나라 문제 때의 명신 원앙(袁盎). 경제의 동생 양왕(梁王)이 황세제(皇世弟)가 되고자 하는데 원앙이 반대한 것에 원한을 품고 자객을 보내어 죽이려 하였으나, 자객이 원앙을 칭찬하는 여론을 듣고 감동하여 원앙에게 사실을 말하고 자객을 조심하라고 하였다.

어렸을 때 청루에서 놀아 일찍이 검술을 배웠더니 나이가 듦에 문전에 찾아오는 사람이 드물고 풍정(風情)이 다하되 오직 한 가지 의협심만 남아 도문(屠門)에 의지하여[19] 살인으로 원수를 갚는 것으로 일을 삼더니 황가 늙은 할미의 말을 잘못 듣고 하마터면 죄 없는 여자를 죽일 뻔 하였구려."

미인이 놀랍고 기뻐서 말하였다.

"나도 낙양 청루의 사람으로 운명이 사나워 강주(江州)를 떠돌다가 이곳에 이르렀으나 기생의 천한 자취로, 첩이 되어 남편을 잘 모셔야 하는 책임을 닦지 못하고 주모에게 죄를 얻었으니 의기가 있는 자의 칼머리에서 죽는 것이 마땅합니다. 노파의 용서는 잘못입니다."

노파가 더욱 크게 놀라 말하였다.

"그렇다면 낭자의 이름이 벽성선이 아닙니까?"

"노파가 어떻게 저의 이름을 압니까?"

노파가 선랑의 손을 잡고 눈물을 머금으며,

"내가 이미 낭자의 아리따운 이름을 들어 결백한 지조를 우레처럼 귀에 익히 들었는데 황가의 노부가 하늘을 속이고 귀신을 속여 요조숙녀를 이와 같이 모해하고 있습니다. 내 수중에 있는 칼날이 무디지 않으니 요사하고 간사한 여자들의 피로 검신(劍神)을 위로하고자 합니다."

하고는 떨치고 일어났다. 선랑이 그 소매를 잡고 말하였다.

"낭은 잘못입니다. 아내와 첩의 구분은 임금과 신하의 의리와 같으니 어찌 그 신하된 자가 그 임금을 해칠 수 있겠습니까? 이는 의리가

<hr>

19) 도문에~ : 청부살인을 하는 일에 종사하게 되었다는 말.

있는 일이 아닙니다. 노파가 만약 고집을 피운다면 저의 목의 피로써 먼저 낭의 칼을 더럽힐 것입니다."

말을 마침에 당당한 기세가 서리와 같고 해와 같았다. 노파가 또 감탄하여,

"낭자의 이름이 헛되이 전하는 것이 아니군요. 십년의 한 칼을 황부(黃府)에 시험하지 못하니 마음속이 매우 불평하나 낭자의 얼굴을 보아 노부(老婦)를 용서할 것이니 낭자는 천만번 보중하시오."

하고는 칼을 들고 훌쩍 나가는데 선랑이 거듭 몸을 굽혀 부탁하였다.

"노파가 만약 저의 주모를 해치면 저의 목숨도 같은 날 다할 것이니 깊이 생각하시고 저버리지 마십시오."

노파가 미소를 지으며,

"제가 어찌 한 입으로 두 말을 하겠습니까?"

하고는 칼을 들고 담을 넘어 황부에 이르니 동쪽이 이미 밝았다. 춘월 노주(奴主)가 조급해하며 고대하다가 노파가 돌아온 것을 보고 춘월이 나가 말하였다.

"어찌 이리 더디며 천기의 머리는 어디에 있습니까?"

노파가 냉소를 짓고 왼 손으로 춘월의 머리채를 잡고 오른 손으로 서리 같은 칼날을 들어 부인을 가리키며 한참동안 흘겨보다가 크게 꾸짖었다.

"간악한 늙은 할미가 편협한 요부를 도와 현숙한 여자를 모해하였구나. 내 수중에 있는 세 자 의 칼로 네 목을 베고자 하였더니 선랑의 충직한 마음에 감동하여 내가 용서하거니와 선랑의 재능과 기예와 절개와 지조는 해가 비추고 푸른 하늘이 아는 바이다. 십년동안의 청루 생활에서 한 점의 붉은 점은 옛일에서 찾아도 또한 찾기가 어렵

거늘 네가 선랑을 해하고자 한다면 내가 비록 천만 리 밖에 있더라도 이 갈을 갈고 기다릴 것이다.”

말을 마치고는 춘월을 끌고 문 밖으로 나왔다. 황부의 상하가 크게 놀라 요란하여 수십의 창두가 함께 소리치며 나가 노파를 잡으려 하자 노파가 크게 꾸짖으며,

“너희들이 만약 나를 범하고자 한다면 먼저 이 여자를 죽일 것이다.”

라고 하여 좌우가 감히 손을 쓰지 못하였다. 노파가 춘월을 끌고 큰 길로 나와서 크게 외치기를,

“천하에 열성(熱性)과 의기가 있는 사람이 있으면 귀를 기울여 내 말을 들으시오. 나는 자객이오. 황각로 부인 위씨가 그의 간악한 딸을 위해 악한 일을 도와서 시비 춘월로 하여금 천금을 써서 노신을 구하여 양승상 소실 선랑의 머리를 베게 하였소. 노신이 즉시 양부에 가서 선랑의 침실에 이르러 그 동정을 엿보니 선랑이 풀 자리와 베 이불에 남루한 의복으로 촛불 아래 누웠는데, 팔위에 붉은 점이 지금까지 뚜렷하였소. 노신이 평생에 의기를 좋아하다가 간사한 사람의 말을 잘못 듣고 정숙하고 아름다운 여인을 실수로 거의 죽일 뻔 했소. 모골이 어찌 오싹 하지 않겠소? 노신이 이 칼로 위씨 모녀를 죽여서 선랑의 화근을 제거하고자 하였더니, 선랑이 지성으로 만류하고 말이 강개해서 의리가 매우 엄하였지요. 아! 10년 청루에 앵혈이 분명한 여자를 음란한 여자로 지목하고 원수의 참혹하고 악독함을 잊고 처첩의 본분을 굳게 지키는 의리가 정대한 여자를 간사한 사람이라 하니 어찌 한심하지 않겠소? 내가 선랑의 충고에 감동하여 잠시 위씨 모녀를 버려두고 돌아가려 하니, 만약 앞으로 소문을 듣지도 못하고 알지 못하는 자객이 위씨의 천금을 욕심내어 선랑을 해치는 자가 있으면

내가 반드시 듣고 볼 것이오."

하고 이에 칼을 들어 춘월을 가리켜,

"너는 천한 사람이라 말할 필요가 없거니와 또한 오장육부를 가진 여자다. 대낮에 감히 어질고 정숙한 아름다운 사람을 해치고자 하느냐? 내가 이 칼로 즉시 너를 죽이고자 하지만 다시 생각해 보니 후일에 황씨의 흉악한 절차를 증명해 줄 수 있는 곳이 없는 까닭으로 한 가닥 보잘 것 없는 목숨을 잠시 붙여 두니 그렇게 알아라."

하고는 서릿발 같이 칼을 번뜩이자 춘월이 땅에 엎드려 기절하고 노파는 간 곳이 없었다. 좌우가 크게 놀라 춘월을 자세히 보니 흐르는 피가 낭자하고 두 귀와 코가 없었다. 이로부터 노파의 소문이 도읍 내에 자자하여 선랑이 죄 없이 죄를 뒤집어 쓴 것과 위씨 모녀의 간악함을 모르는 사람이 없었다.

한편, 황부의 창두가 부중에 춘월을 업고 들어갔다. 이때 위씨 모녀가 노파의 기세를 보고 몹시 두려워하다가 춘월의 모양을 보고 더욱 놀라서 금창약(金瘡藥)을 구하여 급히 상처 난 곳을 치료하였다. 위씨가 가만히 생각하기를,

'천지신명이 돕지 않음인가? 경륜이 밝지 못함인가? 어찌 내가 보낸 자객이 도리어 나를 해치고 그 원수를 보호할 줄을 생각했겠는가? 더욱 몹시 분한 것은 세 차례 꾀를 써서 하나도 뜻과 같이 되지 않고 딸아이를 위하여 눈 속에 든 못을 빼 주고자 하다가 도리어 아름답지 못한 이름을 얻어서 들리는 소문이 낭자하니 그 어미 된 자가 어찌 부끄럽지 않겠는가? 만약 선랑을 이 세상에 살아 있게 한다면 우리 모녀가 차라리 먼저 죽어서 모두 모르는 것이 낫겠다.'

하고 다시 한 계획을 생각하여 자기 침실에 춘월을 눕히고 각로가

내당에 들어오는 것을 기다려서 다시 꾀를 내려고 하였다. 각로가 부인과 소저가 실심하여 앉아 있는 것을 보고 이상하게 여겨 묻기를,

"부인은 무슨 편치 않은 일이 있습니까?"

위씨가 말하였다.

"상공은 참으로 귀머거리 소경이라고 말할 만합니다. 한 집안에서 밤사이에 일어난 풍파를 알지 못하십니까?"

각로가 몹시 놀라서 말하였다.

"무슨 풍파가 있었소? 속히 말해 보시오."

부인이 손을 들어 춘월을 가리키며 말하였다.

"이 모습을 보소서."

각로가 눈을 씻고 자세히 보니 한 여자가 흐르는 피가 얼굴에 가득하고 두 귀와 코가 없어서 차마 똑바로 볼 수 없었다. 크게 놀라 물었다.

"이 아이는 누구요?"

좌우에 모시고 있던 사람들이 대답하였다.

"시비 춘월입니다."

각로가 실색하여 그 까닭을 묻자 위씨가 수심에 잠겨 말하였다.

"세상에 가장 두려운 것은 간악한 사람입니다. 여아가 혼암하여 벽성선과 부질없이 혐오와 원망이 있어서 절로 그 화를 취한 것이니 악독한 경륜과 흉악한 행동거지가 어찌 이러한 지경에 이를 줄 알았겠습니까? 도리어 처음에 독약을 마셨을 때에 조용히 죽는 것이 나을 뻔했습니다."

"그게 무슨 말이오?"

"지난 밤 삼경에 한 자객이 저의 모녀 침실에 쳐들어왔다가 춘월에게 쫓겨서 저의 모녀는 지금 비록 성명을 보존하였으나 춘월이 이처럼

중상을 당했으니 고금의 천지에 아직 듣지 못한 변괴입니다. 그 일을 생각하면 아직도 살이 떨립니다.”

“어떻게 선랑이 한 짓임을 아시오?”

“제가 어찌 알 수 있겠는가마는 이른바 봄 꿩이 절로 우는 격입니다. 그 자객이 문 밖을 나와서 크게 소리치며,

‘나는 자객이다. 황씨를 구하기 위하여 선랑을 죽이고자 양부에 이르렀다가 선랑의 무죄를 알고 위씨의 모녀를 죽이러 왔다.’

고 하였습니다. 이것이 어찌 천기의 간악한 계책이 아니겠습니까? 또한 제가 자객을 보내어서 그 뜻을 이루면 저의 모녀를 죽이고, 만약 불행히 이루지 못하면 흉악한 죄목으로 저의 모녀에게 화를 떠넘기려고 한 것이 어찌 아니겠습니까?”

각로가 다 듣고 크게 화가 나서 형부에 기별하여 자객을 쫓아가 체포하고 다시 폐하께 주달하여 선랑을 처치하고자 하자 위씨가 말리며 말하였다.

“전날 상공이 선랑의 일로 황상께 말씀드리되 끝내 그 죄를 다스릴 수 없는 것은 다른 것이 아닙니다. 그 말이 공적인 일이 아니어서 조정에서 사사로운 연고가 있음을 의심해서입니다. 상공의 중한 체통으로 구구한 마음을 지금 또 우러러 아뢰는 것이 혹 불가할 듯합니다. 간관 왕세창은 저의 이종 조카이니 조용히 불러 의논하면 이는 법망에 관계되는 일이요, 풍속을 헤치는 일이니 한 장의 표를 올려 기강을 바르게 하는 것이 또한 간관의 직분일까 합니다.”

각로가 그 말을 좋다고 여겨 곧 세창을 불러 의논하자 세창은 본래 중심이 없는 자라 어렵지 않게 승낙하고 갔다. 위씨가 다시 가궁인을 청하여 인사의 예를 마치고,

“우리가 서로 만난 것이 이미 오랩니다. 매번 지난날의 일을 생각하면 슬픈 마음이 있을 뿐이 아니라, 오늘 특별히 병자를 위하여 그대에게 약을 구하고자 한 까닭으로 오로지 이렇게 오라고 청한 것입니다.”
하고는 춘월을 가리키며 말하였다.

“이 시비는 딸아이의 심복 하녀인데 주인을 대신하여 횡액을 당하여 거의 자객의 칼끝에 원혼이 되었다가 지금 비록 목숨을 보존하고 있으나 얼굴에 상처가 나서 놀람을 이길 수 없습니다. 신약(神藥)을 구하지 못하여 지금 또 매우 딱합니다. 의사의 말이 금창약을 수궁혈(守宮血)에 섞어 바르면 곧 낫는다고 합니다. 금창약은 이미 구하였으나 수궁혈은 매우 귀한 물건입니다. 내가 들으니 궁궐 안에 많다고 하니 잔명을 불쌍히 여겨 한 때의 수고를 아끼지 않으시려는지요?”

가궁인이 춘월을 보고 매우 놀라 얼굴색을 잃고 그 까닭을 묻자 위씨가 지난 일을 들어서 하나하나 자세히 아뢰고 탄식하며,

“늙은 몸이 지난번 딸아이의 혼사로 인하여 황후께 엄한 명령을 받들고 지금까지 두려움을 이기지 못합니다. 그대는 태후께 아뢰어 늙은 몸의 죄를 더할 필요는 없으나, 벽성선의 간악함은 독한 전갈과 요사스런 여우와 다를 바 없습니다. 괴이한 변이 끝이 없어 양씨 문중이 장차 위태로운 지경에 이를 것이니 늙은 몸이 딸아이의 평생을 위하여 곧 죽어 모르고자 합니다.”
라고 하자 가궁인이 놀라서 말하였다.

“황부의 환란이 이와 같이 놀라운데 어찌 자객을 뒤쫓아 잡아 간인의 실상을 조사하여 일벌백계하는 도리가 없습니까?”

위씨가 탄식하여 말하였다.

“이는 모두 딸아이의 운명이니, 어찌 도망하여 면하겠습니까? 하물

며 상공이 나이가 늙어 기운이 없어 규문의 일을 조정에 올리고자 하지 않으시니 어찌하겠소.”

가궁인이 머리를 끄덕이고 즉시 돌아가 약을 보내고 들어가 태후를 뵙고 황부의 변고를 아뢰어 말하였다.

“황씨가 비록 지어미의 덕이 부족하나 선량이 또한 간사함이 없지 않은가하오니 위씨는 낭랑께서 돌보고 구휼할 사람입니다. 이와 같은 변고를 당하였으니 어찌 살피지 않으십니까?”

태후가 얼굴빛이 편하지 않고 말하였다.

“어찌 한쪽의 말만 믿으리오?”

다음날 천자가 조회에 임하자 간관 왕세창이 한 장의 표문을 올렸다. 그 표에 이르기를,

풍화[20]와 법강[21]은 나라의 큰 다스림입니다. 전쟁에 나간 원수 양창곡의 천첩 벽성선이 음란한 행동과 간악한 마음으로 부인을 죽이고자 하여 처음에 독약을 쓰고 또 자객을 보내어 승상 황의병의 부중에 돌입하여 시비를 잘못 찔러 목숨이 경각에 달렸사오니 소문을 들음이 놀랍고 일의 기미가 흉하고 참담함은 오히려 말할 것도 없습니다. 하물며 제가 주모를 모해함은 풍화를 손상시킴이요, 자객이 규문에 횡행함은 법의 기강이 없는 일이오니 엎드려 원하옵건대 폐하께서는 형부에 신칙하여 먼저 자객을 쫓아 잡으시고 또 벽성선의 죄악을 다스리시어 풍화와 법강을 세우소서.

라고 하였다. 주상이 보기를 마치시고 크게 놀라 황각로를 돌아보고

20) 風化 : 좋은 정치로 백성을 교화함.
21) 法綱 : 법으로 기강을 바로 잡음.

말하였다.

"이는 경의 집에 큰일이로다. 경은 어찌하여 말하지 않았습니까?"

황각로가 머리를 조아리고 말하였다.

"신이 아침에 저녁을 걱정하는 나이로 외람되이 대신의 반열에 처하여 일찍 물러날 수 없고, 집안의 불미스런 일을 감히 번거로이 자주 아뢸 수 없었습니다."

천자가 한참동안 말이 없다가 말하였다.

"비록 여항 백성의 집이라도 자객이 출입하는 것은 오히려 놀랄 일인데 하물며 원로 대신의 집에 이와 같은 변이 있는가? 자객을 갑자기 뒤따라가 잡기 어려우면 어찌 조사하여 어떤 사람이 한 짓인지를 알 수가 있겠는가?"

각로가 아뢰어 말하였다.

"신이 전에 벽성선의 일로 탑전에 아뢰오니 조정의 의론이 신의 협잡으로 돌아왔으나 신이 나이가 이미 칠순에 이르렀습니다. 어찌 규중부녀의 자질구레한 사정으로 여러 번 천청(天聽)을 번거롭게 하겠습니까? 벽성선의 간사함은 서울 안에 자자하고 지금의 자객이 스스로 선랑이 시킨 바라고 하여 서울 안에 소문이 났사오니 엎드려 원하옵건대 폐하는 호생지덕22)을 베푸시어 그 죄를 올바르게 밝혀 주십시오."

주상이 크게 노하여,

"투기하는 일은 혹 사람 사이에 있는 바이거니와 어찌 자객을 얽어서 이와 같이 낭자할 수 있겠는가? 먼저 자객을 쫓아가 잡고 벽성선은

---

22) 好生之德 : 만 백성을 살리기를 좋아하는 인자한 제왕의 덕.

본부에서 쫓아내라."

라고 하자 전전어사가 아뢰어 말하였다.

"벽성선을 본부에서 쫓아내신다면 그 거처할 바를 알지 못하니 금의부에 가두는 것이 옳을까 합니다."

상이 한참 동안 묵묵히 생각하시더니 하교하여 말씀하셨다.

"이는 곧 다시 처분이 있을 것이다. 벽성선은 잠시 안치해 두고 자객을 빨리 찾아서 잡아라."

천자가 조회를 마치고 태후를 뵙고 선랑의 일을 아뢰고 또 난처한 사단임을 아뢰자 태후가 웃으며 말하였다.

"나 또한 그것을 들었으나 규문 내 투기의 일에 불과한 것이라, 일이 비록 크나 나라가 간섭할 것이 아닙니다. 자질구레하며 무례하고 방자한 말을 조정이 어찌 참여할 수 있겠습니까? 하물며 만약 원통하게 누명을 써서 마음에 맺히고 억울하다면 여자는 편협한 성품이라 틀림없이 그 죽고 사는 것을 가벼이 할 것이니, 어찌 화락한 기운을 덜어서 성덕에 누를 끼치겠습니까?"

주상이 웃으며 말하였다.

"어머님의 하교가 이와 같이 곡진하시니 소자가 한 계책을 내어 잠시 풍파를 진정하고 양창곡의 회군을 기다리어 조처케 하겠습니다."

"무슨 계책이 있습니까?"

"벽성선을 고향에 보내는 것이 어떠하겠습니까?"

태후가 웃으며,

"폐하께서 이와 같이 생각하시니 양쪽을 다 생각하는 조치가 이보다 나은 것이 없군요. 내가 미처 생각을 못한 것입니다."

라고 하자 상이 웃으며 말하였다.

　“소자가 매번 황씨 일을 들으면 사사로운 정이 없지 않은데 모후께서는 조금도 돌보는 마음이 없으시니 혹 억울한 마음이 있는 듯합니다.”

　“이는 진정으로 위씨를 돌아보아 어루만지는 것입니다. 위씨 모녀가 일찍부터 편협되고 교만하여 부덕을 닦지 못하고 다만 이 늙은 몸을 의지하여 교만 방자함을 더욱 길러 줄까 걱정해서입니다.”

상이 탄복하여 마지않고 다음날 조회에 황·윤 양 각로를 대하여 하교하여 말하였다.

　“벽성선의 일이 비록 매우 해괴하나 양창곡이 대신의 반열에 있고 짐이 예로써 대하는 사람이라 어찌 갑자기 그 잉첩을 형부에 나아가게 하겠습니까? 짐이 임시방편으로 교시하리다. 경등은 모두 창공의 친척 사이이니 환란을 서로 구하는 일은 곧 한 집과 같습니다. 오늘 퇴궐하는 길에 가서 양현을 보고 벽성선을 일시의 권도로 그 고향으로 보내어 집안의 풍파를 잠시 잠자게 하고 창곡이 집에 돌아오는 것을 기다려 처리하게 하시오”

　이 때 윤각로는 황각로의 협잡임을 알고 서로 다투고자 하지 않았다. 다시 생각하면 선랑을 고향에 보내는 것이 그 몸을 편안하게 함이 좋을 듯 하다하여 즉시 아뢰어 말하였다.

　“성교가 이와 같이 곡진하시니 신등이 가서 양현을 보고 성지를 전하겠습니다.”

　하고 조정 일이 파한 후 나올 때 황각로가 끝내 불쾌한 생각이 있으되 마음속으로,

　‘내가 딸아이를 위하여 비록 불쾌하여 그 수치를 씻고자 하나 오히려 다행스러운 것은 고향으로 내쫓는다면 먼저 눈앞의 울분을 씻는 것이다. 내가 마땅히 성교를 전하고 즉시 축출하리라.’

하고는 즉시 양부로 갔다. 마침내 어떻게 되리오?
    또 아래 회를 보라.

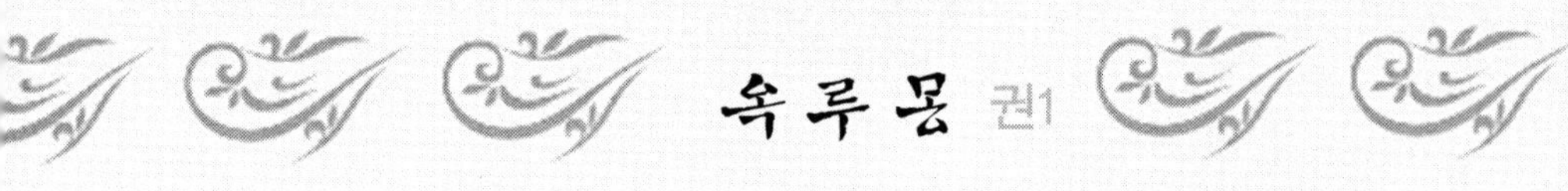

옥루몽 권1

제20회 | 춘월이 산회삼에서 변복을 하고,
수격이 취해서 십자로를 지나다

한편, 황각로가 양부에 이르러 원외를 보고 성지를 전하며 말하였다.

"제가 이미 황상의 명을 받들어 왔으니 마땅히 천기를 내보내고 돌아가겠습니다."

조금 있다가 윤각로가 이르러,

"오늘 황상의 처분은 앞뒤 풍파를 안정시키고 원수가 집에 돌아올 때를 기다리는 것이니 형은 조용히 처리하여 성상의 곡진한 뜻을 저버리지 마시오."

라고 하고 곧 몸을 일으켜 돌아갔다. 원외가 내당에 들어가 선랑을 불러 말하였다.

"내가 귀가 먹고 눈이 어두워 수신제가를 하지 못하고 엄교(嚴敎)를 받들었으니 신하된 도리에 오늘 처지가 지극히 황송하구나. 너는 지금 잠시 고향으로 돌아가 원수의 회군을 기다려라."

선랑이 구슬 같은 눈물이 가득하여 감히 우러러 묻지 못하였다. 원외가 측은하여 거듭 위로하고 행장을 준비하여 하나의 작은 수레와 몇 명의 하인으로, 자연은 부중에 두고 단지 소청을 거느리고 갈 때 부인과 윤소저에게 하직을 하고 섬돌을 내려오니 구슬 같은 눈물이 비처럼 흘러 붉은 뺨을 덮고 비단 적삼을 적시었다. 이날 양부의 상하가 슬퍼하지 않는 사람이 없어 흘리는 눈물이 비를 이루고, 위로하는 말에 해가 빛을 잃었다. 윤·황 두 부의 시비가 구름 같이 모여 그 광경을 보고는 차마 보지 못하여 목이 메어 우는 것을 깨닫지 못하였다. 황각로가 마음속으로 기분이 좋지 않아 스스로 생각하였다.

'예로부터 간사한 인물이 사람의 마음을 많이 얻으니 어찌 딸아이의 신상에 해가 없겠는가?'

한편, 선랑이 수레를 몰아 강주로 향하는데 낙교[1]의 푸른 구름은 걸음걸음 점점 멀어지고, 천 리 먼 길에는 첩첩이 산과 내었다. 지친 행색과 외롭고 쓸쓸한 마음은 물에 임하고 산을 올라도 마디마디 창자가 끊어지는 듯하고 넋이 사라지는 듯하더니, 갑자기 사나운 바람과 소나기에 하늘과 땅이 아득하여 지척을 분간할 수 없었다. 겨우 삼십 리를 가서 객점에 묵었으나 어찌 꿈을 이룰 수 있겠는가? 주인과 하인 두 사람이 외로운 등불 아래에 앉아 쓸쓸하게 서로 마주하고 스스로 생각하기를,

'괴이하구나! 내 신세여! 일찍이 부모를 여의고 슬픈 처지로 이곳저곳을 떠도는 신세가 되어 전혀 의탁할 곳이 없다가 다행히 양한림을

---

1) 洛橋 : 낙양의 천진교를 낙교라 부른다.

만나 한 조각 마음을 큰 바다와 같이 기울이고 한 몸을 의탁함을 태산과 같이 기약하였더니, 오늘 이 걸음은 무슨 까닭인가? 강주에는 친척의 묘소도 없으니 누구를 바라보고 돌아가며, 내가 그곳을 떠난 지 일 년을 넘지 않아서 지금 다시 이와 같이 돌아가면 무슨 면목으로 다시 이웃 마을 사람을 대하겠는가? 슬프다! 내가 지금 가는 것은 명색이 무엇인가? 국가의 죄인으로 말한다면 조정에 죄를 얻은 것이 없고, 사문(私門)에서 쫓겨난 여자라 한다면 진실로 남편의 본뜻이 아니니 나아가 행하고 물러나 간직함²⁾에 비할 바가 없구나. 차라리 이곳에서 죽어 천지신명께 사례하리라.'

하고 행장 속의 작은 칼로 목을 향하여 바로 끊으려고 하자 소청이 울며 아뢰었다.

"낭자의 정결한 마음은 푸른 하늘이 내려다보시고 하늘의 해가 비추십니다. 만약 이곳에서 불행하게 되면 이는 간악한 사람이 바라던 것이고 천고에 누명을 씻기 어렵습니다. 바라건대 마음을 억누르시고 절이나 도관을 찾아 한 몸을 의탁하여 때를 기다리는 것이 좋을 것입니다. 어찌하여 이런 행동을 하고자 하십니까?"

선랑이 탄식하여 말하였다.

"궁박한 인생이 갈수록 더욱 심해지니 무슨 때를 기다리겠느냐? 내 나이 스물을 넘지 않았다. 틀림없이 이생에서의 죄악은 없으나 전생에서의 죄악으로 하늘이 죄를 내리시어 재앙의 그물을 벗어나지 못하니 빨리 죽어 모르는 것만 못하구나!"

소청이 또 아뢰어 말하였다.

----

2) 나아가~ : 진퇴행장(進退行藏). 자신을 인정받으면 나아가 도를 행하고 물러나면 도를 간직하고 있다. 용사행장(用捨行藏)과 같은 말.

“저는 여자는 의가 아니면 죽지 않는다고 들었습니다. 낭자께서 오늘 이와 같이 결심하는 것에 대해서는 천한 저로서도 이해하지 못하겠습니다. 무릇 여자가 죽음으로 절개를 지키는 것에는 두 가지가 있으니 어렸을 때 부모를 위하여 죽으면 효가 되고, 시집을 가서 지아비를 위하여 죽으면 열이 됩니다. 이 두 가지가 아닌 것으로 죽으면 이는 요부, 간인의 행실에 불과합니다. 낭자는 어찌 이것을 생각하지 않고 헛되이 죽으려 합니까? 하물며 상공께서는 만 리 먼 곳의 밖에 계시어 집안의 환란을 아득히 모르시나 훗날 집에 돌아오시어 만약 이 일을 들으시면 그 심사가 과연 어떻겠습니까? 이부인3)을 생각하며 홍도객4)을 보내시고, 슬프고 침울하여 넋이 나가고 애가 끊기는 모습을 낭자께서 혹시 생각하시면 비록 죽은 뒤에 정령이라도 틀림없이 엎어지고 자빠지며 방황하여 차마 정의 뿌리를 끊지 못할 것입니다. 이때를 당하여 낭자께서 비록 후회하셔도 이미 지나간 일이니 어찌 미칠 것이며 환혼단(還魂丹)을 구하고자 하나 어찌 구할 수 있겠습니까?”

말을 마치기 전에 선랑이 두 줄기 눈물을 그치지 못하며,

“소청아! 네가 나를 잘못되게 하는 것은 아니지? 다만 한스러운 마음이 이렇게 맹렬할 수가 없구나.”

하고 곧 객점의 노파를 불러 물었다.

“나는 지금 낙양을 향하는 길입니다. 연일 객관에서 꿈속의 일이 불길하니 이 근처에 혹시 승당·도관이 있으면 향을 피워 기도를 하

---

3) 李夫人 : 한 무제(漢 武帝)의 아내. 한 무제가 이미 죽은 이 부인을 몹시 그리워한 나머지, 방사(方士)에게 반혼향(返魂香)을 만들게 하여 이 부인의 넋을 다시 만나 보았다고 한다.
4) 鴻都客 : 신선. <장한가>에서 죽은 양귀비의 넋을 만나러 보낸 사람. 唐 白居易 <長恨歌> : “臨邛道士鴻都客，能以精誠致魂魄”

고 가고자 합니다. 바라건대 주인은 잘 가르쳐 주십시오."

"이곳에서 도로 황성 쪽을 향하여 십 여리를 들어가면 한 승당이 있는데 이름이 '산화암(散花菴)'입니다. 관음보살에 공양하면 매우 신령스런 영험이 있습니다."

선랑이 크게 기뻐하며 다음날 행장을 수습하여 산화암을 찾아가자 한자리 신령스런 경계가 과연 그윽하고 깊숙하여 경치가 매우 뛰어났다. 암자 안에 다만 10여 명 여승이 있고 탑상(榻上)에 삼불(三佛)을 봉안하여 금빛이 찬란하였으며 좌우에 채화(彩花)를 꼽고 비단 장막, 수놓은 주머니가 무수하여 향기가 코를 찔렀다. 절 안에 여자 중들이 선랑의 용모를 다투어 보고 모두들 흠모하여 다과를 내놓으며 대우가 매우 두터웠다.

저녁 공양이 끝난 뒤에 선랑이 주지 여승에게 청하여 조용히 말하였다.

"저는 본래 낙양 사람으로 집안의 환란을 피하여 이 절을 찾아서 와서 몇 달 머물고자 하오니 보살의 뜻은 어떠하십니까?"

여승이 합장하고 대답하였다.

"불가는 자비로써 마음을 삼습니다. 이와 같은 낭자께서 한 때의 액운을 피하여 비루한 절에 의탁하고자 하시니 어찌 영광이 아니겠습니까?"

선랑이 감사드리고 행장을 정리한 뒤에 하인과 수레를 돌려보내며 윤소저에게 한 통의 편지를 부쳐 간략하게 마음속을 알렸다.

이때 황각로가 본부에 돌아와 부인과 소저에게 이르기를,

"내가 오늘은 너의 원수를 갚았다."

하고 선랑을 강주로 쫓아 낸 일을 자세히 이야기하자 위씨가 냉소하며

말하였다.

"독사와 맹수를 죽이지 못하고 오히려 화근을 남겨 두었으니 먼 후환을 더하셨습니다. 어찌 두렵지 않겠습니까?"

각로가 묵묵히 대답을 하지 않고 언짢은 표정으로 외당으로 나갔다.

위씨가 이에 지성으로 춘월을 구호하여 한 달이 지나자 상처는 비록 조금 차도가 있으나 완전한 사람의 꼴이 되지 못하여 칼자국 난추한 얼굴이 전날의 춘월이 아니었다.

춘월이 거울에 얼굴을 비추어 보고 이를 갈며 다짐하여 말하였다.

"전날 벽성선은 소저의 적국이었으나 오늘의 벽성선은 춘월의 원수입니다. 제가 결단코 이 원수를 갚을 것이니 아무튼 뒷일을 두고 보십시오."

위씨가 탄식하며 말하였다.

"천기가 이제 강주로 돌아가서 편안히 지내고 있으니 원수가 집으로 돌아오면 일이 반드시 뒤집힐 것이다. 우리 모녀와 노주의 목숨이 장차 어떻게 되겠느냐?"

춘월이 말하였다.

"부인께서는 근심하지 마십시오. 제가 먼저 선랑이 간 곳을 알아본 뒤에 마땅한 계획을 행하겠습니다."

이때 황태후가 궁인 가씨를 불러 말하였다.

"내가 황제를 위하여 해마다 정월 대보름에 늘 불공드리는 일을 하였다. 오늘 산화암에 가서 향불과 과일 등을 갖추어 대보름날에 경건하게 정성껏 기도를 올리도록 하라."

궁인이 명을 받고 즉시 산화암에 이르러 지성으로 불공을 드렸다. 보개5)와 운번(雲旛)은 산바람에 나부끼고 법고와 불경 소리는 도량

(道場)을 진동하였다. 만세를 부르고 수복을 빌며 불공을 마치자 가궁인이 두루 암자 안을 구경하다가 동쪽 행랑채에 이르니 한 깨끗한 방이 있었다. 문이 닫혀있고 사람의 자취가 없는 듯해서 궁인이 문을 열려고 하자 여승이 조용히 아뢰었다.

"이 방은 객실입니다. 며칠 전에 한 낭자가 이곳을 지나다가 몸이 불편하여 이곳에 머물고 있는데 그 사람의 성품이 소심해서 외부 사람을 몹시 꺼려합니다."

가궁인이 웃으며 말하였다.

"만약에 남자라면 내가 마땅히 피할 것이지만 같은 여자로 잠시 서로 얼굴을 보는 것이 무슨 해가 되겠소?"

문을 열고 보니 한 미인이 한 아환과 쓸쓸하게 단정히 앉아 있었다. 달 같은 자태와 꽃 같은 얼굴은 참으로 경국지색이었다. 아미에 잠시 근심과 걱정의 모습을 띠고 붉은 뺨에 살짝 부끄러워하는 기색이 있어 매우 얌전하며 정숙하고 단아하였다. 가궁인이 마음속으로 크게 놀라 앞으로 나아가 물었다.

"어떠한 낭자이기에 저와 같은 자태로 적막한 승당에 머물고 있는지요?"

선랑이 눈길을 들어 궁인을 보고 발그레한 빛이 가득한 얼굴에 꾀꼬리 같은 소리로 나지막하게 대답하였다.

"저는 지나가는 나그네입니다. 몸에 병이 생겨서 객점이 번잡하여 이곳에 머물면서 조섭하려고 합니다."

궁인이 그 말을 듣고 그 용모를 보고 친애하는 마음이 무럭무럭

---

5) 寶蓋 : 탑에서 보륜(寶輪) 위에 덮개 모양을 하고 있는 부분.

생겨나 자리에 같이 단정히 앉아 말하였다.

"저는 잠시 암자에 기도를 드리러 온 사람이며 성은 가(賈)입니다. 지금 낭자의 아름다운 용모를 보고 또 단아한 말씨를 들으니 사모하는 마음이 오래도록 친한 사람과 다름이 없습니다. 낭자의 나이는 얼마나 되며 존성(尊姓)은 무엇입니까?"

선랑이 기쁜 표정을 띠고 대답하였다.

"저 또한 가씨이고, 나이는 열여섯입니다."

가궁인이 더욱 기뻐하며,

"같은 성은 백 대의 친척입니다. 제가 마땅히 하룻밤 같이 자야겠습니다."

하고 낭자의 침소로 이부자리를 옮겼다. 선랑이 나그네 회포가 외롭고 고적하다가 궁인의 정일(貞一)한 성품과 관대한 뜻을 보고 비단 감탄할 뿐만 아니라, 또한 근원이 같고 물줄기가 다른 동성이라고 하는 까닭으로 비록[6] 십분 정을 토하지 않았지마는 은근한 정회를 아끼지 않았다. 가궁인은 본래 지혜로운 여자라, 선랑의 말과 행동이 평범치 않은 것을 보고 조용히 물었다.

"내가 이미 같은 성의 친척이니 어찌 사귄 지 오래지 않았다고 하여 말이 깊지 않을 수 있겠습니까? 내가 낭자의 평범치 않은 범절을 보니 보통 여항의 사람이 아닙니다. 어떻게 이러한 지경에 이르렀나요? 속마음을 속이지 마십시오."

선랑이 그 다정함을 보고 사실대로 말하는 것이 혹 긴요하지 않은 듯하나, 지나치게 마음을 속이는 것 또한 의리가 아니라 생각하고

6) 비록 : 원문의 '誰'는 '雖'의 오기이다.

대강 말하였다.

"저는 본래 낙양 사람으로 일찍이 부모와 친척을 여의었으며 지금 집안의 환란을 만나서 갈 곳을 몰라 잠시 이곳에 의탁하여 가화(家禍)가 진정되기를 기다리고 있습니다. 제가 비록 나이가 어리나 지나온 일을 미루어 생각하니 초로(草露)같은 인생이 고해(苦海)가 아님이 없습니다. 다만 일의 기미를 보고서 삭발하여 중이 되어 도사를 쫓고자 합니다."

말을 마치자 두 눈에 구슬 같은 눈물이 그렁그렁하고 기색이 참담하였다. 가궁인이 말하기 어려운 것이 있음을 알고 비록 다시 묻지 않았으나 그 정경의 서글픔을 생각하고 위로하여 말하였다.

"내가 비록 낭자가 겪은 바를 모르나 낭자의 용모를 보면 앞길이 과연 적막하지만은 않을 것이니 어찌 한때의 험한 운을 견디지 못하고 스스로 평생을 그르치겠습니까? 이 암자는 바로 제가 시시때때로 왕래하는 곳입니다. 우리 집과 다름이 없고 암자에 있는 여승이 다 심복이니 낭자를 위하여 부탁하겠습니다. 바라건대 낭자는 심지(心志)를 관대하게 하고 불길한 생각을 품지 마십시오."

선랑이 감사를 드렸다. 이튿날 가궁인이 돌아가면서 선랑의 손을 잡고 연연한 마음에 차마 서로 떠나지 못하더니 여러 여승을 향해 일일이 부탁하며 말하였다.

"가낭자 노주의 조석 밥을 드리는 것은 내 마땅히 약간 도울 것이거니와 만약 나이 어린 부인의 편협한 성품으로 검고 구름같은 머리털에 한 번 체도[7]를 가까이하게 하면 여러 보살은 나를 대할 면목이 없으리

---

7) 剃刀 : 머리털을 깎는 데 쓰는 칼. 속인이 승려가 될 때 삭발하는 칼.

라. 나의 말을 믿지 않고 만약 혹 신의를 잃으면 더욱 죄로 책망할 것이리니 각별히 명심하라."

여러 중이 합장하고 명을 받았고 선랑이 그 지극한 뜻에 사례하였다. 가궁인이 돌아가 태후에게 복명하고 사실(私室)에 돌아가서 선랑을 잊지 못하여 며칠 후에 시비 운섬을 보내어서 수십 냥의 은자와 한 합의 반찬을 산화암에 가서 낭자에게 바치라고 하여 운섬이 명을 받고 갔다.

한편, 춘월은 선랑이 간 곳을 알고자 변복하고 문을 나서는데 스스로 용모를 부끄럽게 여겨서 푸른 수건으로 머리와 두 귀를 싸고서 고약 한 조각을 얼굴에 바르고 코를 가리고 웃으며 말하였다.

"옛날의 예양은 몸에 숯을 칠하여 나병환자가 되어 조양자[8]를 위하여 원수를 갚으려 했다. 오늘 춘월은 부모님께서 남긴 몸을 중히 여기지 않고 한 조각 괴로운 마음으로 선랑을 해하고자 하니 이는 과연 누구를 위한 것인가?"

위씨가 웃으며 말하였다.

"네가 만약 성공한다면 마땅히 천금을 상으로 주어 일생 쾌락을 누리게 하리라."

춘월이 웃으며 문을 나오는데 스스로 생각하기를,

'우물 안의 고기를 큰 바다에 풀었으니 누구에게 그 간 곳을 물으리

---

8) 豫讓 : 춘추 말기 지백의 신하로 주인이 조양자(趙襄子)에게 살해된 뒤에 원수를 갚으려고 조양자의 목숨을 노렸다. 예양은 상대가 자기를 알아보지 못하게 하기 위해 몸에 옻칠을 하여 문둥이가 되고 숯을 삼켜 벙어리가 되어 두 차례 암살을 시도했으나 실패하여 살해되었다.

오? 내가 들으니 만세교 아래에 장선생의 점술이 신이하여 황성에서 제일가는 이름난 점쟁이라 하니 내가 먼저 점을 치리라.'

하고 즉시 몇 냥의 은자를 가지고 장선생을 찾아가 물었다.

"나는 자금성에 살고 있는데 마침 원수가 있어 간 곳을 모르니 선생은 잘 가르쳐 주소서."

장선생이 한참 동안 말이 없다가 점괘를 얻어 말하였다.

"성인이 팔괘를 그린 것은 흉함을 피하고 길함에 나가 인생을 구하고자 한 것이오. 지금 점괘를 보니 그대의 올해 운수가 크게 불길하오. 매우 조심하여 다른 사람과 혐의를 만들지 마시오. 비록 원수라도 의로써 감화한다면 도리어 은인이 될 것이오."

춘월이 웃으며,

"선생은 쓸데없는 말을 하지 말고 다만 원수가 간 곳을 말하시오."

하며 몇 냥의 은자를 내어 주자 장선생이 말하였다.

"당신의 원수가 처음에 남쪽으로 향하다가 돌아서 북쪽을 향하였소. 만약 산중에 숨지 않으면 틀림없이 죽을 것이오."

춘월이 다시 자세히 묻고자 하였다가 각처에서 점을 보러 온 사람이 문 앞에 가득한 까닭으로 그 종적이 탄로날까 두려워 작별하고 곧 돌아오는데 길에서 운섬을 만났다. 전에 위부(衛府)에서 몇 차례 안면이 있어서 춘월이 보고 불러 말하였다.

"운랑은 어디에서 오는 것이오?"

운섬이 이상하여 대답하지 않았다. 이는 춘월의 용모 복색이 전과 다른 까닭이었다. 춘월이 웃으며 말하였다.

"나는 그간 괴질을 얻어 얼굴이 이와 같이 흉하고 괴이하니 운랑이 모르는 것이 당연하지요. 나는 만세교 아래에 이름난 의원이 있다고 들고서 가서 약을 묻고 옵니다. 병중에 바람을 쐴 것이 걱정되어 잠시 남자 옷을 입었으니 참으로 우습구려. 운랑은 이상하게 여기지 마시오."

운섬이 놀라고 의아하여 말하였다.

"춘랑의 얼굴이 예전의 모양이 하나도 없으니 무슨 병에 걸려 이 지경이 되었는지요?"

춘월이 코를 가리고 탄식하여 말하였다.

"운명이 아닌 것이 없습니다. 오히려 목숨을 보존한 것이 큰 다행입니다."

"나는 우리 낭자의 명으로 지금 남쪽 교외의 산화암으로 갑니다."

"무슨 일이 있어 가나요?"

"우리 낭자가 며칠 전에 기도를 위해 절에 갔다가 한 낭자를 만났는데 곧 같은 성의 친척이라 한 번 대면한 것이 오래된 것 같이 친숙해졌어요. 오늘 편지를 써서 돈을 보내기 때문에 명을 받아 여기에 이른 것이라오."

춘월은 본래 음흉한 여자라 이 말을 듣고 한편으로 놀라고 한편으로 의심스러워 그 진짜 자취를 알고자 하여 웃음을 머금고 말하였다.

"운랑이 나를 속이는군요. 나 역시 며칠 전에 산화암에 불공을 드렸는데 그런 낭자를 보지 못하였어요. 그 낭자가 언제 암자에 왔는지 모르겠군요."

운섬이 웃으며 말하였다.

"춘랑은 사람을 속일 수 있겠지만 저는 일찍이 사람을 속여본 적이 없습니다. 내가 여승이 전하는 말을 들으니 그 낭자가 암자에 이른 것이 보름이 안 되었고 계집 종 하나와 객실에 머물며 외부 사람의 출입을 꺼린다고 하니 이는 틀림없이 성품이 소심한 낭자나, 꽃같은 용모와 달같은 자태는 천하에 짝이 없는 미녀라 할 것입니다. 우리 낭자가 한 번 대면하여 돌아오시고는 지금까지 차마 회포를 잊지 못하여 위로하고자 나를 보내셨으니 내가 어찌 빈말을 하겠습니까?”

춘월이 하나하나 듣고 몰래 생각하기를,

‘이는 틀림없이 선랑이다.’

하고 마음속으로 크게 기뻐서 바로 운섬과 헤어져 황급하게 돌아와 위부인과 황소저에게 아뢰었다. 부인이 놀라고 두려워 말하였다.

“가궁인이 만약 그 일의 기미를 안다면 태후께서 어찌 모르시겠으며 태후께서 그것을 안다면 황상이 어찌 하문하지 않겠는가?”

“부인은 걱정하지 마십시오. 선랑은 정숙한 여자입니다. 가궁인을 상대로 그 속마음을 토로하지 않았을 것이니 제가 몰래 그 자취를 탐문한 뒤에 마땅히 묘한 계책을 실행하겠습니다.”

다음날 춘월이 옷을 바꾸어 입고 산을 유람하는 나그네의 행색으로 저녁 무렵에 산화암에 이르러 하룻밤 묵을 것을 청하자 여승이 한 칸 객실을 정해 주었다. 밤이 깊은 뒤에 춘월이 몰래 정당과 행각을 돌며 창문 밖에서 들으니 곳곳에 불경을 외고 염불하는 소리였다. 동쪽에 한 객실이 있었는데 등불이 깜박깜박하고 인적이 고요하였다. 춘월이 창문 틈으로 몰래 살펴보니 한 미인은 벽을 마주하고 누워 있고, 한 아환은 등불 아래 앉아 있었는데 이는 바로 소청이었다. 춘월이 즉시 자취를 감추어 객실로 돌아와 다음날 새벽에 여승과 작별하고 부중에 돌아와 소저와 부인을 보고 밝게 웃으며 말하였다.

“양원수의 부중이 깊고 깊어서 춘월의 수단을 다 발휘할 수 없었는데 하늘이 도우셔서 선랑 노주를 지금 지옥에 가두었으니 제가 꾀를 부리는 것이 매우 쉽겠습니다.”

황소저가 놀라 물었다.

"선랑이 과연 암자에 있더냐?"

춘월이 탄식하며 말하였다.

"선랑이 양부에 있을 때에 제가 다만 절대가인으로만 알았더니 이제 산화암 불등(佛燈) 앞에서 보니 참으로 속세의 인물이 아니었습니다. 만약 요대의 선녀가 아니면, 틀림없이 옥경(玉京)의 선녀가 내려온 것이니 양상공께서 비록 철석간장이라도 어찌 유혹되어 빠지지 않겠습니까? 만약 이 기회를 잃으면 우리 소저의 신세는 평생 개밥의 도토리 신세를 면치 못할까 두렵습니다."

부인이 춘월의 손을 잡으며 말하였다.

"소저의 평생이 곧 너의 평생이다. 소저가 만약 뜻을 얻으면 너 역시 뜻을 얻을 것이니 너는 마음을 경솔하게 두지 말아라."

춘월이 이에 주위를 물리치고 말하였다.

"제게 한 계책이 있습니다. 저의 오라비 춘성이 방탕 무뢰하여 널리 장안 사람과 사귀는데 그 중에 한 방탕한 자가 있어 성은 우(虞)요 이름은 격(格)입니다. 용력이 뛰어나고 주색을 탐하여 죽고 사는 것을 돌보지 않으니 춘성에게 꽃향기를 누설하게 하면 봄바람에 미친 나비가 어찌 탐하여 꽃으로 날아가지 않겠습니까? 일이 과연 뜻과 같이 되면 선랑의 꽃다운 기질이 뒷간 속의 꽃이 되어 그 평생을 그르칠 것이요, 일이 뜻대로 되지 않으면 실오라기 같은 보잘 것 없는 목숨이 칼머리에 외로운 혼이 됨을 면치 못할 것이니, 이러나저러나 우리 소저 눈 속의 가시를 뽑아버리는 것입니다."

부인이 크게 기뻐하며 주선을 속히 하라 재촉하자 춘월이 웃으며 나갔다.

이때 우격이 무뢰배 무리로 자주 법을 어기고 무뢰배들과 얽혀서 그 성명을 바꾸고 무상으로 출몰하더니 하루는 잡류 소년 10여 명과 함께 십자로에서 모여 술을 마시고 떠들다가 춘성을 만나 손을 잡고 다시 술집을 찾아 마실 때 춘성이 갑자기 길게 탄식하여 말하였다.

"남자가 세상에 나서 절대가인을 지척에 두고 가지지 못하면 어찌 호색한이라 하리오?"

우격이 말하였다.

"그게 무슨 말인가?"

춘성이 웃으며 대답하지 않자 우격이 또한 웃으며 캐물었다.

춘성이 말하였다.

"이곳은 매우 번잡하니 오늘 밤에 우리 집에 오시게."

우격이 응락하고 마음이 매우 급하여 황혼을 틈타 춘성의 집에 이르자 춘성이 손을 잡고 자리에 앉아 웃으며 말하였다.

"내가 그대를 위하여 경국지색을 하나 중매하고자 하나 자네의 수단이 매우 서툴러서 일을 이루지 못할까 걱정되네."

"말만 하게나."

"내가 듣기로 강주 청루에 한 이름난 기생이 있으니 달같은 태도와 꽃같은 용모는 고금에 짝이 없고, 가무 풍류는 당대에 독보적이어서 한 번 찡그림에 월나라 서시는 그 더럽고 못남을 부끄러워하고 한 번 웃음에 명황(明皇)의 귀비(貴妃)는 그 총애를 잃을까 시기한다고 한다. 그대는 이러한 미인을 도모할 수 있겠는가?"

우격이 그 잡은 손을 뿌리치고 춘성의 뺨을 때리며 말하였다.

"이놈 춘성아! 내가 비록 방탕하나 상중하 세 판에 구애 받을 것이 없지만 너는 불과 황부의 노속으로 어찌 감히 나를 농락하느냐? 강주가 여기서 거리로 몇 리이냐?"

춘성이 거짓으로 말하였다.

"속담에 이르기를 중매를 잘못한 자는 세 차례 뺨을 맞는다고 하지만 진심으로 하는 말을 자세히 듣지 않고 이와 같이 하니 내가 다시 말하지 않으련다."

우격이 웃으며 말하였다.

"만약 그렇다면 자세히 말해보게. 내가 세 잔의 술을 권하여 사과하지."

춘성이 웃으며 다시 손을 잡고 말하였다.

"지금 그 미인이 황성에 왔다가 돌아가는 길에 산화암에 머물러 신병을 조섭한다 하네. 자네는 속히 가서 도모하게나."

우격이 크게 기뻐하며 팔을 떨치며,

"내가 바로 가서 이 밤을 넘기지 않고 도모하리라."

하고 곧 자리에서 몸을 일으켰다.

춘성이 웃으면서 말하였다.

"비록 그러하나 그 미인의 지조가 높고 고상하여 겁탈하기 어려울까 걱정되네."

우격이 냉소하며,

"이는 정녕 내 수단에 달렸으니 걱정하지 말게나."

하고 산화암을 향해 갔다.

한편, 양원수가 동초를 보내고 성지를 기다려 장차 회군하고자 하였는데 동초가 황명을 받들어,

홍혼탈로 하여금 군사 일만을 나누어 홍도국을 치고, 원수는 회군하라.

하였다. 원수가 크게 놀라 홍사마를 불러 조칙(詔勅)을 꺼내 보이자 홍랑이 몹시 놀라 얼굴빛을 잃고 말하였다.

"소장이 무슨 장략(將略)으로 이 같은 중대한 임무를 맡겠습니까?"

원수가 말없이 한참 있다가,

"날이 이미 저물었소. 여러 장수들은 각자 숙소로 돌아가시오."

하고는 홍사마를 장막 안에 불러 등불을 돋우고 옷깃을 바로 하고 정대한 빛을 띠며 말하였다.

"내가 그대와 함께 반년 동안 전쟁터에서 함께 고초를 겪다가 하늘이 도와주시어 개선하는 날에 같은 수레로 돌아가고자 하였으나 황명이 이와 같이 정중하시니 이제 길을 나누어 내일 나는 장안으로 향할 것이니 그대는 군대를 총독(總督)하여 교지에서 공을 세우고 바로 회군하오."

홍랑이 듣고 나서 살짝 눈길을 들어 원수의 기색을 살펴보고 윤이 나는 검은 머리와 홍조 띤 붉은 뺨에 구슬 같은 눈물을 흘리며 말없이 바르게 앉았다. 원수가 다시 정색을 하고 말하였다.

"양창곡이 비록 어리석으나 사사로운 정으로 임금의 명을 거역할 수는 없소. 그대는 속히 물러나 행장을 준비하시오."

홍랑이 이에 눈물을 거두고 근심스럽게 말하였다.

"제가 혈혈단신으로 백만 대군의 대열에 참가하여 칼을 휘두르고 창을 집으며 오늘에 이르러, 풍진을 무릅쓰고 수치를 참은 것이 어찌 공을 세워 높은 벼슬과 부귀를 바라는 뜻이 있어서겠습니까? 다만 상공에게 몸을 의탁하여 생사고락을 오로지 상공에게 맡긴 것이었는데 오늘 상공이 저를 버리고 돌아가신다니 이는 제가 스스로 취한 화입니다. 제가 만약 고문대족(高門大族)의 '군자의 좋은 짝'으로서 규범 내칙의 예절을 지켜 상공이 '백 대의 수레로 나를 맞이하신'[9] 배필로서 대하였으면 어찌 이와 같은 일과 이와 같은 말이 있겠습니까? 제가 비록 청루의 천한 신세이나 마음가짐만은 깨끗하게 하고자 하여 빙설같은 지조에 뒤지지 않았으니, 차라리 군령을 어김을 무릅쓰고 잔약한 한 몸이 도부수의 형벌을 받을지언정 외로운 신세로 장부의 대열에 참가하여 홀로 가기를 원하지 않습니다."

말을 마침에 곧고 매운 기상은 눈썹 사이에 가득하고 처량한 눈물은 옥같은 얼굴을 적시었다. 원수가 미소를 지으며 말하였다.

"천자가 홍혼탈의 잔약(孱弱)함을 잘 모르시고 갑자기 중임을 주셨으니 조정의 일이 어찌 한심하지 않은가?"

홍랑은 곧 원수가 놀린 것을 알고 부끄러운 기색이 있어 대답하지 않았다. 마침내 어떻게 할 것인가? 알 수가 없구나.

또 다음 회를 보라.

．．．

9) 백 대의 수레로 나를 맞이하신 : 백양장지(百兩將之). 제후의 딸이 제후에게 출가함에 백 대의 수레에 예물과 사람을 실어 보낸다는 시에서 인용한 말이다. 곧 명문가끼리 화려하게 혼인을 이룬다는 뜻이다. (『詩經, 召南鵲巢』에 '諸侯之子 嫁於諸侯 送御皆百乘將迎 之子于歸 百兩將之'라는 구절이 있다.)

제21회 ┃ 도적놈을 만나 마달이 사람을 구하고, 도관에 의탁하여 선랑이 몸을 편안히 하다

　한편, 이때 양원수가 한차례 홍랑을 농락하고 다음날 맑은 첫새벽에 여러 장수를 모아 상의할 때 소사마를 돌아보고,

　"조정의 일이 요사이 이와 같이 잘못되었으니 어찌 한심하지 않겠는가? 내가 지금 표를 올리고자 하니 장군은 나를 위하여 대필하시오."

라고 하고 입으로 표문을 불렀다.

　정남도원수 양창곡은 황제폐하께 머리를 조아리고 백번 절하여 글을 올립니다. 옛날 성군이 변방에 장수를 보냄에 바퀴를 밀며 보내고 활과 화살과 도끼와 방패와 창과 북으로 그 위의를 포장(襃獎)함은 다만 군용을 돕고 성공을 격려할 뿐만 아니라, 종묘사직의 안위와 국가 흥망의 중대사를 위함입니다. 지금 남방이 멀리 떨어져 왕화가 미치지 못하고 풍속이 순하지 않아 도적이 수없이 일어나니 만약 은의로써 어루만지지 않고 위력으로 진정하여 춘생추살[1]의 일장일이[2]한 도가 없다면 평온하게 진정되는 날이 없을까 두렵습니다. 폐하께서 홍혼탈에게 수천 기를 거느리고 가서 홍도국을 정벌하라 하시니 신은 성의(聖意)가 있는 바를 모르겠습니다. 홍도국의 강함과 약함은 폐하께서 예측할 수 없으시고 홍혼탈의 사람됨을 폐하께서 또한 일찍이 시험하지 않으셨거늘 갑자기 중대한 임무를 맡겨 종사의 안위와 국가의 흥망을 의신지간3)에 시험하시니 신은 그 의혹됨을 이기지 못하겠습니다.

신이 개탄스러운 것은 요사이 조정의 일이 인자함을 위주로 삼고 용단함이 없어 대사를 당하면 구차스레 임시변통으로 이리저리 주선하여 꾸며대고 어려움을 피하고자 하니, 신은 분명히 그렇게 하면 안 될 줄로 아옵니다. 성교(聖敎)가 비록 정중하시오나 잠시 군대를 출동시키지 아니하고 다시 이렇게 아뢰오니, 엎드려 원하건대 폐하께서는 급히 명을 거두시고 다시 널리 물으시어 국가의 대사에 후회가 없게 하소서. 신이 비록 불충하오나 외람되이 성조의 망극한 은혜를 입어 보답할 길이 없사오니, 다시 대군을 거느려 홍도국을 정벌하여 평정한 뒤에 회군하고자 하오나 감히 스스로 결정하지 못합니다. 조서를 내려 주시기를 기다려 장차 군대를 출동하고자 합니다.

원수가 표를 봉하여 마달에게 주며 말하였다.

"군무가 매우 급하니 장군은 밤낮으로 서둘러 길을 가시오."

마달이 명령을 듣고 황성으로 향할 때 갑사(甲士) 십여 인을 거느리고 갔다.

이때 마달이 밤낮 갑절의 속도로 길을 가다가 중도에서 천사(天使)

---

1) 春生秋殺 : 봄에는 낳게 하고 가을에는 죽인다는 뜻으로, 때에 따라 사랑하기도 하고 벌하기도 함을 이르는 말.
2) 一張一弛 : 한 번 풀 당기고 한 번 풂. 정치에 있어 한 번 법으로 엄하게 위엄을 보이고 한 번 은의를 베풀어 은혜를 미침.
3) 疑信之間 : 확신이 서지도 않은 미심쩍은 상태로.

를 만나 비록 다시 조서가 내려진 것을 알았으나 감히 원수의 명을
어길 수가 없어서 천사는 남쪽으로 향하고 마달은 황성에 이르러서
표를 올렸다. 천자가 크게 기뻐하여 황, 윤 두 각로를 돌아보며,

　"양창곡의 나라를 위한 충심이 이와 같으니 작은 적을 어찌 두려워
하리요?"

라고 하였다. 그리고 표를 두세 번 읽은 뒤에 마달을 우익장군으로
임명하여 즉시 길을 돌이키라고 명령하자 마달이 사은숙배하고 물러
나서 남쪽을 향해 갔다.

　한편, 선랑이 산화암에 의탁하여 문밖을 나가지 않고 낮에는 여승
과 불경을 강론하며 밤에는 향을 피우고 혼자 앉아서 세상 근심을
잊으니, 온 몸은 비록 청정하지만 군자가 만 리 하늘가에 있어서 자나
깨나 그리운 일편단심이 잊으려고 해도 잊혀지지가 않았다.

　하루는 한가롭게 선창(禪窓)에 기대었더니 비몽사몽간에 양원수가
옥룡을 타고 가면서,

　"내가 황명을 받들어서 요괴를 잡으러 남쪽으로 가려고 하오."
라고 하기에 선랑이 같이 갈 것을 청하자 원수가 산호채찍을 늘어뜨렸
다. 선랑이 잡고서 하늘로 올라가고자 하다가 땅에 떨어져 깜짝 놀라
니 바로 잠깐 동안의 남가일몽이었다. 마음속에 그 불길함을 의심하여
여승을 청하여 상의하였다.

　"요사이 꿈이 요란하니 부처님 앞에 향을 사르고 기도하려 합니다."

　"삼불제석은 다만 자비를 주관할 뿐이요, 인간의 화복을 주관하여
악귀를 내리고 살기를 없애는 것은 시왕(十王)[4]이 주관하는 것이니

4)　十王 : 저승에 있다고 하는 십대왕(十大王). 불가(佛家)의 설에 의하면 "지하에
　　10대왕이 있어 각기 지옥을 맡아 다스린다"고 했는데, 진광 대왕(秦廣大王)·초

시왕에게 기도하소서."

선랑노주가 목욕재계하고 향불을 받들어 시왕전에 이르러서 향을 사르며 가만히 축원하였다.

"천첩 벽성선이 생전에 공덕을 닦지 않아서 이생에 삼재팔난(三災八難)을 감수하오나 남편 양공은 시례5)를 익힌 가문에서 충효 가문의 명예를 배워 익혔으니 천지신명이 복을 내려주심이 마땅합니다. 지금 황명을 받들어서 만리타국에 계시오니 엎드려 바라건대 시왕은 명조6)를 내려 주셔서 전쟁터에서의 침식을 평상시처럼 하고 화살과 돌이 나는 전쟁터에 탈 없이 기거하여 천액(天厄)을 소멸하고 수복을 창성하게 하여 주소서."

기도를 마치고 두 번 절한 뒤에 슬피 길게 탄식하고 서글픈 기색이 있었다. 절 문을 도로 나오자 여승이,

"오늘 밤 달빛이 밝으니 낭자는 암자 뒤 석대(石臺)에 올라가서 회포를 푸시지오."

라고 하여 선랑은 마음에 비록 내키지는 않았으나 여승의 간청에 따라 소청과 여승과 함께 석대에 올랐다. 여승이 말하였다.

"이 산이 비록 높지 않으나 하늘이 맑게 개고 날이 화창한 때에 멀리 보면 남악(南岳) 형산(衡山)이 선명히 눈앞에 있습니다."

선랑이 눈을 들어 남쪽 하늘을 향하여 눈물을 머금자 여승이 물었다.

"낭자께서는 무슨 까닭으로 남쪽을 향해 이처럼 슬퍼하십니까?"

"나는 남쪽 사람이라 심사가 저절로 슬퍼집니다."

강 대왕(初江大王)······같은 유를 말한다.
5) 詩禮 : 시경과 삼례(三禮). 유가의 경전을 두루 일컫는 말.
6) 冥助 : 모르는 사이에 입는 신불(神佛)의 도움.

말을 마치자 동구에 불빛이 하늘을 찌를 듯하고 여남은 불한당이 무리를 이루어 암자 안을 향하여 달려 들어왔다. 여승이 크게 놀라서,

"저것은 강도가 틀림없다."

라고 하고 황급히 넘어지고 엎어지며 내려갔다. 암자 안을 보니 요란한데 한 놈이 흉악한 목소리로 급히 낭자의 객실을 찾았다. 선랑이 소청을 돌아보고 말하였다.

"우리 노주의 남은 불행이 다하지 않아서 또 간인의 풍파를 만나는구나."

소청이 선랑을 붙들고 눈물을 흘리며 말하였다.

"도적의 형세가 이와 같으니 어찌 앉아서 죽기를 기다리겠습니까?"

선랑이 탄식하여 말하였다.

"잔약한 여자로 비록 도망하여 피하고자 하나 다만 오욕을 더할 뿐이니 어찌 화를 면할 수 있겠느냐?"

"일이 급합니다. 낭자께서는 주저하지 마십시오."

선랑의 손을 잡고 산을 넘어 달아나는데 달빛이 비록 밝으나 산길이 어슴푸레하여 열 번 엎어지고 아홉 번 넘어지며 돌을 차고 가시에 걸려 비단신을 잃어버리고 옷이 다 찢어져서 다리의 힘이 이미 다하였다.

선랑이 앉아서,

"이와 같은 곤액은 살아도 죽은 것만 못하다. 소청아 너는 살 길을 찾아 몸을 피하였다가 내 몸을 거두어 원수께서 회군하는 길 가에 묻어서 망부산의 한 조각 돌로 대신하여라."

라고 하고 품속에서 작은 칼을 빼어 스스로 목을 베려고 하였다. 소청이 황망히 칼을 빼앗으며 말하였다.

"낭자께서는 다시 일의 기미를 보소서. 일이 불행해지면 천비가 어

찌 홀로 살 수가 있겠습니까?"

좌우를 돌아보아 살피며 나아가니 앞에 큰 길이 있었다. 잠시 다리를 쉬는데 불빛이 산에 가득히 와서 사람의 그림자가 흩어져서 어지럽게 수목과 바위 사이를 수색하였다. 선랑 노주가 힘을 다하여 몸을 일으켜 큰 길을 따라 겨우 수십 보를 가자 도적놈들이 고함을 치며 쫓아와 형세가 풍우와 같았다. 소청이 선랑을 안고 땅에 엎어지고 넘어지며 하늘을 우러러 부르짖으며 크게 울면서,

"아득한 푸른 하늘아! 어찌하여 이와 같이 무심한가?"

라고 하였다. 말을 마치기 전에 갑자기 말 자취가 있어[7] 큰 소리로 부르짖기를,

"도둑놈은 도망가지 마라."

라고 하였다. 선랑 노주가 눈을 들어 보니 한 장군이 몸에 전포를 입고 손에 긴 창을 잡고 말을 달려 도적 무리를 쫓는데 그 뒤에 10여 명의 군사가 각각 칼을 가지고 일제히 함성을 지르며 쫓아갔다. 그중에 한 도둑놈이 그 장군과 대적하려고 하자 그 장군이 크게 꾸짖고 창을 들어 한 번 찌르자 그 도둑이 얼굴을 다쳐 피가 흐르고 사방으로 흩어져 간 곳을 알지 못하였다. 그 장군이 말을 돌려오자 선랑 노주(奴主)가 더욱 두렵고 겁을 먹어 벌벌 떨었다. 그 장군이 앞에 와서 말을 세우고 말 위에서 큰 소리로 말하였다.

"어떠한 낭자가 무슨 까닭으로 저와 같이 문을 나왔으며 도둑놈은 무슨 까닭으로 만났습니까? 자세히 듣고자 합니다."

소청이 한편으로 놀라고 한편으로 겁을 먹어 말을 하지 못하자 그

---

7) 갑자기~ : 덕흥서림본의 '忽有馬跡'을 따랐다.

장군이 웃으며,

  "나는 장군의 명을 받들어 황성에 왔다가 남쪽으로 돌아가는 길입니다. 낭자를 해칠 사람이 아니니 낭자는 자세히 말해보시오."
라고 하였다. 선랑이 한편으로 놀라고 한편으로 기뻐서 정신을 수습하여 소청에게 말을 전하게 하여,

  "우리들은 한 때 길을 지나는 사람으로 이와 같이 위험을 당하였거니와 장군께서 남쪽을 향해 돌아가신다 하시니 장차 어느 곳으로 향하는 지를 감히 묻습니다."
라고 하자 그 장수가 대답하였다.

  "나는 정남대원수 양승상의 휘하 편장입니다. 무슨 까닭으로 자세히 묻는 것입니까?"

  선랑 노주가 양승상 세 글자를 들으니 가슴이 막히고 정신이 아찔하여 서로 붙들고 통곡을 하며 어쩔 줄을 몰랐다. 원래 그 장수는 다른 사람이 아니라, 마달이 폐하에게 원수의 표문을 올리고 군무가 급하여 별이 총총한 밤에 돌아가는 길이었다. 갑자기 길에서 여자의 곡소리가 들리고 불빛이 비추어 빛나는 중에 무수한 도적놈이 고함을 치며 쫓으니 묻지 않아도 강도임을 알았다. 돌아가는 길이 비록 바쁘나 어찌 사람의 목숨을 구하지 않겠는가? 도적놈을 쳐서 쫓고 그 까닭을 알고자 하여 애써 그것을 물었더니, 그 여인이 자기의 종적을 듣고 가슴이 막혀 통곡함을 보고 마음속으로 크게 의문이 들어 또 물었다.

  "낭자께서 내 말을 듣고 크게 우는 것은 무슨 까닭입니까?"
라고 하였다. 선랑이 답을 하기 전에 청이 대답하였다.

  "우리 낭자는 양원수의 소실입니다."

  "양원수는 누구입니까?"

"자금성 제일방 양승상이시니 남방으로 출정하신 것이 지금 반년이 되었습니다."

마달이 크게 놀라 황망히 말에서 내려 물러서서 말하였다.

"과연 이와 같다면 아환은 이리 와서 자세히 말해 보시오."

선랑이 소청을 돌아보고 말을 전하여 말하였다.

"제가 이런 죽을 지경을 당하여 비록 길가는 사람이라도 살려주신 은혜를 감사하게 여겨서 예절에 구애받지 않을 것인데 하물며 장군은 양원수의 심복이니 한 집안과 다름이 없어 어찌 자세히 고하지 않겠습니까? 제가 원수가 출전한 뒤로부터 집안에서 풍파를 당하여 여자의 유약한 마음으로 자결하지 못하고 거듭 이와 같은 광경을 당하니 매우 부끄럽습니다. 입을 열어 말할 바가 없거니와 길가에 종이와 붓이 없어 구구한 마음을 원수에게 전할 수 없으니 장군은 돌아가서 저를 위하여 자세히 알려주십시오. 제가 비록 죽더라도 달과 같은 한 조각 마음은 원수의 병영 안을 비추고자 합니다."

마달이 손을 모으고 몸을 굽혀 소청을 향하여,

"그대는 낭자에게 아뢰시오. 소장은 원수 휘하의 우익장군 마달이라, 장수와 부하의 의리는 임금과 신하나 아버지와 아들과 다를 바가 없으니 지금 낭자의 곤경을 보고 어찌 무심하게 길을 떠날 수 있겠습니까? 낭자께서 본부로 돌아가지 않으신다면 소장이 마땅히 몸을 편안하게 할 곳을 구하여 정돈을 하고 돌아가 원수를 뵙는 날에 사정을 자세히 아뢰겠습니다."

라고 하고 갑사에게 명하여 부근의 객점에서 작은 가마를 빌려 오게 하였다. 선랑이 사례하여 말하였다.

"저는 궁박한 신세입니다. 넓고 큰 천지에 몸을 붙이고 살아갈 곳이 없으니 장군은 지나치게 걱정하지 마십시오."

"소장이 만약 낭자의 몸을 편하게 할 곳을 보지 못하고 군영으로 돌아가면 장수와 막하의 체통에 다만 불경일 뿐만 아니라 또한 인정도 아닙니다. 소장의 돌아가는 길이 매우 급하니 낭자는 지체하지 마소서."

선랑이 어쩔 수 없어 몸을 일으켜 소청을 붙들고 가며 말하였다.

"장군은 저를 어디로 가게 하십니까?"

마달이 창을 잡고 앞을 인도하여 몇 리를 가자 갑사가 가마를 가지고 왔다. 마달이 소청을 돌아보며,

"그대는 낭자를 교자로 모시지요."

라고 하고는 창을 잡고 말위에 오르며 말하였다.

"도적놈이 틀림없이 멀리 가지 않았을 것이니 낭자가 이 근처에 머물게 되면 어찌 후환이 없겠습니까? 소장을 따라서 또 하루 이틀을 가서 한갓진 도관과 고찰을 찾아서 편히 계신 곳을 보고 돌아갈까 합니다."

선랑이 그 지극한 정성에 감격하여 즉시 교자에 올랐다. 마달이 갈 길을 재촉하여 앞으로 백 여리를 나가서 객점에 들어가,

"이곳에 도관이나 사찰이 있는가?"

라고 하니 객점 주인이 대답하기를,

"여기서부터 큰길을 버리고 동쪽 산골짜기로 들어가면 몇 리 밖에 한 명산이 있어 이름이 유마산입니다. 산 아래에 도관이 있습니다."

라고 하였다. 마달이 크게 기뻐하여 다시 길을 재촉하여 산 아래에 이르자 기이한 봉우리의 맑은 경치가 매우 그윽하고 한갓졌으며 한 도관이 그 아래에 있어 이름이 점화관이었다. 관중에 수백 여 명의 여도사가 있어 깨끗하고 조촐하였다.

마달이 도사를 보고 도관 뒤에 몇 간의 객실을 빌려서 선랑노주를 안돈하고 갑사 두 사람을 남기어 '잡인을 엄하게 금지하라' 하고는 마달이 이별을 고하여 말하였다.

"원수가 또 황명을 받들어 교지로 출전하게 되었으니 소장의 갈 길이 몹시 바쁩니다. 이곳은 궁벽하여 아마도 몸을 편안히 할 수 있을 것이니 낭자는 존체를 보중하십시오."

낭이 곧 원수에게 편지를 부치고 눈물을 흘리고 작별하며,

"제가 체면에 구애되어 크신 은혜에 대해 다 사례를 할 수 없사오니 장군은 원수를 쫓아 일찍 큰 공을 이루시고 빨리 개선하십시오." 라고 하였다. 마달이 또 소청을 향하여 작별하며 말하였다.

"그대는 낭자를 조심히 보호하여 모시시오. 이후 회군하는 날은 곧 낯이 익을 터이니 그때는 보고 맞이하되 벌벌 떨지 마시오."

소청이 부끄러움을 이기지 못하여 두 뺨이 붉어졌다.

마달이 갑사에게 분부하여,

"성심으로 보호하라." 하고 웃으며 말에 올라 남쪽을 향하여 갔다.

선랑노주가 아홉 번 죽었다가 열 번 살아나는 신세로 다행히 마달을 만나 몸을 편히 할 방도를 얻었다. 소청이 기쁨을 이기지 못하여 노주가 마달 장군의 은덕을 칭송하고 여러 도사가 또한 선랑 노주의 출중한 자색에 놀라고 감탄하여 극진하게 친근히 대하였다.

한편, 우격이 춘성의 꾐을 받아 무뢰배를 모아 산화암에 돌입하여 가낭자를 찾았으나 여승들이 어찌 바로 고하려고 하겠는가? 우격이 크게 노하여 여승들을 무수하게 구타하고 스스로 생각하기를,

'제가 우리들이 동구에 들어오는 것을 보고 반드시 산을 넘어 도망

갔구나.'

라고 하고는 산길을 뒤따라 넘어가서 방방곡곡을 찾으니 숲 아래에 한 짝의 비단신이 벗겨져 있었다. 격이 크게 기뻐하여,

　"그 미인이 반드시 이 길을 따라 갔구나."

하고 비단신을 주워 가지고 일제히 쫓아 고개를 넘어 평지에 이르렀는데 뜻밖에 한 장군을 만나 창끝에 찔려 얼굴에 상처가 나고 겨우 목숨만 보존하여 돌아와 춘성을 보고 낭패한 까닭을 말하였다. 춘성 또한 흉계를 이루지 못한 것을 한스러워하며 춘월을 보고 하나하나 자세히 말하자 춘월이 고개를 숙이고 말없이 생각하더니 웃으며 이르기를,

　"밝은 세상에 군사를 거느리고 밤에 다니는 장군이 어찌 도적놈이 아니겠어요. 이는 반드시 녹림의 여러 장군이 밤을 타서 가다가 선랑을 데려 간 것이지요. 우습군요, 선랑의 빙설같은 지조로써 하루아침에 도적의 부인이 되었으니 비록 그 죽고 산 바는 알 수 없으나 황소저의 화근은 시원하게 끊어졌습니다."

하였다.

　춘성이 말하였다.

　"이는 그러하지만 우리들은 공을 세운 바가 없으니 어찌 분하지 않겠는가?"

　춘월이 웃으면서,

　"내가 장차 오빠와 우격의 공을 드러낼 것이니 오빠는 누설하지 마세요."

하고 곧 우격이 주운 비단신을 품고 부인과 소저를 뵐 때 춘월이 깔깔거리고 크게 웃으며 비단신을 내어 소저에게 보이며 말하였다.

　"소저는 이 신을 아시겠습니까?"

소저가 자세히 보다가 던지고 춘월을 꾸짖어 말하였다.

"천한 기생의 신이 무슨 쓸 데가 있다고 기지고 왔느냐?"

춘월이 다시 주워 웃으면서 말하였다.

"선랑이 이 신을 신고 천 리 떨어진 강주에서 다정한 임을 따라 황성에 이르러 걸음걸음마다 연꽃이 생기었더니 조물주가 시기를 하여 그 은총을 누리지 못하고 오늘날 저승에서 마침내 신발 없는 귀신이 될 줄을 누가 알았겠습니까?"

소저가 당황하여,

"춘월아 그게 무슨 말이냐?"

하자 춘월이 소저와 부인 앞에 나아가 말하였다.

"제가 춘성을 충동하여 우격을 산화암에 보내어 선랑을 겁탈하여 욕보였습니다. 선랑은 절개가 있는 여자인지라 끝내 순종하지 않아 우격이 분노를 이기지 못하여 칼로써 찔러 죽였습니다. 시신을 감추고 그 비단신을 가져와서 저에게 보여 증거로 삼은 것입니다. 지금 이후로는 선랑이 이 세상을 떠났으니 소저의 화근이 길이 사라졌습니다. 이는 곧 저와 춘성과 우격의 공입니다. 부인과 소저는 장차 어떠한 물건으로 상을 주시겠습니까?"

위씨가 이 말을 듣고 크게 기뻐하여 십 여 필의 채단과 백냥의 은자로써 춘성과 우격의 공을 표하라고 하자 춘월이 냉소하며,

"부인은 어찌하여 적은 재물을 아끼시어 이미 이루어진 일을 잘못되게 하려고 하십니까? 춘성이 처음에 천금의 재물을 우격에게 말했는데 그 무리가 수십 명입니다. 모두가 방탕무뢰한 자입니다. 만약 그 재물을 후하게 주어서 그 입을 봉하지 않는다면 대사가 누설되어 후환이 어떻게 될지 두렵습니다."

라고 하자 위씨가 단지 춘월의 말만 믿고 즉시 천금을 꺼내 주고 선랑이 과연 이미 죽었을 것이라고만 생각했다.

한편, 양원수가 마달을 보내어 천자에게 표를 올리고 황명을 기다리더니 갑자기 천자의 사신이 먼저 도착하여 황제의 칙서를 전하였다. 원수가 북쪽을 향하여 두 번 절하고 장단(將壇)에 올라서 부원수의 군례를 받았다. 홍랑이 홍포금갑으로 대우전을 차고 절월을 잡고 군례로 도독을 보았다. 도독이 얼굴빛을 고치고 답례하여,

"성은이 망극하여 원수를 백의로 선발하여[8] 쓰시니 원수는 어떻게 성은에 보답하겠소?"

라고 하자 홍원수가,

"도독이 위에 계시니 소장이 어떤 방략으로 보답할 수 있겠습니까? 다만 북을 치고 깃발을 휘둘러서 견마지력을 다하고자 합니다."

라고 대답하여 도독이 미소하였다.

홍원수가 물러나 막차로 돌아와서 비로소 부원수의 기호[9]와 절월[10]을 세우고 차례로 여러 장수의 군례를 받은 뒤에 다시 대도독의 장막 안에 이르러 행군의 계획을 의논하는데 마달이 달려와 황제의 명을 보고하고 또 봉한 편지를 드리었다. 열어 살펴보니 그 편지는 이러하였다.

천첩 벽성선은 풍류방탕의 자취로 예절과 법도를 배우지 못하여 군자의 문중에 집안 법도를 어지럽히고 산사와 야점(野店)에 자취가

----

8) 백의로~ : 아무런 벼슬이 없던 사람을 발탁하여 씀.
9) 旗號 : 깃발로 하는 신호. 깃발로 나타낸 부호나 휘장.
10) 節斧鉞 : 절은 수기(手旗)와 같이 만들고 부월은 도끼와 같이 만든 것으로, 군령을 어긴 자에 대한 생살권(生殺權)을 상징하였다. 절월.

이리저리 떠돌아서 도적놈의 칼머리에 원통한 혼을 면치 못하게 되었더니, 마장군이 구하여 살려준 힘을 입어서 도관에 몸을 맡겼사오니 이는 상공께서 베푸신 것입니다. 제가 어리석어서 나아가고 물러나고 죽고 사는 것에 스스로 알맞은 도리를 깨닫지 못하겠습니다. 엎드려 바라건대 군자께서는 분명하게 가르쳐 주십시오. 대군이 교지로 옮겨 간다고 하니 소식이 더욱 아득해집니다. 머리를 들어 남쪽 하늘을 향하여 기다리는 눈이 뚫어지려고 하고, 산과 같이 쌓인 회포를 붓 하나로 다 쓰기가 어렵습니다.

도독이 보고나서 측은한 마음을 이길 수가 없어 홍원수를 돌아보며 말하였다.

"이는 황씨의 풍파임에 틀림이 없다. 선랑의 처지는 매우 딱하지만 내가 군중에 처해 있으니 어느 틈에 집안일을 논의할 수 있겠는가? 그러나 멀리 떨어진 곳에 소식이 아득하니 가장 잊기 어려운 것이오."

이튿날 이른 아침에 도독이 여러 장수와 삼군을 모으고 나타를 불러 들여서 장막 아래에 꿇리고 황제의 명을 전하였더니 나타가 황제의 은혜에 절하여 사례하였다. 이에 장막 안으로 불러들여 그를 위로하여 말하였다.

"대왕이 성조의 재생지덕을 입어 다시 마음을 바꾸고 뒤집는 일이 없다면 자손 대대로 부귀를 누려서 중국에서 예우를 받을 것입니다."

나타가 눈물을 흘리면서 말하였다.

"과인이 천명을 알지 못하고 죽을죄를 잘못 범하였는데 천자께 아끼고 불쌍히 여기시는 덕을 입고 원수의 넓고 큰 은혜를 입어 목숨을 보존하고 다시 부귀를 누리게 되었으니 보답할 길을 모르겠습니다."

다시 홍원수를 보고 사례하기를,

"원수가 산을 내려 온 것은 실로 과인 때문입니다. 오늘 공명과 훈업이 어찌 이와 같이 클 줄 알았겠습니까?"

라고 하자 홍원수가 웃으면서 말하였다.

"대왕이 오대동천을 잃지 않으시고 만왕의 부귀를 예전처럼 누릴 수 있게 되었으니 이는 모두 성은이 망극해서입니다. 저 또한 대왕을 저버리지 못할 것입니다."

나타가 기뻐서 웃고 넓고 큰 덕을 사례하였다.

이튿날 도독이 행군하여 교지로 향할 때 나타가 술과 고기를 많이 갖추고서 수 십 리 밖에서 전별하여 삼군을 크게 먹였다. 축융과 일지련이 또한 와서 모였다. 원수가 만왕을 돌아보며 말하였다.

"대군이 다시 남정을 하게 되었습니다. 대왕은 한 부대의 만병에게 지시하여 길을 가리키소서."

만왕이 응낙하고 즉시 휘하의 만병 삼천을 출동하여 만장 철목탑으로 선봉을 삼았다. 홍원수가 웃으며 만왕을 보고,

"내가 들으니 대왕이 축융과 작은 원망을 맺어서 이웃나라의 교분을 돌아보지 않는다하니 이는 장부의 일이 아닙니다. 지금은 모두 성조의 신하가 되었으니 서로 화목하게 지내시지요."

라고 하자, 만왕과 축융이 동시에 절하여 사례하고 서로 형제의 정을 맺어서 화살을 부러뜨리고 맹세하였다. 나타와 축융이 도독에게 이별을 고하여 말하였다.

"도독의 은혜와 위엄이 나란히 남방을 행하여, 한의 마복파[11] 제갈

----

11) 馬伏波 : 후한(後漢) 광무제(光武帝) 때 교지(交趾)를 정벌한 복파장군(伏波將軍) 마원(馬援)을 가리킨다.

무후에 머리를 양보하지 않을 것입니다. 남방의 백성이 장차 사당을 세워서 천추에 은택을 전하고자 합니다."

도독이 웃으면서 말하였다.

"이는 모두 황상의 교화이지 제가 무슨 은택이 있겠습니까?"
라고 하였다.

또 홍원수와 이별을 고하여 말하였다.

"과인이 만맥(蠻貊)의 나라에서 생장하여 안목이 비루하더니 지금 원수를 보니 황홀하고 사모하는 마음이 비단 다시 살려준 은혜에 감사할 뿐만이 아닙니다. 지금부터 이별을 고함에 관산(關山)이 아득합니다. 훗날 만약 월상씨의 흰 꿩을[12] 받들고 입조하면 기쁜 얼굴로 서로 대하기를 원합니다."

홍원수가 웃으면서 말하였다.

"싸우면 적국이오 사귀면 벗이라. 남북으로 떠돌아다님에 만나고 헤어지는 것이 정해진 것이 없으나, 구구하게 바라는 것은 지금부터 대왕은 자중자애하여 제가 다시는 이 땅에 오지 않게 하소서."

나타와 축융이 크게 웃었다. 일지련이 홍원수에게 말하였다.

"제가 지금부터 채찍을 잡고 원수를 따라가고자 하나 종적을 마음대로 하지 못하여 뜻을 이루지 못하겠으니 훗날을 기다렸다가 뵙겠습니다."

홍원수가 마음속으로,

'내가 일지련의 용모와 자질을 사랑하여 좌우에 두고자 하였더니

....

12) 越裳氏의 흰 꿩 : 주공이 예악을 제작하여 천하를 화평하게 다스리자 사방의 오랑캐들이 찾아왔는데, 그중에 월상씨는 이중삼중의 통역을 거치며 찾아와 흰 꿩을 바쳤다는 고사에서 인용한 것이다.『후한서 권86, 남만서남이렬전』

제가 나를 따를 마음이 없으니 이는 오랑캐 종자라, 기상이 굳세고 사나워 틀림없이 인정이 없어서 그럴 것이다.'
하고 손을 잡고 섭섭하여 한참 말이 없었다.

　도독이 행군을 지휘함에 만장 철목탑에게 삼천 기를 거느리게 하여 선봉으로 삼고, 뇌천풍은 오천 기를 거느리게 하여 전부 장군으로 삼고, 소사마는 삼천 기를 거느리게 하여 후부 장군으로 삼고, 동초 마달은 좌우 장군으로 삼고, 도독과 원수는 중군이 되어 대군을 이끌고 교지로 향하니 때는 곧 삼월 늦봄이었다. 남쪽이 예로부터 날씨가 매우 가문 까닭에 날씨가 극히 더워 마치 중국의 오뉴월과 같았다. 산이 동탁13)하여 초목이 드물고 한쪽은 큰 바다가 하늘과 접해있어 괴이한 바람과 풍토병이 사시사철 구별이 없으며 들판이 아득히 멀어 혹 오륙백 리에 이르더라도 인가가 전혀 없었다.

　교지왕이 토병을 이끌고 국경에서 맞이하여 안부를 물었다. 도독이 적의 정세를 물었더니 대답하기를,

　"홍도왕 탈해는 오랑캐 종자여서 천성이 흉악하여 그 아버지를 찬탈하고 그 처 소보살은 요술이 추측하기 어려워 가볍게 대적할 수가 없으니 지금은 오계동에 있습니다. 원래 남쪽의 여러 나라 중에 홍도국이 풍속과 기강이 무도하여 인륜이 없고 위력을 주로 하며 그 굳셈이 금수와 다름이 없습니다."
라고 하였다.

　도독이 또 물었다.

　"오계동이 여기에서 거리가 몇 리입니까?"

13) 童濯 : 산에 초목이 아주 없음. 씻은 것같이 깨끗함.

"사오백 리입니다. 그 사이에 다섯 개의 시내가 있는데 첫 번째는 황계이고, 두 번째는 철계이고, 세 번째는 도화계이고, 네 번째는 아계이고, 다섯 번째는 탕계입니다. 황계를 건너면 사람의 몸이 누렇게 되고 부스럼병이 나며, 철계에 빠지면 쇠가 저절로 녹아 물이 되고, 도화계는 봄에 꽃이 피면 물결이 저절로 붉게 되어 독기가 십 리를 흐르고, 아계는 그 물을 잘못 마신 자는 벙어리가 되어 말이 통하지 않고, 탕계는 물이 항상 뜨거워 사람이 들어갈 수 없습니다. 그래서 비록 강한 군대와 용맹한 장군이라도 이곳에 이르면 속수무책입니다."

도독이 그 말을 듣고 비록 의심스럽고 걱정이 되었으나 말과 얼굴색을 변하지 않고 교지의 토병 오천 기를 이끌고 오계동으로 행군하였다.

한 곳에 이르자 산천이 광활하고 지형이 평탄하여 대군을 머무를 수 있었다. 날이 이미 저물어 이윽고 달빛이 밝자 도독이 원수와 함께 전포를 입고 진문의 밖으로 나와 배회하며 달구경을 하는데 갑자기 풍경(風磬) 소리가 바람을 따라 나기에 토병에게 물었더니,

"뒷산 아래에 복파장군의 사당이 있습니다."
라고 하였다.

홍원수가 아뢰었다.

"마복파는 한나라의 명장이라 그 정령이 틀림없이 없어지지 않았을 것이니 잠시 가서 분향을 하는 것이 좋을 것 같습니다."

도독이 응낙하고 함께 사당 안에 이르러 향을 사르고 속으로 기도한 후에 탑(榻) 위의 산가지를 잡고 한 괘를 얻으니 효사에 '사정인대길'14)이라 하였다.

---

14) 師貞人大吉 :『주역』지수사괘(地水師卦)의 괘사는 "師貞丈人吉无咎"이다. 그 뜻은 "사(군사)는 바르게 함이니, 장인(큰 사람)이라야 길하고 허물이 없으리라"이

사당 문을 나갈 때 밤빛이 이미 깊고 검은 안개가 달빛을 흐릿하게 가리었다. 도독이 원수를 돌아보고 말하였다.

"이는 남방의 장기[15]요. 사람에게 닿으면 병이 되는 까닭으로 마복파가 율무씨를 얻어 그것을 제거하였더니 지금 장군이 병을 앓고 난 뒤의 약한 체질로 이 독기를 쐬었으니 어찌 걱정이 되지 않겠소?"

하자 홍원수가 웃으면서,

"소장은 만인입니다. 심히 관계하지 않습니다."

라고 하고 진으로 돌아와 잠자리에 들었더니 이날 밤에 원수가 갑자기 피를 토하며 정신을 잃고 쓰러졌다. 도독이 크게 놀라 원수의 막차로 가서 구호한지 반나절에 바야흐로 비로소 회생을 하였다. 도독이 좌우를 물리치고 조용히 말하였다.

"낭이 전쟁터에서 수고로이 힘쓴데다가 또 아까 독 안개에 닿아서 이 증세에 이르게 되었소."

홍랑이 말없이 있다가,

"이는 저의 평생의 병입니다. 십 리 전당에 거의 물속의 외로운 혼이 되어 물을 마시고, 하늘가 멀리 떨어진 곳에서 떠돌던 종적이 풍토에 상함을 얻어 이러한 괴이한 증세가 있는 것입니다."

라고 하고 신음소리가 끊이지 않았다. 도독이 걱정스러워서 증세를 대하여 약을 의논하여 병을 구완하고 손을 어루만지며 말하였다.

"교지는 예로부터 장기가 매우 많은 곳이다. 내 비록 재주가 없으나 마땅히 낭을 대신하여 오계동을 취할 것이니 낭은 후군이 되어 천천히 행군하고 편안히 조섭하라."

- -

다. 여기에서는 주역을 잘못 인용한 것이다.
15) 瘴氣 : 축축하고 더운 땅에서 생기는 독한 기운.

다음날 행군할 때 홍원수가 수레에 누워 후군이 되었다.

도독이 대군을 지휘하여 먼저 행군을 한 때 한 곳에 이르자 토병이 고하였다.

"이곳은 황계입니다."

도독이 멀리 바라보니 누런 물결이 넘실넘실 하늘에 닿아 완연히 한 줄기 황하가 하늘로부터 왔다. 앞에 당도하여 보니 깊이가 한 길을 넘지 않았으나 흐름이 급하고 넓이가 백 여 간이 될 만 했다. 도독이 삼군을 호령하여 나무와 돌을 옮겨서 다리를 만들 때 중류에 이르러 파도에 부딪혀서 쌓는 대로 바로 무너지고 수십 명의 일하던 병졸이 몸을 빼지 못하여 빠져 죽음에 비록 바로 건져냈으나 온 몸이 이미 누렇고 부스럼이 생겼다. 도독이 크게 놀라 다시 부교(浮橋)를 쌓자 세 번 쌓아서 세 번 무너져서 다시 방략이 없고 날이 점점 저물었다. 군중이 허둥지둥 모두 시내에 이르러 말에게 물을 마시게 하려고 하였더니 그 중에 말 한 마리가 고삐를 끊고 시내로 나아가 물을 마셨다. 군사가 급히 끌어내었으나 말 또한 부스럼 병이 나서 누워서 일어나지 못하였다.

도독이 한참 보았으나 전혀 방법이 없어 언덕 위로 진을 물리고 밤을 지나고자 할 때 도독이 소사마와 함께 시냇가에 다다라 흐르는 물결을 바라보더니 밤이 깊자 누런 기운이 안개가 되어 사람을 엄습하였다. 도독이 소사마를 돌아보고,

"내가 고금의 병서를 대략 보고 천문지리를 대충 알지만, 이는 물리(物理)로써 미루어보아도 예측하기 어려우며 지력으로는 도모하기가 어렵소. 하늘이 국가를 돕지 않고 조물이 내 성공을 막는 것이오."
하여 소사마가 말하였다.

"홍원수를 청하여 상의하는 것이 좋겠습니다."

도독이 웃으며 말하였다.

"홍원수는 병에 걸렸을 뿐만 아니라 인력으로 할 수 있는 바가 아닌데 홍원수가 어찌 하리오?"

다시 장중으로 돌아가자 마음이 삭막하여 심신이 번뇌하다가 길게 탄식하고 일어나 군중을 순행할 때 홍원수 막차에 이르자 원수가 침상에 누워 앓는 소리가 목구멍 사이에서 끊이지 않았다. 도독이 곁에 있으면서 몸을 어루만졌지만 아득히 전혀 알지 못하고 옥안이 초췌하여 잔약한 체구를 침상에 붙이고 십분 가련하고 칠분 염려 되었다. 손야차에게 명하여 좌우를 떠나지 말고 동정을 하나하나 상세히 보고하라 하고 진중에 돌아올 때 마음이 평탄치 못하여 묵묵히 스스로 생각하되,

'내가 대군을 거느리고 이 불모지에 멋대로 들어와 큰 공을 이루고자 하였더니, 한 작은 시내를 사이하여 다른 계책이 없고 홍랑의 병이 또한 심상치 않으니 이는 조물이 시기하는 것이 틀림없다.'

하고 책상에 의지하니 가슴속이 답답하여 기분이 언짢았다. 잠시 졸다가 놀라 깨니 새벽바람이 장막을 감아올려 찬 기운이 침범하여 한전이 들었다. 조금 있다가 목마르다고 부르짖는 소리가 사방에서 일어나자 도독이 책상을 치고 큰소리로,

"대사가 그만이로다."

하고 곧 정신을 잃고 쓰러지자 좌우가 당황하여 원수에게 아뢰었다. 이때 홍원수 역시 기절하여 넘어져 누웠다가 이 소식을 듣고 크게 놀라 융복을 입을 틈도 없이 엎어지고 자빠지며 장중에 이르자 도독이 자리 위에 누워 잠이 들어 있었다. 진맥을 해보니 맥이 매우 크게

뛰어 중초16)에 화기가 성하였다. 원수가 도독의 손을 잡고 말하였다.

“홍혼탈이 여기 왔으니 도독은 정신을 수습하여 증상을 말씀하십시오.”

도독이 가는 소리로 대답하였다.

“내가 정신을 잃은 것이 아니라 머리가 아프고 어지럼증이 너무 심해서 참을 수가 없소.”

원수가 소사마를 불러서 약을 몇 첩 지어서 먼저 장과 위를 화(和)하고 그 동정을 보아 화기를 내리는 약제를 쓰고자 했더니 뜻밖에 증세가 점차 급하여 손을 댈 수가 없었다.

원래 도독이 청춘의 나이로 예기가 장대하여 힘으로는 산악을 뽑을 수 있고 기운은 두우성을 뚫고자 하되 일편단심이 나라를 위한 한 마음뿐이다가, 지금 황계에 막힌 바가 되어 다른 해결 방법이 없자 마음이 심히 번뇌하여 화기가 위를 찔러서 이런 병이 생겼으니 진실로 급한 병이었다. 비유하면 활활 타오르는 불기운과 같아서 시각을 보존하지 못할 것 같았다. 홍원수가 여러 장수를 불러 군중을 단속하고 척후를 멀리 보내서 소동하지 말라하고 부원수의 막사를 도독 장막 앞에 이동하고 다시 장중으로 들어가자 도독이 눈썹을 찡그리고 가슴을 치면서 할 말이 있으나 말을 못하는 기색이 있었다. 홍원수가 앞에 나아가 말하였다.

“두통과 어지럼증이 전에 비해 어떠십니까?”

도독이 손을 들어 입을 가리키고 붓과 벼루를 청하는 듯하여 원수가 곧 붓과 벼루를 바치니 도독이 베개에 기대어 몇 줄의 글을 적어

---

16) 中焦 : 위에서 배꼽 사이.

홍랑에게 주었다. 그 유서(遺書)는 이러하였다.

　　내가 불충불효하여 이역에서 병에 걸렸으니 성주께서 추천하신 은
혜와 부모님께서 문에 기대어 기다리는 마음을 장차 어떻게 하리오?
병이 보통으로 생긴 것이 아니라 조물주가 희롱하여 큰 공을 세우는
것을 막는 것이오. 지금 혀가 마르고 정신이 아득하여 무궁한 소회를
한 붓으로 쓰기 어렵소. 많고 많은 일을 원수에게 맡기니 나를 대신하
여 삼군을 감독하고 개선가를 부르며 고국으로 돌아가 임금과 부모님
을 위로하여 창곡의 불충불효한 죄를 조금이나마 덜게 하면 이는 평생
의 지기를 저버리지 않는 것이오. 하루살이 같은 짧은 인생이 이와
같이 되었으니 낭은 모름지기 지나치게 슬퍼하지 말고 너그러이 억제
하여 스스로를 보존하여 훗날 후천에서 다시 이생에서 다하지 못한
인연을 이읍시다.

　도독이 쓰기를 마침에 붓을 던지고 다시 홍랑의 손을 잡고 한숨을
쉬며 길게 탄식하고 곧 혼절하였다. 어허! 싸움터에 나가 이기지 못하
고 몸이 먼저 죽어 길이 영웅의 눈물이 소매에 가득하게 한 것은 한나
라 조정의 존망과 관계되는 운수이니,[17] 어찌 사람이 할 수 있는 것이
겠는가?
　이때 홍랑이 정신이 아득하고 천지가 아득하여 말없이 앉아 생각하
기를,
　'내가 일개 여자로서 부모와 친척이 없고 죽고 삶과 영광과 욕을
도독에게 의지하여 구구하게 죽지 못하고 살아 오늘에까지 이른 것도
죽음을 두려워해서 그런 것이 아니라 양원수를 위해 그러한 것이요,

---

17) 出師未捷身先死 長使英雄淚滿襟 : 두보의 시 <촉상(蜀相)>에 있는 구절임.

화살과 돌이 날아다니는 전쟁터에 온갖 어려움을 두루 맛봄도 공훈에 뜻이 있어서가 아니라 또한 도독을 위해서이다. 도독이 지금 만약 불행하면 국가의 안위를 내가 어떻게 알 것이며 삼군의 나아감과 물러남을 내가 어떻게 살피겠는가? 내가 마땅히 먼저 죽어 만사에 관여하지 않으리라.'

하고 다시 도독의 앞으로 나아가 낮은 목소리로,

"상공은 정신을 차리십시오. 제 말을 하나도 들을 수가 없습니까?"

라고 하나 상공이 대답하지 않았다. 홍랑이 가슴이 막히는 것을 이기지 못하고 스스로 생각하되,

'내가 전에 의술과 점치는 것을 배웠으니 이러한 때를 당해 시험해 보지 않으면 어찌 무궁한 후회가 없겠는가?'

하고 한 괘를 얻었으나 괘의 효가 어지러워 길흉을 분별하기 어렵고 진맥을 하여 약을 생각하나 정신이 황홀하여 증세를 알 길이 없어 길게 탄식하기를,

'내가 평생에 비록 어려운 일을 당하였으나 심신이 오히려 당황되지 않았는데, 이는 틀림없이 하늘이 내 혼을 빼앗아 장차 불길한 일이 있을 징조다.'

하고 좌우를 물리치고 도독의 손을 잡고 울며 말하였다.

"제가 상공을 만나서 지금까지 4년이 되었습니다. 2년을 서로 이별하여 생사를 알지 못하다가 천 리 타향에서 끊어진 줄을 다시 이어서 남은 생을 의탁하고자 했습니다. 이제 차마 버리시어 한마디 말도 남기지 않으십니까?"

도독이 눈을 들어 잠시 보고 이마를 찡그리며 눈물을 머금고 몹시 슬퍼하는 얼굴빛을 하였다. 홍랑이 오히려 그 지각이 있는 것을 다행

히 여겨서 약을 권하고 증세를 묻고자 하였더니 갑자기 크게 부르짖으며 기절하였다.

어허, 아깝구나! 세상을 덮을 만한 군자요 풍류호걸이 청춘의 나이에 이 지경에 이르니 하늘이 어찌 알 것인가? 홍랑이 급히 약그릇을 던지고 그 몸을 어루만졌으나 백 가지 중에 한 가지도 다행한 일이 없다고 할만했다. 홍랑이 길게 탄식하며 몸을 일으키고,

"내가 차마 보지 못하겠다."

하고 강개하여 창밖으로 나오자 손야차가 창밖에 서 있다가 동정을 물으려 하였다. 원수가 바로 원문 밖으로 나오니 손야차가 또 창을 들고 따르려고 하였다.

원수가 돌아보며 말하였다.

"노장은 따라오지 마시오."

손야차가 당황하여 물러났다.

이때 서산에 달이 지고 별빛이 하늘에 가득한데 군중의 시간이 이미 오경을 알렸다. 홍랑이 곧바로 황계가에 이르러 하늘을 우러러 탄식하기를,

"창천이 저의 몸을 죽여서 남쪽의 황량한 지방에서 외로운 넋이 되게 하심이니, 그렇지 않다면 도독의 병이 어찌 이에 이르렀겠습니까? 제가 어려서 청루에 놀아 재주는 뛰어나나 덕은 적었습니다. 자라서 좋은 집안에 맡겨졌으나 복이 지나치면 도리어 재앙이 생김으로 인하여 다시 만 리 떨어진 곳에서 목숨을 끊어지게 하시니 저의 운명이 기구해서 그렇게 된 것입니다. 도독은 어버이 섬김에 효로써 하고 임금을 섬김에 충으로써 하여 모든 행동이 부족함이 없으니 아마도 신명에게 죄를 얻을 일이 없을 것입니다. 하물며 지금의 나이 한창때

며 앞길이 만 리입니다. 저의 몸으로 도독을 대신하여 황계에 던지겠습니다. 물의 독한 성질을 고치시고 도독의 목숨을 보전해 주시기를 엎드려 바랍니다."

말을 마치고 물속에 뛰어들고자 하였더니 갑자기 등 뒤에서 지팡이 끄는 소리가 나며 급히 불러 이르기를,

"홍랑은 헤어진 뒤 별일이 없느냐?"

라고 하여 원수가 크게 놀라 돌아보니, 곧 다른 사람이 아니라 전날에 수학한 백운도사였다. 한편으로 기쁘고 한편으로 놀라서 황급하게 앞으로 나아가 두 번 절하고 눈물을 머금고 아뢰었다.

"사부님께서 어디에서 이곳에 이르셨습니까?"

도사가 미소 지으며 말하였다.

"노부가 마침 관음보살과 함께 남천문에 올랐더니 그대에게 오늘의 액운이 있음을 알고 구하려고 왔다."

원수가 반갑고 기쁨을 이기지 못하여 사례하여 말하였다.,

"사부님께서 한 번 서천으로 가신 후로 뵈올 수가 없더니 이와 같이 뵙는 것은 하늘이 도우신 것입니다."

"내가 돌아갈 길이 매우 급하나 잠깐 도독의 병세가 어떤지를 봐야겠다."

원수가 크게 기뻐하여 도사와 함께 장막 안으로 들어갔더니, 도독이 혼절한 지 이미 오래되어서 정신을 차리지 못하였다. 도사가 한참 살펴보다가 세 개의 금단을 주면서 원수에게,

"이 약을 쓰면 쾌차할 것이다."

라는 말을 마치고 몸을 일으켜 갔다. 원수가 진문 밖을 따라 나가서 다시,

"도독의 병은 오장육부의 탓이 아니라 그 원인은 오계에 있으니 사부는 방략을 밝게 가르쳐 주십시오."

하였더니 도사가 웃으면서 세 구의 시를 읊었다.

한 움큼의 흙이 물을 이기고, 만 자루의 불이 철을 녹인다.
반드시 복숭아 꽃잎을 머금고, 저 복숭아 꽃 물결을 건너라.
아계수를 실컷 마시고, 한밤중에 탕계를 건너라.

도사가 읊기를 마치고 원수를 돌아보고,

"낭의 미간에 액운이 오늘 이미 다하였으니 앞날에 부귀가 지극할 것이다."

라고 하고 갑자기 손 안의 팔백 보리주를 들어서 주면서,

"이것은 석가세존이 묘법을 강론할 때에 윤회를 염불한 구슬이다. 하나하나 마음을 바르게 하는 공부를 들어서 사기(邪氣)가 범하지 않는다. 절로 쓸 곳이 있거니와 훗날 자개봉 대승사 보조국사에게 전하라."

하고 말을 마치자 한바탕 맑은 바람으로 변하여 간 곳을 알지 못하였다.

원수가 공중을 향해 백배 감사드리고 즉시 막사로 들어가서 급히 금단(金丹)을 쓰자, 한 개에 가슴 속이 상쾌해지고 두 개에 정신이 청명하고 세 개에 신기(神氣)가 보통과 같게 되었다. 원래 금단은 선가의 최고의 영약이다. 도독이 약을 먹은 후에 병세가 곧 좋아지고 총명한 정력이 전날보다 배가 되었다.

이때 홍원수가 도독의 병세가 차도가 있음을 보고 기쁨을 이기지 못하여 먼저 백운도사가 진영에 온 것을 말하고, 다음으로 세 구의 비결을 외우자 도독이 다 듣고 놀라 감탄하여 마지않았다. 원수가

세 구의 시를 외우고 행군하며 군중에 명령을 내렸다.

"대군은 일시에 각기 한 움큼의 황토를 가지고 황계를 건너되 만약 목마른 자가 있거든 흙을 입에 머금은 연후에 물을 마셔라."

백만 대군이 다투어 황토를 가지고 물을 건너기를 장군의 명령대로 하자 대군이 과연 병이 없었다. 삼군이 펄쩍펄쩍 뛰며 기뻐서 소리를 질러서 그 소리가 우레 같았다. 이튿날 철계에 도착하니 물빛이 검푸르고 찬 기운이 서로 엉기어 병기(兵器)에 닿자 과연 녹아서 물이 되었다. 홍원수가 명령하였다.

"삼군은 각기 횃불 한 자루를 가지고 물을 건너라."

대군이 한꺼번에 풀을 묶어서 횃불을 만들어 불을 태우고 건너자 불빛이 철계를 덮었으며, 그 불빛이 드문 곳에는 군마가 찬 기운을 이기지 못하여 횃불을 더한 뒤에야 건널 수가 있었다.

다음으로 도화계에 도착하니 이때는 삼월 초순이라, 복숭아꽃은 만발하고 물결은 넘실대어 낙화가 어지러이 둥둥 물에 떠가자, 물빛은 꽃이 비치어 붉고 독기는 코에 닿아 역겨웠다. 군중에 나이 어린 자들이 손가락으로 초수[18]를 찍어 맛을 보니 순식간에 손가락에 부종이 생기고 입에서 피를 토하였다. 원수가 명령을 내렸다.

"대군은 언덕 위에 올라가서 각자 복숭아꽃 한 가지를 꺾어서 사람과 말의 다리에 칠하고 입에 머금고 물을 건너가도록 하라."

대군이 다투어 복숭아꽃을 꺾자 순식간에 복숭아 꽃나무가 듬성듬성 하였다. 이에 북을 치고 내를 건너자 점점의 꽃 그림자가 물속에 비치어 빛났다.

---

18) 손가락으로 醮水 : 덕흥서림본에 '以持醮水而뽤'이라고 한 것을 따랐다. 醮水는 강 이름.

홍원수가 도독과 함께 말을 나란히 하여 건너면서 밝게 웃으며 말했다.

"강남 전당호 십 리의 연꽃을 비록 아름다운 볼거리라고 하나 이것보다 낫지 않습니다."

도독이 미소를 짓고 도화계를 건너 아계에 이르렀다.

홍원수가 명령을 내리어 말하였다.

"여러 장수와 군사 중에 만약 목마른 자가 있거든 각자 마음껏 마시고 건너라."

여러 장수가 오히려 머뭇거리자 손야차가 큰 소리로 말하였다.

"원수는 신인이시다. 어찌 의심하는 것이 있는가?"

라고 하고 표주박을 들어 먼저 마시고 뇌천풍을 돌아보고 그 상쾌함을 말하고자 하더니 갑자기 혀가 말리어 말을 할 수 없고 표주박을 던지고 눈물을 흘리며 가슴을 두드리고 크게 울었다. 원수가 크게 웃고 다시 몇 그릇을 권하였다. 손야차가 마음속으로 망설이다가 억지로 몇 바가지를 마시자 가슴 속이 맑고 상쾌하며 목소리가 분명하였다. 야차가 크게 기뻐하여 원수에게 말하였다.

"노신이 지난날에 원수를 업고 물속을 갈 때 절강의 물을 배부르게 마셨는데 이처럼 맑고 상쾌하지 않았습니다."

원수가 눈썹을 찡그리고 눈길을 보내어,

"내가 공연히 몇 바가지를 더 먹게 하여 횡설수설하게 하였구나."

라고 하였다. 손야차가 아무 말 없이 물러나자 대군이 한꺼번에 아계의 물을 많이 마시고 용기가 갑절이 되었다.

다음날 탕계에 이르렀는데 물결이 세차게 끓어올라 햇빛을 따라 끓는 열기가 불과 같아서 사람들이 감히 가까이 가지 못하였다. 원수가 강머리에 진을 치고 밤을 기다렸다가 몸소 불가에 이르자 밤이 이미 해시의 끝이요, 자시의 시작[19]이었다. 물결이 일어나지 않고 찬 기운이 수면에 뜨자 원수가 삼군에 명령하여 한꺼번에 시내를 건넜다. 이때 백만 대군이 오계의 험한 땅을 잘 건너 제장과 군졸이 서로 치하하고 홍원수의 신기함에 탄복하였다.

원래 황계는 흙의 정기라 흙으로써 흙을 이기고, 철계는 쇠의 정기라 불로써 쇠를 이기고, 도화계는 도화의 독기가 있어 독으로써 독을 제어하고, 아계는 풍토가 다른 것으로써 처음 마시면 벙어리가 되고 실컷 마시면 장과 위가 통하며, 탕계는 남방의 불의 기운이라 자시의 중간에 하늘이 물을 내어 절로 서로 상극하는 것이 있다. 무릇 천하의 만물이 불의 기운을 많이 받으면 독기가 절로 생기는 것이며 남방은 산천초목이 불의 기운이 아닌 것이 없는 까닭으로 독기가 이곳에 모인 것이었다.

한편, 홍도왕 탈해와 그 처 소보살이 천병이 이른 것을 듣고 여러 장군과 상의하여,

"명나라 병사가 어찌 오계를 건널 수 있겠는가?"

하더니 무사히 내를 건넌 것을 듣고 탈해가 크게 놀라 즉시 소대왕 발해를 청하였다. 발해는 탈해의 동생으로 만부가 감당하지 못하는 용력이 있고 성질이 불같이 급하였다.

탈해가 발해에게,

"명나라 병사가 지금 이미 오계를 건넜으니 뾰족한 수가 없다. 무엇으로써 방비하겠는가?"

----

19) 해시의 끝 자시의 시작 : 밤 11시 경.

라고 하자 발해가 팔을 뽐내며 말하였다.

"보잘것없는 잔병을 한 번 북을 쳐서 묻을 것이니 어찌 막기를 근심하리오?"

"아우는 적을 가벼이 대하는 말을 쉽게 하지 말라. 내가 정병 삼천 기를 줄 것이니 자고성을 지켜 들어오는 길을 막으라."

발해가 응낙하고 갔다. 원래 자고성은 오계동 북쪽에 있어 그 곳에 자고새가 많은 까닭으로 이름을 자고성이라고 하였다. 이때 도독이 오계동을 향해 행군을 할 때 한 곳을 바라보니 산 아래에 수목이 하늘을 찌를 듯 높이 솟아있고 한 조각 외로운 성이 흐릿하게 높이 솟아있었다. 홍원수가 크게 놀라 교지 토병을 불러 물었더니,

"쇤네들이 오계 남쪽은 발자취가 이르지 못하는 곳입니다. 자세히 알지는 못하오나 전설에 오계동에 들어가는 길에 자고성을 넘는다고 들었습니다."

라고 하였다. 홍원수가 머리를 끄덕이고 도독에게 아뢰었다.

"탈해가 만약 자고에 병사를 숨겨 대군의 뒤를 엄습한다면 낭패일 것이니 먼저 자고성을 취함이 옳습니다."

"어떻게 하여 취할 수 있겠는가?"

"오늘 밤에 이곳에 대군을 머무르고 동·마 두 장군에게 오천 기를 거느리게 하여 자고성의 북쪽에 매복하게 하고 날이 밝기 전에 대군을 거느리고 오계동을 향하면 자고성 복병이 반드시 나와 길을 막을 것입니다. 이때를 타서 동·마 장군을 시켜 자고성을 취하게 함이 묘책일 듯합니다."

도독이 그것을 허락하고 대군을 머무르고 밤을 지냈다. 그날 밤 삼경에 동·마 장군에게 오천 기를 거느리고 그곳에 가게 하고 날이

밝을 무렵을 기다려 고각을 울려 대군을 몰아 오계동을 바라보고 행군하니 형세가 풍우와 같았다. 발해가 정병을 거느리고 산을 내려와 크게 소리를 지르기를,

　"쥐새끼 같은 어린 놈이 겁도 없이 호랑이 입을 지나니 어찌 이리도 간이 큰가?"

하고 말을 놓아 싸움을 청하였다. 원수가 급히 진세를 이루어 선봉으로 후군을 삼고 후군으로 선봉을 삼아 일시에 말을 돌려 기를 휘둘러 나갈 때 원수가 도독과 진 앞에서 바라보니 발해가 신장이 십 척이고 얼굴이 노구솥 밑같이 검고 호랑이 눈에 곰의 허리로 흉악하고 사나운 모습이 사람의 모습과 같지 않았으며, 두 손에 각각 쇠방망이를 가지고 큰 소리로 진을 나왔다. 도독이 원수를 돌아보고,

　"저것이 어찌 사람의 무리겠는가? 만약 귀신이 아니면 짐승의 무리가 틀림없다."

라고 하고 뇌천풍을 출전하게 하였다. 뇌천풍이 벽력부를 들고 발해를 치고자 하는데 발해가 오른손으로 쇠방망이를 가지고 왼손으로 벽력부를 뺏고자 하였다. 천풍이 크게 노하여 도끼를 잡고 버리지 않자 발해가 갑자기 큰소리를 내며 휘두르자 천풍이 몸을 뒤집어 말에서 떨어졌다. 발해가 크게 웃으며,

　"네가 어찌 나를 대적할 수 있겠는가? 내 뛰어난 역량을 알고자 한다면 이 쇠방망이를 들어보아라."

하고 곧 말 앞에 쇠방망이를 던졌다. 천풍이 분하여 성을 내어 비록 힘을 다해 들고자 하나 무게가 천근을 넘었다. 스스로 미치지 못함을 알고 몸을 솟구쳐 말에 올라 본진에 돌아와 탄식하기를,

　"이는 보통 사람의 힘이 아니다. 만약 옛날 촉산을 뽑던 오정역사[20]가

아니라면 반드시 이는 아홉 개의 솥을 던진 초나라 패왕의 후신이다."
말을 마치기도 전에 발해가 크게 호령하였다.

"너의 백만 대군은 오히려 논하지 말라. 대명천자가 친히 나라를
기울여 오더라도 나는 조금도 겁이 나지 않는다."

도독이 크게 노하여 말하였다.

"오랑캐의 무례가 감히 이와 같으니 그 머리를 취하지 않으면 맹세
코 회군하지 않으리라."

홍원수가 웃으며 대답하였다.

"소장이 비록 뛰어난 역량은 없으나 일전을 하고자 합니다."

도독이 생각에 잠겨 대답하지 않자 원수가 다시 웃으며,

"소장의 쌍검은 평생 아끼는 것입니다. 보잘것없는 오랑캐의 피로
써 어찌 더럽힐 수 있겠습니까? 다섯 개의 화살이 있으니 세 개로
만장을 취하지 못한다면 군령을 받겠습니다."
하고는 쌍검을 풀어 손야차에게 주고 큰 칼을 차고 활과 화살을 메고
말위에 오르니 아름다운 얼굴과 꽃 같은 모습은 만장에게 비교하면
과연 적수가 될 수 없었다. 제장 삼군이 진 앞에 나와 그 승패를 볼
때 도독이 또한 진위에 앉아 홍원수가 만약 위급하면 장차 대군을
몰아서 구하고자 하였다. 승부가 어떻게 될지 모르겠다.

또한 아래 회를 보라.

<옥루몽 권1 끝>

20) 五丁力士 : 전설상의 촉왕(蜀王) 때에 있었다는 다섯 역사.

옥루몽 권1

옥루몽 권1 原文

玉 樓 夢 原文整理

緒言[1]

天上人間 兩渺茫 玄之又玄 衆妙之門無限 精神界 物質界 交互錯綜
遞相變遷 億千萬劫 經過 自在而輪廻 自其變者而觀之 循環無窮 端睨莫
測 自其不變者而觀之 純一不雜 恒久不息 操璿機之懸斡 排置此无量世
界之芸芸葱葱 果孰主張是 以短期百年之人生 智淺識薄 不足以窺千萬
分之一也 嗟嗟苦海汩沒之無數衆生 試一洗滌爾心髓中堆積之塵垢 快
讀我玉蓮子之玉樓夢一篇 苟非物欲之寡之又寡 終至於無 無以看破此
機運 又非淸淨之夙根 早結於過去 又何以圖銳利快樂 愚者不解此義 但
以現在眼前之窮通苦樂 或有歡欣者 或有憂憾者 或有欽羨者 或有詆毀
者 環顧塵寰 形形色色 種種物態 便成惡魔世界 不悟修鍊善根 積功成塔
枉費了隙駒光陰 可憐此誤擲一生 彼耿耿 一點星芒 世界燦爛文華界 文
昌文曲 亦是塵塵積 此宇內寓形 無意無識頑鈍 渺然一軀殼 亦是塵塵積
同一塵塵積 何者驚天動地 亘古今而長存 何者與草木而同朽 隨泡沫而
同滅 念之 不禁於悒 嗚呼嘻噫 我知之矣 此果物質界變化歟 抑亦精神界

---

1) 積文書館 本의 서문으로 이 글은 번역하여 싣지 않았다. 이 서문은 원작자인
　남영로가 쓴 것이 아니라 적문서관에서 작성하여 첨부한 것으로 본다.

變化歟 碧海桑田 轉移無停 莊周蝴蝶 變幻不測

　噫 此大地上蠢蠢蜒蜒之億萬衆生 蛻却五濁下界之慾臼 追躡三淸上人之仙分 細看來玉樓夢六十四回 奇奇妙妙 神秘之訣 豈特楊昌曲專有 世間多少血性男子 修鍊爾軀殼 陶冶爾性情 此間 別有眞個妙理

玉 樓 夢 卷一

第一回

文昌承帝命玩月　觀音持佛力散花

話說 上帝臨御 白玉京 十二樓有 十二樓一 白玉樓 制度宏麗 景槪平遠 西連兜率宮 東通廣寒殿 雕甍畫棟 碧空聳出 玉窓繡戸 瑞色凝結 上淸樓觀 第一指屈 玉帝 此白玉樓重修 招待各仙官 設落成盛宴 羽衣霓裳之群仙 于于而來 左右列席 鸞笙鳳管 迭奏互答 響徹重霄 碧桃火棗 左排右列 醲酊淋漓 玉帝 玻璃盃 注流霞酒 特賜文昌星君 命作白玉樓詩 文昌帶醉興 手不停筆 連奏三章詩

第一章曰

珠露金颷上界秋　紫皇高宴五雲樓
霓裳一曲天風起　吹散仙香滿十州

第二章曰

乘鸞夜入紫微城　搖白玉桂月光京
星斗滿空風露薄　綠雲時下步虛聲
第三章曰

雲裡靑龍玉路頭 平明騎出向丹邱
閒從碧戶窺人世 一點秋烟辨九州

　玉帝覽畢 大喜稱贊 命揭樓楣 再三吟咏 忽然玉色不悅 顧太乙眞君曰
文昌之詩極佳 第三章 似帶塵世之孼緣 是甚故也 文昌年少望重之仙官
此我之所愛 豈不惜哉 眞君奏曰 近日文昌星 眉宇 滿紫黃之氣 帶富貴氣
像 暫爲謫降塵世 消滅悧氣似好 玉帝微笑點頭 罷宴席後 歸靈霄寶殿
謂文昌曰 今夜月色極佳 仍留玉樓 玩月敍情而歸 文昌奉聖旨 祗送寶駕
更登白玉樓 此時 秋七佳節 金風蕭瑟 銀河耿耿 萬里碧空 點雲如掃 俄
然東北方一陣黑雲 彌滿中天 北海龍王 驅雷車 過樓下 文昌大怒曰 吾方
觀月色 老龍何以起雲 遮月光 老龍稽首曰 今日七七佳節 雲孫娘娘 下降
牽牛 四海龍王 爲洗車而去 文昌微笑 卽命龍王收雲 少頃 玉宇崢嶸 白
露橫空 半輪新月 斗牛間徘徊 文昌醉依欄干 望月而思曰 玉京雖好 難耐
淸淨澹泊 彼月宮姮娥 孤守廣寒殿 豈無無聊之愁

　忽聞 樓下車聲隱隱 仙童報曰 帝傍玉女來臨 文昌疑訝曰 玉女玉帝宮
中侍女 豈到此處 少頃 玉女上樓 見文昌 以賓主之禮 定東西坐後 玉女
曰 玉帝慮文昌之過醉 使妾奉蟠桃六枚 玉液一壺 今夜玉樓 以助玩月敍
情 文昌一邊 起身拜奉 一邊流目視玉女 星冠月珮 擧止端雅 十分貞靜
七分嫋娜 與月爭光 文昌笑曰 玉女靑春之年 處深宮 應多鬱寂 今奉玉帝
聖旨到此 暫留逍遙散懷而歸 玉女微笑曰 妾來路 逢紅鸞星 賀織女娘娘
之佳期而去 回路合來於此處期會 紅鸞風流多才之星君 可以助文昌之
今夜騷興 言未畢 一位仙女 乘彩雲 自西而來 詳視之 乃是諸天仙女 手
持玉蓮花一朵 飄然而過去樓下 文昌呼曰 諸天仙女 今向何處 仙女停雲
車而對曰 妾赴靈山會 聞世尊之說法 回路過摩訶池 玉蓮花盛開而極佳

折取一枝　向兜率宮　文昌笑曰　其花極奇　望須暫玩　仙女微笑而手中蓮花
投於空中　文昌取視　微微笑　卽成詩二句　裏花葉而投空中　其詩曰

　　　可憐玉蓮花　淸淨摩訶池
　　　尚得春風意　任君折一枝

　仙女蓮花　反受而擧　慇懃向文昌而致謝意　忽然自東　又有一位仙女駕
彩鳳　飄忽而到　視之　乃天妖星　大聲曰　諸天仙女　入道仙女　奈何效南浦
採蓮　江津解珮之風情　言畢　奪取仙女所持玉蓮花　詳看題詩　有怏怏不樂
之色　冷笑曰　此花此詩　天上無雙之寶　吾上玉帝而供玩　仙女羞愧而顔頳
方在唐荒　自南方　又一位仙女戴七寶冠　乘紅鸞而來　慧點氣像　英拔風彩
不問可知爲紅鸞星　琅琅而呼曰　兩位仙娘　所爭何事　天妖星笑曰　文昌以
詩　慇懃酬酌　壞損上界淸淨之規模　紅鸞琅然而笑曰　妾聞麻姑仙子　年高
德邵　對王方平　擲米相戲　西王母　位尊望重　逢周穆王　和答白雲謠　今諸
天仙女投花文昌　文昌以詩酬酌　有何不可　且文昌　望重仙官　娘友[1]比於
鄭交甫耶　因奪天妖所持之玉蓮花　揷於自己頭上　右手　執諸天之手　左手
引天妖之袖曰　今夜月色極佳　請上白玉樓而玩月　兩娘從紅鸞　上玉樓　文
昌　玉女相迎定座
　文昌　座第一位　玉女　第二位　天妖皇　第三位　紅鸞星　第四位　諸天仙女
第五位　次第定座後　文昌　帶笑曰　玉樓景色　何夜不好　諸位仙娘　如此相
會　可謂奇異之夤緣　紅鸞笑曰　此皆玉帝之所賜　文昌之淸福　但妾　其間演
出一場風波　實爲歉歉　玉女驚而慰之曰　是何說耶　紅鸞更微笑曰　妾俄者

----

1) 友：何.

賀雲孫而歸 過銀河 烏鵲成橋 制度絕異 妾年少之心 渡其橋 忽然北海龍王 洗車歸路 一陣烏鵲 驚散 妾幾成水中劫魂

文昌笑曰 烏鵲橋 織女牽牛 結緣之橋 紅鸞無故而渡 造物暫弄 一座大笑 紅鸞又笑曰 妾俄逢桃花星 亦甚無聊 要與同來 則終是年少星君 欲玩廣寒殿羽衣舞而來 其回路 必過此處 請而同樂似好 言未畢 一位仙女乘紫霞車 衣雲錦裳 顏色夭夭 如一枝桃花 春風半開 不問可知爲桃花星 紅鸞微笑而出立樓頭 高聲曰桃花星 來何晚耶 此處 諸位玉女及諸天仙女天妖星會坐 同與玩月如何 桃花星微笑 旋登玉樓 坐第六位 總六位仙官 文昌宿醉朦朧 揮玉塵而笑曰 白玉樓 天上第一樓觀 秋七 一年中最好佳節 吾奉玉帝之命 良宵明月 幾乎獨樂 不期諸娘 邂逅相逢 此亦不易得之奇遇 但恨無酒 如此盛會何 紅鸞笑曰 向逢麻姑仙子 君山千日酒新熟 極爲醇美 命送一個侍女則可得 玉女笑而命一侍女 送天台山 麻姑見而大驚曰 諸方玉女 持操高尙 曾無求酒之事 最可怪之事 卽取碼瑙壺 纔以數斗酒而送之

紅鸞語娘娘曰 天台山之姑 見東海桑田之三變 吝嗇之心 依舊不變 些小斗酒 何處用之 妾聞向日 玉帝 聞均天廣樂 因蒼鶉之作亂而暫醉 追悔而囚酒星 更不受酒 必酒星部之所積 應如滄海 文昌求之則可得 文昌應諾 卽命送仙童 而已 天駟星載酒 北斗星洗盃 玉液金漿 龍脯鳳炙 卽成酒席 滿座大醉 紅鸞星 垂娥眉 流秋波而擧手指月曰 這一輪明月 天上人間 都是一樣 雖上界光陰長久 大羅龍漢 劫塵一起 姮娥雙鬢 秋霜更新 豈可以談仙術自高 如此良夜 無聊虛送耶 萬一此席 大白辭讓者 罰以桃核 文昌大笑 醉興陶陶 六仙官 亦依欄而睡 玉山自倒 花影散亂 皎潔星月 繞在天河 淸亮風露 滿襲衣裳 居然玉樓風月 變作壺中天地 但侍女仙童 侍立於欄頭 彩鳳靑鸞 徘徊於樓下

此時　釋迦世尊　罷靈山道場　坐蓮花臺　與諸弟子　講論佛法　忽然司摩訶池和尚　報曰摩訶池　十朵玉蓮花　應十方而爛開　今日　一朵不知去處　世尊沈吟良久　告觀音菩薩曰　此花帶天地精華與日月精氣　異香瑞彩　可照十方　菩薩審其去處　菩薩合掌受命　卽乘雲而向空中　上仰觀十二天　下俯察三千界　玉京十二樓　放出一線異常光彩　菩薩隨其光彩　到白玉樓　杯盤浪藉　觥籌交錯　六仙官一時大醉　相與枕藉而東頹西倒之中　一朵玉蓮花　放置座上　菩薩舉慧眼而視之　微微而笑　取蓮花而下樓　復乘雲而歸靈山　獻玉蓮花於世尊　告六仙官醉倒之事　世尊受玉蓮花　覽其題葉詩　微笑而誦蜜多心經　題葉詩字字落下於塔上　遽然化成二十顆之明珠　世尊更誦輪回之言　舉玉塵而擊塔　二十明珠　雙雙轉流而再變　成五顆明珠　光彩明瑩世尊收珠與蓮花而置前　大慈大悲　寂寞入定　觀音菩薩　微笑　卽成偈一句而和答　其詩曰

　　妙哉蓮花　原有妙法
　　並帶春風　示我結習

伊時　世尊聞偈　稱讚曰　善哉　佛音　更以一言　曉諭大衆　菩薩再拜　持蓮花而說法曰

　　這玉蓮花　本質雖清淨　又得天地間淑氣　暫帶輪回中浩蕩之惻　譬之於衆生　則天性虛靈　塵根重濁　五慾七情　不能自由　七戒十律　恰似自取　吾佛法　廣大無量　由情根而言因緣　由因緣而使覺舊境　大概人之性如蓮花情慾如春風　非春風則蓮花難可發　無情慾　則心情難覺　諸大衆　善男信女備法心　明法眼　蓮花已發　看春風來到之處　天地清淨　江山虛寂　此所謂

妙法性覺

此時 世尊 聽菩薩之說法 大喜曰 善哉 佛說 誰能將此意 這蓮花與明珠 以作他日結拾 阿難 合掌告曰 弟子雖無法力 請持這蓮花 變爲貝多羅數 葉葉寫出八萬大藏經 世界衆生之六根六塵 如照日月 使歸淸淨廣大之界 世尊又微笑無言 觀音菩薩更起 就蓮花臺前 告世尊曰 食八珍之味 則知菽粟之淡 被紋繡之衣 則覺布帛之儉素 弟子持這蓮花與明珠 作一種黃緣 千秋萬世之醉夢浮生 使覺舊境 以知佛家上乘之淸淨廣大矣 世尊大喜 塔上所在一枝蓮花 五個明珠賜菩薩 合掌再拜 擔菩提珠 被金縷袈 左手擧五個明珠 右手指一枝花 (五個明珠一枝蓮花爲他日伏線) 登南天門 俯視大天土 茫茫苦海 慾浪接天 蕭蕭紅塵 醉夢矇眛 菩薩微笑 右手之蓮花 左手之珠 一時向空而投 明珠四散 不知去處 但一朶玉蓮 飛白雲間 落下下界 爲一座名山 不知菩薩法力 將作如何黃緣 作如何結果 且看下回

第二回

許夫人覺夢玉蓮峯　楊公子投箋壓江亭

却說 南方有一座名山 周回五百餘里 高可一萬八千丈 石光如束白玉 遠遠望見則如一朶蓮花 削出靑天 稱者謂玉蓮峯 中古 有一個道士過去 登峰頭 見山勢而歎曰 美哉 此山 突然形勢 鳳翥龍蟠 受淸淑之氣運 此非禹貢 導山導水之山 佛家所謂飛來峯 不出三百年 生一特異之奇男子

必應淸明地氣　其後數百年　漸成數三村落　村中有一處士　姓楊名賢　與其

妻許氏　登山採茱　臨水釣魚　世間榮辱　視如浮雲　故作物外逍遙君子　但年

滿四十　無一子女　夫妻相對　每怏怏不樂　一日　三月暮春　許氏方開紗窓

正無聊而坐　見雙雙春鶯　樑上爲巢而飛去飛來　攫虫哺雛　長歎曰　天地萬

物　無非稟生生之理　無不知子母之情者　我獨何故　平生悽憔　反不如彼物

乎　自然淚沾衣襟　楊處士　自外而入曰　夫人　何爲而面帶愁色耶　今日日氣

淸朗　吾夫婦居此已久　未曾一登玉峯　今一陟高岡　舒此鬱寂之懷若何　許

氏大喜　携竹杖而從山區　次第而上

　時杏花已盡　躑躅滿發　處處蝶舞　谷谷蜂歌　一年春光　無奈而催促　或弄

流水而洗手　或覓樹陰而歇脚　漸次前進　石角峻急　山路塹險　許氏坐巖上

喘息脉脉　玉汗滿沾羅衫　處士笑曰　尙未免凡骨　難得見上峯　許氏笑答曰

妾實無仙分　君子之氣色　亦不安舒　爲朗吟飛過洞庭湖　呂洞賓之所羞　暫

休巖上　更爲前進似好　處士大笑　舉竹杖　指上峯曰　吾已到於此處　暫歇后

遍踏此山而歸　坐已半晌更起　與夫人　共登中峰　山高谷深　蒼松老檜　陰蔽

前後　奇巖怪石　列羅左右　麋鹿之足跡　猿猩之影子　頗多驚人　閃忽紛紛

許氏停步　有悚然之色　曰此處最爲崎險　難可前進　妾不願登上峰　處士微

笑　徘徊石逕　望見一處　一面石壁　半空陡絕　落落長松　壁上垂下　許氏舉

手而指曰　彼處幽深　請且行尋　處士点頭　捫蘿跂石而行百餘步　果有蒼然

之巖　高可數十丈　前面有雕刻之痕　許氏以手剝苔而見　乃是觀音菩薩之

眞像　彫刻極巧　耳目分明　藤蘿布列　有古奇之色　許氏謂處士曰　此佛在名

山　人跡不到處　必有靈驗矣　吾今祈禱　求子發願如何　處士素不好佛事

感動許氏之精誠　拾竹杖而前進　夫婦二人　恭敬禮拜　求嗣一念　心中暗祝

禮畢而相對　不禁寒心之淚　携手而尋迷路下去

　日已黃昏　空山寂寂　松風瑟瑟　石逕上竹杖之聲　驚動宿鳥　不勝孤寂之

心思 凄凉之懷抱 許氏步步而心中暗祝曰 吾之夫妻 自顧半生 別無積惡
今流落山間 不知其死所 身外無物 伏願神靈菩薩 憐愛祝願之忱 慈悲餘
生 祝畢緩步 已到山門 携手陞堂 夫婦兩人 悄然挑燈 兀然相對 時夜將
半 不勝勞力 方睡曚曚 許氏眼中 有一位菩薩 持一朵花 自玉蓮峯而下
恭賜許氏 驚覺乃一夢 餘香 滿室 對處士告夢事 處士笑曰 吾亦今得異夢
一道金光 從天而下 變爲一個奇男子曰 吾天上文昌星 有貴門未盡之緣
欲依托而來 入懷中 瑞氣滿室 光彩輝煌 驚覺 此豈尋常之夢哉 夫婦心中
暗喜 果自此月 便有胎占 居然十朔 生一貴男子 此時 玉蓮峯上 仙樂琅
琅 瑞氣藹菀 三日三夜不散

　兒生 風範如冠玉 眉宇帶山川之精氣 兩眼凝日月之光華 淸秀之才質
俊逸之風度 仙風道骨 英雄君子 處士夫妻 如得萬金 且莫論 鄰里觀者
誰不讚楊家之瑞麟祥鳳 生之一歲 形容言語 二歲 分辨是非 三歲 從鄰兒
而遊門外 畫地成字 驅石而列陣法 適有客僧過去 熟視良久大驚曰 此兒
文昌武曲之精氣 不意來在於此 他日必爲大貴 說罷因忽不見 處士尤奇
尤異 兒子之名 變爲昌曲 昌曲與諸兒 登家後園上 交戲花戰 處士來見
諸兒皆折山花 滿揷頭上 昌曲 獨坐不揷 問其故 對曰 小子非名花則不願
取 處士笑曰 何花謂之名花 昌曲對曰 沈香亭海棠 窈窕之態 西湖上梅花
淡泊之節 洛陽牧丹 富貴之像 謂之名花 可知他日爲風流男子 年至五六
歲 能爲集字成句 處士惜其多才而不敎 一日 夜深後月色滿天 星光照耀
抱昌曲而步庭 偶然指月曰 汝能取引而作詩耶 昌曲 應口卽對曰

大星明煌煌 小星明耿耿
唯有一片月 四海懸如鏡

楊處士 見之大奇 誇許氏曰 此兒之氣像卓越 不效廼父之寂寞 一日 處
士釣於峯下 昌曲隨其父親而玩景 處士顧而問曰 唐之杜工部 浣花溪釣
魚 稚子宗文效乃翁 敲針作鉤 其詩曰 稚子敲針作釣鉤 傳來至今 此亦詩
人文士 山居風味 汝能效宗文之敲針 以助乃父之興致耶 昌曲對曰 宗文
之畢竟成就 果如何哉 處士笑曰 別無卓越之事業 昌曲對曰 問漁答樵
閑人之事 大丈夫年少氣銳 膂力方强 有事四方 救濟萬民 豈可以一個疎
拙之竹竿 遨遊山間 寂寂而虛送歲月耶 此時昌曲之年六歲 處士心中 喜
不自勝 欲見其志 故爲詰難曰 韓信國士 家貧釣於城下 太公賢人 未逢文
王 釣於渭濱 富貴窮達 非人力所能爲也 兒子豈嘲漁翁之寂寞耶 昌曲更
跪而告曰 成事在天 經綸在人 小子雖不肖 當效皐夔稷契 方叔召虎 勳業
傳於千秋 豈羨老將之鷹揚 匹夫之乞食 處士聞此言 奇愛之 光陰倏忽
昌曲年至十六歲 儼然成就 文章驚人 知見出衆 根天之孝誠 日就之學問
有賢人君子 出類之持操 英拔之風流 豪放之氣像 有經天緯地才德兼備
之資

此時 新天子卽位 大赦天下後 廣招多士 懸榜文武 昌曲聞之告父親曰
男子出世 表桑弧蓬矢 以射天地四方 讀古書 學古事 將以事君澤民 爲兼
善天下 小子雖不肖 年已過志學 當先天下之憂 豈區區潛跡於田園 添父
母之憂 願赴擧皇城 欲立身揚名而顯父母 處士愛其壯志 率兒子而入內
堂 與許氏相議 許氏喟然嘆曰 吾夫婦年至四十 橘林無實 幸得天助生汝
將於玉蓮峯下 採茱釣魚 長置膝下 以終餘生足矣 豈更求所謂富貴功名
輕作離別 汝年不過二八 皇城自此千餘里 我豈忍送汝耶 昌曲更跪而告
曰 小子雖無萬里封侯之知見 深有慕於班定遠之投筆 歲月如流 時不我
與 如失此時則造物 不借閑日 處士慨然曰 男子留意於書釰 不顧區區私
情 夫人莫惜一時之離別 第爲治裝送之何如 夫人一喜一悵 執昌曲之手

日 吾夫婦姑未隆老 暫時分離 豈可結戀 吾今視汝猶乳兒 初離膝下 遠離作客 晨昏朝夕 依閭之情 將何如哉 說罷 不覺潛然流淚 昌曲仰慰日 小子雖不孝 當不至蹈危涉險 以貽兩堂之憂 但祝尊體保重 許氏乃賣篋中之餘在衣裳與破釵 準備行李 一匹靑驢 一個家童 備數十兩銀子 擇日登程 處士夫婦送出洞口外 戀戀之色 申申之辭 不禁缺然之私情 處士見兒登程之催 引夫人以歸

此時 昌曲意見夙成 年尙髫齡 初離慈庭 所恃一驢背而已 無端零淚自濕靑衫 裁抑悶懷 取路向皇城 此時 春末夏初 綠陰依依 芳草萋萋 東風之鵬鴣 如助客愁 楊公子徐徐驅驢 玩山川而思句 望雲之懷 逍遣行十餘日 到蘇州地境 此時 蘇州大饑 盜賊遍滿一境 公子奴主 操心行李 早定客店而宿 晚後登程 村村轉進 一日 路上行人稀少 酒店荒凉 無可投宿處 茫茫驅驢而行 於焉間日落西山 漸近黃昏 公子奴主最爲慌忙 但向前而行數里 到一處 樹木參天 峻嶺遮前 公子下驢而步越 月色熹迷 山麓樹葉散布 逶迤之路 十分不明 童子驢後擧鞭 任驢而行 公子隨後而來 纔臨嶺下 童子忽然大驚一呼 投鞭於地 退步而立 公子問其曲折 童子指林中日 此處賊漢甚多 彼立者非人乎 公子熟視之 上踈古木 風磨雨洗 朽敗餘幹 立於月下

公子笑而責童子之輕 更卽執鞭攬轡而前進 行不數十步 果然五六個賊漢 自林中突出 各各麾揚霜刃於月下 忽覺腥臭觸鼻 童子又大聲而倒 其賊漢 卽向公子而欲刺 公子顏色不變 泰然而謂日 汝等平日良民 當此凶年 飢寒逼迫 奪取行人之財 君子之所惻隱 吾不惜行資衣服 害人之心豈可也 賊黨笑日 世人認財物 猶重於身命 若不殺之則何可奪之 公子笑日 君子無虛言 汝等暫退 衣服行具 沒數付給 賊漢方收劍而退 公子命童子 取行具而來 一一取出 付給賊漢 着衣一一盡脫 氣色晏然 少無蒼黃之

狀 賊漢相視而搖舌 公子衣服盡脫 但留着身之單衣一襲曰 此價格不貴
赤身 不能前進 願君容恕 賊漢快諾 長嘆曰 我等此事從事後 雖膽大男子
許多 如此秀才初見 收其衣服行資入林中

　公子奴主收拾精神 引驢而下嶺 尋客店而去 已過三四更 敲店門 店人
見而大驚曰 如何公子 如此深夜 何以能過賊窟而來 公子畧告逢賊之事
店人又驚曰 此處行人過客 死者無數 日暮則難越 雖白日如彼孤行 不能
往來 今日奴主 福力無量 保全性命 公子曰 吾曾聞蘇州 稱江南中第一雄
府 官長豈不禁戢 而乃若是耶 店人冷笑不答 定一間客室 安頓一行 点灯
火而入 更問逢賊之事曰 官府雖不遠 刺史沈溺酒色 少不聽政 誰能禁盜
一邊見公子之行資乏絕 心中憫然 以冷飯待之 奴主相守過夜 天明 商量
登程之方略 茫然進退無策

　忽然 有兩個少年 入來視之 手中各舉弓 豪俠之氣 露出面上 一邊呼主
人而請酒 見昌曲奴主之蕭瑟而坐 問曰 秀才向何而去 公子答曰 向皇城
而去 又問曰 秀才年今幾何 答曰十六歲 少年曰 年少秀才 遠路行色 何
其孤單耶 公子曰 家貧無資 又路中逢賊 衣服行資 沒數見奪 無前進之策
少年笑曰 大丈夫不能敵一人 如彼狼狽 可知秀才之無勇 秀才之今行 意
必赴舉之士 能知詩文乎 公子曰 生長遐土 聞見孤陋 雖學幾個文字 不辨
魚魯 少年曰 秀才勿爲過謙 吾爲秀才 指導得行資之計 明日蘇洲刺史
設大宴於壓江亭 集蘇州杭州之文人才士 作壓江亭詩 壯元者施重賞 秀
才若有詩律之才 往皇城之資 何其憂也 其中一個少年又曰 其中且有奇
妙曲折 秀才之年 雖不成冠 終是男子 知有如此之事則無妨矣 江南三十
六州中 妓樂杭州第一 杭州三十六敎坊中 妓女之有名者江南紅 歌舞文
章 志操姿色 江南第一 刺史守令 莫不傾心 紅之性 淸高剛直 非知已則
死不許身 紅年方十四歲 未曾有敢近者

今蘇州刺史 丞相黃義炳之子 年幾三十 其人物軒昂 以文章 聞於皇城
風彩能壓古人 素耽風流酒色故 期引江南紅而置左右 明日壓江亭之遊
其意專在於江南紅 其中必有壯觀 吾儕武夫 難叅於文人座席 秀才文士
一往如何 公子笑曰 我素無才 豈能叅如此盛會 二少年大笑 開錦囊 償酒
債而去 公子心中暗思道 黃刺史朝廷命吏 沈惑酒色 廢却政事 吾不欲相
對 然今當迫厄之境 進退無路 依少年之言而用一時之權 試行一場可笑
之事 再思道 江南天下名勝之地 文章物色 必有可觀處 江南紅何如妓女
意志眼目 如彼高尙 牽動風流男子 浩蕩之心情 乃呼主人而問曰 自此到
壓江亭爲幾里 對曰 三十里 公子曰 到此 絶乏行資 不能前進 置此驢於
店中 吾奴主之數日朝夕餐 供給如何 主人對曰 雖尋常行人 若無行資則
不能侮視 況欽慕公子之非凡風彩 數日蔬食糲飯之供 有何難哉 公子大
喜 更留店中一日

翌日 對主人而語壓江亭之玩景 率童子 尋壓江亭而去 東行十數里 山
川明麗 物色繁華 處處 景槪絶勝 公子心中暗思 壓江亭 必在於江邊 隨
流水而行 更進數里 江色遙濶 山勢秀麗 碧雲凝於翠岫 白鷗眠於明沙
可知壓江亭之不遠 更進數十步 風便依俙漸聞絲竹之聲 果有一亭子翼
然臨江而聳出 制度宏傑 亭下車馬喧鬧 觀覽者圍之三匝 人山人海 望見
亭上 靑瓦翠欄 縹緲半空 以黃金大書 高揭懸板 乃壓江亭也 疊疊錦帳
飄風前而起瑞雲 濛濛香煙 散江上而凝碧霧 迭宕音樂 淸雅歌曲 響動樓
臺 楊公子謂童子曰 汝待此處 卽臨亭下 從蘇杭諸士 登亭而視之 廣可數
百間 金碧丹靑 窮奢極侈 此眞江南第一樓觀 東便椅子上 烏紗紅袍 半醉
而坐者 蘇州刺史 黃汝玉 西便椅子上 蒼顔白髮 儼然而坐者 杭州刺史尹
衡文 尹刺史 爲人寬弘 雖與黃刺史 年齒不適 志氣不合 以隣邑之誼 因
其懇請而來

此時 蘇杭文士滿集江亭 整齊衣冠 選擇紙筆 分排東西 兩府妓女百餘名 朱翠紅粧 列在左右 巧笑嬌態 相誇顏色 各戲風情 楊公子流秋水兩眼一一審視 其中有一妓 不言不笑 悄然而坐 雲鬂鬖髿 瘦顏憔悴 冷淡氣色 冰壺秋月含精 聰明才質 滄海明珠隱光 猶勝於沈香亭上海棠花之睡也 公子心中暗思 傾國傾城之態 吾於古書而知之 今見其人 此必非尋常女子 必是少年所言江南紅 從諸士 叅坐末席

此時 江南紅脉脉而坐 流一雙秋波 審視席上諸士 放蕩之舉動 喧藉之言辭 無非區區碌碌者 其中一個秀才 坐末席 草草之衣 淡淡之狀 雖貧士之踪跡 昂昂落落之氣像 壓頭一座 如丹山彩鳳 處鷄群 如滄海神龍 乘風雲 紅娘心驚曰 吾處靑樓 許多閱人 豈曾見如彼奇男 數舉目而察其動靜 公子亦注其精神 慇懃視紅娘之氣色 黃刺史集諸士於亭上 顧紅娘曰 壓江亭江南中第一樓觀 今日文人才士滿座 娘奏一淸歌 以助諸公之興 紅悄然低首 沈吟良久曰 相公今設盛筵 文士騷客濟濟之席 豈以巴歈之調污染瓊琚哉 當借諸公之錦繡文章 以黃河白雲淸新之歌曲 欲倣旗亭甲乙 諸士一齊應聲而踊躍 黃刺史心中不悅而自思 今日之遊 吾以風流手段 擬欲誘致紅娘 座中若有王之渙之才 則吾豈不爲無色哉 然紅娘之意諸士之踊躍如此 若沮戲則尤爲庸俗 吾寧先作一首詩 壓頭座中 使紅知吾之才 乃欣然而笑曰 紅娘之言 定合吾意 急下詩令 顧諸士而語曰 各賜一張彩箋 書呈壓江亭詩 以定甲乙 蘇杭諸士各出勝癖 紛紛抽筆 以爭詩才 黃刺史卽抽身入室 苦思詩句 然 詩思澁然 語意索然 心中着急 縮眉而坐 强笑曰 昔日曹子建 作七步詩 今諸公 聽詩令半日 纔成一首詩 何其遲也

此時 紅娘秋波暗傳 見楊公子之舉動 公子聞詩令 便微笑而展彩箋 水湧山出 手不停筆 頃刻間 搆成三首詩 投於席上 紅娘故取蘇杭諸士之詩

先看數十章 都是陳談 無出衆者 蛾眉微縮 有無聊之色 方拾見楊公子之
投箋 鍾王之筆法 顔柳之書体 龍蛇飛騰 落紙雲烟 眼目輝煌 再論其詩
風流才士之奇麗手段 有盛唐諸公雄深之思 兼鮑參軍之俊逸 庾開府之
淸新 可爲水中之月 鏡中之花 其詩

第一章曰
崔嵬亭子大江頭　畫棟朱欄壓碧流
白鳥慣聞鍾磬響　斜陽點點落平洲

第二章曰
平沙籠月樹籠煙　積水空明一色天
好是君從平地望　畫中樓閣鏡中仙

第三章曰
江南八月聞香風　萬朵蓮花一朵紅
莫打鴛鴦花下起　鴛鴦飛去折花叢

　紅娘熟視 綠眉雙展 丹脣半開 抽出髻上金鳳釵 擊酒壺 轉淸音而歌
如藍田片玉 碎於石上 似靑天孤鶴 唳於雲間 樑塵飛出 淸風颯颯 滿座竦
然變色 蘇杭文士相顧而不知何人之詩 紅娘曲終 雙手奉彩箋 獻兩刺史
黃刺史 最有不快之色 尹刺史 再三吟咏 擊節讚嘆 催其開見名字 此時紅
娘 更思曰 我雖無藻鑑 逢平生之知己 將結托一生 有潘岳之風采者 難期
韓富之事業 懷李杜之文章者 易多長卿之放蕩 此皆非吾之所願 意外梁
園末席 寒微一秀才 豈意懷珠而爲席上之珍 此天 愛紅娘之無偶 以英雄
君子之愷悌風流 成就紅之宿願 雖然 秀才之行色 必非蘇杭之士 若露出

姓名則黃刺史之放蕩無賴　諸文士之違悖不法　必猜其才　以如彼孤寂一
秀才　必陷溺苦境矣　如之何則可　忽思一計　告兩刺史曰　今日妾以諸公之
詩奏歌　欲助盛會之和樂　非敢以才之優劣　貽滿座之無色　願不露其名　終
日同樂最好　日暮後開見似無妨　兩刺史許之　楊公子　聰明男子　豈不知紅
娘之意　心內　不覺嘆服起敬

　俄已　進盃盤　鳳笙龍管　燕歌趙舞　江天震動　水陸之品　入珍之味　座上
狼藉　刺史命諸妓　各獻盃　公子本有過人之酒量　連飲不辭　有微醉之色
紅娘慮或有失　起與諸妓　請同行盃　次第獻酒　巡到楊公子　故傾席上而佯
驚　公子已知其意　佯作大醉　固辭巡盃　酒又過十餘盃　座中大醉　舉措錯亂
言辭妄悖　蘇杭諸士中數人　起請刺史曰　生等猥參盛會　以荒雜之詩句　不
欺紅娘之藻鑑　無所怨尤　聞今日紅娘所唱之詩　非蘇杭士子之所作　生等
尋其詩主　更較其優劣而決其雌雄　願雪蘇杭兩州之耻　刺史未及對　紅娘
心中大驚曰　彼無賴輩之醉中不悅如此　秀才必受其禍　吾若不救則不可
卽舉手中檀板就座曰　蘇杭文士之有名於天下者　一世所知　今日衆士之
忿鬱　妾未免詩眼不明之罪　日色已暮　座中皆醉　更論詩文　恐或不可　妾當
以數曲　以助諸公之醉興　以贖考試不明之罪　尹刺史笑而稱善　紅娘更展
蛾眉　擊檀板而唱江南數曲　其歌

　　初章曰

　　錢塘明月下　採蓮兒　泛舟十里清江　莫言水波艷　爾歌　驚潛龍　恐起風波
　　中章曰

　　急驅靑驢　邪去這人　日暮路遠　莫醉酒店　爾後　暴風急雨竝作　疑其濕衣

三章曰

回入杭州城 大道靑樓幾處 門前碧桃花 井上亂開 牆頭樓閣 江南風月 分明 此處呼兒來 蓮玉

此歌 紅娘之倉卒間所作 其初章 言刺史與諸士猜公子之才 欲起風波之意 中章 言欲使公子 避走之意 三章 紅娘 指渠家之意也 此時刺史及蘇杭之士共醉喧嘩 皆未得詳聞 以楊公子絶人之聰明 豈不知紅娘之意 心中大覺 卽託如厠 起身下樓 已而 日落西山 因明灯燭 將欲罷宴 黃刺史命左右 持壯元詩來 開封視之 汝南楊昌曲 急呼昌曲 一無應答者 左右報曰 俄者叅於末席之秀才 不知去處 黃刺史大怒曰 何許么麼小童 蔑視我盛會 妄以古詩 欺吾座中 恐其本色之綻露 暗然逃走 豈不唐突哉 號令左右 卽刻捉來 蘇杭諸士中無賴者等 成群作黨 揚臂大談曰 吾蘇杭兩州詩酒風流 擅名於天下 今者受此籠絡於乞兒 此盛會無色 吾等之羞恥 此兒 期使捕捉而雪恥 一齊起立 不知楊公子之性命如何 第看下回

第三回

老婆杭州談靑樓　秀才客舘遇紅娘

却說 此時 紅娘見公子之脫身下樓 以爲年少公子 以草草行色 爲盃酒所困 非徒念慮其疎漏 旣指吾家 奇異秀才必知其意而尋往 素昧平生 杭

州熱鬧之處 何以尋去 心思燥急 欲抽身追後 到底無抽身之策 此時 黃刺史大醉 座席擾亂 見諸士將欲作鬧 大驚曰 無賴之類 如此憤鬱 以公子之孤單客踪 豈能免中路之困辱 吾當先圖安頓座席 告黃刺史曰 妾敢評多士之詩 諸公之紛紜至此　妾豈能侍坐於此席哉 當退而待罪 黃刺史聞此言而思 吾今日之遊 專爲紅娘 不較計多士文章 紅 以偏狹之性 固執避席 此豈不爲殺風景 回嗔含笑而慰諸士曰 昌曲么麽小童 何足較計 更欲整頓座席 又下詩令 以續秉燭之遊 紅娘聞此言而尤驚 暗思道 非徒楊公子無主空舍 獨坐待我 以黃刺史之放蕩 吾不可在此經夜 無可免之計 如之何則可 沈吟半晌 乃思一計 帶笑而更告黃刺史曰 以諸公之含容寬洪 赦賤妾唐突之罪 更設宴席 以夜繼晝 豈不美哉 妾聞作詩有詩令 飲酒有酒令 願下酒令 以助座上之興 黃刺史大喜曰 紅娘一次開口 豈可逆哉 仍問曰 酒令如何 紅娘笑曰 妾雖不敏 俄見蘇杭多士之佳句 尚自銘在胸中 當次第朗誦 妾誦一篇 諸公莫辭一巡盃酒 諸公之酒量 妾之聰明 相試以較優劣 則此豈非文酒宴席 絕妙酒令乎 蘇杭多士聞言而一齊擊膝 稱讚不已 言於刺史曰 生等之拙作 恨未入於紅娘之歌 今得一誦則足雪其恥 黃刺史許之

　紅娘笑而就座 低垂蛾眉 出碎玉聲 誦多士之詩 無一字之差錯 座中皆嘖嘖稱善 而驚紅娘之聰明奇絕 每誦一次後 紅娘顧諸妓 促擧酒盃 此時諸文士皆大醉 然以誦已詩爲榮 爭飲當巡之盃 反促朗誦 紅娘連誦五六十篇 酒亦過五六十盃 座中方盡醉 或東頹西圮 或吐酒覆盃 次第迷倒 黃刺史亦醉眼朦朧 語言糊塗曰 紅娘紅娘聰明聰明 因倚案而睡 此時尹刺史 已避酒席 移入他堂 紅娘 暗降亭下 謂杭州蒼頭曰 吾今於盃酒間失錯 得罪於本刺史 命在頃刻 欲自此而逃 汝暫借蒼頭衣服 拔髻上金鳳釵 賜蒼頭曰 此價千金 賜汝 勿漏說我向杭州 蒼頭已有同鄉之情 又得千金

大喜 卽爲應諾 戴頭之靑幅巾 着身之靑衣 一雙草鞋 一倂脫上

紅卽相換着後 慌忙出門 望杭州路而行十餘里 夜色已至三四更 月色
熹迷 僅僅辨路 細霧紛紛濕衣 尋酒店而敲門 店主出來 怪而問半夜行色
紅答曰 我杭州蒼頭 以急事往本府 俄者如何秀才 不由此路而過 主人曰
閉吾店門不久 我賣酒人 夜深坐於路邊 未見秀才之過 紅聞言 心尤促急
忙別主人 又行十餘里 有行人則問公子之行色 皆云未見 紅心神惶怵 無
前進之意 坐於路邊 暗思 楊公子由此路而去 則必有逢着者 今問行人
無一人相見者 此必有疎漏之事 逢彼無賴輩而見辱 此皆吾之過也 豈能
獨安心而歸 寧旋踵而救無罪之公子 更向杭州之路而去

且說 楊公子託以如厠 下樓而率童子 更還店中 見主人曰 吾行期恩恩
無資斧 質此驢於店中 回路還推 主人笑曰 雖一時有主客之誼 此言非人
道也 公子保重行李 少勿掛念 以驢還付 公子辭之再三 終不聽 無可奈何
留後約而別主人 復使童子 策驢而行 心中躕躇曰 紅娘歌第三章 雖丁寧
指其家 吾以初行 何以尋到不錯 若欲直向皇城則亦無行資 豈可作行 良
久曰 紅無雙國色 辭氣極嬌 暗結佳約 吾亦丈夫之心 豈可負其慇懃之情
今卽往訪可也 加鞭而向杭州 夜深人稀 問路無處 尋一酒店而敲門 主人
出來 熟視行色 自言曰 今果來矣 公子怪問曰 吾與主人 曾無一面 何以
知此來 主人曰 俄者一個蒼頭急向杭州 探問秀才之行踪 是以自言 公子
又問曰 然則其蒼頭因何事而去 主人曰 此未及問 行色甚急 公子更不問
他事 策驢而去 心中疑惑曰 紅娘之歌 莫休酒店云 吾悔入酒店 其蒼頭
必黃刺史之蒼頭 追吾而來也 若相逢則豈非不幸 又行數理 遠村鷄聲喔
喔 曙色依俙於東方 遙望一個蒼頭忙忙而來 公子曰 彼必蘇州蒼頭 不見
吾踪跡而還來 吾暫避之 命童子回驢 隱身於路傍林中 觀其動靜 其蒼頭
急步過去 更擧鞭而行數十里 天色已明 問杭州里程於行人 不過三十餘

里云 至一處 山低水清 明麗如畫 堤上之楊柳 水邊之樓閣 景槪絕勝 大
橋成半空之虹 十二曲石欄 彫白玉而玲瓏 此蘇公堤 昔者 宋蘇東坡 爲杭
州刺史時 導西湖之水 築完長堤而成此橋 橋上作亭 七八月 蓮花盛開則
與諸妓 採蓮於水中而遊賞之處

　公子心事促急 無意於玩賞風光 直入城中 遵大路而行 人物繁華 市井
熱鬧 非蘇州之比也 靑樓酒肆櫛比路傍 樓前紅旗 處處飄揚 公子驅驢
審視門前碧桃之開處 未得見其處 心中疑雲 重重 心思道 以秀才訪靑樓
甚怪底事 乃下驢於路傍酒店 故作休息之狀 偶問於老婆曰 彼路傍揷旗
處 何人之家 老婆笑曰 公子初見此處 彼懸旗處 皆靑樓 我杭州之靑樓敎
坊七十二 內敎坊三十六 外敎坊三十六 外敎坊有娼女 內敎坊有妓女 內
外敎坊懸殊 公子曰 吾見古書 娼妓一類也 有何分別 婆曰不知 他處或有
無所分別 我杭州 娼妓之分絕嚴 娼女處於外敎坊 張三李四 皆可得見
妓女 處於內敎坊 其品敎有四級 第一見其持操 第二見其文章 第三見其
歌舞 第四見其姿色 行人過客 雖金帛如山 無文章才藝之可取則難可得
見 窮儒寒士 志氣相合則守節不移 豈無分別也 公子又問曰 然則內敎坊
在何處而妓女幾何 婆曰 此懸旗處 皆外敎坊 自南而入 有迂回之路 遵其
路而下則列在左右之樓 却是內敎坊靑樓 外敎坊娼女 多至數百餘名 內
敎妨妓女 纔三十餘名 其中歌舞姿色持操文章 具備之妓女 處第一坊 但
有持操文章之妓女 處第二坊 各自所守絕嚴 公子又問曰 方今第一坊妓
女 誰也 婆對曰 妓名江南紅 杭州人士之所論 其持操文章 歌舞姿色 江
南第一

　公子笑曰 婆勿過譽杭州 我歸路恩恩 他日更逢 騎驢而更出南門路 左
右審視 果有迂回之路 怳然而覺 紅之歌曰 杭州城門回入之際 大道靑樓
幾處 豈不分明哉 從此路而下 顧眄左右 街路整齊 樓閣精緻 有勝於外敎

坊 靑瓦紅欄 照夕陽而玲瓏 弱柳奇花 搖春風而旖旎 處處絲竹之音 家家
歌曲之聲 入耳朶而嘹喨 惹出心情之豪蕩 公子信驢而行 已過了三十五
樓 最終一處 粉牆高而淨潔 畫閣聳而華麗 淸川布明沙 導晶潔之水 小橋
成虹霓 作一小路 公子渡石橋 行十餘步 果有碧桃一株 開花於井上 下驢
而到門前 門前以大書特筆曰 第一坊 自東便一帶粉牆 隱映柳間 數層樓
閣 飄然聳出於牆頭 粉壁紗窓 垂下珠簾 西湖風月四字 分明寫掛 使童子
敲門 有一個丫鬟 着綠衣紅裳而出 公子問曰 爾名非蓮玉乎 丫鬟答曰
公子住何處 何以知得丫鬟之名乎 公子曰 汝主人 現今在家否 蓮玉對曰
昨侍本州刺史 往蘇州壓江亭之遊 公子曰 與汝主人 曾有親分 來訪不遇
可恨 何時可還耶 對曰 今日回還云 曰 然則無主之家 豈可留連耶 吾當
留待於隣近酒店矣 主人還來 卽行通知否 玉曰 旣訪主人而來 彷徨於客
店不可 小鬟之房雖醜 最爲從容 暫休而待 公子自思曰 靑樓熱鬧之處
吾以秀才 逗遛此地 豈不有碍人耳目 騎驢而顧蓮玉曰 主人歸更來 擇近
處酒店而休 待紅娘之歸

　且說 紅娘向杭州路而來 足繭脚痛 無前進之力 且天色漸明 服色雖蒼
頭 容貌姿色 無可隱之端 更入來時所過酒店 主人曰 君非昨夕過此之蒼
頭乎 紅娘曰 夜間一見之人 尙此記憶 多謝主人之多情 主人曰 俄者 君
問秀才之行色 果然夜半 有一秀才由此路 向杭州而去 紅娘聞此言 且驚
且喜 詳問曰 其秀才之行色如何 曰 夜間十分難辨 一個童子 一匹靑驢
行李草草 衣服襤褸 行色 最爲恩恩 其容貌風采頗非凡 不知何故 不能相
逢 紅曰 深夜遠路 巧致相違 容或無怪 其秀才果向杭州 主人曰 果向杭
州 迷失路 問路再三 疑是初行 紅聞主人之言 心中自思 公子已由此路而
去則可知其免禍 然訪吾家而去 若無主人則應多齟齬 更思之 反爲燥急
寸步難進 方在納悶之際 忽聞門外 有喝道聲 一位官員過去 紅自牕隙窺

視之　此非別人　卽杭州刺史尹公

　是日　蘇州刺史與諸儒大醉　頗極擾亂　尹公見此景狀　心中不悅　且見秀才及紅娘　不知去處　甚異之　蘇州刺史睡覺　知紅娘與秀才之不在　大怒派本州官屬而分二路　一隊　向皇城之路　捉來昌曲　一隊　向杭州之路　捕來江南紅　府中震動　蘇杭諸士乘醉使氣　其勢甚是危悖　尹刺史正色曰　老夫與明公　共被天恩　昇平無事之時　分面而任　百姓安樂　簿牒閒暇　以酒色聲妓　優遊樓館　將欲上而贊襄春臺玉燭熙皥之治　下而和答康衢煙月擊壤之歌　以報聖恩之萬一　今者壓江亭之遊　蘇杭一境　無人不知　明公之體重老夫之年高　因一箇娼妓之風情　釀出鬧端　猜忌三尺童子之才　以作過舉聞者皆曰　兩州刺史　廢却政事　沈溺酒色　失其體操　此豈謂報答聖恩之意且江南紅　老夫之府妓　其逃走必有其故　從容處置　當爲未晚　至於楊昌曲他郡之士　赴舉之路　隱踪衒能　以戲文章　亦文人之常事　明公今縱官隸成群作黨　中路之作梗　豈不駭然　老夫不幸　來參此座　誠極慙愧　言畢　氣色　嚴肅　黃刺史頗有慚然之色而謝曰　侍生年少氣銳　念不及他　因叱退左右　諸生猶不勝忿鬱　尹刺史正色曰　士子之道當務學業　修其文藝　不怨勝己者可也　乃反猜忌他人之才　舉措駭妄　老夫雖不敏　對百姓則爲法官　對士子則爲師表　若有不聽敎訓者　當以榎楚之物　俾知師弟之尊嚴　因欲收拾行裝而歸　黃刺史挽留　請暫入府中　尹刺史不爲起却　入蘇州府中　黃刺史進杯酒　示慇懃之意　從容告曰　生恃無間之厚誼　敢有仰請之言　先生幸恕唐突之罪　尹刺史笑曰　所請者何事　黃刺史笑曰　侍生之年　不過三十一妻一妾　男子之常事　雖未能盡見天下物色　如江南紅之國色　亘古絕倫當世無雙　侍生　若不置紅於左右則不能保天命　古語云　色界無英雄烈士今者　乃知此語逼眞　願先生　曉諭江南紅　以遂所欲　尹刺史笑曰　俗語云百萬之衆　得上將之首　猶可爲　一人之志　難奪　紅雖賤妓　其如守心　老夫

奈何 老夫但無沮戲之理 黃刺史曰 侍生難爲此世之人 侍生有一計 先以
金銀綵緞 甘誘其心 五月五日錢塘湖 設行競渡戲而請先生 呼江南紅 則
江南紅不能不來矣 生乘其時 自有妙理

尹刺史笑而應諾 卽起身作別黃刺史 回來杭州 帶曉色而過一酒店 此
時紅娘 起身無路 方在店中 歎喜而出 車前問候 尹刺史見其服色 依俙驚
異而問曰 汝何如人 紅對曰 妾杭州妓女江南紅 刺史驚曰 汝罷宴之前
無端變服而逃走何也 紅謝曰 妾聞周之呂尙 釣渭八十年 殷之傅說 築墙
岩下 踪跡困窮 不事凡主 待殷宗周文而許身 不遇知己則不服之心 貴賤
男女一般 妾雖有娼妓之賤名 自守之心 無異於古人 今蘇州相公 無端賤
待 逼迫其心 妾之逃走 觀其機也 不告之罪 萬死無惜 刺史黙黙不答 沈
吟良久 問曰 杭州自此路遠 汝能徒涉而進乎 紅曰 妾乘夜逃走 脚力已盡
身氣不平 無前進之策 刺史曰 汝來時乘車此後隨來 更乘此車而歸 紅拜
謝 脫蒼頭之衣 乘其車 從刺史之後而向杭州 行至府中 見刺史下車 方欲
退出 刺史曰 蘇州刺史五月五日 更招汝 錢塘湖 欲開競渡戲銘心 紅低首
不答 刺史知其意命退

紅出門外上車 不知公子之消息 車窓窺視路邊 向其家而來 南門內小
酒店 有一箇童子繫驢路傍而立 詳視之店中所坐秀才 乃是楊公子 紅雖
不勝歡喜 更思則吾恩恩對公子於衆人之席 略知其容貌文章 未知其言
行志操 將欲托百年 難可遽然許身矣 吾當用一時之權 更試其心 驅車直
過而歸家 蓮玉歡喜出迎 紅娘問曰 其間無訪我者乎 玉曰 俄者 一秀才訪
娘子而來 娘子出他故 留前村酒店而待 紅娘笑曰 來客因主人之不在 不
得欵待 甚無禮也 汝持盃酒與果種 前往酒店 接待秀才 如此如此 玉微笑
諾諾而去

此時 楊公子獨坐孤店 甚無聊而且經半日 斜陽掛山 夕煙四起 自覺待

人難　忽聞門外喧鬧　一位官人　過去問諸傍人　乃本州刺史也　公子心中思
量　本州刺史旣罷宴而歸　紅娘之歸家　亦不遠矣　使童子　刷驢以待蓮玉之
報　一個丫鬟　持酒殽而來　詳視之　乃蓮玉也　公子喜問曰　汝主人還來否
玉曰　方今本州刺史還衙　故問其消息　則主人爲蘇州相公之所留　五六日
後歸云　公子聽罷　氣色落莫　黙然良久曰　此酒與果何爲也　蓮玉曰　公子寂
寞客店　心事擾亂　小的　以薄酒冷果　代主人以來　公子奇其慇懃之意　纔飮
一杯　不禁怊悵之心　無意於更飮　顧蓮玉曰　吾行期甚急　不可久留　今天日
已暮矣　不得登程　宿店未定　汝爲我　定一旅店於近地乎　玉應聲曰　小鬟家
與主宅　相距不遠　不甚湫隘　公子雖留多日無妨　公子大喜　隨蓮玉而至其
家　果極閑僻　公子靑驢與童子　托於蓮玉　定一間客室而休　玉回來　一一告
紅娘　紅娘笑曰　吾當供夕飯矣　少勿漏泄　玉應諾　具夕飯而至客室　公子食
畢　向蓮玉而謝曰　一時過客　欸待太甚　心甚不安　玉笑曰　因主人之不在
使公子　來留陋室　待以蔬食菜羹　還非其情　因請夜間安寢　歸報紅娘　紅笑
曰　吾見公子非碌碌書生　帶風流男子之氣　今夜　入吾計而受困　暗謂蓮玉
曰　汝更去客室　見公子之動靜而來　玉笑而至客室　隱身於窓外　窺視動靜
寂無鼻息之聲　忽有挑灯之跡　玉從窓隙窺視　公子悄然對灯而坐　怊悵之
色　踽凉之懷　露出面上　暸暸之心思　黯黯之情緒充滿眉宇　或作長嘆　輾轉
不寐　玉欲潛跡而歸　自房中　更有呻吟之聲　公子開門而出　玉回避於墻後
隱身窺之　公子下庭而步　夜已三更　半輪殘月　掛於西山　寒露滿天　公子向
殘月　茫然而立　忽吟一首詩　其詩曰

　　　鍾殘漏促轉星河　客館孤燈屢剪花
　　　緣何風掇浮雲起　難向月中見素娥

蓮玉 素以聰慧女子 久從紅娘 頗解詩意故 心中詳記 歸告顚末 紅娘問曰 公子之容貌氣色如何 玉曰 昨日公子之容貌氣色 繁華佳麗 東風百花 如帶春雨 一夜之間 顔色憔悴 寒霜紅葉 如含蕭條之色甚怪 紅娘責曰 小婢之言太過 玉又曰 賤婢猶以語訥 難可盡其形容 公子就寢 呻吟之聲 不絶 對燈凄凉之色可憫 若非微恙 必有愁思 紅聽畢心中思量 自古大丈夫無不見欺於兒女子 吾不必過爲嘲也 顧玉曰 公子旣如彼心亂 吾豈不安慰 自篋中取出一套男服 此將如何 且看下回

第四回

鴛鴦枕上夢雲雨　燕勞亭前折楊柳

却說 紅娘衣男服 擧鏡而照笑曰 昔者巫山神女 爲雲爲雨 欺楚襄王 今日江南紅 爲男爲女 戲楊公子 豈不笑哉 玉笑曰 娘子着男服 容貌風彩 恰似楊公子 面上尙有粉痕 恐露本色 紅娘笑曰 昔者潘岳男子 面如紛粧 世間多有白面書生 況夜間月下 豈能明辨 兩人呵呵大笑 仍付耳低言 飄然而出門外 楊公子於壓江亭 暫見紅娘 愛慕之情 不忘於寤寐 期於相逢 在於朝夕 好事多魔 佳期腕晚 旅館孤燈 夜深而睡不能成 寂寞之懷 徘徊於月下 作一首詩而吟 惆悵彷徨 不知寒露之濕衣 忽有一陣西風 琅然讀書聲吹來 側耳靜聽 雖難辨男女之聲音 其書乃是左太冲招隱調 誦聲淸雅 節節合律呂 如秋天歸雁之尋侶 如丹山孤凰之嘆偶 非凡人之吟詠 公子甚奇之 誦曹子建洛神賦而和之 其聲東西相應 一唱一和 西聲嘹喨 如

玉盤明珠之圓轉 東聲豪放 如戰場刀鎗之相鳴

　酬唱半晌 西聲忽絕 門外有剝喙之聲 公子急出而視之 一個秀才立於
月下 玉顏星眸 狀貌突兀 風彩拔越 非塵世人物 疑是玉京神仙謫降 公子
慌忙迎之曰 夜已深矣 客館寂寥 何許秀才 辛勤來訪乎 秀才笑曰 弟西川
人 有山水之癖 聞蘇杭佳麗之著名於天下 欲遊覽而來 留於近隣客店 適
誦古文而瀉懷 聞秀才書聲 如碎玉聲 特此帶月而來 共君半夜話 似可勝
十年之讀 欲以相慰客懷 公子大喜 請入自己客室 秀才曰 捨如此月色
深入房中而何爲 共坐月下論心 亦自不妨 公子微笑 向月對坐 以公子之
聰明 豈不知半日相對之紅娘 月色雖耀 不同白晝 又着男服而無半點羞
澁之態 公子心思怳惚 精神如醉如狂 暗思 江南人物 擅名於天下 稟山川
秀氣 雖男子 或有如女子者 豈能有如此美男子 秀才問曰 兄將往何處
公子答曰 弟本汝南人 欲赴擧而向皇城 訪此處親友而來 因其友人雲遊
逗遛客館

　秀才笑曰 男兒之萍水相逢 本自如此 今夕邂逅 蜉蝣人生 未易得之奇
緣 豈可蕭索相對 虛送月色於無聊之中 吾囊中 有數葉靑銅 門外有牽來
之童子 兄不辭一杯春酒乎 公子笑曰 吾雖無太白金星之酒量 兄能有賀
知章金貂換酒之風 巵酒安足辭 秀才笑開錦囊 細呼童子 沽酒而來 須臾
杯盤進來 兩人對酌 一酬一勸 於焉 盡帶微醉 秀才笑曰 我等如此相會
無可留跡 尋常閒談 不如數句詩 我無李太白 一斗百篇之才 不避雷門布
皷之羞 兄莫惜木瓜瓊琚之投報 說罷 請公子之扇 出囊中之華硯 沈吟須
臾 向月而題一首詩 其詩曰

　　曲坊三十問東西 煙雨樓臺處處迷
　　莫道無心花裏鳥 變音更欲塵情啼

公子覽畢 雖歎服文字之精妙 詩情之逼盡 惟詩外有意 怪其有所托意
再三熟視 請秀才之扇 和一首詩 其詩曰

芳草萋萋日已斜 碧桃樹下訪誰家
江南歸客仙緣薄 只見錢塘不見花

秀才見而朗吟曰 兄之文章 弟之所難及 然 第二句 所云碧桃樹下訪誰
家 指誰家也 公子笑曰 偶然所發 紅娘暗思 公子之文章 不須更試 更試
心 傾其餘酒而勸於公子曰 如此月下 不醉而何 吾聞杭州之靑樓物色 著
名於天下 今夜我等 帶月色而暫訪 若何 公子沈吟良久曰 以士子遊於靑
樓不可 且兄與我同是秀才 往於熱鬧之處 爲他人所覺則恐有毀損 秀才
笑曰 兄言太過 古語云 論人於酒色之外 漢之蘇子卿 有雪窖啖氈之忠烈
近胡姬 生通國 司馬長卿 文章絶世 慕卓文君 奏鳳凰曲 由此觀之則色界
上 豈有正人君子

公子曰 不然司馬相如 誘出文君 被犢鼻褌 賣酒路傍 其酒色之放蕩
使凡夫效則 得罪名敎 爲千秋棄人 惟長卿之文章 當世獨步 忠足以諷諫
人君 敎化遺風 如蜀中之雷 風彩氣像 輝煌後世 以風流酒色之小過 不能
遮其名 此亦足爲遠城之瑕 今兄我之文學 不能當古人 名望又不及 今不
言古人之德業 但欲效其過 豈不誤哉 紅娘聞言而歎曰 吾徒知公子之風
流男子 豈知兼道學君子之風範 更問曰 此可也 古語云 士爲知己者死
何謂而爲知己 公子笑曰 兄非不知也 欲試弟意 與人相親 能有知其心情
者 則此所謂知己 秀才曰 我雖知其人之心 其人不知我心 則此亦云知己
乎 公子笑曰 奏伯牙琴則有鍾子期 人修藝持操 存諸中而發於外 則雲從
龍風從虎 同聲相應 同氣相求 豈有不知之理

秀才曰 世間有二人同心者幾稀 窮途交情 及其富貴而忘之者比比有之 能見富貴窮達之有始有終者乎 公子笑曰 古語云 貧賤之交不可忘 糟糠之妻不下堂 以富貴窮達 變易其親疎 此輕薄之事 豈因此而疑世 秀才笑曰 兄之言近於忠厚 弟 本無持操之人 古語云 飛鳥擇木而棲 臣之事君 士之交友 或修其名望 守其禮節 有以道理合者 或顯出其才 不讓其權 有要求相親者 兄以爲何如 公子答曰 人之出處行藏 豈可易論 聖人亦有經權 君臣之際 朋友之間 但照一片心而已 吾亦赴擧之士 不能修德揚名 但以文章糟粕 妄欲徼君父之恩 此豈異於閨中處女之掩面自媒 由此觀之 則出處行藏 正大介潔 無恥於古人者幾人 秀才微笑而起身曰 夜深客中失睡 非調養之道也 無盡情話 更期明日 公子不忍別離 握秀才之手 更玩月色 秀才忽有沈吟之色 吟一句詩曰

　　點點疎星耿耿河　綠窓深鎖碧桃花
　　那識今宵看月客　前身曾是月中娥

公子聞秀才之詠詩 甚異之 知必有所意 更欲試問 秀才拂袖飄然而去 此時江南紅 欲觀公子之意 變着秀才之服 客館相對 聽數句語 可知其識見 知其許心 以定百年佳約 決無可疑也 故誦一首詩 微露其踪跡 飄然而歸 卽變粧束 以鮮明之服 濃艶之粧 現出其本色 挑灯而坐 送蓮玉于客館 請公子 此時公子自送秀才 眼前閃閃 如醉如夢 移臥枕上 更思秀才之容貌與吟咏 怳然大覺 乃笑曰 吾爲紅娘之所欺 窓外忽有人跡 驚視之 乃蓮玉 蓮玉微笑曰 主人方歸來 請公子 公子亦莞爾而隨蓮玉 至紅娘家 紅娘已倚中門而待 笑而迎之曰 妾之歸來遲緩 使公子 經苦於客店 難逭慢之罪 良宵月下 邂逅新朋 以詩酒消遣 攢賀不已

公子答曰 人之處世 聚散逢別 都是夢也 約美人於壓江亭 夢也 逢秀才
於客店 亦夢也 栩栩大夢 飄蕩無情 莊周之爲蝴蝶 蝴蝶之爲莊周 誰能辨
之 兩人喜笑陞堂 定座後 紅娘斂容謝曰 妾以娼妓之賤 不能免路柳墻花
之本色 以歌曲約公子 半夜旅館 變服而戲 非君子之所容 區區所懷 花落
廁中 可恨無香 玉沒塵中 不失光彩 欲以海誓山盟 依托一人 鍾皷琴瑟
偕樂百年 今公子不惜一言之重 則妾又以十年靑樓之一片苦心 欲遂平
生宿願 言畢 辭氣悽婉 顏色慷慨 公子近前握手曰 吾雖豪蕩男子 讀古書
略知信義 豈效貪花狂蝶無情之態 以負五月飛霜含冤之意

紅娘謝曰 公子旣欲收拾賤身 兒女子當效犬馬之誠 未知公子之行裝
何其草草 兩堂具慶 愉色婉容 尙侍膝下乎 公子曰 我本汝南人 兩親俱存
春秋不至隆老 家庭素是寒微 妄想雁塔之題名 赴擧皇城 中途逢賊 見失
行資 而無前進之策故 逗遛店中 欲玩壓江亭而去 偶逢紅娘 此亦佳緣
娘何如人 姓名云何 紅對曰 妾本江南人 姓謝氏 妾生纔三歲 山東 盜起
失父母於亂中 轉轉漂泊 爲靑樓所賣 此亦命途畸薄 性本怪異 不欲許身
於凡夫 靑樓多年 許多閱人 難逢知己 今見公子 雖無相人之眼 知爲當世
一人 欲托一身 伸雪賤名

因進盃盤 慇懃情懷 溫和談笑如綠水鴛鴦 戲弄春波 似丹山鳳凰 和鳴
碧梧 方舖錦衾 聯鴛鴦枕而夢雲雨 紅娘 脫羅衫 玉腕露出 一點鸚血 分
明於燭下 東風桃花飛落春雪 海上紅日 聳出雲間 公子驚曰 吾見紅娘之
顏 不見其心 旣知其心 猶不信持操之如此卓越 豈期以靑樓名妓蕩佚之
身 守紅閨婦女貞靜之心 紅娘絕代佳人 公子少年才士 衽席風情 豈可淡
然 恩恩漏皷 耿耿星河 猶恨李三郎 六更之短

紅娘枕邊 告公子曰 公子年旣長成 宜抱高門甲第之雁 已有氷語之定
乎 公子曰 家本寒微 且在遐土 姑未有定 紅娘笑曰 妾進忠告一言 公子

不責其猥濫乎　公子曰　吾已許心　當言其所懷　紅笑曰　妾寧飮三盃酒　不受
三次打頰　樛木之陰厚然後　葛藟之依爲之繁盛　公子之定窈窕好逑　賤妾
之福　今本州刺史尹公　有一位小嬌　年紀十六歲　月態花容　貞靜幽閑　可謂
君子之偶　尹公欲求佳婿　尙無定婚處　公子今登龍門　題名雁塔　妾所預度
佳偶　不必求於他處　採納妾言　公子點頭　東方旣白　紅娘起罷曉粧　對鏡視
之　丰茸之顏　和氣充滿　如牧丹之新綻　一夜之間　和悅之容　尤爲丰美　心
中　且驚且喜　公子謂紅娘曰　吾行期促急　難可久留　明日欲向皇城　紅悄然
曰　以兒女之細細私情　不誤君子之大事　當準備行李　請以再明日登程
　公子亦難別離　信宿發行　紅告曰　公子之行色　頗甚草草　妾雖貧寒　行者
有贐　一套衣服　些少銀子　勿鄙之而領之　且皇城　自此千餘里　匹驢單僕
又恐有不虞　妾家有一個蒼頭　猶可收拾行李　幸望率去　公子應諾而登程
紅娘具杯盤　率蓮玉與蒼頭　乘小車而往餞十餘里驛亭　亭在山隈　揭額曰
燕勞亭　取東飛伯勞西飛燕之詩意　臨大路邊　景槪絕勝　左右楊柳垂而靑
靑　前臨流水　以橫虹橋　自古佳人才子送客處　紅娘與公子至亭下　繫車驢
於柳枝　携手登亭　此時　四月初旬　柳間鶯聲間關　溪邊芳草萋萋　雖尋常行
人　猶自消魂斷腸　況美人送玉郎　玉郎別美人　公子與紅娘　悄然相對　脈脈
無言　蓮玉進杯盤　紅娘慨然擧杯　獻於公子　歌一首詩　其詩曰

　　　東飛伯勞西飛燕　弱柳千絲後萬絲
　　　絲絲欲斷風情少　爲拂歌筵悵別離

公子傾飮而更斟一杯　賜紅娘　和一首詩　其詩曰

　　　東飛伯勞西飛燕　楊柳靑靑拂渭城

生憎岐路分南北　送客何如去客情

　紅娘受杯　眼淚盈襟曰　妾之區區所懷　公子之所明燭　不必更言　萍水踪跡　南北千里　分散如雲　非無悠悠後期　人事之翻覆　聚散之無定　豈可測哉　況妾身係官府　每多相逼者　不知來頭事　但望公子　保重千金之體　愼旃行李　樹立功名　他時錦衣還鄉之日　勿忘賤妾　公子亦不勝悵然　執紅娘之手而慰之曰　世間萬事無非天定　非人力所强也　吾與娘　如此相逢天定　今日相別天定　更續情緣　歡樂富貴　亦豈無天定　暫作別離　不須過傷心神　以擾行者之心　紅娘乃顧蒼頭曰　汝侍公子　小心往返　公子起身　方欲下亭　紅娘復舉杯進曰　從此告別　雲山杳杳　魚雁茫茫　風朝雨夕　孤店殘灯　回思賤妾之斷腸　公子黙然不答　策驢而前　率童子與蒼頭　渡石橋　飄然而去　紅娘獨立欄頭　遙望征客　疊疊遠山　帶夕陽而高低　茫茫野色　含暮煙而平鋪　一匹靑驢　頓無去處　林中鳥聲　隨風而噪　天際歸雲　含雨而暗　紅娘頻舉羅衫而掩面　不覺珠淚之潛然　蓮玉收拾杯盤而催歸　紅娘揮淚而上車回家

　此時　楊公子別紅娘　向皇城而行　耿耿一念　惟在紅娘　入客店則對殘灯而不能成眠　登程則臨高岸流水而不能定踽涼惆悵之懷　行十餘日　到皇城　宮闕之壯麗　市井之熱鬧　可知京都之繁華也　定舍館而安頓行李　休息數日後　回送蒼頭　舉彩箋修一封書　付蒼頭　給五兩銀子　使之速還　蒼頭悵然拜謝曰　小的已知舍館　更奉娘子書簡而來　向杭州而去

　且說　江南紅送公子而回家　杜門稱病　謝絕來客　襤褸衣服　不梳不粧一日　自思曰　吾已薦尹刺史之小嬌　公子有信男子　庶幾不忘矣　然則尹小姐與我　百年同苦樂之人　吾豈不先訂厚誼哉　卽以淡粧褻服　入府中　問候于刺史　刺史笑曰　近日娘有身恙　何能來尋老夫耶　紅曰　妾以官府所係之身　未曾承命　不得見謁　今有區區所懷　敢此謁見　刺史曰　近日無公事之紛

擾　每多閑寂之時　欲喚紅娘　談笑消遣　聞娘之有恙而未果　有何所懷也
紅曰　近日　妾有心腹之疾　靑樓之熱鬧甚苦　伏願出入府中　侍內堂小姐
學針線女工　奉灑掃巾櫛　以便調病　刺史素愛紅娘　端正貞一　有閨中婦女
之風度　大喜許諾　引紅娘而入內堂　呼小姐曰　老父常憂汝之孤寂　今適江
南紅聞渠家之煩擾　欲從汝而遊故　吾已許之　汝意何如　小姐心中自量　紅
娘娼妓　雖曰素有持操　豈能全無本色　同處相遊　似或不可　父親已爲許之
不可拂逆　對曰　如命

　刺史大喜　呼紅而賜座　半日閑談　出外堂　紅娘告小姐曰　妾　年幼蔑學
但見靑樓酒肆之放蕩　不聞規範內則之禮節故　欲恒時小姐　聞其敎訓　今
許置左右　實感厚澤　少姐微笑不答　日暮後　紅告以歸家　命蓮玉守家　翌朝
更入府中　卽至小姐寢室　小姐方讀烈女傳　紅就案前而問曰　小姐所看書
何也　小姐答曰　烈女傳　紅曰　妾聞烈女傳云　周之太姒　文王之妻　衆妾作
樛木詩而頌德　未知太姒善爲御下　使衆妾和睦歟　衆妾善爲事上　太姒爲
之感歟　古詩云　女無美惡　入宮見妒　婦女之妒忌　自古有之　以一人之德
惑化衆妾之妬心　妾之所不信　小姐微擧秋波　視紅而有羞澀之色　良久曰
吾聞源淸則流水爲之淸　形容端正　則影隨而正　修其身則雖蠻貊之邦　可
行　況一室之人　紅笑曰　周易曰　雲從龍　風從虎　以堯舜之德　無稷契之臣
則豈得唐虞之治　以湯武之賢　無伊周之臣則豈行殷周之政　由此觀之　太
姒之德雖大　衆妾有褒姒妲已之姦　則恐難顯其樛木之化　小姐笑曰　吾聞
賢不賢在我　幸不幸在天　君子言在我之道　不言在天之命　如遇衆妾之不
善　亦命也　太姒但修德而已　如之何哉　紅歎服不已

　自此　紅心服小姐之賢淑　小姐愛紅之聰明　情誼日深　坐則同榻　臥則聯
枕　討論古今人之德業文章　猶恨相見之晚也　一日紅娘歸家　問蓮玉曰　往
皇城之蒼頭歸期已過而不來　豈不怪哉　心亂而依欄遙望　面帶愁色　忽有

一雙靑鵲 坐柳枝 下欄頭而鳴 紅奇之 自言曰 吾家別無喜事 或蒼頭歸來
耶 言未畢 蒼頭果入來 獻公子之書 紅娘忙接在手 急問安否 公子之無事
得達 安頓舍館之事 詳述一遍 紅娘且悵且喜 坼書視之 其書曰

汝南楊秀才 付書於江南風月主人 我玉蓮峰下 疎拙之白面書生 娘江
南中熱鬧之靑樓佳姬 吾旣無長卿挑琴之手段 娘亦非楊洲投橘之風情
天送綠林豪客 成亦繩月姥之緣 弄花於壓江亭上 折柳於燕勞亭下 實非
留意於風流聲色 逢知己於高山流水 昌津之劍 成都之鏡 一時分離 豈足
悲哉 但孤臥旅館寒灯之下 曉皷殘漏 耿耿不寐 西湖錢塘 佳麗之景 曲
房靑樓 遨遊之跡 森森眼前 空望南天而踽凉惆悵 消魂斷腸而已 蒼頭告
歸 山川遙遠 魚雁無憑 因風而書數行 豈能盡綿綿之懷 區區所望 努力
加餐 千萬自愛 使千里遠客 無變變之懷

紅娘覽畢 潛然珠淚 自沾衣襟 再三更讀 尤加惆悵 黙黙無言 乃呼蒼頭
而賞賜十金 命他日 更往皇城 方欲起身入府中 蓮玉 忽報曰 門外 有蘇
州蒼頭 紅娘愕然失色 是何緣由 此看下回

第五回

競渡戱蕩子起風波　錢塘湖諸妓泣落花

却說 黃刺史以放蕩之習 好色之心 壓江亭之遊 因紅娘之脫身暗走 而
未逐其欲痛恨 愛慕之情 居先 寤寐一念 耿耿不忘 自料難以威力劫之

欲以富貴誘之　賫黃金百兩　彩緞百匹　雜珮一篋　修一封書　使心服蒼頭
送於紅娘　紅娘開視之　氣色慘淡不樂　心中自思　黃刺史　雖是放蕩　亦非昏
暗者流　吾以一個妓女　不告逃走　豈不痛駭　今反回嗔而甘誘　其意殊深
吾將何以圖免　且蘇杭隣邑　辭其所賜則非承上之道也　若受之則非吾意
也　如之何則可也　沉吟良久　修一封書而答　其書　曰

　　杭州賤妓江南紅　上書于蘇州相公閣下　妾素有心腹之疾　非藥石之所
　　能治也　向日盛會　不告而來　今不治罪而反有賞賜　明知其不敢受　蘇杭兄
　　弟之邑　賤妓事上之道　無異於父母　却其所賜則不孝莫大　敢封置而惶恐
　　待罪

　紅娘寫畢　付送蘇州蒼頭　悒悒不樂　入府中　至小姐寢室　小姐方坐窓下
潛心而刺繡鴛鴦於紅緞　不覺紅娘之入來　紅潛入視之　小姐以纖纖玉手
繡抽金絲　如箔上春蠶　吐經綸　如風前蝴蝶　弄花朵　紅娘强排悒悒之思
帶笑而言曰　小姐惟重針線之工　不顧人之入來乎　小姐驚顧而笑曰　吾因
閒寂　欲自消遣　露拙於娘　兩人呵呵大笑　其繡乃一雙鴛鴦　坐睡於花下
紅娘改容　指鴛鴦而歎曰　此鳥　必有偶　自不相離　今以至靈之人　反不如此
鳥　不能自由其志　豈不可憐哉　小姐問其故　紅具言蘇州刺史逼迫之事　珠
淚盈盈　小姐慨然慰之曰　娘之志慨　吾所已知也　豈可獨送靑春乎　紅娘愀
然對曰　妾聞鳳凰　非琅玕不食　非梧桐不巢　今見其飢而投腐鼠　見其無巢
而指藤蘿　則豈可云知心　說罷　有怏怏之色　小姐謝曰　吾豈不知娘之志
此言特戲耳　然觀娘之色　則心中似有難處之事　非閨中女子之所論　告父
親以圖方便　紅謝之
　且說　黃刺史見紅娘書　大怒曰　渠不過隣邑賤妓　加辱於我　懲罰豈無其

法 沉吟半晌 更笑曰 自古名妓之行 假托持操 故作驕亢 以示守志 其情
不過貪財與追勢 吾豈無妙策 乃屈指計日 準備競渡戲 光陰倏忽 遽當五
月初一日 黃刺史 致書尹刺史 初四日 乘舟壓江亭下 初五日早朝 溯流至
錢塘湖 率江南紅及衆妓樂而來 尹刺史 招江南紅 示黃刺史書 紅默默無
語 因卽歸家 連日不入府中 怏怏不樂 暗思以黃刺史之放蕩無道 日前書
中 已有壓江亭餘恨 此際必有不測之計 旣無謀免之策 觀其事機 寧投身
於萬頃滄波 澡潔此身 計已定心自泰然 惟以不復見楊公子 悠悠怨恨 自
無涯際 生離死別 豈無一言 乃分付蒼頭曰 明日 復往皇城 夕飯後登樓
遙望京華 噓唏嗟嘆 此時半輪新月 掛於簾下 耿耿星河 正催夜色 紅娘倚
欄而歌李謫仙怨別離曲 長嘆曰 人間此曲 能不爲廣陵散乎 更入寢室 挑
燈而展彩箋 修一封書 再三熟視 長吁短嘆 倚床而轉輾不寐 東窓曙色
微明 招蒼頭 賜書封與銀子百兩 申命速回 珠淚盈盈 蒼頭 怪而慰之曰
小的當速還 以報公子之安否 幸勿過爲傷心 蒼頭領受書封與銀子 發向
皇城而去

　此時 黃刺史欲誇富貴 盛張威儀 五月初四日 乘舟壓江亭下 向杭州
聯結十艘 選出蘇州妓樂十二隊 滿載舟中 鳴鼓而行舟 江謳越吟 起舞潛
蛟 錦纜牙檣 驚起沙鷗 岸上觀光者 如雲 尹刺史 聞黃刺史來 命招紅娘
紅娘直入府中 至小姐寢室 小姐喜曰 娘因何故 數日不來 紅娘笑曰 數日
絶跡 安知非平生絶跡乎 小姐 驚問其故 紅娘對曰 妾蒙小姐愛恤之德
將欲終身侍左右 效犬馬之誠 造物猜忌 今將離別 望小姐 他日迎君子
以樂鍾鼓琴瑟 俯思今日賤妾之心事 執小姐之手而淚如雨下 小姐雖不
知其故 亦不覺含淚曰 娘口未嘗出不祥之言 今日之言 何其殊常也 紅更
不能答 出外堂見刺史 刺史見其淚痕曰 黃刺史今日之遊 老夫雖知其意
不幸處隣邑 難却所求 娘回其偏狹之見 隨機而周旋 紅拜謝歸家 方理行

裝　愁顏弊衣　不施脂粉　悽然登車　顧蓮玉而以羅衫掩面　不覺珠淚　滴於車
上　玉不敢問其故　心中十分疑訝　此時尹刺史　入內堂曰　方往錢塘湖　小姐
告曰　俄者江南紅　謂向錢塘湖　辭氣頗異　不知今日之遊　有何故乎　刺史沉
吟曰　蘇州刺史　甚慕紅娘　紅娘守貞故　欲劫之以計　小姐愕然曰　紅死矣
紅女中烈俠　不爲蕩子所逼矣　使無罪女子　不爲魚腹之孤魂　言畢潸然垂
淚　尹刺史黙黙而出　尹刺史命左右　本府妓樂　待令於江頭　登車至錢塘湖
黃刺史　已泊舟江頭上湖亭　苦待尹刺史　喜而出迎　問紅之來　尹刺史笑曰
娘雖隨來　近有身病　難免無聊　黃刺史笑曰　其病侍生所知也　風流名妓誘
引男子之本色　如先生之忠厚長者可以欺　難欺侍生　請見今日宴席上手
段　尹刺史無聊　笑而不答

談笑之際　遙望小車　自遠而來　黃刺史　移坐欄頭而詳視之　兩個蒼頭
驅一輛小車至亭下　一個美人　自車中出　散髮似擾亂春雲　垢面如掩映明
月　淡泊之態　憔悴之色　如綠水芙蓉之帶霜　如狂風柳絮之落泥　不覺蕩子
之眼眩心迷　是卽紅娘　黃刺史　帶笑而命登亭　紅登亭　流秋波而見黃刺史
頭戴烏紗折角帽　身穿絳紗鶴氅衣　腰橫也字帶　憑欄而懶搖紅摺扇　醉眼
朦朧而坐　放蕩容止　荒麤氣像　若將浼焉　欲拭目於咫尺淸波　不得已進前
問候　從杭州妓而坐　黃刺史盛色而責曰　蘇杭隣邑　娘向日壓江亭　不待宴
罷而暗走　此豈事上之道　紅謝曰　逃走之罪　因身病而然　相公之所恕也
當日賤妾之罪有三　君子之文酒宴席　敢以賤身叅之　其罪一也　敢論多士
之文章　其罪二也　娼妓本色　每人悅之　其行無足可論　敢守區區所懷　固執
不回　其罪三也　妾今有三大罪　以相公之仁厚寬大　顧方伯守令之體貌　以
風化而臨百姓　以禮節而導一邑　憐其身之微賤　審其志之持操　赦其罪而
返有賞　妾尤不知死所　黃刺史憮然曰　其往莫說　吾於江頭　已泊數隻漁船
莫辭半日之消遣　請尹刺史登船　兩州刺史　率兩府妓樂　下亭而登舟　大江

風靜　鏡波千里　片片白鷗　來舞席而振翮　水聲　與歌聲而并流　縱舟中流
杯盤浪藉　絲竹迭宕　黃刺史　不勝蕩情　連飮數杯　扣舷而歌之　其歌曰

　　　携美人兮溯流光　中流逍遙兮樂未央

　黃刺史　歌終　使紅娘而和之　紅娘不辭而歌曰

　　　泛淸波而競渡兮　岸有楓兮汀有蘭
　　　舟中大於楚國兮　托忠臣之孤魂
　　　君莫競渡招孤魂兮　孤魂安所返眞

　紅娘歌終　黃刺史笑曰　娘江南人　能知競渡戲之意乎　此時紅娘　臨淸江
滿目風光　但助感慨鬱悒之心思　苦無吐說之處　因黃刺史之問　悄然對曰
妾聞昔者三閭大夫　楚之忠臣　盡忠事懷王　懷王　信讒言　放逐江上　三閭大
夫　以淸淨之心　介潔之意　處濁世而不欲苟生　作漁父辭　五月五日　抱石而
投於江心　後人憐其寃死　當其日則泛舟江心　欲拯忠魂　然若使屈三閭　有
靈魂則淸江魚腹　澡潔托身　以免塵世俗緣之汚　爲快活安樂矣　其蕩子凡
夫之弄帆激波　所能爲哉　此時　黃刺史已大醉　豈知紅娘之言　有所寓意
乃含笑曰　吾事聖主　少年功名　處於宰列　富且榮焉　且莫道屈三之憔悴不
遇　吾左手挹江山風月　右手携絕代佳人　一笑春風浩蕩　一怒霜雪紛起　心
志之慾　耳目之好　無敢禦者　豈言寂寞江中之蕭瑟忠魂　命諸妓奏樂　迭宕
管絃　嘹喨碧空　聯翩舞袖　飄揚江風　珠翠紅粧　照耀水中　十里錢塘　幻成
一片花世界
　黃刺史　傾大白　飮十餘盃　醉興陶陶　撫紅娘之肩而笑曰　人生百年　如彼

流水　豈較區區心懷　黃汝玉風流男子　江南紅絕代佳人　才子佳人之同一
景槪　江上相逢　快鬭風情　豈不謂天賜之緣　紅猛見了事機之漸迫　悄然不
答　黃刺史不勝狂興　號令左右　曳一隻小船　泛彼中流　使蘇州諸妓　執紅娘
之手而上船　船中　錦帳　疊疊　別無他物　黃刺史　超入舟中　執紅娘之手曰
汝之肝臟　雖曰鐵石　黃汝玉之火欲　豈不鎔解耶　今日　吾以五湖扁舟　載西
施　效范大夫　快樂平生矣　此時紅娘　見此擧措　措手不及　恐不免强暴之辱
顏色不變　泰然曰　以相公體重　一個賤妓　如是劫迫　左右所恥　妾以靑樓賤
踪　豈敢言小小持操　但平生所守　毀於今日　願借席上之琴　以奏數曲　解盡
愁懷　歡樂之氣　助相公之樂

　黃刺史聞此言　自謂畏已之威　回心樂從　方縱紅娘之手而笑曰　娘眞女
中豪傑　手段亦妙　吾曾遍踏皇城靑樓　擅名妓女　守操女子　不能脫吾手中
娘一向固執　若不順從則幾不免霜雪之威　今如此回心　轉禍爲福　此娘之
福　吾雖不甚隆赫　當時丞相之愛子　且兼一道方伯之尊　當作黃金屋　使娘
得享平生富貴矣　說罷自手擧琴而賜紅娘曰　盡娘之平生手段　發揮琴瑟
友之調　紅娘微笑而受琴彈一曲　其聲和暢放蕩　如三月春風　百花滿發　似
五陵少年之馳駿馬　岸柳含雨　水禽翻舞　黃刺史　不勝豪蕩之情　捲帳而命
左右　更進杯盤　誰知紅娘之有他意　復以纖手　調絃更奏一曲　其聲　蕭瑟悽
切　如落踈雨於瀟湘斑竹　如起寒風於塞外靑塚　江上樹葉　風雨蕭蕭　天邊
鴻雁　叫聲哀哀　一座有悽然之色　蘇杭諸妓　不覺下淚　紅娘乃變曲　收小絃
鳴大絃　奏羽調　其聲悲愴慷慨　屠門斜陽　論議劍心　燕南白日　和答歌筑
不平之心思　嗚咽之胸衿　驚動一座　舟中諸人　莫不竦然動容　紅娘推琴
烈烈之色　充滿眉宇　乃心祝曰　悠悠蒼天　生紅之時　旣使處地微賤　又令禀
賦非常　廣潤天地　無容微軀之地何故也　淸江魚腹　誰尋屈三閭　唯伏望妾
死之後　莫拯身體　使孤魂　遊於澡潔之地　言畢躍入水中　惜哉　畢竟性命如

何 且看下回

第六回

江南紅托身白雲洞 楊昌曲對策紫宸殿

却說 此時江南紅投於江中 舟中左右莫不蒼黃大驚 急欲救之 身輕波急 未及挽執 羅裙飄揚風波 俄頃不知去處 蘇杭諸妓莫不掩面而哭 兩刺史愕然失色 令船夫急救 解相結之船 遍滿江上而搜之 莫知所在 諸船夫相顧曰 人若溺水則必浮水上 頓無去處可恠 兩刺史無可奈何 聚船夫與漁父守水口 船夫漁父同聲告曰 若未尋於此湖 則下流潮汐出入之處 水勢最急 埋沒沙中 無處可尋 兩刺史尤加驚愕 各歸其府

且說 尹小姐送江南紅後 心思道 紅之性情 今日事機必不欲苟且偷生矣 吾旣與彼結知己之交 見其將死而不救則非義也 思所救之方 乳母薛婆適自外而來 薛婆京城人 爲人雖不伶俐 其心則忠正 故從小姐在府中者已數年 自與杭州人親交者多矣 此時小姐見薛婆而喜曰 吾有一言於婆 能爲我周旋乎 薛婆曰 老身爲小姐事 赴湯蹈火亦不辭矣 有何所難乎 小姐曰 吾聞江南人慣習於水 或有潛於水中能行數十里 婆之所知 或有其人乎 薛婆沈吟曰 廣求則或有 小姐曰 事急 若過時刻則無用 速薦一人 薛婆更沈吟良久曰 小姐閨中女子 求此等人 何處用之 實所不知 小姐蹙眉曰 婆但薦其人 然後聞其故 薛婆卽起身出去 小姐隨出 申申付託曰 必勿遲緩 婆點頭而去

須臾引一人而來見小姐曰　男子適無可合之人　得一個女子　江湖上探蓮人　自水中能行五六十里　故稱之曰　水中夜叉孫三娘　小姐尤奇　卽命入來視之　身長八尺　髮黃面黑　腥臭觸鼻　小姐驚問曰　三娘水中能行幾里對曰老身探蓮於江口　逢蛟龍而相鬪　追逐十餘里　畢竟捕獲　負出爲汐潮所推　更走數十里　得出水外　以單身行之則可行七八十里　若有所持則僅行數十里　小姐且驚且喜曰　吾有用三娘處　娘莫惜其勞而許之否　三娘曰當盡力矣　小姐賜白金二十兩曰　此雖些少　先表其情　成功後更施重賞　三娘大喜　問其用處　小姐辟左右而言曰　今日錢塘湖兩州相公行競渡戲　一個女子必溺於水中矣　娘潛在水中卽救之　因於水中遠走　若發覺於蘇州人之眼則有大禍矣　十分操心成功則不啻重賞　活人之恩　至死難忘也　三娘應諾而出　小姐再三付托曰　愼勿漏泄大事

三娘受二十兩銀子　歸家深藏　往錢塘湖水邊　閑坐半日而觀競渡戲　終無溺水者　夕陽在山　一葉小船　蘇州諸妓扶上一美人　三娘思量　此必有曲折　卽躍入水中　潛伏其舟底　俄而船中有彈琴聲　三娘側耳潛聽忽然舟中擾亂　一個美人落於船頭　三娘湧身　受而負之　疾走如矢　瞬息間行六十里此處人跡稀少　所負女子久在水中可憫　湧於水上　將欲尋岸　適有一隻漁船　兩個漁父擧釣竿唱漁歌而來　三娘高聲曰　急救此濱死之人　漁父止歌搖棹疾來　三娘負其女子超上船中　按下而臥　審視之　雲鬟盡散　玉顏帶靑無一分生道　擇乾燥處而臥　曝晒濕衣　唯待回甦　漁父問曰　如何娘子　當如此慘厄　三娘曰　我本探蓮之人　適見此女子之溺死　急去而救　不知此船將向何處　漁父曰　我等漁父生長於江湖　多見水患之人　此等厄境　今是初見此處若無人家　何以救人命乎　三娘曰　姑俟之　若有生脉更議之可也　診其手足　有回甦之望　須臾微開兩眼而視之　强作聲而問曰　老娘以何人　救此垂死之人　三娘猶忌耳目之煩曰　娘子收拾精神　徐聞其故　顧漁父曰　日暮

而人家稀疎 不可不留宿船中 吾等無妨露處 此女子閨中弱質 死中求生 若冒風露則有害矣 船中或有防風之具乎 漁父以數片蓬簟構一棲息處 乃停船於中流

夜深 兩個漁父已睡於蓬外 三娘細問於紅曰 娘子知杭州刺史之小嬌 尹小姐乎 紅驚而起坐 問其故 三娘詳告尹小姐求送自己之事 紅喟然嘆曰 我非別人 卽杭州江南紅 詳言其欲死之故 三娘大驚曰 然則娘子第一坊靑樓紅娘 紅曰 老娘何由 知吾名字 三娘復驚曰 娘子之丫鬟 非蓮玉乎 紅曰 然 三娘有愕然之色 執紅之手曰 老身卽蓮玉之姨母 玉常稱娘子之名節 故頗切欽仰 願一見之 老身之生涯甚怪 惡其醜態 未遂微誠 窮途相見 此天之所賜 尤有恭敬之色 紅亦驚喜 特加親近 相慰而臥 江天月落 將近四五更

蓬窓外有漁父細語聲 三娘側耳而聽 一個漁父曰 未知確的 豈可輕擧 一個漁父答曰 吾曾欲賣漁船而過杭州靑樓 坐樓上之女子貌如此女 心甚疑之 今聞老娘之語 果杭州第一坊紅娘 一個漁父曰 吾等數年江湖以盜爲業 患無室家之樂 江南紅江南名妓 不可差失好機 吾兩人協力殺此老娘 則一個孱弱兒女何足憂哉 三娘聽畢 付紅娘之耳而告曰 僅免危境 又入死地 豈知今夜舟中之人皆敵國 紅嘆曰 我天之所殺也 無可奈何 老娘思求生之策 三娘曰 老身雖無勇 足當一人 但不能敵二人 如之何則可也 紅沈吟良久曰 苟且偷生 反不如死也 爲老娘有一計 如此如此 更作鼾聲

須臾 兩個漁父突披蓬戶而入 三娘大驚一號 躍下水中 漁父見三娘之投水 對紅娘曰 娘子之性命懸於我等 順從則生 拒逆則死矣 紅冷笑而出 立船頭曰 吾年少女子 遊風流場 許多閱人 豈不順從 兩人爭一女 吾所羞惡 一人指定則吾當許身矣 其中年少健壯者 手執斫鉤 當先曰 吾當救女子矣 言未畢 立背後者以所持斫鉤刺殺在前者投水中 三娘潛伏水中 見

一人之落水中　奪其斫鉤超上舟中　刺殺盜漢　投於水中　斷其舟纜　尋岸而
去　曉潮漸漲　一葉小船爲暴風所驅　其疾如矢　紅娘不得收拾精神　潛伏船
中而莫知所向　三娘雖慣習於風浪　御舟則不能　任其所之　日已漸明　風勢
尤急　其走莫禦　天崩地震　狂瀾如山　三娘亦精神飛越　抱紅而伏

　走之半日　風勢纔息　波浪稍靜　紅與三娘纔定精神　審視之　茫茫大洋　難
見其涯　莫知所向　隨波瀾而任其所之　遠見天涯　山形依稀　向其處而行之
半日　始見堤岸　蘆葉竹林　交錯鬱密　數三村落　隱映其中　繫舟其下　顚倒登
岸　尋人家而敲門　有一黑面深目之人　生踈衣冠　齟齬音聲　唐荒而出　見而
異之曰　君等何人　訪誰家　三娘曰　吾等江南人　爲風濤所驅　漂流此處　此處
地名云何　其人大驚曰　此處南方哪咤海　國名脫々國　自江南至此處陸路
三萬餘里　水路七萬里　三娘曰　吾等以萬死餘生　不知所向　望一夜留宿

　主人慨然許之　定一座客室而處之　覆簷以蘆葉　築石爲壁　竹簟草席　難
可暫坐　日已暮矣　殊方萬里　無他安身之所　沒奈何留宿　少頃　以木實炊飯
而進　腥魚荒菜　難可下箸　三娘療飢而已　紅娘不能進一箸　精神昏昏而臥
濕氣薰風不能成寐　紅謂三娘曰　老娘因我而漂泊到此　此處不可暫留　我
死不足惜　老娘須思生還之策　三娘慨然曰　以平日老身欽慕之情　今逢娘
子　與同死生苦樂矣　此處山高水淸　必有道觀僧堂　明日更尋似好　兩人挑
燈經夜　翌日問主人曰　此處或有僧尼道士乎　主人曰　此處素無道士僧尼
山中或有處士　雲遊踪跡　原自無常　兩人別主人　竹杖芒鞋尋山逕信步而
行　行到一處　谷深而路絕　坐岩上而休

　忽見一道淸溪　自高峯而下　紅娘洗手掬飲　顧三娘曰　此水香臭觸鼻　往
尋窮源如何　三娘應諾　沿溪而上　行百餘步有一洞壑　入洞中　琪花瑤草
丹崖碧嶺　景槪絕勝　無南方濕鬱之氣　紅娘謂三娘曰　吾離故國不久　南中
風土　神氣沮喪　今日此處別有天地　非人間　談話而行數十步　有一曲淸溪

其上又有一座磐石 石上一個童子臨流煮茶 紅娘進前曰 吾等愛景入山 迷路至此 指導如何 童子曰 此處無他路 故曾無行人之跡 君如何人 紅娘 未及對 一位道士 童顔鶴髮 風度飄逸 頭載葛巾 手執白羽扇 自竹林帶笑 而出 紅娘進前禮畢 跪告曰 以異域之人爲風濤所漂 不知所向 先生指示 生道 道士熟視良久 命童子而引導還入林中

紅與三娘隨童子而行數步 數間草堂極爲精妙 一雙白鶴眠於松間 數 個麋鹿徘徊石逕 紅娘常居熱閙繁華之地 初見淸淨仙境 胸襟爽然 精神 灑落 幾忘塵世情念 道士命兩人陞堂曰 我山中老人 少勿嫌忌 紅娘與三 娘陞堂入室 侍立左右 道士曰 觀君之貌 可知中國之人 此處別無居人 風俗與禽獸無異 非異域人投足處 姑留此處 以待回國之期 紅百拜稱謝 問道士之尊號 道士笑曰 老夫雲遊踪跡 有何道號 人謂白雲道士 紅娘自 此 心身極安

且說 尹小姐送三娘 燥鬱而坐 尹刺史自錢塘湖歸來 備說紅娘之投水 小姐大驚且悲 含淚曰 非但悼其死 可惜其爲人 且待三娘之回報 杳無消 息 居數日 刺史入內室對小姐曰 以若紅娘容貌爲人 豈知爲水中冤魂 小 姐驚曰 果得紅之屍乎 刺史曰 聞浙江船夫之言 則江邊退潮處有二人屍 爲沙石之所傷 難辨男女老少 因汐水所推 不知去處 未能的知 必紅之屍 小姐 心中尤爲驚動

却說 蓮玉聞紅之死 搥胸痛哭 走向刺史府 叩閣而告曰 小女 江南紅之 婢蓮玉 紅無父母親戚 小女亦無父母親戚 以孤子身勢 主奴相依 無異同 氣骨肉 紅無罪而爲水中冤魂 收骨無人 願借官力收拾白骨而掩土 刺史矜 惻其意 卽賜官船數十隻 玉十餘日間哭尋江頭 踪蹟渺然 歸其家 具酒果 祭奠 招魂於江上 紅之平日所着衣服佩物 投於江中 叫號而哭 哀冤悽切 行人過客 船夫漁父莫不流涕 玉奠畢歸家 寂寂樓臺 塵埃堆積 冷落門前

草色埋沒　前日風流之跡　無處憑問　閉門而晝夜號哭　待皇城蒼頭之回來

　　且說　楊公子回送杭州蒼頭以後　客舘孤懷　日益難寬　唯待科試之日　此
際有急至之邊報　朝廷議退定科期　猶隔數朔　公子愈不勝鬱悒　遙思故鄉
夜不能成寐　一日倚案而眠　似夢非夢中　精神飄蕩　至一處　十里江上紅蓮
花盛開　欲折一枝　忽然狂風一陣吹起波濤　花枝折落於江中　且惜且驚而
覺之　南柯一夢　心中以爲不祥　不數日　杭州蒼頭忽到　獻紅娘之書　公子歡
喜開視　書云

　　　　賤妾江南紅命道奇薄　幼不聞父母之敎訓　長而托身靑樓爲娼妓之賤
君子之所棄　唯一片苦心　一逢知己　論荊山璞玉之懷價　和郢門白雪之高
歌　欲遂平生宿願　意外逢公子　胸衿相照　效江妃之解珮　巾櫛特許　期小
星之抱衾　君子之言　堅如金石　賤妾之望　深似河海　造物猜忌　神明沮戲
蘇州刺史以放蕩之心賤待娼妓　說之以利害　脅之以威勢　壓江亭未息之
風波　更起於錢塘湖　欲以五月五日天中節競渡戲爲餌而釣賤妾　如縷殘
命　籠中之鳥　網中之魚　咫尺淸波欲從蹈海之士　望夫山頭未見歸人　魚腹
孤魂雖忘榮辱　白馬寒潮難說餘恨　伏望公子勿念賤妾　致意靑雲　錦衣還
鄉之日　紀念故情　以一陌紙錢慰此江上孤魂　妾死後無知則非所可言　一
分精靈若不泯滅　則發願於冥府　此生未盡之緣以期後生　一百兩銀子以
補客中趣味　使長逝者悠悠九原　少慰戀戀之想　執筆　胸中抑塞　不能盡生
離死別之懷

此時　楊公子見畢　愕然失色　拳推書案　淚下而沾襟曰　紅娘死乎　再三披
讀　如醉如狂　問於蒼頭曰　汝何時離家　蒼頭對曰　初四日登程　公子曰　蘇
州刺史何日來杭州云　蒼頭曰　初五日設競渡戲於錢塘湖　公子歎曰　嗚呼
紅已死矣　倚書案而不禁下淚汪汪　心中思之　紅絕代國色　無雙人物　必爲

造物所猜　又思曰　紅之天性太剛　有烈俠之風　以其繁華之氣　嬌妖之態
必不作水中孤魂　此必夢也　取床頭彩箋　方欲作答　更停筆而嘆曰　紅必死
矣　吾壓江亭詩　鴛鴦飛去折花叢之句　可謂不祥　燕勞亭話別之時　嘆人事
飜覆之語　豈非言讖　躊躇良久　更執筆寫數行書曰

　　紅娘汝豈不欺我耶　相逢何以其奇也　相離何其異也　相親何其多情　相
棄何其無心　相愛何其鄭重　相忘何其容易　如其不欺則是夢也　以汝繁華
氣像　英拔風流　豈作蒲瑟江中寂寞孤魂　聰明姿質　慧黠性情　豈成踽凉夜
臺慘毒冤魂　紅娘夢耶眞耶　見紅娘之書　聞蒼頭之言　似或其眞　想像汝之
相貌　則必無其然之理　其夢與眞　問於誰質於誰　人之貴有知己　謂同其死
生榮辱　今於千里南北　莫知生死　此吾負汝也　以一時俠氣　百年佳約　如
棄草芥　此汝負我也　吾今日之涙　豈效鄧都子好色之心　恨無伯牙知音之
琴　蒼頭告歸　付去數行書　紅娘　汝能不死而覽此答乎

　公子書畢　付蒼頭曰　汝卽歸去　日夜更來傳信　蒼頭告別急歸　此時蓮玉
無主空舍　晝則以涙送日　夜則耿耿孤燈　不能成寐　苦待蒼頭　杳無消息
一日心亂無聊　悽然倚門而立　敎坊大路車馬熱鬧　處處管絃依舊迭宕　第
一坊之門前　冷落寂寥　井上碧桃花盡結實　烏鵲來噪　不勝凄凉　對夕陽而
失聲痛哭　忽見蒼頭自皇城而歸來　玉且感且愴　伏地哽塞　蒼頭始覺公子
之言　放聲大哭而扶起蓮玉　問其故　玉哽咽之聲細述一遍　蒼頭自懷中出
一封書曰　此公子之書　傳於何處　玉嘆曰　吾娘子平生無他知己　惟楊公子
一人　豈不擧其書而慰其靈　排設香卓　展書於卓上　蒼頭與蓮玉一場大哭
後　玉深藏其書
　尹小姐矜紅娘之冤死　慮蓮玉與蒼頭之無依　收置府中　此時朝廷以兵

部尚書召尹刺史　盖因尹公治績著於天下　尹公治裝登途　蓮玉請隨行　尹
公亦憐而許之　玉與蒼頭歸家　收拾若干行裝　侍小姐而向皇城　且說楊公
子欲知紅娘之信　將送童子於杭州　一日杭州蒼頭伴一個素衣女子而來
熟視之　蓮玉　憔悴之貌　踽凉之色　立於階下　仰見公子　擧袖掩面　失聲嗚
咽　公子亦不禁淚下曰　見汝之狀　滄桑造劫　不問可知　吾不欲深究　略說前
後事狀　玉以哽咽之聲　不能成言曰　紅別公子後　稱病杜門　交尹小姐　知己
許心　遭黃刺史之威逼　投身錢塘　未收白骨　一一告之　公子嘘唏流涕曰
慘矣　慘矣　吾負人　更問曰　汝何以來京　玉對曰　尹小姐矜惻小婢之無依
率來此處　公子　聽罷　商量曰　尹小姐以閨中女子不負信義如此　足知紅娘
之藻鑑　公子更謂玉與蒼頭曰　豈可以無主人而抛却汝等　姑無收拾之力
托身尹小姐以待好機　玉與蒼頭哭謝而去　光陰倏忽　已過數朔　天子戡定
邊擾　更集四方多士　設科選才　親臨延英殿問以親策　赴場之士　坌集如雲
其題曰

　　皇帝問曰　自古治國之道不一　必有先後緩急　三代以前　治以何道　熙熙
皥皥　漢唐以後　何其紛紛擾亂也　朕新臨大位　眇然一身　以臨萬民　戰戰
兢兢不知其治道　今日多士讀古書　平日胸中必有講磨　各勿隱諱　直言極
諫　以補朕過

楊公子俯伏階下　頃刻奏數千言　其略曰

　　臣聞　人君治天下之道　當法天而已　周易曰　潤之以風雨　鼓之以雷霆
又曰　四時行焉　萬物成焉　夫天化育萬物　非徒以潤澤風雨　施以好生之德
又必號令以雷霆　示以驚動之威　則四時運行不滯　萬物生長踈通　是故　春

夏以生長 秋冬以肅殺 闔闢其氣 欲施造化也 古之聖王能則此法 故惠澤
仁政 摹放春夏之生長 法令刑政 效則秋冬之肅殺 一張一弛 一生一殺
有牢確剛斷 然後 敎化由是而成焉 威令由是而行焉 惠澤仁政由是而出
焉 紀綱風俗由是而立焉 若不以好生之德撫摩蒼生 肅殺之威一分懲厲
則此如天之無四時 萬物豈可生長乎 其成造化哉 是故古人一國 譬於一
身 君心 臣手足 平居無事 心神安逸 則手足之運用懈怠 倉卒患亂 淸淨
其心 則手足之周旋捷利 以此觀之 則天下萬事叢生於安逸 振刷於淸淨
故古之聖君上法天道 下察人事 憂其安逸 思其振刷 今陛下欲聞其道 問
先後緩急 大哉王言 夫治國之道 不知緩急 則忠言嘉謨歸於文具 倒錯先
後 則經綸得失必無實效 故堯舜之治 人君 皆仰之而不致 稷契之事 臣
子皆慕之而不行 無他 不知其先後緩急 臣以爲今日朝庭之急務 先立紀
綱 臣請以古事而徵之 唐虞以前 化之以德 夏殷以後 治之以功 是謂王
道 秦仗力而起 以力守之 是謂霸道 漢以智創業 以智守成 此所謂王霸
并用 晋唐失於浮文 大宋病於糟粕 此或王或霸 得失相半 唐虞以前 風
俗淳朴 故以德化之 夏殷以後 人文開明 故以功治之 戰國以來及於秦
風氣强盛 故仗力而起 漢唐宋以後 人氣降殺 純雜相半 斟酌經權 以智
治之 王道其起也遲 故其治長遠 霸道其起也速 故其敗急 王道其終愚迷
霸道其終詭亂 此天地運數古今不同 國家治亂規模相異也 夫王道經法
霸道權術 經權得中 則亦聖人之道 臣以爲王霸并用 後世不易之法 近
日迂怪之論藉口於黜霸行王 聞其言論則近於堯舜之治 論其實效則不
及唐宋之治 其蒼古者大談干城 其有智者誇朝三暮四 以廟堂言之則職
責大體貌重 故旣不問細務 以享昇平 事其安逸 亦無長遠之慮 以臺閣言
之 則是非忠逆顧瞻時勢 言議風采不得自由 進退黜陟遵行前例 一語一
默全沒主見 以刺史守令言之 則惟論官爵之階梯 不問人材之賢否 祿俸
豐薄 計其得失 民生休戚 看做餘事 以士言之 則嘲笑固窮讀書 希覬僥
倖就職 拙者悲歎窮廬 沮喪元氣 激者自暴自棄 意思拂鬱 以風俗言之
則倫氣頹敗 廉恥倒傷 奢侈之習 困窮之歎 朝不慮夕 無長遠之思 以邊

務言之　則四夷八蠻不知王化　諸將軍卒久享昇平　旣無撫摩之化　又疎防
備之策　以財貨言之　則民間不絕聚歛之怨　國中不足日用之財　倉廩空虛
無儲　陛下深處宮中　雖神聖叡智　非左右之補導　則豈知天下安危哉　前
後之臣　稱四海之富　萬乘之貴　補廣厦細氈之安逸　無極諫臨民之克艱者
雖龍樓曉漏　丙枕轉輾　聰明所到　思民憂國　日出則又復如前　無別般經綸
此無左右之贊襄　不能振刷　嗚呼　四海之廣　萬民之衆　疾苦休戚　縣於陛
下　豈可置心汗漫　無所勇斷哉　洪範曰　惟辟作威作福　威福主人之紀律
治國之綱領　執綱領　立紀律　然後法令行　敎化成　是謂紀綱　古人比紀綱
於綱　謂其擧其綱則衆目之隨動　朝廷天下之紀綱　人君萬民之紀綱　陛下
欲治天下　先立朝廷之紀綱　欲敎化萬民　先勿失人君之紀綱　世之爲將者
率百萬之衆臨陣對敵　必主賞罰　專兵權　掌握三軍　然後乃成其功　陛下今
率億兆蒼生欲治天下　不明於生殺予奪之權　事機與心相違　經綸與心相
左　紀綱何可以立　風俗何可以改　群下何可以督　弊瘼何可以救也　伏惟我
太祖皇帝開國以後傳至陛下　昇平日久　群臣百僚皆守古事　遵行前例　自
然心情安逸　思想懈怠　此古今常理　譬喻經營大廈　取北山之石　求南山之
木　裁度其制度　焦勞其精神　制作堅固　子孫入處　但知其安　不知其勞　故
墻垣頹廢　棟樑摧折　則初憂後慢　必當傾覆之患　嗚呼　爲其子孫者　若有
乃祖乃父創建時萬一之心而振刷　則豈至此境哉　陛下今居天子之大位
若歲久年深而不憂其傾頹　則非臣之所敢言　戰戰兢兢　如履薄冰　對于多
士而問一得之　臣豈敢以定式文字循例而對也　雖然細瑣條目　時急經綸
難以寸管尺紙倉卒盡題　暫許臣言之不非　更開天章閣　特下筆札　苟使盡
胸中蘊抱　則臣不敢辭

此時　天子親考多士之文　大同小異　別無優劣　天顏不悅　及見昌曲之文
大喜曰　此漢之賈誼　唐之陸贄　不能過此　朕今以後得棟梁柱石　選置第一
命唱名　昌曲進伏榻前　閣老黃義炳奏曰　昌曲年少幼兒　豈能作經綸文字

更於榻前試以七步詩似好　言畢　又有一位宰相奏曰　昌曲新進少年　識時

務　奏御文字太多妄率　削科似好　畢竟天子何以處之　且看下回

第七回

尹尙書東床迎佳壻　楊翰林江州遇仙娘

　　却說　天子讚昌曲之文　選置第一　一位宰相　出班奏曰　古聖之言曰　非堯

舜之道　不敢陳於君　今楊昌曲　言覇道　其不可一也　洪範之稱威福　戒爲人

臣者　昌曲擧此以諫君父　其不可二也　伏願陛下削昌曲之名　使四方之士

以愼告君之辭　衆視之　乃參知政事盧均　盧均唐盧杞之后裔　天性奸巧　聰

明才局足以阿諂人主　言論風采足以鉗抑朝廷　親附小人　猜疑君子　濁亂

朝權已久　年高而閱歷古事故　天子卽位初　待以先朝老臣之禮　此日　見昌

曲文章經綸之絶人　天子之讚揚　心懷不平　奏之如此　天子聞之　殆有不悅

之色　又有一位宰相　出班奏曰　臣聞之　唐之王勃　以文章聞於世　宋之寇準

十九歲登第　妙年才局　驚動朝廷　自古才藝文章　不在於年齒多少　閣老之

言　十分不穩　陛下對多士　問時務　其所對各言其志　且治國之道　古今不同

豈無參酌經權　今盧均之言　太逼昌曲　出身之初　折其銳氣　非獎拔國士之

道　托辭經術　欲塞言路　甚非公平之論　臣見昌曲之文章　董仲舒賈誼之所

不能及　治國經綸　不讓於韓魏公富弼　直言極諫　汲長孺魏徵之所可儔也

臣以爲天以良弼　特賚陛下　左右視其人　駙馬都尉秦王花珍　開國功臣花

雲之曾孫　年今二十　文武雙全　風流豪放　以皇上之妹婚　討平吐蕃故封秦

王　適入朝　一見昌曲　知其有卓越之才　痛恨盧均之詭譎　盧均憤怒　與秦王相爭不已

　昌曲乃起伏奏曰　臣以鹵莽之才　猥參科甲　非聖朝求才之意　且爲臣子事君之初　冒欺君之名　不愼奏御文字　被大臣之論駁　豈可徒貪恩寵　不顧廉隅哉　伏願陛下　亟削臣之科名　以懲天下士子欺君之習　此時昌曲之年十六歲　言辭堂堂　恰如劈竹　宮中上下莫不大驚吐舌　天子喜動顏色曰　昌曲雖年淺　奏對之體貌　以老士宿儒不可當　卽賜紅袍玉帶　雙蓋鞍馬　梨園法樂　彩花一枝　拜翰林學士　賜紫禁城第一坊甲第　楊翰林紅袍玉帶　謝恩禮畢　乘御廐驄馬　雙蓋法樂在前　向紫禁城私第而來　觀者如雲　讚楊翰林玉貌英風　喧鬧如雷　方到門前　車馬如雲集　纔陞堂上　賓客已滿座

　左右報曰　黃閣老來賀　翰林下堂迎之　禮畢坐定　閣老笑曰　學士之少年功名　震動一世　未久必至老夫之地位矣　國家之得人　喜歡無量　老夫失錯於榻前多矣　此故歎磨礱學士之利器　勿咎老夫之昏眊　翰林　遜辭不已　翌日翰林　回謝於先進　先至黃閣老府中　閣老欣然歡待　言辭娓娓　忽有一卓酒饌　自內厨出來　酒巡數盃　閣老移席而執翰林之手曰　老夫有一言　學士能聽許否　老夫晚來有一女　足爲君子之偶　吾知學士姑未成娶　與我結晋秦之誼如何　翰林心中暗思　黃閣老貪權樂勢之人　吾所未妥也　紅娘已薦尹小姐　非徒其藻鑑之明　豈可以無其人而負其心　對曰　侍生上有父母　豈敢不告而娶哉　閣老曰　此老夫所知　但欲知學士之意　惟望莫惜一言　翰林正色對曰　婚姻人倫大事　小子豈可擅斷哉　閣老憮然不答　翰林告別而歸

　方出大路街　有喝導聲而一位宰相來　視之　乃是盧均　均停車而謝曰　吾欲訪學士　路畔相逢　吾家不遠　同往如何　翰林不得已隨往　坐定參政笑曰　曾有所彈駁吾兄　此一時所見之不同　兄幸勿掛意　翰林曰　昌曲後進少年　尊敎豈敢留着胸中哉　參政笑曰　求婚於聞喜宴　古來風氣　吾聞兄姑未娶

妻果然否 翰林曰然 參政曰 弟有一妹 諸般凡節 不下於人 兄與弟 結男妹之誼若何 翰林甚苦之對曰 此父母之所命 非昌曲之所左右 似聞曾有議婚處 參政見翰林之冷落 更無他言 盖盧均當日欲削昌曲之科 竟不如意 欲以其妹 用美人計 轉禍爲福 知其不成 怏怏之心 尤甚於前日

翰林歸而思之 今盧黃兩家之求婚 如彼其急 若遲緩則必生詭計 吾當見尹尙書 探知其意後歸家 卽成婚於尹小姐 卽往尹府而通刺 尹尙書迎入坐定笑曰 學士能記憶老夫乎 翰林微笑而對曰 以詩人浪跡 曾謁尊顏於壓江亭 豈可忘哉 尙書欣然笑曰 學士時月之間 儼然壯大 刮目相對 當有室家之樂 定婚於誰家乎 翰林曰 侍生之家寒微 姑未定婚 尙書沈吟良久曰 學士離側已久 何時覲行乎 翰林曰 陳情請由 早欲歸覲 尙書更沈吟曰 學士覲行之日 前往貴府送別 翰林知有議婚之意 起身而歸 上疏請覲親 上引見榻前 下敎曰 朕得卿未幾 遽離左右 實所悵然 欲慰卿父母倚閭之情 特授數月之由 速奉兩親而團聚京第 仍下敎 以昌曲之父楊賢 拜禮部員外郎 使本郡 賜車馬治送 此出於特典 可知際遇之隆盛 榮耀無比

一日淸晨 尹尙書作別次 來訪翰林 黃閣老又適至 尹尙書知其不得從容談話 沈吟良久 起身曰 學士遠路 保重行李 還第之日 更來訪矣 黃閣老蹲巡而坐 以煩雜之言 半晌後歸去 明日楊翰林 準備行裝 率童子而登程 所過處店人等 指而語曰 數月前 以草草單僕 過去之秀才 今日如此榮貴 豈知人生之窮達 如此難測 翰林急行十餘日 至一處 童子告曰 行直路則經入蘇州 若迂回五十餘里則由杭州路而去 翰林愀然曰 吾曾赴擧時 由杭州而來 豈忘舊路乎 由杭州路而作行 童子知翰林之意 復行一日 漸看山川明麗 人物繁華 遙望之淸波秀峯 可知西湖錢塘之佳麗物色 路邊有一亭 乃往日與紅娘執手相別之燕勞亭 堤上哀柳 雨雪霏霏 猶帶舊色 橋下水聲 帶夕陽而嗚咽 翰林 雖是丈夫之心腸 豈不傷魂斷腸 自含滴滴

之淚 定舍處於杭州城外 旅館孤燈 不禁怊悵之懷曰 吾前日赴擧時此處
客店 逢西川秀才 良宵明月 和韻而送 今日無聊之心 有誰可慰 紅若有一
分精靈 雖夢中 現李夫人之眞面 應慰故人耿耿之心 欲倚枕而睡 本州刺
史具妓樂盃酒而來 接待翰林 固辭 留一個老妓 以消長夜 老妓奉盃而奏
一歌 其歌曰

　　　夕陽芳草萋萋路 可愛碧桃花 十里錢塘 此處難見蓮花 正是江南歸客
　　緣薄

　翰林聽歌而猶無聊 聞其詩 乃自己作題紅娘扇之詩 一喜一愴曰 此歌
何人所作 老妓愀然嘆曰 此故妓紅娘之所傳 紅持操高尙 平生無知己 逢
過去秀才而酬唱云 翰林怊悵之色 更見於外 老妓疑之 有頃鷄聲喔喔 此
斗傾而催曉 翰林命童子 備香火紙燭與酒果 到錢塘湖邊 江村寂寞 星月
蕭瑟 曉霞滿水面 翰林燒一炷香祭紅娘 其祭文曰

　　　某年某月某日 翰林學士楊昌曲 蒙天恩 錦衣還鄕 至錢塘湖 擧一盃酒
　　呼紅娘之魂而告之曰 嗚呼 紅娘 今日吾知其鐵石肝腸 吾豈忍復來杭州
　　路 更對西湖風景 彼滾滾水波 晝夜東流而向何處 悠悠我思 隨流水而無
　　涯 玉骨不收江中兮 芳魂游乎江上 起斑竹之寒風兮 吹衣襟而似有知 嗚
　　呼紅娘 平生無知己兮 西山落月照酒盃 淚題數行書兮 哽咽微盡衷曲

　翰林讀畢 涕淚漣漣 不禁放聲而哭 童子與左右亦皆嗚咽 杭州老妓 方
覺而流感淚嘆曰 紅娘 可謂死無餘恨 翰林收紙錢香燭 投於江中 心思更
加怊悵 茫然而立 歸來客館 收拾行裝 顧老妓而別曰 吾無行中所携 以些

少銀子表情 老妓辭曰 妾豈敢望此乎 但願得相公所作祭文 以爲江南靑
樓之美蹟 翰林笑而許之 天明後登程 到蘇州地境 尋昔日所休客店而息
店人 顚倒出迎 見童子而一喜一驚 始知其爲前日過去之秀才 進前問候
翰林 笑曰 吾久不報漂母厚誼 賞賜百金 店人恭謝不已 翰林催促前路
更行數里 前有大嶺 童子曰 此嶺前日逢賊被奪行資之處 盜漢今去何處
變成坦坦大路 翰林審視之 果昔日所蹄逢賊之嶺也 山麓童濯 酒店櫛比
翰林心中疑之

　此時 翰林輕車快馬 宏壯威儀 與前日率單僕策蹇驢 草草前進之時 不
啻霄壤之分 故鄕漸近 望雲之思更切 早而登程 暮而休宿 一日童子遙指
曰 喜哉 玉蓮峯 翰林開車窓而望故鄕山色 命童子 先往而告兩親 此時處
士夫婦已聞兒子之登科 苦待歸覲 見童子之先來 不勝喜悅 兩人扶杖倚
門而望 學士身着御賜紅袍 頭揷彩花 洞外下車 繁華氣像 盛大威儀 非送
別之時秀才昌曲 歡喜而笑曰 吾五十之年 幸不絕楊氏血脈 不料富貴榮
耀之至此 汝今立身揚名 儼爲成朝官之貌 此豈夙昔所期望哉 昌曲拜而
告曰 小子不肖 半年離側 尊顔尤衰 多貽朝夕倚閭之憂 不勝悚惶 又告曰
天恩罔極 下賜爺爺以員外卿 辭陛之日 下敎曰 從速團聚京第 本縣知府
已備車馬於門前而待 員外夫婦收拾行裝 數日後登程向皇城

　且說 尹尙書當日 見楊翰林而歸其家 對蘇氏曰 吾爲女兒 廣求佳壻
別無合意處 新榜壯元楊昌曲 後進中第一人物 但其家本是淸高之士 其
議婚於吾家 恐難期必 待楊家一行之上京 先送可信媒婆於楊家之內間
探知其意似妙 蘇夫人曰 近間媒婆之言 難可準信 其乳母薛婆爲人 雖庸
愚 素無詭詐 待楊家入城 送薛婆似好 尙書點頭 此時蓮玉 偶立窓外 聞
尙書夫婦之言 自思曰 昌曲必公子之名 公子若成婚於尹小姐 紅娘之魂
必當欣然而喜 無人知娘之平生苦心者 吾豈可不說破於小姐也 但恨無

發說之期 乃心生一計 此夜 佯作挑燈之狀 前日所藏楊公子之書 故遺床前而出 小姐拾見而怪之 呼蓮玉而問曰 此紙 必汝之所遺 是何書也 玉佯驚曰 此故主紅娘之筆跡 小姐正色曰 吾與汝曾無相欺 汝今有隱諱 此豈相信之意

玉乃含淚曰 小姐如此下問 賤婢豈敢欺罔 故主紅娘之志操高尙 小姐之已所深燭也 曾不許身於凡夫 意外 一見汝南楊公子於壓江亭 結百年之約 堅如金石 爲造物所沮 悠悠萬事 幻成一場春夢 紅娘之寃 母容更論 賤婢之望亦絕 區區之心 欲以一片書爲信蹟 與楊公子定奴主之誼 未盡報紅娘之恩 欲以報於楊公子 使故主之靈 知死生間無二心 言畢含淚嗚咽 小姐矜其志 黙然無語 玉收淚而坐燈下 獨自微笑 小姐問曰 汝忽哭而忽笑 何也 玉低首不語 小姐亦含笑曰 吾正無聊 母論何言 勿諱而罷寂 玉更察小姐顏色而笑曰 賤婢 俄者 通往老夫人寢室 老相公與夫人 論小姐婚事 意向在於楊翰林 楊翰林卽楊公子 言未畢 小姐 顏色忽變 責蓮玉曰 妖妄之物 母論何言 善爲窺聽 玉回坐燈下曰 賤婢之笑有所懷 小姐今强問之 反責之 自今以後 賤婢更不開口 小姐笑曰 汝之所懷何也 玉悄然不對 小姐笑曰 吾更不責汝矣 第言所懷 玉更含淚曰 今日楊翰林 昔日楊公子 楊公子紅娘之知己 紅先時對公子 薦小姐之賢淑 賤婢 親見公子之點頭快樂 今小姐婚事 定於楊翰林 則賤婢奴主之緣 庶不齟齬矣 此賤婢之所喜 但無知紅娘之苦心血誠者 豈不可惜哉 小姐黙黙不答

此時 楊處士一行 到皇城 觀者莫不欽羨 處士夫婦之多福 楊員外謝恩闕下 天子引見諭之曰 卿 雖高尙物外 精力未衰 進輔朕之不逮 員外頓首奏曰 臣曾無寸尺之功 濫蒙爵祿之榮 宜盡犬馬之誠 以圖涓埃之報 素抱宿痾 趨走無望 伏願陛下 收臣之官爵 使無素餐之耻 天子笑曰 卿爲國家生此棟樑之臣 豈曰無功 亟加調養 勿負朕相依之心 員外惶恐退出 陳情

辭職 處於後園別堂 以琴棋書畫 逍遺歲月 一日翰林 侍坐兩親 許夫人顧
員外曰 兒子年已十六歲 今旣科宦則早宜成婚 將何以處之 員外未及對
翰林避席對曰 小子不肖 未及告之 旣有定意 因曰 赴擧之路遭盜患 往壓
江亭 逢江南紅而相許知心 紅薦尹小姐 紅之藻鑑絶人 其言必善 且告黃
閣老求婚之顚末 員外與夫人 嘆曰 此天定之緣 非人力所强 尹尙書望重
宰相 豈與寒微吾家 肯相通婚 翰林曰 小子見尹尙書 忠厚長者 非時俗宰
相 想當不拘寒微 員外點頭 夫人愀然曰 人若未遂宿願則結冤於冥冥 若
未定婚於尹府 難慰紅娘之冤魂

　　且說 蘇夫人聞楊家一行之入城 將送媒婆 招謂薛婆曰 欲使婆往探其
意 將何以善圖 婆曰 人生七十已多閱歷 豈不能察人之色 蓮玉笑曰 何以
察人之色 婆曰 世人善言 以耳聽之 惡言以鼻答之 吾拭迷眼 見人之鼻眼
則其知如神 一座大笑 蘇夫人又敎曰 時俗媒婆 言語太多 易致露拙 婆往
楊府 莫露在尹府踪跡 秘探其機 薛婆點頭曰 若問所居則何以答之 蓮玉
又笑曰 若有難言之處 作耳聾之狀 一座又大笑 蘇夫人曰 此等事 宜隨機
應變 切勿固守天眞 婆搖頭曰 直說無罪 天性豈可變乎 茫茫而去 婆回身
而更問曰 此婚爲誰 蘇夫人未及答 蓮玉笑曰 楊府無閨秀 尹府無郎才
婆婆思之 婆良久始覺知而去 蘇夫人目送蓮玉曰 汝隨後而去 如有失錯
殷勤敎導之

　　蓮玉已欲往見楊府久矣 承命而伴往楊府 許夫人問曰 老娘自何而來
對曰 老娘不在尹府 過去媒婆 玉在傍目視曰 更勿稱尹府 薛婆點頭曰
吾已稱不在尹府 蓮玉含笑而顧視 許夫人曰 此兒誰也 玉念慮薛婆之露
拙 對曰 小女老娘之女 夫人問曰 老娘媒婆 爲誰行媒而來 薛婆沈吟良久
對曰 時俗媒婆 言語多 老身以實告之 今兵部尙書尹衡文宅 有一個小嬌
欲結婚於貴府 送老身而莫稱在尹府 老身思之 婚姻人倫大事 其成與不

成　不在老身而在於天　隱諱何益　老身小姐之乳母　此兒小姐之侍婢蓮玉
老身之言皆眞正　幸勿疑訝　尹府小姐　女中君子　當世無雙一人　文章女工
無不通知　唯不足孟光之擧杵　非諸葛夫人之黃髮黑面　他日成婚時　若有
一分相違　送老身於拔舌地獄　楊府左右莫不大笑　許夫人奇其忠直曰　老
娘善手段之媒婆　但吾家寒微　尹尙書崇品宰相　與吾家何所取而肯結婚
婆曰　婚姻先觀其家風與郎材　豈有他哉　許夫人以杯酒　待薛婆曰　成婚後
更勸三盃　薛婆含笑諾諾而下堂　楊翰林適自外堂而入　瞥見蓮玉曰　汝何
以來此　蓮玉低首不語　許夫人　言其來意　翰林微笑

　薛婆歸告蘇夫人而而大談曰　凡常媒婆　徒費脚力　弊盡唇舌　事不順成
老身一往　大事如意　見其手段　蓮玉笑述薛婆之言辭　婆應聲曰　吾宅小姐
之百年佳約　豈可以巧言飾辭儀之哉　小姐偶到母夫人寢室　薛婆突出而
執小姐之手曰　事之順成　吾小姐之多福　小姐不知其何言　拂袖曰　老娘何
其醜率乎　薛婆笑曰　今日雖曰醜率　他日逢君子　百年偕老　多子安樂之時
始知老身之言有味　小姐方悟　不勝羞愧　薛婆見小姐而笑曰　暫見楊翰林
目細顏美　必是好色　小姐小心　見許夫人　柔順且恭　必無苛性矣　蓮玉曰
婆婆　常稱眼昏　觀形察色　何能如此其仔詳乎　婆側目而視蓮玉曰　最所殊
常處　楊翰林　凝精而視蓮玉　小姐他日幸勿率去　小姐聞言含笑　飄然而歸
去自己寢室

　翌日　尹尙書至楊府　禮畢坐定　尹尙書曰　先生之聲華　仰慕已久　老夫
奔走於塵埃名利之場　尙遲蒹葭玉樹之契　今日相逢　豈不晚乎　員外答曰
晚生草野踪跡　麋鹿性情　天恩罔極　家兒猥蒙之澤　波及老父　圖報無地
以身病辭職　幼子出入朝班　晝宵戒懼　幸望大人　隨事而敎導之　尹尙書笑
曰　翰林國家棟樑　聖鑑孔昭　朝廷之榮幸極矣　以小生之劣　讓一頭地　何有
敎導　員外服尙書忠厚之風　尙書愛員外淸高之操　一面如舊　尙書從容問

日 今郎之年紀長成 宜有室家之樂 弟有一女 雖曚昧於閨範內則之禮節 略解井臼巾櫛之節 以乃父舐犢之私情 欲結晋秦之好於貴門 未知尊意 何如 員外 歛容對曰 寒門迷豚 許以令愛 此晚生之福 豈有他言哉 愚迷之子 身靡官爵 年今十六 成禮爲急 從速涓吉是望 尙書大喜許之 以高山流水之淸雅胸襟 兼之以蔦蘿松柏之鄭重情誼 娓娓談笑 深深情懷 不欲相離

忽報黃閣老來訪 尹尙書 起身先歸 員外下堂迎之 寒喧畢閣老曰 老夫議婚於令郎 略知其意 以其不告父母 頗有躊躇 今先生幸到京第 老夫雖不甚富貴 亦不甚貧寒 女息爲人 縱無學識 容貌凡節 不甚醜陋 可謂門當戶對 庶無他意 何時成禮可乎 員外物外高士 性情峻直淸介 黃閣老庸俗之態 鄙陋之言 十分未穩 且與尹尙書 已成牢約 整襟改容答曰 以相公之小嬌 欲結婚於寒門 實所感謝 兒子婚事 已定於兵部尙書尹衡文 恨相聞之晚也 閣老有不悅之色曰 老夫旣與令郎商議 豈曰晚也 員外知其威脅正色曰 賤息不肖 不告而擅斷大事 此晚生敎子不敏之罪 閣老冷笑曰 先生之言誤矣 父子之間 豈不商議 士君子雖尋常事 食言不可 況人倫大事 老夫旣有心中牢定 吾女雖虛老閨中 斷不嫁他門矣 以此諒處如何 拂袖而去 員外含笑而已

尹尙書歸家 與夫人 言定婚之事 擇日行禮 荏苒之頃 吉日已及 翰林以紅袍玉帶 奠雁於尹府 俊逸風度 繁華容貌 孰不欽歎 滿堂賓客 紛紛致賀 尙書但含笑而不暇酬應 蘇夫人見玉貌風采 面帶欣喜 情鍾憐愛 不可形言 是日翰林 親迎小姐 美麗威儀 燦爛光景 輝揚大路 銀鞍繡轂 照耀日光 金張雲旛 飄飀風前 自尹府至楊府 連絡不絶 員外與夫人 設席於內室 受新婦之禮 尹小姐頭載七寶芙蓉冠 身着鴛鴦金縷繡腰裙 行八拜之禮 貞靜之態 端雅之容 如三五明月 出於雲間 一枝芙蓉 紅於水中 以淑女窈

窈之態　又帶非凡之氣　可謂千古閨秀之師表　員外夫婦之歡喜　不可形道
洞房華燭　翰林之琴瑟湛樂　莫過於此　但追憶紅娘之事　翰林與小姐　心內
各懷惆悵

　且說　黃閣老歸家而思　楊昌曲　人氣出衆　聖上之寵愛隆盛　他日富貴
非我所比　吾不能擇此佳郎　實所可惜　先發其言而讓頭於尹尙書　豈不恥
哉　對夫人衛氏　不勝忿恨　夫人吏部侍郎衛彥復之女　衛侍郎之妻馬氏　皇
太后中表兄弟　太后愛馬氏之賢淑　情同骨肉　馬氏無子　晚育一女卽衛氏
馬氏早世　皇太后憐其無子　顧恤衛夫人　頻數召見圖宮中　但惜其素欠婦
德　衛氏見閣老之憤恨　冷笑曰　相公以元老大臣　一個小嬌之婚事　有何難
處　如此煩惱乎　閣老嘆曰　吾非但憂女子婚事　念此身勢　還爲可憐　前日岳
翁岳母之在世時　蒙皇太后之顧恤　其餘蔭及於老夫　岳翁岳母下世以後
前程無足觀　受侮於人　每每如此　女兒婚事　吾先發說　乃反讓步於尹尙書
豈不痛恨哉　衛氏沈吟良久　對曰　相公　勿爲煩惱　遣侍婢　請賈宮人

　賈宮人　本是太后宮人　前日往來衛府　馬氏死後　雖不如前日頻數　猶念
世誼　不絕信息　難拒衛氏懇請而至　衛夫人　寒喧畢曰　老身　雖不敏　君
豈不念前日之誼　久絕音信耶　宮人笑曰　因近日宮中多事　不能作宮外之
行　今日非夫人之請　豈能作汗漫之行　衛夫人　待以酒饌嘆曰　老身今日之
坐屈　有區區所懷　欲轉達太后　老身晚來有一女　年今十五歲　爲人　不甚庸
愚　欲求佳婿　此人情常事　已與翰林學士楊昌曲定婚　雖未納綵　擇日成禮
屈指計日　中道變卦　與兵部尙書尹衡文之女成婚　其意因我相公　衰老前
程無足可觀　定婚於他處似好　隣里親戚　皆疑退婚　認作出婦　相公憂憤成
疾　全却寢食　女兒羞愧無面　期欲自處　老身衰耄之年　當此厄境而猶且外
受嘲笑　實無苟生之心　久仰皇太后顧恤之恩　楊員外之追勢食言　尹尙書
之間人大事　傷風敗俗　非士君子之行　尹氏女貶爲第二夫人　更使女兒成

婚則罔極之恩 結草報恩矣 宮人低首 沈吟良久 曰 此事極難 夫人更思之
衛夫人流涕曰 前日母親在世時 此等事 仰達於太后甚容易 母夫人之墓
草未宿 甘受他人之凌踏如此 豈不寒心哉 言畢不勝嗚咽 宮人慰曰 事之
成否 非妾之所能知 但夫人所懷 仰達太后

賈宮人以衛夫人之言 一一入告皇太后 太后有未安之色曰 吾但追念
馬氏而有顧恤之意 然此等事 吾豈可干涉也 彼以元老大臣命婦 不識體
貌至於如此 若馬氏在世 此等言豈及於我也 宮人惶恐 卽回報黃府 閣老
聞而嘆曰 天意若此 反不如不爲仰達 衛氏笑曰 相公勿慮 當如此如此
閣老善其言 自此日稱病杜門 不參朝會 天子禮待元老大臣 送醫藥而問
閣老黽勉入闕 頓首榻前曰 臣犬馬之年 古人致仕之時 近有身病 漸無世
念 惟待朝暮溘然 故久未入朝 願乞骸骨歸田園 以送餘生 上驚問其故
閣老流涕而奏曰 君臣之席 無異父子 老臣之細細所懷 豈可隱諱乎 臣七
十之年 有一子一女 子今蘇州刺史黃汝玉 女姑未出嫁矣 與翰林楊昌曲
定婚 其牢約一世所共知 無端背約 與兵部尙書尹衡文 急急成婚 隣里親
戚聞之 莫不致訝 或疑有貞痼 或疑有悖行 以塞前程 女子偏性 臣女羞愧
無面 以死自處 臣妻憂憤成疾 命在朝夕 七十老物 久在人間 外受他人之
嘲笑 內當家間之難處 但願速死而忘憂 說罷淚下如雨

天子已聞此事於太后 沈吟良久曰 此事不難 朕爲丞相行媒 卽命招楊
賢父子 榻前下敎曰 黃丞相 兩朝元老 朕所禮待之臣 今聞欲與卿家通婚
卿旣與尹尙書家成婚 昔有一人二妻者多矣 卿少勿拘碍 兩家更爲結婚
員外頓首受命

翰林起伏奏曰 夫婦有五倫之重 家道之所始也 雖輿儓下賤 可以恩義
而合 不可以威勢而迫 今丞相黃義炳 以元老大臣 不知體例 閨中細細事
情 無難登徹 以老昏之思 鄙悖之言 欲借天威而成勒婚 不勝慨然 伏願陛

下　還收成命　使無瑕於王言　天子震怒曰　新進少年　乃敢論駁元老大臣而
拒逆君命　其罪莫大　下禁義獄　員外與翰林　惶恐退出　參知政事盧均奏曰
黃丞相　兩朝元老　楊昌曲　榻前論駁　言及不敬　伏願陛下　遠竄昌曲　以懲
臣子不敬之習　以慰元老未安之心　上依允　命配學士楊昌曲於江州府　慰
黃閣老曰　楊昌曲以少年銳氣　不愼言語於君父之前　卽下嚴旨　以抑其氣
朕旣行媒　丞相勿慮女兒之婚　黃閣老頓首謝恩　天子入內殿　告黃閣老之
事於太后　太后不悅曰　陛下今日之政　爲老臣　不無私情　上笑曰　黃閣老
蚤暮之年　非但矜憐其昏耗　此事不甚悖於義理　母后勿爲過慮

　　且說　楊翰林　蒙嚴旨回家　拜辭兩親　許夫人　執手而歎曰　兒子居官未幾
當此風波　反不如玉蓮峰下　耕田安過　翰林仰慰曰　小子罪名　不至重大
從當連蒙恩宥　勿爲傷心　保重尊體　員外曰　江州寒濕　風土不好　汝且年幼
必自操心　勿懷鬱寂之想　翰林再拜受命　卽時登程　行裝從略　一輛小車
率數個蒼頭　一個童子　十餘日後　得到謫所　處於數間民家　此時翰林　小心
居謫　到江州數月　踪跡　不出門外　主人從容告曰　此處自古逐臣謫客之經
過處　江山樓臺　有無數古蹟　相公豈可固守國法　晝宵索居　翰林笑曰　吾身
有罪名　且素不好遊賞

　　光陰倏忽　夏盡秋屆　玉宇崢嶸　金風蕭瑟　歸雁叫霜　落葉滿地　雖尋常遠
客　難抑心懷　況少年謫客　翰林胸懷自鬱　水土不服　身氣日益不快　翻然回
想　吾以男子　性情何其偏狹　今日罪名不重　自古　謫客　逍遙山水　便是常
事　吾多日蟄伏　鬱鬱成病　此豈非反負忠孝乎　呼主人而問曰　吾無聊太甚
此近或有可以玩賞處乎　主人曰　前有大江潯陽江　江上有一亭　景槪絕勝
翰林率童子　訪潯陽江而登亭　雖非壯麗　亦自暢懷　遠浦歸帆　連絡水面
夕陽漁村　櫛比岸頭　江湖物色　可忘塵慮　翰林　愛其勝景　每日逍遙　一日
中秋旣望　欲玩月色　夕飯後　又登亭上　岸頭蘆花　秋聲瑟瑟　江上漁燈　星

點耿耿 哀猿啼鶴 惹起他鄕客愁 空自凄凉怊悵 悒悒不樂 倚欄而獨坐
忽然有聲 隨風而來 翰林 側耳聽之 此是何聲 且看下回

第八回

五更碧城吹玉笛 十年青樓驚紅點

　　且說 楊翰林登潯陽亭 怊悵而坐 忽有冷冷之聲 隨風而聞 問於童子曰
汝聞此聲乎 童子曰 此非琴聲乎 翰林曰 非也 大絃嘈嘈 小絃切切 此是
琵琶聲 昔唐白樂天 謫居此地 江頭送客 偶逢彈琵琶之女 其餘風尙存
起身而率童子 隨其聲而到一處 數間草堂 隱於林裡 竹扉已閉 童子叩門
一個丫鬟 着綠衣紅裳 出而應門 翰林曰 我玩月客 適聞琵琶而來 此家何
人家 丫鬟不答 熟視而入 良久請入

　　翰林率童子 隨丫鬟而入 靑松綠竹 自成短籬 黃菊丹楓 列於階下 茅簷
竹欄 蕭然如畫 望見堂上有一美人 橫抱琵琶於月下 飄然倚欄而坐 無一
點塵埃 淡泊之粧 與月爭光 縹緲之衣 隨風微動 見翰林而起立 翰林佇立
而躊躇 美人笑而剪燭 請陞堂曰 如何相公 訪此寂寞之人乎 妾本府妓女
勿嫌堂上 翰林笑而陞堂 詳視其容貌 淸秀眉宇 嬌妖容態 如氷壺秋月之
瀅澈 如海棠牧丹之濃艶 眞傾國之色 非塵世人物 美人又流秋波而視翰
林 冠玉風采 英拔氣像 眞盖世君子 風流豪傑 心中大驚 知非尋常少年
悄然無語 翰林曰 我他鄕謫客 適因鬱積 隨月色而出 聞琵琶聲於風便
雖無親面 偶爾來此 可得更聞一曲否 美人不辭 引琵琶調珠絃 奏一曲

其聲哀怨凄絕　有無限心思　翰林笑曰　妙哉　花落厠中　玉埋塵土　此非王昭君之出塞曲乎　美人更調珠絃而又彈一曲　其聲　迭蕩慷慨　有物外高尙之意　翰林曰　美哉此曲　靑山峨峨　綠水洋洋　知己相逢　一唱一和　此非鍾子期峨洋曲乎　美人乃推琵琶　歛袵改容而坐曰　妾雖無伯牙之琴　恨不遇鍾子期　相公居何處　以何故而爲少年謫客　翰林略言謫居之故及平生心懷

　美人嘆曰　妾本洛陽人　姓賈氏名碧城仙　生纔數歲　遭兵亂失父母　漂泊踪跡　依托靑樓　浪得虛名　洛陽諸妓　每多猜疑故　避身到此　將欲潛踪隱跡僧尼道士　以終餘年　林中之麝　易泄其香　鄷城之劍　難韜其光　更入本府妓案　路柳墻花　本非所願　況此處風俗孤陋　家家商賈　村村漁業　但重殖利素乏風情　尤所怏怏者　翰林亦爲之嗟惜　仙娘坐於燈底　流目視翰林　沈吟良久　問曰　相公曾居何官　翰林曰　吾登科之初　居翰林學士　仙娘曰　極涉唐突　敢問尊姓　翰林笑曰　吾姓楊名昌曲　娘何以詳問　仙娘　有喜色　更撫瑟而言曰　妾於近日　有新得之調　相公一聽　舉鐵撥　颯颯彈一曲　其聲慷慨凄絕　其哀慕如銅山壞而洛鍾自鳴　其怨泣靑天　悠悠　滄海茫茫　十分憐其知己　無一分放蕩　翰林側耳靜聽　乃是自己祭紅娘之文

　仙娘彈終　改容謝曰　妾　聞蘭焚蕙嘆　松茂栢悅　同病相憐　同氣相求　妾與江南紅　縱無顏面　自然聲氣相合　肝膽相照　惜其芳草逢霜　明珠溺海近日靑樓　其詩膾炙　妾求見之　紅娘死而猶生　楊學士不知其誰　願一見而討論胸襟何可期也　但歌其詩　載於聲樂　非欽羨其風情　唯慕知己　昔者孔子學琴於師襄　彈之一日思其心　二日得其像　三日觀其容　森然如在目前釋然如對咫尺　妾見相公於今日　蓋世風采　美麗容光　業已屢見於三尺琴中　翰林長歎曰　吾於紅娘　不是交以尋常娼妓　許以百年知己　今見仙娘言語動靜　與紅娘十分彷彿　一喜一悲

　仙娘因進杯盤　相與閑談娓娓　翰林謫居以後　無杯酒之醉　是日半夜　逢

風流佳人 論文章吐胸衿 仙娘絶人之敏才聰明 眞是粉黛中出類拔萃 翰
林顧仙娘曰 吾聽娘之琵琶 非尋常手段 又有何音樂乎 仙娘笑曰 尋常俗
樂 無足可聽 妾有一個玉笛 雖不知其所從來 傳言曰 本是一雙 一個不知
去處 一個在此 論其出處則非尋常之笛 昔者黃帝軒轅氏伐竹於嶰谷 聞
鳳凰之聲 合其雌雄聲 作十二律 今之樂但倣其律 此玉留全得雄聲 其聲
雄壯豪放 無哀怨 謹試一曲聞於相公 此處煩擾 明夜帶月色 登家後碧城
山試一曲 請相公更屈玉趾 翰林許之而歸

　　明日 言於主人曰 今日登碧城山 與童子 往仙娘家 門巷幽邃 景槪絶勝
大勝於夜間所視 仙娘半開竹扉 出門迎之 嬋娟之態 飄逸之氣 如瑤臺之
仙 白晝下降 欣然笑迎 翰林執手曰 仙娘可謂名不虛得 此處景槪果仙界
非靑樓物色 仙娘笑曰 妾素抱山水之癖 構一座別堂於此處 實吸碧城山
之景 江州幸無五陵少年 紅塵不到門前 自愧名存實無 今日相公枉臨 蓬
蓽生輝 洗妾胸中之十年塵累 今日始覺碧城仙 去神仙不遠 兩人大笑 陞
堂而飮茶 有頃日落西山 月出東嶺 仙娘使兩個丫鬟 携酒壺與果楪 自持
玉笛 與翰林及童子 登碧城山中峰 掃石上之苔 命丫鬟與童子 拾落葉而
烹茶 言於翰林曰 碧城山江州內 無雙名山 仲秋月色 一年中第一佳節
相公有謫居之恨 賤妾有淪落之愁 萍水相逢 登此山對此月 是豈所期哉
帶來之酒雖薄 先澆胸中不平之懷 且聽玉笛 各飮數杯 乘醉興 仙娘 高擧
玉笛 向月而一吹 山鳴谷應 草木震動 松間睡鶴 驚夢而飛 再吹天地昏暗
中聲 磊落 萬壑千峰一時搖動 仙娘蹙蛾眉合丹脣 更吹一聲 忽然狂風大
作 揚沙走石 月色沉黑 潛蛟之舞 猛虎之嘯 起於四處 山中陰鬼 愀愀而
哭 翰林竦然驚動 童子與丫鬟 相視而唐荒 仙投玉笛而氣色脉脉 珠汗滿
面曰 妾曾遇仙人學此調 其名雲門廣樂初章 黃帝軒轅氏 初用干戈 敎鍊
兵士 合其離散 警其懈怠之樂 廢之已久 但餘其糟粕 翰林稱善不已

仙娘獻玉笛於翰林曰 此玉笛凡人 吹之不能發聲 相公一吹試之 翰林 笑而一吹 憂然之聲 自合律呂 仙娘嘆曰 相公非人間凡骨 疑是天上星精 妾自幼明於音律 自謂不讓於師曠季札 今聞相公之玉笛一曲 暫有殺伐 之聲 不久必有事於兵革 學此玉曲 他日必有所用處 敎數曲 以翰林之聰 明 原不生疎於音律 頃刻間能成曲 仙娘 大喜曰 相公之天才 妾之所不能 及也 夜深携手帶月而歸 自此翰林 日往仙娘家 談論胸襟 志氣之相合 如膠似漆 至於衽席雲雨 仙娘固辭不許 翰林疑之曰 我雖不似 與娘相親 今已一朔 固辭不許是何故也 仙娘笑曰 君子之交 其淡如水 小人之交 其甘如蜜 妾願許身於平生知己 不肯許於凡夫 今日相公 妾之知己 豈敢 以靑樓賤妓 亂淫風情交之 至於妾與相公夫婦之緣 君子倘不棄之 餘日 無窮 今日相逢之場 但論志氣 知以朋友 翰林奇其志操 不欲强迫 自疑其 風情之淡然

　一日 翰林更訪仙娘 仙娘自本府招往 翰林無聊而歸更思之 吾夜見碧 城仙 未得見其眞面 今當更登 率童子而向山 奇花怪石 處處排置 淸溪秀 峯 谷谷圍繞 翰林隨其景槪 欲尋其源 脚力已盡 不勝困勞 憩于巖上 忽 然精神昏昏 一位菩薩 着錦袈裟携錫杖 花顏細眉 凝着瑞氣 見翰林而長 揖曰 文昌別來無恙 翰林唐荒不答 菩薩笑曰 紅鸞星置之何處 與諸天仙 女行樂 貧道南海水月菴觀音菩薩 奉玉帝聖旨 以武曲星官兵書 傳之於 君 君普濟蒼生 速還上界極樂 言畢擧錫杖 擊石而高聲曰 歸路 甚忙速還 翰林驚覺 乃是一夢 自己依然坐在巖上 丹書一卷在前 翰林且驚且喜 收 藏袖中而下來 更到別堂 仙娘尙未歸 翰林因歸客館 出視丹書 果然天上 武曲星之天文地理 用兵降神之秘訣 翰林本是聰明之才 奚至於屢閱而 覺之 收置篋中

　夜深後將欲就枕 忽有曳履聲 仙娘率兩個丫鬟 帶月而至 嬋娟之態 如

月宮姮娥之降廣寒殿 似銀浦雲孫之訪牽牛星 翰林精神飄蕩 意思怳惚 不覺其爲塵世人物 仙娘就座 謝其兩次虛臨 更笑曰 浮生百年 閒日無幾 如此良夜 欲無聊就枕乎 江頭月色 應甚淸爽 暫上潯陽亭觀月 因歸妾所 何如 翰林欣然許之 使童子守客館 與仙娘聯袂 向江頭而進 十里明沙 平鋪白雪 一輪明月 遙掛碧空 沙際眠鷺 聞人跡而驚飛月下 仙娘 望月而 徘徊沙上 顧翰林曰 江南女子 雖有踏靑之俗 妾以爲江南踏靑 反不如月 下踏白 拂袖而飛白鷗 戛然奏一曲 其歌曰

白鷗不須無端翩翩飛 月白沙白汝亦白 是非黑白吾不知

仙娘歌闋 翰林和之曰

江上白鷗見我莫飛 明沙十里彼月色 汝獨享 吾亦聖代謫客 探景而來此

此時 翰林與仙娘 歌終 相携手而上潯陽亭 江村寂寥 漁火明滅 漁舟收 纜聲 頗助客愁 翰林倚欄而嘆曰 江水東流 月色西轉 自古以來 才子佳人 之上此亭者 不知其幾人 至今踪跡 更無向問處 但空山白猿 竹林杜鵑 嘲古今興亡而已 浮世人生 豈不可憐哉 仙娘亦有愀然之色曰 妾有斗酒 帶月而臨蓬蓽 半夜閑談 斟酒以澆胸中 磈磊不平之氣 翰林復伴到仙娘 家 盃盤狼藉 以數個樂器 奏房中之樂 消遣良宵 翰林以年少之心 久有鬱 積之懷 此後每到仙娘之所 而以夜繼晝 以談笑音樂 消暢 仙娘亦來客館 而忘返 迭往迭來 不記其數

一日 秋雨蕭蕭 盡日不霽 翰林無聊獨坐 自篋中 出視武曲兵書倚案而 睡 於焉夜色已深 天氣 淸明 雨後月色滿庭 忽思仙娘 起身而攪童子之睡

獨訪仙娘而去　遙望兩個丫鬟　提燈前導　其後　有美人　曳繡鞋而來　詳視之
乃仙娘　翰林笑曰　吾正無聊　方訪仙娘而去　娘往何處　仙娘曰　夜深天晴
月白風淸　客館寒燈　欲慰相公孤寂之懷而來　翰林欣然而笑　伴到別堂　對
月而飮數盃　仙娘擧盃而忽有怊悵之色　翰林怪問曰　娘有何所思　仙娘羞
澁良久對曰　妾十年靑樓　一片丹心　無處可照　意外　得侍相公　相慰鬱積之
懷　萍水之緣　逢別無常　今對明月　自恨皎魄之一圓一虧　翰林曰　娘何知吾
之歸期早晩　仙娘曰　雖不能的知　妾俄者疲困暫睡得一夢　相公乘靑雲而
向北方　顧妾而命同往　忽然　雷聲大作　霹靂打頭驚覺之　此雖不利於妾
相公不久　必當蒙宥榮歸

　翰林低首而思曰　今月二十日　皇上誕辰　皇太后爲皇上　每當此日則放
生於放生池　大赦天下　娘之夢倘或不虛　仙娘尤驚曰　蕩滌恩命　豈非相公
之榮　從此一別　杳然無後期　以君子之大範　不須掛念　妾聞於南有一鳥其
名鸞　非其偶則不鳴故　欲聞其聲者　擧鏡而照則鸞見影而終日飛鳴　氣盡
而死　妾雖靑樓賤踪　自以爲難逢其偶　今侍相公　如同夢裏而怳惚如鏡中
之影　妾猶一飛而鳴　雖死於今日　宜無餘恨　從此當隱跡於山中　隨僧尼道
士　以免不屑之辱　翰林笑曰　我雖知娘意　娘不知我意　我已有定意　永同憂
樂　使碧城山頭圓月　照我兩人之心　平生無虧矣　仙娘謝曰　君子之言　重千
金　妾死無餘恨　因擧盃而勸

　翰林酒至半酣　執仙娘之手而笑曰　吾無迦葉之戒律　娘非菩薩之後身
相逢數朔　淡然而散　非人之常情　今日之佳約　不可虛送　仙娘羞愧　桃花兩
頰　紅暈滿起曰　妾曾聞之　以曾子之孝　不免曾母之投杼　以樂羊之忠　中山
之謗書滿篋　況妾遊風流場　踪跡之卑賤者　若他日君子門下　中山之謗忽
至　曾母之杼易投　則妾之身勢　進退無路　故十年靑樓　苟守一點紅血　望君
子之堅孚　非高唐雲雨之無情　翰林聞此言　引仙娘之腕　捲袖而視之　腕上

鸚血　月下宛然　翰林憐其意　改容嗟嘆　自此更加愛敬

　且說　光陰條忽　翰林之謫居　已四五朔　天子　當誕日　受群臣之進賀日

翰林學士楊昌曲　謫居已久　特赦其罪　拜禮部侍郎而命召　此時楊翰林　雖

與仙娘　逐日相對　幾忘客愁　晨昏朝夕　竚望北天　仰慕君親　一日門外　有

喧嘩之聲　童子蒼黃入告日　禮部下隷及本府蒼頭來矣　納書札而傳聖旨

翰林　焚香謝恩　開見家書　已而日暮下令日　明日登程　此夜欲別仙娘　率童

子而至娘家　仙娘聞知而賀日　相公今蒙天恩　居然榮歸　不勝感祝　侍郎執

手悵然日　吾今欲與娘　同車而行　身爲謫客而來　率妾而去不可　且不曾告

兩親　吾當上京後　別爲之送車率去矣　娘寬抑別懷　無損玉貌春光　仙娘愀

然日　相公以音律逢妾　當以音律告別矣　引床頭之琴彈三章　其曲日

　　　　梧葉萋萋兮　竹實離離
　　　　鳳凰來集兮　噰噰喈喈

　　　　江雲漠漠兮　江水悠悠
　　　　行人去而秣馬兮　迨及公子同歸

　　　　暗恨奏琴兮　珠絃咽
　　　　無恨思縈心曲兮　向明月

　仙娘彈終　推琴而悽然含淚　黙黙無言　侍郎再三慰之因起身　仙娘隨出

門外　但舉袖拭淚而已　侍郎別仙娘　還歸客館　收拾行裝向皇城　時已仲冬

天氣　山川寂寥　風光蕭瑟　忽然一陣北風　吹白雪　頃刻玉屑滿地　世界虛白

僅行五六十里　不能前進　入客店天色將暮而雪晴　月色甚佳　率童子出店

門 徘徊玩月 秀峰削立白玉 曠野平鋪琉璃 千山萬樹 飜成梨花世界 淸淨
之景 淡迫之像 如對玉人之顏 悵然竚立 更入店中 對殘燈而臥寢床 忽有
剝啄聲 見一位少年 率兩個丫鬟而入 行色瀟洒 容貌佳麗 無男子氣像
以琅琅之聲 尋楊侍郎客室 侍郎疑而詳視之卽仙娘 帶笑而就座曰 妾雖
遊靑樓 以年幼之致 曾不知離別爲何 侍相公但望長不相離 一朝折柳於
東門 唱陽關曲 胸懷抑塞 心志羞澁 心中積懷 未盡萬一 忽忽登程 尤切
怊悵 北風寒雪 知不能遠征 客館寒燈 欲慰寂寞之懷 冒夜而來

　　侍郎奇其意 并坐寢床 十分新情 更加繾綣 欲戲雲雨 仙娘不辭而有羞
澁之色曰 世間女子 以色事人之道有三 其一曰心事 以心事之 其二曰幾
事 隨其幾微而事之 其三曰顏事 怡其顏色而事之 妾雖不敏 欲以心事君
子 世間男子 皆取其顏 不知其心 今相公與妾 相逢數朔 淡然相過 非徒
相公 有齟齬之嫌 妾非女子承順之道故 客館殘燈 欲苟成花燭而歸 相公
知此可憐之志乎 侍郎伸腕而欲抱仙娘 忽然傍有急呼之聲 不知是下聲
且看下回

第九回

定黃婚天子主媒　征南蠻元帥出戰

　　却說 翰林旅舘寒燈逢仙娘 談笑相對 解未盡之情 不勝繾綣 伸腕而欲
抱仙娘 童子呼曰 相公 尋何物乎 驚覺之乃一夢 仙娘不知去處 撫枕而作
一場譫語 笑而問夜色 已過四五更 耿耿殘燈 掛在壁上 喔喔鷄聲 聞於遠

村 侍郎起坐而思 仙娘持操淸高之女子 吾雖奇其志 猶自固執 竟不順從 不無齟齬之歎故 夢事如此 況君臣之間 吾以新進少年 年少氣銳 固執己意 拒逆君命 此豈得君行道之事 天明登程 連日準站 得到皇城 此時侍郎之離側 已近半年 特蒙天恩 更侍膝下 一室之和樂 豈可盡言哉 尹尙書聞侍郎之入城 因卽來賀 欣然謂侍郎曰 皇上若更敎黃家婚事 則賢婿將欲如何 員外曰 此事不至大悖於義理 爲臣子豈可再三拒逆 尹尙書又屢勸而歸

翌日侍郎謝恩 天子 引見曰 卿久在謫所 應多苦楚 美玉愈磨愈光 寶劍尤鍊尤利 卿勿墮志氣 自勉前程 侍郎惶恐頓首 又下敎曰 黃閣老家婚事 已有成命 無違於禮節 卿勿固辭 侍郎頓首曰 聖敎至此當如命 天子大悅 卽召日官 擇日於榻前又曰 朕旣行氷語 成禮之日 百官往兩府 叅於宴席 令戶部賜給雜彩百疋 楊員外及黃閣老 奉承聖旨 當吉日成禮 其威儀之盛大 不可盡道 滿朝縉紳 承命來賀 兩府門前 如雲而集 黃小姐以鳳冠龍簪 綾羅錦繡見舅姑 雖光彩動人 姿色絕等 氣像之飄逸 動止之捷利 猶非窈窕淑女 柔順之色

纔畢三日花燭之禮 侍郎至尹小姐寢室 悄然有憂色 就臥寢床 從容問曰 夫人 連日見黃小姐之爲人 謂之何如 尹小姐沉吟不答 侍郎嘆曰 吾於夫人 非但知以夫婦 信以知己之友故 如是問之 今避小嫌 不欲吐出心曲 此豈平日所望哉 尹小姐對曰 兒女子眼目之所察 不過首飾珮物 容貌姿色而已 至於心志品行之長短優劣 以凡常男子 不能周知 今以相公之明 向昏暗女子 問同列之優劣 妾不知其意 侍郎嘆曰 吾難逆君父之命 迎此黃婦 已見他日乖亂之兆 夫人之言 合於禮節 當於道理 返非衷曲

且說 此時 交趾南蠻數叛 軍務旁午 天子深憂 以兵部尙書尹衡文 拜右丞相 以叅知政事盧均 兼平章軍國重事 每日引見殿前論邊務 一日益州

刺史　蘇裕卿之上疏至　其略曰

　　交趾南蠻猖獗　陷沒南方十餘郡　其衆百餘萬　或據山谷　或掠民間　怪異
之妙術　生踈之機械　無抵敵之方　列邑殘兵　望風瓦解　不久必犯益州地境
伏願陛下　早發天兵　以爲掃滅

天子覽畢大驚　引見黃尹兩閣老及盧平章楊侍郎　問其方略　尹閣老奏
曰　南蠻自古　王化不及　風俗强悍　無異禽獸　此可以德撫之　難可以力鬪之
臣以爲早發荊益兩州軍　守要害處　擇送巡撫使　諭以恩威　說以利害　如或
不服　方調發天兵未晚　楊侍郎奏曰　丞相之言　三代用兵之常理　第念今日
賊勢　遠方夷狄　窺視上國　其經營　已久必不容易而止　今中國之兵　昇平日
久　難可倉卒應變　下詔於諸郡　點檢軍丁　修繕兵器　以防不虞　叅知政事盧
均奏曰　昌曲之言　不知時務　當亂時先鎮人心可也　今若下詔　操鍊軍丁
準備兵器則民心之騷動　當何如哉　臣以爲蘇裕卿之疏　姑勿頒布　鎮壓民
情似好　昌曲又奏曰　近日廟堂之論　但主姑息之計　臣之所慨嘆者也　今憂
民心騷動　晏然而坐　一朝　南蠻　犯境　其倉卒騷動　尤當如何哉
　　盧均正色厲聲曰　南蠻不過鼠竊狗偷　何能及此　且軍國大事　不可輕率
盜賊之擾亂　可以兵阻　人心之騷動　侍郎將何以阻之　侍郎笑曰　叅政之言
可謂朝不慮夕　但憂小擾　不慮大擾　此所謂避影而疾走　此兩人相爭　盧均
勃然大怒曰　聖上以不肖　任軍國重事　諸臣中　若有固執局見　騷動民心者
當以軍法從事　百官應聲　如出一口　上沉吟良久　從盧均之論　蘇裕卿之疏
留中不頒　命擇巡撫使　尹閣老奏曰　上疏旣不頒布　命送巡撫使則所聞　豈
不傳播於民間　益州刺史蘇裕卿　臣之妻姪　文武雙全　將略過人　使蘇裕卿
因兼巡撫使　率本州軍　探報敵情似好　天子依允

侍郎歸家見父親 南蠻之作亂 盧紊政之言 一一告之 有憂色曰 小子近日 觀天象 太白犯南斗 南方有兵像 此國家莫大之患 員外曰 老父雖不知事機 近日人氣降衰 無文武之才 若不幸而至南征之境則誰能爲將者 侍郎俯首而沉吟良久 笑而對曰 小子 在江州 遇一個女子 卽本州妓女 有音律之明 能聞其聲而知其吉凶 聞小子之吹笛 謂小子曰 不久必有兵革之事 今偶中其言 員外驚曰 老父亦心中所慮 其女子之名爲何 聰明過人 侍郎對曰 名碧城仙 小子半年謫居 不勝鬱積之懷 與碧城仙消遣 已許巾櫛 已約率來 未及稟達 員外曰 君子不須留意於女色 已有宿約 其爲失信 似涉不可 侍郎卽入內堂 告於母親 許夫人 責曰 兒子年幼 前程萬里 與女子失信 豈無飛霜之怨 吾 尙未忘江南紅之事 雖今日 率來碧城仙 侍郎卽修一封書 命童子與蒼頭送江州

且說 仙娘自別侍郎 堅閉竹扉 稱病謝客 已經數朔 無一字音信 心中忽忽不樂 晝則向碧城山 惘然而坐 夜則對寒燈 不能成眠 一日知府呼之 仙稱病不入 知府餽藥而存問 仙娘疑訝曰 知府之厚 楊侍郎之薄 都是意外 若其厚有意 其薄無情 則吾豈可苟且偷生 甘受其辱 千思萬念 徘徊心中 倚欄而望遠山 噓唏長嘆 忽有一個童子 突入而傳一封書 詳視之卽前日來往之童子 童子亦帶喜而告曰 蒼頭與車馬同來 仙娘忙手開坼書封而視之 其略曰

一別雲山 玉顔如夢 紅塵名利 醉夢汨沒 黃昏佳期 如此差退 殊涉慚愧 向日書托本府 使削娘名於妓案 或知之乎 今承尊堂之命 送車馬 無窮情懷 唯待排花燭舖鴛枕

仙娘 覽畢 信宿車馬童子 理裝而登程 至皇城

且說　益州刺史蘇裕卿　奉皇命而探知敵情　星夜馳報　其啓本曰

　　臣奉皇命　至敵陣　見其魁首　以恩義曉諭則非徒無降服之意　悖慢之氣
　　無禮之言　無所不至以詭計誘臣　圍於陣中　斬手下褊裨一人　危急之勢　不
　　測之計　將至臣身　臣幸有防備　短兵接戰　僅逃性命　臣奉皇命　受辱於蠻
　　方小酋　不敢巡斧鉞之誅　但賊勢之强盛　往牒所無　伏願陛下　急發大軍
　　使益州孤城　無朝夕之危

天子　覽畢大驚　引見諸大臣　以議防禦之策　荊州刺史密封表文又至　其
表曰

　　南蠻猖獗　已過銅柱表　陷沒廣西城　桂林衡陽之間　掠奪牧畜　殺害人民
　　邊方諸郡　曾無準備　見賊兵之卒至　望風騷動　荊益以南　人煙蕭條　賊兵
　　如入無人之境　雖欲收拾軍卒　昇平日久　已無約束　其土崩瓦解之狀　勢難
　　扶支　謹表以聞　勿爲遲緩　速發天兵

天子　又覽表　天顔　沮喪　顧左右而問其方略　尹閣老奏曰　賊勢之急如此
天討不可遲緩　急會文武諸臣　使之商議似好　上依允　命召百官　原任閣老
黃義炳　右丞相尹衡文　叅知政事兼平章軍國事盧均　戶部尙書韓應德　兵
部侍郎楊昌曲　羽林將軍雷天風　等一般文武官員　分東西班而入侍　天子
下敎曰　南蠻猖獗　侵犯上國　何如則可乎　黃閣老奏曰　小蠻不知天命　發大
軍而一討平定　何足憂哉　盧均奏曰　邊方諸臣　防備齟齬　賊勢如此　爲先論
罪荊益兩刺史　廣西城守將　修築居庸關　脫有緩急　乘輿北巡　守居庸關
以爲萬全之計　尹閣老笑曰　以堂堂萬乘之國　見一個蠻兵之至　豈棄朝廷
而守一片孤城　急調發天兵而討之可也　上善其言曰　誰可爲都元帥　扶宗

廟社稷之危 左右黙黙無言 面面相顧 盖此時朝野騷動 或曰 不久賊至京
城 又曰 賊將詭計妖術 神妙莫測 出戰者必不能生還 或曰 其衆不知幾百
萬 聞者皆落膽喪氣 滿朝百官 皆不願出戰

天子嘆曰 朕否德 不能感化四夷八蠻 數百年宗社 危在朝夕 億兆蒼生
陷溺塗炭 一人無能出忠憤 以救國危 此朕之過也 誰怨孰尤 玉淚沾濕龍
袍 忽有一位宰相 慨然出班奏曰 臣雖無能 身蒙罔極天恩 無圖報之地
當盡犬馬之力 討平南蠻 以除陛下宵旰之憂 衆視之 其人面如冠玉 風采
拔越 眼如曉星 精氣玲瓏 儀表堂堂 聲音琅琅 卽兵部侍郎楊昌曲 俯伏榻
前 黃閣老心中思量 今敵勢如彼甚急 楊侍郎我之嬌婿 若或出戰 倘有不
幸則誤女兒之平生 奏於榻前曰 楊昌曲白面書生 靑春少年 不敢當閫外
重任 伏願陛下 更擇智謀之將 勿誤大事 言未畢 東班中一員老將 按劍大
聲曰 丞相之言誤也 昔者項籍 二十四歲 起兵江東 孫策十七歲 橫行天下
勇猛將略 在於其才 不在於年齒之多少 漢之諸葛孔明 宋之曹彬 平生讀
書 不免書生 爲千古將相之材 今楊侍郎 雖書生少年 爲國家 不顧其身
可知其忠 排却衆議 自就危地 其勇大矣 臣以爲楊侍郎 若不出戰則中原
一國 被髮左袵 以大明天地 化爲賊窟 衆視其將 霜鬂垂耳 聲如雷目如電
卽虎賁將軍雷天風

雷天風唐雷萬春之後裔 有萬夫之當之勇 平生數奇 其官止於虎賁將
軍 盧棪政怒叱曰 么麼武夫 豈能叅論朝廷大事 汝以武夫 素無將略 不能
平定小賊 如此紛紜 若再言 先斬汝首 號令三軍 天風慨然笑曰 老臣無一
分功勞 食君之祿 白髮星星 豈愛一身而謀避王事 今犬戎鼠竊 擾亂南方
文武將相 終日相對 無一經綸 喪氣落魂 欲棄都城而守居庸關 脫有不幸
百萬敵軍 來迫皇城則滿朝百官 各負妻子 一齊逃走 不顧陛下矣 豈不寒
心哉 老臣雖無勇 願隨楊侍郎 負斧而爲前部先鋒 平定南蠻 斬蠻王之首

獻於闕下　言畢威風凜凜　氣勢騰騰　霜髮上指　左右讚其壯勇　天子大喜
卽拜楊昌曲　爲兵部尙書兼征南大元帥　下賜節鉞弓矢　紅袍金甲　戰馬一
匹　黃金千鎰　虎賁將軍雷天風　加破虜將軍　爲前部先鋒　帝曰　行軍之日
當親送於南郊

　楊元帥　頓首受命　還歸府中　諸將士卒　已滿於門前　呼中軍司馬而下令
曰　敵勢正急　行軍難可遲滯　明日行軍　若有愆期者　必有軍律矣　中軍司馬
聽令而出　元帥拜辭兩親曰　小子已許身於國家　不顧私事　今離膝下　南蠻
拒逆天命　侵掠上國　其敗可知　願保重尊体　寬抑倚閭之憂　員外曰　我父子
猥蒙天恩　無以圖報　今奉皇命　出戰於萬里　汝少勿顧慮家事　務立大功而
歸　許夫人含淚曰　吾不篤老　有兩賢婦　兒子切勿顧慮　早立大功而凱旋
言畢不勝悵然　不能成語　元帥亦含淚　員外正色曰　君子盡忠報國　可謂大
孝　汝今爲將帥　苟效女子之態　豈平日汝父敎訓之本意

　元帥則起身　再拜受命　退至尹少姐寢室　見小姐曰　學生今奉君命　爲將
出戰　不必對妻子而話別懷　但北堂甘旨之供　托於夫人　當盡孝於尊堂　和
睦於同列　保重貴軆　小姐唯唯　元帥復笑曰　又有所托事　學生非留意於風
情　因少年謫客之孤懷　交遊碧城仙　已欲率來而送人　夫人收拾　尹小姐愀
然對曰　當不忘所命　元帥　復見黃小姐曰　女子之行　無非無儀　惟議酒食
夫人侍奉兩親　務菽水之供　使無憂慮　黃小姐對曰　妾雖不敏　有同列之賢
淑　奉親之節　無念慮　妾本蔑學　無關雎后妃　幽閑之德　今聞君子　有意於
風情　有歌小星抱裯而來者　妾乘此時　歸寧父母　欲免愆尤　元帥　正色不答
出外堂

　翌日　築墻於南郊　元帥　紅袍金甲　佩大羽箭　建白旄黃鉞於左右　登壇上
時年十八　號令如霜雪　氣像　如山岳　諸將三軍　莫敢仰視　有頃　天子至陣
門外　以標信傳命　元帥下壇　迎法駕曰　介冑之士　不拜　請以軍禮見　天子

改容答禮 御盃斟法酒 親勸日 自今日閫以內 朕制之 閫以外 將軍制之 如有不從命者 自刺史以下 先斬後啓 便宜從事 天子禮畢 步出陣門 登黃玉車 元帥更登壇 以御賜黃金賞三軍 犒軍畢卽行軍 鼓角喧動天地 旌旗掩蔽日月 行伍整齊 軍令嚴肅 所過處父老百姓 皆嗟嘆日 我聖天子得賢將 官軍之整齊如此 豈患小賊 人心稍稍安輯

且說 碧城仙離江州 不及皇城三百餘里 日暮而宿客店 路邊百姓 修築橋梁 新作道路 奔走顚倒 問其故 對日今夜征南大元帥 留陣於此處 復問日 大元帥爲誰 日兵部尙書楊老爺 仙娘聞而驚日 相公之出戰 吾嘗知之 豈意如此其急也 吾今以齟齬之踪 熱鬧門中 向誰而去 携來玉笛 或有軍用 何以傳於相公 軍中嚴肅 雖男子不能出入 況女子 心生一計 招童子日 汝立門外 待大元帥之行次而入告 有頃 鼓角喧天 童子蒼黃入告日 元帥行軍而來 仙娘又日 爾觀留陣處而來報 童子日 元帥留陣於此處 南去百餘步外 背山臨水無人之處 夜深後仙娘 謂童子日 吾欲觀相公之陣勢 汝導我 持玉笛而隨童子至陣前

此時 月色照耀 旗幟劍戟 整整堂堂 各守方位 部五行列 重重疊疊 大成轅門 可知威儀之嚴肅 軍律之整齊 仙娘謂童子日 吾登此山 俯察陣中 乃尋山逕而上中峯 命童子 待於山下 有上來之人引導 高坐岩上 聞軍中更點之聲 已報三更 仙娘擧玉笛吹一曲 此時楊元帥居帳中 方見武曲兵書 意外何許一聲 聞於風便 茫然舍兵書 側耳潛聽 其聲嘹喨半空 如西風歸雁之成羣 如靑天孤鶴之喚侶 非尋常山童之牧笛 以元帥之聰明 豈不知碧城山舊曲 心中驚疑而思 此必仙娘過此 欲見我而吹 卽招中軍司馬日 行軍之初 經夜于此處 行伍幕次 不可錯亂 吾欲以平服 一次巡行 勿爲漏泄而守帳中 率心服褊裨一人 拔所佩大羽箭一枝 出轅門 守門軍士尋標信 元帥 示信箭而出陣外 巡行前後左右 山上玉笛 聲猶嫋嫋不絕

元帥顧褊裨曰 隨我後 元帥在前 登山上尋逕 童子待於山下 欣然迎之

元帥復謂褊裨曰 留待此處 隨童子而登山 仙娘停玉笛 下岩迎之曰 相公此行 何其急也 元帥答曰 敵勢猖獗 不可遲滯 早知若此 豈使娘如是急來 踪跡鷀䖪 仙娘含淚曰 妾以微賤之身 生踈於貴門 今雖入去 踪跡齟齬依托於誰乎 元帥愀然執手 語娶黃小姐之事曰 吾知娘之知見過人 雖有難處之事 十分操心 以待吾之回還 仙娘曰 相公以元戎體重 因賤妾久離幕次 不安莫甚 因擧玉笛曰 此物或有用於軍中 願收置焉 元帥收藏袖中復顧仙娘 有戀戀之色曰 娘入府中 或有難處之事 與尹小姐商議 尹小姐天性仁慈 且吾有所付托之事 必不相負 仙娘洒淚相別 元帥下山 率褊裨還陣 翌日行軍向南

且說 仙娘率童子而還店中 不能成寐 天色已明 收拾行裝 得達皇城停車於楊府門外 使童子 先通 員外入內堂招見 嬌妖之態 窈窕之容 無一分巧飾 澡潔之色 一片氷心 塵埃消盡 嬋娟之狀 半輪秋月 霽色新帶 府中上下 嘖嘖讚歎 員外夫婦 亦愛而賜坐 召尹小姐黃小姐 尹小姐承命卽來而黃小姐不來 員外笑曰 黃賢婦 胡爲不來 左右曰 黃小姐 猝然身氣不平 不得承命 員外俯首頷會 有不快之色 顧尹小姐曰 君子之媵妾 自古有之 婦女之妬忌 後世惡風 以阿婦之賢淑 不必加勉 十分和睦 俾無家道之乖亂 卽定處所於後園別堂 尹小姐命蓮玉 引導別堂之路

玉侍仙娘而向後園 見其行步動作 依然有紅娘之態 玉含淚而有悽然之色 仙娘問曰 丫鬟何故見我而有感愴之色 玉哽咽曰 賤婢有心中結恨今有所觸 自然不免有見於色 仙娘笑曰 丫鬟富貴門中 主人仁慈 有何所恨 玉對曰 賤婢本以江南之人 失故主而來此處 今見娘子狀貌 與故主十分彷彿 自不能寬抑心思 仙娘曰 丫鬟之故主誰也 玉曰 杭州第一坊靑樓之紅娘 仙娘驚曰 汝爲紅娘之手下丫鬟則何以至此 吾與紅娘 雖曾無一

面 以聲氣相親 便同兄弟 今聞汝言 豈不親愛哉 玉執仙娘之手而垂淚如
雨曰 吾之娘子寃死 後身爲娘子乎 娘子之前身 是吾娘子乎 自謂世間佳
人 無如吾娘子 寤寐之間 願一見之 今娘子之擧止容貌 恰似吾娘子 不覺
悲喜交集 又曰 娘子與吾娘子 知己之友 此天憐妾之失故主而孤單 又生
娘子 因告尹小姐收拾之故 仙娘嘆尹小姐之盛德

翌日 仙娘問候於兩堂 至尹小姐之寢室 告曰 賤妾以靑樓賤踪 不知禮
貌 曾聞有兩位小姐 今未見一位小姐敢請見 尹小姐 沉吟良久 命蓮玉
指導黃小姐寢室 此時黃小姐 密探仙娘之消息 但有譽之者 無一毁之者
黃小姐 心中不快 終夜不寐 早起而梳洗 對鏡畫眉而嘆曰 天生我 豈惜傾
國之色 使上而讓頭於尹小姐 下而不及於賤妓 不覺肉顫膽悼 左右報曰
仙娘請見 黃小姐勃然作色 顏色忽靑 悍毒之氣 見於眉宇 畢竟女何 且看
下回

第十回

行凶謀奸婢鬧別室　資妖計老婆賣丹藥

却說 黃小姐 聞仙娘之請見 不勝悍毒 忽思曰 欲釣魚者甘其餌 欲獵兎
者隱其網 彼雖足智多謀 吾 一笑一說 善爲籠絡 不出吾之手段 卽以和樂
之容 溫柔之言 促其陞堂 仙娘卽陞堂 流秋波而熟視小姐容貌 玉顏微帶
靑色 星眸十分慧點 薄唇細眉 無德義之氣 黃小姐見仙娘 欣然笑曰 聞娘
之名久矣 今始見容光 宜乎君子之愛也 自今日期百年而同事一人矣 交

以心曲 照以肝膽 相無隱諱 仙娘謝曰 妾以路柳墻花之賤身 不聞閨範內則之正言 狂行醜態 仰瞻端嚴之容光 進退周旋 幸恕其過 敎其不及 黃小姐琅然笑曰 娘勿爲過謙 我交之不隱心曲 惡之不欺外貌 娘無間相從 勿爲疑慮 仙娘謝而歸 自思昔者 李林甫 笑中有釰 今日黃小姐 言中有網 釰猶可避也 網豈可免

翌日 黃小姐 訪仙娘而至別堂 一場閑談 兩個丫鬟 侍立於左右 小姐問此丫鬟 誰也 仙娘曰 妾之率來賤婢 小姐熟視良久曰 娘有侍婢 如此奇絕 眞莫大之福 其名何也 仙娘對曰 一個小蜻 年十三歲 爲人不甚庸愚 一個紫鳶 年十一歲 天性昏暗 妾之所憂也 黃小姐曰 我亦有兩個侍婢 一名春月 一名桃花 爲人雖庸愚 本心忠直 從今以後 彼此通用 數日後仙娘 率小蜻 回謝于黃小姐 小姐欣然握手曰 吾正爲無聊 娘如此尋訪 可知多情 顧謂春月曰 吾與仙娘 將終日消遣 然紫鳶獨在別堂 必爲孤寂 汝亦與爾輩 同遊而歸來 春月應諾而去

此時 紫鳶獨坐別堂 忽然一雙蝴蝶 來坐欄頭 紫鳶欲捉之 蝴蝶飛入後園花林中 鳶逐去彷徨 春月大呼曰 紫鳶但知花而不知交友乎 鳶笑曰 春娘何暇偸閑而來乎 春月曰 吾小姐與汝娘子閑談 吾乘隙而來 紫鳶大喜 執手而坐林間 春月曰 汝在江州時 曾見此等後園與花林乎 紫鳶笑曰 吾曾聞皇城之好 今視之 反不如江州 吾在江州時 無聊則或登家後碧城山 同伴試花戰 或往江邊觀水色 及來皇城以後 每多無聊 猶不如江州之時 春月曰 碧城山何如山 江邊何如江 紫鳶曰 碧城山在於家後 江邊潯陽江 江上有亭 景槪絕勝 恨春娘之不見 春月曰 汝之娘子 在江州時做何事 紫鳶曰 或迎客於靑樓 或彈琴於別堂 不曾如此寂寂也 春月曰 娘子之別堂如何 紫鳶曰 四隅立柱 前後設門 以土築壁 以紙塗褙 家家一般 所問何也 春月勃然曰 吾固無聊而問 如此冷待 我當歸去矣 起身而去 紫鳶執

其手曰 吾明告之如畵 休怒 吾娘子之別堂 以茅爲簷 以竹爲門 粉壁紗窓
滿貼書畵 黃菊丹楓 靑松綠竹 并植階下 誰不讚揚 春月曰 我相公 幾次
往來 鸞曰 日日枉臨 夜深後歸去 春月笑曰 幾次聯枕 紫鸞曰 不見聯枕
春月含笑 執紫鸞之手曰 吾不漏泄 無諱而直說 鸞曰 何可欺也 春月更笑
付耳問數句語 鸞曰 此則吾所不知 吾娘子 不聽相公之言曰 今日知以朋
友 其外吾所不知也

春月方欲復問 忽見蓮玉 來立花園後 春月卽起身曰 小姐前應對無人
我將歸去 茫然而去 此時黃小姐 挽留仙娘 戲雙陸而消遣 忽然推局而笑
曰 仙娘之才如此 應不生疎於書畵矣 書法何如 仙娘笑曰 娼妓之書 不過
是通信於有情郞而已 何足謂書也 小姐大笑而喚桃花 命持來筆硯曰 吾
於近日 以書畵消遣 娘莫惜數行書 仙娘不肯書 黃小姐笑而抽筆 先書數
行曰 吾以拙手先書 娘亦書之 仙娘不得已寫一行 黃小姐 十分留意 再三
熟視而讚之曰 娘之書吾所不及 再以他體寫之 仙娘曰 賤才不過於此也
豈有二體也 小姐微笑曰 今日淸雅消遣 明日更尋 仙娘應諾而去 盖以仙
娘之聰明慧黠 豈不知黃小姐之姦計 終是年幼 性情柔弱 素無江南紅之
勇斷故 自思處地 不忍却之 日日相從 尹小姐慮有疎漏 不能放心

一日 員外入內堂 呼黃小姐曰 俄接汝父親之書 則汝萱闈患節 猝欲要
卽送汝 汝卽歸覲而侍湯 小姐聞命 卽往黃府 見閣老及母夫人 閣老問曰
俄見汝書 身病極重云故 欲率來調病汝母親曰 舅家不送矣 託親病而召
似好故 吾要於汝舅 今見汝狀別無病色 何以唐荒書字 驚動老父乎 小姐
悽然答曰 面上見症 可以醫藥治之 心中隱憂 危在朝夕 恐父母兩位 未得
盡燭 閣老大驚曰 兒之病 何其深也 小姐流涕曰 爺爺愛女兒而擇佳婿
今逢風流蕩子 烏鵲橋絶於銀河 姮娥身勢 寂寞月宮 靑春閨中 空作白頭
吟 小女身勢 反不如死而無知 閣老慨然曰 老父晚年生汝 知以掌中寶玉

吾 恐誤汝之身勢 詳言其故 小姐嗚咽曰 楊元帥謫居江州 携來一個賤妓
淫亂之行 妖惡之態 迷惑男子 以巧笑飾辭 符同上下 蔑視小女 其言曰
黃氏後入之人 吾豈守嫡妾之分 甘心居下 今日之勢 不能兩立 小女寧欲
死而無知

　黃閣老聽罷大怒曰 以幺麼賤妓 豈可如此唐突也 吾女雖無才德 奉皇
上之命而成婚者 楊元帥不能薄待 況賤妓乎 當往楊府 逐出賤妓 衛夫人
挽留曰 相公息怒 徐觀事機而處之 閣老然其言 然衛夫人 陰譎之心 悍毒
之性 閣老敢不拒逆 自此偏護女兒而欲害仙娘 密密之計 怪怪之策 難可
測度 十餘日後 小姐歸楊府 閣老執小姐之手曰 汝歸舅家 如有所難 卽爲
通知 老父雖無能 一個賤妓 視如草芥 何足憂也 衛夫人冷笑曰 出嫁女子
死生苦樂 懸於舅家 相公能如之何 汝歸去 若有見辱 寧自處勿貽他人之
笑 小姐揮淚而上車 閣老目不忍見 責夫人而慰女子

　光陰倏忽 楊元帥之出戰 已三四朔 夏盡秋屆 天氣淸朗 凉風蕭瑟 仙娘
寂處別堂 率兩個丫鬟 倚欄而立 霜氣凝空 明月滿地 嗈嗈之雁 群飛南歸
仙娘有悽悵之色 長歎曰 嗚呼 此身恨無兩翼 安得隨彼雁而去 乃誦一句
詩曰 可憐閨裡月 流照伏波營 正謂今夜 妾之心事也 珠淚濕衣 忽然春月
來告 小姐命送賤婢 換送小蜻與紫鶯 仙娘顧兩婢曰 小姐每譽爾等 若有
所使 審愼奉行 兩鬟 應命而去 春月向仙娘 含笑曰 娘子平生 頗不寂寞
今居深邃別堂 我相公出戰之故也 仙娘微笑不答 春月笑曰 小婢生長於
宰相門下 見閨中處子多矣 娘子之姿色 今乃初見 府中上下公論 皆曰居
我小姐之下 實所冤恨 仙娘笑曰 吾十年靑樓 雖無所學 聽人之言 猶能略
知其意 今豈不知丫鬟之籠絡 春月憮然 更不能言 此時小蜻及紫鶯 至黃
小姐寢室 小姐欣然笑曰 適自本家 送來松江鱸魚 吾欲煮食 春桃兩婢
烹飪無法故 特召汝輩 莫惜一時之勞 兩婢應命 入厨調羹

且說 仙娘聽春月陰譎之言 知其窺意 挑燈黙坐 小蜻紫鴛兩婢夜深不反 春月曰 小蜻與紫鴛 一去後杳無消息 賤婢往見 開門而出 又無影響 仙娘倚枕輾轉 不能成寢 自不禁踽凉悽愴 戸外忽有人跡 疑兩婢歸來 起坐而待 突有喊聲 小蜻與紫鴛 走入房中 仙娘亦大驚 急開窓視之 春月仆於階下 一個男子脫履而欲越墻 還尋外堂中門而出 春月急起而高聲曰 別堂有殊常男子 追往之 此時員外在外堂 尙不成寐大驚 開窓而視 果於月下 一男子衣表鮮明 氣勢豪悍 回還而越外堂之墻 春月追引其腰帶 男子揮斷而走 員外急呼蒼頭 察其踪跡 已無去處 員外飭諸蒼頭曰 此必賊漢 爾等終夜巡警 因閉戸方就寢

春月與諸蒼頭 喧於窓外曰 自賊漢囊中聞異香 必宰相府中之物 員外叱退 春月與蒼頭出門外 私探其囊 有一幅彩箋 春月含笑曰 其賊漢必讀書者 此豈非盜賊之文簿乎 見於吾夫人入內堂 許夫人問其故 春月曰 俄者小蜻與紫鴛 入小姐寢室而閑談 夜深而去 要賤婢同往故 至於別堂階下 忽有長大美男子 脫履而下自寢室大廳 見賤婢不問曲直而蹴倒 欲越墻 回走外堂 越外堂之墻故 賤婢追而奪其囊 乃一個錦囊 囊中有此紙 夫人見之 許夫人笑曰 賊漢已逐 見囊中之物 有何益也 言未畢 黃小姐荒唐而來曰 恐尊姑之驚動 敢來問安 夫人曰 賢婦今何不寐 小姐對曰 府中喧擾 自然驚覺 左右誤傳曰 老夫人寢室有賊警 尤驚而問候 夫人曰 賊入別室 今已逐送 賢婦放心而歸 小姐更有驚色 顧春月曰 別堂無藏財 何所取而入 春月笑曰 花吐其香 蝴蝶自來 豈徒金銀彩緞 爲財乎 黃小姐笑曰 汝手中所持者何也 春月笑而奉獻 黃小姐受之 欲開見於燭下 夫人笑曰 賊漢之物 閨中女子 不須開見 黃小姐然之 還授春月 卽至尹小姐寢室 春月張皇說去 欲搜出囊中之物 尹小姐正色曰 賊漢囊中之物 吾不願見 收而遠之

黃小姐見尹小姐之氣色峻截 少不動念 謂春月曰 仙娘以孤單踪跡 生疎門庭 當意外之變 吾當一往安慰 起身而至別堂 仙娘奴主不勝驚惶 圍坐燭下 黃小姐執仙娘之手而含淚曰 娘入府中 不見多情之處 當此怪變 倘無驚動耶 仙娘笑曰 妾 賤妓 外人男子閱歷多矣 平地風波 經過數矣 些少怪變 何足驚動 但小姐特爲顧念賤身 垂此深慮 於心不安 小姐默然無語 春月笑曰 府中賊警 猶或常事 奪其贓物 以爲賤婢之手段 仙娘問曰 贓物何物也 春月又出紙片 黃小姐叱曰 傳播無稽之物 何所用之 速投火中 以滅其跡 仙娘見小姐言辭之殊常 奪取春月掌中之紙而視之 一片彩箋 以同心結接封 細細成文 其略曰

未見君子 一日三秋 耿耿孤燈 悠悠我思 楊元帥薄情 已作塞外客 寂寞後園 秋月團團 花落墻頭 疑是玉人來 妾於楊元帥旣許身 交以朋友 今到京城 特爲一時遊覽 我兩人之百年牢約 潯陽江深矣 碧城山高矣 堂閉別堂竹扉 以彈琵琶 靑松綠竹 黃菊丹楓 以續舊緣 多少情話 倚此風戶 苦待三五明月

仙娘覽畢 顏色泰然笑曰 此非賊漢之贓物 乃是碧城仙之贓物 相思情札 娼妓之常事 小姐勿怪之 黃小姐喪氣 不能答一言而歸 仙娘送小姐與春月 獨臥孤枕 耿耿而思 吾雖長於靑樓 醜言不到於耳 今陷於姦人之陰害 此恨無地可雪 豈非命道之奇薄 且可怪之事 我之筆跡 或可摹倣 至於碧城山潯陽江 掩別堂竹扉 與相公論襟之語 應無知者 如此明言 姦人之造化 果所難測 心思自亂 忽然更思 元帥告別時 謂我曰 或有所難 與尹小姐商議 吾當明日 訪見尹小姐 說盡衷曲 一問處變之道

待天明而至尹小姐寢室 小姐笑迎曰 娘夜經一場騷擾 豈不愁亂 仙娘

愀然對曰 賤妾從相公 不遠千里而來 非耽風情 實有仰慕 今入府中 不過
幾日 醜聲駭擧 濁亂法度之家庭 騷擾從容之門戶 他日更以何面目 仰對
相公 欲歸故鄕則 進退不得自專 欲居府中則後患 從以無窮 妾不知其處
變之道 望小姐 明敎之 尹小姐笑曰 吾有何識見 及於娘也 曾聞之 君子
處變如處常 修吾身 守吾志 順受天命而已 娘安心 但勉在我之道 仙娘心
中嘆服曰 小姐眞女中君子 豈非吾相公之窈窕好逑也 言未畢 窓外蓮玉
疾呼曰 春月窺聽何事 仙娘起身而歸

此時 黃小姐知仙娘之往尹小姐寢室 送春月 窺聽兩人之言 現露於蓮
玉 春月笑而執蓮玉之手曰 尋汝而來 回身歸去 仙娘與尹小姐之商議顚
末 一一告之 黃小姐冷笑曰 尹氏之慧黠 賤妓之妖惡 略知事機 如此謀議
吾不可歇后團束

且說 一日仙娘 獨坐別堂 忽有一個老婆入來 娘問曰 老婆何如人 婆曰
老身方物商 紫鷰出問曰 有何等佩物乎 婆曰 如月之明月珮 如星之眞珠
扇 如火之珊瑚珠 如花七步粧等 無物不存 隨意而擇之 次第出示 鷰曰
此何也 擧視之 團團如珠 香臭觸鼻 婆曰 此辟邪丹 藏於身邊則夜行 魑
魅魍魎 不能現形 疾病流行 厲疫不侵 閨中人 無甚緊要 下隷婢僕 皆可
持 丫鬟買之 鷰取一個而示仙娘 欲買之 仙娘笑而買一個 顧小蜻曰 汝亦
欲持之乎 蜻笑曰 行止光明則邪鬼豈能現 身數不幸則疾病 豈可免哉 賤
婢不願買 仙娘微笑 紫鷰持丹藥而手不釋之 愛之不已 小蜻責曰 徒弄無
用之物而虛送歲月 吾當奪棄 鷰畏而深藏 一日 紫鷰立別堂門外 春月來
遊 笑而問曰 吾聞汝有奇異丹藥 暫欲玩賞 鷰自懷中 取出示之 春月含笑
曰 此物豈佩於衣裡耶 鷰笑曰 藏於身則鬼物不犯 疾病不侵云故 藏置衣
裡 春月曰 吾亦買一個而佩

此時 八月中旬 玉階寒露旣降 四壁虫聲喞喞 可以助征夫閨人 凄涼之

懷 仙娘無聊獨坐 踽凉之懷 無處相議 退燈而臥寢床 蜻鷰兩婢 困睡已濃 春月急來鼓門 仙娘起而開門 春月一手 舉燭籠入房中 傳小姐之言曰 我猝然得病 委頓床茲 更難相見 仙娘曰 證候如何而如此其急 春月一邊對答 一邊捨燭籠 坐於小蜻紫鷰臥睡之傍曰 今夜天氣淸明 西風蕭瑟 凉意頗緊 何以往來本府 仙娘曰 因何而往 春月曰 欲製藥而往 仙娘曰 吾今將往小姐之所 欲呼小蜻 移燭籠之火 點火於燭臺 春月曰 困睡方濃 徐徐覺之 春月自引燭臺 方欲點火 偶然打倒 燭臺與燭籠之火 一時具滅 春月作不平之狀曰 諺云 急食飯易噎 非虛言 賤婢因緊急而去 飄然出去 仙娘呼小蜻 復使點火 蜻起身覓衣 衣無去處 黑暗中忙迫搜索 仙娘責以速起 小蜻慌忙 着紫鷰之衣而隨仙娘 至黃小姐之所 小姐方臥床上呻吟 見仙娘曰 自來病人 思親近之人 娘如此來問 可知其多情

　仙娘顧視左右 別無何等物 但見風爐 煮藥沸騰 問於小姐曰 桃花何往而不來 小姐曰 春月送本府 桃花出他不歸 可怪 仙娘與小蜻 視湯藥 藥已盡煮 仙娘告黃小姐曰 藥已盡煮 小姐曰 雖不安 命小蜻而漉來如何 小蜻卽漉而獻之 小姐向壁而臥 更回臥而蹙蛾眉 頻責桃花 春月入而大驚曰 湯藥 誰漉乎 小姐强語曰 我精神昏昏 不知何如 似是仙娘使小蜻漉之 春月口中喃喃 責桃花之不謹奉上 待藥熱湯之稍減 獻黃小姐 小姐强起 舉器而欲飮 蹙眉回首而言曰 今番藥 毒臭逆胃 何故也 春月曰 藥不苦則病不能瘳 小姐念閣老及老夫人之心慮 試飮之 小姐更舉器而近唇 擲器於地 仆床上而昏絕 仙娘奴主大驚 欲診視之

　春月頓足搥胸曰 此小姐 必中毒 卽拔髻上銀釵 沈於藥器 頃刻釵變靑色 春月高聲呼桃花 桃花蒼黃而入來 春月仰天大哭曰 其間往何處 使吾小姐 入毒人手中 以至此境乎 欲搜小蜻之身 探其餘藥 小蜻喪氣 脫衣而哭曰 蒼天欲殺吾之奴主 豈無其道 以至此境 脫上衣 一封丸藥 尙在衣裡

春月持丸藥而攀擘曰 我小姐 不知敵國之姦謀 以衷曲待之 竟遭此事 靑春之年 自取寃屈 悠悠蒼天 此何忍斯 顧桃花曰 小蜻奴主 爲我等不共戴天之讎 堅執不捨 至許夫人寢室 哭告小姐之中毒 夫人大驚 問其故 春月揮淚而告曰 小姐夕飯後 身氣不平 自本府 製二貼藥而來 一貼賤婢親煎 又一貼 賤婢往本府之間 仙娘與小蜻 無故自來 煎而勸飮 小姐精神昏迷之中 纔飮小許 坐不安席 不省人事故 賤婢拔銀簪 沈於藥器 靑色分明 探索小蜻之身則餘藥 尙在懷中故 奪取而來

　許夫人 黙黙無語 卽往尹小姐寢室 率尹小姐 至黃小姐寢室 仙娘床下 坐如泥塑 桃花執小蜻而立 見尹小姐至 流淚如雨 尹小姐矜憐仙娘之情境 不忍正視 含淚俯首 乃進黃小姐身邊而診視之 寒熱均適 無異常時 氣息之喘促 似危在頃刻 尹小姐黙然退立 許夫人又至床前曰 賢婦 一夜之 是何故也 黃小姐不答 故作嘔逆之狀 而嗚咽不已 許夫人顧左右曰 勿爲騷動 調護小姐 安心回甦 春月痛哭 直向仙娘曰 汝置毒于我小姐 何面目坐於座上 欲驅出之 尹小姐正色曰 賤婢 切勿無禮 罪之有無 上有夫人 自當處分 以分義言之則家君之小室 汝何如是唐突 言畢氣如秋霜 春桃兩婢 悚然退立 夫人及少姐 半晌察黃小姐動靜 別無現證 夫人歸來 尹小姐見仙娘而目之 率小蜻而至許夫人寢所 員外入內堂 略聞其故 卽到黃小姐寢室診脉 命春桃兩婢曰 汝輩但護小姐而已 若恣起搖亂嚴治之 還至夫人寢所 夫人問曰 黃賢婦之動靜如何 家道乖亂如此 相公將何以處之 員外 沉吟曰 黃婦雖云中毒 幸而無恙 更思處之之策

　此時 黃小姐以奸巧手段 欲謀害媵妾 驚動舅姑 因眼中釘 不顧身命 此豈非千秋婦人之所戒 故臥床茲 探聽府中動靜 府中上下 無一疑仙娘者 肝臟轉益焦燥 憤毒越添弸中 敎唆春月 送于本府 更欲恐動老昏之父 春月走入黃府門前 放聲大哭 伏地昏絕 夫人與閣老 驚 問其故 春月更叩

地叫天日 惜哉 我小姐 以何罪 作靑春冤魂 黃閣老聞此言 大聲疾呼日
是何言也 春月詳言之 春月 泣告日 小姐昨夜 身氣不平 製二貼藥 一貼
賤婢煎進 出外之頃 碧城仙 率自己侍婢小蜻而來 搜餘在一貼藥而煎進
小姐精神昏昏 信之無疑 終飮一勺而按住不得 不省人事故 賤婢 抽簪試
之 銀色忽變 搜小蜻之身 毒藥一丸 在於懷中 伏望相公 亟報此讎 使我
小姐之孤魂 伸雪慘毒之恨

　衛夫人冷笑日 女兒之死快矣 生而見辱 不如死而無知 但寒心處 以一
國元老之千金小嬌 無罪而爲一個賤妓 投藥而橫死乎 閣老以掌擊席日
老夫當率家中蒼頭而往楊府 捉其讎人處之 衛夫人執袖日 聞春月所傳
則楊府上下 符同姦人 反疑女兒 相公勿往 閣老拂袖日 夫人莫作屛弱女
子之聲 號令蒼頭十餘名 欲往楊府 未知畢竟如何 且看下回

第十一回

元帥大捷黑風山 臥龍顯聖盤蛇谷

　却說 此時 黃閣老率十餘名蒼頭 塡巷辟除而馳入楊府 見員外忿憤日
老夫今日 欲報女兒之讎而來 兄勿置姦人於家中 卽速逐出 老夫雖不似
一個賤妓 生殺之權 在於掌中 員外笑日 丞相之言 太過 此晚生之家事
晚生雖不敏 私自處置 令愛亦自無恙 且勿煩惱 黃閣老怒日 老夫已知而
來 兄何顧護妖惡賤妓欲隱匿 人命至重之事 兄若不逐讎人 則使老妻 搜
索內堂 今日報此讎而歸 言畢憤氣臆塞 喘息危惶 員外見其老昏庸暗之

狀 復笑日 丞相之不察 何以至此 晚生雖不仁 丞相之小嬌 卽晚生之子婦
慈愛之心 父母舅姑無異 其於死生之際 豈忍如是晏然 且女子出嫁則其
所重 在於舅家 今丞相信聽無根之說 若此顚倒 此反非愛令愛之道

黃閣老方有憮然之色日 果如兄言則女兒之一縷殘命尙在此世 暫欲
相見 員外許之 卽通內堂 導黃閣老而至小姐寢室 小姐故臥床上 瞑目而
氣息似絶 閣老蹲坐 開昏眼而荒唐視之 雲鬢散亂覆於玉顔 蛾眉疊疊蹙
之 和氣已消 不動手足 氣息若存若無 閣老前進 撫其身而呼日 女兒是何
故也 汝父來此 開眼視之 小姐忽作嘔逆之狀 以細聲對日 小女不孝 貽憂
至此 父親少勿掛念 閣老慰之日 春婢妄傳惡報 故着急而來 猶見其生
是所幸也 姦人之處置 事關舅家 非老父所知也 出嫁女子 所重在於舅家
吾如之何 小姐流涕而鳴咽日 小女至於此境 死生常事 暫行歸寧 冀免毒
人之手 閣老且有惻憻之色 見員外而請覲行 員外許之 閣老 卽歸其家而
對夫人 喜色滿面日 女兒無恙 春月騷動 幾使老夫 誤殺人命 衛夫人冷笑
日 相公但知死後報讎 不思生前雪恥乎 閣老又然其言日 女兒今將來矣
聞其言而更爲商議也

此時 楊員外入內室 對許夫人及尹小姐 語黃閣老之事 商議處置之道
許夫人嘆日 妾槪思之 欲昭晰一人之罪則現露一人之過 欲掩蔽一人之
過則寃屈一人之罪 相公十分商量善處之 員外點頭日 吾亦略知 當待兒
子之歸來而處之 有頃自黃府送轎子 率小姐而去 許夫人執小姐之手而
嘆日 老身 德薄 不能正家道故 釀出此等事 誰怨孰尤 小姐不能答 但流
涕而上轎子 向黃府而去

此時 衛夫人以蛇蝎之性 鬼蜮之心 助妬忌之女 行姦慝之計 以事不如
意 不勝悍毒 欲激閣老 見女兒而執手痛哭日 汝之父親 擇壻有誤 使晚年
小嬌 經此苦楚 又不能報讎 他日竟被姦人之陰害 吾母女寧先死 溘然不

知矣　相抱而哭　春月亦扶小姐而放聲痛哭　起一場惹鬧　閣老入見其狀　慌忙慰夫人及女兒曰　夫人休哭　思報讎之策　楊員外偏狹之人　老夫不欲更言　明日奏稟皇上　當有大擧措矣　夫人勿慮　翌日黃閣老罷朝後　奏楊前日出戰之元帥楊昌曲　臣之壻也　家道乖亂　昌曲出戰後　妖惡之妾　置毒家母　其家母卽臣之女也　駭怪所聞　罔測擧措　可謂綱常之變　臣非敢爲其私情　昌曲陛下股肱之臣　今在外不歸　其家道如此乖亂　陛下若不治其惡妾之罪　以正家道則其害恐及於昌曲

　　天子聞之　顧尹閣老曰　卿亦與昌曲　不是外人　豈不聞此言乎　尹閣老奏曰　臣亦聞之　閨中之事　非朝廷之所干故　不爲奏達　今者下問　以臣之愚見待昌曲之歸　處之似好　天子從其言　黃閣老莫可奈何　退至待漏阮　責尹閣老曰　兄不思他日令愛之憂　任他賤妓　何其無遠慮乎　尹閣老　笑曰　晚生雖不敏　處於大臣之列　豈因私情而濁亂朝政　今楊元帥在外　以吾姻婭之親其家間風波　雍容鎭壓可也　欲如此張大　晚生莫知其可　黃閣老猶有忿然之色

　　此時　仙娘自處以罪人　不處別堂　退處行閣狹室　草席布被　不梳不洗與小蜻紫鷰　奴主相依　不出門外　慘淡之色　憔悴之狀　府中上下爲之惻然雖知其冤抑　諒其處地　不能强回其意

　　且說　楊元帥行軍　至九江地休軍　檄於吳楚諸郡　調發軍馬　因大獵　前部先鋒雷天風曰　方今敵勢甚急　南方諸郡　若待天兵　今大軍　雖不能倍道而行　久留此地　小將不知其意　元帥笑曰　此非將軍之所知也　但三軍遠行不勝勞苦　暫休而犒饋　射獵而觀其武藝　吳楚之兵　來會然後行軍　爲萬全之計也　此時南方諸郡　見元帥之檄　動督軍馬　選其將士　第四日一齊到達第五日楊元帥率大軍而移駐武昌山下　合吳楚兵　欲試諸將之武技　先試弓才　弦響作半空風雨　飛箭如靑天流星　各爭其才

忽有兩個少年 大聲於帳下曰 元帥今欲選將材 豈以弱弓細矢 以效兒
戲乎 欲以長鎗大劍試勇 衆視其少年 身長八尺 威風凜凜 豪俠之氣 膽大
之狀 現於外貌 元帥問其姓名 對曰 小將等本是蘇州人 一個性好殺人
故稱者謂小然星馬達 一個膽大好勇 所向無敵故 稱者謂白日豹董超 元
帥聞其姓名 似曾相識 方且依俙詳視之 非別人 曩於蘇州客店 指導壓江
亭之少年 喜而問曰 汝等曾彷徨于蘇杭靑樓 何以至此 少年仰見元帥之
面 有驚色曰 小將等 有眼無珠 淮陰屠中 笑國士之多㤼 今元帥 靑春幕
府 功名巍巍 小將等 娼家酒樓 踪跡落拓 曾犯殺人之罪 亡命于此地 從
事射獵 聞元帥之選將材而來 元帥大喜 賜鎗劍弓馬 以試武技 董馬兩人
各擧鎗劍 馳馬于帳前 坐作進退 合戰衝突之法 一無疎漏 躍之如熊 捷之
如虎 左右諸將 嘖嘖稱善 元帥大喜 以董超爲左翼將軍 以馬達爲右翼將
軍 驅大軍圍武昌山而大獵 鼓角砲響 掀動天地 旗幟鎗劍 爭光日月 山川
草木 盡帶殺氣 走獸飛禽 皆絕影形 以夜繼晝 圍林而放火 虎豹豺狼 雉
兎狐狸 捕獲如山 大犒三軍 方行軍而向南

此時 南蠻王那咤 大擧入寇 至中原地境 見其無備而大喜 攻陷雲南唐
眞兩邑 窺荊益兗楊四州 分兵三路 欲直犯南京 聞元帥大軍 至九江地
三日大獵 大驚曰 天兵行七千餘里 猶有餘勇 可知其强盛 邊境騷動 泰然
射獵 必有所恃之略 況加吳楚莫强之兵 不可輕敵 急收三路兵而退 元帥
大軍至益州 刺史蘇裕卿 出境迎候 元帥問敵情 蘇刺史對曰 元帥之將略
雖古之名將 無可與敵者 若非九江三日大獵 三路蠻兵 豈可坐退 今蠻王
哪咤退兵 據黑風山 其衆不知幾萬 持毒矢怪機 臨戰則能呼風雲 黑沙從
黑風山而下 難辨咫尺 軍士不能開眼 荊益兩州士兵 三戰連敗 莫可奈何
方守要害處 以待大軍 元帥曰 黑風山自此幾里 對曰 三百餘里 元帥曰
其地初入路何處 對曰 九眞接界 南蠻初入路 元帥曰 兵難遙度 行軍不可

遲滯　使雷天風　率益州土兵五千騎　爲前部先鋒　蘇裕卿爲中軍司馬　董超
馬達爲後軍　向黑風山而進發

　第三日　陣於山下十里許　元帥呼蘇司馬曰　先見黑風山地形後　擒獲哪
咤矣　是夜三更　元帥與蘇司馬及董超馬達持短兵　使數個土兵作鄉導　臨
黑風山而見之　不過一座土山　土石皆黑如灰　四面十里　無一束草　元帥細
察其地形與土色　更登山上　俯視蠻陣　黑風山東南百餘步外　無數蠻兵　或
百餘名或數百名　屯聚無伍　前後左右　以兵器重疊防備　元帥望見有驚色
顧蘇司馬曰　將軍知彼陣勢乎　蘇司馬曰　小將雖讀若干兵書　不聞此等陣
法　元帥歎曰　哪咤雖蠻中人物　眞英傑之才　此陣名曰　天槍陣　天有天槍星
世界泰平則隱光於北方　守玄武方　兵革擾亂則侵犯中原　爲積尸星　今哪
咤之陣法　應於此也　若不知而犯則必大敗　然天槍星　掌殺伐之星　大忌生
旺方　今哪咤之陣頭　置於生旺方　必見其敗也　卽歸退軍　移陣於三十里外
命三軍休息　元帥每夜　仰觀天象　第四日　更移陣於黑風山百餘步外　下令
軍中曰　今日午時接戰　未時破敵陣矣　董超率五千騎　埋伏於黑風山東南
百步外　馬達率五千騎　埋伏於黑風山西南數百步外　絕哪咤之歸路　兩將
應命退出　率兵而去

　俄而　哪咤移陣於黑風山之南而挑戰　元帥以紅袍金甲　出坐陣前　使軍
大呼曰　大明國元帥有話　蠻王　暫出陣前　哪咤卽出陣前施禮　元帥望見　身
長九尺　腰大十圍　深目高鼻　圓顏紫髥　氣像英勇　右手仗長劍　左手揮手旗
以豺狼之聲大呼曰　大明與我國　兄弟之國　今以介胄之禮相對　豈非不幸
也　元帥叱曰　汝守南方　中國之優禮不少　蠻王之富貴已足　無端而擾亂邊
方　自就斧鉞　吾奉皇命　率百萬大軍　欲取汝首而來　汝若早降則赦大罪　奏
達皇上　蠻王富貴　依舊享之　若不然則南蠻王之首　懸於北闕　號令四夷八
蠻矣　哪咤大笑曰　吾聞天下　共公之物　修德則王　失德則亡　吾欲圖中原

五十年來 休養精兵 今天之曆數 在於寡人 滅大明 統一六合 在此一舉
時不可失 元帥早速退兵 勿逆天命 以免魚肉

楊元帥大怒 顧左右曰 誰能出戰 先鋒將軍雷天風 舞斧而出 原來雷天
風 善使一個霹靂斧 有萬夫不當之勇 欲與哪咤挑戰 自陣中一個蠻將 躍
出迎戰 不過三合 天風手起斧落 斫蠻將墜於馬下 忽又自蠻陣中 鼓聲鏊
鏊 兩個蠻將 一時幷出 明陣中蘇司馬 亦馳出陣前 原來蘇司馬 善使一口
方天戟 用戟之法絕倫 此時四將 交戰十餘合 未決勝負 哪咤大怒 左手一
揮手旗 忽然一陣狂風 起於陣中 捲起黑風山之沙 黑塵 飛入明陣中 不辨
咫尺 軍士不能開眼 元帥鳴金收軍 揷螣蛇旗於陣前 變陣勢 更作武曲星
之八卦陣 閉巽方門 陣中晏然 風塵不敢侵 元帥呼軍吏 問軍中之漏 方報
午時 元帥更開陣門 呼弓弩手 箭端各繫火繩而點火 西北風起 向黑風山
一齊發射 數百名弓弩手聽令 挽弓而待 果然午末未初 西北風大作 折木
拔屋 揚沙飛石 黑風山之沙 返向蠻陣中 明陣中數百名弓弩手 一時發火
箭 半空流矢 隨風星流 亂落黑風山 黑塵延燒 一座黑風山 變作火山 風
前飛塵 猛如火葉 襲來蠻陣 哪咤急回風車 作東南風 人造風力 豈能適造
化 哪咤不得已破碎風車 以匹馬單騎 望東南而走

忽有一枝軍馬遮路 一員大將 揮鎗大呼曰 大明左翼將董超在此 蠻王
休走 哪咤不敢戀戰 撥馬而走西南 又有一枝軍馬遮路 一員大將 舞月刀
而大喝曰 大明右翼將馬達在此 鼠賊休走 哪咤大怒回馬 交戰數十合 背
後喊聲大作 楊元帥 驅大軍而厮殺 哪咤撥馬 向正南而走 元帥不追 移大
軍 進黑風山正南五十餘里 下寨經夜 蘇司馬 告元帥曰 元帥之用兵 諸葛
武侯之所不能及 今此黑風山之戰 小將之疑有二 未時之西北風 何以預
知也 黑風山之土 化爲火葉 何故也 元帥笑曰 爲將者 不能上通天文 下
達地理則何以爲將 吾觀黑風山 平原曠野 無來龍 前後左右 草木稀少

此非凡之山　南方火氣　聚於此處　觀其分野則天火心星照臨　觀其方位則
三离火德正中　上下受火　焚其石灰其土　可作昆明池之劫火　若接火則豈
不蔓延　吾又昨夜暫觀天象　箕星近月　黑雲凝於北斗杓星　箕星掌風　其位
在於南方午位　此午後風起之兆　黑雲掩杓星　此起西北風之兆　然天文地
理　未可專恃　必合大事而察之　乃可完全無缺　吾見哪咤之陣　太歲　犯喪門
黑氣滿陣　知其敗也　左右諸將　莫不歎服　董超馬達問曰　今夜哪咤必南走
若送一將　埋伏於正南方　必擒哪咤　何不及此　元帥笑曰　吾欲服南蠻之心
方今初戰　故縱哪咤　使盡其才　將軍豈不聞諸葛武侯　七縱七擒之意乎　諸
將尤服其言

元帥行軍而向南方　探知哪咤之踪跡　已入五鹿洞　更聚蠻兵　原來哪咤
之洞壑五處　第一鐵木洞　哪咤處之　第二太乙洞　第三花果洞　第四大鹿洞
第五五鹿洞　各有倉稟及軍兵機械　道路山川　眞天險之地　元帥　問五鹿洞
之路於土兵　土兵五鹿洞　自此百餘里　道路甚險　所過有盤蛇谷　元帥使右
翼將軍馬達　牽二千騎　先行而開路　到一處　山勢峻急　石角巉嵐　軍馬不能
行　馬達伐木成橋　運石治道而去　於焉日暮　馬達駐軍於洞口平坦處　以待
大軍　元帥來視之曰　此處險狹　不能駐大軍矣　帶黃昏月色　又進數里

言未畢　一陣狂風忽起　吶喊之聲　隨風擾亂　元帥大驚駐軍　登山遙望　無
何等動靜　問土兵曰　此處地名何也　對曰　盤蛇谷　元帥率大軍而下十餘里
平地　下寨經夜　夜將半　狂風又作　喊聲擾亂　元帥甚怪　呼董超馬達兩將
遠往斥候而來　又無動靜　元帥戒嚴軍中　坐於帳中　倚案而看兵書　忽然軍
中擾亂　連有痛聲　元帥大驚　巡行軍中　視察軍情　一軍皆抱持頭額　痛聲沸
騰　元帥沈吟良久　呼土兵而問曰　此處或有昔日戰場乎　土兵對曰　小的此
處　來往稀少　但知盤蛇谷　不聞有古戰場之與否　元帥沈吟曰　寂寞空山
喊聲忽起　無病軍卒　一時罹病　此必有曲折　古之聖人　雖不言怪力亂神

或山中有鬼魅作亂

言未畢 喊聲又作 雷天風大怒 舉霹靂斧而出日 小將當尋喊聲起處 探知其故而來 言畢奮然舉斧而隨其聲 到一處 山高谷深 樹木參天 鬼哭聲啾啾 天風停步 察其聲起處 樹間岩隙 不知定處 怪風陰氣 迸來襲人 天風尤怒揮斧 伐木斫石 以成赭山而歸 有頃狂風大作 軍中痛聲益甚 元帥甚憂 便服出轅門而徘徊月下 以思計策 忽又狂風喊聲稍息 何來冷冷琴聲遙聞 元帥異之 尋其琴聲而行百餘步 數間古廟 在於山下 至廟前 靑蘿絡於頹墻 野鶴 巢於古木 可知其年久神廟 開門視之 一位塑像 坐於榻上 三分天下 無窮之憂 溢於眉宇 萬古雲霄 淸高之氣 顯於直面 不問可知爲臥龍先生 元帥大喜進前 恭敬再拜 暗祝日

後學楊昌曲 奉皇命而到此處 昔日先生 五月渡瀘之地 昌曲素無先生之才德 但有先生之職責 受命以來 夙夜憂懼 不知其所以圖報 若非先生之神助 則恐神州陸沈 有被髮左衽之恥 伏念先生爲漢室 鞠躬盡瘁 未成功業 精靈必不泯滅 我大明繼漢唐 堂堂正統 傳來數百年 今日之危 便同一髮 先生若有精靈 則爲漢室之忠誠 以助大明 尊中國斥夷狄 義理無異於平日 今大軍遠來 無端罹病 寂寞空山 喊聲大起 昌曲昏暗 不知其所由 伏願先生 指揮神兵 以退惡風怪病 使成大功

元帥祝畢 更視榻上則有筮龜 抽得一卦大吉 元帥大喜 再拜而出廟門 空中一聲霹靂忽起 狂風喊聲 歘退無聞 元帥還軍中 問夜漏 已報五更三點 暫因困惱 倚案而坐 一陣淸風 捲起帳面 帳外 有曳履聲 元帥驚視之 不知其誰也 且看下回

第十二回

失洞壑哪咤請軍　薦道士雲龍還山

　　却說　楊元帥聞帳外曳履聲而驚視之　一位先生綸巾鶴氅　手執白羽扇
清秀眉目　幽雅風采　不問可　知爲臥龍先生　元帥慌忙起身　禮畢坐定　元帥
恭問曰　小子後生　先生尊號平生景仰　幽明懸殊　古今不同　不敢望拜謁
今日精靈何以下降於蠻貊之邦乎　先生笑曰　此老夫南征破蠻兵之處也
南方之人思老夫　一間茅屋不絕香火　悠悠魂靈往來無定　適聞元帥之軍
困於此處　誠欲一慰而來　元帥跪問曰　無主空山喊聲大作　一夜之間　三軍
無故得病　是何故也　孔明笑曰　老夫曾殺藤甲軍數萬名於此處　每當天陰
雨濕之時　則貽惱過去之行人　今又妄犯大軍　故老夫今已禁制　然元帥以
數頭牛羊饋其久飢寃魂　此是寢息之方　元帥又告曰　蠻王哪咤今據五鹿
洞　無擊破之策　伏願先生明敎之　孔明笑曰　以元帥之略　何患小賊　先擊獼
猴洞可也　說罷飄然而去　元帥驚覺　乃是帳中一夢　已而　轅門鼓角報曉
東方漸白

　　元帥即披帳而問軍情　病勢頓減　狂風寢息　軍中晏然　元帥大喜　此夜即
送董馬兩將築壇於盤蛇谷口　祭戰亡藤甲軍　祭文曰

　　某年某月某日　大明國都元帥　遣右翼將軍馬達　招戰亡藤甲軍之魂而
告曰　嗟呼　時運不幸　天下擾亂　兵革起於四方　生靈陷於塗炭　汝等雖萬
里絕域蠻貊之人　亦以一天之下之赤子蒼生　去耒耜而執槍戟　離妻子而
叅行伍　急火骨肉灰燼　精靈屯聚　無主孤魂　無人招之　寒食麥飯有誰祭之

然死生有命 成敗在天 無故而起惡風作怪疾以困行人 吾雖屠劣 奉承皇
命 百萬大軍如熊如羆如貅如豹 一下號令 則以雷斧電槍顚覆山川 使遣
魂殘魄無所依托 其生也不被王化 其死也結爲冤魂 其飢餒而無依托 亦
甚惻然 故數石淸酒 數十頭牛羊以饋飢魂 更若作亂 則自有軍律 無死生
之異

此時 董馬兩將讀畢祭文 埋酒牲於壇下 慘淡之雲消於洞中 陰濕之風
散於谷口 林下岸上焦頭爛額之無數鬼卒 叩頭百拜 隱隱歸去 平明元帥
行軍 淸風吹旗 山中草木似助兵勢 元帥擒南蠻斥候兵 問哪咤之踪跡 對
曰 大王方在五鹿洞 又問獼猴洞自此幾里 對曰 南中素無獼猴洞 益州士
兵在傍大責曰 吾曾見賣桃蠻人來此而言曰 獼猴洞之桃 豈無獼猴洞 元
帥大怒 斬蠻兵於陣前 更問于一兵曰 吾旣知而故問 若不直告 則亦斬汝
首矣 蠻兵大怯 方直告曰 吾王分軍二隊 一隊吾王自領而埋伏於獼猴洞
一隊假稱吾王埋伏於五鹿洞 若元帥大軍往擊五鹿洞假蠻王 獼猴洞眞
蠻王以伏兵襲其後 其計欲內外挾攻 元帥方知臥龍之敎不虛 呼蘇司馬
付耳低言曰 如此如此 蘇司馬聽令 卽令大軍分作四隊 各各指揮
且說 獼猴洞 蠻王之別業 在於五鹿洞之東 哪咤裝束蠻將鐵木塔 作一
個蠻王 而置於五鹿洞 哪咤自率精兵埋伏於獼猴洞 以待元帥大軍來擊
五鹿洞 俄而鼓角喊聲掀天動地而來 楊元帥驅大軍而直擊五鹿洞 鐵木
塔具哪咤之旗號服色 開東門迎戰 哪咤見楊元帥與鐵木塔接戰 率伏兵
突出獼猴洞 欲襲元帥之後 纔出東門 自獼猴洞之西 一個楊元帥率一枝
軍 遮路廝殺 哪咤大驚 正在唐荒 自獼猴洞之東 又有一個楊元帥率一枝
軍遮路廝殺 左右挾攻 圍住哪咤 鐵木塔見哪咤之危 棄五鹿洞而救哪咤
兩個蠻王三箇楊元帥 各其號令大軍 戰至半晌 哪咤計窮力盡 兩個楊元

帥前後左右挾攻 蠻王心志怳惚 精神眩亂 豈能當明兵之乘勝 匹馬單騎
欲披圍而入五鹿洞 向東便 東門已閉 門上又一個楊元帥號令曰 哪咤汝
誇蠻王之有二 豈不知楊元帥之有四乎 吾旣取五鹿洞 速來納降 言未畢
楊元帥抽大羽箭而射 哪咤頭上之紅頂子墜地 哪咤魂不付體 回馬向南
而走 一員老將又遮路大罵曰 大明破虜將軍雷天風待之已久 爾黑風山
之餘魄 今日終於老夫之斧端矣 哪咤不答 相戰十餘合 顧視之 鐵木塔亦
敗走 其後塵土漲天 喊聲砲響震動天地 楊元帥大軍繼至 哪咤大驚 撥馬
而走西南間 原來出自獼猴洞西之楊元帥馬達 出自獼猴洞東之楊元帥
董超 攻五鹿洞之楊元帥蘇裕卿 坐於五鹿洞上之楊元帥乃眞楊元帥

　此時 哪咤行奇計不成而反敗 單騎抽身入大鹿洞 元帥不窮追 收大軍
入五鹿洞 牛羊倉廩戰馬弓矢之所獲甚多 翌日 元帥與蘇司馬登五鹿洞
後主山而遙望 西南十餘里外有一座高山 山勢凶險 重疊巒峰 罩以劫氣
森列樹木 沉在黑煙 視其山前 野曠草細 不問可知爲蠻王之洞壑 元帥顧
蘇司馬曰 蠻中山川如此凶險 何日平定而凱旋長安乎 蘇司馬曰 以元帥
將略 不日討平矣 元帥嘆曰 北方純陰之方一陽生 故風俗愚直而小巧詐
南方純陽之方一陰生 故風俗強悍而多巧詐 是故 自古爲將者 成功於北
方易 成功於南方難 吾今以白面書生擔此重任 報答忠孝唯在於此 一揮
旗一擊鼓豈可輕率 今見大鹿洞 眞所謂天險之地 難以力破 今夜當如此
如此 歸于帳中 盡縛所虜蠻兵跪於帳前 下令曰 汝皆國民 爲哪咤所欺
誤犯死罪 若以誠心而降 則赦大罪而置於麾下 數十名蠻卒一時叩頭乞
命 元帥大喜解其縛 賜酒肉而喻之曰 汝輩已降 盡是我軍 吾入異域 道路
山川生踈 汝等前導而指路 蠻兵應諾 元帥更令軍中曰 哪咤旣失洞壑而
遠走 不足爲憂 安息大軍於洞中 三明日行軍 與諸將飲酒圍碁 不飭軍中
諸將士卒偃旗弛弓 解鞍放馬 皆離隊伍 或枕戈晝眠 或登山放歌 軍中解

弛無防禦之擧 蠻兵暗有亡命之計 明陣將卒或醉向蠻兵 無故侮辱 或拔
劍欲打 凌侮困迫 蠻兵相議曰 明元帥待我寬厚 諸將士卒如此困迫我等
豈不乘時逃走也 或踰嶺而逃 或遵路而走 未及半日 蠻兵逃者已過半

元帥更擊鼓聚軍 整齊兵器 尤加備禦之策 此時哪咤失五鹿洞而還大
鹿洞 與蠻將商議曰 大明元帥將略不下於馬伏波 諸葛武侯 五鹿洞何以
回復 論議紛紛 忽有一個蠻兵 自明陣逃命而還 明陣動靜一一告之 諸蠻
將爭言曰 乘此時而襲之可也 哪咤半信半疑 不能定計 已而 又有逃還之
兵 所言如出一口 繼其后五六名或十餘名 絡繹不絶而還 皆如前言 哪咤
終是疑訝 詳問曰 楊元帥做何事 對曰 飮酒圍碁 不問軍中之事 軍中散亂
又問曰 諸將做何事 對曰 老者晝寢 少者酗酒 病者臥床 軍士做何 對曰
有病者呻吟 無病者拔劍相擊 無一毫操束 哪咤又問曰 洞門何人守也 對
曰 南門馬達守之 北門董超守之 一一大醉 不問洞門之出入 小的等成群
作黨狼藉而逃 全無詰問者哪咤沈吟良久 笑曰 楊元帥非凡之將 使軍中
必不如此解弛 豈非其計也 鐵木塔曰 小將當往五鹿洞暗察明陣而來 哪
咤大喜 送鐵木塔 匹馬單騎 帶月而向五鹿洞 此時楊元帥更飭軍中 送諸
將中伶俐者數人 隱身於五鹿洞之口 探報蠻將之來往 鐵木塔至五鹿洞
暗登山上而俯視軍中 旗幟鎗劍行伍整齊 無所錯亂 燈燭 輝煌 更鼓之聲
分明 三軍不眠 心中大驚 卽下山還陣 詳告明陣防備之狀 哪咤大怒 拿入
逃還兵而詰問 蠻兵辨之曰 明陣若有操束 小的等豈能逃亡也 蠻將兒拔
都曰 小將更詳探而來 又以單騎向五鹿洞

此時 明陣斥候諸將 告元帥曰 方今蠻將鐵木塔以單騎窺視動靜而去
元帥笑而招蘇司馬雷天風董超馬達四將於帳中 暗約曰 雷將軍蘇司馬
各率五千騎伏於大鹿洞南門外 本陣中喊聲起 蠻兵欲救哪咤 必空大鹿
洞而出矣 乘時突入奪大鹿洞 董馬兩將各率五千騎 自大鹿洞至五鹿洞

之中路左右埋伏　則哪咤必向五鹿洞而來矣　出兵圍之　莫須强捉　但加聲
勢而圍住　以待大軍　旣分付四將送之　更下令軍中偃旗卸甲　但以老卒數
十名守東門　兒拔都至五鹿洞窺視明陣　果無防備　燈燭稀少　士卒如睡　又
視南門　兩個老卒亦坐睡門前　兒拔都大喜　急還而見哪咤曰　明陣果無防
備　儘是異事　哪咤心中大疑　見兩將之言各自不同　拔劍而抽身曰　寡人親
往視之後定計矣　率數個蠻卒而向五鹿洞　行伍六里　忽然心中大驚曰　吾
入明元帥之術中　鐵木塔兒拔都心腹之將　其言何如是相左　明元帥誘我
卽欲回馬　喊聲忽起　一隊軍馬攔住去路　一員大將大呼曰　大明左翼將軍
董超在此　蠻王休走　言未畢　喊聲又起　一隊軍馬突出　大呼曰大明右翼將
軍馬達在此　哪咤休走　兩將合力圍之　哪咤按劍　方欲披圍　元帥又驅大軍
自五鹿洞而出　重重疊疊　圍如鐵桶　十萬大軍一齊奮勇　喊聲震動天地
　　此時　鐵木塔兒拔都在於大鹿洞苦待蠻王之歸　忽聞五鹿洞喊聲大作
斥候蠻兵又來急告曰　大王被圍於明兵　兒拔都鐵木塔大驚　使蠻兵數百
守洞中　率大軍而出洞門　欲向五鹿洞而救蠻王　路逢馬達　大戰五十餘合
鐵木塔無心戀戰　欲披明陣而救蠻王　自爲衝突　楊元帥開門假途　哪咤匹
馬單騎慌忙而出　逢鐵木塔兒拔都望大鹿洞而來　至洞前　一員老將手執
霹靂斧坐於門樓而笑曰　南來以後久未試斧　今日奪爾洞壑　汝等能戰　可
洗斧上之塵　哪咤大怒　號令蠻兵欲破洞門　洞後喊聲　又起　楊元帥驅大軍
而至　哪咤回軍交戰數合　蘇司馬雷天風開洞門　內外挾攻　哪咤自知難敵
更走東南　此夜元帥又得大鹿洞　入洞中大食高　軍卒　諸將告於元帥曰　古
之名將　一月三捷甚難　今元帥　數日之間奪蠻王二個洞壑　不勞大軍　不失
一將　此千古名將之所無也　元帥笑曰　公等但見其易　不思其難　見今哪咤
已棄兩處洞壑　不以死戰　必有所恃　當加操心　豈可易也
　　哪咤又失大鹿洞　入第三洞　此則所謂花果洞　四面絕壁　環圍洞中樹木

茂盛 洞門一閉 雖十萬大軍 莫可能破 哪咤招諸將商議曰 明元帥之雄才
大略不可當 吾有一計 堅閉洞門以斷明兵運糧之路 則不過數十日可以
還取大鹿洞 諸將稱善 一入洞門堅閉不出 此時楊元帥見哪咤之不出 大
驚曰 此必有計 最所難處 往見花果洞地形 可以定計 翌日 元帥率大軍而
至花果洞前挑戰 哪咤果然不出 堅閉南北門 元帥詐爲號令軍士築木石
而欲登南門之岸 哪咤投下矢石而防備 元帥更擊鼓而環繞花果洞之四
面 以作攻擊之狀 詳探地形 日暮而還 使董馬兩將率數千騎 連日詐作攻
擊之狀 哪咤益加堅守而不出

第五日 元帥招蘇司馬於帳中 付耳而謂曰 以駱駝五十匹 老弱殘兵五
百名 付與將軍, 如此如此 又招董馬兩將 各授三千騎 謂曰 如此如此 三
將聽令 領兵而出 此時哪咤見楊元帥之歸 大喜曰 不出十日 百萬明兵未
免大鹿洞之餓鬼矣 縱蠻兵數十名 探知明兵之動靜 若有運糧之幾微 卽
爲馳告 一日夜深後 蠻兵急報明陣運糧之車 乘夜絡繹而來 哪咤登山望
見十里之外 點點之火三三五五作隊而來 急呼蠻將二人 分付曰 兩將各
率一千騎 劫奪明兵運糧之車 明兵衆多 有可疑之事 勿爲妄作 卽爲還來
兩將應命 各自分路而去 月色不明 明兵數百名驅數十輛車而來 人皆啣
枚 燈火漸滅 有一員將隨後催進 蠻將自思 乘夜啣枚 必畏我之切奪 手無
機械 抵敵不難 一時突出遮路 明兵大驚 棄車而走 明將拔劍 號令走者與
蠻將接戰 纔至數合 蠻兵已驅糧車至花果洞 哪咤大喜 開洞門 解輜重視
之 無非精實之穀 相賀不已

數個蠻兵報曰 明兵運糧之車數十乘又到 哪咤大喜 更使蠻將二人率
一千騎奪取以來 蠻將應命 急追視之 老弱殘兵驅數十匹駱駝與數十乘
車而來 胥發怨語曰 前來之車何處去 黑夜無燭 大鹿洞在於何處 蠻將二
人一時突出拒路 其兵大驚 棄車而走 蠻將使一千蠻卒取數十乘車 疾如

風雨而來　不過數里　喊聲起於空中　兩個蠻將落於馬下　左便馬達　右便董超　率大軍啣枚圍住蠻兵　兩將大聲號令曰　降者不殺　逃者斬　蠻兵無可奈何　一時納降　董馬兩將不問如何　縛蠻兵而脫其衣被明兵　依舊驅車而至花果洞　此時哪咤送兩將而待其回還　見蠻兵驅車數十乘而來　喜不自勝　開洞門納之　車纔入門　後面　忽有大呼曰　哪咤大明元帥送一車之火　獻汝頭而回謝

　言未畢　火超數十車　疾如流星　已及洞門　烟焰漲天　哪咤大驚　倉卒無備　董馬兩將已入洞中　東衝西突　頃刻之間　火延樹木　花果一洞盡入火焰之中　哪咤見此勢頭　拔劍上馬　方欲接戰　洞外喊聲大作　一員大將揮斧大呼曰　元帥大軍已臨洞門　哪咤速來納降　突入洞中與董馬諸將合力　聲東而擊西　聲南而擊北　砲響喊聲掀天動地　火光煙焰彌滿洞中　哪咤自知不救　以單騎抽身而走出洞門　楊元帥大軍欄住去路　哪咤勢甚急矣　馬上大呼曰　寡人聞之　大虫不食伏肉　願元帥借一路　明日更決雌雄如何　蘇司馬大罵曰　汝計窮力盡　尙不納降　更爲何言　哪咤曰　今日陷於詭計　請明日以正道更爲一戰　元帥微笑　揮旗開門　哪咤撥馬而走

　元帥又取花果洞　見地形曰　此非大軍久留之處　移陣於花果洞數百步外　背山臨水之處　蘇司馬問曰　元帥何以知哪咤之刼奪糧車　元帥曰　哪咤不出洞中　待我運糧之乏　若見運糧　豈不來刼也　此所謂將計就計　然哪咤旣失三處洞壑　此所謂窮寇　吾所念慮者　彼必盡其力而一戰矣　照檢機械　犒饋軍士以待之

　且說哪咤又失花果洞　入第二洞　此謂太乙洞　五大洞之中最大者　太乙洞山川媚娥　地形廣闊　非守成之處　哪咤對諸將而歎曰　吾之南方五大洞世世相傳　固守舊基　至於寡人而見失　豈可束手無策　坐而待死　明堂調發大軍以死一戰　以決勝負　言未畢　帳下一個蠻將大聲曰　大明元帥　天神下

降 非可以人力相爭 願大王以詭計詐降 徐俟其隙 內應外合似好 哪咤聞言大怒曰 大丈夫時運不幸 寧一死以作快活之魂 豈可效兒女子之姦計 若有更言降者斬 洞中蠻兵一時調發

翌日 出陣於太乙洞前 楊元帥亦來挑戰 哪咤出陣前曰 寡人屢敗於詭計 今日則欲親與明元帥接戰 以決雌雄 元帥出來 雷天風大叱曰 吾元帥奉皇命 有三軍司命之體重 豈可與么魔蠻王抗衡爭鋒 老夫雖有病 一試此斧 斷汝無禮之喙 言畢 舞霹靂斧而欲取哪咤 哪咤大怒而顧左右 左便鐵木塔右便兒拔都 一時出敵雷天風 明陣中董馬兩將亦出 五將混戰數合 哪咤望見 倒赤鬚瞋碧眼 大聲如雷而馳馬 其勢甚猛 元帥顧蘇司馬曰 哪咤如彼凶獰 不可易擒 卽變陣勢 作奇正八門陣 鳴金收大軍 哪咤大笑曰 汝等若非詭術 何敢當寡人 吾已知中國之多㤼諸將莫說 楊元帥親自出戰無懼也 徐徐還其本陣 元帥招蘇司馬雷天風董馬兩將暗約曰 如此如此 四將聽令而退

雷天風更擧霹靂斧 出陣大呼曰 愚蠢夷狄 但恃愚惡 蔑視老夫之衰弱 敢爲唐突 哪咤更出一戰 馳馬而赴 哪咤大怒 舞劍回馬 更敵雷天風 大戰數合 雷天風且戰且退 哪咤大笑曰 匹夫陰凶 更欲誘引寡人 言未畢 明將董超走馬而出 辱罵哪咤曰 赤髯之蠻 外雖大膽 心中多㤼 吾聞南方之人多受火氣 心經極大 吾必取汝心臟以代牛心炙而爲看 哪咤大怒 更追戰數合 董超且戰且退 哪咤笑曰 寡人已知明元帥之詭計 匹夫且莫誘引 言未畢 馬達自明陣走馬而來 叱辱曰 吾聞南方之蠻但知其母 不知其父 此則五倫中閉塞一孔 吾當通其一孔 抽腰間之矢 射中哪咤之掩心甲

哪咤大怒 揮劍躍馬而疾追之 馬達迎戰數合 且戰且退 明陣中蘇裕卿揮方天戟而出 大聲曰 哪咤速歸 大明元帥上通天文 下達地理 風雲造化之妙無不通知 汝若一入陣中 不能脫矣 言未畢 蘇裕卿回馬而走 其後楊

元帥乘小車　緩緩出陣門而笑曰　哪咤汝雖有小勇欲敵我　吾當以智戰　豈可與么魔蠻王爭力　哪咤見元帥在咫尺晏然不動　心中火起萬丈　豈顧死生　大呼一聲而縱馬　追之如猛虎　元帥微笑　急驅車而入陣中　哪咤急追入陣中　楊元帥不知去處　陣門已閉　劍戟如霜　哪咤不勝忿怒　揮劍而東衝西突　無脫出之路

此時　鐵木塔兒拔都　見哪咤之圍於明陣　大驚　一時齊擧鎗劍而衝突明陣　四面圍如鐵桶　但開一門　兩將突入　劍戟如林　矢石如雨　所入之門更無尋處　此時哪咤鐵木塔兒拔都三人圍在陣中　雖欲盡力披圍　豈能脫　擊東門而出　則門外有門　擊北門而出　則亦門外有門　終日出入於八八六十四門　不出陣外　哪咤忿氣衝天　踴躍如虎　中央一門忽開　楊元帥高坐號令曰　哪咤　汝今亦不降耶　哪咤大怒欲突入其門　元帥笑而揮旗閉門　劍戟如霜　哪咤無可奈何　欲尋他路

忽然　一門開於南方　楊元帥又高坐號令曰　哪咤　汝今亦不降耶　哪咤尤不勝忿怒　欲入其門　楊元帥笑而揮旗閉門　劍戟如霜　如是過五門　哪咤之勇　喪氣垂頭　仰天歎曰　我非畏死　若不復五鹿洞壑　何面目見祖先之靈於地下　欲自刎　鐵木塔兒拔都慌忙扶手曰　經營大事者　不顧小恥　楊元帥有義氣之將　更乞活命可也　兩將涕泣叩頭　哀乞於元帥曰　元帥奉皇命以德服南方　小將之所知也　今小將等以一時之忿　誤入陣中　不盡其才而死　則雖死魂亦含冤　不能心服　元帥笑曰　吾已屢次救汝　終是不服　今日則不可容恕也　鐵木塔更告曰　小將若後日又敗　則雖死無恨　何可不降　元帥笑而開西門

哪咤率兩將而歸本陣　愀然長歎曰　我雖苟全性命　計窮力盡　諸將各出經綸　以雪寡人今日之恥　階下一人應聲對曰　小將爲大王而薦一人　洞天不日回復　哪咤大喜　視其人　右酋長孟烈　漢時孟獲兄孟節之後　哪咤曰

孟酋長欲薦何人 孟烈曰 五溪都彩雲洞有一位道人 道號雲龍道人 道術
非常 能呼風喚雨 又使鬼神猛獸 大王若至誠往請以爲軍師 則明兵何足
憂 哪咤大喜 卽率孟烈 至彩雲洞 涕泣而告于雲龍道人曰 五大洞天 南方
世傳之地 今幾失於中國 先生雖物外高尙之跡 亦南方之人 願勿惜道術
使寡人索還舊基 道人笑曰 以大王之英雄失洞壑 一個山人何以能索還
乎 哪咤再拜泣曰 先生若不救 則寡人寧死而不歸 說罷 欲拔劍自刎 雲龍
道人無奈而許之 道冠道服乘鹿而隨蠻王至太乙洞

此時 道人請于哪咤曰 欲觀其陣勢 大王挑戰 哪咤應諾 卽與元帥更欲
一戰 元帥笑曰 蠻酋必請來救兵 率大軍陣于太乙洞前 雲龍道人望見陣
勢有懼 忽然念呪 拔劍指四方 風雨大作 雷聲震動 無數神將鬼兵圍擊明
陣 至半晌不能破 雲龍投劍歎曰 大明元帥非凡人 有經天緯地才 大王切
勿角勝 彼陣法天上武曲仙官之先天陰陽陣 閉震巽方門 震爲雷 而巽爲
風 風雷不能侵 揷玄武旗於坤方 以鳴金鼓 坤爲陰 神兵鬼卒難可犯也
此皆堂堂正道 以妖術難可勝也

哪咤聽罷 放聲大哭曰 然則寡人之五大洞何日索還 願先生憐之 敎以
方略 道人沈吟良久而不答 哪咤更再拜曰 先生終乃不敎 則寡人蠻中百
姓更不可對 願從先生而入山終身 雲龍難處而思之 更曰 貧道有一方略
若漏洩 事不成而及害貧道 大王自諒處之 哪咤卽辟左右而問計 雲龍乃
言曰 貧道之師父在於脫脫國叢篁嶺白雲洞 道號白雲道士 陰陽造化之
術 天地玄妙之理 無不通知 若非此人 明兵不可敵 然以其高志淸德 平生
不出山門 大王不盡誠意則難可請來 言畢 乘鹿而飄然歸彩雲洞

哪咤聽雲龍之言 卽備幣帛 向白雲洞 可笑 哪咤請援而助敵國 助敵國
而失五大洞天 不知者笑筆墨之巧 天下萬事翻覆無定 得失禍福 大抵如
此 豈人力之所能爲 且看下回

第十三回

救蠻王紅娘下山　鬪陣法元帥退軍

却說 江南紅以萬死餘生 漂泊異域 不知所向 托身山中 心神平安 渾忘客懷 思故國而心事悲愴 一日 道士召紅娘曰 老夫觀紅娘之顔則他日富貴之像 老夫雖無所識 欲以所聞之術 傳於娘 紅辭曰 弟子聞之 女子之行但議釀酒炊飯 學尊術而將焉用 道士笑曰 娘欲辭人間而終身山中 所學無所用 若有故國之戀 欲其歸去 學數件術業 以作歸國之階 紅娘再拜自此日 定師弟之誼 着道童之服而請敎 道士大悅 先敎以醫藥卜筮天文地理 紅以聰明穎悟 聞一知十 敎易而學不難 道士且喜且愛 曰老夫南來以後 有弟子二人 一彩雲洞雲龍道人 法術未成 爲人昏弱 老夫之所憂一 牀前煮茶之道童靑雲 雖有小才 天性輕妄 易入於雜術故 不傳老夫之所學 今見汝之才性則非雲龍靑雲之類 他日有大用處 着心學之 乃以兵法 傳授曰 六韜三略合變之手段 八門九宮變化之方法 皆傳於世 學之猶不難 至於老夫之兵法 卽先天秘書 若非其人則不傳 其法全是三災三生五行相克 無一毫權術 風雲造化之妙 役鬼降魔之術法 至精至妙 汝平生需用 不聞妖誕之名

紅一一受敎 數朔之間 無不慣通 道士大喜曰 此天才 老夫不敢當也 如此則幾無敵於世 更學一武藝 遂敎劍術曰 昔者 徐夫人 但知擊劍之法不知用劍 公孫大娘 知用劍 不知擊劍之術 老夫之所傳 天上欃槍星官之秘訣 其周旋如風雨 其變化起雲雨 非但敵萬人 乃於篋中 出數把劍 名曰芙蓉劍 帶日月精氣星斗文章 能斫石斷鐵 非龍泉太阿干將鏌鋣之類 所

可比也 道士曰 吾不欲容易傳之凡人 到今遇汝天才而傳之 善用之 紅拜
受 自此夜則侍道士而講論兵法劍術 晝則率三娘而登山 設陣地陣法劍
術 自爲消遣 頓忘寂寞踽凉之懷

一日 紅持芙蓉劍 至鍊武場 私習劍術 道童靑雲 持一册而來 笑曰 師
兄旣學劍術 又見此書 此則先天遁甲方書 先生適藏之 故暗取以來 紅
大驚曰 師父愛我而無所敎 此則不必妄視 急還故處 靑雲笑曰 吾夜則乘
先生之就寢 取此方書而看之 最爲妙之法 吾且試之 念呪後 折草葉而投
空中 化爲一個靑衣童子 靑雲復笑而再次念呪 亂投草葉 彩雲四起 草葉
化爲神將鬼卒 仙官仙女 紛紛下降 忽有曳履聲 顧視之 道士招靑雲曰
汝何敢自衿妖誕之才 急速收之 顧紅曰 遁甲虛謊之術 不欲傳之於汝 今
已漏泄 略知之無妨 他日 得此道 汚神明而大狼狽者 必靑雲

是夜 道士召紅曰 行于世間之道有三 儒佛仙 儒道主其正大 仙佛近於
神異 修其心而不變於外物一般 後世僧尼道士 不知仙佛之本 以謊誕之
術 眩亂世人耳目 此所謂遁甲 遁甲之法 流傳于世 但以正道 所不能制
汝今略解 用於困厄之時 擇其至精至妙之方書而敎之 以紅娘聰明 何難
解得 道士大喜曰 汝心本端正而不雜 不須更託 十分操心 勿以此從事
自古吉人貴人 不學此術無他 神機漏泄則恐有害於福祿 紅娘一一受敎
退歸寢所 方出門外 一個女子立草堂窓下 聞道士與紅娘之問答 見紅娘
之出而大驚 因忽不見 紅娘大驚 告於道士 道士笑曰 此處山中 有鬼魅狐
精 往往如此 不必驚動 但不幸者 彼鬼魅狐精 已聽我遁甲方書問答 日後
爲患 恐暫爲人間騷動

一日 紅娘與孫三郎 更擧芙蓉劍 出鍊武場 私習劍術 神氣困惱 收劍而
登岸遙望 靑山疊疊 白雲溶溶 向陽花木 洞口楊柳 感他鄕之春光 紅娘茫
然而望之 無端珠淚 自濕衣袖 顧孫三娘曰 吾入山中已周年 故國山川

渺如夢中　異域春光　搖動心事　不知何時　復睹中原文物　且對十里錢塘之
景槪　三娘笑曰　老身在江南時　終日勞碌　行于水中　得數個珠　數尾魚　則
如得千金　爲口腹之計　到此以後　十指不動　一身安閑　飽食煖衣　身體淸淨
黑顏還白　別無故鄕之思　紅娘微笑曰　人生於世　必有七情　有七情則亦生
情根　情根者　所着之地　其堅或化爲石　其剛亦能斷金　吾與老娘　同是江南
人　西湖錢塘　淸秀峰巒　曲房靑樓　美麗物色　箇箇有情　一一入思　人之常
情　此所謂情根　以此觀之　山川物色　猶留情根而思之　況親戚朋友與知己
遠別之懷乎　三娘知紅娘之思楊公子　愀然改容

　紅娘歸草堂　有不能成寐之色　道士呼謂紅娘曰　汝在山之日不多　出世
之日不遠　此莫非一時緣分　勿爲怊悵　自篋中　出一個玉笛　親吹數曲　敎紅
娘曰　漢之張子房　鷄鳴山秋夜月　吹簫散楚兵　汝學得此玉笛則自有用處
紅娘素不生疎於音律　須臾間　學正變之調　道士大喜曰　此玉笛　本是一雙
一個　在於文昌星君　汝他日歸故國之機會　似在於此　藏之勿失　光陰倏忽
紅娘入山　將近二年　一日　道士與紅娘　徘徊於草堂　翫賞月色　擧竹杖而指
天象曰　汝知此星耶　紅娘望見　一個大星　繞於紫微垣　對曰　此非文昌星乎
道士微笑　更指南天曰　近日太白　犯於南斗　必有南方之兵火　文昌星　光采
輝煌　護衛帝垣　必於中國生人才　以致七十年泰平之治　紅笑曰　旣有兵火
則豈致泰平之治　道士笑曰　一亂一治　循環之理　一時兵火　何足論哉

　夜深紅歸來暫睡　神魂飄蕩中　到一處　殺氣騰天　風雨大作　一箇猛獸　大
吼而欲咬一男子　詳視其男子　卽楊公子　紅娘大驚　擧芙蓉劍　擊其猛獸而
大呼　三娘臥於其傍　呼紅娘曰　今做何夢　紅因覺而轉輾不寐　心中暗思
公子必有何等厄會　吾今在萬里之外　消息頓絕　欲救不得　慇懃之憂　無窮
之懷　達夜煩悶
　一日　侍於道士而講論兵法　山門外　忽有馬蹄聲　童子急報曰　南蠻王到

外請拜謁 道士顧紅娘而微笑 卽起身下堂 出迎哪咤 禮畢坐定後 哪咤避席再拜曰 寡人得聞先生之高名 如雷灌耳 以誠意之淺薄 今纔拜謁 甚所不敏 道士笑曰 大王山中閑人 何以尋訪 蠻王又再拜曰 南方五大洞天 寡人之世世相傳舊基 今無故而幾見失於中國 先生矜憐之 道士微笑曰 山野老夫 惟是對山看水而已 有何謀計而助大王乎 蠻王流涕懇請曰 寡人聞之 胡馬嘶北風 越鳥巢南枝 先生亦南方之人 處於此地 不救患難 是豈義理乎 伏望先生 矜憐寡人之失所 敎其回復之策 道士笑曰 老夫更思之 暫休於門外 哪咤大喜出外堂 道士招紅娘 執手而怊悵曰 今日 娘歸國之日 老夫與娘 結數年師弟之誼 相慰寂寞之懷 今堂遠別 豈不悵然

紅娘且驚且喜 問其故 道士笑曰 老夫非別人 西天文殊菩薩 受觀世音之命 欲傳兵法於君 今君否盡泰來 歸故國而享富貴 眉宇猶有半年之殺氣 必經兵火 十分操心 紅含淚曰 弟子以一個女子 雖學若干兵法 尙不知歸國之路詳敎之 道士笑曰 君本非世間之人 以天上星精 與文昌曾有宿緣 謫降於人間 相逢於此行 享他日富貴 此皆觀音之所導也 自然湊合 非人力所爲也 望君勿慮 且謂曰 哪咤亦是天狼星之精 君若不救之則非義也 紅娘再拜受命 珠淚盈盈曰 今日拜別先生 何時更見 道士曰 萍水逢別 不可豫定 同享天上之樂 在於七十年後

說罷 復請蠻王曰 老夫病且老 代送弟子一人 名紅渾脫 大王舊墓 當不永失 哪咤拜謝而出門 紅告別於道士 不禁淚下 道士亦悵然曰 佛家戒律不結情緣 老夫謾與娘相逢 旣愛其才 自然許心 情緣亦深 今雖靑山白雲逢別無常 有玉京淸道之後約 望須速了人間塵緣 歸于上界極樂 紅娘揮淚而告曰 弟子救蠻王而歸故國之日 更入山門 欲拜別先生 道士笑曰 亦是西天歸路甚急 君雖更來 不可相逢 紅涕泣不忍去 道士慰之 且催起程 紅無何奈何 再拜告別 與靑雲握手相別後 率孫三娘 隨蠻王而去

哪咤與紅娘同歸暗思　吾盡誠請救　牽歸一個孱弱少年　豈可免一世之嘲　且其容貌姿色　彷彿女子　若非男子　五大洞天　如棄弊履　五湖扁舟　效范大夫

且說　紅娘牽孫三娘而至陣　潛藏踪跡　眞一個少年名將與一個健壯老卒　紅娘與蠻王　詳察洞中地形　則東方有一座小山　名曰蓮花峰　紅娘登峰上　巡視四方　顧蠻王曰　吾欲先察明陣　此夜三更　至花果洞而見地形　歎曰明元帥若陣於洞中　一人難可生還　今得生旺方　不可猝破也　明日對陣　見其用兵也　卽傳檄于明陣　檄文曰

南蠻王　檄于大明元帥麾下　寡人聞之　聖王以德懷柔　不以力戰　今大國以十萬熊羆之士　臨偏邦陋地　其危朝不慮夕　當不違軍令　收拾殘兵　明日相見於太乙洞前　牽貴兵而蓐食來會　是望

楊元帥覽檄大驚曰　此書辭簡意盡　無南蠻強悍之氣　有中華文明之像豈不怪哉　卽答檄曰

大明都元帥　致答于南蠻王　惟我皇帝陛下　子視萬方　雖以文德誕敷　有苗之來格　尙遲故　調發大兵　欲問貢茅不入之罪　大軍所到　雷厲風飛　蠢爾蠻荊　必見土崩瓦解　特施好生之德　以仁義感化　不以威武肅殺　明日當牽大軍　如期而往　嗟爾蠻王　戒爾士卒　修爾戈矛　無至七擒之悔

紅娘見答檄　愀然慷慨曰　吾於灣貊之邦　蟄伏數年　不見故國文物　見此檄書則可知中華文章　豈不喜幸　翌日紅娘　乘一輛小車　牽蠻兵而整軍容陣於太乙洞前　楊元帥亦牽大軍　布成陣勢於數百步之外　紅娘驅車而出

陣前 望見明陣 旗幟蔽日 鼓角喧天 一員少年將軍 紅袍金甲 佩大羽箭
執手旗 前後左右諸將 擁衛 高座帳上 紅知其爲明元帥 使孫三娘 高聲于
陣前曰 小國 在於南方僻陋之處 雖無文武雙全之才 今日欲以陣法一戰
以較大國之用兵 明元帥請設一陣 楊元帥 見其辭令雍容 有三代戰國之
風 心中驚疑 望見蠻陣 一員少年將軍 服草綠金縷狹袖戰袍 帶碧紋鴛鴦
雙股腰帶 頭戴星冠 腰佩芙蓉劍 端坐車中 嬋娟態度 秋霄明月 出於蒼海
突兀氣像 西風豪鷹 下於碧空 元帥大驚 顧諸將曰 此必非南方之人 哪咤
請援於何處 得如彼人物

　　元帥乃擊鼓揮旗 分六六三十六爲六方 結六花陣 紅娘 笑而亦擊鼓 指
揮蠻兵 雙雙二十四騎 分十二隊 作瑚蝶陣而衝突六花陣 使孫三娘 大呼曰
六花陣 昇平儒將之淸閑陣法 小國有瑚蝶陣 足可對敵 更設他陣 元帥擊
鼓揮旗而變六花陣 分八八六十四爲八方位 作八卦陣 紅娘更擊鼓 指揮蠻
兵 設大衍五十五 五方方圓陣 衝突八卦陣 入生門而出奇門 擊陰方而襲陽
方 更使孫三娘 大呼曰 漢諸葛武侯合六花陣兩儀陣 此所謂八卦陣 有生死
門奇正門 又有動靜方陰陽方 小國有大衍陣 足可對敵 更設他陣

　　元帥大驚 急收八卦陣 成左右翼而結鳥翼陣 紅娘亦變方圓陣 設長蛇
陣 穿鳥翼陣 大聲曰 鳥翼陣 對敵國而厮殺之陣 小國當以長蛇陣衝突也
請設他陣 元帥急揮手旗而合左右翼 成鶴翼陣 擊長蛇陣頭 使雷天風 高
聲曰 南方之兒 但知以長蛇陣突鳥翼陣 豈不念鳥翼陣變爲鶴翼陣 以擊
長蛇陣之頭乎 紅微笑擊鼓 分長蛇陣 成數處魚鱗陣 此欺敵國之陣 元帥
大怒 分大軍十隊 包魚鱗陣 十面環圍 紅笑而大呼曰 此淮陰侯之十面俚
伏 固非陣法 小國猶有一陣法 足可防備 請見之 乃變魚鱗陣而分五隊成
方陣 擊其東方則南北方 爲左右翼而防備 擊其北方則 東西方 爲左右翼
而防備 楊元帥望見而歎曰 此天下奇才 此陣法 古今所無也 應五行相克

之理　自爲創開之陣　雖孫臏吳起　不能破也

　自知陣法之不勝　卽鳴金收軍　使雷天風　呼於陣前曰　今日　兩陣　旣見陣法　更有以武藝相戰者　出來　鐵木塔　應聲挺鎗而出　大戰數合　鐵木塔　數避身　孫夜叉　挺鎗而出　大叱曰　汝旣敗於陣法　亦當更敗於武藝　雷天風　大怒曰　無鬚老蠻　莫敢唐突　又戰數十合　明將董超馬達　一時出助雷天風　孫夜叉不能抵敵　撥馬而走　紅見孫夜叉之避身大怒　下車乘馬出陣前　鳴金而召還銖木塔　大呼曰　明將莫誇胡亂鎗法　先受我箭　言畢　自空中　飛箭宛如流星　正中雷天風之胄而落地　董馬兩人　大怒一時合力　舞鈗而欲取紅娘　紅舉玉手發矢　弓弦響處　流矢隨後而入　中董馬兩將之掩心甲　鏘然而破　兩將　無心戀戰　回馬歸陣　雷天風　拾胄而改着　揮霹靂斧　大叱曰　幺麼蠻將　恃其小才　莫敢無禮　欲赴紅娘　忽然翻身落馬　未知何故　且看下回

第十四回

玉笛酬唱雌雄律　瑤琴斷續山水絃

　却說　雷天風忿氣騰天　揮斧而赴紅娘　紅天然而笑　杖芙蓉劍而植立不動　天風尤怒　大呼一聲　盡力揮斧擊紅娘　紅忽揮雙劍　聳身於半空　天風仰擊空中　急欲收斧　鏘然之聲　忽出於頭上　飛劍落自空中而擊破頭上之胄　天風慌忙　翻身落馬　紅更不顧視而收劍　原來紅娘之用鈗　素有淺深　只破胄而不傷人　老將旣不能收拾精神　自疑吾頭何在　不能更戀接戰　回馬而急走本陣　楊元帥望見於陣上　大怒曰　口尙乳臭之一個蠻將　三將不能抵

敵 吾當親戰 必擒其將 上馬出陣 蘇司馬諫曰 以元帥之体重 何必與一個
蠻將 輕身接戰 小將雖無勇 出戰蠻將 獻其頭於麾下 縱馬而出

　原來 蘇裕卿年少銳氣 自負鎗法 欲爲一抗 乃擧方天戟 卽取紅娘 紅回
馬 接戰數合 見蘇司馬鎗法之精妙 撥馬而退數十步 向空中而投右手之
芙蓉劍 其劍飛下半空 欲犯蘇司馬之頭 蘇司馬避身於馬上 欲擧方戟而
防之 紅旣退而復進 蘇司馬連忙伏於馬上 揮戟欲防 以左手奉劍 走馬而
並投手中雙劍 蘇司馬慌忙避之 應接不暇 不能接戰 紅更向空中 受雙劍
回旋如風 舞於馬上 驅馳四方 似紛紛白雪 飄於空中 片片落花 翻於風前
忽然一道靑氣 似霞而起 漸不見人馬 蘇司馬大驚 擧方天戟而衝突于東
則無數芙蓉劍 落下空中 衝突于西 則亦有芙蓉劍 落下空中 蘇司馬慌忙
仰視則千百芙蓉劍 散亂於天 俯視則千百芙蓉劍 彌滿於地 劍水刀山 無
得脫之路 精神迷亂 進退無路 如在雲霧中 蘇司馬仰天歎曰 吾豈知死於
此處 擧方天戟 欲披靑氣而出

　忽然 空中以琅琅之聲 大呼曰 天朝名將 以吾手殺之非義也 借一條生
路 將軍歸告元帥 急收大軍而歸 說罷靑氣漸收 其將更執芙蓉劍 飄然而
笑歸本陣 蘇司馬不敢追 歸見元帥 喘息未定 茫然自失曰 小將雖劣 讀幾
行兵書而學如干武藝 臨陣無怯 對敵生勇 今日蠻將 非人間之人 必是天
上之神 其疾如風 其急如電 眩荒難測 如鬼如神 追捕不能 欲逃難避 雖
有司馬穰苴之兵法 孟賁烏獲之勇力 無用於此將之前

　元帥聞此言 心中甚憂曰 今日已暮 明日更戰 若不能擒此將 吾誓不還
軍 哪咤見紅之兵法與劍術 方大喜曰 天矜寡人賜將軍 他日當半分南方
之地 以報將軍之功 謂紅曰 願與將軍 同處於軍中 紅 笑曰 山人好閑
厭軍中之擾亂 得一間客室於幽閑處 與手下老卒 同處足矣 哪咤難逆其
意 別定客室 紅與孫三娘過夜 心中思之 吾雖兒女子 豈可不知大義 助蠻

王而負故國　我若殺一個明陣將卒　義所不安　但以師父之命　欲救哪咤而
來　無所成功而空還　亦非道理　何以則兩便　忽思一計　顧孫三娘曰　今夜月
色最佳　吾出洞中　上蓮花峰　察明陣動靜　與孫夜叉帶月色　持白雲道士所
授玉笛　上蓮花峰　望見明陣　鼓角寂寥　燈燭明滅　更鼓之聲報三更　紅抽玉
笛而弄一曲

　此時　西風蕭瑟　星月皎潔　嶺上歸鴻　洞中哀猿　正助他鄉客懷　又況離父
母於萬里絕域　夢妻子於天涯家室者乎　寒露滿積衣襟　明月照耀營中　或
枕戈而睡　或擊劍而嘆　忽然風便　一聲玉笛　飄揚半空　曲調之悽涼　鐵石鎖
鑠　聲音之嗚咽　山川變色　此夜　明陣十萬大兵　一時驚夢　老者戀妻子　少
者　思父母　或揮涙而歎息　歌故鄉而彷徨　軍中自然擾亂　部伍錯亂　馬軍大
將遺鞭　茫然而立　軍門都尉　按盾　慷慨而坐　蘇司馬大驚　召董馬兩將　欲
操束軍中　兩將亦氣色悽涼　舉止殊常　蘇司馬　急告楊元帥　楊元帥適枕兵
書而欲睡　神魂飄蕩　登天而欲入南天門　一個菩薩　舉白玉如意而遮路

　元帥大怒　拔劍擊如意　其聲鏘然落地　爲一朵花　紅光奇香　震動天地　元
帥　大驚而覺　乃是南柯一夢　心甚怪之　蘇司馬忙入帳中　報軍中動靜　元帥
驚出帳外　問夜漏　已近四五更　三軍棲屑　陣中沸騰　一陣西風　飄拂手旗
一聲玉笛　因風便而來　哀怨悽絕　以英雄之懷　不勝悲悵　元帥側耳一聽
豈不知其曲　顧諸將曰　古之張子房　登鷄鳴山　吹簫散楚兵　不知此處何人
能知此曲　吾於幼時　學得玉笛　粲記數曲　今當試一曲　以鎮三軍之悽涼心
思　抽匣中玉笛　高捲帷幄　倚書案而吹一曲　其聲和平豪放　如千里春水
流於長江　又如三月和風　到於芳樹　纔吹一聲　悽涼之懷　怡然自解　再吹浩
蕩之心　油然而生　軍中自然安穩　元帥又變音律　吹一曲　其聲雄壯磊落
似屠門俠客之和歌筑　如出塞將軍之鳴鐵騎　帳下三軍　氣勢凜凜　撫鼓舞
劍　更欲一戰

元帥笑而止曲 還入帳中 轉輾不寐而思 吾雖不能遍游天下 盡見大才 豈知蠻貊之邦 有此超群絕倫之才 見蠻將之武藝兵法 眞國士無雙 天下奇才 此夜玉笛 亦非凡人所能吹 此皇天不佑大明 造物猜我大功 生人才而佐蠻王 不能成寐 更召蘇司馬於帳中 問曰 將軍 昨日陣上 詳見蠻將容貌乎 蘇司馬 對曰 荊棘叢中 芳草分明 瓦礫場裏 寶玉宛然 雖暫見 豈可忘之 唐突之氣 當世英雄 嬋娟之態 千古佳人 弱腰細眉 已少男子之風 表逸之容 驍勇之氣 亦非女子之態 盖以男子論之 則今無古無之人材 以女子論之 則傾國傾城之姿色 元帥聽之 黙黙無言

此時 紅娘以師父之命 欲救蠻王而來 亦不能負父母之國 欲以從容玉笛 欲效張子房 吹散江東子弟之術 意外明陣中 亦和玉笛 曲調雖異 音律不差 氣像雖殊 意思無異 如朝陽彩鳳 雄唱雌和 紅娘停玉笛 而茫然自失俯首久思曰 白雲道士曰 此玉笛本是一雙 一個在於文昌 歸國之機 在此今大明元帥 安知非文昌星精 然天生玉笛 豈生一雙 今旣有雙則豈使失偶於南北 相合如此其晚也 又思曰 此玉笛 旣有其偶則其吹之者 必爲其偶 皇天俯鑑 明月照臨 爲江南紅之偶者 楊公子一人 或造物助佑 菩薩慈悲 吾之公子 今爲明陣都元帥而來乎 吾昨日陣前 已見兵法 今夜月下更聞笛聲 今世無雙之人才 吾當以明日挑戰 詳見元帥之容貌 卽還客室待朝而見蠻王曰 今當挑戰 以決雌雄 大王先率蠻兵 陣於洞前 哪咤應諾率軍而出

紅娘下車乘馬 與孫夜叉出陣前 楊元帥亦布成陣勢 紅娘騎捲毛雪花馬 佩芙蓉劍帶弓矢 立於陣門 使孫夜叉 大呼曰 昨日之戰 初試武藝 故曾有所恕 今日則能有當我者卽出 若不能當 勿須出戰以添白骨 左翼將軍董超大怒 挺鎗而出 紅娘 按轡而少不擾動曰 匹夫突擊將 非吾敵手急送他將 董超大怒 舞戟而欲衝突 紅娘笑而叱曰 匹夫 若不退 吾當射落

汝鎗頭象毛 汝能避乎 言未畢 董超所揮之鎗端 有鏘然之璇聲 象毛落於
馬前 紅娘 更呼曰 吾 更中汝之左目 能避之乎 言未畢 弦響出 董超伏於
馬上 慌忙歸本陣 雷天風望見 不勝忿怒 揮斧而出 紅娘笑曰 老將勿妄費
衰老精力 吾當貸汝性命 老將察甲上之劍痕 見我手段 言未畢 舞芙蓉劍
而接戰數合 雷天風 俯視之 劍痕狼藉 更不能戀戰 撥馬而還 明陣諸將
相顧而無出戰者

　楊元帥大怒 奮然起身 跨靑驄獅子馬 舉丈八撑天李花鎗 着紅袍金甲
帶弓矢 出立陣前 蘇司馬 諫曰 元帥奉皇命 董督三軍 國家之安危 懸於
一身 宗社之重大 在於進退 今以匹馬單騎 親冒矢石 以一時之憤 欲抗勝
負 是豈保身爲國之意乎 此時楊元帥 以少年銳氣 知紅之武藝絕倫 期欲
一抗 不聽諫言 走馬而出 紅見元帥出來 亦縱馬舞劍而迎戰 未至一合
以紅娘之聰明 豈不知楊公子之容貌 喜極淚先 精神怳惚 不知所爲 以元
帥之知己知心 豈料黃泉夜臺永訣之紅娘 今爲萬里絕域 接戰之蠻將 此
時楊元帥 舉鎗欲刺紅娘 紅娘俯首避之 投雙劍落地 琅琅而聲曰 小將失
手遺劍 元帥暫停鎗 使收劍 元帥聽其聲音慣耳 收鎗而察其容貌 紅娘收
劍上馬 顧元帥曰 賤妾江南紅 何以忘之乎 妾當卽隨相公 手下老卒 在於
蠻陣 今夜三更 期於軍中 言畢策馬向本陣 飄然而歸 元帥杖鎗 立如泥塑
久而望之 還于本陣 蘇司馬問曰 今日蠻將 不盡其技何也 元帥笑而不答
退陣于花果洞

　且說 紅娘見蠻王曰 今日明元帥 庶可生擒 身氣不平而退陣 今夜調病
明日更戰 哪咤大驚曰 將軍 身氣不平 則寡人當侍左右 親審醫藥 紅曰
大王勿慮 以許靜養 哪咤卽移客室於最所閑僻處 是夜 紅娘謂孫夜叉曰
俄逢楊公子於陣上 約於今夜三更 相聚於明陣 三娘大喜 收拾行具以待
三更時分 此時元帥 歸于本陣 臥帳中而思 今日逢於陣上者 眞是紅娘則

非但更續斷緣 爲國家平定南蠻 亦可容易 豈不喜幸 紅娘生存世間 逢於
此處 夢寐之所不期 必娘之冤魂不散 南方自古 多忠臣烈女之溺水者 楚
江白馬 蕭湘班竹 孤魂尚在 往來逍遙 知我來此 豈非欲訴其平生之冤懷
乎 彼旣期於今夜軍中 但待其時 剪燭而倚書案 計數更點之聲而坐

已而 報三更一點 辟左右 捲帳而待 忽然寒風吹燭 一道靑氣 自帳中起
元帥 凝神詳視 一個少年將軍 杖雙劍 飄然而入 立於燭下 元帥 驚視之
宛然是悠悠九原 生離死別 耿耿一念 寤寐不忘之紅娘 元帥 黙黙良久曰
紅娘汝死而靈魂來耶 生而眞面來耶 我但知其死 不信其生 紅娘亦是含
泣嗚咽 不能成言曰 妾蒙相公之愛恤 以免水中冤魂 萬里絶域 復見久慕
之容光 胸中無窮之言 不可倉卒而盡也 左右耳目煩多 但恐露出妾之行
色 元帥卽起身下帷 執紅娘之手而坐 悲喜交集 雙淚汪汪 紅娘執元帥之
手 珠淚盈盈於秋波曰 相公以妾之生存 知以夢寐 妾以爲相公之今日來
於此處 亦是夢也 元帥歎曰 丈夫行藏 本無定處 娘子子女子 以孱弱之身
逢風濤之患 到於此處 亦所奇異 況爲少年名將 欲救蠻王而來 實是意外
紅娘備陳經歷 當初遭逼迫於刺史之事 尹小姐送三娘而救之之事 漂迫
蹤跡 逢道士而托身學劍術兵法之事 今爲蠻王 因師父命而下山之事 一
一詳告 元帥亦擧奉別後娶尹小姐而率來碧城仙 以皇命娶黃氏之說 一
一詳陳 娓娓談話 不可盡形

元帥燭下 看紅娘之顏 淸眉瘦頰 無一點塵埃之氣 嬋姸嬌妖 倍加前日
愛情如新 解戰袍而聯枕帳中 古情之繾綣 新情之慇懃 恨轅門鼓角之催曉
天色欲明 紅娘更着戰袍笑曰 妾逢相公於杭州之時 變服爲書生 今日此處
變服爲將帥 可謂文武兼全之材 不愧爲征南都元帥之小室 但非閨中女子
之服色 當更入山中而藏跡 平定南方後 欲隨後車而去 元帥聽罷愕然曰
吾入異域無心腹 軍務多疎 今若不顧則是豈百年知己 同患亂之意

紅娘笑日 相公使妾爲將 有三條約 一至回軍之日 勿近小妾 二藏妾之
踪跡 勿泄於諸將 三平定南方後 勿殺哪咤 使因存王號 勿負小妾師父之
所托 元帥快諾而微笑日 二條不難 但第一件事 恐或失信勿咎 紅娘笑日
旣奉元帥之命而爲將 相公 雖欲待以前日之紅娘 軍令不立 更加深思 因
起身告日 妾之今夜侍相公私情 軍中截嚴 出入不可不光明 妾今歸去 如
此如此 相公亦如此如此 說罷擧雙劍 飄然而出 紅娘此去 畢竟如何 且看
下回

第十五回

紅渾脫賞月蓮花峰 孫夜叉夜入太乙洞

却說 楊元帥送紅娘 卽招蘇司馬於帳中而謂之日 紅渾脫本是中國之
人 耻爲哪咤之麾下 知其有歸順之意 將軍今以匹馬單騎 往蓮花峰下則
渾脫 必於峯下 賞月彷徨 將軍須見機而喻以義理 與之俱來 司馬趑趄日
紅渾脫何如之將也 元帥笑日 嚮日舞雙劍而戰者也 司馬且驚且喜日 元
帥若得此將則平定南方 不足爲也 小將嘗觀其爲人 何可以口舌誘降 元
帥日 渾脫有義之將 我已知有歸順之意 將軍勿疑 司馬應諾而出 自思於
心 吾見前日陣上 元帥與蠻將接戰 其蠻將不盡其才 心甚異之 庸詎知心
志相通 已有約束 雖然 其將之劍術 我尙今膽寒不可輕往 乃藏短兵於身
邊 匹馬單騎 向蓮花峰而往

此時 紅娘還到客室 對孫夜叉 細述往明陣而逢楊元帥之事 因拾行裝

與玉笛 率孫三娘而至蓮花峰下 玩月彷徨 蘇司馬奉元帥命 草草單騎 向
蓮花峰而來 半輪明月 掛於西山 東天曙色 依俙於遠村 見一員將 與一個
老卒 徘徊玩月 且驚且喜 意謂此必紅渾脫 遂進前長揖曰 方今兩陣相對
爲將者固無閑隙 將軍奚爲吟風咏月 有書生蕭散之氣乎 渾脫遂按雙劍
而答禮曰 君何如人也 對曰 僕明陣斥候之將 欽仰將軍之淸閑風采 以便
服擺脫而來也 昔日羊叔子杜元凱爲大將 輕裘緩帶 不疑敵國 今將軍亦
有古將之遺風乎 渾脫笑曰 大丈夫處世 若有知心者則豈可畏死 君旣許
心 以好意訪之 吾亦放心 無隱而語 我雖無藻鑑 見君之儀 聞君之言 非
以羊叔子之好意來也 欲誇蒯徹之三寸舌 蘇司馬笑曰 蒯徹不過一妄言
之辯士 無端說淮陰侯 誤其平生 僕所不取 今僕之來此 欲救山東李少卿
將軍豈不念李少卿 無雙之才 甘受椎髻左衽 轉禍爲福乎

　渾脫冷笑曰 吾昨日陣上 見楊元帥則年少氣銳之將 安能旣知其人而
不猜其才 吾寧藏跡於山中 以送平生 不顧爲不知心者之麾下 蘇司馬嘆
曰 楊元帥知將軍 將軍不知元帥可乎 僕實受元帥之命而來 元帥送僕而
命之曰 紅將軍有義氣之將 若從我則當知己許心 以爲平生之交 此言豈
猜將軍者哉 楊元帥雖年少 雄才大略 已無可論 禮諸將而愛人才 吐哺握
髮之盛德 豈但有孟嘗君平原君 下士之風 紅渾脫 聞此言 俯首沉吟良久
忽擧劍擊岩 岩忽分爲二片 因杖劍而起曰 大丈夫決事 當如此巖 顧謂蘇
司馬曰 將軍爲我紹介 司馬大喜 率紅與老卒而歸本陣 立於轅門外 入告
元帥 元帥 大喜曰 吾看渾脫 爲人驕昂唐突 不可以尋常降將待之 卽脫戎
服而具鶴氅衣與綸巾 出轅門外 執紅渾脫之手而笑曰 四海雖廣 在於一
天之下 九州雖大 處於六合之內 僕眼目孤陋 同世生長二十年之英雄豪
傑 晚逢於此處 豈不可恨哉 紅渾脫昂然對曰 蠻將降卒 豈言知己 今見元
帥下士之風 小將杖劍相從之跡 庶無後悔 因相與執手而入陣中 渾脫指

老卒曰 此老將小將之心腹 姓名孫夜叉 略知鎗法 望須調用於麾下 元帥
許之

天明 元帥會諸將而指紅渾脫曰 紅將軍本是中國之人 流落南方 今爲
天朝名將 但是同苦風塵之人 各施寒暄之禮 先鋒將雷天風 笑進而謝曰
小將但恃其钃斧 再犯虎鬚 雖被活命之恩 甲上劍痕 一無完全處 霜髮蕭
蕭之頭 尙今若無 一座大笑 蘇司馬笑而撫渾脫所佩之劍曰 將軍所佩 合
爲幾柄 渾脫答曰 但佩二柄 蘇司馬笑曰 若然則向日陣上 何其彌滿而爲
千百劍乎 吾尙今毛骨竦然 精神眩荒 今見此劍 猶不覺眼目之迷亂 一坐
大笑 元帥以蘇裕卿 爲左司馬靑龍將軍 以紅渾脫 爲右司馬白虎將軍 以
孫夜叉 爲前部突擊將軍 此時元帥 置紅娘於帳中 更續已絕之緣 非徒中
心之喜悅 晝則論軍務 夜則慰客懷 一時不離左右 以紅之機警敏捷 承上
接下 不露踪跡 諸將三軍 不知其爲女子

且說 哪咤翌日淸晨到客室 問紅娘之安否 寂無動靜 問於守門卒 對曰
紅將軍未明 率手下老卒 出於洞口 不敢問其去就 哪咤四面訪問 終不知
其去處 晚乃知其逃走 哪咤始乃驚魂落膽 已而 怒曰 吾對渠盡心 今不告
而去 此蔑視寡人 吾當往白雲洞 殺其道士 求救於他處 以雪此恥 如之何
則可 憂悶不已 帳下一人 應聲曰 小將薦一人 雲南國祝融洞 有一位大王
天下無雙之英雄 那大王又有一個小嬌 能使雙鎗 有萬夫不當之勇 但祝
融大王多慾 若少其禮幣則必不肯來也 哪咤大喜 卽備蠻布二百疋 明紬
二百疋 金銀彩緞 尋往祝融洞 召蠻將鐵木塔與兒拔都 定約曰 寡人回還
之前 堅閉洞門 明元帥 雖挑戰 勿爲輕率出戰 兩將應諾 經過幾日 紅司
馬 告元帥曰 蠻王哪咤 久無動靜 必是請兵而去 乘此時而取太乙洞爲妙
策 元帥曰 蠻中洞壑 異於中國城池 若堅守之則一夫當關 萬夫莫開 將軍
有何妙計 紅司馬告曰 妾見蠻陣諸將 有智謀者少 欺之不難 如此如此似

好 元帥稱善曰 吾久惱於軍務 娘代我 莫惜經綸與才能 自今楊元帥 高臥
於帳中 欲養閑自在 紅司馬微笑 此夜召孫夜叉於帳中 暗定約束

　翌日平明 楊元帥聚諸將論軍事 紅司馬告元帥曰 南蠻天性奸巧 反覆
無常 一無可信 所擒蠻兵 久留陣中則還爲神機漏洩 一並斬於陣前 以絶
禍根 孫夜叉諫曰 兵書云降者不殺 今若盡誅則此 拒投降之路 以助敵兵
之一心不可 紅司馬怒曰 吾有所料 老將何敢雜談 孫夜叉曰 雖不知司馬
之所料 蠻中之民 亦是我聖天子蒼生 豈可無故殺戮 減傷天和 紅司馬大
怒曰 汝若是顧護蠻兵 必是爲哪咤而有反心 吾當與蠻兵同斬之 孫夜叉
亦怒曰 我本山人 與將軍欲救蠻王而來 豈有帳幕体統之截嚴 吾年今六
十 白髮星星 將軍如是蔑視 豈可苟從將軍 甘受此辱乎 紅司馬尤怒 瞋[1]
星眸倒綠眉 大罵號令曰 老卒安敢無禮至此 汝不過白雲洞草堂前 掃庭
採薪之人 受師父之命 執戟隨我 豈無帳幕之分 孫夜叉又益大怒曰 將軍
若念師父之命 胡乃棄蠻王而反覆投降乎 卽此一事 可知將軍之無信義
也 我本蠻中人 爲蠻王而來 反害蠻王非義 今當還入山中 不爲無義無信
者之麾下 紅司馬聽此言 勃然起身拔劍 欲斬孫夜叉 元帥與左右諸將 勸
而止之 扶孫夜叉而出送門外 紅司馬愈益憤然 孫夜叉出門外 不勝憤鬱
曰 我年老而多所勤勞於彼 彼今恃小才 如是驕亢 吾豈長受此辱 諸將軍
卒 皆慰之曰 紅將軍之天性 如是躁急 將軍更入謝之 勿逆其意 孫夜叉仰
天歎曰 吾頭髮 如霜 豈可無罪而負荊謝罪於口尙乳臭之兒 因有鬱鬱不
樂之色

　當夜 杖鎗而徘徊月下 長吁短歎 過俘虜蠻兵之留置處 蠻兵叩頭謝曰
小的之今日生存 孫將軍之德 將軍更指生路 孫夜叉歎曰 汝皆我同鄕之

----

1) ‘瞋’자는 德興書林本에 ‘瞋’으로 표기되어 있으며 문맥상 ‘瞋’이 맞다.

人 豈可隱諱心曲 見昨日紅將軍之擧動 吾今欲歸故鄕 汝輩亦一時逃命
卽時拔劍 解縛而謂曰 汝當越城而逃走 吾亦欲匹馬單騎 抽身而逃 蠻兵
不勝感激 揮淚曰 將軍欲往何處 孫夜叉歎曰 此處煩擾 非久言之地 出於
洞口 尋幽僻處而待我 是夜三更 孫夜叉牽馬携劍 暗出洞門 守門軍問其
去處 孫夜叉曰 我今爲斥候而去 出洞門而上馬 帶月而行數里 蠻兵五六
人 出迎曰 將軍來何晚耶 孫夜叉駐馬而問曰 多數蠻兵 皆何往而唯汝等
在此 蠻兵對曰 將軍暫下馬而聽小的之言 小的等欲報將軍生活之德 苦
無其路故 一隊先往太乙洞 稱將軍盛德於鐵木塔將軍 只留小的等 陪將
軍而入洞中 欲永享蠻中富貴 孫夜叉笑曰 吾豈區區求此富貴 爲同鄕人
之故 汝等速歸免禍 吾自此歸山中而逐鹿獵兎 欲無拘束於平生 以送餘
年 仍策馬而行 蠻兵揮淚執彎而挽留 固執不回

　此時 鐵木塔兒拔都 在於太乙洞 閉門不出 忽然十餘蠻兵 自明陣 乘夜
逃來 泣告曰 小的等幾乎死矣 若非孫將軍救護之德 豈有今日生還 鐵木
塔 問其故 十餘蠻兵 一時跪告曰 紅將軍悍毒之人 無端欲殺小的等於陣
前 孫將軍力諫 紅將軍大怒 擧劍欲斬孫將軍 幸賴諸將與元帥之挽止 出
送門外 孫將軍終夜忿鬱 有歸故山之志 解縛小的等而指示逃走 此專爲
同鄕人情 有如此義氣之人 誘引而置於陣中 則一與紅將軍 已有嫌隙當
我盡力 二同享他日富貴 圖報生活之恩 鐵木塔沉吟良久曰 此安知非計
十餘蠻兵 一時起身告曰 此則小的等之所目睹者 決非詭計 小的等見孫
將軍之氣色 暗歎悲淚 忿鬱不平 怨紅將軍之聲 痛入骨髓 結於心曲 此豈
假飾而然也 兒拔都曰 孫將軍 方今安在 言未畢 數個蠻兵 又忙忙來告曰
孫將軍 今以匹馬單騎 過於洞前故 小的等懇請同入 固執不聽 兒拔都顧
鐵木塔曰 軍中旣少將材 且孫將軍 曾從道士 所學必多 今若眞背明陣而
去 豈不惜哉 孫將軍 亦是南方之人 吾今追往而觀其氣色 若無疑心 當誘

來矣 鐵木塔 終是趑趄不決兒拔都 擧鎗起身日 吾當單騎先往 察其動靜
而決之 卽率蠻兵五六名 驅馬而至 果然孫夜叉 匹馬單鎗 帶月色向南而
行 帶踽凉惆悵之色 兒拔都大聲日 孫將軍 別來無恙 暫有所語 駐馬而待
孫夜叉回馬而立於路傍 兒拔都亦駐馬而語日 將軍旣有意於功業 矢石
風塵 備嘗苦楚 豈可更向山水 如彼踽凉而歸乎 孫夜叉笑日 人生百年如
草露 功名勳業如浮雲 大丈夫霜鬢飄蕭 死生苦樂 豈付於他人掌中 南方
山川 處處吾家 飮流水而獵走獸 以免飢渴 亦快樂之事 兒拔都笑日 將軍
欲辭風塵而尋山水 此所謂天地間淸閑客 無敵國之所嫌 暫留陋洞 以叙
一宿之緣 尙爲未晩 孫夜叉沉吟日 將軍之言 雖極感謝 歸心如矢 不可暫
留 兒拔都 把袖馬上而再三懇請 孫夜叉不得已聯馬首而入太乙洞

鐵木塔心中不悅 見其單騎以來 亦無所怵 迎接座定 兒拔都向鐵木塔
而笑日 今日孫將軍 非昨日孫將軍 昨日敵國孫名將 今日則同鄕故人 當
不隱心曲而相論 鐵木塔日 吾雖交淺而無深嫌 爲孫將軍 有不取者二 將
軍與紅將軍 同爲下山 軍中 危險地 紅將軍驍勇無比 且今年少 因一時口
舌之爭 棄而去之 其不取者一 以明元帥之雄材大略 紅將軍之武藝兵法
成功而歸中國 以享富貴 在於朝夕 今將軍不忍小忿 以誤大事 其不取者
二 若欺我則可 果棄明陣而去 此兒女子之偏性 豈是大丈夫洪大之度量
孫夜叉長歎不答 向兒拔都日 吾欲謝將軍厚誼 暫入洞中 我從此告歸 兩
位將軍 同心合力 以立大功 言畢而欲起身 兒拔都 更爲把袖日 將軍暫坐
更飮數杯而去 鐵木塔笑日 我恃同鄕之誼 欲盡心曲 麤率之言 或有逆於
將軍之耳乎 若不然則縱云歸於靑山白雲之踪 何必如是忽忽也 孫夜叉
笑而更坐 酒行數巡 孫夜叉大醉 歔欷長歎 數行之淚縱橫 兒拔都日將軍
有何煩惱之事 今日則非矢石風塵 乃飮酒之席 何不快道胸中不平之事
相示無間之意乎

孫夜叉乃切齒奮臂而大叱曰　反覆無信之兒　恃其幺麼武藝　如彼驕亢
吾以爲彼必見敗　兒拔都問曰　此乃責誰　孫夜叉歎曰　將軍問以心曲　吾亦
不隱也　白雲道士　送紅渾脫時　慮其年少孤單　命老夫而爲羽翼　七十老物
爲彼而不惜此身　冒危險而備嘗苦楚　今乃作朝晋暮楚之反覆小人　末乃
如是驅迫　若無傍人之救　吾不知死於何人之手　豈不寒心　我亦從道士　彼
之所學　我亦無所不學　如是蔑視　吾豈俯首而甘受　俄者鐵木將軍　雖以二
不取責我　彼欲殺我　吾豈顧彼　性躁智淺　不聽忠言　何可與同事　故老夫乘
此而歸故鄕　欲免他日追悔　然吾十年山中　學兵法鎗法　丈夫生斯世間　欲
免名聲之與草木同腐　命數奇薄　時運不幸　不遇期會　今借數盃之酒氣　不
能藏胸中不平心事　兩位將軍　莫笑老將落拓之歎

　此時　鐵木塔聽孫夜叉之言　深怨紅渾脫　似有確定其心　更笑而擧盃慰
之曰　以將軍之勇　無所往不得成功　反欲終身於寂寞山中　恐非丈夫之志
氣　孫夜叉笑曰　老夫聞將軍之論　矜憐孫夜叉之孤還[2]身勢　欲收置於麾
下　老夫白首風塵　豈可再行追悔之事　鐵木塔曰　何謂再行追悔　孫夜叉曰
老夫　以師父之命　欲救蠻王而來　見欺於無信人之奸計　投降明陣　今當此
境　其追悔一也　若更欲依托於麾下則不啻顏厚　將軍知夜叉之心曲　蠻王
豈可容納　此　二次追悔　早歸山中　逐虎而試鎗法　聚石而講陣法　消遣餘生
可也　鐵木塔　聞此言　乃執孫夜叉之手曰　將軍無疑　惟我大王　愛人才而度
量寬洪　較諸紅將軍偏狹性質　明元帥之年少銳氣　不啻有勝　將軍本是蠻
中之人　他日同享蠻中富貴　豈不美哉　孫夜叉　熟視鐵木塔　厲聲曰　吾受紅
將軍之命　欲詐降而行計以來　將軍更思之　鐵木塔大笑曰　孫將軍之藻鑑
可謂如明鏡　吾俄見將軍之行色　暫有所疑　此則敵國間常事　將軍勿爲掛

---

2)　孤還 : 孤鰥의　誤記.

念 孫夜叉亦大笑曰 兩位將軍 如此款待 吾豈不感動 但待蠻王回還 以定
去就 更爲飮酒閑談 夜已四五更 軍中漏殘 曉星高於東天 鐵木塔兒拔都
自然爲杯酒所困 各自解甲 眉睫醉睡朦朧

忽然喊聲 大作於北門外 鐵木塔兒拔都大驚 急被甲而號令大軍 欲赴
北門 孫夜叉笑曰 將軍勿爲驚動 此紅將軍之兵 欲擊南門 先襲北門 往備
南門 鐵木塔猶且未信 自率精兵而防備北門 果然寂寞無聲 喊聲又作於
西門 鐵木塔更分精兵而守西門 孫夜叉又笑曰 此亦紅將軍之兵法 將欲
伐東門 鐵木塔半信半疑 猶堅守西北門 已而 西北門喊聲寢息 明兵果擊
東南 砲聲震動天地 如巖飛彈 雨下於東門 勢甚危急 鐵木塔兒拔都 方知
孫將軍之言果中 急收西北門之精兵 分作二隊 鐵木塔守南門 兒拔都守
西門 使餘軍 防備東北兩門 忽然孫夜叉 挺鎗上馬 大呼一聲 飛至北門
守門軍卒 一鎗斬之 以開北門 一隊明兵 一時吶喊 一員大將 突入如矢
擧霹靂斧 大聲如雷曰 大明先鋒將軍雷天風在此 鐵木塔 須勿守空門 蘇
司馬率數千騎 繼其後而廝殺 孫夜叉又開西門 董超馬達 驅一隊軍馬 突
入西門 此時砲響 猶不絶於東南兩門 鐵木塔兒拔都 手脚慌亂 不能防備
一時挺鎗而敵明將 蘇雷董馬四將 合力廝殺 蠻將安可當也

孫夜叉笑而揮鎗縱馬 向南門而走大呼曰 鐵木將軍隨我 又開南門 以
假逃命之路 鐵木塔慌忙之中 見孫夜叉 胸中無明業火 湧出三萬丈 大叱
曰 如王婆之無鬚賊漢 我不知姦計 爲汝所欺 當取汝肝 快雪此忿 舞鎗而
欲直刺 孫夜叉 不答而走馬 呵呵大笑曰 將軍勿須忿怒 山中歸客 無端强
留 使之奔走而開各門 豈不勞哉 策馬疾走 又開南門 楊元帥 與紅司馬
率大軍而突入洞中 此時七將及十萬大軍 正如水沸潮上 方方圍匝 處處
掩殺 喊聲翻洞壑 氣勢搖天地 鐵木塔兒拔都 雖有萬夫不當之勇 豈可防
備 且看下回

第十六回

祝融王幻術降神將　紅司馬變陣破蠻兵

却說　鐵木塔兒拔都欲逃無路　欲戰難敵　但挺鎗　衝殺東方而南走　衝殺西方而北走　盡力而戰　豈能脫天羅地網　見東門而開路　縱馬向東而走　孫夜叉又揮鎗大呼曰　鐵木將軍當急行　老夫紛擾　未及開東門　將軍親開而出　明日老夫當歸山中　欲入鐵木洞　更飲餘酒　此時鐵木塔　逢孫夜叉　忿氣更欲衝天　大號一聲而赴　欲刺夜叉　孫夜叉笑而策馬以走　明元帥大軍已至　鐵木塔兒拔都　無奈而開東門　僅保性命　入鐵木洞　點考敗殘兵卒　死者過半　兒拔都向鐵木塔而慨然長歎曰　今日之敗　是我之過　不聽將軍之明見　納孫老賊　自取此禍　誰怨孰尤　何面目　對將軍而見大王　欲拔劍自刎　鐵木　急扶曰　我等同受大王之命　守洞塹　成功同享富貴　得罪共受其律　將軍之請夜叉　亦爲王事　論其心則無一毫之異　如此自狹　懷婦人女子之心　自輕其身　決非平日所恃　說罷奪劍投地　兒拔都起身謝曰　知我者鮑叔　愛我者鮑叔

此時　楊元帥又取太乙洞　安頓大軍於洞中　大犒諸軍　蘇司馬顧紅司馬曰　今日之戰　將軍用兵之初　吾但知將軍之武藝絕倫　豈料雍容氣像　整齊智略　有儒將之風　孫夜叉答曰　太乙洞之戰　都是小將之手段　匹馬單鎗帶月獨行　强作不悲之淚　無心之歎　欲做亡命老將之色　鐵木塔足智多謀之將　疑雲滿於眉宇　乃奮虺臂而切落齒　埋怨於紅將軍　是豈無才智者之所可能也　一座大笑

且說　哪咤至白雲洞而訪道士　行跡　已無去處　只是靑山疊疊　白雲　悠悠

哪咤 不勝忿恨而彷徨 回身向祝融洞而去 消磨幾日光陰 纔到信地[1] 洞壑崎嶇 山川壯大 獅豹之嘯 豺狼之跡 橫行於白日 至洞中而見祝融大王 生得碧眼朱顔 虎鬚熊腰 身長九尺 以賓主之禮 迎哪咤而座定 哪咤 獻彩緞與明珠珍寶 備說明陣對峙飽經艱苦之狀 懇求不已 祝融對曰 寡人處於隣國 豈可不同患亂也 卽率手下蠻將三人而去 其一天火將軍朱突通 善使剛鐵三脊矛 其二觸山將軍帖木忽 善用開山大斧 其三遁甲將軍賈韃 善用偃月刀 各有絕人之勇 哪咤更請於祝融曰 寡人聞之 大王之小嬌 英勇無雙 雖不敢請 侍父王而從軍則尤所感謝 祝融沈吟曰 女兒年幼性拙 不肯從軍則奈何 哪咤更獻明珠百枚蠻布二百疋而懇請 祝融方始許之而命從軍

　原來 祝融有一女 名一枝蓮 芳年十三 姿色絕倫 奇妙武藝 聰慧性情 無南蠻風氣 常有不遇慷慨之心 中原文物 雖願一見之 萬里南天 但望北斗 以女子有行 異於男子 寤寐之間 每多不遇之歎 至是 父王 傳哪咤之語 一枝蓮慨然承命 挺雙鎗而從行 此時哪咤 得此援助 滿帶喜悅之心 歸視本國則其間 已失太乙洞而據鐵木洞 哪咤大驚 尋鐵木塔兒拔都 左右對曰 兩將待罪於陣門外 蠻王命招 兩將免冑苛斧 伏於帳前而請死曰 小將等 不能謹守大王之敎而失洞壑 難逃軍律 伏願大王斬小將之頭 以戒軍中 蠻王歔欷而嘆 命陞階而慰曰 此寡人之命數 豈將軍之故爲 因問明陣動靜 兩將槪告其狀 因言紅將軍之智略 有加於楊元帥 祝融大王忿然曰 寡人雖不敏 粗解行軍之法 大王已失之地 當不日回復矣 明日更爲挑戰

　此時 紅娘以佳人軟弱之質 失攝於矢石 每有神氣不平 一日 元帥從容

<hr>

1) 信地：目的地.

召至帳中　居議軍務　見容色之憔悴　大驚曰　娘因我而如此苦楚　年少弱賢
不可强迫　請思數日休養之道　娘笑而謝曰　爲將者數日風塵　豈足稱勞　元
帥微笑　舉手撫桃花兩頰曰　以芙蓉帳鏡臺前　粧梅花㤼曉氣之玉顏紅頰
使蒙旗幟鎗劍之惡風　汝所謂楊公子　薄情男子　紅娘嚬蛾眉而退坐曰　將
不還令　三章之約　業已忘之乎　窓外有蘇司馬曳履聲　已而　諸將至　紅司馬
退歸幕次而休息　是日夜半　孫夜叉急告元帥曰　紅司馬方寒戰而苦痛

　　元帥大驚　親至幕次而視之　紅司馬燭下倚枕　綠雲雙鬢　星冠已歇　柳弱
細腰　戰袍　似重　濃態病顏　精神昏昏　呻吟之聲　隱隱在喉中　元帥坐側撫
身　紅娘驚起而坐曰　何若是區區出入乎　元帥不答而診脈　笑曰　此風寒所
祟　雖深慮　十分操心　親解戰袍腰帶　要臥寢床　紅娘辭曰　軍中　異於閨中
元帥之一動一靜　諸將軍卒　拭目傾耳　相公還次則妾當臥矣　元帥笑而起
身曰　我空使娘爲將　他日歸家後　難改此習　有介冑不拜之風　無花燭柔閑
之態則奈何　紅娘亦微笑　元帥曰　望須數日調攝　勿參軍務　仍卽爲回還
翌日哪咤　送蠻將挑戰

　　元帥召蘇司馬曰　紅渾脫之病勢不輕故　已許數日調攝　今日之事　吾與
將軍周旋矣　蘇司馬曰　哪咤已請求兵而來　不可輕敵　元帥點頭　行軍而陣
於鐵木洞前　應先天十方而成陰陽陣　一千騎　持黑旗而陣於北方　二千騎
持紅旗而分二隊　陣於南方　三千騎　持靑旗而分三隊　陣於正東方　六千騎
持黑旗而分六隊　陣於正北第二位　七千騎　持赤旗而分七隊　陣正南第二
位　八千騎　持靑旗而分八隊　陣於正東方第二位　九千騎　持白旗而分九隊
陣於正西方第二位　五千騎　持黃旗而分五隊　爲中軍　陣於中央方　此所謂
先天陰陽陣　如是布陣後　前部先鋒將雷天風　出陣挑戰　祝融頭戴紅巾　身
被銅甲　手執紅旗　跨騎巨象　率蠻兵而出　擊鼓鳴錚　行伍無序　元帥顧蘇司
馬曰　吾略見古今兵書　如彼兵法　今始初見

言未畢 一個蠻恃 揮三脊矛 縱馬而出曰 我天火將軍朱突通 有當我者
受我三脊矛 雷天風 舉霹靂斧而出 大呼曰 我大明先鋒將雷天風 我斧霹
靂斧 汝自謂天火將軍 天火隨霹靂之火 速出而受我斧 迎戰十餘合 不分
勝負 一個蠻將 又舉開山大斧而出曰 我觸山將軍帖木忽 我亦有大斧 斫
山則山壞 老將之頭能如山堅固乎 自明陣中 董超舞鎗而出 大叱曰 我大
明左翼將軍白日豹董超 我手中 有一條長鎗 久未祭鎗神 今以帖木忽之
血 慰鎗神 四將如虎躍熊赴 大戰十合 雷天風忽撥馬而走 朱突通舉三脊
矛而追來 雷天風 大呼一聲 飛身揮斧而望後擊之 朱突通未及避身 馬倒於
地 翻身落馬 蠻陣中遁甲將軍賈轄 大怒 揮月刀而大呼曰 我祝融大王麾下
名將遁甲將軍賈轄 明陣兩將 急速延頸 受我月刀 直取雷天風 舞刀而來
明陣中孫夜叉 挺鎗躍馬 大笑曰 汝能遁甲 我斬汝頭 能爲改備乎 賈轄大
怒 與孫夜叉 大戰數合 賈轄忽挾月刀 觔斗其身 爲一個白頭大虎 赴於孫
夜叉 雷天風大驚 急揮斧而欲救 白頭虎更觔斗 變爲兩個大虎 咆哮而赴
楊元帥望見於陣上 大驚曰 蠻將之幻術 如彼 恐或有失 卽鳴金收軍

　此時 祝融大王 較見勝負於陣前 見楊元帥之收軍 急揮手旗 口念呪文
紅雲四起 無數鬼卒 滿山遍野 口吐火鼻吹烟 衝突明陣 楊元帥 約束諸將
急閉陣門 隨其方位 整齊旗幟 勿爲錯亂隊伍 祝融之鬼兵 環圍四面 不能
攻破 祝融更念呪文 指玄武方而作法 頃刻天地昏黑 風雨大作 揚沙走石
明陣旗幟 依然整齊 鼓角淵淵 少不擾動 原來楊元帥之陰陽陣 卽武曲星
君 扈衛帝垣之陣 全應陰陽五行相生之理 渾然一團和氣 邪氣豈敢侵犯
祝融但知妖術而不知陣法故 見再犯而不破 心中疑訝 卽收軍還陣 謂哪
咤曰 明元帥雖知陣法 別無神奇道術 寡人明日 更當挑戰 呼請六丙六戊
神將 號召六丁六甲鬼卒 明元帥 不難生禽 哪咤大喜

　且說 元帥召蘇司馬於帳中曰 祝融麾下 猛將多 怪術難測 不可猝破

何以則好　蘇司馬曰　紅渾脫　曾從道士　學得神術　自有制妖之術法　元帥沈
吟良久　自思於心中曰　紅娘之病　全是絕域風塵　惱心勞力之祟　彼蠻敵
擾亂之舉　陰謫之氣　今若更爲接觸則病中弱質　豈不觸傷　顧蘇司馬曰　紅
將軍　有病故　吾已許調攝　將軍今往見之　從容問計以來　蘇司馬應命而去
此時　紅娘精神昏昏　解戎衣而臥於寢床　見蘇司馬之至　起身倚案而坐　寒
粟之氣　滿於鬢邊　困惱之色　凝於眉腱　喘息脉脉　聲音　微微　蘇司馬心中
驚疑曰　吾知紅渾脫　英勇無敵　國士無雙　胡乃帶西施之顰　貴妃之睡　前進
問曰　將軍之病勢今日何如

　　紅司馬曰　賤疾一時微恙　不足爲慮　今日陣上動靜如何　蘇司馬　略言而
詳傳元帥問計之意　紅司馬大驚曰　小將有何妙計　兵難遙度　不如親往見
之　着戰袍持雙劍　隨蘇司馬而至陣中　元帥大驚曰　將軍病勢　不可以風
何以強作如是　紅司馬對曰　小將之病　所祟不重　無足過慮　但今敵勢如何
元帥曰　哪吒新得救兵　名曰　祝融大王　道術非常　猛將無數　自吾征南以後
初當之強敵　乃知不可輕敵　閉門守之　明日更爲挑戰則無決勝之策　將軍
有何妙計　紅司馬對曰　小將　俄者暫觀陣勢則元帥之陣　天上武曲星官扈
衛帝垣之先天陰陽陣　足以自守　不足取勝　小將　當結後天陣而擒敵　暫借
元帥手旗　元帥大喜許之　紅司馬卽舉元帥手旗　擊鼓布陣　正東正南　依舊
置之　正西正北　換其方位　北方第二位　移置東北間方　西方第二位　移置西
北間方　東方第二位　移置東南間方　南方第二位　移置西南間方　正方之軍
皆持紅旗　各面其方而立　間方之軍　皆持黑旗　各背其方而立　更約束曰
擊鼓而舉紅旗　正方之軍應　舉黑旗　間方之軍應　已變陣勢而定約束　元帥
出陣而望見　心中奇之曰　吾但知紅娘　一個傾國美人　豈知有如許經天緯
地之才　紅司馬更召諸將　各其暗定約束後　入帳中而告元帥曰　兵不厭詐
祝融妖術　豈但以正道對敵　妾曾從白雲道士　學得先天遁甲兵書與降魔

制殺之法　其法忌外人　元帥暫爲操束諸將　是夜三更　垂帳於陣中中央　紅
娘剪爪沐浴　應五方而明五燈之火　杖芙蓉劍而暗暗作法　擧措秘密　外人
莫知

　翌日　祝融率蠻兵而布陣　分十二方而揷五色旗　軍士各持鎗劍而出　紅
司馬望見微笑　使雷天風挑戰　蠻陣中帖木忽　出戰數合　明將董超馬達　一
時揮鎗大呼曰　今日當斬祝融之頭　帖木忽　速歸而出送祝融　蠻陣中天火
將軍朱突通　遁甲將軍賈韡　大怒而出　六將大戰十餘合　明將三人　一戰一
退　哪咤　顧祝融曰　明將不戰漸退　此必有誘引之計　明元帥之詭術難測
請收三將　母(毋)至狼狽　祝融本是性急之人　聽此言而奮然曰　今日　吾不
擒明元帥則不歸　急揮旗而念呪文　忽然狂風大作　陰雲飛揚之處　無數鬼
兵　以奇怪之形　眩荒之儀　滿山遍野　以助三將之威勢　衝突明陣　紅司馬卽
時擊鼓揮旗　間方之軍　開陣門而分立　此時蠻將三人　驅鬼兵而圍明陣　四
面攻之　不能破　忽見陣門開處　驅鬼兵突入　紅司馬更鳴鼓而揮黑旗　閉間
方陣門　擧芙蓉劍而向五方　暗暗作法　忽然一陣淸風　從劍頭而起　陰雲鬼
兵　消似春雪　變爲草根木葉而落空中　蠻將三人大驚　匹馬單鎗　彷徨軍中
衝突四方　紅司馬高坐陣上　擧芙蓉劍而指南　起三离火而火光冲天　指北
湧六坎水而大海茫茫　持東西　雷雨大作　大澤當前　三將　精神迷亂　莫知所
之　遁甲將軍賈韡　勵斗而欲變身　紅司馬擧芙蓉劍而指之　一道紅氣厭頭
三次勵斗而不得變形　大呼一聲而落馬　朱突通帖木忽　仰天而歎　欲拔劍
自刎

　紅司馬使孫夜叉　呼於陣上曰　蠻將聽之　假爾性命而不殺　速歸而傳於
祝融　使之早降　若遲則不免後悔　念眞言而開門　三將抱頭鼠竄而歸　見祝
融而歎曰　紅將軍之道術　正正之道　不敢當　大王勿爲角勝　早爲降服可也
祝融大怒　叱退三將　擧劍而更指十二方位　久念呪文　忽然空中　一聲砲響

震天殺氣充滿　四面八方　無數神將　如雲來集　陰濕之氣　凶獰之貌　各執兵器　以天傾地崩之勢　一時掩殺明陣　紅司馬高擧手旗　下令曰　諸將三軍但望此手旗　若有顧他者斬　諸軍聽令　一齊仰見手旗　軍中肅然　不敢搖動紅司馬乃擊鼓　以中央五千騎　結方陣而守之　更鳴鼓而揮紅旗　東西南北正方之軍　一時　開門分立

　此時　祝融　號令神將　欲穿明陣　忽見陣門之開　大喜急驅神將突入　紅司馬望見　卽擊鼓旗而閉陣門　擧芙蓉劍而指五方　五色彩雲　起於五方　滿於陣中　神將之身體　不見於三軍之眼　但聞馬蹄聲　旗幟鎗劍　閃忽紛紛於雲霄　紅司馬方鳴鼓合戰　正西方九百騎　以金克木　擊甲乙方　正東方三千騎以木克土　擊戊己方　正南方一千騎　以火克金　擊庚辛方　正北方七千騎以水克火　擊丙丁方　中央五千騎　以土克水　擊壬癸方　其勢如山崩海沸天地震動　交戰一場　紅司馬更鳴鼓而揮黑旗　東西南北間方之軍　一時開陣門　此時十二神將　不勝五行之相克　欲爲退軍　見間方陣門之開　一齊退出　散於四方　不知去處　祝融望見於陣勢　憤氣衝天　更念呪文　手中長劍投於空中　是何妖術　且看下回

第十七回

一枝蓮單騎鬪諸將　祝融王感義降明陣

　却說　祝融大王大怒　手中長劍　一投空中　三尺長劍　變爲百餘尺長劍　更觔斗而變身　身長百餘尺　揮長劍而向明陣　紅司馬望見微笑　起身入帳中

垂帷於四面 寂然無動靜 忽然一條白氣 自帳中起 變爲紅司馬 身長百餘
尺 手中芙蓉劍 亦爲百餘尺 對峙相敵 祝融變作如豆小人 揮如針小劍而
來 紅司馬亦變作如塵小人 揮如毫芙蓉劍 凝於祝融之劍刃而不移 祝融
更爲變身 人與劍 忽無去處 化作一條黑氣 接天際 紅司馬更作一條靑氣
靑黑兩氣 相接於半空 但聞鏘然劍聲 相擊於雲霄 忽然黑氣 變爲白猿而
走 靑氣變爲彈丸 追白猿 猿變爲蛇 入於巖隙 彈丸 變爲霹靂 擊破其岩
蛇吐黑氣 不辨咫尺 霹靂變爲大風 吹散雲霧 天地明朗 邪氣一無所見
已而 紅司馬 笑而出自帳中

此時 諸將三軍 望見陣前 精神恍惚 莫知所措 見紅司馬之出於帳中
進前問曰 祝融何處去 將軍之今日道術 是何妙法 紅司馬笑曰 世間妖術
不出於五行 知其相生相克之理而制之則至易也 大抵人之目屬木 人之
心屬火 目視搖亂則木氣虛 木氣虛則木生火 火氣亦虛 火氣亦虛則心弱
心氣虛則火空卽發 火氣起而克金氣 金殺伐之氣 人無殺伐之氣則雜念
生 妖術豈不使衆心眩亂 一爲眩亂則以何術而能制之 故吾結後天陣 設
五行相克之理 高擧手旗 三軍之耳目與心 遂爲全一 三軍之心 全一 五行
相克之理不失則妖術 豈敢犯也 其後相戰者 劍術 其變化 易大難小 黑氣
妖術 靑氣道術 白猿唐之袁公劍法 彈丸漢之魏氏劍術 爲蛇陶將軍之秘
法 霹靂滄海君之兵法 爲霧爲風 劍術者之尋常法 盖劍家之所忌有三 一
曰貪財用劍 二曰殺賢用劍 三曰爲睚眦之怨 無故殺人是也 祝融之劍術
多雜念而非正道 我所不殺 不欲輕殺人命 想應祝融 再敗術窮 必不能更
試他術 諸將 歎服不已

此時 祝融敗歸本陣 不勝憤愧 欲拔劍自刎 一枝蓮諫曰 小女旣侍爺爺
從軍 至於此處 當一出戰 以決死生 父親暫息憤怒 以待小女之歸 祝融歎
曰 汝父之勇 不能當也 汝一個女子 何可敵也 明將之兵法劍術 天神下降

無以加此　非女兒之所可當　一枝蓮　奮然上馬　出陣挑戰　紅司馬方欲驅大
軍而掩殺蠻陣　忽聞一個女將之挑戰　出陣望見　果然一位少年女將　頭着
紅帽　身被草綠繡衣　乘大宛馬　舞雙鎗而出　自雪顏色　微帶紅暈　如桃花半
開　可知其年幼　遠山蛾眉　秋波脉脉　精氣凝濃　可知其聰慧　皓齒丹唇　絕
代姿色　綠鬢雲髮　華麗氣像　絕不似南方風土生長之人　紅司馬心中驚訝
命孫夜叉對敵　夜叉舉鎗而笑曰　此必祝融　施術請鬼　南方之蠻　豈生如此
女子　相戰數十餘合　一枝蓮　挾雙鎗而擒孫夜叉　歸本陣　紅司馬大驚　顧左
右曰　有誰能生擒彼將者乎　雷天風挺身舉霹靂斧　奮然出戰　不過四五合
天風之用斧胡亂　不能假及於拒鎗　董超馬韁　急欲救之　一時舉鎗助天風
戰至十餘合　一枝蓮精神如秋月　氣像突兀　鎗法少不胡亂　又無一毫詭術
　紅司馬望見　愛其才貌　同是少年女子　豈無心癢而好勝　即鳴金收三將
親自上馬曰　以三將之力　未能取一個女子　何其無能也　今日紅渾脫　雖負
病　一出而生擒彼將矣　舞雙劍而出　一枝蓮方交戰數合　元帥知紅娘之出
戰大驚　親往陣前　鳴金收軍　紅司馬歸本陣問故　元帥正色曰　吾非偏愛將
軍　爲國家　愛干城之將　須小心調病　既再三付託　率爾出戰何也　紅司馬對
曰　孫夜叉小將之故人　今爲蠻陣所擒故　欲救其人　元帥笑曰　吾知將軍之
意　以少年銳氣　見年少女子之挑戰　欲試武藝　今將軍之容貌氣色　異於前
日　不可妄自出戰　豈無他將乎　雷天風大聲曰　小將　更爲出戰　欲試俄者未
盡用之斧　元帥大喜許之　紅司馬笑曰　吾見蠻將　無雙之姿　絕人之材　心竊
愛之惜之　將軍慎勿殺害　生擒以來　雷天風大笑曰　天風行年七十　丈夫之
心　口尚乳臭之孱弱女子　豈可以斧取之　當爲紅將軍　無羔抱來　縱馬以出
　此時　一枝蓮收雙鎗　徘徊於陣前　心中自思曰　吾未嘗見中國文物　今日
見明元帥之用兵將略　諸將之人氣物色　嗟乎　生長於我蠻貊之邦者　眞井
底蛙　今中國　不負蠻王　蠻王無端起兵　抗拒天威　此豈非螳螂拒轍　吾又聞

之 明元帥不忍殺戮 專主義理 欲以仁德 感化南方 吾當乘此時 歸順於天
朝 以釋父王之彌天大罪 更自疑曰 俄者用雙劍之將 非但容貌風采之非
凡 見其氣色與用劍之術則雖有愛惜人命之意 眉目淸美 聲音幽閑 絶非
男子之氣像 豈不怪哉 見雷天風之更來挑戰 隨卽應戰 以左手之鎗拒斧
以右手之鎗 籠絡天風 如霜劍刃 閃忽紛々 過老將之鬢頰 疾如迅風 一切
無傷 雷天風心中疑之 知其難當 盡力揮斧而擊之

一枝蓮 忽然聳身 以右手之鎗 電擊天風之胄而破之 天風翻身落馬 一
枝蓮 琅琅大笑曰 將軍老矣 速歸本陣 出送俄者用雙劍之將 天風自知不
能當 歸于本陣 對紅司馬而詳告其所言 且盛說鎗法之絶倫 紅司馬告元
帥曰 小將 成習於南方風土之强 若有憤心 不顧死生 今若不許出戰則反
爲添病矣 伏望約定十分 若不能擒蠻將 更爲鳴金收軍 元帥猶不肯許之
紅娘再三懇請 元帥恐其露跡 黽勉許之 紅司馬飛身上馬 揮雙劍而出陣
一枝蓮亦舞雙鎗而來 接戰數合 未決勝負 紅娘自思 一枝蓮之鎗法 一無
詭術 吾亦以正道戰 以決雌雄 亂揮手中雙劍 一進一退 此老龍弄珠法
一枝蓮見紅娘之劍術 有法度 知其不可輕敵 舞雙鎗而直赴紅娘 此秋鷹
下山法 紅娘以左手之劍 投於空中 以右手之劍 擬一枝蓮 回馬而走 此鶯
蹴飛花法 一枝蓮 以右手之鎗拒劍 以左手之鎗取紅娘 此獼猴偸果法 紅
娘欠身避鎗 以雙手劍 投之空中 走馬以進 此猛虎摺尾法 一枝蓮聳身馬
上 以雙鎗 拒雙劍 走馬進紅娘 此白狼逐鹿法 紅司馬仍回馬首 以右手之
劍 擬於空中 以左手之劍 欲擊一枝蓮 此獅子搏兎法 一枝蓮擬以雙鎗
一進一退 此 蜘蛛縛蝶法 忽然雙劍雙鎗 一時接應 霜劍電鎗 閃忽紛紛
此回風滾雪法 已而 人與鎗劍 不知去處 兩條靑氣 擬於半空而相戰 此雙
蛟飛天法 未至半晌 一枝蓮 收雙鎗而撥馬欲走 此驚鴻望雲法 紅娘走馬
而進 挾芙蓉劍 伸臂擒一枝蓮於馬上 此蒼鷹攫雉法

　　紅娘戰至六合 生擒一枝蓮 歸于本陣 盖此回之戰 敵手相逢 棄詭術而較以正道 一枝蓮之心悅誠服 尚矣勿論 紅娘之愛一枝蓮 尤爲深切 卽至陣中 紅娘執蓮娘之手曰 吾今日之擒娘 非劍術之勝也 殆天佑知己之相逢 一枝蓮謝曰 妾敗軍之將 豈可以知己言之 將軍若矜憐此賤身 當爲麾下賤卒 以盡犬馬之誠 紅司馬笑曰 我雖不敏 娘若不遺棄我則願結朋友之誼 一枝蓮涕泣對曰 妾父早無罪於天朝 徒以隣國之誼 欲救蠻王而來 犯罔赦之罪 豈敢望生 以將軍仁慈之德 元帥寬洪之心 若能惻憫垂憐 赦罪而使保首領 將軍之恩 當結草而報 紅司馬答曰 此告於元帥則似有道理 乃率一枝蓮而見於元帥

　　紅司馬從容告曰 祝融雖助蠻王 得罪於天朝 推其本心則難却隣國之請而行之 非敢包藏不測之心 恕其罪而納其降則必無反覆 元帥視一枝蓮而沉吟良久曰 我奉聖旨 南方本欲以德化之 不欲以力服之 祝融若誠心投降則何啻容貸已也 一枝蓮叩頭而謝於帳下 感淚盈盈 元帥亦憐其志 慰之曰 若誠心投降則寬救矣 安心而歸 蓮娘拜謝而歸蠻陣 此時祝融見女兒被擒於明陣 方欲投降而救一枝蓮 意外一枝蓮 還陣 稱頌楊元帥之恩與紅司馬之德 祝融聽罷定計 卽率朱突通三將 引孫夜叉 從女兒而投降于明陣 元帥欣然款待 無一毫疑心 祝融本是愚直無罪者 見元帥紅司馬之款曲 感淚如雨 嚼指而血流淋漓曰 寡人雖蠻貊之種 猶稟七情 異於木石 元帥之德 刻骨不忘 子子孫孫 敢不感頌 元帥大喜 使定幕次於軍中 率麾下三將與一枝蓮 使之同留陣中 一枝蓮 侍父王 歸於幕次 暗思我雖無藻鑑 紅將軍 必非男子 若是女子 爲誰而從軍於萬里之外 吾見楊元帥之容貌風彩則非凡之將 又看紅將軍之氣色言辭則雖十分小心 不露怠慢之意 眉宇之間 似帶慇懃之情 此豈非知己相從 變服從軍 又疑於心曰 女子妬忌 世上婦女之常情 若非男子則紅將軍之如此愛我何也 終

是不覺 聰慧之心 不堪促急之情

欲知紅司馬之本色 從容至幕次 適紅司馬寂然獨坐 一枝蓮 進前告曰 妾蒙將軍生活之德 侍於麾下 欲盡犬馬之誠 更思之則踪跡異於男子 軍中之女子 自古所忌 妾父已在軍中 妾當還本國 庶免行止之齷齪 紅司馬 笑曰 娘言過矣 昔者木蘭 代其爺爺而從軍萬里 曾無批評者 娘奚獨拘碍於此 蓮娘流秋波 見紅娘而笑曰 妾生長於蠻夷之方 雖不講論禮法 男女不同席 聖人之明敎 若處於軍中則豈無與男子 比肩同席 故妾以爲木蘭忠孝雖極 似不足於閨範內則端正之行 紅司馬聽此言 擧眼視一枝蓮 豈不解一枝蓮之意 覺其欲知自己踪跡 長嘆曰 世間端正貞一 不違閨範禮節之女子 能有幾人 或有當患亂 迫不得已而出者 或有從時機 不顧禮節而行者 豈可以一揆論之

一枝蓮謝而歸 心中自笑曰 我之藻鑑 果不違料 不知紅司馬以何許女子從軍 觀其言語義氣 必不負我平生矣 我誓觀中國之繁華 翌日祝融 從容告元帥曰 寡人聞之 有罪者 以功贖之 元帥乘此時 攻鐵木洞則寡人雖無才 以助一臂之力而贖罪矣 一枝蓮諫曰 此不可 爺爺以隣國之誼 應蠻王之懇而來救 今又攻之 非義也 爺爺從容見蠻王 鋪張元帥之盛德 使自來而降似可 祝融然其言 卽離明陣 向鐵木洞而去

且說 哪咤見祝融 率三將而投降明陣 歎曰 我再次請救 皆資敵國 將何以雪此恨 諸蠻將對曰 以楊元帥之將略 紅將軍之勇猛 今復加以祝融一枝蓮之羽翼 不可輕敵 不知早降 轉禍爲福 哪咤 黙黙良久 拔劍擊案曰 我洞中 米穀可支十年 防備與鐵甕相似 堅閉洞門而固守則雖飛鳥 不能入矣 明元帥於余何哉 若有復言降者 與同此案 自此日 閉洞門而守之 盖鐵木洞 非但地勢之凶險 蠻王之妻子眷屬 寶貝財物 藏置於此處故 其所備十分堅固 哪咤還于洞中 申飭防備 忽然祝融 叩洞門而請見 哪咤大

怒　登門樓而大叱曰　碧眼赤面之蠻　汝反覆偸生　無義無信　我當斬汝頭以懲天下之負信義者　說罷挽弓射之　以中祝融之胸　祝融怒氣騰騰　一邊拔矢　舉劍指哪咤曰　撲燈火之蛾　入釜中之魚　不知命在朝夕　如此無道策馬還明陣　請於元帥曰　願借精兵五千騎　卽日破鐵木洞　以解元帥之煩惱矣　元帥許之　一枝蓮諫曰　蠻王計窮力盡　不肯歸降　欲守帥壑　必有所恃爺爺勿爲輕敵　祝融不聽　率五千騎　與朱突通賈轥帖木忽　圍鐵木洞　攻之三日三夜　不能破

　鐵木洞　周回百餘里　四面石壁　高可數十丈　緣石壁而築城　城上以銅鎔注　堅如鐵筒　外城之內　又有九重城　重重疊疊而防備　非人力之可破　祝融原來性急　憤氣如火　豈可忍也　乃以口呪　招神將鬼兵　以雷斧鎗　環而攻之堅如磐石　復起五方天火　衝火於前後左右　哪咤早置風車於城上處處　火不能犯　又引壬癸方之水　灌于洞中　哪咤已置隱溝於洞中故　一點之水無所淳溜　祝融還告元帥曰　鐵木洞　天險之地　以人力難破　元帥沈吟答曰大王歸休　我當更思　此夜　元帥召紅娘於帳中曰　哪咤　今守鐵木洞　何以能出擊破之計　紅娘對曰　妾思之久矣　實無妙策　只有一計　哪咤之洞中積穀雖如山　不過十年之計　元帥留大軍於此　守之十年則受降不難　元帥大驚曰　此不可爲者有二　以公事言之　驅大軍而久留於胡不可　以私事言之　鶴髮在堂　歸心一日如三秋　豈可離膝下　以留十年　娘　更思妙計　紅娘笑曰相公自料　好勇鬪跟　孰與祝融　元帥曰　吾不如也　紅娘曰　熟知南方風土與蠻中地形　力可以取洞壑　孰與祝融　元帥曰　我不及也　紅娘曰　然則以祝融之手段　擊之三日三夜　不破　相公將欲何如　元帥默默良久曰　若如娘言我出戰於萬里之外　苦楚半年　竟不成功而空還乎　紅娘笑曰　今有一計　果合於相公之意乎　不知計將安出　且看下回

第十八回

紅司馬仗劍取頂子　楊元帥報捷平南賊

却說元帥問計　紅娘笑曰　昔日魏之吳起殺妻而求爲將　唐之張巡殺愛妾而犒軍　相公以賤妾換蠻王之頭如何　元帥愕然不笑　熟視紅娘　紅娘復笑曰　妾連日商量　更無破鐵木洞之策　今夜三更　變身懷劍　入鐵木洞　而如此如此　盜哪咤前金盒　以爲唐之紅線　事不如意則取哪咤之頭　難爲荊卿之生還　此以賤妾換蠻王之頭　元帥聽怒曰　殺妻求將　吳起之殘忍薄行　殺妾犒軍　張巡之孤城計窮也　我今率百萬大兵　不服一個蠻王　豈區區效吳起・張巡之事　此娘若非激我　則必嘲我也　紅娘謝曰　妾豈不知相公之意　恃其寵愛而戲也　妾持雙劍　則取鐵木洞中哪咤之頭　知如以探囊取物　豈以燕南俠客　齟齬之劍術　作易水寒風不歸之難　元帥沈吟曰　娘之劍術雖非凡常　病餘弱質恐有所失　明日率大軍更擊鐵木洞而不破　則更爲商議未晚　翌日　元帥率諸將三軍而擊鐵木洞　搆雲梯而俯視洞中　積木石而欲登上　哪咤以蠻兵守城頭　毒矢强弩亂射　更出城外環攻而放火砲　彈丸落地如雨　打石壁而石碎　如雷砲響　似雷彈丸　山川相應　天地震動　四面十里絶無飛禽走獸　擊之半日而終不破　乃更掘地通道　欲入洞中　鑿山數十餘丈　洞中前後左右埋置鐵網　重重疊疊　鑿之無策

紅司馬曰　自古用兵之道　敵國以力　則我以計　敵國用詭術　則我用正道　哪咤恃其險而力守　我用智略取之可也　大呼陣前曰　大明元帥欲與蠻王面談　暫出城上　哪咤登城長揖　紅司馬大聲曰　汝失五大洞天　欲守一片孤城　與魚遊鼎中　鷰棲幕上何以異　元帥奉皇命施好生之德　無殺伐之心　故

汝首領尙保今日　不知罔極之恩　不改凶頑之心　勞此大軍　我不欲以力破
之　當以智略取汝首矣　十分防備　無致後悔　鳴金收軍而歸本陣　是夜三更
紅司馬請祝融於帳前曰　大王與哪咤今旣絶鄰國之誼　哪咤之無恙　非大
王之福也　不欲乘此時而取哪咤　上報天恩而立大功　下洩私怨而無後患
乎　祝融瞿然曰　寡人實無計策　不能破蠻王洞壑　將軍明以敎之　則雖赴湯
蹈火　不敢辭也　紅司馬曰　吾知大王之劍術　豈難取蠻王之頭　祝融久思笑
曰　寡人之淺識　但料破鐵木洞之策　計不及此　如此指路　寡人自此而往
紅司馬笑曰　大王欲不惜勞苦而行計　更有所託　元帥率百萬大兵　一個蠻
王　不能以恩德心服　暗送刺客　取其首　非其本意　望大王今夜　入哪咤帳中
勿取其頭　但取其頭上珊瑚頂子　留劍痕於哪咤頭上　以表大王之踪跡　祝
融應諾　卽起身而去

　元帥顧紅司馬曰　娘以爲祝融之此行何如　紅娘對曰　祝融之劍術麤率
但驚哪咤而來　元帥曰　然則此所謂宿虎衝鼻　豈非有害無益　紅娘笑曰　此
中亦有一計　第觀其終　少頃　祝融携劍而入帳中　喘息未定　歔欷歎息　告
紅司馬曰　寡人之學劍術　已爲十餘年　雖百萬軍中　劍戟如霜　無難出入
鐵木洞　可謂天羅地網　寡人幾作咸陽殿上無脚之鬼　艱幸生還　紅司馬問
其故　祝　投劍而告曰　寡人　至洞前　仗劍越城　城上無數蠻兵　或坐或立
寡人　變身爲風　連越九城　至第八城　城上　羅列鐵網　弓弩　埋於各處　又越
其城　宮墻接天　此哪咤之處所　周回六七里　高過數十丈　卽欲聳身月墻
前路遮斷　有鏘然之聲　停劍詳視　六七里宮墻　覆以銅墻　誰能入去　更尋宮
門而欲入

　忽有一雙大獸　叫吼凶獰　自內而出　形雖似狗　體高十餘丈　其疾如星　相
爭半夜　寡人曾好田獵　能捕猛獸　至於此獸　難可抵當　哪咤發宮中埋伏之
兵而擊退　故逃命而歸　鐵木洞果天下無雙險地　哪咤之防備　古今所未聞

者 原來蠻王中有一雙大猣 名曰獅子猣 南方有獅子 又有猲狡 相交生雛
則名爲獅子猣 其猛能食虎象 故哪咤養守宮門 紅司馬笑曰 事機如此 大
王暫歸安休 明日更爲商議 此時紅娘送祝融而告元帥曰 妾先送祝融 欲
驚哪咤 使加防備 妾從其後欲取其頭上頂子 妾將行之 相公坐而暫待 元
帥驚執紅娘之手而歎曰 娘之唐突何其如此 吾寧不成攻而空還 不欲送
娘於危地 娘笑曰 妾何可欺罔 相公自入危地 上負寵愛之恩 下輕其身而
妄作 自有所料 相公放心

　元帥半信半疑曰 祝融嘗出入於鐵木洞 槪知其地形 猶不能入 今娘生
疎蹤跡 豈可擅入危地 紅娘對曰 所謂劍術 以神去來 祝融劍術以神之不
足 出入之間 多露痕跡 妾雖孱弱 用劍得神 則其疾如風 其歸如水 捉之
不得 防之不能者 乃劍術 何患其生疎 元帥又問曰 娘先使祝融驚動哪咤
使加防備何故 洞中又有猛獸 可不愼哉 紅娘微笑曰 劍客之往來 鬼神難
測 何患一狗 此祝融劍術之麁率 使祝融驚哪咤而加防備 欲以見妾劍術
之神異 使其降服之迅速 元帥放心 親自煮酒 舉盃而勸曰 夜氣寒冷 莫辭
此酒 紅娘笑而受盃 置於案頭曰 妾當於此酒未冷之前歸 言畢舉雙劍而
飄然出帳

　此時 紅娘卽到鐵木洞 越城將入 時夜將半 月色明朗 燈燭輝煌 無數蠻
兵 舉鎗劍而列立 此昨夜祝融風波以後 更加防備 紅娘過九重城 而直到
內城 城門已閉 左右靑厖 蹲守如虎 兩眼光彩 轉如星月 甚是凶獰 紅娘
變爲赤氣 直入門隙 卽到哪咤宮中 哪咤新經刺客之變 會集麾下蠻將 侍
立左右 劍戟如霜 燈燭似晝 哪咤列鎗劍於前 坐於燭下 忽然燈燭 微動
鏘然劍聲 出於頭上 哪咤 大驚 急舉長劍 欲擊空中 寂然更無動靜 忽然
宮門外 有霹靂聲 宮中擾亂 蠻將蠻兵 一時突出 搜索九重城中 不見其跡
但見獅子猣 劍痕狼藉而死 哪咤精神飛越 與諸將商議曰 刺客之變 自古

有之　如此神怪　未嘗聞之　非人之所爲　必鬼物之造化　議論紛紛　此時元帥
送紅娘　豈可放心　度鐵木洞之遠近則紅娘　幾近洞口　思量之際　忽然捲帷
而娘入

　元帥且驚且喜曰　娘病餘弱質　吾固知中路而還　紅娘投雙劒　喘息脉脉
曰　妾病餘　僅入洞中　爲二狗所逐　逃命而歸　元帥大驚曰　能無傷處乎　紅
娘蹙蛾眉　而有呻吟之色曰　雖無傷處　果爲大驚　胸膈牽引　飮溫酒而得哪
咤頭上之頂子　可以壓驚　元帥方知無事歸來大喜　致謝不已　紅娘笑而自
懷中　搜出哪咤頭上之珊瑚頂子　指案頭酒盃曰　妾已奉軍令　豈敢虛還　元
帥愕然視之　酒尙溫矣　紅娘笑而詳告頂子之事曰　哪咤之防備　果非祝融
所可下手　妾初取頂子　不欲漏泄踪跡　更思之　使彼知劍術之所致然後　可
以惹起惶怯之心故　故出劒聲　出門外　又殺二頭猲　今夜哪咤　開眼而坐
如夢鬼關　待天明　修一封書而送頂子　哪咤之降　當在不久

　元帥大喜　使紅娘修一封書　射送鐵木洞　且說哪咤驚魂未定　顧諸將曰
先入宮中者　暮夜無知　出其不意　無足疑　後入宮中者　非尋常刺客之變
宮中不寐　寡人防備甚密　如同白晝　無形而入　無跡而出　是豈荊卿聶攻之
類所可侔議　尤爲可疑者　旣入宮中　不殺人命　門外獅子猲猛於虎豹　倉卒
殺之而劍痕如是浪藉　豈非怪變　妻子宮屬聚集一處　達夜不寐　翌日平朝
守門蠻將告曰　明元帥以一幅書射投洞中　故取之以呈　哪咤接視之　黃龍
繡一片緞　書數行　其書曰

　　大明元帥　今不勞大軍　而破鐵木洞　臥於帳中取一個頂子而來　別無用
　處　茲以還送　嗟呼　蠻王益加堅守洞壑　吾以取頂子之手段更有取來之物

　哪咤覽書　書窮而珊瑚頂子見　豈不知自己頂子　乃大驚失色　方撫頭上

果無頂子 手脚慌忙 精神飛越 脫紅兜子而視之 頂子截斷處 劍痕分明
驀然如靑天霹靂落於頭上 冬月氷雪入於懷中 毛骨竦然 心膽俱寒 擧手
撫首 顧左右而問曰 寡人之頭何如 左右對曰 以大王之英雄 何若是驚動
乎 哪咤歎曰 開眼坐床 失頭上之物而不覺 豈可保其首乎 諸將一時齊聲
慰之曰 戒危安之本 有懼喜之本 么麽刺客豈可如是深慮乎 哪咤黙黙良
久曰 寡人聞之 逆天者亡 順天者昌 寡人旣失五大洞天 鐵木洞雖盡力守
之 前後數十餘戰 毫無一利 此豈非天之所爲 我欲堅守 此逆天也 且寡人
屢經危地 楊元帥終不殺害 曲軫生活 我今不服 此背恩也 況楊元帥送刺
客 取頂子之手段 試思此 寡人生不免逆天之人 死難免無頭之鬼 豈不寒
心哉 寡人今當投降 卽立降旛於城上 蠻王以素車白旗繫印綬於項而出
楊元帥率大軍布陣 以軍法受降 元帥以紅袍金甲佩大羽箭登將臺 左便
左司馬靑龍將軍蘇裕卿 右便右司馬白虎將軍紅渾脫 前部先鋒雷天風
左翼將軍董超 右翼將軍馬達 突擊將軍孫夜叉等 一隊諸將 分立東西 井
井旗幟 淵淵鼓角 蔽空動地

　蠻王面縛轝櫬 膝行匍匐 叩頭請罪於帳下 鐵木塔兒拔都等諸蠻將 免
冑齊伏於帳前 元帥曰汝等不知天命 騷擾邊方 故吾奉聖旨以德撫之 以
義導之 汝若有餘勇 亦能再戰乎 蠻王叩頭曰 哪咤于今生存 皇上之聖德
大如天地 元帥之洪恩深如河海 哪咤雖蠻夷之人 亦稟五腸七情 頂天立
地參于人類者 豈不感化而心服 哪咤生長於絶域 不知仁義 識見孤陋 自
就斧鉞之誅 今投哪咤之頭髮 數哪咤之罪 猶不可量也 元帥聽罷 正色曰
方今聖天子在上 聖神文武 慈仁愛恤 統四海而治 雖草木禽獸無不被惠
澤者 汝抗拒天命 難保身命 感服王化 果以心服之則 聖天子必有容貸
當奏聞而處之 蠻王叩頭百拜而謝曰 哪咤死者 雖天大海濶 豈敢望容身
乎 元帥卽留蠻王於軍中 率大軍諸將而入鐵木洞 奏罷陣樂 大犒軍士後

繕出捷書一度　發送奏聞　繼作一封家書　紅娘愀然告曰　妾之今日生存　尹小姐之德　死生之間不可欺心　欲傳妾之生存消息　元帥笑而許之　元帥召左翼將軍董超曰　將軍奉捷書速爲往還　勿使大軍久留邊地　董超聽令　卽日登程向皇城而去

　且說　此時　天子寢食不甘　苦待元帥之捷書　董超奉表奏達　天子臨御紫宸殿　引見董超於榻前　命翰林學士　讀元帥之表　其表曰

　　征南都元帥臣楊昌曲　頓首百拜上書于皇帝陛下　伏以臣奉皇命而征南　今已半年　智淺才短　天兵逗遛遠方　誠惶誠恐　頓首頓首　臣今月某日　皇靈攸曁　蠻王哪咤受降於鐵木洞前　馳報捷書　當待詔而回軍　臣以爲南方王化絶遠　風俗强悍　可以德化撫之　不可以威力制之　蠻王哪咤雖犯罪　今旣心服　且非哪咤則無鎭定南方者　伏願陛下赦哪咤之罪　因存王號　使感服聖德　更無反覆之心

　天子聽表大喜　顧黃尹兩閣老而下敎曰　楊昌曲之將略　不下於諸葛武侯　豈非國家之棟樑柱石　招董超於殿上曰　汝何方之人　董超奏曰　臣蘇州人　聞元帥之選將材　自願出戰　上顧左右而讚之　又問軍中經歷之事及楊元帥用兵之術　董超一一奏達　天子大驚曰　楊元帥之將略　吾已知之　紅渾脫是何將帥　武藝韜略如是絶倫　此元帥之福　董超對曰　紅渾脫本以中國人　流落南方　修術山中　年今十六歲　爲人尙義氣　容貌風彩彷彿張子房　天子再三讚之　適交趾王之上疏至　其疏曰

　　交趾南方千里之外　卽紅桃國　自古不通朝貢於中國　擯斥以遠方蠻夷之國　無侵邊方之事　今締結蠻人百餘部落　侵犯交趾地方　故臣調發土兵

期欲勦滅 三戰三敗 賊勢最盛 不能交鋒 伏願陛下早發天兵而平定

天子覽畢大驚 召兩閣老而問計 黃閣老奏曰 賊勢如是難測 不可以庸
將敵之 下詔昌曲分軍 一隊而賜紅渾脫 使伐紅桃國 昌曲旣爲成功者 大
軍久留邊方似有不可 使速回軍 尹閣老曰 不知紅渾脫之天性 重任不可
輕許 黃閣老奏曰 聞渾脫之爲人則落拓邊方 當此亂時 欲顯其才藝立身
揚名 陛下若下詔 調用其人 其圖報之心 應不怠慢 上從其言 卽下詔於昌
曲 拜董超爲虎賁將軍 星夜回程 此時楊員外苦待兒子之凱旋 董超納書
忙忙回程 員外開見書札 內又有小札 而寫尹小姐三字 員外卽送小姐寢
室 小姐豈不知紅娘筆跡 再三驚喜 急開而視 其書曰

賤妾江南紅 上書于尹小姐粧臺下 妾奇薄命道 蒙小姐偏愛之德 江中
驚魂 依托山中 命逢辛苦 皇天黙佑 變服爲童 幻形爲將帥 百年知己 已
斷之緣 復續以三軍陣前之帳幕 靑樓賤踪 無足可責 白日幻形 無異鬼物
慙愧莫甚 但慇懃思之 寤寐慕之 死別世間 生存物外 更侍尊顔請敎 以
送餘生 是所自喜

尹小姐素無臨事顚倒 意外見紅娘書 急呼蓮玉 先後倒錯曰 紅娘 蓮玉
生存 蓮玉 莫知所謂 茫然不答 小姐更笑曰 吾言倒錯 蓮玉 汝之故主紅
娘 生存付書 豈不奇異哉 蓮玉 聞來唐荒曰 是何言也 赴於小姐之前而泣
小姐憐其情境 撫背慰之曰 死生有命 苦樂在天 紅之顔色和吉故 意謂必
不爲水中孤魂 果是生存 讀書簡而使蓮玉聞之 玉喜極如狂 揮淚帶笑曰
賤婢不見故主於焉三年 何以則速見乎 小姐曰 相公不久回軍 自然同還
矣 蓮玉笑曰 相公還駕之日 賤婢欲出於南郊 迎候故主 但無鮮明之衣

百萬軍前　豈不羞愧哉　尹小姐笑曰　見其書簡則幻形爲將　必藏其踪跡　姑
勿漏泄　第觀下回

　翌日　天子更下敎曰　朕更思之則賊勢非輕　不可使一個偏將往討　更詔
楊昌曲　使之幷力勦平　卽下詔於揚元帥曰

　　卿　周之方召　宋之韓富　德望聞於朝廷　威嚴振於邊方　蠢爾蠻荊　望風
瓦解　從今以後　朕可以高枕無憂　繼聞紅桃國急報　賊勢非輕　卿　勿爲回
軍　卽向交趾　討平盜賊而還　朕德化不足　使卿獨賢勞於雨雪楊柳　助長慕
於嶺海風塵　回首南天　慙愧極矣　今以卿　特拜右丞相兼征南大都督　率副
元帥紅運脫　便宜從事　勿負朕意　蠻王哪咤　其罪雖重　姑爲容赦　仍存王
號而鎭定南方　使無懷不軌之心

又下詔於紅運脫　詔書何如　且看下回

第十九回

老娘感義辱黃婦　佳人單車向江州

　却說　天子以親筆　下詔於紅渾脫　詔曰

　　朕德薄　處於寶位于今四年　用人才　有遺珠之歎　擧草野　多抱玉之淚
如卿絕世之材　流離遠方　未達朝廷　踪跡沈淪蠻鄕　此朕之過　上天默佑
宗社多福　收釣渭濱而扶周　伏劍寒溪而歸漢　此將軍之義氣卓越　上天顧

朕 特賜良弼 旣成大功 當以丹書鐵卷 論其勳業 更有靑史竹帛 顯其姓
名 紅桃國 更犯邊境 形勢猖獗 非卿則莫可平定 以卿特拜兵部侍郎兼征
南副元帥 與大都督楊昌曲 率大軍而前往交趾 更成大捷之功 戰袍一領
弓矢節鉞 副元帥印綬下送 卿其欽哉

天子卽命天使一人 齎詔書而催促登程 星夜赴馳 天使辭朝 卽向南方
且說 仙娘以春風之像 秋月之態 當不意之變 不雪陋名罪惡 號訴無處
以罪人自處 踪跡不出門外 已半年 夜則向孤燈而心思悄悄 不能成眠 晝
則閉門戶而悲淚潛潛 不覺沾襟 餘厄未盡 造物 猜忌 又起一場風波 嗟乎
其身數之孔慘

此時 衛氏母女 以姦慝之心 奸巧之謀 再次謀害仙娘 事不如意 心思煩
惱 黃小姐故爲稱病 處於本府 晝宵一念 焦燥着急 聞楊元帥之回軍 衛氏
謂小姐曰 元帥之回軍 非好消息 汝將何以處之 惡物之含毒已久 元帥還
家則 其報復之擧 將至於何境 小姐俯首不答 春月笑曰 冬去春來 器盈則
覆 古今常事 夫人前日行事齟齬 空費無益之心慮 衛氏歎曰 汝則小姐心
服 死生患亂 豈可視同路人之事乎 小姐天性仁弱 都無遠慮 汝豈不思出
妙策乎 春月曰 諺曰 斬草除根 夫人埋置禍根而問方略 賤婢將奈何乎
衛氏執春月之手曰 此正吾之所憂 何如則可以拔根乎 春月對曰 今日風
波之尙未決末 不殺仙娘之故 殺楚覇王 寢息八年風塵 夫人不惜嚴仲子
百金 則賤婢當遍踏長安 可圖聶政之銳劍

小姐 聞此言而沉吟曰 此事 最爲張大 有不可者二 深嚴宰相之家 入送
刺客 十分踈忽 其不可者一也 我所欲謀害仙娘 不過猜其美貌而妬其恩
寵 今送刺客而取其頭 則形跡狼藉 雖可以雪我怨恨 衆人耳目 豈可避也
此其不可者二 春婢更思他計 春月笑曰 若如是畏㤼 小姐豈送男子於別

堂　求毒藥而害無罪之人乎　賤婢聞之　仙娘以罪人自處　草席布被　憔悴顏
色　可憐姿態　元帥之還家　屈指苦待　雖丈夫鐵石肝腸　以寤寐不忘　新情未
洽之寵姬　瞥見如此之狀　則豈不傷心斷腸乎　惻然之處　倍生人情　凄涼之
中　尤加愛心　嗟乎　小姐之身勢　自此　爲盤中之轉珠矣　黃小姐　忽然面色
如土　脉脉而視春月

　春月又歎曰　碧城仙眞是唐突女子　近聞其言　則黃小姐雖有智謀　必爲
無源之水　其水之乾　必在朝夕　雖東海變而泰山崩　楊元帥碧城仙之情根
堅如金石　小姐勃然大怒曰　吾與賤妓　不當并生於此世　以百金卽賜春月
曰　汝速行計　春月乃變服而遍踏長安　廣求刺客　一日　率一個老娘而見於
夫人　衛氏見其老娘　身長五尺　霜鬢星眸　確有義俠之氣　辟左右而問曰
老娘之年幾何　姓名何也　老娘對曰　賤年七十　姓名則不必記存　平生好義
氣　聞不快之事　則恒慕急亂之風　偶逢春月　詳聞夫人與小姐之事　惻然莫
甚故　遂欲盡力　以雪其不平之心　殺人報讐　重大之事　若有一毫挾雜　反受
其禍　夫人　熟思之

　衛夫人歎曰　老娘有義氣者　吾豈有雜念而殺害人命　以酒饌待之　語其
所懷曰　婦女之相妬　人間常事　爲其母者當笑而挽止　責而警戒　豈可有報
讐之意　今日之事　可謂千古所無　吾女兒本是昏暗　不知世上之妬忌爲何
事　入於奸人手中　一次中毒後　非徒病入骨髓　畏歸舅家　欲終身於老身膝
下　吾何忍見其狀貌　晝夜思之　楊家興亡　在於女兒之平生　自妖妓入楊府
之後　家中怪變　層生疊出　搖亂之說　不可形言　女兒之身勢　置之勿論　楊
家一門　未免敗亡之患　老娘旣好義氣　一投三尺霜刃　救楊氏一門之危　爲
女兒平生之事　除其禍根　則當以千金報其恩德矣　老娘熟視衛氏氣色笑
曰　事若如此則果無所拘碍　已聞於春月　數日後更携劍而來　衛氏大喜　以
百金　欲先表情　老娘　不受曰　此不急之事　於成功後賜之

數日後老娘 懷小劍 先往黃府 見衛夫人及小姐 乘夜往楊府 春月至楊
府墻外 指示後園之路與別堂之門 卽還黃府 此時 三春中旬 天氣浩蕩
月色照耀 老娘仗劍越墻 顧視左右 後園幽邃 果木 成林 杏花已盡 桃花
滿發 雙雙白鶴 睡於松下 層層石臺 沈於蒼苔 如綫一路 迷於月下 藏跡
暗入 立於石臺 東西別堂 列於左右 一角月門 閉之寂寂 過東別堂而至西
別堂 仗劍飛身 踰墻而入 行閣疊疊左右 依春月之所指 至行閣第一房而
視之 閉寢門而寂寂 傍有小窓 燭形隱映 暗窺窓隙 兩個丫鬟 眠於燭下
一位美人 臥於席上 詳視之 草席之上 襤褸衣裳 瘦顏垢面 十分憔悴 七
分嬌妖 朦朧春睡 乍合秋波 無窮愁色 鎖深蛾眉 非陽臺雲雨 楚襄王之夢
帶江潭芳草 屈三閭之愁 老娘 疑訝 心中暗思 我七十老眼 多閱世事 一
見人情物態則槪知其意 如許美人 豈有其行 更加詳視 美人 忽然長歎而
回臥 玉腕加於額上 因卽鼻鼾 老娘脈脈視之 細細察之 弊衫乍捲 玉腕半
露 一片紅點 宛然於燭下 似雲霄仙鶴 露出頂紅 如望帝冤魂 泣吐紅血
非尋常紅點 分明是鸚血一點老娘心寒膽落 擧劍自思 女子之妬 自古有
之 曾子之殺人 孝起之不孝 老身之所不快 吾常好義氣 不救如此之人
則不免爲碌碌女子 擧劍開門而直入 美人大驚起坐而呼丫鬟 老娘笑而
投劍曰 娘子勿爲驚動 豈知梁園刺客 不救袁中郎 美人問曰 老娘何如人
老娘曰 老身黃府所使之刺客 美人曰 娘自黃府而來 何不取去吾頭 老娘
曰 老身之所懷 從當聞之 先言娘子之處地 美人笑曰 老娘欲殺此人而來
豈不知其故乎 妾天地間罪人 有何他言 老娘歔欷歎曰 娘子之所懷 從當
聞知 老身本是洛陽人 年少時遊於靑樓 曾學劍術矣 年老 門前冷落 風情
消盡 猶餘一種烈俠之心 依於屠門 以殺人報讎爲事 誤聽黃家老嫗之言
幾殺無罪佳人 美人驚喜曰 妾亦洛陽靑樓之人 命途奇薄 漂泊江州 到於
此處 以路柳墻花之賤踪 不修小星巾櫛之責 得罪於主母 當爲有義氣者

之劍頭孤魂　老娘之恕誤矣　老娘尤爲大驚曰　然則娘子之名　非碧城仙乎
美人曰　老娘安知妾之名乎　老娘執仙娘之手而含淚曰　老身已聞娘子之
芳名　氷雪之操　如雷慣耳　黃家老婦瞞天欺神　窈窕淑女　如此謀害　老身手
中　霜刃不鈍　以妖婦姦女之血　欲慰劍神　奮然而起　仙娘把其袖曰　娘誤矣
妻妾之分　如君臣之義　何可爲其臣而害其君　此非有義理之事　老娘若固
執則以妾之頸血　先污娘劍　言畢堂堂之氣如霜如日　老娘又歎曰　娘子可
謂名不虛傳　十年一劍　未試於黃府　心中最不平　看娘子之面　以恕老婦
娘子千萬保重　擧劍飄然而出　仙娘再三申托曰　老娘若害妾之主母　則妾
命同日亦盡　深思勿負　老娘微笑曰　老身豈可二言　仗劍越墻而至黃府　東
方旣白

　春月奴主躁急苦待　見老娘之回　春月出曰　何其遲也　賤妓之頭　在於何
處　老娘冷笑　以左手把春月之頭髮　右手擧霜刃　指衛夫人　側目久視大叱
曰　姦惡老嫗助偏狹妖婦　謀害淑女佳人　我以手中三尺之劍　欲斬汝首　感
於仙娘之忠心　姑爲容恕　仙娘之才藝節操　白日所照　蒼天所知　十年靑樓
一片紅點　求之古昔　亦之難得　汝欲害仙娘　我雖在千萬里之外　磨此劍而
待　言畢　曳春月而出門外　黃府上下大驚搖亂　數十蒼頭齊聲而出　欲捕老
娘　老娘大叱曰　汝若犯我　先殺此女　左右不敢下手老娘曳春月而出大路
大呼曰　天下如有熱性義氣之人　傾耳而聽我言　老身刺客　黃閣老夫人衛
氏　爲其姦惡女子　助桀爲虐　使侍婢春月　損千金求老身　使斬楊丞相小室
仙娘之首　老身卽往楊府　至仙娘寢室　窺視其動靜　則仙娘草席布被　以縫
縷衣裳　臥於燭下　臂上紅點　至今宛然　老身平生好義氣　誤聽姦人之言
幾乎誤殺淑女佳人　毛骨豈不竦然　老身欲以此劍　殺衛氏母女　以除仙娘
之禍根　仙娘至誠挽留　言辭慷慨　義理截嚴　嗟乎　十年靑樓　鸚血分明之女
子　以淫女指目　忘却怨讐之慘毒而固守妻妾之分　義理正大之婦女　歸之

於姦人 豈不寒心哉 老身 感於仙娘之忠告 姑捨衛氏母女而歸 若或日後
無聞無知之刺客 貪衛氏之千金 有害仙娘者 吾必有聞見 乃舉劍指春月
曰 汝賤人 無足言也 亦有五臟之女子 白日之下 安敢欲害賢淑佳人乎
我以此劍 卽欲殺汝 更思之則日後黃氏之凶惡節次 無證據之處 故一縷
殘命 姑爲付存 以此知之 翻刀如霜 春月 伏地昏倒 老娘無去處 左右大
驚 詳視春月 流血浪藉 無兩耳與鼻 自此老娘之風聲 藉々於都下 仙娘之
曖昧 衛氏母女之姦惡 無人不知

且說 黃府蒼頭負入春月於府中 此時 衛氏母女見老娘之氣勢 十分悚
懼 見春月之狀 尤驚且愕 求金瘡之劑 急速治療 衛氏暗思 天地神明不佑
歟 經綸不明歟 豈意我送之刺客 反爲害我而護其讐人 尤所痛忿者 三次
用計 一不如意 爲女兒 欲拔眼中釘 反蒙不美人名 所聞狼藉 爲其母者
豈不愧哉 若使仙娘 生在於此世 吾母女寧先死 溘然不知 更思一計 臥春
月於自己寢室 以待閣老之入內堂 更欲設謀 閣老見夫人與小姐之失心
而坐 怪而問曰 夫人有何不平之事乎 衛氏曰 相公誠可謂耳聾眼昏 一室
之內 不知夜間風波乎 閣老大驚曰 有何風波速言之 夫人舉手指春月曰
見此狀 閣老拭目詳視 一個女子流血滿面 無兩耳與鼻 不忍正視 大驚問
曰 此兒爲誰 左右對曰 侍婢春月 閣老失色問其故 衛氏愀然曰 世間最所
畏者 姦惡之人 女兒昏暗 與碧城仙 空作嫌怨 自取其禍 惡毒經綸 凶獰
舉措 豈意至此 反不知初次飲毒之時 從容而死也 閣老曰 是何言也 衛氏
對曰 去夜三更 有一個刺客 突入妾之母女寢室 爲春月之所逐而去 妾之
母女 今雖保存性命 春月 如此重傷 古今天地 所未聞之變怪 念之 尙今
肉顫 閣老曰 何以知仙娘之所爲 衛氏曰 妾豈可知之 所謂春雉自鳴 其刺
客 出於門外而大呼曰 我刺客 爲救黃氏 欲殺仙娘而至楊府 知仙娘之無
罪 欲殺衛氏之母女而來 此豈非賤妓妖惡之計 亦豈非彼欲送刺客 遂其

意則殺妾之母女　若不幸　以凶獰之目　嫁禍於妾之母女乎

　　閣老聽罷大怒　欲通奇於刑部　跟捕刺客　再欲奏達天陛　處治仙娘　衛氏止之曰　前日相公　以仙娘之事　奏達皇上　終不得治其罪　無他　其言非公　朝廷疑其有私故也　以相公之體重　區區所懷　今又仰達　似或不可　諫官王世昌　妾之姨姪　從容招議　則此法綱所關　風化損傷之事　上一章表　以正紀綱　亦是諫官之職　閣老善其言　卽請世昌而議　世昌本是中無所主者　無難承諾而去　衛氏復請賈宮人　寒暄禮畢曰　吾相逢已久　每思昔日之事　則非但有怊悵之心而已　今日則特爲病者　欲求藥於君故　專此請邀　因指春月曰　此婢女兒之心腹婢子　代主人而當橫厄　幾爲刺客劍頭冤魂　今雖保性命　毀傷面目　不勝嗟愕　不得神藥　方且悶悶　醫士之言　以金瘡藥　和於守宮血而塗之則卽差　金瘡藥　旣所求得　守宮血　極貴之物　吾聞之　多於宮中　慈悲殘命　不惜一時之勞乎　賈宮人見春月　愕然失色問其故　衛氏舉所經事　一一詳告而歎曰　老身向因女兒婚事　承嚴敎於皇后　于今不勝悚懍　宮人不必登徹　以添老身之罪　碧城仙之姦惡　無異毒蝎妖狐　怪變無窮　楊氏門戶　將至危亡之境　老身　爲女兒平生　欲溘然不知　賈宮人驚訝曰　黃府患亂　如此駭然　豈無跟捕刺客　查覈姦人　爲懲一勵百之道乎　衛氏歎曰　此都是女兒之身數　奈何逃免　況是相公　年老無氣　閨門之事　不欲登徹於朝廷奈何　賈宮人點頭卽還而送藥　入見太后而奏黃府之變曰　黃氏雖婦德不足　仙娘亦不無姦邪　衛氏　娘娘之所顧恤　當如此之變　豈不垂察　太后氣色不平曰　一便之言　豈可準信

　　翌日　天子臨朝　諫官王世昌　上一章表文　其表曰

　　風化法綱　國之大政　出戰元帥楊昌曲之賤妾碧城仙　以淫亂之行　姦惡之心　欲殺主母　初試毒藥　又送刺客　突入丞相黃義炳之府中　誤刺侍婢

命在頃刻 聽聞駭然 事機凶慘 尙矣勿論 況是衆妾 謀害主母 爲風化之
損傷 刺客橫行閨門 無法綱之事 伏願陛下 申飭於刑部 爲先跟捕刺客
又治碧城仙之罪惡 以立風化法綱

上 覽畢大驚 顧黃閣老曰 此卿家大事 卿何不言乎 黃閣老 頓首曰 臣
以朝暮之年 猥處大臣之列 不能早退 以家間不美之事 不敢煩數奏達 天
子沈吟曰 雖閭巷小民之家 刺客出入 猶所驚嘆 況元老大臣之家 有如此
之變乎 刺客猝難跟捉 豈可査探而知其何人所爲 閣老奏曰 臣前日以碧
城仙之事 奏達楊前 朝廷之議 歸臣於挾雜 臣犬馬之齒 已及七旬 豈以閨
中婦女細瑣事情 屢煩天聽乎 碧城仙之姦狀 浪藉都下 今日刺客 自稱仙
娘之所使 藉藉都下 伏願陛下 垂好生之德 明正其罪 上大怒曰 妬忌之事
或人家所有 豈可締結刺客 如此浪藉乎 爲先跟捕刺客 碧城仙逐出本府
殿前御史奏曰 碧城仙 逐出本府則不知其所置處 囚於禁義府可也 上良
久 黙然思之敎曰 此則更有處分矣 碧城仙姑爲置之 刺客迅速跟捕

天子罷朝 見太后而告仙娘之事 且告以難處之端 太后笑曰 吾亦聞之
不過閨門內妬忌之事 事雖張大 非國家之干涉 細瑣褻慢之言 朝廷豈可
叅與 況若有冤抑 則女子偏性 必輕其死生 豈可减傷和氣 以累聖德 上笑
曰 母后下敎 如是曲軫 小子有一計 姑定風波 以待楊昌曲之還軍措處
太后答曰 有何計較 上對曰 送碧城仙于故鄕何如 太后笑曰 陛下如此思
之 兩便之道 無過於此也 非老身之所及也 上笑曰 小子每聞黃氏事 不無
私情 母后少不顧念 似或抑鬱 太后曰 此正顧恤衛氏 衛氏母女 早挾驕傲
不修婦德 但恐彼恃老身 滋長其驕傲放恣 上歎服不已

翌日 朝會 對黃尹兩閣老下敎曰 碧城仙之事 雖十分駭然 楊昌曲在於
大臣之列 朕之所禮待者 豈可遽使其媵妾 就於刑部 朕敎示便宜之方 卿

等盡是昌曲姻婭之間　患難相救之事　便同一室也　今日退朝之路　往見楊賢　碧城仙以一時之權　送其故鄉　家間風波　姑爲寢息　以待昌曲之還家而處置　此時尹閣老知黃閣老之挾雜　不欲相爭　更思之則送仙娘于故鄉　使安其身似好　卽奏曰　聖敎如是曲轸　臣等　往見楊賢而傳聖旨　罷朝退出　黃閣老終有不快之思　暗想我爲女兒　雖不快雪其恥　猶所幸者　放逐故鄉　則先雪目前之憤鬱矣　我當傳聖敎而卽爲逐出　卽至楊府　畢竟如何　且看下回

第二十回

春月變服散花庵　虞格醉過十字街

　　且說　黃閣老至楊府　見員外而傳聖旨曰　老夫旣奉皇命而來　當出送賤妓而歸　已而尹閣老至曰　今日皇上處分　安頓前後風波　以待元帥之還家也　兄從容措處　勿負聖上曲轸之意　卽起身而歸　員外入內堂而召仙娘曰　我耳聾眼昏　不能修身齊家　奉承嚴敎　爲臣子之道　今日處地　極爲惶懍　汝今姑還鄉　以待元帥之回軍　仙娘珠淚盈盈　不敢仰問　員外惻然　再三慰之　指揮行裝　一輛小車數個蒼頭　紫鸞置之府中　只率小蜻而行　下直於夫人及尹小姐而下階　珠淚如雨　被紅頰而濕羅衫　此日楊府上下　無不愁慘　揮淚成雨　慰勞之言　白日無光　尹黃兩府侍婢　雲集觀景　不忍見之　不覺嗚咽　黃閣老　心中不樂而自思　自古姦邪人物　洽得人心　豈不有害於女兒身上
　　且說　仙娘驅車向江州　洛橋靑雲　步步漸遠　千里長程　疊疊山川　孤單行

色 悽涼心思 臨水登山 寸腸幾斷 夢魂欲消 忽然狂風驟雨 天地茫茫 不
辨咫尺 僅行三十里而投宿客店 豈可成夢 奴主兩人 坐於孤燈之下 凄涼
相對自思 怪哉 吾之身勢 早失父母 悲愴處地 漂泊踪跡 全無依托處 幸
逢楊翰林 一片之心 傾如大海 一身之托 期如泰山 今日此行 是何故耶
江州無墳墓親戚 望誰而歸 我離此處 不過一年 今更如此而歸 何面目
更對隣里 嗟乎 我之今行 名色何也 謂國家之罪人 無得罪於朝廷 謂私門
之出婦 實非君子之本意 進退行藏 無所可比 寧死於此處 以謝天地神明
以行中小刀 欲向喉直斷 小蜻泣告曰 娘子氷雪之心 蒼天下鑑 白日照臨
若不幸於此處 則此遂姦人之所願 難雪千古累名 望須寬抑心思 尋僧尼
道觀 依托一身而待時可也 奈何欲行此舉 仙娘嘆曰 窮迫人生 去益甚焉
待何時期 我年未滿二十 必無此生之罪惡 以前生罪惡 蒼天賜罪 不脫禍
網 不如速死而不知 小蜻又告曰 賤婢聞之 女子非義不死 娘子之今日如
此執心 賤婢之所不知 凡女子之死節有二 幼時 爲父母而死則孝也 及嫁
爲其夫而死則烈也 外此二者而死 則此不過妖婦姦人之行 娘子豈不念
此而浪死乎 況是相公 在於萬里絶域之外 家中患亂 茫然不知 他日還家
若聞此事 其心事 果何如 思李夫人 送鴻都客 黯然怊悵 消魂斷腸之狀
娘子若或思之 雖死後精靈 必爲之顚倒彷徨 不忍斷其情根矣 當此之時
娘子雖追悔已過之事 何可及也 欲求還魂丹 豈可得也 言未畢 仙娘 不禁
兩行淚曰 小蜻汝非誤我者耶 但恨心不能猛烈

卽招店婆而問曰 我方向洛陽之路 連日客舘 夢事不吉 此近或有僧堂
道觀 欲以香火祈禱而往 望主人明敎 店婆對曰 自此 還向皇城而入十餘
里 則有一僧堂 名曰散花菴 供養觀音菩薩 最有靈驗 仙娘大喜 明日收拾
行裝 而尋往散花菴 一座靈境 果然幽邃 景槪絶勝 菴中猶有十餘女僧
榻上奉安三佛 金光燦爛 左右揷彩花 錦帳繡囊無數 香臭觸鼻 寺中女僧

爭見仙娘容貌　莫不欽慕　競進茶果　待遇頗厚　罷夕齋後　仙娘請住持女僧
從容謂曰　妾本洛陽人　避家中患亂　來尋稗[1]寺方丈　欲留數月　菩薩之意
如何　女僧合掌對曰　佛家以慈悲爲心　如此娘子　避一時厄運　欲托陋寺
豈不榮幸　仙娘致謝　安頓行裝後　還送蒼頭車伏[2]　寄一封書於尹小姐　略
通心曲　此時黃閣老　歸本府　謂夫人與小姐曰　吾今日　報汝怨讎　詳言逐出
仙娘於江州之事　衛氏冷笑曰　毒蛇猛獸　不能殺之　尙留禍根　遠加後患
豈不悚哉　閣老黙黙不答　以不快辭色　出於外堂

　衛氏乃以至誠　救護春月　過一朔　傷處雖有少差　不能成完人　刀痕醜面
非前日之春月　春月對鏡照面　切齒誓之曰　前日碧城仙　小姐之敵國　今日
碧城仙　春月之怨讎　賤婢決報此讎矣　第觀後事　衛氏歎曰　賤妓今歸江州
安保眠食　元帥還家　則事必飜覆矣　吾母女奴主之性命　其將如何哉　春月
曰　夫人勿憂　小婢先探仙娘去處然後　當行計

　此時　皇太后召宮人賈氏曰　吾爲皇上　年年正朝上元　每行佛事　今日往
散花庵　具香火果品　上元日　虔誠祈禱　宮人受命　卽至散花庵　至誠佛供
寶盖雲旛　飄拂山風　法鼓佛音　震動道場　呼萬歲而祝壽福　賈宮人供佛事
畢　遍觀庵中　至東便行閣　有一個精灑之房　閉門而似無人跡　宮人欲開門
女僧從容告曰　此房客室　日前　一位娘子過此　以身上之不平　留於此處
其人性拙　切忌外人　賈宮人笑曰　若是男子則吾當避矣　同是女子　暫時相
面　何害　開門視之　一位美人與一個丫鬟　蕭瑟端坐　月態花容　眞是傾國之
色　蛾眉暫帶憂愁之態　紅頰微留羞澀之色　七分窈窕　十分端雅　賈宮人
心中大驚　進前問曰　是何娘子　如彼姿態　逗遛於寂寞僧堂　仙娘舉秋波而
視宮人　紅暈滿面　以嚦嚦鶯聲　低聲對曰　妾過客　因緣身病　以客店之煩雜

----

1) 稗：禪의 誤字.
2) 伏：伏의 誤字.

欲留於此處而調攝 宮人聞其言而見其容 親愛之心 藹然而生 同席端坐
曰 妾一時庵中祈禱之人 姓賈 今接娘子之美妙容光 又聞端雅言辭則向
慕之心 無異熟親 不知娘子之春光幾何 尊姓誰也 仙娘有喜色而對曰 妾
亦賈氏 賤年十六 賈宮人尤爲歡喜曰 同姓百代之親 妾當一夜同寢 因移
枕衾於娘子寢所 仙娘客懷孤寂 見宮人貞一之性 款曲之意 非徒欽歎 亦
是同源異流故 誰不十分吐情 不惜慇懃情懷

賈宮人 本是聰慧女子 見仙娘言語動作之非凡 從容問曰 妾已是同姓
之親 豈可以交淺而言不深乎 妾見娘子非凡之節 則非尋常閭巷之人 何
以至此 勿欺心曲 仙娘見其多情 以實直言 似或不緊 過度欺情 亦是非義
槪告曰 妾本洛陽人 早失父母親戚 今逢家中患亂 莫知所向 姑爲依托此
處 以待家禍鎭定 妾雖年幼 推思閱歷之事 草露人生 無非苦海 第觀事機
削髮爲僧而欲從道士 言畢 一雙秋波 珠淚盈盈 氣色慘澹 賈宮人 知其有
難發之言 雖不更問 思其情境之惻然 慰之曰 妾雖不知娘子之所遭 見娘
子之容貌 則前程果不寂寞矣 豈可不堪一時厄運 自誤平生 此庵卽妾 時
時往來之處 無異吾家 庵中女僧 盡是心腹 爲娘子而付托 幸望娘子 寬大
心志 勿懷不吉之念 仙娘 致謝 翌日賈宮人還歸 執仙娘之手 戀戀而不忍
相離 向諸女僧而一一面托曰 賈娘子奴主之朝夕飯供 吾當若干助之 若
以年幼婦人偏狹之性 綠鬢雲髮 一近剃刀則諸位菩薩 無對我之面矣 不
信我言 若或失信則加以罪責 極爲銘心 諸僧合掌受命 仙娘謝其極盡之
意 賈宮人 歸復太后之命 歸其私室 不忘仙娘 數日後 送侍婢雲蟾 數十
兩銀子 一盒饌物 至散花庵 獻於娘子 雲蟾應命而往

且說 春月 欲知仙娘去處 變服出門 自愧容貌 以靑巾裹其首及兩耳
一片膏藥 以其面而掩其鼻 笑曰 古之豫讓 添身爲癩 爲趙襄子而報讎
今之春月 不重父母遺體 以一片苦心 欲害仙娘 此果爲誰 衛氏笑曰 汝若

成功則當賞之以千金 俾享一生快樂 春月笑而出門 自思曰 井中之魚 放
於大海 向誰而問其去處 吾聞之 萬世橋下 張先生之占術神異 皇城第一
名卜 我先問卜 卽持數兩銀子 訪張先生而問曰 我居在紫禁城 適有讐人
不知去處 先生明敎 張先生沉吟良久 得卦曰 聖人之畫八卦 避凶就吉
欲救人生 今見卦象 君之今年身數大不吉 十分操心 勿與他人作嫌 雖讐
人 以義感化則還爲恩人 春月笑曰 先生勿爲饒舌 但言讐人去處 出給數
兩銀子 張先生曰 君之讐人 始向南方 旋向北天 若不隱於山中必死矣

　春月更欲詳問 各處問卜者 充滿門戶故 恐其踪跡綻露 作別卽還 路逢
雲蟾 前日衛府 有數次顔面 春月見而召曰 雲娘從向而來 雲蟾怪而不答
此春月之容貌服色 異於前日故也 春月笑曰 吾 間得怪疾 面目如是凶怪
雲娘之不識當然 吾聞萬世橋下 有名醫故 往問醫藥而來 恐病中觸風 暫
着男服 眞是可笑 雲娘勿怪 雲蟾驚訝曰 春娘之顔面 一無前日之樣 罹於
何病而至於此境乎 春月 掩鼻而歎曰 無非身數 尙保性命 自謂萬幸 雲蟾
曰 我以吾娘子之命 今向南郊散花庵 春月曰 緣何事而去 蟾答曰 吾娘子
日前祈禱次 前往庵中 逢一娘子 便時同姓之親 一面如舊 今日修書送金
故 受命到此 春月本是陰譎女子 聞此言 且驚且疑 欲知其眞跡 含笑曰
雲娘欺我 我亦日前佛供於散花庵 未見如此娘子 不知其娘子何日來庵
蟾笑曰 春娘能欺人 我未嘗欺人 我聞女僧所傳 其娘子之到庵 不過一望
與一個丫鬟 處於客室 忌外人出入 此必性拙娘子 花容月態 可謂無雙姿
色 吾娘子一次相面而還 于今不忍忘懷 欲慰而送我 我豈虛言

　春月一一聽之 暗暗自思曰 此必仙娘 心中大喜 卽別雲蟾 茫茫而歸 告
於夫人小姐 夫人驚怵曰 賈宮人 若知其事機 則太后何可不知 太后知之
則皇上 何不下問 春月對曰 夫人勿憂 仙娘貞淑女子 對賈宮人 不吐其心
曲矣 賤婢秘探踪跡然後 當行妙計 翌日春月 改着服色 以遊山客之行色

帶黃昏而至散花庵 請一夜留宿 女僧定一間客室 夜深後春月 暗巡正堂
行閣 聞於窓外則處處誦經念佛之聲 東便有一客室 燈火明滅 人跡寂寥
春月窺視窓隙 一位美人 主壁而臥 一個丫鬟 坐於燭下 此乃小蜻 春月卽
時藏跡還于客室 翌日未明 作別女僧 還于府中 見小姐與夫人 呵呵笑曰
楊元帥之府中深邃 不能盡春月之手段 皇天佑之 仙娘奴主 今囚地獄 春
月之用計十分容易 黃小姐驚問曰 仙娘果在庵中乎 春月歎曰 仙娘之在
於楊府時 小婢但知絕代佳人 今見於散花庵佛燈之前 實非塵世人物 若
非瑤臺仙女 必是玉京仙女下降 楊相公雖鐵石肝腸 豈不沈惑哉 若失此
機 我小姐身勢 恐終不免狗槽之橡實 夫人執春月之手曰 小姐平生 卽汝
之平生 小姐若得意則汝亦得意 汝之置心 勿爲輕率

春月乃辟左右曰 賤婢有一計 賤婢之男兄春成 放蕩無賴 廣交長安人
其中有一個放蕩者 姓虞 名格 勇力絕人 貪於酒色 不顧死生 因春成而漏
泄花香則春風狂蝶 豈不貪飛花 事果如意則仙娘之芳質 爲廁中之花 誤
其平生 事不如意則一縷殘命 不免劍頭孤魂矣 於此於彼 拔去我小姐眼
中之棘 夫人大喜 促其周旋之速 春月笑而出

此時 虞格以無賴者流 頻數觸犯於罪網 締結無賴輩而變其姓名 出沒
無常 一日 與雜類少年十餘人 聚於十字街頭 飮酒喧嘩 逢春成而携手 更
尋酒家而飮 春成忽然長歎曰 男子出世 置絕代佳人於咫尺而不取 豈可
曰好漢 虞格曰 是何言也 春成笑而不答 虞格 亦笑而探問 春成曰 此處甚
煩 今夜來訪我家 虞格應諾 心甚着急 乘黃昏而至春成家 春成執手就座
而笑曰 我爲君 欲媒一個傾國之色 君之手段甚拙 恐不能成事 虞格曰 但
言之 春成曰 吾聞江州靑樓 有一個名妓 月態花容 古今無雙 歌舞風流
獨步當時 一嚬 越國之西施 羞其陋醜 一笑 明皇之貴妃 猜其失寵 君如許
佳人 可圖之乎 虞格 拂其所執之手 批春成之頰曰 此漢春成 我雖放蕩

上中下三板　無所拘碍　汝不過黃府奴屬　安敢籠絡我乎　江州此距幾里　春
成又佯言曰　諺云　誤媒者　三次批頰　衷曲之言　未及詳聞　至於如此　吾不欲
更言　虞格笑曰　若然則明言之　我勸三盃酒而謝過　春成笑而復執虞格之
手曰　今其美人來皇城　還歸之路　留於散花庵　調攝身病　君速往圖之　虞格
大喜而奮臂曰　我卽往　不踰此夜而圖之　卽席起身　春成笑曰　雖然其美人
志操高尙　恐難劫奪　虞格冷笑曰　此正在吾手段　勿憂　向散花庵而往

　且說　楊元帥送董超而待聖旨　將欲回軍　超奉皇命　使紅渾脫　分軍一萬
伐紅桃國　元帥回軍　元帥大驚　召紅司馬而出視詔勅　紅娘愕然失色曰　小
將以何將略　主此重任　元帥沈吟良久曰　日已暮矣　諸將各退舍次　召入紅
司馬於帳中　挑燈整襟　帶正大之色曰　我與娘　半年風塵　同閱苦楚　皇天
黙佑　凱旋之日　欲同車而歸　皇命如此鄭重　今則分路　明日我向長安　娘總
督軍旅　立功於交趾　卽爲回軍　紅娘聽罷　微擧秋波而察元帥之氣色　綠鬢
紅顏　珠淚點點　無語端坐　元帥更正色曰　楊昌曲　雖庸愚　不以私情　拒逆
君命矣　娘速退　準備行裝　紅娘乃收淚　愀然對曰　妾子子單身　參於百萬大
軍行伍之中　揮劍執鎗　至于今日　冒風塵而忍羞恥　是豈有意於立功　望公
侯富貴　但托身於相公　死生苦樂　專恃相公　今日相公　棄妾而歸　此妾自取
之禍　妾若以高門大族之君子好逑　守閨範內則之禮節　相公以百兩將之
待之以伉儷　豈有如此之事　如此之言　妾雖靑樓賤踪　持心則欲潔　不讓於
氷雪之操　寧以冒違軍令　孱弱一身　受刀斧手之刑　不願以孤單踪跡　參丈
夫之列而獨行　言畢　貞烈之氣　滿於彩眉　悽冷之淚　濕於玉顏　元帥方微笑
曰　天子不能下燭紅渾脫之孱弱　遽授重任　朝廷之事　豈不寒心　紅娘方知
元帥之籠絡　有羞澁之色而不答　不知畢竟如何　且看下回

第二十一回

逢賊漢馬達救人　托道觀仙娘安身

却說 此時楊元帥一次籠絡紅娘 翌日淸晨 會諸將而商議 顧蘇司馬曰
朝廷之事近日如是顚倒 豈不寒心哉 我今欲上表 將軍爲我代書 口號表
文曰

　　征南都元帥臣楊昌曲 頓首百拜上書于皇帝陛下 古之聖君 遣將於邊
方也 推轂以送 以弓矢斧鉞 干戈鼓鼙 褒奬其威儀 不但助軍容而激成功
爲其宗廟社稷之安危 國家興亡之重大也 今南方絶遠 王化不及 風俗不
順 盜賊數起 若不以恩義撫摩 以威力鎭定 無春生秋殺一張一弛之道 則
恐無平定之日 陛下使紅渾脫 率數千騎 徃征紅桃國 臣不知聖意之攸在
紅桃國之强弱 陛下不能測 紅渾脫之爲人 陛下亦不曾試 遽委重任 宗社
安危 國家興亡 嘗試於疑信之間 臣不勝其疑惑 臣之所慨然者 近日朝廷
之事 以仁慈爲主而無勇斷 當大事則苟且彌縫 謀避艱難 臣明知其不可
聖敎雖鄭重 姑未發軍 更此奏聞 伏願陛下 亟收成命 更爲博詢 國家大
事 無有後悔 臣雖不忠 猥蒙聖朝罔極之恩 無報答之地 更率大軍 討平
紅桃國然後 欲爲回軍 不敢自專 以待下詔 將欲發軍

　　元帥封表而授馬達曰 軍務至急 將軍晝夜兼行 馬達聽令 向皇城 率甲
士十餘人而行 此時馬達 晝夜倍道 逢天使於中路 雖知更有下詔 不敢違
越元帥之命 天使向南 馬達至皇城上表 天子大悅 顧黃尹兩閣老曰 楊昌
曲之爲國盡忠如此 小賊何可憂也 讀表再三後 以馬達 拜右翼將軍 卽命

回程　馬達謝恩而退　向南而去

　且說　仙娘　依托於散花庵　不出門外　晝則與女僧　講論佛經　夜則焚香獨
坐　消遣世慮　一身雖爲清淨　君子在於萬里天涯　寤寐耿耿之一片丹心　欲
忘不忘　一日　閒依禪窓　似夢非夢間　楊元帥駕玉龍而行曰　我奉皇命　欲捕
妖怪而往南方　仙娘請同往　元帥垂下珊瑚鞭　娘執而欲騰空　落地驚覺　乃
蘧蘧然南柯一夢　心中疑其不吉　請女僧相議曰　近日夢事擾亂　焚香佛前
欲爲祈禱　女僧曰　三佛帝釋　但主慈悲而已　司人間禍福　而降魔除殺　十王
之所主　祈禱於十王　仙娘奴主　沐浴齋戒　奉香火而至十王殿　焚香暗祝曰

　　賤妾碧城仙　前生　不修功德　此生　甘受三災八難　家夫楊公　詩禮門中
訓習忠孝家聲　天地神明　宜降福祿　今奉皇命　在於萬里他國　伏願十王
俯賜冥助　干戈鼓聲　寢食如常　矢石風塵　寄居無恙　消滅天厄　壽福昌盛

　禱畢再拜後　悽然長歎　有怊悵之色　還出寺門　女僧告曰　今夜月色明朗
娘子登庵後石臺　以解心懷　仙娘心雖不肯　因其懇請　與小蜻及女僧　登石
臺　女僧告曰　此山雖不高　天晴日朗時　遙望則南岳衡山　宛然在眼前　仙娘
舉秋波而向南天　潸然含淚　女僧問曰　娘子何故　向南方而如此悲愴乎　仙
娘答曰　我南方人　心事自然怊悵

　言畢　洞口火光冲天　十餘漢子　成群作黨　向庵中而走入　女僧大驚曰　此
必强盜　慌忙顚倒而下去　見庵中擾亂　一個漢子　以凶獰之聲　急覓娘子客
室　仙娘顧小蜻曰　吾奴主　餘厄未盡　又逢姦人風波　小蜻扶娘而涕泣曰
賊勢如此　豈可坐而待死　仙娘歎曰　以屠弱女子　雖欲逃避　但添污辱　豈可
免禍　小蜻曰　事急矣　娘子勿爲趑趄　携仙娘之手而踰山逃走　月色雖明
山路依俙　十顚九倒　蹴石披棘　失却繡鞋　衣裳盡裂　脚力已盡　仙娘因坐曰

如此困厄 生不如死 小蜻汝尋生路而隱身 收我身體 埋於元帥回軍之路
邊 以代望夫山一片石 抽懷中小刀欲自刎 小蜻慌忙奪刀曰 娘子更見事
機 事如不幸則賤婢何可獨生 顧察左右而進 前有大路 暫時歇脚 火光滿
山而來 人影散亂 搜索樹木巖石之間 仙娘奴主 盡力起身 從大路而僅行
數十步 賊漢等 高喊逐來 勢如風雨 小蜻抱仙娘而顚倒於地 呼天大哭曰
悠悠蒼天 何其如此無心

言未畢 忽有躍馬追趕 高聲大呼曰 賊漢莫走 仙娘奴主 擧目視之 一位
將軍 身被戰袍 手執長鎗 走馬而追賊黨 其後 十餘甲士 各持刀劒 一齊
喊聲而追 其中一個賊漢 欲敵其將 其將大叱 擧鎗一刺 其賊傷面血流
散之四方 不知去處 其將方回馬而來 仙娘奴主 尤爲恐怵 戰栗不已 其將
到前駐馬 高聲於馬上曰 是何娘子 有何事故而如彼出門 賊漢何故逢之
欲聞其詳 小蜻且驚且怵 不能成言 其將笑曰 吾奉將令 來於皇城 還歸南
方之路 非害娘子之人 娘子詳言之 仙娘且驚且喜 收拾精神 使小蜻傳言
曰 吾等一時過客 當厄如此 敢問將軍 還向南方 將向何處乎 其將答曰
我 征南都元帥楊丞相之麾下偏將 何故詳問也 仙娘奴主 聞楊丞相三字
胸中抑塞 精神怳惚 相扶大哭 不知所措

原來其將 非別人 馬達 上元帥之表於天陛 着急於軍事 星夜回程 忽然
路上 聞女子哭聲 火光照耀之中 無數賊漢 喊聲逐來 不問可知爲強盜
歸路雖忙 豈可不求人命 擊逐賊漢 欲知其故 辛勤問之 見其女人 聞自己
踪跡而抑塞痛哭 心中大疑 又問曰 娘子聽我言而大哭何也 仙娘未及答
蜻對曰 吾娘子楊元帥之小室 馬達曰 楊元帥誰也 蜻曰 紫禁城第一坊楊
丞相 南方出征 于今半年 馬達大驚 慌忙下馬而退立曰 果如此則丫鬟
來此詳言 仙娘顧小蜻傳語曰 妾當此死境 雖行路之人 爲謝生活之恩 不
拘禮節 況將軍 楊元帥之心腹 無異一室 豈不詳告 妾自元帥出戰以後

當家中風波　以女子懦弱之心　未能自決　屢當如此光景　慙愧莫甚　無所開口　路上　無紙筆　區區心懷　未得上達於元帥　將軍還次　爲妾詳告　妾雖死如月片心　欲照於元帥營中

　　馬達拱手欠身而向小蜻曰　丫鬟告于娘子　小將元帥麾下右翼將軍馬達　將幕之義　無異君臣父子　今見娘子之困厄　豈可無心發程乎　娘子不歸本府　小將當求安身之處　以爲整頓　歸見元帥之日　詳告事狀　命甲士借來小轎於附近客店　仙娘謝曰　妾窮迫身數　廣大天地　無容身之處　將軍勿爲過念　馬達曰　小將若不見娘子安身之處　而歸營則將幕體統　非徒不敬　亦非人情　小將之歸路恩急　娘子勿爲遲滯　仙娘無可奈何　起身扶小蜻而行曰　將軍使妾安往　馬達仗鎗前導而行數里　甲士持轎子而來　馬達顧小蜻曰　丫鬟陪娘子於轎子　仗鎗上馬曰　賊漢必不遠去矣　娘子逗遛於近處　豈無後患　隨小將而又行一兩日　更尋幽僻道觀古刹　見其安頓而歸　仙娘感其至誠　卽上轎子

　　馬達促行　前進百餘里　入於客店而問曰　此處有道觀寺刹乎　店主對曰自此捨大路而東入山谷則數里之外　有一座名山　名曰　維摩山　山下有道觀　馬達大喜　更促行而至山下　奇峰淸景　最爲幽僻　一個道觀　在於其下名曰　點花觀　觀中有數百女道士　消淨端雅　馬達乃見道士　借觀後數間客室　安頓仙娘奴主　留甲士二人　嚴禁雜人　馬達告別曰　元帥又奉皇命　出戰交趾　小將之去路甚忙　此處幽僻　庶可安身　娘子尊體保重　娘卽時付書於元帥　揮淚作別曰　妾拘碍體面　未能盡謝盛恩　將軍　從元帥而早成大功從速凱旋　馬達又向小蜻作別曰　丫鬟侍娘子而操心保護　此後回軍之日便是熟面　其時觀而迎之　勿須戰栗　小蜻不勝羞愧　紅暈起於兩頰　馬達分付甲士　誠心保護　笑而上馬　向南而去　仙娘奴主　以十生九死之身　幸逢馬達　得安身之方　小蜻不勝歡喜　奴主稱頌馬將軍之恩德　諸道士　亦是驚歎

仙娘奴主之出衆姿色 極盡親近

　且說 虞格被春成之誘引 集無賴輩而突入散花菴 搜索賈娘子 女僧等
豈肯直告 虞格大怒 女僧 無數歐打 自量彼見我等之入洞口 必踰山而逃
追踰山路而進 搜索方方谷谷 林下脫下一隻繡鞋 格大喜日 其美人 必從
此路而去 拾取繡鞋 一齊逐之 踰嶺到平地 意外 逢一位將軍 觸於鎗頭
面部被傷 僅保性命而還 見春成言狼狽之由 春成亦恨凶計之不成 見春
月而一一詳陳 春月俯首黙想 笑日 淸明世界 率甲士而夜行之將 豈非賊
漢 此必綠林諸將 乘夜而行 取仙娘而去也 可笑以仙娘氷雪之操 一朝爲
壓寨夫人 雖不知其死生 快絕黃小姐禍根 春成日 此則然矣 至於我等
功無所立 豈不切痛 春月笑日 我將顯哥哥與虞格之功 哥哥勿爲漏泄

　卽懷虞格之所拾繡鞋 見夫人與小姐 春月呵呵大笑 出繡鞋 以示小姐
日 小姐知此鞋乎 小姐詳見 擲而責春月日 賤妓之鞋 有何所用而持來乎
春月更拾而笑日 仙娘着此鞋 千里江州 隨多情郎而到皇城 步步生蓮花
造物猜忌 不能享其恩寵 誰知今日九原夜臺 竟爲跣足之鬼乎 小姐唐荒
日 春婢是何言也 春月進小姐與夫人前日 賤婢衝動春成 使送虞格于散
花菴 劫辱仙娘 仙娘有節行之女子 終不順從 虞格不勝憤怒 以刀刺殺藏
尸身 取其繡鞋 見賤婢而爲證 從今以後 仙娘離於此世 永滅小姐之禍根
此卽小婢與春成虞格之功 夫人與小姐 將以何物賞之 衛氏聽此言而大
喜 以十餘疋彩緞 百兩銀子 表春成虞格之功 春月冷笑日 夫人何惜些少
之財 誤其已成之事乎 春成初以千金之財 言于虞格而其黨數十名 無非
放蕩無賴者 若不厚其財而緘其口則大事漏泄 恐有後患之如何 衛氏只
信春婢之言 卽出千金而與之 但料仙娘 果已死矣

　且說 楊元帥遣馬達而上表於天子 以待皇命 忽然天使先到 傳皇勅 元
帥北向再拜升將壇 受副元帥軍禮 紅娘以紅袍金甲 佩大羽箭 執節鉞軍

禮　見都督　都督改容答禮曰　聖恩罔極　元帥以白衣擇用　元帥何以報答聖恩乎　紅元帥對曰　都督在上　小將有何方略而報答乎　只以擊鼓揮旗　欲盡犬馬之力　都督微笑　紅元帥退還幕次　始立副元帥之旗號節鉞　次第受諸將軍禮後　復至大都督帳中　議行軍之計　馬達馳報皇命　又呈一封書札　開視之　其書曰

　　賤妾碧城仙　以風流放蕩之踪　不學禮節法度　君子門中　家道濁乱　山寺野店　踪跡漂泊　未免賊漢之劍頭冤魂　賴馬將軍救活之力　托身道觀　此相公之所賜　妾昏暗　進退死生　自不覺得中之道　伏望君子明敎之　大軍移於交趾則音信　尤爲蒼茫　翹首南天　望眼欲穿　如山積懷　一筆難記

　　都督　覽畢　不勝惻然　顧紅元帥曰　此必黃氏風波　仙娘之處地　十分矜惻　吾處於軍中　何暇論家事　然萬里絶域　消息蒼茫　最所難忘者

　　翌日平明　都督　會諸將三軍　召入哪咤　跪於帳下　宣諭皇命　哪咤拜謝天恩　乃召入帳中而慰之曰　大王特蒙聖朝再生之德　更無變覆　世々子孫　以享富貴　受中國之禮待　哪咤流涕曰　寡人不知天命　誤犯於死罪　蒙天子愛恤之德　被元帥寬洪之恩　得保首領　再享富貴　不知所以報答之道　復見紅元帥而謝曰　元帥之下山　實因寡人　今日功名勳業　豈知如此嵬嵬　紅元帥笑曰　大王不失五大洞天　蠻王富貴　依舊享之　此皆聖恩之罔極　渾脫亦不負大王　哪咤欣笑　稱謝寬洪之德

　　翌日　都督行軍而向交趾　哪咤多備酒肉　餪於數十里外　大犒三軍　祝融與一枝蓮亦來會　元帥　顧蠻王曰　大軍復爲南征　大王指揮一隊蠻兵而指路　蠻王應諾　卽發麾下蠻兵三千　蠻將鐵木塔爲先鋒　紅元帥笑對蠻王曰　吾聞大王與祝融　結睚眦之怨　不顧隣國之誼　非丈夫之事　今則皆爲聖朝

之臣 互相和睦 蠻王祝融 一時拜謝 相結兄弟之誼 折矢爲誓 哪咤祝融
告別於都督曰 都督之恩威 併行南方 無足讓頭於漢之馬伏波諸葛武侯
南方之民 將建廟宇 欲傳惠澤於千秋 都督笑曰 此皆皇上之敎化 昌曲有
何惠澤 又告別於紅元帥曰 寡人生長於蠻貊之邦 眼目孤陋 今見元帥 怳
惚思慕之誠 非徒感生活之恩 從此告別 關山渺然 他日若奉越裳氏之白
雉而入朝 願歡顔相對 紅元帥笑曰 戰則敵國 交則故人 萍水南北 奉別無
定 區區所望 自今以後 大王千萬自愛 莫使紅渾脫 更至此地 哪咤祝融大
笑 一枝蓮告紅元帥曰 妾欲自此 執鞭而隨元帥 踪跡詭詭 未得遂意 以待
他日之承顔 紅元帥心中自思曰 我愛一枝蓮之容貌姿質 欲置左右 彼無
隨我之心 此蠻種 風氣強悍 必無人情而然也 執手悵然 良久無言

　都督董督行軍 使蠻將鐵木塔 率三千騎 爲先鋒 雷天風率五千騎 爲前
將軍 蘇司馬率三千騎 爲後將軍 董超馬達 爲左右將軍 都督與元帥 爲中
軍 率大軍而向交趾 時則三月暮春 南方自古 節序太早故 天氣極熱 恰如
中國之五六月 山岳童濯 草木稀踈 一邊大海接天 怪風瘴濕 四時無別
郊野曠邈 或至五六百里 全無人家 交趾王率土兵而迎候於境上 都督問
賊情 對曰 紅桃王脫解 蠻人之種 天性凶獰 篡奪其父 其妻小菩薩 妖術
難測 不可輕敵 今則在於五溪洞 原來南方諸國 紅桃國風紀無度 無人倫
而主威力 其強勁無異禽獸 都督又問曰 五溪洞此距幾里 對曰 四百餘里
其間 有五溪 一黃溪 二鐵溪 三桃花溪 四啞溪 五湯溪 渡黃溪則人身黃
而瘡疾起 溺於鐵溪則金鐵 自鎔爲水 桃花溪三春花發則水波自紅 毒氣
流十里 啞溪誤飮其水者 爲啞不通語 湯溪水常熱 人不能入 故雖強兵猛
將 至於此處則束手無策

　都督聽此言而雖有疑憂 不動辭色 率交趾土兵五千騎 行軍向五溪洞
至於一處 山川廣闊 地形 平坦 可留大軍 日已暮矣 已而 月色明朗 都督

與元帥 着戰袍而出陣門外 徘徊玩月 忽然風磬之聲 從風而來 問於土兵
對曰 後山下有伏波將軍之廟 紅元帥告曰 馬伏波漢之名將 其精靈必不
泯滅 暫往焚香似好 都督應諾 同至廟中 焚一炷香 暗祝後 執榻上筮龜
得一卦 爻辭曰 帥貞人大吉 出廟門 夜色已深 黑霧沉翳月光 都督顧元帥
曰 此南方瘴氣 觸人則爲病故 馬伏波 得薏苡實以除之 今將軍 以病餘弱
質 冒此毒氣 豈不可慮 紅元帥 笑而對曰 小將蠻人 不甚關係 還陣就寢

　是夜 元帥忽然吐血昏絕 都督大驚而至元帥幕次 救之半晌 方始回甦
都督屏左右 從容問曰 娘 勞力風塵 又觸俄者毒霧 致有此症 紅娘沈吟對
曰 此妾終身之疾 十里錢塘 幾作水中孤魂而飲水 天涯絕域 漂泊踪跡
受傷於風土 有此怪症 痛聲不絕 都督悶然 對症議藥以救之 撫手而謂曰
交趾 自故瘴氣甚多之處 吾雖無才 當代娘而取五溪洞矣 娘爲後軍 徐徐
以行 安穩調攝

　翌日行軍 紅元帥臥車中而後軍 都督董督大軍而先行 至一處 土兵告
曰 此處黃溪 都督遙望之 黃波滔滔接天 宛如一帶黃河 自天上來 當前而
視 深不過一丈 流急而廣可百餘間 都督號令三軍 輪運木石而橋 至中流
爲波濤所激 隨築旋壞 數十役卒 未及抽身而溺死 雖卽拯出 全身已黃
瘡疾纏身 都督大驚 更築浮橋 三成三壞 更無方略 而日色漸暮 軍中惶惶
皆臨溪而欲飲馬 其中一馬斷轡 赴溪而飲 軍士急爲牽出 馬亦發瘡疾 臥
而不起 都督視之良久 終無方策 退陣於堤上 將欲經夜 都督與蘇司馬
臨溪邊 望見流波 夜深 黃氣成霧而襲人 都督 顧蘇司馬曰 吾略涉古今兵
書 概知天文地理 此推以物理 難可測度 以智力難與爲謀者 上天不佑國
家 造物沮吾成功 蘇司馬 對曰 請紅元帥商議可也 都督笑曰 紅元帥非但
罹病 非人力之所能爲 紅元帥奈何

　復還帳中 意思 索漠 心神煩惱 長歎而起 巡行軍中 至紅元帥幕次 元

帥方臥寢床 痛聲不絶於喉間 都督在側撫身 茫然不省 玉顔蕭瑟 孱弱之
軀 貼在寢床 十分可憐 七分念慮 命孫夜叉 不離左右 動靜一一詳報 還
于陣中 心懷不平 黙黙自思 我率大軍而擅入不毛 欲成大功 隔一小溪 無
他謀計 紅娘之病 亦非尋常 此必造物之所猜 倚於書案 胸中鬱鬱不樂
暫睡而驚覺 曉風捲帳 寒氣侵入 一場寒戰 已而 呼渴之聲 起於四面 都
督擊案大聲曰 大事去矣 因卽昏倒 左右惶惶 告於元帥 此時紅元帥 亦是
昏倒而臥 聽此消息而大驚 未暇戎服 顚之倒之而至帳中 都督臥於床上
而睡 診脈則十分洪大 中焦 火氣熾盛 元帥執都督之手而呼曰 紅渾脫來
此 都督收拾精神 明敎症候 都督細聲而答曰 我非失精神 痛頭眩氣太甚
不能堪耐 元帥召蘇司馬 製藥數貼 先和腸胃 觀其動靜 欲用降火之劑
意外症勢漸急 不能着手

　元來都督 以靑春之年 銳氣方壯 力能拔山岳 氣欲穿斗牛 一片丹心
洞洞屬屬 今爲黃溪所隔 無他經綸 心甚煩惱 火氣衝上 致有此祟 誠是急
症 譬如烈烈火勢 時刻 若將不保 紅元帥召諸將而操束軍中 遠斥候而勿
爲騷動 副元帥之幕次 移於都督帳前 復入帳中 都督蹙眉搥胸 有欲言未
言之色 紅元帥進前問曰 頭痛眩昏 比前何如 都督擧手指口 似請筆硯
元帥卽呈筆硯 都督倚枕 以數行之書 遺於紅娘 其遺書曰

　　吾不忠不孝 罹病於絶域 聖主推轂之恩 兩親倚閭之懷 其將奈何 病非
　尋常小祟 造物 沮戲大功 至今舌乾神昏 無窮所懷 一筆難記 悠悠萬事
　寄託於元帥 元帥絶世英才 超人智略 踪跡雖長於閨中 官爵旣顯於朝廷
　代我而總督三軍 唱凱歌而歸故國 以慰君親 使昌曲不忠不孝之罪 減其
　一分 此不負平生知己之義 蜉蝣人生 自來如此 娘勿須過悲 寬抑自保
　後天他日 更續此生未盡之緣

都督寫畢投筆　復執紅娘之手而歔欷長嘆　因爲昏絶　嗚乎　出師未捷身先死　長使英雄涙滿襟　漢室存亡關係之運　豈人之所能爲　此時紅娘　精神飛越　天地渺茫　黙然坐思　我以一個女子　無父母親戚　死生榮辱　依於都督區區偸生　至于今日　不是畏死　爲楊都督而然也　矢石風塵　備嘗苦楚　非意功勳　亦爲都督　都督今若不幸則國家安危　吾何知之　三軍進退　吾何察之　我當先死　不干萬事　更進都督之前　低聲曰　相公收拾精神　不能聽妾之一言乎　都督不答　紅娘不勝抑塞　自思　我曾學醫書卜術　當此不試　豈非無窮之悔哉　得一卦　卦爻亂動　吉凶難辨　診脈思劑則精神怳惚　執症無路　長歎曰　我曾平生　雖當難事　心神猶不倉黃　此必天奪我魂　將有不吉之兆　因屏左右　執都督之手而泣告曰　妾逢相公　于今四年　二年相別而不知死生　千里他鄕　斷絃復續　依托餘生　今忍棄之　無一語遺敎乎　都督　舉眼暫視　蹙眉含涙而　有悲愴之色

　紅娘猶幸其有覺　以藥勸之　欲問症勢　忽然大號而奄忽　嗚呼惜哉　盖世君子　風流豪傑　靑春之年　至於此境　蒼天豈有所知　紅娘急投藥器而撫其身　可謂百無一幸　紅娘長歎起身曰　我不忍見之　慨然出於窓外　孫夜叉立於窓外　欲聞動靜　元帥直出轅門外　孫夜叉舉鎗欲從　元帥顧謂曰　老將莫隨　孫夜叉唐荒以退　此時月落西山　星光滿天　軍中漏水已報五更　紅娘直到黃鷄邊　仰天歎曰　悠々蒼天　欲殺妾身　使作南荒孤魂　不然則都督之病何以至此　妾幼而遊於靑樓　才勝德薄　長而托於朱門　福過災生　更使絶命於萬里絶域　妾之薄命所致　都督孝於事親　忠於事君　百行無欠　庶無得罪於神明　況是年今二八　前程萬里　伏願以妾身　代都督而投於黃溪　以改水性之悍毒　保全都督之命　言畢　欲投水中

　忽然背後　有携筇聲而急呼曰　紅娘別來無恙乎　元帥大驚顧視　便非別人　卽前日受學之白雲道士　一喜一驚　慌忙進前再拜　含涙告曰　師父自何

處而至此 道士微笑曰 老夫適與觀音菩薩 登南天門 知君有今日之厄 欲
救而來 元帥不勝歡喜 謝曰 師父一去西天以後 未得拜謁 如此見謁 上天
所佑 道士曰 我歸路恩急 暫看都督之病勢如何 元帥大喜 與道士入帳中
都督昏絕已久 不省人事 道士良久視之 三個金丹 付與元帥曰 用此藥則
快蘇矣 言畢起身而去 元帥隨出陣門外 復告曰 都督之病 非臟腑之崇
其源在於五溪 師父明敎方略 道士笑而誦三句 詩曰

　　　一抔土克水 萬柄火消鐵

　　　必含桃花葉 泛彼桃花浪

　　　痛飮啞溪水 夜半渡湯溪

　道士吟畢 顧元帥曰 娘之眉間厄運 今日已盡 前程富貴極矣 忽然擧手
中百八菩提珠而授之曰 此 釋迦世尊 講論妙法之時 輪回念佛之珠 個個
聽得正心工夫 邪氣不犯 自有用處 他日傳於紫盖峯大乘寺輔祖國師 言
畢化爲一陣淸風 不知去處 元帥向空中而百拜致謝 卽入帳中 急用金丹
一個 胸中爽然 二個精神淸明 三個神氣如常 原來金丹 仙家上品靈藥
都督服藥後病勢卽快 聰明精力 倍於前日 此時紅元帥 見都督之病勢快
差 不勝喜悅 先告白雲道士之臨陣 次誦三句之秘訣 都督 聽罷 驚嘆不已
　元帥誦三句詩而行軍 下令軍中曰 大軍一時 各持一抔黃土 渡黃溪 若
有渴者 以土含口然後 飮水 百萬大軍 爭持黃土而渡 依將令而行之 大軍
果無病 三軍踊躍歡呼 其聲如雷 翌日到鐵溪 水色靑黑 寒氣相凝 浸兵器
則果鎔爲水 紅元帥 下令曰 三軍各持炬火一柄而渡 大軍一時束草爲炬

燃火而渡　火光覆鐵溪　其火光稀少之處則軍馬　不勝寒氣　添其炬火然後
方渡　次至桃花溪　時則三月初旬　桃花滿發　水波滔滔　落花紛紛　泛泛中流
水色暎花而紅　毒氣觸鼻而逆　軍中年少者　指醮水而嘗　頃刻手指浮腫　口
中吐血　元帥下令曰　大軍登岸上　各折桃花一枝　人馬塗脚含口而渡　大軍
爭折桃花　頃刻之間　桃花全踈　乃鳴鼓而渡溪　點點花影　照耀水中

　　紅元帥與都督　聯馬而渡　琅然笑曰　江南錢塘湖十里荷花　雖云佳景　無
過於此　都督微笑　渡桃花溪而至啞溪　紅元帥下令曰　諸將三軍　若有渴者
各自快飲而渡　諸將猶爲趑趄　孫夜叉大聲曰　元帥神人　有何所疑乎　舉瓢
先飲　顧雷天風而欲言其快　忽然舌捲　不能言語　投瓢流涕　搥胸大哭　元帥
大笑　更勸數器　孫夜叉心怯趑趄　強飲數瓢　胸中淸快　聲音分明　夜叉大喜
告元帥曰　老身昔年　負元帥而行水中　飽食浙江潮水　不曾若是淸快　元帥
顰眉秋波曰　吾謾添數瓢　使之橫說竪說　孫夜叉　嘿然而退

　　大軍　一時痛飲啞溪水則勇氣倍前　翌日到湯溪　水波洶湧　隨日光而湯
熱如火　人不敢近　元帥陣於江頭而待夜　親至水邊　夜已亥末子初　水波不
興　寒氣浮於水面　元帥令三軍　一時渡溪　此時百萬大軍　利涉五溪險地
諸將軍卒　相與致賀　歎服紅元帥之神奇　原來黃溪土精　以土克土　鐵溪金
精　以火克金　桃花溪桃花毒氣　以毒制毒　啞溪以風土所殊　初飲則爲啞
痛飲則慣於腸胃　湯溪南方火氣　子夜之半　天一生水　自有相克　凡天下之
物　多受火氣則毒氣自生　南方山川草木　無非火氣　故　毒氣聚於此處

　　且說　紅桃王脫解與其妻小菩薩　聞天兵之到　與諸將商議曰　明兵豈能
渡五溪　聞無事渡溪　脫解大驚　卽請小大王拔解　拔解脫解之弟　有萬夫不
當之勇　性急如火　脫解　謂拔解曰　明兵今已渡五溪　計無所出　何以則防備
乎　拔解奮臂曰　么麼殘兵　一鼓坑之矣　何患防備　脫解曰　賢弟勿爲輕敵易
言　吾授精兵三千騎　守鷦鴣城而拒絶入路　拔解應諾而去　原來　鷦鴣城

在五溪洞之北 其處多鷓鴣故 名曰鷓鴣城 此時都督 向五溪洞而行軍 望
見一處 山上樹木參天 一片孤城 隱隱高出 紅元帥大驚 召交趾土兵而問
之 對曰 小的等 五溪以南 踪跡不到處 未能詳知 聞其傳說則入五溪洞之
路 過鷓鴣城 紅元帥 點頭而告都督曰 脫解若伏兵於鷓鴣而襲大軍之後
則狼狽矣 先取鷓鴣城可也 都督 曰 何以則可取 元帥曰 今夜 留大軍於
此處 使董馬兩將 率五千騎 埋伏於鷓鴣城之北邊

未明 率大軍而向五溪洞 則鷓鴣城伏兵 必出拒路 乘此時 使董馬取鷓
鴣城 似是妙計 都督許之 留大軍而經夜 是夜三更 使董馬 率五千騎而送
之 待天明 鳴鼓角而驅大軍 望五溪洞而行 勢如風雨 拔解率精兵而下山
大叱曰 如鼠小兒 無慮而過虎口 何若是膽大乎 縱馬請戰 元帥急成陣勢
以先鋒爲後軍 以後軍爲先鋒 一時回馬揮旗而出 元帥與都督 望見陣前
拔解身長十尺 面如鍋底 虎眼熊腰 凶獰之狀 不似人形 兩手各持鐵椎
大聲出陣 都督顧謂元帥曰 是豈人類 若非鬼神則必是獸屬 使雷天風出
戰 雷天風擧霹靂斧而欲擊拔解 拔解右手持鐵椎 左手欲奪霹靂斧 天風
大怒 執斧不捨 拔解 忽出大聲而揮之 天風翻身落馬 拔解大笑曰 汝豈能
敵我 欲知我之勇力 擧此鐵椎 卽投鐵椎於馬前 天風憤怒 雖盡力欲擧
重過千斤 自知不及 聳身上馬 還于本陣 歎曰 此非凡人之力 若非昔日拔
蜀山之五丁力士 則必是扛九鼎之楚覇王後身

言未畢 拔解大呼曰 汝之百萬大軍 尙矣勿論 大明天子 親自傾國而來
我無小慮 都督大怒曰 蠻雛之無禮 乃敢如此 不取其頭則誓不回軍 紅元
帥 笑而對曰 小將雖無勇力 願爲一戰 都督沈吟不答 元帥復笑曰 小將雙
劍 平生所愛者 以么麼蠻雛之血 豈可汚也 有矢五介 以三介 不取蠻將則
置軍令矣 解雙劍而授孫夜叉 佩大刀帶弓矢而上馬 美貌花容 比於蠻將
則果不相敵 諸將三軍 出於陣前而觀其勝負 都督亦坐陣上 紅元帥若有

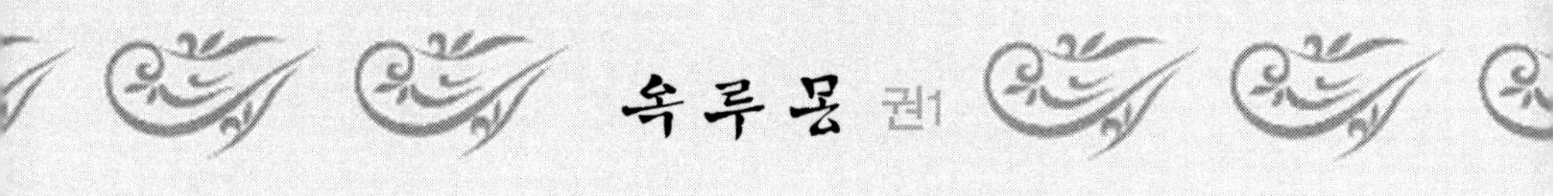

옥루몽 권1

대표 역주자 : 한석수韓碩洙

경북 상주 출생.

서울대학교 사범대학 국어교육과 동 대학원 졸업.

고려대학교 대학원 국어국문학과(문학박사).

현재 충북대학교 국어국문학과 교수.

이 책의 번역 작업에 참여한 사람

李恩卿, 曺永任, 崔炳喆, 金正善, 金善玉, 宋智賢

속 루 몽 권1

초판인쇄 2009년 7월 3일
초판발행 2009년 7월 15일

원   작 南永魯
역 주 자 韓碩洙 외

발 행 인 윤석원
발 행 처 도서출판 박문사
등   록 2009-11호

우편주소 서울시 도봉구 창동 624-1 현대홈시티 102-1206
대표전화 (02)992-3253
팩시밀리 (02)991-1285
전자우편 bakmunsa@hanmail.net
책임편집 이혜영

ISBN 978-89-962895-2-4 93810
ISBN 978-89-962895-1 (전3권)   정가 40,000원

· 저자 및 출판사의 허락 없이 이 책의 일부 또는 전부를 무단복제 · 전재 · 발췌할 수 없습니다.
· 잘못된 책은 바꿔 드립니다.